PS
KOCHAM CIĘ

PS
KOCHAM

CECELIA
AHERN

CIĘ

Z angielskiego przełożyła
Monika Wiśniewska

Świat Książki

Tytuł oryginału
PS I LOVE YOU

Redaktor prowadzący
Ewa Niepokólczycka

Redakcja
Anna Solska

Korekta
Jadwiga Piller

Świat Książki
Warszawa 2009

Świat Książki Sp. z o.o.
ul. Rosoła 10, 02-786 Warszawa

Wyłączna dystrybucja: Platon Sp. z o.o.
ul. Kolejowa 19/21, 01-217 Warszawa
e-mail: platon@platon.com.pl
www.platon.com.pl

Skład i łamanie
MAGRAF s.c., Bydgoszcz

Druk i oprawa
Finidr s.r.o., Czechy

ISBN 978-83-247-1734-7
Nr 7520

*Dziękuję Mamie, Tacie, Georginie, Nicky'emu
i całej mojej rodzinie, i przyjaciołom.
Dziękuję ci, Marianne Gunn O'Connor.
Dziękuję moim wydawcom w HarperCollins,
Lynne Drew i Maxine Hitchcock.
Dziękuję ci, Moiro Reilly.*

Dla Davida

Rozdział pierwszy

Holly przyłożyła do twarzy niebieską bawełnianą bluzę i natychmiast wychwyciła znajomy zapach. Jej serce ogarnął przeraźliwy smutek. Poczuła ucisk w żołądku, po karku przeszło mrowie, a w gardle stanęła wielka gula. Ogarnęła ją panika. Nie licząc niskiego buczenia lodówki i rozlegających się co jakiś czas jęków w rurach, w domu panowała cisza. Holly była sama. Zrobiło jej się niedobrze. Pobiegła do łazienki, gdzie osunęła się na kolana przed muszlą klozetową.

Gerry odszedł i już nigdy nie wróci. Taka była rzeczywistość. Holly już nigdy więcej nie przeczesze palcami jego miękkich włosów, nigdy nie podzieli się z nim sekretnym żartem ponad stołem na proszonej kolacji, nigdy mu się nie wypłacze w rękaw po ciężkim dniu w pracy, nigdy już nie położy się z nim do łóżka, nigdy jej nie obudzi jego poranny atak kichania, nigdy nie będzie śmiać się razem z nim do rozpuku, nigdy nie stoczy walki o to, które z nich ma wstać z łóżka i zgasić światło w sypialni. Została jedynie garść wspomnień i obraz twarzy, który tracił wyrazistość z każdym upływającym dniem.

Mieli bardzo prosty plan: być razem do końca życia. Plan, co do którego wszyscy z ich kręgu zgodziliby się, że jest jak najbardziej realny. Byli najlepszymi przyjaciółmi, kochankami i bratnimi duszami i wszyscy uważali, że bycie razem jest ich przeznaczeniem. Ale tak się złożyło, że pewnego dnia przeznaczenie bezdusznie zmieniło zdanie.

Koniec nadszedł zbyt szybko. Po kilkudniowym uskarżaniu się na migrenę, Gerry za namową Holly poszedł do lekarza. To się stało w środę podczas przerwy na lunch. Sądzili, że migrena jest wynikiem stresu bądź zmęczenia i uznali, że w najgorszym wypadku będzie musiał nosić okulary. Gerry nie był zachwycony tą perspektywą. Niepotrzebnie się martwił, okazało się bowiem, iż to nie oczy stanowią problem. Był nim rozwijający się wewnątrz jego mózgu guz.

Holly spuściła wodę i drżąc z zimna, które ciągnęło od wyłożonej płytkami podłogi, podniosła się z kolan. Jej mąż miał trzydzieści lat. Nie był może herkulesem, ale miał dość zdrowia, by... cóż, by wieść normalne życie. W ostatnim stadium choroby odważnie żartował, że nie powinien był żyć w tak bezpieczny sposób. Powinien był brać narkotyki, więcej pić, więcej podróżować, skakać z samolotów, jednocześnie depilując nogi... ta lista ciągnęła się bez końca. Nawet kiedy się przy tym śmiał, Holly widziała w jego oczach żal. Żal za tym, czego nigdy nie zdążył robić, za miejscami, których nigdy nie zobaczył, i smutek z powodu utraty przyszłych doświadczeń. Czy żal mu było życia, które spędził z nią? Nigdy nie wątpiła, że ją szczerze kocha, ale bała się, że mógł żałować czasu spędzonego u jej boku.

Doczekanie starości stało się dla niego desperackim pragnieniem, a nie jedynie niepożądaną nieuchronnością. Jakże aroganccy byli oboje, nigdy nie traktując wspólnej starości jako osiągnięcia i wyzwania. Starzenie się było czymś, czego za wszelką cenę pragnęli uniknąć.

Holly przemierzała powoli pokoje, połykając grube, słone łzy. Oczy miała czerwone i spuchnięte. Myślała, że ta noc nigdy się nie skończy. Żadne z pomieszczeń w domu nie koiło jej smutku, niosąc jedynie nieprzyjazną ciszę. Nawet meble wydawały się obce i niewygodne, niezachęcające do spoczynku.

Gerry nie byłby z tego zadowolony, pomyślała Holly. Wzięła głęboki oddech, osuszyła oczy i próbowała przemówić sobie do rozsądku. Nie, Gerry z całą pewnością nie byłby zadowolony.

Jej oczy były obolałe i spuchnięte od wielogodzinnego płaczu. Tak jak każdej nocy w ciągu ostatnich kilku tygodni, dopiero we wczesnych godzinach rannych zapadła w niespokojny sen. Każdego ranka budziła się i odkrywała, że leży gdzieś w niewygodnej pozycji – dzisiaj była to kanapa. I po raz kolejny obudził ją telefon od zatroskanego przyjaciela albo członka rodziny. Najpewniej sądzili, że jedyne, czym się zajmuje Holly, to sen. Dlaczego nie dzwonili nocą, kiedy bez końca błądziła po domu niczym zombi, szukając w pokojach... czego? Co spodziewała się tam znaleźć?

– Halo – odezwała się półprzytomnie do słuchawki. Jej głos był zachrypnięty od łez, ale już dawno przestała przejmować się zachowaniem pozorów dzielności. Jej najlepszy przyjaciel odszedł i nikt nie rozumiał, że nic, ale to nic, ani świeże powietrze, ani zakupy nie zagoją rany w jej sercu.

– Och, przepraszam, kochanie, obudziłam cię? – z drugiego końca linii telefonicznej dobiegł pełen troski głos matki Holly. Co rano dzwoniła, by się przekonać, czy córka przetrwała noc, zawsze w lęku, że ją obudzi, a jednak zawsze oddychała z ulgą na dźwięk jej głosu; czuła się spokojniejsza, wiedząc, że Holly stawiła czoło upiorom nocy.

– Nie, ja tylko drzemałam, nic się nie stało. – Niezmiennie taka sama odpowiedź.

– Tata i Declan wyszli, a ja myślałam o tobie, skarbie.

Dlaczego ten kojący i współczujący głos zawsze doprowadzał Holly do łez? Potrafiła sobie wyobrazić twarz mamy, jej brwi i czoło zmarszczone z niepokojem. Ale to nie uspokajało Holly, bowiem przypominała sobie wtedy, dlaczego oni wszyscy się martwią. A przecież nie powinni tego czynić. Wszystko powinno być normalne. Gerry powinien być tu teraz przy niej, wznosząc oczy do nieba i próbując ją rozśmieszyć, podczas gdy jej mama nadawała do słuchawki. Tak wiele razy Holly musiała przekazywać słuchawkę Gerry'emu, gdyż górę brał atak głupawki. A potem on rozmawiał, ignorując Holly, która skakała po łóżku, robiła śmieszne miny i wykonywała zabawne ruchy po to tylko, by się na nim odegrać. Rzadko jej się to udawało.

Słuchając teraz głosu matki, co jakiś czas wydawała z siebie jakieś monosylaby, ale w rzeczywistości nie słyszała ani jednego słowa.

– Jest uroczy dzień, Holly. Naprawdę dobrze by ci zrobiło, gdybyś wyszła na spacer, pooddychała świeżym powietrzem.

– Mmm, pewnie tak. – No i znowu to samo, świeże powietrze, sposób na rozwiązanie jej wszystkich problemów.

– Może zajrzałabym później do ciebie i ucięłybyśmy sobie pogawędkę, co ty na to?

– Nie, dzięki, mamo. Wszystko w porządku.

Cisza.

– Cóż, no dobrze... Ale zadzwoń do mnie, jeśli zmienisz zdanie. Przez cały dzień jestem wolna.

– Jasne. – Znowu cisza. – Dzięki.

– W takim razie... trzymaj się, kochanie.

– Dobrze. – Holly już-już miała odłożyć słuchawkę, kiedy ponownie usłyszała głos mamy:

– Och, Holly, zupełnie zapomniałam. Jest u nas ta koperta dla ciebie – no wiesz, ta, o której ci wspominałam. Leży na stole w kuchni. Może będziesz chciała ją odebrać. Jest już u nas od kilku tygodni, a może to coś ważnego.

– Wątpię. To pewnie jeszcze jedna kartka.

– Nie, nie sądzę, kochanie. Jest zaadresowana do ciebie, a nad twoim nazwiskiem jest napisane... och, zaczekaj chwilkę, zaraz po to pójdę...

Słuchawka została odłożona, słychać było stukot obcasów na płytkach, przesuwane po podłodze krzesło, kroki coraz głośniejsze, podnoszenie słuchawki...

– Jesteś tam jeszcze?

– Tak.

– No dobrze, na samej górze jest napis: „Lista". Może to z pracy lub coś w tym rodzaju, skarbie. Warto się temu przyjrzeć i...

Holly upuściła słuchawkę.

Rozdział drugi

– Gerry, zgaś światło! – zachichotała Holly, obserwując w tym samym czasie rozbierającego się przed nią męża.

Gerry tańczył po pokoju i demonstrował striptiz, powoli odpinając guziki białej bawełnianej koszuli długimi, szczupłymi palcami. Uniósł lewą brew, patrząc na Holly, i pozwolił koszuli zsunąć się z ramion, po czym chwycił ją w prawą dłoń i zamachał kilka razy nad głową.

Holly ponownie zachichotała.

– Zgasić światło? I co, chcesz, żeby ominęło cię to wszystko? – Uśmiechnął się bezczelnie, prężąc jednocześnie muskuły. Nie był mężczyzną próżnym, choć w gruncie rzeczy miał ku temu powody, pomyślała. Jego ciało było silne i jędrne. Długie nogi umięśnione, dzięki wielu godzinom spędzonym na siłowni. Przy wzroście prawie metr osiemdziesiąt był wystarczająco wysoki, by Holly czuła się bezpieczna, kiedy stawał opiekuńczo obok jej metra sześćdziesięciu. Najbardziej uwielbiała to, że kiedy przytulała się do niego, jej głowa opierała się pod jego podbródek, i czuła jego oddech delikatnie muskający włosy i łaskoczący w głowę.

Serce w niej podskoczyło, kiedy Gerry opuścił bokserki, przytrzymał je palcami u stopy, po czym rzucił tak, że wylądowały na jej głowie.

– No cóż, przynajmniej jest teraz ciemniej – zaśmiała się Holly.

Zawsze potrafił ją rozbawić. Kiedy wracała z pracy zmęczona i zła, był niezmiennie współczujący i wysłuchiwał wszystkich skarg i narzekań. Rzadko się kłócili, a kiedy już tak się działo, chodziło o jakieś głupoty, z których potem się śmiali, jak na przykład, kto zostawił przez cały dzień zapaloną lampę na werandzie albo kto zapomniał o włączeniu na noc alarmu.

Gerry zakończył striptiz i dał nura do łóżka. Przytulił się do niej, wsuwając skostniałe stopy pod jej nogi, by się ogrzać.

– Aaaaa! Gerry, masz stopy jak kostki lodu! – Holly wiedziała, że ta pozycja oznacza, iż nie ma on najmniejszego zamiaru ustąpić. – Gerry – powtórzyła ostrzegawczo.

– Holly – przedrzeźniał ją.

– Nie zapomniałeś o czymś?

– Nie, a przynajmniej nic mi o tym nie wiadomo.

– Światło?

– Ach tak, światło – rzekł rozespanym głosem i udał, że głośno chrapie.

– Gerry!

– Jeśli sobie dobrze przypominam, to ja musiałem wczoraj wyjść z łóżka i to zrobić.

– Tak, ale przecież dosłownie chwilę temu stałeś obok wyłącznika!

– Tak, dosłownie chwilę temu – powtórzył.

Holly westchnęła. Nie cierpiała wychodzić z łóżka, kiedy już się umościła wygodnie, stawać na zimnej drewnianej podłodze, a potem wracać po omacku do łóżka. Zacmokała z niezadowoleniem.

– Wiesz, Hol, nie mogę robić tego przez cały czas. Pewnego dnia może mnie zabraknąć i co wtedy zrobisz?

– Każę to zrobić mojemu nowemu mężowi – naburmuszyła się, usiłując odsunąć swoje stopy od jego.

– Ha!

– Albo po prostu będę pamiętać, by to zrobić przed położeniem się do łóżka.

Gerry parsknął.

– Nie bardzo w to wierzę, moja droga. Będę musiał zostawić dla ciebie wiadomość na wyłączniku, zanim odejdę, abyś o tym pamiętała.

– Jakież to uprzejme z twojej strony, ale wolałabym, żebyś po prostu zostawił mi swoje pieniądze.

– I karteczkę na karcie do bankomatu – kontynuował.

– Cha, cha.

– I na kartonie z mlekiem.

– Jesteś niezwykle zabawnym człowiekiem, Gerry.

– Och, i jeszcze na oknach, żebyś ich rano nie otwierała i nie uruchamiała tym samym alarmu.

– A może po prostu zostawisz mi w testamencie listę rzeczy do zrobienia, skoro uważasz, że bez ciebie okażę się taką fajtłapą?

– Niezły pomysł – zaśmiał się.

– W takim razie świetnie, zgaszę to cholerne światło. – Niechętnie wyszła z łóżka. Skrzywiła się, dotykając lodowato zimnej podłogi, i zgasiła światło. Wyciągnęła przed siebie ręce w ciemnościach i powoli po omacku wracała do łóżka.

– Halo? Holly, czy się zgubiłaś? Czy jest tam kto, kto, kto, kto? – zawołał Gerry w głąb ciemnego pokoju.

– Tak, jestem… aaaaałłłłaaaa! – krzyknęła, kiedy uderzyła palcem od nogi w kolumienkę przy łóżku. – Cholera, cholera, cholera, kurcze, drań, cholera, gówno.

Gerry prychnął i zachichotał pod kołdrą.

– Numer dwa na mojej liście: uważaj na kolumienkę…

– Och, zamknij się, Gerry, i skończ z tymi makabrycznymi pomysłami – warknęła, masując obolałą stopę.

– Chcesz, żebym ją pocałował?

– Nie, już jest dobrze – odparła ze smutkiem. – Gdybym tylko mogła je tutaj położyć, by się trochę ogrzały…

– Aaaach! Jezu Chryste, są zimne jak lody!

A ona wtedy się roześmiała.

Tak właśnie narodził się żart związany z listą. Był to niezbyt mądry i mało skomplikowany pomysł, którym się wkrótce podzielili ze swymi najlepszymi przyjaciółmi, Sharon i Johnem McCarthy.

To właśnie John podszedł do Holly na szkolnym korytarzu, kiedy mieli zaledwie po czternaście lat, i wymamrotał słynne słowa: „Mój kumpel chce wiedzieć, czy się z nim umówisz". Po kilku dniach niekończących się dyskusji i zwoływanych nadzwyczajnych spotkań z przyjaciółkami, Holly ostatecznie wyraziła zgodę.

– Aach, daj już spokój, Holly – namawiała ją Sharon.

– On jest taki milusi, no i przynajmniej nie ma całej twarzy w pryszczach tak jak John.

Jakże bardzo Holly zazdrościła teraz Sharon. Ona i John pobrali się w tym samym roku, co Holly i Gerry. Holly była najmłodsza w ich grupie, miała dwadzieścia trzy lata, podczas gdy reszta po dwadzieścia cztery. Niektórzy twierdzili, że jest zbyt młoda i prawili jej kazania na temat tego, że w jej wieku powinna podróżować po świecie i dobrze się bawić. Zamiast tego Gerry i Holly podróżowali po świecie wspólnie. W ten sposób miało to znacznie większy sens, ponieważ kiedy nie byli razem... no cóż, Holly czuła po prostu, jakby w jej ciele brakowało jakiegoś niezbędnego organu.

Dzień ich ślubu trudno było nazwać najwspanialszym dniem w jej życiu. Jak większość dziewczyn marzyła o bajkowym ślubie, sukni godnej księżniczki i pięknej, słonecznej pogodzie, romantycznym miejscu i towarzystwie wszystkich bliskich i drogich osób. Wyobrażała sobie, że przyjęcie weselne będzie jak wyśniony sen, widziała już, jak tańczy z przyjaciółmi, wszyscy ją podziwiają i czuje się wyjątkowa. Rzeczywistość okazała się zupełnie inna.

Holly obudziły w jej rodzinnym domu krzyki: „Nie mogę znaleźć krawata!" (ojciec), „Moje włosy są do dupy" (matka), a najlepsze ze wszystkiego było: „Wyglądam jak wieloryb!

Nie ma mowy, żebym poszła na to cholerne wesele w takim stroju. Zapadnę się ze wstydu pod ziemię! Mamo, popatrz tylko na mnie! Niech sobie Holly znajdzie inną druhnę, bo ja nie idę. Aaa! Jack, oddawaj mi tę pieprzoną suszarkę, jeszcze nie skończyłam!". To niezapomniane oświadczenie zostało wygłoszone przez jej młodszą siostrę, Ciarę, która regularnie dostawała napadów złości i odmawiała wychodzenia z domu, twierdząc, iż nie ma co na siebie włożyć, pomimo pękającej w szwach szafy. Obecnie mieszkała w Australii z jakimiś obcymi ludźmi, a z rodziną komunikowała się jedynie za pomocą wysyłanych co kilka tygodni maili. Rodzina Holly przez resztę ranka za wszelką cenę starała się przekonać Ciarę, że jest najpiękniejszą dziewczyną na świecie. W tym czasie Holly ubierała się cichutko, czując się naprawdę podle. Ciara wreszcie zgodziła się opuścić dom, a wtedy spokojny zazwyczaj ojciec Holly, ku zdumieniu wszystkich obecnych, wrzasnął na całe gardło:

– Ciaro, to jest cholerny dzień Holly, NIE TWÓJ! A ty PÓJDZIESZ na to wesele i będziesz się dobrze bawić. A kiedy Holly zejdzie na dół, POWIESZ jej, jak pięknie wygląda, i nie chcę słyszeć z twoich ust ani jednego słowa więcej DO KOŃCA DNIA!

Tak więc kiedy Holly zeszła na dół, wszyscy wydawali zgodne okrzyki zachwytu, a Ciara, z miną dziesięciolatki, która właśnie dostała klapsa, spojrzała na nią ze łzami w oczach i z jej drżących warg wydostały się słowa:

– Wyglądasz pięknie, Holly.

Cała siódemka wcisnęła się do limuzyny – Holly, rodzice, trzej bracia i Ciara – i przez całą drogę do kościoła siedzieli w pełnej przerażenia ciszy.

Z perspektywy lat dzień ślubu jawił się niczym zamazana plama. Holly prawie że nie miała czasu, żeby porozmawiać z Gerrym, ponieważ ciągano ich w przeciwnych kierunkach, by poznali cioteczną babkę Betty z jakiegoś zadupia, której Holly w życiu nie widziała na oczy, i ciotecznego dziadka

Toby'ego z Ameryki, o którym wcześniej nigdy nie wspominano, a który nagle okazał się bardzo ważnym członkiem rodziny.

I nikt jej nie powiedział, że to będzie tak bardzo męczące. Kiedy wieczór się kończył, bolała ją szczęka od uśmiechania się do zdjęcia, a stopy paliły żywym ogniem od biegania przez cały dzień w przymałych pantofelkach. Desperacko pragnęła dołączyć do wielkiego stołu, przy którym siedzieli jej przyjaciele, i wokół którego przez cały wieczór rozbrzmiewały salwy śmiechu. Wyraźnie świetnie się bawili. Niektórym to dobrze, pomyślała wtedy. Ale gdy tylko wraz z Gerrym przekroczyła próg apartamentu dla nowożeńców, jej troski wyparowały i zrozumiała, co jest w tym wszystkim najważniejsze.

Ponownie po twarzy Holly popłynęły łzy. Zdała sobie sprawę z tego, że po raz kolejny śni na jawie. Siedziała na kanapie, a obok niej nadal leżała zdjęta z widełek słuchawka. Ostatnio miała wrażenie, że godziny mijają, a ona nie uświadamia sobie nawet, jaki jest dzień. Zdawała się żyć poza swym ciałem, odrętwiała na wszystko, z wyjątkiem bólu w sercu, w kościach, w głowie. Była po prostu tak bardzo zmęczona... Zaburczało jej w brzuchu i uświadomiła sobie, że nie pamięta, kiedy ostatni raz coś jadła. Czy to było wczoraj?

Powlokła się do kuchni ubrana w szlafrok Gerry'ego i ulubione różowe ranne pantofle „disco divy", które dostała od niego na poprzednią Gwiazdkę. Ona była jego disco divą, tak powtarzał. Zawsze pierwsza na parkiecie, zawsze ostatnia do wyjścia z klubu. Gdzie się podziała tamta dziewczyna? Otworzyła lodówkę i popatrzyła na puste półki. Trochę warzyw i dawno przeterminowany jogurt. I smród jak diabli. Uśmiechnęła się słabo, potrząsając kartonem z mlekiem. Pusty. Trzeci punkt na liście...

Dwa lata temu przez Bożym Narodzeniem Holly wybrała się razem z Sharon na zakupy w poszukiwaniu sukienki na doroczny bal organizowany w hotelu Burlington. Zakupy z Sharon zawsze stanowiły niebezpieczną wyprawę, a John i Gerry żartowali, że znowu będą się musieli obyć w święta bez prezentów, co było skutkiem szaleństw dziewcząt. Niewiele się mylili. Biedni zaniedbywani mężowie, tak zawsze mówiły na nich dziewczęta.

Holly wydała doprawdy skandaliczną sumę w sklepie Brown Thomas na najpiękniejszą białą suknię, jaką kiedykolwiek widziała.

– Cholera, Sharon, to wypali potężną dziurę w moim portfelu – jęknęła z poczuciem winy, zagryzając wargę i przebiegając palcami po miękkim materiale.

– Aach, nie martw się, Gerry ci ją załata – odparła Sharon i wydała z siebie swój osławiony rechot. – I przestań na mnie mówić „cholera, Sharon". Nazywasz mnie tak za każdym razem, kiedy chodzimy na zakupy. Jeśli nie będziesz się pilnować, ja mogę się zacząć obrażać. Kup tę przeklętą kieckę, Holly. Są przecież święta, pora obdarowywania i tym podobne.

– Boże, jesteś taka paskudna, Sharon. Już nigdy więcej nie pójdę z tobą na zakupy. To połowa moich miesięcznych zarobków. Co ja pocznę przez resztę miesiąca?

– Wolisz jeść czy rewelacyjnie wyglądać?

– Biorę – powiedziała z podekscytowaniem Holly do sprzedawcy.

Suknia była mocno wycięta, doskonale podkreślała dekolt i miała pęknięcie na udzie, które odsłaniało szczupłe nogi. Gerry nie mógł oderwać od niej oczu. Jednak nie dlatego, że wyglądała oszałamiająco. Nie mógł po prostu zrozumieć, jak u diabła tak mały kawałek materiału może aż tyle kosztować. Kiedy już znaleźli się na balu, pani Disco Diva po raz kolejny pozwoliła sobie na zbyt dużo napojów alkoholowych i udało jej się zniszczyć suknię, oblewając przód czerwonym winem. Holly bez powodzenia próbowała powstrzymać napływające do oczu łzy, gdy tymczasem panowie przy stole pijackim tonem informowali swoje partnerki, że numer pięćdziesiąty czwarty na liście mówi o tym, by nie pić czerwonego wina, gdy jest się ubraną w drogą białą suknię. Wtedy też uznano wspólnie, że najlepszym drinkiem jest mleko, jako że nie pozostawi plam, jeśli wyleje się je na drogą białą suknię.

A później, kiedy Gerry przewrócił piwo, tak że spłynęło ze stolika na kolana Holly, ona ze łzami w oczach oświadczyła swemu stolikowi (i kilku stolikom wokół):

– Zasada pięćdziesiąta piąta na liście: NIGDY PRZENIGDY nie kupować drogiej białej sukni.

Przyznano jej rację, a gdzieś spod stolika wyłoniła się pogrążona do tej pory w śpiączce Sharon, potwierdziła i zaoferowała moralne wsparcie. Wzniesiono toast (kiedy już zaskoczony kelner dostarczył tacę pełną kieliszków z mlekiem) za Holly i dodany przez nią punkt do listy.

– Tak mi szykro s powdu twojej drogiej białej szukni, Holly – czknął John, po czym wytoczył się z taksówki, ciągnąc za sobą Sharon.

Czy to możliwe, że Gerry dotrzymał słowa i przed śmiercią sporządził dla niej listę? Spędziła z nim każdą chwilę każdego dnia aż do końca i nigdy nie wspomniał o tym ani słowem, zresztą nie widziała, by kiedykolwiek ją pisał. Nie, Holly, weź się w garść i nie bądź głupia, nakazała sobie. Tak desperacko go pragnęła, że wyobrażała sobie najbardziej absurdalne rzeczy. On przecież tego nie zrobił. A może jednak?

Rozdział trzeci

Holly szła przez łąkę porośniętą pięknymi liliami, delikatny wietrzyk poruszał ich jedwabiste płatki, które łaskotały czubki jej palców, gdy torowała sobie drogę w wysokiej, soczyście zielonej trawie. Ziemia pod gołymi stopami była miękka i sprężysta, a ciało wydawało się tak lekkie, że prawie unosiła się tuż nad wilgotnawą ziemią. Wszędzie wokół ptaki zanosiły się radosnymi trelami. Słońce na bezchmurnym niebie świeciło tak jasno, że Holly musiała osłonić oczy, a z każdym powiewem wiatru, który muskał twarz, do nosa przenikał słodki zapach tygrysich lilii. Czuła się tak... szczęśliwa, tak wolna.

Nagle niebo pociemniało, gdyż karaibskie słońce znikło za groźną, szarą chmurą. Wiatr wzmógł się, a powietrze wyraźnie się ochłodziło. Wokół niej w porywach wiatru dziko szamotały się płatki lilii, przez co niewiele więcej mogła dostrzec. Sprężystą ziemię zastąpiły ostre kamyki, które przy każdym kroku kaleczyły i drapały stopy. Ptaki przestały śpiewać, siedziały teraz na gałęziach i przyglądały się temu, co się dzieje. Coś było nie tak i Holly poczuła lęk. W oddali, pośród wysokiej trawy, sterczał szary kamień. Holly pragnęła pobiec z powrotem do swych pięknych kwiatów, ale czuła, że musi iść w tamtym kierunku.

Gdy przesuwała się bliżej, usłyszała: BUM! BUM! BUM! Przyspieszyła kroku, a po chwili zaczęła biec po kamyczkach i trawie o ostrych krawędziach, która kaleczyła ramiona i nogi. Upadła na kolana przed kamienną płytą, a z jej gardła wydobył się okrzyk bólu, gdy uświadomiła sobie, co to takiego. Grób Gerry'ego. BUM! BUM! BUM!

On próbował się wydostać. Wołał jej imię; słyszała go!

Ze snu wyrwało Holly głośne walenie do drzwi.

– Holly! Holly! Wiem, że tam jesteś! Proszę, wpuść mnie! – BUM! BUM! BUM!

Zdezorientowana i na wpół śpiąca zbliżyła się do drzwi, za którymi stała zaniepokojona Sharon.

– Chryste! Co ty robiłaś? Walę do tych drzwi i walę już całą wieczność!

Holly wyjrzała na dwór, wciąż nie do końca przebudzona. Było jasno i chłodnawo – to musiał być ranek.

– Nie masz zamiaru wpuścić mnie do środka?

– Wejdź, Sharon, przepraszam. Drzemałam po prostu na kanapie.

– Boże, wyglądasz strasznie, Hol. – Sharon przyjrzała się uważnie jej twarzy, po czym mocno przytuliła przyjaciółkę.

– Och, dzięki. – Holly przewróciła oczami i zamknęła drzwi.

Sharon nigdy nie należała do osób owijających rzeczy w bawełnę, ale właśnie dlatego Holly tak bardzo ją kochała. I dlatego też nie odwiedziła jej w ciągu ostatniego miesiąca ani razu. Nie chciała usłyszeć prawdy. Nie chciała usłyszeć tego, że musi jakoś żyć dalej; pragnęła po prostu... och, sama już nie wiedziała, czego pragnęła. Chciała być nieszczęśliwa. Wydawało jej się to właściwe i na miejscu.

– Boże, tutaj jest strasznie duszno. Kiedy ostatni raz wietrzyłaś? – Sharon zrobiła przemarsz wokół domu, otwierając okna i zbierając po drodze puste kubki i talerze. Zaniosła je do kuchni, umieściła wszystko w zmywarce, po czym zabrała się do dalszego sprzątania.

– Och, nie musisz tego robić, Sharon – zaprotestowała słabo Holly. – Ja się tym później zajmę...

– Kiedy? W przyszłym roku? Nie chcę, byś zamieniła to miejsce w chlew, podczas gdy twoi przyjaciele udają, że tego nie widzą. Idź na górę i weź prysznic, a kiedy wrócisz, napijemy się herbaty, dobrze?

Prysznic. Kiedy po raz ostatni się myła? Sharon miała rację, musiała wyglądać odrażająco z tymi tłustymi włosami, ciemnymi odrostami i w brudnym szlafroku. Szlafroku Gerry'ego. Ale to było coś, czego nigdy nie miała zamiaru wyprać. Pragnęła, by pozostał w takim stanie, w jakim zostawił go Gerry. Niestety, jego zapach zaczynał się ulatniać, a wypierała go charakterystyczna woń jej własnej skóry.

– No dobrze, ale nie ma mleka. Jakoś nie mogłam się przemóc... – Holly poczuła się zakłopotana brakiem troski o dom i o siebie samą. Nie ma mowy, by pozwoliła Sharon zajrzeć do lodówki, bo dopiero wtedy przyjaciółka zaczęłaby się martwić.

– Ta da! – zanuciła radośnie Sharon, podnosząc w górę torbę, której Holly wcześniej nie dostrzegła. – Nie martw się, już się tym zajęłam. Sądząc po twoim wyglądzie, nie jadłaś od tygodni.

– Dzięki. – Gula uformowała się w gardle Holly, a w oczach pojawiły się łzy. Sharon była dla niej taka dobra.

– Spokojnie! Dzisiaj nie będzie żadnych łez! Jedynie zabawa, śmiech i ogólna radość, moja droga przyjaciółko. A teraz pod prysznic, szybko!

Kiedy Holly zeszła na dół, czuła się prawie jak człowiek. Włożyła niebieski dres i pozwoliła długim blond (i z brązowymi odrostami) włosom opaść na ramiona. Wszystkie okna na dole były otwarte na całą szerokość i głowę Holly owiał chłodny wietrzyk. Miała wrażenie, jakby zabrał ze sobą wszystkie złe myśli i lęki. Roześmiała się na myśl, że jej matka może i jednak miała rację. Holly ocknęła się z transu i gwałtownie wciągnęła powietrze, gdy rozejrzała się po domu. Nie było jej najwyżej pół godziny, ale Sharon w tym czasie posprzątała, wypolerowała, odkurzyła, pozmywała i spryskała odświeżaczem powietrza każde pomieszczenie. Holly podążyła za hałasem, który dochodził z kuchni: Sharon szorowała płytę kuchenki elektrycznej. Blaty lśniły, a chromowane krany i ociekacz na naczynia błyszczały jak nowe.

– Sharon, jesteś aniołem! Nie mogę uwierzyć, że zrobiłaś to wszystko. I to w tak krótkim czasie!

– Ha! Nie było cię ponad godzinę. Zaczynałam już myśleć, że cię wessało. Co nie jest wcale takie niemożliwe, przy twojej obecnej wadze. – Zmierzyła Holly spojrzeniem z góry do dołu.

Godzinę? Po raz kolejny górę nad świadomością Holly wzięły sny na jawie.

– No dobra, przyniosłam ci trochę warzyw i owoców, tutaj jest ser, jogurty i oczywiście mleko. Nie wiem, gdzie trzymasz makaron i jedzenie w puszkach, więc położyłam je tam. Och, a w lodówce masz kilka obiadów gotowych do podgrzania w mikrofalówce. Na jakiś czas powinno ci wystarczyć, a sądząc po twoim wyglądzie, pewnie do końca roku. Ile schudłaś?

Holly przyjrzała się swemu ciału. Spodnie od dresu zwisały jej na tyłku, a pasek był zapięty najciaśniej, jak tylko można, a mimo to opadały na biodra. Wcześniej w ogóle nie zauważyła spadku wagi.

Do rzeczywistości przywołał ją ponownie głos Sharon:

– Mam też herbatniki do herbaty. Jammie Dodgers, twoje ulubione.

No i wtedy stało się. Tego dla Holly było już za wiele. Herbatniki Jammie Dodgers stanowiły absolutne dopełnienie szczęścia. Poczuła, że po jej twarzy spływają łzy.

– Och, Sharon – jęknęła – tak ci dziękuję. Jesteś dla mnie taka dobra, a ja jestem dla ciebie okropną, doprawdy okropną przyjaciółką. – Usiadła przy stole i ujęła dłoń Sharon. – Nie wiem, co bym bez ciebie zrobiła.

Sharon usiadła naprzeciwko niej w milczeniu, pozwalając, by mówiła. Tego właśnie wcześniej bała się Holly – rozklejania się przy każdej możliwej okazji. Ale nie czuła się zakłopotana. Sharon sączyła cierpliwie herbatę i trzymała jej dłoń, jakby to było coś najzupełniej normalnego. Wreszcie łzy przestały płynąć.

– Dzięki.

– Jestem twoją najlepszą przyjaciółką, Hol; jeśli ja ci nie pomogę, to kto to zrobi? – zapytała Sharon, posyłając jej ciepły uśmiech.

– Pewnie sama powinnam sobie pomóc.

– E tam – Sharon machnęła lekceważąco dłonią. – Dopiero kiedy będziesz na to gotowa. Nie zwracaj uwagi na tych wszystkich ludzi, którzy mówią, że po miesiącu powinnaś wrócić do normalności. Żałoba jest też elementem pomagania samemu sobie.

Zawsze mówiła właściwe rzeczy.

– Tak, no cóż, tego akurat sobie nie żałuję. Tyle się narozpaczałam, że już chyba więcej nie mogę.

– No coś ty! – rzekła Sharon z udawanym oburzeniem. – Dopiero minął miesiąc, odkąd twój mąż spoczął w grobie.

– Och, przestań! Często jednak będę coś takiego słyszeć od ludzi, prawda?

– Najprawdopodobniej, ale miej to gdzieś. Na świecie są gorsze grzechy niż bycie ponownie szczęśliwą.

– Pewnie tak.

– Obiecaj mi, że będziesz jadła.

– Obiecuję.

– Dzięki za to, że do mnie wpadłaś, Sharon. Naprawdę miło mi się z tobą rozmawiało – rzekła Holly, z wdzięcznością ściskając przyjaciółkę. – Czuję się już znacznie lepiej.

– Wiesz, dobrze jest przebywać wśród ludzi, Hol. Przyjaciele i rodzina mogą ci pomóc. No cóż, jeśliby się nad tym dłużej zastanowić, to może akurat nie twoja rodzina – zażartowała. – Ale reszta z nas tak.

– Och, teraz już to wiem. Sądziłam po prostu, że na początku będę mogła sama z tym wszystkim poradzić.

– Obiecaj mi, że wkrótce do nas zajrzysz. Albo przynajmniej raz na jakiś czas wychodź z domu.

– Obiecuję. – Holly przewróciła oczami. – Zaczynasz mówić jak moja mama.

– Wszyscy się po prostu o ciebie martwimy. No dobra, niedługo się zobaczymy – odparła Sharon, całując ją w policzek. – I JEDZ! – dodała, dając jej kuksańca w żebra.

Holly pomachała odjeżdżającej samochodem Sharon. Było już prawie ciemno. Spędziły cały dzień, śmiejąc się i żartując na temat dawnych czasów. Następnie płakały, po czym znowu się śmiały i znowu trochę płakały. Sharon pozwoliła jej spojrzeć na to wszystko z innej perspektywy. Wcześniej nawet nie pomyślała o tym, że przecież Sharon i John stracili najlepszego przyjaciela, jej rodzice stracili zięcia, a rodzice Gerry'ego jedynego syna. Zbyt pochłaniało ją myślenie o sobie. Dobrze było ponownie znaleźć się wśród żywych, zamiast snuć się z kąta w kąt razem z duchami przeszłości. Jutro był nowy dzień i Holly zamierzała zacząć go od odebrania tamtej koperty.

Rozdział czwarty

Holly zaczęła piątkowy ranek od wczesnego wstania z łóżka. Choć jednak spać położyła się przepełniona optymizmem i podekscytowana tym, co ją czeka, teraz na nowo dotarła do niej surowa rzeczywistość i świadomość, jak trudna będzie każda chwila. Po raz kolejny obudziła się w pustym łóżku w przepełnionym ciszą domu, ale jednak nastąpił mały przełom. Po raz pierwszy od ponad miesiąca obudziła się bez pomocy dzwoniącego telefonu. Uświadomiła sobie, jak każdego ranka, że marzenia o niej i Gerrym będących razem, które tkwiły w jej głowie przez ostatnich dziesięć godzin, były niczym więcej jak tylko marzeniami.

Wzięła prysznic i włożyła ulubione niebieskie dżinsy, adidasy i różowy T-shirt. Sharon miała rację co do jej wagi: dżinsy, ciasne kiedyś, teraz trzymały się na biodrach tylko dzięki paskowi. Skrzywiła się do swojego odbicia w lustrze. Wyglądała brzydko. Pod oczami miała czarne koła, usta były spierzchnięte i spękane, a włosy to jedna wielka katastrofa. Pierwsze, co zrobi, to uda się do miejscowego salonu fryzjerskiego i będzie błagać, by ją gdzieś wcisnęli.

– Jezu, Holly! – wykrzyknął Leo, jej stylista. – Popatrz tylko na siebie! Ludzie, z drogi! Z drogi! Mam tutaj kobietę w stanie krytycznym! – Puścił do niej oko i gestem kazał ludziom przepuścić ich. Wysunął fotel i pchnął ją na niego.

– Dzięki, Leo. od razu poczułam się atrakcyjna – mruknęła, próbując zakryć czerwoną jak burak twarz.

– No cóż, nie przejmuj się, przecież cała jesteś w rozsypce. Sandro, zmieszaj mi to, co zawsze, Colin niech przyniesie folię, a Tania pobiegnie na górę po mój mały kuferek z magicznymi sztuczkami. Ach, i powiedz Willowi, by nie wychodził na lunch, przejmie moją robotę o dwunastej. – Leo wydawał wokół rozkazy, i krzątał się, jakby miał zaraz przeprowadzić operację w szpitalu. Może zresztą tak właśnie było.

– Och, przepraszam, Leo, nie miałam zamiaru dezorganizować ci dnia.

– Ależ oczywiście, że miałaś, skarbie. Bo inaczej czemu przybiegłabyś tutaj w piątek w porze lunchu bez wcześniejszego umówienia się? By wspomóc pokój na świecie?

Holly z poczuciem winy zagryzła wargę.

– Ach, ale nie zrobiłbym tego dla nikogo innego oprócz ciebie.

– Dzięki.

– Jak się czujesz?

Oparł swój chudy tyłek na blacie, stając przodem do Holly. Leo musiał już być po pięćdziesiątce, ale nie wyglądał na więcej niż trzydzieści lat. Jego włosy w kolorze miodu współgrały z miodowym odcieniem skóry i zawsze doskonale się ubierał. Wystarczało, by każda kobieta czuła się przy nim jak fleja.

– Strasznie.

– Taa, tak też wyglądasz.

– Dzięki.

– No cóż, przynajmniej kiedy stąd wyjdziesz, jedno będziesz miała załatwione. Zajmuję się włosami, nie duszami.

Holly uśmiechnęła się z wdzięcznością w odpowiedzi na to dziwaczne wyznanie, które świadczyło o tym, że Leo ją rozumie.

– Ale, Jezu, Holly, kiedy wchodziłaś do salonu, to na drzwiach widziałaś napis: „czarodziej" czy „fryzjer"? Powinnaś zobaczyć tę kobietę, która dzisiaj do nas przyszła. Baran w skórze jagnięcia. Dałbym jej prawie sześćdziesiątkę. Podała mi magazyn z Jennifer Aniston na okładce. „Chcę tak wyglądać", mówi.

Holly roześmiała się, widząc całą scenę oczyma wyobraźni. Leo jednocześnie wykrzywiał twarz na różne sposoby i energicznie pracował dłońmi.

– Jezu – odpowiedziałem jej – jestem fryzjerem, a nie chirurgiem plastycznym. Jedynym wyjściem, jeśli chce pani tak wyglądać, to wyciąć to zdjęcie i przykleić je sobie na twarz.

– Nie! Leo, nie powiedziałeś jej tego?

– Oczywiście, że powiedziałem! Tego właśnie było jej trzeba, pomogłem jej tym samym, no nie? Weszła tutaj, jak gdyby nigdy nic, ubrana niczym nastolatka. Gdybyś widziała, jak ona wyglądała!

– Ale co ona ci powiedziała? – Holly otarła łzy. Już od miesięcy tak się nie śmiała.

– Przejrzałem ten jej magazyn i natrafiłem na urocze zdjęcie Joan Collins. Powiedziałem jej, że to właśnie coś dla niej. Wydawała się zadowolona.

– Bo pewnie była zbyt przerażona, żeby ci powiedzieć coś innego.

– Może. No i co z tego? Mam dość przyjaciół.

– I to mnie właśnie dziwi – zaśmiała się.

– Nie ruszaj się – polecił jej. Nagle zrobił się strasznie poważny, a usta zacisnął z wyraźną koncentracją, kiedy rozdzielał gotowe do koloryzacji włosy Holly. To wystarczyło, by ponownie zaczęła się skręcać ze śmiechu. – Ach, daj spokój, Holly – rzucił z irytacją.

– Nic na to nie poradzę, Leo. To ty zacząłeś, a teraz nie mogę przestać...

Przerwał na chwilę to, co robił i przyjrzał jej się z rozbawieniem.

– Zawsze uważałem, że jak nic nadajesz się do domu wariatów. Nikt mnie nigdy nie słucha.

Roześmiała się jeszcze głośniej.

– Och, przepraszam cię, Leo. Nie wiem, co się ze mną stało. Po prostu nie mogę przestać. – Holly bolał brzuch od głośnego śmiechu i była świadoma tego, że przyciąga zaciekawione spojrzenia obecnych w salonie osób, ale nie mogła się powstrzymać. Było tak, jakby cała wesołość, której nie było w jej życiu przez ostatnie kilka miesięcy, teraz wreszcie doszła do głosu.

Leo oparł się ponownie o blat i zmierzył ją spojrzeniem.

– Nie musisz przepraszać, Holly. Śmiej się, ile tylko masz ochotę. Mówią, że to dobre dla duszy.

– Och, nie śmiałam się tak już chyba od wieków – zachichotała.

– No cóż, nie miałaś zbyt wielu powodów do radości – zauważył ze smutkiem. Leo także kochał Gerry'ego. Stroili z siebie nawzajem żarty za każdym razem, kiedy się spotkali, ale obaj wiedzieli, że to tylko zabawa. Leo oderwał się od swych myśli, żartobliwie potargał włosy Holly i pocałował ją w czubek głowy. – Ale wszystko będzie dobrze, Holly Kennedy.

– Dzięki, Leo – odparła, uspokajając się.

Jego troska ją wzruszyła. Mężczyzna wrócił do pracy nad jej włosami, robiąc śmieszną, pełną koncentracji minę, co ponownie rozweseliło Holly.

– Och, śmiej się teraz, Holly, ale poczekaj, aż zupełnie przez przypadek pomaluję ci włosy w prążki. Wtedy zobaczymy, kto się będzie śmiał.

– Co słychać u Joe? – zapytała, pragnąc zmienić temat.

– Rzucił mnie – odparł Leo, przyciskając wściekle stopą pedał przy fotelu, przez co Holly gwałtownie podskoczyła razem z fotelem.

– O-och, Le-eo, ta-ak mi przy-ykroo. By-yyliścieee na-aprawdę świe-etną pa-aarą.

– Taa, no cóż, okazuje się, panienko, że nie taką znów świetną. Słyszałem, że spotyka się z kimś innym. No dobra.

Zamierzam nałożyć dwa odcienie blondu: złoty i blond, który miałaś wcześniej. Inaczej zrobi się z tego odcień wyzywający, który rezerwuję wyłącznie dla moich klientek uprawiających najstarszy zawód świata.

– Naprawdę mi przykro. Jeśli ma choć trochę rozumu, uświadomi sobie, co stracił.

– W takim razie nie ma ani odrobiny rozumu. Rozstaliśmy się dwa miesiące temu i do tej pory sobie tego nie uświadomił. A może już to wie i jest uszczęśliwiony. W każdym razie mam po dziurki w nosie facetów. Zamierzam nawrócić się na hetero.

– To najgłupsze, co kiedykolwiek dane mi było słyszeć...

Holly opuściła salon zachwycona nową fryzurą. Kilku mężczyzn obejrzało się za nią. Od dawna nic takiego się jej nie przytrafiło i wprawiło ją to w zakłopotanie, pobiegła więc skryć się w bezpiecznym wnętrzu swego auta i ruszyła w kierunku domu rodziców. Jak na razie, dzisiaj wszystko szło dobrze. Wizyta w zakładzie Leo była dobrym posunięciem. Nawet mając złamane serce, bardzo się starał, by ją rozśmieszyć. Nie mogła tego nie zauważyć.

Zatrzymała się przy krawężniku przed domem rodziców w dzielnicy Portmarnock i wzięła głęboki oddech. Ku zdziwieniu matki, Holly zadzwoniła do niej z samego rana, by się umówić na później. Było wpół do czwartej i Holly wysiadła z samochodu z wyraźną tremą. Nie licząc wizyt składanych jej przez rodziców, przez ostatni miesiąc prawie w ogóle nie spotykała się z rodziną. Nie chciała skupiać na sobie uwagi i wysłuchiwać tych wszystkich natrętnych pytań, jak się czuje i co ma zamiar zrobić, którymi zasypywano by ją przez cały dzień. Nadszedł jednak czas, by odrzucić strach. To była przecież jej rodzina.

Dom rodziców od plaży Portmarnock dzieliła jedynie ulica. Na plaży powiewała niebieska flaga – świadectwo czystości plaży. Holly zaparkowała samochód i popatrzyła przez ulicę na morze. Mieszkała tutaj od swych narodzin do dnia, w którym wyprowadziła się, by zamieszkać z Gerrym. Uwielbiała po przebudzeniu słuchać odgłosu fal, rozbijających się o skały, i pełnych podekscytowania nawoływań mew. Wspaniale było mieć plażę jako ogród przed domem, zwłaszcza latem. Sharon mieszkała tuż za rogiem i podczas upalnych dni dziewczęta przechodziły przez ulicę w swych najlepszych letnich ciuchach i urządzały polowanie na najprzystojniejszych chłopców. Holly i Sharon stanowiły zupełne przeciwieństwa: Sharon była szatynką, o bladej cerze z dużymi piersiami, Holly natomiast miała jasne włosy, ziemistą cerę i prawie płaską klatkę piersiową. Sharon była głośna, wołała do chłopców. Holly pozostawała milcząca i flirtowała poprzez spojrzenia, skupiając je na swym ulubionym chłopcu tak długo, dopóki ten nie zauważył jej zainteresowania. Od tamtej pory Holly i Sharon w gruncie rzeczy niewiele się zmieniły.

Nie zamierzała zostać w domu długo, chciała jedynie uciąć sobie krótką pogawędkę z mamą i odebrać kopertę. Postanowiła skończyć z zadręczaniem się myślami o tym, co może się znajdować w środku. Wzięła głęboki oddech, nacisnęła dzwonek i przywołała na twarz uśmiech.

– Witaj, skarbie! Wchodź, wchodź! – przywitała ją mama. Na jej twarzy malowała się radość i miłość. Na twarzy, którą Holly pragnęła całować za każdym razem, kiedy ją widziała.

– Cześć, mamo. Co u ciebie? – Holly weszła do domu i natychmiast otoczył ją znajomy zapach. – Jesteś sama?

– Tak, ojciec wyszedł razem z Declanem, by kupić farbę do jego pokoju.

– Nie mów mi tylko, że ty i tata wciąż wszystko za niego opłacacie?

– No cóż, ojciec może byłby skłonny to robić, ale nie ja. Declan pracuje teraz wieczorami, więc ma przynajmniej

33

jakieś pieniądze. Mimo że nie widzimy, by wydał choć pensa na cokolwiek do domu – zaśmiała się i zaprowadziła Holly do kuchni, gdzie nastawiła czajnik.

Declan był najmłodszym bratem Holly i beniaminkiem całej rodziny, więc mama i tata wciąż byli przekonani, że muszą go psuć. Ale ich „dzidziuś" miał już dwadzieścia dwa lata, studiował w college'u produkcję filmową i ani na chwilę nie rozstawał się z kamerą.

– Co teraz robi?

Mama zwróciła oczy ku niebu.

– Przyłączył się do jakiegoś zespołu. Orgazmiczne Ryby, tak chyba się nazywają, albo coś podobnego. Już mi się niedobrze robi od słuchania o tym, Holly. Jeśli jeszcze raz zacznie klepać, kto był na występach, kto obiecywał ich zaangażować i jak bardzo będą sławni, chyba oszaleję.

– Ach, biedny Deco. Nie martw się, coś wreszcie znajdzie.

– Wiem i zabawne jest to, że ze wszystkich moich dzieci o niego martwię się najmniej. Odnajdzie swoją drogę.

Wzięły kubki, przeszły do salonu i usadowiły przed telewizorem.

– Wyglądasz wspaniale, kochanie. Ta fryzura jest zachwycająca. Sądzisz, że Leo zająłby się kiedyś moimi włosami, czy jestem już dla niego za stara?

– No cóż, jeśli tylko nie zażyczysz sobie fryzury Jennifer Aniston, nie powinnaś mieć problemów. – Opowiedziała historię kobiety z salonu i obie pokładały się ze śmiechu.

– Nie podoba mi się fryzura Joan Collins, więc jednak będę się od niego trzymać z daleka.

– To dość rozsądny pomysł.

– Jakieś dobre nowiny o pracy? – Ton głosu matki był swobodny, ale Holly wiedziała, że wprost umiera z ciekawości, by się czegoś dowiedzieć.

– Nie, jeszcze nie, mamo. Prawdę mówiąc, jeszcze się nawet nie zaczęłam rozglądać. Nie bardzo wiem, co w ogóle chcę robić.

– Masz rację. – Matka skinęła głową. – Nie spiesz się, przemyśl, co lubisz, inaczej skończy się tak, jak ostatnim razem – wylądujesz w pracy, której nie będziesz lubiła.

Holly zerknęła na nią zdziwiona. No cóż, ostatnio wszyscy ją zaskakiwali. Może to jednak ona miała problem, a nie reszta świata.

W swojej ostatniej pracy Holly była sekretarką bezwzględnej małej gnidy w kancelarii prawniczej. Musiała porzucić pracę, kiedy ta kreatura nie zrozumiała, że Holly potrzebuje wolnych dni, by być razem z umierającym mężem. Teraz powinna zacząć się rozglądać za czymś nowym. To znaczy, za nową pracą. Ale w tej chwili nie mogła sobie wyobrazić, że codziennie rano wychodzi do pracy.

Holly spędziła z matką kilka godzin w miłej atmosferze, trochę rozmawiały, trochę przyjaźnie milczały, aż wreszcie Holly zebrała się na odwagę, by zapytać o kopertę.

– Och, oczywiście, skarbie, zupełnie o niej zapomniałam. Mam nadzieję, że to nic ważnego. Dość długo już tu leży.

– Wkrótce się tego dowiem.

Pożegnały się i Holly z pośpiechem opuściła rodzinny dom.

Usiadła na trawie rosnącej za pasem złotego piasku i zważyła kopertę w dłoniach. Mama niezbyt dobrze ją opisała, bo nie była to wcale koperta, ale gruby brązowy pakiet. Adres wydrukowano na zwykłym papierze samoprzylepnym, więc nie potrafiła nawet odgadnąć jego pochodzenia. Ale najważniejsze było to, że nad adresem znajdowało się jedno słowo, napisane drukowanymi literami i pogrubione: „LISTA".

Jej żołądek fiknął koziołka. Jeśli przesyłka nie była od Gerry'ego, będzie musiała wreszcie przyjąć do wiadomości fakt, że on zupełnie zniknął z jej życia i zacząć myśleć o życiu bez niego. Ale jeśli ten pakiet był od Gerry'ego, to choć czekała ją taka sama przyszłość, będzie mogła przynajmniej trzymać się kurczowo świeżego wspomnienia. Wspomnienia, które musi jej wystarczyć do końca życia.

Drżącymi palcami delikatnie rozerwała paczkę. Odwróciła ją do góry nogami i wytrząsnęła zawartość. Wypadło z niej dziesięć pojedynczych małych kopert, jakie przyczepia się do bukietów, a na każdej z nich napisany był inny miesiąc. Jej serce przestało na chwilę bić, gdy ujrzała znajomy charakter pisma na luźnej kartce papieru, która znajdowała się pod kopertami.

Przesyłka była od Gerry'ego.

Rozdział piąty

Holly wstrzymała oddech i ze łzami w oczach i walącym sercem zaczęła czytać, przez cały czas świadoma tego, że osoba, która usiadła, by do niej napisać, już nigdy nie będzie w stanie uczynić tego ponownie. Przebiegła palcami po piśmie Gerry'ego, bo to on był ostatnią osobą, która dotykała tej kartki.

Moja kochana Holly!

Nie wiem, gdzie jesteś ani kiedy to czytasz. Mam tylko nadzieję, że mój list zastał Cię bezpieczną i zdrową. Wyszeptałaś mi do ucha dawno temu, że sama nie dasz rady żyć. Dasz radę, Holly.

Jesteś silna i odważna i poradzisz sobie. Dzieliliśmy ze sobą wiele pięknych chwil, a Ty uczyniłaś moje życie... uczyniłaś je prawdziwym życiem. Niczego nie żałuję.

Ale jestem jedynie rozdziałem w Twoim życiu – będzie ich znacznie więcej. Zachowaj w pamięci nasze cudowne wspomnienia, ale proszę, nie bój się tworzyć nowych.

Dziękuję Ci, że uczyniłaś mi ten zaszczyt, iż byłaś moją żoną. Jestem Ci dozgonnie wdzięczny za wszystko.

Kiedy tylko będziesz mnie potrzebować, wiedz, że jestem przy Tobie.

Zawsze będę Cię kochał,
Twój mąż i najlepszy przyjaciel,
Gerry.

PS Obiecałem zostawić listę, więc oto ona. Dołączone koperty musisz otwierać dokładnie wtedy, kiedy napisałem i polecenia muszą być wypełnione. Pamiętaj, obserwuję Cię, więc się wszystkiego dowiem...

Holly rozkleiła się, ogarnięta przemożnym smutkiem. Jednocześnie jednak odczuła ulgę; ulgę, że Gerry w pewien sposób nadal z nią będzie, choćby tylko przez jakiś czas. Przerzuciła małe koperty, przyglądając się wypisanym na nich miesiącom. Teraz był kwiecień. Przegapiła marzec, więc delikatnie wzięła do ręki kopertę przeznaczoną na ten właśnie miesiąc. Otworzyła ją powoli, pragnąć delektować się każdą chwilą. Wewnątrz znajdowała się niewielka karteczka z pismem Gerry'ego. Napisane było na niej:

Oszczędź sobie siniaków i kup lampkę nocną!
PS Kocham Cię...

Jej łzy przemieniły się w śmiech, gdy uświadomiła sobie, że Gerry wrócił!

Raz po raz czytała list, próbując w ten sposób przywołać męża do życia. Wreszcie, kiedy poprzez płynące z oczu łzy nie rozróżniała już poszczególnych słów, popatrzyła na morze. Morze od zawsze działało na nią uspokajająco i nawet jako dziecko przebiegała przez ulicę na plażę, gdy była zdenerwowana i musiała nad czymś pomyśleć. Rodzice wiedzieli, że jeśli nie ma jej w domu, z całą pewnością znajdą ją na plaży.

Zamknęła oczy i oddychała głęboko, a towarzyszyły temu delikatne westchnienia morskich fal. Wydawało się, że morze także głęboko oddycha, wypychając wodę na brzeg podczas wydechu i zabierając ją z powrotem z piasku, kiedy robiło wdech. Holly dopasowała swój oddech do tego rytmu i poczuła, że bicie jej serca się uspokaja, ona zresztą także. Wspominała, jak kiedyś często leżała przy boku Gerry'ego podczas ostatnich dni jego życia i słuchała jego oddechu. Przeraźliwie bała się go zostawiać, nawet na chwilę, by otworzyć drzwi, przygotować mu coś do jedzenia lub iść do toalety, na wypadek, gdyby wybrał sobie tę właśnie porę na odejście. Kiedy wracała do jego łóżka, zamierała w pełnej przerażenia ciszy, nasłuchując jednocześnie jego oddechu i przyglądając się klatce piersiowej, by dostrzec jakiś ruch.

Ale jemu zawsze udawało się przetrwać. Zaskoczył lekarzy swoją siłą i determinacją, by żyć; Gerry nie był przygotowany na to, żeby odejść bez walki. Aż do samego końca zachował dobry humor. Był tak bardzo słaby, a głos miał taki cichy, ale Holly nauczyła się rozumieć jego nowy język, tak jak matka rozumie gaworzenie swego dziecka, które dopiero uczy się mówić. W niektóre wieczory chichotali aż do późna, a w inne przytulali się do siebie i płakali. Holly dla niego starała się być silna. Przez cały ten czas jej nową pracą było siedzenie przy mężu, kiedy tylko jej potrzebował. Spoglądając wstecz, wiedziała, że tak naprawdę potrzebowała go bardziej niż on jej. Musiała czuć, że jest potrzebna, że nie stoi jedynie z założonymi rękami i przygląda mu się z absolutną bezradnością.

Drugiego lutego o czwartej nad ranem Holly mocno trzymała dłoń Gerry'ego i uśmiechała się do niego pokrzepiająco, gdy on wziął swój ostatni oddech i zamknął oczy. Nie chciała, by się bał i nie chciała, by czuł, że ona się boi, ponieważ w tamtej chwili rzeczywiście się nie bała. Czuła ulgę – ulgę, że Gerry nie czuje już bólu, i ulgę, że była świadkiem jego spokojnego odejścia. Czuła ulgę, że go znała, że go kochała i była kochana przez niego, i ulgę, że ostatnie, co widział, to jej uśmiechnięta twarz, dodająca mu otuchy i zapewniająca, że może odejść w spokoju.

Kilka następnych dni stanowiło teraz dla niej zamazaną plamę. Zajęta była załatwianiem formalności związanych z pogrzebem, spotykała się z krewnymi Gerry'ego, z dawnymi przyjaciółmi ze szkoły, których nie widziała od wielu lat. Przez cały ten czas pozostawała silna i spokojna. Była jedynie wdzięczna, że po tych wszystkich miesiącach cierpienie Gerry'ego wreszcie się skończyło. Nie przyszło jej do głowy, by czuć gniew bądź gorycz, jakie odczuwała teraz, a których powodem było to, że jego życie zostało jej zabrane. To uczucie pojawiło się dopiero wtedy, gdy poszła, by odebrać akt zgonu męża.

A wtedy pojawiło się z ogromną siłą.

Kiedy siedziała w zatłoczonej poczekalni miejscowego ośrodka zdrowia, czekając na wywołanie swego numerka, zastanawiała się, dlaczego, u licha, życiowy numerek Gerry'ego został wywołany tak wcześnie. Wciśnięta pomiędzy młodą i starszą parę miała obraz tego, jacy kiedyś byli ona i Gerry, i przebłysk przyszłości, jaka mogła ich czekać. I to wszystko wydało jej się strasznie niesprawiedliwe. Pomieszczenie wypełniały krzyki dzieci, a ona siedziała ściśnięta pomiędzy przeszłością i utraconą przyszłością, i czuła, że się dusi. Nie powinna tam być.

Nikt z jej przyjaciół nie musiał tam być.

Nikt z jej rodziny nie musiał tam być.

Prawdę powiedziawszy, większość populacji na świecie nie musiała znajdować się w położeniu, w jakim ona wtedy była.

To wydawało się niesprawiedliwe.

To było niesprawiedliwe.

Po złożeniu aktu zgonu męża urzędnikom w banku i w towarzystwach ubezpieczeniowych, jakby wyraz jej twarzy nie stanowił wystarczającego dowodu, wróciła do domu, do swego gniazda, i odcięła się od reszty świata, który zawierał w sobie setki wspomnień życia, jakie kiedyś wiodła. Życia, z którego była bardzo zadowolona. Dlaczego więc dano jej inne i to w dodatku znacznie gorsze?

Od tamtych zdarzeń minęły już dwa miesiące i aż do dzisiaj nie wyszła za próg domu. I oto jakie powitanie otrzymała, pomyślała, uśmiechając się i spoglądając na koperty.

Jej Gerry powrócił.

Podekscytowana, drżącymi palcami wystukiwała numer Sharon. Po kilku pomyłkach wreszcie się uspokoiła i skupiła na tym, co robi.

– Sharon! – zapiszczała, gdy tylko ktoś podniósł słuchawkę. – Nigdy nie zgadniesz, co się stało. O mój Boże, nie mogę w to uwierzyć!

– Eee, nie... tu John, ale zaraz ci ją dam – odrzekł John z niepokojem i pobiegł, by zawołać żonę.

– Co się stało, co się stało? – wydyszała Sharon. – Co się stało? Wszystko w porządku?

– Tak, w jak najlepszym! – Holly zaczęła histerycznie chichotać, bo nie wiedziała, czy ma się śmiać, czy płakać i nagle zapomniała, jak zbudować najprostsze zdanie.

John patrzył, jak Sharon wyraźnie skonsternowana siada przy stole w kuchni i próbuje z całych sił odnaleźć sens w bełkotaniu Holly. Pani Kennedy dała Holly brązową kopertę z nocną lampką w środku?... Wszystko to było niezwykle niepokojące.

– STOP! – zawołała wreszcie Sharon ku zdziwieniu Holly i Johna. – Nie rozumiem ani słowa z tego, co mówisz, więc proszę – zaczęła mówić bardzo powoli – uspokój się, weź głęboki oddech i zacznij od samego początku, najlepiej używając słów z języka angielskiego.

Nagle usłyszała po drugiej stronie linii cichy szloch.

– Och, Sharon. – Głos Holly był cichy i pełen bólu. – On mi zostawił listę. Gerry sporządził dla mnie listę.

Sharon zamarła na krześle, usiłując zrozumieć to, co właśnie usłyszała.

John przyglądał się, jak oczy jego żony rozszerzają się, więc szybko usiadł obok, nachylając głowę w stronę słuchawki, żeby słyszeć, o co chodzi.

– Okej, Holly, chcę, abyś przyjechała tutaj tak szybko, jak tylko możesz. – Sharon przerwała i pacnęła Johna w głowę, jakby był natrętną muchą, która przeszkadza jej skoncentrować się na rozmowie. – To... wspaniała wiadomość?

Urażony John wstał od stołu i zaczął przemierzać kuchnię, próbując odgadnąć, co to za wiadomość.

– Och, to prawda, Sharon – zaszlochała Holly. – Naprawdę.

– No dobra, przyjeżdżaj do nas, porozmawiamy o tym.

– Zaraz będę.

Sharon odłożyła słuchawkę i siedziała w milczeniu.

– Co? Co się stało? – niecierpliwił się John.

– Och, przepraszam, skarbie. Holly do nas jedzie. Ona... ona powiedziała, że...

– CO, na miłość boską?

– Powiedziała, że Gerry sporządził dla niej listę.

John uważnie przyglądał się jej twarzy, próbując odgadnąć, czy mówi poważnie. Sharon odpowiedziała mu spojrzeniem pełnym niepokoju. Dosiadł się do niej i oboje trwali w milczeniu, wpatrzeni w ścianę i pogrążeni w myślach.

Rozdział szósty

– Coś takiego!... – tyle tylko Sharon i John zdołali powiedzieć, kiedy we trójkę usiedli wokół kuchennego stołu w milczeniu, przyglądając się zawartości paczki, którą Holly wytrząsnęła na stół jako dowód. W ciągu ostatnich kilku minut rozmowa między nimi była ograniczona do minimum, jako że wszyscy próbowali odgadnąć swoje uczucia. Wyglądało to mniej więcej tak:

– Ale jak on dał radę...?

– Ale jak to możliwe, że nie zauważyliśmy, jak... no cóż...? Boże.

– Jak myślicie, kiedy on...? No tak, pewnie czasami bywał sam...

Holly i Sharon tylko patrzyły na siebie, gdy tymczasem John, jąkając się, rozważał kiedy, gdzie i jak jego śmiertelnie choremu przyjacielowi udało się w pojedynkę zrealizować ten pomysł, aby nikt się niczego nie domyślił.

– Coś takiego – powtórzył, kiedy dotarło do niego, że Gerry rzeczywiście to uczynił. – Zrobił to zupełnie sam.

– Wiem – zgodziła się z nim Holly. – Więc wy dwoje nie mieliście o tym pojęcia?

– No cóż, nie wiem, jak dla ciebie, Holly, ale dla mnie jest jasne, że mózgiem tego wszystkiego był John – rzuciła sarkastycznie Sharon.

– Cha, cha – odezwał się sucho jej mąż. – W każdym razie dotrzymał słowa, no nie? – Spojrzał na dziewczęta z uśmiechem na twarzy.

– Oczywiście że tak – rzekła cicho Holly.

– Wszystko w porządku, Holly? To znaczy jak się z tym wszystkim czujesz? To musi być... dziwaczne – mruknęła Sharon, wyraźnie zatroskana.

– Czuję się dobrze. – Holly była zamyślona. – Prawdę mówiąc, sądzę, że to najlepsze, co mogło mi się teraz zdarzyć! To jednak zabawne, jak bardzo wszyscy jesteśmy zdumieni, choć przecież tak często rozprawialiśmy o tej liście. Wobec tego, powinnam się była jej spodziewać.

– Tak, ale nigdy nie przypuszczaliśmy, że ktoś z nas rzeczywiście ją zrobi – oświadczył John.

– Ale dlaczego nie? – zapytała Holly. – Przecież to miał być główny powód jej sporządzenia! Aby po swoim odejściu pomóc tym, których się kocha.

– Sądzę, że jedynie Gerry brał to na poważnie.

– Sharon, Gerry jest jedynym, który odszedł. Kto wie, jak postąpiliby inni na jego miejscu?

Przez chwilę panowała cisza.

– No cóż, przyjrzyjmy się w takim razie dokładniej temu wszystkiemu – ożywił się John, któremu nagle poprawił się humor. – Ile jest kopert?

– Razem dziesięć – policzyła Sharon, zarażając się od niego entuzjazmem.

– Okej, jakie są tam miesiące? – zapytał John.

Holly poukładała koperty.

– Jest marzec, to ta lampa, bo już ją otworzyłam, kwiecień, maj, czerwiec, lipiec, sierpień, wrzesień, październik, listopad i grudzień.

– Czyli jest wiadomość na każdy miesiąc, który pozostał do końca roku – rzekła powoli Sharon.

Siedzieli w milczeniu, myśląc o tym samym: Gerry wiedział, że nie będzie żył dłużej niż do lutego.

Holly spojrzała radośnie na swoich przyjaciół. Cokolwiek przygotował dla niej Gerry, już doprowadził do tego, że poczuła się ponownie prawie normalnie, śmiała się z Johnem i Sharon, gdy wspólnie zgadywali, co zawierają koperty. Wydawało się, jakby on nadal był razem z nimi.

– Poczekajcie! – zawołał bardzo poważnie John.

– Co takiego?

Jego niebieskie oczy zalśniły.

– Mamy teraz kwiecień, a ty nie otworzyłaś jeszcze koperty na ten miesiąc.

– Och, no jasne! Mam to zrobić teraz?

– I to już – popędziła ją Sharon.

Holly wzięła do ręki kopertę i otworzyła ją powoli. Zostało jeszcze tylko osiem kopert i pragnęła cieszyć się każdą sekundą, zanim kolejna stanie się wspomnieniem. Wyjęła z koperty niewielką kartkę.

Disco diva musi zawsze wyglądać wspaniale. Wybierz się na zakupy i kup strój, którego będziesz potrzebowała w przyszłym miesiącu!
PS Kocham Cię...

– Ooooch! – John i Sharon zapiszczeli z podekscytowaniem. – On się zaczyna robić tajemniczy!

Rozdział siódmy

Holly leżała na łóżku, włączając i wyłączając lampkę i wariacko się uśmiechając. Ona i Sharon udały się na zakupy do Bed Knobs i Broomsticks w Malahide i wspólnie zdecydowały się na pięknie rzeźbioną drewnianą lampkę i kremowy abażur, który pasował do kremowych i drewnianych mebli w głównej sypialni (oczywiście wybrały tę, która była absurdalnie najdroższa, bo czymś niewłaściwym byłoby łamanie tradycji). I choć Gerry'ego nie było fizycznie przy niej, gdy ją kupowała, czuła, jakby dokonali tego zakupu wspólnie.

Wcześniej zasunęła zasłony w sypialni, by przetestować nowy nabytek. Nocna lampka sprawiała, że pokój wydawał się cieplejszy. Jak łatwo taka lampka mogła zakończyć ich cowieczorne kłótnie, ale chyba żadne z nich tak naprawdę tego nie chciało. Polubili tę rutynę. Dzięki niej czuli się sobie bliżsi. Holly oddałaby wszystko za jedną z tych małych kłótni. I ochoczo wyszłaby z ciepłego łóżka dla niego, ochoczo stąpałaby dla niego po zimnej podłodze, ochoczo nabiłaby sobie siniaka, wracając w ciemności do łóżka. Ale te czasy bezpowrotnie minęły.

Do rzeczywistości przywołała ją melodia piosenki Glorii Gaynor *I Will Survive*, rozlegająca się z telefonu komórkowego.

– Halo?

– Witaj, słonko, jestem w dooooooomu! – zapiszczał znajomy głos.

– O mój Boże, Ciara! Nie wiedziałam, że przyjeżdżasz do domu!

– No cóż, prawdę mówiąc, ja też nie, ale skończyła mi się kasa i postanowiłam was wszystkich zaskoczyć!

– Założę się, że mama i tata nieźle się zdziwili.

– No cóż, tata upuścił z przerażenia ręcznik, kiedy wyszedł spod prysznica.

Holly zakryła twarz dłońmi.

– Och, Ciaro, powiedz, że to nieprawda!

– Nie było żadnych uścisków z tatusiem, kiedy go zobaczyłam! – zaśmiała się siostra.

– Och, fuj, fuj, fuj. Zmieńmy temat, mam koszmarne wizje.

– Okej, no cóż, zadzwoniłam, żeby ci powiedzieć, że jestem w domu, oczywiście, i że mama wydaje wieczorem obiad, by to uczcić.

– Uczcić co?

– To, że żyję.

– Och, no dobra. Tak myślałam, że wydasz oświadczenie, czy coś w tym rodzaju.

– Że żyję.

– No... dobra. Kto tam będzie?

– Cała rodzina.

– Czy wspominałam o tym, że idę do dentysty, by wyrwać sobie wszystkie zęby? Przepraszam, ale nie dam rady.

– Wiem, wiem, ja powiedziałam mamie to samo, ale już całe wieki nie spotykaliśmy się wszyscy razem. No, powiedz szczerze, kiedy ostatni raz widziałaś się z Richardem i Meredith?

– Och, stary, dobry Dick. Podczas pogrzebu był w doskonałej formie. Miał mi do powiedzenia wiele mądrych i pocieszających rzeczy, jak na przykład: „Nie zastanawiałaś się nad tym, by przekazać jego mózg na potrzeby medycyny?". Tak, on jest naprawdę fantastycznym bratem.

– O rany, Holly, przepraszam, zapomniałam o pogrzebie. – Głos siostry się zmienił. – Przepraszam, że nie mogłam na nim być.

– Ciaro, nie bądź niemądra. Obie uznałyśmy, że najlepiej, jak tam zostaniesz – odparła dziarsko Holly. – Zdecydowanie za drogo jest tak sobie latać do Australii tam i z powrotem, więc nie mówmy już o tym, dobrze?

– Dobrze.

Holly szybko zmieniła temat.

– Kiedy więc mówisz cała rodzina, masz na myśli...?

– Tak, Richard i Meredith przyprowadzą ze sobą naszą cudowną małą bratanicę i bratanka. Na pewno ucieszy cię wiadomość, że przyjdzie też Jack z Abbey. Declan będzie obecny ciałem, ale najprawdopodobniej nie duchem, mama, tata, ja i oczywiście ty też tam BĘDZIESZ.

Holly jęknęła. Chociaż trochę narzekała na rodzinę, to miała wspaniały kontakt ze swym bratem Jackiem. Był od niej tylko dwa lata starszy, więc trzymali się razem, kiedy dorastali, a on zawsze był wobec niej bardzo opiekuńczy. Matka nazywała ich swoimi „dwoma małymi elfami", ponieważ zawsze razem robili psoty, których celem zazwyczaj był ich najstarszy brat Richard. Jack był podobny do Holly zarówno z wyglądu, jak i z charakteru i uważała go za najbardziej normalnego z całego rodzeństwa. Nie bez znaczenia było też to, że bardzo lubiła się z jego partnerką od siedmiu lat, Abbey, i kiedy Gerry żył, ich czwórka często umawiała się na wspólne kolacje i spotkania przy drinkach. Kiedy Gerry żył... Boże, to nie tak powinno brzmieć.

Ciara to zupełnie inna para kaloszy. Jack i Holly byli przekonani, że pochodzi ona z planety Ciara o populacji jedna osoba. Ciara z wyglądu była podobna do ojca – długie nogi i ciemne włosy. Jej ciało zdobiło także kilka tatuaży i kolczyki, które były pamiątkami z podróży po całym świecie. Co kraj to tatuaż, żartował sobie zawsze tata. Co mężczyzna to tatuaż, byli przekonani Holly i Jack.

Oczywiście na te wszystkie szopki krzywo patrzył najstarszy z rodzeństwa, Richard (albo też Dick, jak go nazywali Jack i Holly). Richard przyszedł na świat z poważnym schorzeniem, które polegało na byciu wiecznym staruszkiem. Jego życie obracało się wokół zasad, przepisów i posłuszeństwa. Kiedy był chłopcem, miał jednego przyjaciela, z którym pobił się o coś, kiedy mieli po dziesięć lat, i od tamtej pory Holly nie pamiętała, by przyprowadził kogokolwiek do domu, by miał jakieś dziewczyny czy kiedykolwiek udzielał się towarzysko. Ona i Jack uważali za cud to, że w ogóle udało mu się poznać swoją równie ponurą żonę, Meredith – najpewniej na zjeździe przeciwników szczęścia.

To wcale nie znaczy, że Holly miała najgorszą rodzinę na świecie, chodziło jedynie o to, że stanowili taką dziwną zbieraninę ludzi. Poważne niezgodności charakterów zazwyczaj prowadziły do kłótni w najmniej stosownych momentach lub do, jak woleli nazywać je rodzice Holly, „zażartych dyskusji". Potrafili się ze sobą dogadać, ale tylko wtedy, gdy wszyscy naprawdę się starali.

Holly i Jack często umawiali się na lunch albo na drinka, aby być na bieżąco w kwestiach dotyczących ich życia. Lubiła przebywać w jego towarzystwie i uważała go nie tylko za brata, ale także za prawdziwego przyjaciela. Ostatnio nieczęsto się widywali. Jack dobrze rozumiał Holly i wiedział, że potrzebuje trochę samotności.

Jedyny kontakt ze swym młodszym bratem Declanem miała Holly wtedy, gdy dzwoniła do domu rodziców, a on podnosił słuchawkę. Declan nie grzeszył wylewnością. Był przerośniętym „chłopcem", który nie czuł się jeszcze zbyt dobrze w towarzystwie dorosłych, więc Holly tak naprawdę niewiele o nim wiedziała. Była jednak świadoma jego bezgranicznego oddania zespołowi, Orgazmicznym Rybom (których występu jeszcze nie miała okazji oglądać), a kiedy w jego rękach nie było gitary, wtedy jej miejsce zajmowała kamera wideo. Fajny facet, po prostu chodził z głową nieco zbyt wysoko w chmurach.

Ciary, jej dwudziestoczteroletniej siostrzyczki, nie było w domu przez cały rok i Holly zdążyła się już za nią porządnie stęsknić. Nigdy nie były siostrami, które wymieniają się ciuchami i chichoczą wspólnie na temat chłopców – ich gusta zbyt się od siebie różniły – ale i tak łączyła je silna więź. Ciara jednak najmocniej czuła się związana z Declanem; oboje byli niepoprawnymi marzycielami, a ponieważ Jack i Holly nie rozstawali się jako dzieci i przyjaźnili się, gdy dorośli, siłą rzeczy Richard pozostawał na uboczu. Holly podejrzewała jednak, że taka sytuacja mogła mu odpowiadać. Unikał bliższych kontaktów z ludźmi, których nie do końca potrafił zrozumieć. Holly cierpła skóra na myśl o jego wykładach na nudne tematy, nietaktownych pytaniach dotyczących jej życia i uwagach wygłaszanych przy stole. Ale to był powitalny obiad Ciary, będzie tam Jack; Holly mogła na niego liczyć.

Ale czy czekała z niecierpliwością na dzisiejszy wieczór? Z całą pewnością nie.

Holly niechętnie zapukała do drzwi i natychmiast usłyszała tupot pędzących do drzwi małych nóżek, za którym podążał głos tak donośny, że nie powinien należeć do dziecka.

– Mamusiu! Tatusiu! To ciocia Holly, ciocia Holly!

To był bratanek Timothy, bratanek Timothy.

Nagle czyjś surowy głos zdusił jego radość (choć było dziwne, że bratanek cieszy się z jej przybycia. Musiał się nudzić jeszcze bardziej niż zazwyczaj):

– Timothy! Co ci mówiłam na temat biegania po domu? Mogłeś się przewrócić i zrobić sobie krzywdę. Teraz idź do kąta i pomyśl o tym, co właśnie powiedziałam. Czy wyrażam się jasno?

– Tak, mamusiu.

– Och, daj spokój, Meredith, czy zrobi sobie krzywdę na dywanie albo na miękkiej sofie?

Holly zaśmiała się do siebie; Ciara była zdecydowanie w domu. Kiedy zastanawiała się nad ucieczką, drzwi otworzyły się na całą szerokość i jej oczom ukazała się Meredith. Wyglądała nawet bardziej ponuro i odpychająco niż zazwyczaj.

– Holly. – Skinęła głową na powitanie.

– Meredith. – Holly odpowiedziała jej w taki sam sposób.

Już w salonie Holly rozejrzała się za Jackiem, ale ku jej rozczarowaniu nigdzie nie było go widać. Richard stał przed kominkiem, ubrany w zadziwiająco kolorowy sweter. Może dziś wieczorem postanowił zaszaleć. Ręce trzymał w kieszeniach i kołysał się w tył i w przód, jak profesor w trakcie wykładu. Jego wykład skierowany był do ojca, Franka, który siedział, wyraźnie skrępowany, w swoim ulubionym fotelu i wyglądał niczym uczeń, któremu udziela się nagany. Richard tak bardzo pochłonięty był swoją historią, że nie dostrzegł Holly. Posłała biednemu ojcu całusa przez pokój, nie chcąc się wtrącać do ich rozmowy. Uśmiechnął się do niej i udał, że łapie w locie pocałunek.

Declan siedział na sofie, ubrany w poszarpane dżinsy i T-shirt z podobiznami bohaterów miasteczka South Park, paląc z furią papierosa i słuchając, jak Meredith przestrzegała go przed niebezpieczeństwami, które niesie ze sobą palenie.

– Naprawdę? Nie wiedziałem o tym – rzekł tonem, w którym pobrzmiewała troska i zainteresowanie i zgasił papierosa. Meredith wyglądała na usatysfakcjonowaną, dopóki Declan nie mrugnął do Holly, wyciągnął z pudełka i natychmiast zapalił następnego papierosa. – Proszę, opowiedz mi więcej, wprost pałam ciekawością.

Meredith rzuciła mu pełne odrazy spojrzenie.

Ciara kryła się za sofą, rzucając popcorn w tył głowy Timothy'ego. Chłopiec stał twarzą do ściany w kącie pokoju, zbyt przestraszony, by się odwrócić. Abbey siedziała unieruchomiona na podłodze. Rządziła nią pięcioletnia Emily i paskudnie wyglądająca lalka. Posłała Holly błagalne spojrzenie i wyszeptała do niej bezgłośnie:

– Pomocy.

– Cześć, Ciaro. – Holly podeszła do siostry, która podskoczyła i uściskała ją mocno, znacznie mocniej niż zazwyczaj. – Ładne włosy.

– Podobają ci się?

– Taa, różowy to zdecydowanie twój kolor.

Ciara wyglądała na usatysfakcjonowaną.

– To właśnie starałam się im powiedzieć – rzekła, patrząc spod przymrużonych powiek na Richarda i Meredith. – No więc co słychać u mojej starszej siostry? – zapytała miękko, głaszcząc Holly po ramieniu.

– Och, no wiesz. – Holly uśmiechnęła się słabo. – Jakoś się trzymam.

– Jack jest w kuchni i pomaga waszej mamie przy obiedzie, jeśli go szukasz, Holly – oświadczyła Abbey, po czym rozszerzyła oczy i ponownie wypowiedziała bezgłośnie: – Pomóż mi.

Holly uniosła brwi.

– Naprawdę? No cóż, czyż nie jest wspaniałym synem?

– Och, Holly, wiesz przecież, że Jack kocha gotować. Nigdy nie ma dość – odparła sarkastycznie.

Tata Holly zaśmiał się cicho, co wyrwało Richarda z transu.

– Co jest takie zabawne, ojcze?

Frank poprawił się nerwowo w fotelu.

– Uważam po prostu za niesamowite, że wszystko to dzieje się w jednej maleńkiej probówce.

Richard wydał z siebie westchnienie, w którym słychać było dezaprobatę wobec ignorancji ojca.

– Tak, ale musisz zrozumieć, że one są tak mikroskopijne, ojcze, że to naprawdę fascynujące. Organizmy łączą się z... – mówił z zapałem, podczas gdy ojciec siedział na fotelu i starał się unikać kontaktu wzrokowego z Holly.

Holly udała się na paluszkach do kuchni. A tam przy stole siedział sobie brat. Nogi oparł na krześle i pałaszował coś z apetytem.

– Ach, oto i on, szef kuchni we własnej osobie.

Jack uśmiechnął się i wstał.

– A oto moja ulubiona siostra. – Zmarszczył nos. – Widzę, że i ciebie wrobili w ten cały obiad. – Podszedł do Holly i wyciągnął ramiona, by zamknąć ją w uścisku. – Jak się masz? – zapytał cicho do ucha.

– Dobrze, dzięki – uśmiechnęła się smutno i pocałowała go w policzek, po czym odwróciła się ku mamie. – Kochana matko, jestem tutaj, by zaoferować pomoc w tym niesłychanie stresującym i pracowitym okresie twego życia – oświadczyła, składając pocałunek na rozgrzanym policzku mamy.

– Och, czyż nie jestem najszczęśliwszą kobietą na świecie, mając dzieci tak troskliwe jak wy? – zapytała sarkastycznie Elizabeth. – Coś ci powiem, Holly, możesz odlać ziemniaki.

– Mamo, opowiedz nam o czasach, kiedy byłaś małą dziewczynką w czasie wielkiego głodu i gdy nie było kartofli – odezwał się Jack, siląc się na irlandzki akcent.

Elizabeth zdzieliła go żartobliwie ścierką po głowie.

– Och, jasne, tyle że to było na długo przed moim urodzeniem, synu.

– Och, jasne, to prawda – odparł Jack.

– Nie, to nieprawda – zażartowała Holly.

Oboje zamilkli i spojrzeli na nią.

– Tylko nie zacznijcie się sprzeczać – roześmiała się mama.

– Ach, zamknijcie się już oboje. – Holly przysiadła się do siedzącego przy stole brata.

– Mam nadzieję, że nie będziecie dziś wieczorem wyczyniać żadnych psot. Chciałabym, by ten dom był dla odmiany strefą wolną od kłótni.

– Matko, jestem poruszony, że taka myśl mogła pojawić się w twojej głowie. – Jack puścił oko do Holly.

– No dobrze – rzekła, nie wierząc w ani jedno jego słowo. – Cóż, przykro mi, moje dzieci, ale nie ma tu już niczego do roboty. Obiad będzie gotowy za pięć minut.

– Och... – Holly była rozczarowana.

Elizabeth dosiadła się do swych dzieci i cała trójka przyglądała się kuchennym drzwiom, myśląc o tym samym.

– Nie, Abbey – zapiszczała głośno Emily. – Nie robisz tego, co ci każę. – I wybuchła płaczem. Wkrótce potem dało się słyszeć głośny rechot Richarda; najwyraźniej powiedział jakiś dowcip, ponieważ nikt inny się nie śmiał.

– Ale myślę, że chyba powinniśmy tu zostać i mieć oko na obiad – dodała Elizabeth.

– No dobrze, proszę do stołu, obiad podany – oznajmiła Elizabeth i cała rodzina skierowała kroki do jadalni. Przez chwilę panowało skrępowanie, tak jak na dziecięcym przyjęciu urodzinowym, kiedy każdy przepycha się, by siedzieć obok swego najlepszego przyjaciela. Holly ostatecznie zadowolona była ze swego miejsca przy stole: po jej lewej stronie siedziała mama, a po prawej Jack. Abbey siedziała z nachmurzoną miną, gdyż posadzono ją między Jackiem a Richardem. Jack będzie musiał jej to jakoś wynagrodzić, kiedy wrócą do domu. Declan usiadł naprzeciwko Holly, obok niego znajdowało się puste miejsce, na którym powinien siedzieć Timothy, dalej Emily i Meredith, a następnie Ciara. Ojciec był zdecydowanie pokrzywdzony, siedząc w szczycie stołu pomiędzy Richardem a Ciarą, ale był tak spokojnym człowiekiem, że tylko jego można było obarczyć takim ciężarem.

Wszyscy wydawali okrzyki, gdy Elizabeth wnosiła na stół potrawy, a pokój wypełniły apetyczne zapachy. Holly zawsze uwielbiała kuchnię mamy; Elizabeth nigdy nie bała się eksperymentować z nowymi smakami i przepisami. Była to cecha, której nie przekazała w genach córce.

– Hej, biedny mały Timmy musi umierać z głodu – zawołała Ciara do Richarda. – Chyba już wystarczająco długo stoi w kącie.

Wiedziała, że ślizga się po cienkim lodzie, ale uwielbiała towarzyszące temu niebezpieczeństwo i, co ważniejsze, uwielbiała wkurzać Richarda. Pomijając wszystko inne, musiała przecież nadgonić stracony czas – nie było jej przez cały długi rok.

– Ciaro, ważne jest, by Timothy wiedział, kiedy robi coś niewłaściwego – wyjaśnił jej Richard.

– No tak, ale nie mógłbyś mu tego po prostu powiedzieć? Reszta rodziny z całych sił próbowała się nie roześmiać.

– Musi wiedzieć, że jego czyny będą prowadziły do poważnych konsekwencji, a wtedy ich nie powtórzy.

– No cóż – rzekła Ciara, podnosząc głos o kilka decybeli. – Traci całe to pyszne jedzonko. Mniam, mniam – dodała, oblizując wargi.

– Przestań, Ciaro – zganiła ją Elizabeth.

– Albo będziesz musiała iść do kąta – dodał surowo Jack. Rozległ się głośny śmiech – to znaczy śmiali się wszyscy oprócz Meredith i Richarda oczywiście.

– No więc, Ciara, opowiedz nam o swoich przygodach w Australii. – Frank szybko zmienił temat.

Jej oczy rozbłysły.

– Och, naprawdę niesamowicie spędziłam tam czas, tato. Zdecydowanie każdemu polecałabym taką wyprawę.

– Koszmarnie długi lot – rzekł Richard.

– Tak, ale mimo to warto pojechać.

– Zrobiłaś sobie jakiś nowy tatuaż? – zapytała Holly.

– Tak, spójrzcie. – Z tymi słowami Ciara wstała z krzesła i opuściła spodnie, odsłaniając motylka na pupie.

Mama, tata, Richard i Meredith wydali okrzyki pełne oburzenia, natomiast reszta rodziny zachłystywała się śmiechem. Wreszcie, kiedy Ciara już przeprosiła, a Meredith odsunęła dłonie z oczu Emily, przy stole znowu zapanował względny spokój.

– To naprawdę odrażające – odezwał się ze wstrętem Richard.

– Myślę, że motylki są ładne, tatusiu – rzekła Emily, patrząc na niego wielkimi, niewinnymi oczami.

– Tak, niektóre motylki są ładne, Emily, ale ja mówię o tatuażach. Można się przez nie nabawić różnego rodzaju choróbsk i kłopotów.

Uśmiech Emily zniknął.

– Ja nie zrobiłam tego w jakiejś zapyziałeś dziurze, dzieląc się igłami z narkomanami. To miejsce było idealnie czyste.

– Trudno mi w to uwierzyć – prychnęła Meredith.

– Znasz takie miejsca, Meredith? – zapytała Ciara nieco zbyt głośno.

– Cóż, eee... n-n-n-nie – wyjąkała. – Nigdy nie byłam w żadnym studiu tatuażu, dziękuję bardzo, ale jestem pewna, że takie właśnie są. – Po czym odwróciła się do Emily. – To brudne, straszne miejsca, Emily, gdzie bywają tylko niebezpieczni ludzie.

– Czy ciocia Ciara jest niebezpieczna, mamusiu?

– Tylko dla pięcioletnich małych dziewczynek z rudymi włosami – oświadczyła Ciara, zapychając sobie usta ziemniakami.

Emily zamarła.

– Richardzie, mój drogi, czy myślisz, że Timmy chciałby tu przyjść i coś zjeść? – zapytała grzecznie Elizabeth.

– Timothy... – wtrąciła Meredith.

– Tak, matko, sądzę, że może już przyjść.

Bardzo skruszony mały Timothy wszedł powoli do jadalni ze spuszczoną głową i bez słowa zajął miejsce obok Declana. Serce Holly rwało się do niego. Jakie to okrutne traktować dziecko w taki sposób, nie pozwolić mu być dzieckiem... Ale jej współczucie natychmiast się ulotniło, kiedy poczuła, jak mały hultaj kopie ją pod stołem w goleń. Powinni go byli zostawić tam, gdzie stał.

– No więc, Ciaro, dalej, zdradź nam wszystko. Robiłaś tam coś dzikiego i cudownego? – naciskała Holly.

– O tak, skoczyłam na bungee, nawet kilka razy. Mam tu zdjęcie. – Sięgnęła do tylnej kieszeni spodni i wszyscy odwrócili wzrok na wypadek, gdyby zechciała ukazać kolejne fragmenty swego ciała. Na szczęście wyjęła jedynie z kieszeni portfel i puściła zdjęcie wokół stołu. – Pierwszy skok wykonałam z mostu i kiedy spadałam, głową uderzyłam w wodę...

– Och, Ciaro, to brzmi niebezpiecznie – przerwała jej mama, zasłaniając dłońmi twarz.

– Skąd, to wcale nie było niebezpieczne.

Zdjęcie znalazło się w rękach Holly i ona i Jack wybuchli śmiechem. Ciara zwisała do góry nogami na linie, a jej twarz wykrzywiał grymas najczystszego przerażenia. Włosy (wtedy jeszcze niebieskie) sterczały na wszystkie strony, jakby właśnie została porażona prądem.

– Bardzo atrakcyjna fotka, Ciaro. Mamo, musisz ją oprawić w ramki i postawić nad kominkiem – zażartowała Holly.

– Taak! – Oczy Ciary rozbłysły. – To świetny pomysł.

– Jasne, kochanie, wyjmę z ramki to, na którym przystępujesz do komunii, i zastąpię tym – oświadczyła z sarkazmem Elizabeth.

– No cóż, nie wiem, które jest bardziej przerażające – odezwał się Declan.

– Holly, co robisz w związku ze swymi urodzinami? – zapytała Abbey, pochylając się ku niej. Wyraźnie oddałaby wszystko, byle wyplątać się z rozmowy, którą prowadziła z Richardem.

– A właśnie! – zawołała Ciara. – W przyszłym tygodniu skończysz trzydziestkę!

– Nie planuję niczego wielkiego. Nie chcę żadnego przyjęcia-niespodzianki ani nic w tym stylu, BŁAGAM.

– Och, ale ty musisz... – zaczęła Ciara.

– Nie, nie musi, jeśli nie chce – wtrącił tata i mrugnął pokrzepiająco do Holly.

– Dziękuję ci, tato. Mam zamiar wyjść po prostu z dziewczynami do klubu, czy coś w tym rodzaju. Nic szalonego, nic dzikiego.

Richard zacmokał z niezadowoleniem, gdy dotarło do niego zdjęcie, i podał je ojcu, który na widok dyndającej na linie Ciary zachichotał.

– Tak, zgadzam się z tobą, Holly – oświadczył Richard.
– To świętowanie urodzin zawsze jest nieco krępujące. Dorośli ludzie zachowują się jak dzieci, rozrabiają na parkiecie i zdecydowanie zbyt dużo piją. Masz najzupełniej rację.

– No cóż, prawdę mówiąc, lubię takie imprezy, Richardzie – odpaliła Holly. – Ale w tym roku nie jestem po prostu w odpowiednim nastroju.

Przez chwilę panowała cisza, którą przerwała Ciara.

– W takim razie babski wieczór – odezwała się słabym głosem.

– Mogę wam potowarzyszyć z kamerą? – zapytał Declan.

– A po kiego?

– Po prostu potrzebny mi do college'u materiał filmowy o klubach i tym podobnym.

– Cóż, jeśli ci to coś da... ale musisz wiedzieć, że nie pójdziemy do żadnego z tych modnych miejsc, które lubisz.

– Nieważne, dokąd pójdziecie... AŁA! – wrzasnął i spojrzał groźnie na Timothy'ego.

Timmy pokazał mu język. Kiedy skończono jeść danie główne, Ciara znikła, a po chwili powróciła z wypchaną torbą w dłoni i oznajmiła:

– Prezenty!

Timmy i Emily od razu poweseleli. Holly miała nadzieję, że Ciara pamiętała o tym, by im coś przywieźć.

Ojciec dostał kolorowy bumerang i udawał, że rzuca nim w żonę; Richard dostał T-shirt z mapą Australii i natychmiast zaczął uczyć geografii siedzących przy stole Timmy'ego i Emily; Meredith – co było dość komiczne – nie otrzymała niczego; Jack i Declan dostali T-shirty z frywolnymi obrazkami i napisem: „Byłem w buszu", a dla Elizabeth był zbiór dawnych przepisów aborygeńskich. Holly wzruszył łapacz snów, zrobiony z jaskrawokolorowych piór i patyczków.

– Aby spotkało cię w życiu wiele szczęścia – wyszeptała jej do ucha Ciara i pocałowała w policzek.

Ciara przywiozła słodycze dla Timmy'ego i Emily, które dziwnym trafem wyglądały tak, jakby można je było kupić w miejscowym sklepie. Niestety Richard i Meredith odebrali je dzieciom, mówiąc, że popsują sobie od nich zęby.

– No cóż, oddajcie je w takim razie z powrotem, by moje zęby mogły się popsuć – zażądała Ciara.

Timmy i Emily popatrzyli smutnym wzrokiem na prezenty innych i natychmiast otrzymali burę od Richarda za brak koncentracji. Timmy skrzywił się do Holly, a do jej serca powróciło ciepłe uczucie. Dopóki zachowanie dzieci usprawiedliwiało podobne traktowanie, była gotowa je zaakceptować.

– Richardzie, lepiej ruszajmy w drogę, w przeciwnym wypadku dzieci zasną na siedząco – oświadczyła Meredith.

Dzieci były jednak w pełni rozbudzone i raz po raz kopały pod stołem Holly i Declana.

– Cóż – odezwał się głośno ojciec Holly, przekrzykując hałas rozmów. Towarzystwo przy stole ucichło. – Zanim wszyscy zaczną znikać, chciałbym wznieść toast za naszą piękną córkę Ciarę. – Uśmiechnął się do niej, a Ciara pławiła się w zainteresowaniu swoją osobą. – Tęskniliśmy za tobą, skarbie, i cieszymy się, że bezpiecznie wróciłaś do domu. Uniósł kieliszek. – Za Ciarę!

– Za Ciarę! – powtórzyli wszyscy.

Kiedy zamknęły się drzwi za Richardem i Meredith, pozostali też zaczęli wychodzić. Holly wyszła na chłodne powietrze i sama poszła w stronę samochodu. Mama i tata stali w drzwiach i machali do niej, ale i tak czuła się bardzo samotna. Zazwyczaj wychodziła z takich imprez z Gerrym, a jeśli nie z nim, to przynajmniej wracała do niego. Ale nie dzisiejszego wieczoru i żadnego innego wieczoru w przyszłości.

Rozdział ósmy

W dniu swoich urodzin Holly stanęła przed dużym lustrem i przyjrzała się sobie uważnie. Wypełniła polecenie Gerry'ego i kupiła nowy strój. Nie wiedziała, po co, i wielokrotnie w ciągu dnia musiała odpierać pokusę, by otworzyć kopertę na maj. Zostały tylko dwa dni i wyczekiwanie sprawiało, że nie potrafiła myśleć o niczym innym.

Postanowiła ubrać się na czarno, który to kolor współgrał z jej obecnym nastrojem. Czarne dopasowane spodnie wyszczuplały nogi i ładnie opadały na czarne pantofle. Stroju doskonale dopełniał czarny gorset, dzięki któremu piersi wydawały się większe. Leo dokonał z jej włosami prawdziwych cudów, upinając je i pozwalając pojedynczym pasmom opadać łagodnymi falami na ramiona. Holly przeczesała palcami włosy i uśmiechnęła się na wspomnienie swojej dzisiejszej wizyty u fryzjera...

Pojawiła się w salonie z zaczerwienionymi policzkami i bez tchu.

– Och, bardzo przepraszam, Leo. Zadzwonił telefon i straciłam poczucie czasu.

– Nie przejmuj się, skarbie. Gdy umawiasz się na wizytę, mój wyszkolony personel zapisuje cię wstępnie na pół godziny później. COLIN! – wrzasnął, pstrykając w powietrzu palcami.

Colin rzucił wszystko i gdzieś pognał.

– Boże, bierzesz środki uspokajające dla koni, czy co? Ta długość twoich włosów, a podcinałem je zaledwie kilka tygodni temu. Nacisnął energicznie pedał fotela, podnosząc Holly wyżej.

– Jest dzisiaj jakaś szczególna okazja? – zapytał.

– Wielkie trzy zero – odparła, zagryzając wargę.

– Co to takiego, numer twojego autobusu?

– Nie! Ja mam wielkie trzy zero!

– Oczywiście, że wiedziałem o tym, skarbie. COLIN! – ponownie wrzasnął, po raz kolejny pstrykając palcami.

Colin wyłonił się ze znajdującego się za Holly pomieszczenia dla personelu, niosąc przed sobą tort. Za nim podążał sznur fryzjerów, śpiewając razem z Leo *Happy Birthday*. Holly oniemiała. Próbowała walczyć ze łzami, ale sromotnie przegrała. Teraz do śpiewu przyłączył się cały salon i Holly była do głębi poruszona okazanym jej uczuciem. Kiedy piosenka się skończyła, wszyscy zaczęli klaskać, po czym wrócili do swoich zajęć.

Holly nie była w stanie wykrztusić ani słowa.

– Chryste przenajświętszy, Holly, jednego tygodnia siedzisz tu i śmiejesz się tak, że omal nie spadasz z fotela, a kiedy indziej ryczysz jak bóbr!

– Bo to było takie cudowne, Leo, dziękuję ci – odezwała się, wycierając oczy. Uściskała go mocno i ucałowała.

– No cóż, musiałem się na tobie odegrać po tym, jak mnie wpuściłaś w maliny – rzekł, odsuwając się od niej, wyraźnie skrępowany tym dowodem uczuć.

Holly się roześmiała, przypominając sobie przyjęcie-niespodziankę przygotowane z okazji pięćdziesiątych urodzin Lea. Tematem przewodnim były „pióra i koronki". Holly włożyła piękną, obcisłą, koronkową suknię, a Gerry, który zawsze był skory do żartów, owinął się różowym boa z piór, które pasowało do różowej koszuli i krawata. Leo utrzymywał, że jest potwornie zakłopotany, ale wszyscy wiedzieli, że skrycie upaja się uwagą, jaką mu poświęcano. Następnego dnia Leo obdzwonił wszystkich gości, którzy wzięli udział w przyjęciu i na ich sekretarkach pozostawił wiadomości z pogróżkami. Holly przez kilka tygodni bała się umówić do niego na wizytę z obawy, by nie zmasakrował jej włosów. Chodziły słuchy, że tamtego tygodnia interesy Lea nie szły najlepiej.

– No cóż, tak czy inaczej tamtego wieczoru spodobał ci się striptizer – drażniła się z nim Holly.

– Spodobał? Spotykaliśmy się potem przez miesiąc. Łobuz. Przed każdą klientką pojawił się kawałek tortu i wszystkie się odwróciły, by jej podziękować.

– Nie rozumiem, dlaczego dziękują tobie – mruknął pod nosem Leo. – To ja, do cholery, kupiłem ten tort.

– Nie martw się, Leo, zapewniam cię, że napiwek pokryje jego koszt.

– Zwariowałaś? Twój napiwek nie pokryłby nawet kosztu biletu na autobus do domu dla mnie.

– Leo, mieszkasz tuż obok.

– Właśnie!

Wydęła usta i udała, że się dąsa.

Leo się roześmiał.

– Masz trzydzieści lat, a wciąż się zachowujesz jak dziecko. Dokąd się wybierasz wieczorem?

– Och, w żadne szalone miejsce. Mam po prostu ochotę na kameralny, miły i spokojny wieczór z dziewczynami.

– Tak właśnie mówiłem, kiedy kończyłem pięćdziesiątkę. Kto idzie?

– Sharon, Ciara, Abbey i Denise, nie widziałam jej już od wieków.

– Ciara w domu?

– Tak, ona i jej różowe włosy.

– O święci w niebiesiech! Powinna się trzymać ode mnie z daleka, jeśli wie, co jest dla niej dobre. No dobra, panienko, wyglądasz olśniewająco, będziesz królową balu. Bawcie się dobrze!

Holly wyrwała się ze świata marzeń i przyjrzała się swemu odbiciu w lustrze. Nie wyglądała na trzydzieści lat ani też tak się nie czuła. No, ale niby jak powinien się człowiek czuć, kończąc trzydzieści lat? Kiedy była młodsza, trzydziestka wydawała jej się tak bardzo odległa, i sądziła, że kobieta w tym wieku powinna być mądra, ustatkowana, mieć męża, dzieci i dobrą pracę. Ona nie osiągnęła żadnej z tych rzeczy. Nadal czuła się równie niepewna, jak wtedy, gdy miała lat dwadzieścia, tyle że przybyło jej kilka siwych włosów, a wokół oczu pojawiły się kurze łapki. Przysiadła na brzegu łóżka i przyglądała się swemu odbiciu w lustrze. Trzydzieste urodziny naprawdę nie były powodem do radości.

Rozległ się dzwonek i Holly usłyszała dochodzące zza drzwi pełne podekscytowania szczebiotanie dziewcząt. Próbowała się jakoś ożywić, wzięła głęboki oddech i przywołała na twarz uśmiech.

– Wszystkiego najlepszego! – zawołały dziewczyny zgodnym chórem.

Przyjrzała się ich uśmiechniętym twarzom i od razu zrobiło jej sie weselej na duszy. Wpuściła gości do salonu i pomachała do trzymanej przez Declana kamery.

– Nie, Holly, ty masz go ignorować! – syknęła Denise i pociągnęła przyjaciółkę na kanapę, gdzie wszystkie ją otoczyły i zaczęły podtykać pod nos prezenty.

– Najpierw otwórz mój! – zapiszczała Ciara, odpychając Sharon tak energicznie, że ta aż spadła z kanapy. Sharon zamarła z przerażenia, nie wiedząc, jak zareagować, ale po chwili wybuchła śmiechem.

– No dobra, uspokójcie się wszyscy – nakazała rozsądnie Abbey, pomagając Sharon podnieść się z podłogi. – Sądzę, że najpierw powinnyśmy otworzyć bąbelki, a potem dopiero prezenciki.

– Okej, ale tylko wtedy, jeśli mój otworzy jako pierwszy – nadąsała się Ciara.

– Ciaro, obiecuję, że twój prezent otworzę jako pierwszy – oświadczyła Holly takim tonem, jakiego się używa w stosunku do dzieci.

Abbey puściła się biegiem do kuchni i wróciła z tacą pełną wysokich kieliszków do szampana.

– Która ma ochotę na szampika, moje kochanieńkie?

Te kieliszki stanowiły prezent ślubny i na jednym z nich wyryte były imiona Holly i Gerry'ego, ale ten właśnie kieliszek Abbey taktownie zostawiła w kuchni.

– Proszę, Holly, możesz czynić honory – oświadczyła Abbey, podając jej butelkę.

Kiedy Holly zaczęła odkorkowywać butelkę, wszyscy się rozbiegli, ze strachu.

– Przecież nie jestem w tym aż taka zła!

– Taa, toż to stary zawodowiec – rzekła Sharon, wychylając się zza kanapy z poduszką na głowie.

Dziewczęta wydały pełne radości okrzyki, kiedy usłyszały cichy wystrzał, po czym wyczołgały się ze swych kryjówek.

– Niebiański dźwięk – oświadczyła teatralnie Denise, przykładając dłoń do serca.

– No dobra, a teraz otwórz mój prezent! – zawołała niestrudzona Ciara.

– Ciaro! – wrzasnęły na nią wszystkie.

– Po toaście – dodała Sharon.

Zgodnie podniosły w górę kieliszki.

– No dobrze, za moją najlepszą przyjaciółkę na calutkim świecie, która miała strasznie trudny rok, ale przez cały ten czas była najodważniejszą i najsilniejszą osobą, jaką kiedykolwiek znałam. Jest dla nas wszystkich przykładem. Wznieśmy toast za to, by odnalazła szczęście na następne trzydzieści lat życia! Za Holly!

– Za Holly! – powtórzyły zgodnie. Oczy wszystkich dziewcząt lśniły od łez, kiedy piły szampana, z wyjątkiem, rzecz jasna, Ciary, która zdążyła wytrąbić już swojego szampana i teraz nie ustawała w wysiłkach, by wręczyć Holly prezent.

– A teraz, najpierw musisz nałożyć tę tiarę, ponieważ dziś wieczorem jesteś naszą księżniczką, a po drugie oto prezent ode mnie dla ciebie!

Dziewczęta pomogły Holly włożyć błyszczącą tiarę, a tak się akurat szczęśliwie złożyło, że doskonale pasowała do jej migoczącego gorsetu. W tamtej chwili, otoczona przyjaciółkami, naprawdę poczuła się jak księżniczka.

Holly ostrożnie usuwała taśmę klejącą ze starannie zapakowanej paczki.

– Och, po prostu to rozerwij – odezwała się Abbey ku zdziwieniu pozostałych.

Holly z konsternacją popatrzyła na znajdujące się środku pudełko.

– Co to jest?

– Przeczytaj! – zawołała z podekscytowaniem Ciara.

Holly zaczęła głośno czytać napis na pudełku:

– To zasilany bateriami... o mój Boże! Ciara! Ty niegrzeczna dziewucho! – Holly i pozostałe dziewczęta zaśmiały się histerycznie.

– No cóż, z całą pewnością mi się przyda – powiedziała z uśmiechem Holly, pokazując pudełko do kamery.

Declan wyglądał tak, jakby miał zaraz zwymiotować.

– Podoba ci się? – zapytała Ciara, wyraźnie oczekując aprobaty. – Chciałam dać ci to na obiedzie w zeszłym tygodniu, ale uznałam, że to niezbyt stosowne.

– O rany! Cieszę się, że zachowałaś to aż do teraz! – roześmiała się Holly, ściskając siostrę.

– No dobra, teraz ja – odezwała się Abbey, kładąc prezent na kolanach Holly. – To ode mnie i od Jacka, więc nie spodziewaj się czegoś podobnego do prezentu Ciary.

– Zaczęłabym się martwić, gdyby Jack podarował mi coś w tym rodzaju – odparła Holly, odwijając prezent. – Och,

Abbey, jest piękny! – Trzymała w dłoniach album na zdjęcia w srebrnej oprawie.

– Na twoje nowe wspomnienia – rzekła miękko Abbey.

– Jest wspaniały. – Holly serdecznie objęła szwagierkę. – Dziękuję.

– Cóż, mój prezent jest mniej sentymentalny, ale jako kobieta, jestem pewna, że ci się spodoba – rzekła Denise, podając jej kopertę.

– Och, super! Zawsze chciałam się tam wybrać! – wykrzyknęła Holly. – Weekend dogadzania sobie w klinice zdrowia i urody Haven!

– Boże, mówisz tak, jakbyś brała udział w *Randce w ciemno* – zażartowała Sharon.

– Daj nam znać, kiedy będziesz chciała się tam wybrać – uśmiechnęła się Denise. – Kupon zachowuje ważność przez rok, możemy się tam umówić w tym samym terminie. Wspólnie urządzimy sobie wakacje!

– Och, to doskonały pomysł, Denise. Dziękuję ci!

– No a teraz ostatni prezent, ale nie mniej ważny! – Holly puściła oko do Sharon.

Sharon bawiła się nerwowo dłońmi, przyglądając się twarzy przyjaciółki.

Prezentem była duża srebrna ramka ze zdjęciem przedstawiającym Sharon, Denise i Holly podczas Balu Bożonarodzeniowego sprzed dwóch lat.

– Och, mam na sobie swoją drogą białą sukienkę! – zaszlochała żartobliwie Holly.

– Zanim została zniszczona – uzupełniła Sharon.

– Boże, nawet nie pamiętam, kiedy zrobiono to zdjęcie!

– Ja nawet nie pamiętam, że tam w ogóle byłam – mruknęła Denise.

Holly przyglądała się ze smutkiem fotografii, podchodząc jednocześnie do kominka. To był ostatni bal, na którym była razem z Gerrym, w zeszłym roku był już zbyt chory, by wziąć w nim udział.

– No cóż, zajmie honorowe miejsce – oświadczyła Holly, stawiając ramkę obok swej ślubnej fotografii.

– Dobra, dziewczyny, zabierzmy się teraz do porządnego picia! – zawołała Ciara i wszyscy dali nura na boki, bo Holly otwierała kolejną butelkę szampana.

Dwie butelki szampana i kilka czerwonego wina później dziewczęta wytoczyły się z domu i wcisnęły razem do taksówki. Pośród ogólnej wesołości i okrzyków któraś zdołała wytłumaczyć kierowcy, dokąd chcą jechać. Holly uparła się, by siedzieć z przodu i prowadzić rozmowę od serca z Nickiem, kierowcą, który najpewniej miał ochotę ją zabić, kiedy wreszcie dotarli na miejsce.

– Pa, pa, Nick! – zawołały chórem do swego nowego najlepszego przyjaciela, po czym wytoczyły się na chodnik, gdzie przyglądały się, jak odjeżdża z dużą prędkością. Postanowiły wcześniej (podczas opróżniania trzeciej butelki wina), że spróbują szczęścia w najbardziej stylowym klubie w Dublinie, Buduarze. Klub ten był zarezerwowany dla bogatych i sławnych i powszechnie znanym faktem było to, że jeśli się nie należało do którejś z tych grup, wejście tam możliwe było tylko po okazaniu karty członkowskiej. Denise podeszła pewnym krokiem do drzwi, machając przed twarzą bramkarzy swoją kartą z wypożyczalni wideo. Zdumiewające, ale ją zatrzymali.

Jedynymi sławnymi osobami, które jak dziewczęta dostrzegły, weszły do klubu, podczas gdy one spierały się z bramkarzami o prawo wejścia, byli jacyś dziennikarze z ogólnokrajowej stacji telewizyjnej, do których Denise uśmiechała się i komicznie, aczkolwiek z ogromną powagą mówiła:

– Dobry wieczór.

Niestety, pamięć zawiodła Holly, gdy chciała sobie przypomnieć, co się wydarzyło później.

Holly obudziła się z potwornym bólem głowy. Jej usta były suche niczym sandał Gandhiego, a zdolności widzenia znacznie ograniczone. Oparła się na łokciu i próbowała otworzyć sklejone oczy. W końcu zdołała uchylić powieki i rozejrzała się. Było jasno, bardzo jasno, a pokój zdawał się wirować. Działo się coś przedziwnego. Holly dostrzegła w lustrze swoje odbicie i osłupiała. Czyżby zeszłej nocy stała się ofiarą wypadku? Osunęła się ponownie na plecy. Nagle zaczął wyć alarm. Uniosła głowę z poduszki i otworzyła jedno oko. Och, bierzcie, co chcecie, pomyślała, tylko przynieście mi przed wyjściem szklankę wody. Po chwili uświadomiła sobie, że to wcale nie alarm, ale dzwoniący obok łóżka telefon.

– Halo? – wychrypiała do słuchawki.

– O Boże, nie jestem jedyna – odezwał się głos, w którym wyczuła desperację.

– Kim jesteś? – wychrypiała ponownie.

– Chyba mam na imię Sharon – nadeszła odpowiedź. – Chociaż nie pytaj mnie, kim jest Sharon, bo nie wiem. Facet leżący obok mnie w łóżku uważa, że go znam.

Holly usłyszała w tle głośny śmiech Johna.

– Sharon, co się wydarzyło wczoraj wieczorem? Błagam, oświeć mnie.

– Wydarzył się alkohol – odparła sennie Sharon. – Całe mnóstwo alkoholu.

– Jakieś inne informacje?

– Nie.

– Wiesz, która godzina?

– Druga.

– Po kiego dzwonisz do mnie w środku nocy?

– Jest już po południu, Holly.

– Och. Jak to się stało?

– Grawitacja, czy coś w tym rodzaju. Nie było mnie tego dnia w szkole.

– O Boże, ja chyba umieram.

– Ja też.

– Sądzę, że po prostu pójdę jeszcze spać. Może kiedy się obudzę, ziemia przestanie się poruszać.

– Dobry pomysł. Aha, Holly, witaj w klubie trzydziesto-
latków.

Holly jęknęła.

– Nie zaczęłam tego tak, jak zamierzałam. Od teraz będę
rozsądną, dojrzałą kobietą trzydziestoletnią.

– Taa, dokładnie to samo mówiłam ja. Dobranoc.

– Branoc.

Kilka sekund później Holly spała. Budziła się kilkakrotnie w ciągu dnia, by odebrać telefon, a wszystkie rozmowy
wydawały się częścią jej snów. I wykonała wiele wycieczek
do kuchni po wodę.

O dziewiątej wieczorem wreszcie uległa żądaniom żołądka, który wołał o coś do jedzenia. Lodówka jak zwykle była
pusta, więc Holly postanowiła zafundować sobie chińszczyznę na wynos. Siedziała skulona na sofie w piżamie, ogląda-
jąc sobotnie programy w telewizji i obżerając się. Po kosz-
marze urodzin bez Gerry'ego ze zdziwieniem odkryła, że jest
z siebie bardzo zadowolona. Po raz pierwszy od śmierci
Gerry'ego dobrze się czuła w swoim własnym towarzystwie.
Istniała mała szansa, że może jakoś sobie bez niego poradzi.

Później tego wieczoru na jej komórkę zadzwonił Jack.

– Cześć, siostro, co robisz?

– Oglądam telewizję, jem chińszczyznę – odparła.

– Wygląda na to, że jesteś w dobrej formie. W przeciwieństwie do mojej biednej dziewczyny, która cierpi tu przy
moim boku.

– Już nigdy więcej nigdzie z tobą nie pójdę, Holly! – usłyszała w tle słabe wołanie Abbey.

– Ty i twoje przyjaciółki zdeprawowałyście ją – zażartował.

– Nie zwalaj całej winy na mnie. Jeśli mnie pamięć nie
myli, doskonale się z nami bawiła.

– Mówi, że niczego nie pamięta.

– Tak jak ja. Może to jest to, co ci się przytrafia, gdy
tylko przekroczysz trzydziestkę. Nigdy wcześniej nie zdarzyło mi się nic podobnego.

– A może to po prostu szatański plan, który wspólnie uknułyście, żeby nie mówić, co wyczyniałyście.

– Chciałabym, żeby tak było... Och, przy okazji dzięki za prezencik, jest naprawdę piękny.

– Cieszę się, że ci się podoba. Całe wieki trwało, nim znalazłem właściwy.

– Kłamczuch.

Jack się roześmiał.

– Nieważne, zadzwoniłem, by cię zapytać, czy nie poszłabyś jutro wieczorem na występ Declana.

– Gdzie to będzie?

– W pubie U Hogana.

– Nie ma mowy. Nie ma mowy, by moja noga kiedykolwiek jeszcze postała w pubie, zwłaszcza w takim z głośną muzyką rockową, piszczącymi gitarami i walącymi bębnami – oświadczyła Holly.

– Ech, stara wymówka w stylu „Już nigdy więcej nie będę piła", tak? No cóż, w takim razie nie pij. Proszę, chodź ze mną, Holly. Declan jest tym naprawdę podekscytowany, a nikt inny nie pójdzie.

– Czyli jestem ostatnią deską ratunku? Dobrze wiedzieć, że masz o mnie tak dobre zdanie.

– Nie oto chodzi. Declan bardzo chętnie by cię tam zobaczył, a my podczas obiadu prawie nie mieliśmy czasu, żeby ze sobą porozmawiać. Nie wychodziliśmy nigdzie od wieków.

– No cóż, nie zanosi się na to, byśmy pogadali sobie od serca, kiedy przygrywać nam będą Orgazmiczne Ryby – rzekła sarkastycznie.

– Teraz nazywają się Czarne Truskawki, co według mnie brzmi znacznie lepiej – zaśmiał się Jack.

Holly schowała głowę w dłoniach i jęknęła.

– Och, błagam cię, nie każ mi tam iść, Jack.

– Pójdziesz.

– Okej, ale nie zostanę do końca.

– Porozmawiamy o tym, kiedy już się znajdziemy na miejscu. Declan będzie uszczęśliwiony, kiedy mu o tym powiem; nasza rodzina zazwyczaj nie chodzi na takie imprezy.

– No dobra, wobec tego koło ósmej?

– Wyśmienicie.

Holly wyłączyła telefon i długo nie ruszała się z sofy. Była tak objedzona, że nie mogła się ruszyć. Możliwe, że chińszczyzna nie była wcale takim dobrym pomysłem.

Rozdział dziewiąty

Holly przybyła do pubu U Hogana, czując się znacznie lepiej niż dnia poprzedniego, ale jej reakcje nadal były nieco spowolnione. Z wiekiem jej kace zdawały się coraz gorsze, a wczorajszy zasłużył na złoty medal jako kac wszech czasów. Wcześniej tego dnia udała się na długi spacer wzdłuż wybrzeża od Malahide do Portmarnock, i rześkie powietrze pomogło jej jakoś dojść do siebie. Zajrzała do rodziców na niedzielny obiad. Dostała od nich w prezencie urodzinowym piękny wazon z kryształu Waterford. Spędziła naprawdę wspaniale odprężający dzień.

U Hogana to był popularny trzypiętrowy lokal w samym centrum miasta i nawet w niedzielę siedziało w nim pełno ludzi. Na pierwszym piętrze mieścił się modny klub nocny, gdzie puszczano muzykę z najnowszych list przebojów. Tam właśnie schodzili się młodzi piękni ludzie, by pochwalić się swymi najmodniejszymi ciuchami. Na parterze znajdował się tradycyjny irlandzki pub dla starszej klienteli (którą najczęściej stanowili starsi faceci siedzący na taboretach barowych, pochyleni nad swymi kuflami, kontemplujący życie). Kilka razy w tygodniu występował tam zespół, grający tradycyjną muzykę irlandzką: wszystkie te stare piosenki, które lubili zarówno młodzi, jak i starzy. Piwnica, gdzie zazwyczaj występowały inne zespoły, była ciemna i obskurna, a klientami byli wyłącznie studenci. Holly miała wrażenie, że jest tam najstarsza. W kącie sali znajdował się niewielki bar, oblegany przez tłum studentów ubranych w niechlujne dżinsy i podarte T-shirty, sprzeczających się o to, kto ma zostać obsłużony pierwszy. Pracownicy baru także wyglądali tak, jakby powinni być jeszcze w szkole. Biegali wokół z prędkością stu kilometrów na godzinę, a po ich twarzach spływał pot.

W piwnicy panowała duchota, nie było tu ani wentylacji, ani klimatyzacji i Holly z trudem oddychała w tym zadymionym pomieszczeniu. Prawie wszyscy wokół palili i oczy już ją piekły. Aż bała się myśleć, co będzie za godzinę.

Pomachała do Declana, by dać mu znać, że jest tutaj, ale uznała, że nie podejdzie do niego, bo otaczał go wianuszek dziewcząt. Nie chciała mu przeszkadzać. Kiedy była młodsza, ominęły ją te wszystkie elementy studenckiego życia. Po skończeniu szkoły postanowiła nie iść do college'u i zaczęła pracować jako sekretarka, co kilka miesięcy przenosząc się z pracy do pracy, aż trafiła na tę koszmarną, którą musiała porzucić, by spędzać czas z chorym Gerrym. Zresztą wątpiła, by w innej sytuacji pozostała tam dużo dłużej. Gerry studiował marketing na Uniwersytecie Dublińskim, ale nie uczestniczył aktywnie w życiu studenckim. Zamiast tego wolał wyjść gdzieś razem z Holly, Sharon i Johnem, Denise i z którymś z jej chłopaków. Rozglądając się teraz, Holly nie miała wrażenia, by straciła coś wyjątkowego.

Wreszcie Declanowi udało się oderwać od swych fanek i zbliżył się do Holly.

– No cóż, braciszku, witaj, widzę, że masz niezłe powodzenie. Czuję się zaszczycona, że zdecydowałeś się ze mną porozmawiać.

Wszystkie dziewczęta taksowały Holly wzrokiem i zastanawiały się, co, u diabła, Declan widzi w tej starszej kobiecie.

Chłopak roześmiał się i bezczelnie zatarł dłonie.

– Wiem! To całe granie w zespole jest super. Wygląda na to, że dziś wieczorem czeka mnie sporo akcji – oświadczył zuchwale.

– Jako twoja siostra, dowiaduję się o tym z największą przyjemnością – odparła sarkastycznie.

Prowadzenie dalszej rozmowy z Declanem nie miało sensu, nie utrzymywał z nią kontaktu wzrokowego i cały czas przeczesywał spojrzeniem obecny w klubie tłum.

– Dobra, Declan, idź już i poflirtuj sobie z tymi pięknościami, zamiast tkwić tutaj ze swoją starą siostrą.

– Och, nie o to chodzi – odparł obronnym tonem. – Powiedziano nam, po prostu, że być może przyjdzie nas tu dzisiaj posłuchać facet z wytwórni płytowej.

– Och, super! – Oczy Holly rozszerzyły się z podekscytowania.

Coś takiego miało naturalnie dla jej brata ogromne znaczenie i Holly zrobiło się głupio, że nigdy wcześniej nie interesowała się tym, co robi. Rozejrzała się po klubie, próbując wyłowić z tłumu kogoś, kto mógł być z wytwórni płytowej. Jak tacy ludzie wyglądają? To oczywiste, że nie będą siedzieć w kącie i zawzięcie pisać czegoś w notesie. Wreszcie jej wzrok spoczął na mężczyźnie, który wydawał się znacznie starszy od reszty tłumu, wiekiem zbliżony raczej do niej. Miał na sobie skórzaną czarną kurtkę, czarne spodnie i czarny T-shirt. Z rękami opartymi na biodrach, wpatrywał się w scenę. Tak, to był zdecydowanie facet z wytwórni płytowej. Jego szczękę pokrywał kilkudniowy zarost i wyglądał, jakby nie spał kilka dni. Najprawdopodobniej też brzydko pachniał. A może był po prostu dziwakiem, który lubił chodzić do klubów studenckich i pożerać wzrokiem młode dziewczęta.

– Tam, Deco! – zawołała do brata i wskazała na mężczyznę.

Declan wyglądał na podekscytowanego, jego spojrzenie podążyło za jej palcem. Ale mina mu zrzedła, gdy rozpoznał mężczyznę.

– Nie, to tylko DANNY! – krzyknął i zagwizdał, by zwrócić na siebie uwagę.

Danny odwrócił się na pięcie, próbując zidentyfikować tego, kto gwiżdże, kiwnął głową i zbliżył się do nich.

– Hej, stary – odezwał się Declan, ściskając mu dłoń.

– Cześć, Declan, jesteście ustawieni? – Mężczyzna wyglądał na zestresowanego.

– Taa, wszystko okej. – Declan pokiwał głową bez entuzjazmu. Ktoś mu musiał powiedzieć, że zachowywanie się tak, jakby ci na niczym nie zależało jest, cool.

– Próba dźwięku poszła dobrze?

– Było kilka problemów, ale sobie poradziliśmy.

– Więc wszystko w porządku?

– Jasne.

– To dobrze. – Na twarzy mężczyzny pojawiło się odprężenie. Odwrócił się do Holly. – Przepraszam, że cię tak ignorowałem. Jestem Daniel.

– Miło mi cię poznać. Jestem Holly.

– Och, sorki – wtrącił Declan. – Holly, to jest właściciel; Daniel, to moja siostra.

– Siostra? Wcale nie jesteście do siebie podobni.

– Dzięki Bogu – wypowiedziała bezgłośnie Holly do Daniela tak, by Declan tego nie widział. Daniel się roześmiał.

– Hej, Deco, zaczynamy! – wydarł się do niego chłopak z niebieskimi włosami.

– Zobaczymy się później. – I Declan się ulotnił.

– Powodzenia! – zawołała za nim Holly. – No więc to ty jesteś Hogan – rzekła, odwracając się do Daniela.

– Cóż, nie, właściwie to nazywam się Connolly – uśmiechnął się. – Przejąłem to miejsce przed zaledwie kilkoma tygodniami.

– Och. – Holly była zaskoczona. – Nie wiedziałam, że sprzedano ten lokal. To pewnie zamierzasz zmienić nazwę na U Connolly'ego?

– Nie stać mnie na te wszystkie litery nad wejściem. Moje nazwisko jest trochę przydługie.

Holly się roześmiała.

– No cóż, wszyscy już znają nazwę U Hogana; pewnie nierozsądnie byłoby ją zmieniać.

Daniel kiwnął głową.

– Szczerze mówiąc, taki był właśnie główny powód.

Nagle w drzwiach pojawił się Jack i Holly pomachała do niego.

– Przepraszam za spóźnienie. Czy coś straciłem? – zapytał, przytulając ją i całując.

– Nie, właśnie ma się zacząć. Jack, to jest Daniel, właściciel.

– Miło mi cię poznać. – Daniel uścisnął mu dłoń.

– Czy oni są chociaż dobrzy? – Jack skinął głową w kierunku sceny.

– Prawdę mówiąc, nigdy nie słyszałem ich gry – odparł z zatroskaniem w głosie Daniel.

– To było z twojej strony odważne! – zaśmiał się Jack.

– Mam nadzieję, że nie zbyt odważne – odparł Daniel i odwrócił się, jako że na scenie pojawili się chłopcy.

– Rozpoznaję tu kilka twarzy – rzekł Jack, przeczesując wzrokiem tłum ludzi. – Większość z nich także ma mniej niż osiemnaście lat.

Młoda dziewczyna ubrana w postrzępione dżinsy i bluzeczkę odsłaniającą brzuch przeszła powoli obok Jacka z niepewnym uśmiechem na twarzy. Położyła palec na ustach. Jack uśmiechnął się i skinął głową.

Holly spojrzała na Jacka pytającym wzrokiem.

– Co to było?

– Och, uczę ją angielskiego. Ma ledwie szesnaście albo siedemnaście lat. Ale to dobra dziewczyna. – Popatrzył za nią, po czym dodał: – Jednak lepiej będzie dla niej, jeśli się jutro nie spóźni na lekcje.

Holly przyglądała się, jak dziewczyna pije piwo razem ze swymi przyjaciółmi, i żałowała, że ona w szkole nie miała nauczyciela takiego, jak Jack; wszyscy uczniowie zdawali się go uwielbiać. I nietrudno było dostrzec dlaczego: był naprawdę uroczym człowiekiem.

– No cóż, Jack, nie mów mu, że są niepełnoletni – rzekła cicho Holly, spoglądając znacząco w kierunku Daniela.

– CZY MOGĘ WAM PRZYNIEŚĆ COŚ DO PICIA? – wrzasnął do nich Daniel, czyniąc wyjaśniający ruch dłonią.

Jack poprosił o kufel budweisera, natomiast Holly zdecydowała się na 7Up. Przyglądali się, jak Daniel przedziera się przez gęstniejący tłum i wciska za bar, by napełnić szklanki. Kilka chwil później wrócił do nich z napojami i krzesłem dla Holly. Ona i Jack skierowali swoją uwagę ku scenie i obserwowali występ brata. Muzyka naprawdę nie należała do nurtu preferowanego przez Holly i była tak głośna, że w gruncie rzeczy trudno jej było ocenić, czy zespół jest dobry. Zdecydowanie odbiegała od spokojnych dźwięków jej ulubionej płyty zespołu Westlife.

Po czterech piosenkach miała dosyć, uściskała Jacka i pocałowała go na pożegnanie.

– POWIEDZ DECLANOWI, ŻE ZOSTAŁAM DO KOŃCA! – zawołała. – MIŁO CIĘ BYŁO POZNAĆ, DANIELU! DZIĘKI ZA POCZĘSTUNEK! – wrzasnęła i ruszyła z powrotem ku cywilizacji i chłodnemu świeżemu powietrzu.

Przez całą drogę powrotną dudniło jej w uszach. Kiedy dotarła do domu, była dziesiąta. Już tylko dwie godziny i nastanie maj. A to oznaczało, że będzie mogła otworzyć następną kopertę.

Holly siedziała przy stole w kuchni i nerwowo stukała palcami w drewniany blat. Dopiła trzecią filiżankę kawy i rozprostowała nogi. Czuwanie aż do tej pory okazało się trudniejsze, niż przypuszczała. Najwyraźniej nadal była zmęczona po ekscesach przedwczorajszej nocy. Przez chwilę wystukiwała stopą pod stołem jakiś rytm bez ładu i składu, po czym ponownie skrzyżowała nogi. Była jedenasta trzydzieści. Koperta leżała przed nią na stole i Holly prawie widziała, jak wystawia język i śpiewa:

– Na na na na na.

Wzięła ją do ręki i delikatnie pogładziła. Kto się dowie, że otworzyła ją prędzej? Sharon i John zdążyli już pewnie zapomnieć o majowej kopercie, a Denise bez wątpienia kimała, odreagowując stres towarzyszący dwudniowemu kacowi. Holly mogłaby w końcu skłamać, gdyby ktoś zapytał, ale raczej ich to w ogóle nie obchodzi. Nikt się nie dowie.

Ale to nie była prawda.

Gerry będzie wiedział.

Za każdym razem, kiedy trzymała w dłoni koperty, czuła silną więź z Gerrym. Kiedy otwierała dwie poprzednie, czuła się tak, jakby Gerry siedział tuż obok i śmiał się z jej reakcji. Miała wrażenie, że prowadzą wspólną grę, choć zamieszkiwali dwa różne światy. Ale czuła jego obecność i on będzie wiedział, że oszukiwała, jeśli nie postąpi zgodnie z zasadami ich gry.

Po kolejnej filiżance kawy niemal chodziła po ścianach. Mała wskazówka zegara zdawała się udawać ślimaka, bardzo powoli biegnąc wokół tarczy. Wreszcie nastała północ. Holly odwróciła kopertę, delektując się każdą chwilą. Gerry siedział obok niej przy stole.

– No, dalej: otwórz ją!

Ostrożnie rozerwała kopertę i dotknęła palcami kleju, bo wiedziała, że jako ostatni dotykał go język Gerry'ego. Wyjęła z koperty kartkę i otworzyła ją.

Dalej, disco diva! Zmierz się w tym miesiącu ze swoim strachem przed karaoke w Klubie Diva i kto wie, może nawet zdobędziesz nagrodę...
PS Kocham Cię...

Poczuła na sobie wzrok Gerry'ego. Kąciki jego ust uniosły się w uśmiechu. Zaczęła się śmiać i powtarzać bez tchu raz po raz:

– NIE MA MOWY!

Wreszcie się uspokoiła i oświadczyła głośno:

– Gerry! Ty draniu! Mowy nie ma, żebym to zrobiła.

Gerry zaśmiał się głośniej.

– To nie jest śmieszne. Wiesz, co myślę o karaoke, i nie zgadzam się na to. Nie. Nie ma mowy. Nie zrobię tego.

– Musisz to zrobić i wiesz o tym – śmiał się Gerry.

– Nie muszę tego robić!

– Zrób to dla mnie.

– Nie zrobię tego ani dla ciebie, ani dla siebie, ani dla pokoju na świecie. Nienawidzę karaoke!

– Zrób to dla mnie – powtórzył.

Niespodziewany dzwonek telefonu sprawił, że Holly podskoczyła na krześle.

To była Sharon.

– No dobra, jest pięć po dwunastej, co napisał? John i ja umieramy z ciekawości!

– Co każe wam sądzić, że ją otworzyłam?

– Ha! – prychnęła Sharon. – Dwadzieścia lat przyjaźni czyni mnie ekspertem. No a teraz mów już, co tam jest.

– Ja tego nie zrobię – oświadczyła z mocą Holly.

– Czego? Nie powiesz nam?

– Nie, nie zrobię tego, czego on ode mnie chce.

– Dlaczego, co to takiego?

– Och, po prostu Gerry chciał być zabawny – warknęła, patrząc w sufit.

– No, teraz to mnie dopiero zaintrygowałaś – rzekła Sharon. – Powiedz nam.

– Holly, puść farbę, o co chodzi? – John korzystał z telefonu na dole.

– Dobra... Gerry chce... żebym... zaśpiewała w karaoke – wyrzuciła z siebie pospiesznie.

– Co? Holly, nie zrozumieliśmy ani słowa z tego, co powiedziałaś – rzuciła Sharon.

– Nie, ja chyba zrozumiałem – wtrącił się John. – Myślę, że usłyszałem coś o karaoke. Mam rację?

– Tak – odparła Holly.

– Masz zaśpiewać? – zapytała Sharon.

– Ta-aak – odpowiedziała powoli. Może jeśli tego nie wypowie, nie będzie musiało się zdarzyć.

Dwójka jej przyjaciół wybuchła śmiechem tak głośnym, że Holly odsunęła słuchawkę od ucha.

– Zadzwońcie, kiedy się wreszcie przymkniecie – rzuciła gniewnie i się rozłączyła.

Kilka minut później zadzwonili ponownie.

– Tak?

Usłyszała, jak Sharon parska do telefonu, po chwili zaczęła chichotać, a potem się rozłączyła.

Dziesięć minut później zadzwoniła jeszcze raz.

– Tak?

– No dobra. – W głosie Sharon słychać było ton w rodzaju „przejdźmy do interesów". – Przepraszam, już się uspokoiłam. Nie patrz na mnie, John – rzuciła gdzieś w bok. – Przepraszam, Holly, ale nie mogłam przestać myśleć o ostatnim razie, kiedy ty...

– Tak, tak, tak – przerwała jej Holly. – Nie musisz mi tego przypominać. To był najbardziej upokarzający dzień w moim życiu, więc tak się akurat składa, że doskonale go pamiętam. Dlatego właśnie nie zrobię tego.

– Och, Holly, nie możesz pozwolić, by zniechęciło cię coś tak głupiego!

– No cóż, jeśli kogoś coś takiego by nie zniechęciło, to znaczy, że jest niespełna rozumu!

– Holly, to był jedynie mały upadek...

– Tak, dziękuję ci! Doskonale to pamiętam! A poza tym, ja nawet nie potrafię śpiewać, o czym wtedy wszyscy mogli się przekonać!

Sharon zamilkła.

– Sharon?

Cisza.

– Sharon, jesteś tam jeszcze?

Lekki szmerek.

– Sharon, czy ty się śmiejesz? – wyrzuciła z siebie Holly.

Usłyszała cichy pisk, po czym połączenie zostało przerwane.

– Cóż za cudownie oddanych przyjaciół zafundował mi los – mruknęła pod nosem. – Och, Gerry! – wrzasnęła. – Myślałam, że masz mi pomagać, a nie robić ze mnie kłębek nerwów!

Ten nocy nie dane jej było zaznać zbyt wiele snu.

Rozdział dziesiąty

– Wszystkiego najlepszego z okazji urodzin, Holly! A może raczej powinienem powiedzieć spóźnione wszystkiego najlepszego? – zaśmiał się nerwowo Richard.

Holly zdumiała się na widok starszego brata, stojącego w progu jej domu. To z pewnością nie było coś, co zdarzało się często; właściwie całkiem możliwe, że odwiedził ją po raz pierwszy. Otwierała i zamykała usta niczym złota rybka, niepewna, co powiedzieć.

– Przywiozłem ci miniorchideę phalaenopsis – rzekł, podając doniczkę z rośliną. – Właśnie je sprowadzono, są świeże, pączkujące i gotowe do zakwitnięcia. – Brzmiało to niczym reklama.

Holly ogarnęło jeszcze większe zdziwienie. Dotknęła delikatnie małych różowych pączków.

– O rany, Richardzie, orchidee to moje ulubione kwiaty!

– No cóż, masz tutaj przecież ładny duży ogród, ładny i... – odkaszlnął – zielony. Choć nieco zarośnięty... – Zamilkł i zaczął to irytujące huśtanie się na piętach i palcach.

– Wejdziesz do środka, czy jesteś tylko przejazdem? – Proszę, powiedz nie, powiedz nie! Pomimo miłego prezentu, nie była w nastroju, by znieść towarzystwo Richarda.

– Cóż, tak, wstąpię na chwilę.

Przez dobre dwie minuty wycierał przed drzwiami buty, po czym wszedł wreszcie do środka. Ubrany w brązowy, robiony na drutach sweter i brązowe spodnie, które kończyły się dokładnie na skraju schludnych brązowych mokasynów, przypominał Holly jej dawnego nauczyciela matematyki. Na głowie nie odstawał mu ani jeden włos, a paznokcie były czyste i idealnie wymanikiurowane. Holly mogła go sobie wyobrazić, jak każdego wieczoru mierzy je linijką, by sprawdzić, czy długość nie przekroczyła wymaganych standardów europejskich, jeśli coś takiego w ogóle istniało.

Richard wyglądał na człowieka, który nie czuł się dobrze we własnej skórze. Sprawiał wrażenie, jakby dusił go ciasno zawiązany brązowy krawat, i zawsze chodził tak, jakby wzdłuż pleców miał przytwierdzone długie wiosło. W tych nieczęstych przypadkach, kiedy się uśmiechał, temu uśmiechowi nigdy jakoś nie udawało się dotrzeć do oczu. Był instruktorem, który musztrował własne ciało, krzycząc na nie i karząc je za każdym razem, kiedy miało odwagę stać się bardziej ludzkie. Smutne było to, że uważał się dzięki temu za lepszego od innych. Holly wprowadziła go do salonu, a ceramiczną doniczkę postawiła na telewizorze.

– Nie, nie, Holly – zaprotestował Richard, grożąc jej palcem, jakby była niegrzecznym dzieckiem. – Nie powinnaś jej tam stawiać. Ta orchidea musi pozostawać w chłodnym, pozbawionych przeciągów miejscu z dala od jaskrawego światła słonecznego i przewodów grzewczych.

– Och, oczywiście. – Holly zabrała doniczkę z telewizora i z paniką zaczęła się rozglądać po pokoju w poszukiwaniu odpowiedniej lokalizacji. Co on powiedział? Ciepłe miejsce pozbawione przeciągów? Jak to możliwe, że przy nim zawsze czuła się jak mała, głupiutka dziewczynka?

– A może ten mały stolik na środku? Tam powinna być bezpieczna.

Zrobiła, co jej kazał, i postawiła doniczkę na stoliku, niemal pewna, że powie: „Dobra dziewczynka". Na szczęście nie zrobił tego.

Richard zajął miejsce obok kominka i zlustrował uważnie pokój.

– Twój dom jest bardzo czysty – oświadczył.

– Dziękuję. Właśnie, eee... posprzątałam go.

Skinął głową, jakby zdążył się tego domyślić.

– Masz ochotę na herbatę albo kawę? – zapytała, spodziewając się odpowiedzi odmownej.

– Owszem – odparł, klaszcząc w dłonie. – Herbata to świetny pomysł. Z mlekiem, ale bez cukru.

Holly wróciła z kuchni z dwoma kubkami herbaty i postawiła je na niewielkim stoliku. Miała nadzieję, że unosząca się z kubków para nie zniszczy tej biednej rośliny. To przecież przewód grzewczy, i w ogóle.

– Musisz jedynie regularnie ją podlewać i nawozić podczas wiosennych miesięcy. – Richard wciąż mówił o orchidei.

Skinęła głową, doskonale wiedząc, że nie będzie robić żadnej z tych dwóch czynności.

– Nie wiedziałam, że masz taką dobrą rękę do roślin. – Bardzo chciała, by atmosfera stała się luźniejsza.

– Jedną może i tak – zaśmiał się.

– Dużo pracujesz w waszym ogrodzie? – Holly zależało na tym, by podtrzymywać rozmowę. Dom był tak cichy, że każde milczenie zdawało się wielokrotnie dłuższe niż w rzeczywistości.

– Och tak, uwielbiam pracować w ogrodzie. – Oczy mu rozbłysły. – Soboty to moje dni ogrodnicze – dodał, uśmiechając się do kubka z herbatą.

Holly czuła się tak, jak gdyby obok niej siedział zupełnie obcy człowiek. Dotarło do niej, że naprawdę bardzo mało wie o bracie i że on wie równie mało o niej. Ale był to stan rzeczy, który Richardowi od zawsze odpowiadał. Trzymał się z dala od reszty rodziny nawet wtedy, gdy byli dziećmi. Nigdy nie dzielił się z nimi elektryzującymi wiadomościami ani nie opowiadał, jak mu minął dzień. Trzymał się jedynie faktów, faktów i jeszcze raz faktów. Rodzina po raz pierwszy usłyszała o Meredith w dniu, w którym oboje zjawili się na obiedzie, by oznajmić swe zaręczyny. Niestety, na tym etapie było już za późno, by go przekonać do porzucenia planów poślubienia płomiennorudej, zielonookiej smoczycy. Co nie znaczy, że by ich posłuchał.

– No więc – odezwała się zdecydowanie zbyt głośno – czy stało się coś dziwnego lub niecodziennego? – Na przykład dlaczego tutaj jesteś?

– Nie, nie stało się nic dziwnego. Wszystko się kręci jak zwykle. – Napił się herbaty, a po chwili dodał: – Także nic niecodziennego, jeśli już o to chodzi. Pomyślałem po prostu, że wpadnę i się przywitam, skoro już byłem w okolicy.

– Aha, no tak. Jak na ciebie, to dość niezwykłe, że znalazłeś się w tej części miasta – powiedziała. – Co cię sprowadza do ciemnego i niebezpiecznego świata północnego Dublina?

– Och, no wiesz, interesy – mruknął pod nosem. – Ale mój samochód jest oczywiście zaparkowany po drugiej stronie rzeki!

Holly zmusiła się do uśmiechu.

– Tylko żartowałem – dodał. – Stoi przed domem... Jest tam bezpieczny, prawda? – zapytał poważnie.

– Myślę, że nic mu nie grozi. Nie sądzę, by w biały dzień kręcił się w ślepej uliczce ktoś podejrzany. – Jej dowcip do niego nie trafił. – Jak tam Emily i Timmy, przepraszam, to znaczy Timothy? – Choć raz rzeczywiście się pomyliła.

Oczy Richarda pojaśniały.

– Och, u nich wszystko w porządku, najzupełniej. Ale trochę się martwię. – Uciekł spojrzeniem i jeszcze raz zlustrował salon.

– Co masz na myśli? – zapytała w nadziei, że może Richard się przed nią otworzy.

– Och, nie chodzi mi o nic konkretnego, Holly. Dzieci tak ogólnie przysparzają zmartwień. – Wcisnął okulary wyżej na nos i popatrzył jej w oczy. – Ale ty pewnie jesteś zadowolona, że nigdy nie będziesz musiała się przejmować tym całym ambarasem z dziećmi – dodał, śmiejąc się.

Zapadła cisza.

Holly poczuła się tak, jakby dostała cios w splot słoneczny.

– A jak, znalazłaś już pracę? – ciągnął Richard.

Holly siedziała jak porażona. Nie mogła uwierzyć, że miał czelność, by jej coś takiego powiedzieć. Poczuła się urażona i zraniona, miała ochotę wyprosić go natychmiast ze swojego domu. Naprawdę nie była już dłużej w nastroju, by zachowywać się wobec niego uprzejmie, a już z całą pewnością nie będzie się trudzić wyjaśnianiem temu ograniczonemu móżdżkowi, że nawet jeszcze nie zaczęła szukać pracy, bo wciąż była w żałobie po mężu – był to „ambaras", którego on nie będzie musiał doświadczać przez najbliższe pięćdziesiąt lat lub coś koło tego.

– Nie – wypluła z siebie.

– Skąd więc masz pieniądze na życie? Pobierasz zasiłek dla bezrobotnych?

– Nie, Richardzie – odparła, starając się nie stracić panowania nad sobą. – Nie pobieram zasiłku dla bezrobotnych. Otrzymuję zasiłek dla wdów.

– Ach, cóż za użyteczne rozwiązanie, prawda?

– Osobiście nie użyłabym tego określenia. Druzgocąco przygnębiające bardziej odpowiada prawdzie.

Atmosfera była napięta. Nagle Richard klepnął się dłonią w nogę, sygnalizując tym samym koniec rozmowy.

– Lepiej już pojadę i wrócę do pracy – oświadczył, wstając, i przeciągnął się z przesadą, jakby siedział przez kilka godzin.

– W porządku. – Holly poczuła ulgę. – Lepiej jedź, dopóki twój samochód jeszcze tutaj stoi.

Po raz kolejny nie pojął żartu i natychmiast wyjrzał przez okno, by to sprawdzić.

– Masz rację; jeszcze stoi, dzięki Bogu. W każdym razie miło było się z tobą spotkać, dziękuję za herbatę.

– Nie ma za co, a ja ci dziękuję za orchideę – odparła przez zaciśnięte zęby.

Pomaszerował ścieżką i na jej środku zatrzymał się, przyjrzał się ogrodowi, pokręcił z dezaprobatą głową i zawołał do Holly:

– Naprawdę musisz kogoś nająć, by zajął się tym bałaganem! – Po tych słowach wsiadł do swego brązowego rodzinnego auta.

Holly aż się gotowała, patrząc, jak brat odjeżdża. Zatrzasnęła drzwi. Ten facet tak jej podnosił ciśnienie, że miała ochotę mu przyłożyć. Nie miał zupełnie pojęcia... o niczym.

Rozdział jedenasty

– Och, Sharon, ja go po prostu nienawidzę – jęczała Holly później tego wieczoru, rozmawiając z przyjaciółką przez telefon.

– Ignoruj go i tyle. On jest, jaki jest i nic nie można na to poradzić. To idiota – odparła gniewnie.

– Ale to mnie jeszcze bardziej wkurza. Każdy mówi, że to nie jego wina, ale to przecież dorosły mężczyzna, Sharon. Ma trzydzieści sześć lat. Powinien, do cholery, wiedzieć, kiedy trzymać gębę na kłódkę. Mówi to wszystko celowo – pekliła się Holly.

– Naprawdę nie sądzę, by tak było – rzekła uspokajająco Sharon. – Jestem szczerze przekonana, że zajrzał, by złożyć ci życzenia urodzinowe...

– Tak! Akurat! – wściekała się Holly. – Ile razy się zdarzyło, żeby przyjechał do mnie i wręczył mi urodzinowy prezent? ANI RAZU! Ot co!

– No cóż, trzydzieści lat to dość okrągła rocznica...

– Nie dla niego! Powiedział tak nawet wtedy podczas obiadu. Jeśli sobie dobrze przypominam, jego słowa brzmiały dokładnie... – usiłowała naśladować jego głos: – Nie popieram absurdalnego świętowania bla bla bla, jestem durniem bla bla bla. Z niego jest rzeczywiście prawdziwy Dick[1].

---

[1] Dick (ang.) – skrót od imienia Richard, w języku potocznym „fiut" (przyp. tłum.).

Sharon parsknęła śmiechem.

– No dobra, jest więc diabelskim pomiotem, który zasługuje na to, by smażyć się w piekle!

Holly się zawahała.

– Chyba nie posuwałabym się aż tak daleko, Sharon...

Przyjaciółka rozłożyła ręce.

– Najwyraźniej nie jestem w stanie cię zadowolić, prawda?

Holly uśmiechnęła się słabo. Gerry wiedziałby dokładnie, jak ona się czuje, wiedziałby, co powiedzieć i co dokładnie zrobić. Zamknąłby ją w mocnym uścisku i wszystkie jej kłopoty by się rozwiały. Chwyciła z łóżka poduszkę i przycisnęła mocno do siebie. Nie mogła sobie przypomnieć, kiedy ostatni raz przytulała się do kogoś, naprawdę przytulała. A najbardziej przygnębiające było to, że mogła sobie wyobrazić, by kogokolwiek jeszcze kiedyś tuliła w ten sposób.

– Haloooo? Ziemia do Holly? Jesteś tam jeszcze, czy znowu mówię do siebie?

– Och, przepraszam, Sharon, co mówiłaś?

– Pytałam, czy zastanowiłaś się już nad karaoke?

– Sharon! – krzyknęła Holly. – Nie muszę bynajmniej myśleć na ten temat.

– Okej, uspokój się, kobieto! Pomyślałam sobie tylko, że mogłybyśmy wypożyczyć sprzęt do karaoke i rozstawić go u ciebie w salonie. W ten sposób zrobiłabyś to, o co cię prosił Gerry, i uniknęłabyś później tremy! Co o tym sądzisz?

– Nie, Sharon, to świetny pomysł, ale nic z tego; on chce, bym zrobiła to w Klubie Diva, gdziekolwiek on się znajduje.

– Ach! Jakie to słodkie! Ponieważ jesteś jego disco divą?

– Myślę, że o to mu właśnie chodziło – odparła Holly z przygnębieniem.

– To uroczy pomysł, ale co to jest ten Klub Diva? Nigdy o nim nie słyszałam.

– W takim razie nie ma sprawy. Skoro nikt nie wie, gdzie to jest, to przecież nie mogę tego zrobić, no nie? – Holly była zadowolona, że znalazła wyjście z sytuacji.

Pożegnały się, ale gdy tylko Holly odłożyła słuchawkę, telefon ponownie zadzwonił.

– Cześć, słoneczko.

– Mamo! – zawołała oskarżycielsko.

– O Boże, co takiego zrobiłam?

– Dzisiaj złożył mi wizytę twój diabelski synalek i nie mogę powiedzieć, abym była tym zbytnio uszczęśliwiona.

– Och, przepraszam, kochanie, wcześniej próbowałam zadzwonić, żeby ci powiedzieć, że Richard jest w drodze do ciebie, ale wciąż łączyło mnie z tą cholerną sekretarką. Czy kiedykolwiek włączasz telefon?

– To nie o to chodzi, mamo.

– Wiem, przepraszam. A co on takiego zrobił?

– Otworzył usta. W tym tkwi sedno całego problemu.

– A był tak podekscytowany, że da ci ten prezent!

– Prezent istotnie był bardzo miły i przemyślany, ale Richard wygadywał przy tym naprawdę paskudne rzeczy i nawet nie drgnęła mu powieka!

– Chcesz, żebym z nim porozmawiała?

– Nie, już dobrze; jesteśmy przecież dużymi chłopcami i dziewczynkami. Ale mimo wszystko dzięki. No więc, co teraz porabiasz? – Holly pragnęła jak najszybciej zmienić temat.

– Ciara i ja oglądamy film z Denzelem Washingtonem. Ciara zapewnia, że któregoś dnia za niego wyjdzie – odpowiedziała Elizabeth.

– Bo tak będzie! – zawołała w tle Ciara.

– Przykro mi rozwiewać jej marzenia, ale powiedz mojej siostrze, że on już jest żonaty.

– On jest żonaty, kochanie! – Elizabeth przekazała tę wiadomość.

– Hollywoodzkie małżeństwa... – mruknęła Ciara.

– Jesteście tylko we dwie?

– Frank jest w pubie, a Declan w college'u.

– W college'u? Przecież jest już dziesiąta wieczorem! – roześmiała się Holly. Declan zajmował się pewnie czymś niedozwolonym i wykorzystywał college jako wymówkę. Nie sądziła, że jej mama jest tak naiwna, by uwierzyć w jego gadkę, przecież miała już wcześniej czwórkę dzieci.

– Och, on naprawdę potrafi ciężko pracować, kiedy już się zaangażuje, Holly. Pracuje nad jakimś projektem. Nie wiem, o co chodzi; słucham go tylko jednym uchem.

– Mmm – burknęła Holly, nie wierząc w ani jedno słowo.

– Nieważne, mój przyszły zięć pojawił się znowu w telewizorze, więc muszę lecieć – powiedziała żartobliwie Elizabeth. – Masz ochotę wpaść i przyłączyć się do nas?

– Dzięki, ale nie, tu jest mi dobrze.

– W porządku, skarbie, a jeśli zmienisz zdanie, wiesz gdzie jesteśmy. Pa, kochanie.

Powrót do pustego, cichego domu.

Holly obudziła się następnego ranka w ubraniu. Leżała na łóżku. Czuła, że powraca do dawnych nawyków. Z każdym mijającym dniem wszystkie pozytywne myśli towarzyszące jej podczas ostatnich kilku tygodni stawały się coraz słabsze. To cholernie męczące zajęcie starać się być szczęśliwą przez cały dzień, a ona już po prostu nie miała na to energii. Kogo obchodziło, jeżeli w jej domu panował bałagan? Nikt oprócz niej nie miał go oglądać, a dla niej nie miało to doprawdy żadnego znaczenia. Kogo obchodziło, jeśli nie malowała się ani nie kąpała przez tydzień? Nie miała zamiaru na nikim robić wrażenia. Jedynym facetem, którego widywała w miarę regularnie, był chłopak rozwożący pizzę, ale nawet jego musiała przekupić napiwkiem, by się do niej uśmiechnął. Kogo to, do cholery, obchodziło?

Obok niej zawibrowała komórka, sygnalizując nadejście wiadomości. Od Sharon:

Klub Diva tel 36700700
Przemysl to. Moze byc fajnie.
Zrobisz to dla G?

Gerry nie żyje, do cholery, miała ochotę odpisać. Ale od kiedy zaczęła otwierać koperty, właściwie już tak nie myślała. Było tak, jakby wyjechał jedynie na wakacje i pisał do niej listy, więc tak naprawdę nie odszedł. No cóż, mogła przynajmniej zadzwonić do klubu i wyczuć sytuację. To wcale nie znaczyło, że musi przez to przejść.

Wystukała numer i odezwał się jakiś mężczyzna. Nie przychodziło jej do głowy nic, co mogłaby powiedzieć, więc szybko się rozłączyła. Och, przestań, Holly, nakazała sobie w duchu, to naprawdę wcale nie takie trudne. Powiedz po prostu, że przyjaciółka jest zainteresowana śpiewaniem.

Wzięła się w garść i wcisnęła „redial".

Odpowiedział ten sam głos:

– Klub Diva.

– Dzień dobry, chciałabym się dowiedzieć, czy urządzacie u siebie wieczory karaoke?

– Owszem. Odbywają się w... – Usłyszała, jak przerzuca jakieś kartki. – Taa, w czwartki.

– Czwartki?

– Nie, przepraszam, chwileczkę... – Ponownie zaszeleścił kartkami. – Nie, we wtorki wieczorem.

– Jest pan pewny?

– Tak, zdecydowanie we wtorki.

– Okej, eee, no cóż, tak się zastanawiałam, czy... – Wzięła głęboki oddech i zaczęła zdanie od początku. – Możliwe, że moja przyjaciółka jest zainteresowana śpiewaniem, chciałabym wiedzieć, co musi zrobić.

Na drugim końcu linii przez dłuższą chwilę panowała cisza.

– Halo? – Czy ten facet był przygłupi?

– Taaa, przepraszam, właściwie to nie ja organizuję wieczory karaoke, więc...

– W porządku. – Holly zaczynała tracić cierpliwość. Wiele ją kosztowało zebranie się na odwagę i wykonanie tego telefonu, jakiś głupawy i niezborny cymbał nie zdoła tego zmarnować. – A, czy jest w takim razie ktoś, kto może to wiedzieć?

– Eee, nie, nie ma. Klub w zasadzie jest jeszcze zamknięty. Jest przecież wczesny ranek – padła pełna sarkazmu odpowiedź.

– W takim razie bardzo dziękuję. Niezwykle mi pan pomógł – odgryzła się z równym sarkazmem.

– Przepraszam, jeśli poczeka pani jeszcze chwilę, spróbuję się czegoś dowiedzieć.

Przez kilka następnych minut Holly zmuszona była do słuchania *Greensleeves*.

– Halo? Jest tam pani jeszcze?

– Tak jakby – odparła gniewnie.

– No więc tak, przepraszam, że to tak długo trwało, ale musiałem wykonać telefon. Jak się nazywa pani przyjaciółka?

Holly zamarła. Cóż, może poda mu po prostu swoje nazwisko, a potem każe „przyjaciółce" zadzwonić i odwołać wszystko, jeśli zmieni zdanie.

– Nazywa się Holly Kennedy.

– Okej, we wtorkowe wieczory rzeczywiście odbywają się konkursy karaoke. Co tydzień przez cały miesiąc wybiera się dwie osoby z dziesięciu występujących, a w końcu miesiąca sześcioro śpiewa w finale.

Holly przełknęła ślinę i poczuła motylki w brzuchu. Nie chciała tego robić.

– Ale niestety, nazwiska zostały zgłoszone z kilkumiesięcznym wyprzedzeniem, może więc pani powiedzieć przyjaciółce, żeby spróbowała w okolicach Bożego Narodzenia. Wtedy odbędzie się kolejny konkurs.

– Dobrze, dziękuję.

– A tak przy okazji, nazwisko Holly Kennedy coś mi mówi. Czy to może siostra Declana Kennedy'ego?

– Tak. A dlaczego, zna ją pan? – zapytała zdumiona.

– Nie powiedziałbym, że znam, poznałem ją przelotnie pewnego wieczoru tutaj w klubie, kiedy towarzyszyła bratu.

Czy Declan chodził po mieście i przedstawiał dziewczyny jako swoją siostrę? Cóż za chory i popieprzony... Nie, to nie mogła być prawda.

– Czy Declan grał w Klubie Diva?

– Nie, nie – zaśmiał się mężczyzna. – Grał razem ze swym zespołem na dole, w piwnicy.

Holly szybko przetrawiła tę informację, i wreszcie wszystko zaczęło układać się w jedną całość.

– Czy Klub Diva mieści się w U Hogana?

Jej rozmówca ponownie się roześmiał.

– Tak, na górnym piętrze. Może powinienem go bardziej reklamować!

– Czy to Daniel? – wyrzuciła z siebie Holly i natychmiast się zganiła w duchu za własną głupotę.

– Owszem, czy ja panią znam?

– Nie! Nie, nie zna pan! Holly po prostu wspomniała o panu, to wszystko! – I natychmiast uświadomiła sobie, jak to zabrzmiało. – Bardzo krótko wspomniała – dodała pospiesznie. – Powiedziała, że dał jej pan krzesło. – Zaczęła lekko walić głową w ścianę.

Daniel chrząknął.

– Dobra, w takim razie proszę jej powiedzieć, że jeśli chce zaśpiewać w karaoke podczas świąt, mogę wpisać jej nazwisko. Nie uwierzyłaby pani, jak wiele ludzi chce brać w czymś takim udział.

– Naprawdę? – zapytała słabo. Czuła się jak idiotka.

– A tak przy okazji, z kim mam przyjemność?

Holly przemierzała sypialnię ze słuchawką w dłoni.

– Z Sharon. Rozmawia pan z Sharon.

– Okej, Sharon, mam twój numer na wyświetlaczu, zadzwonię do ciebie, jeśli ktoś się wycofa.

– W porządku, wielkie dzięki.

Rozłączył się.

Holly wczołgała się do łóżka i zarzuciła na głowę kołdrę. Czuła, jak policzki płoną jej ze wstydu. Ukryła się pod kołdrą, wyrzucając sobie, że okazała się taką bezmózgą lalunią. Ignorując dźwięk telefonu, usiłowała przekonać samą siebie, że mimo wszystko nie wyszła na zupełną idiotkę. Wreszcie, kiedy uznała, że będzie mogła ponownie pokazać się publicznie (dość długo to trwało), wyczołgała się z łóżka i wcisnęła przycisk automatycznej sekretarki. Elektroniczny głos oświadczył, że ma jedną wiadomość.

– Cześć, Sharon, musieliśmy się minąć. Tu Daniel z Klubu Diva... – zawahał się, po czym dodał ze śmiechem: – U Hogana. Właśnie przeglądałem listę nazwisk i wygląda na to, że ktoś kilka miesięcy temu wpisał już nazwisko Holly. Prawdę mówiąc, to jeden z pierwszych zapisów. Chyba że chodzi o jakąś inną Holly Kennedy... – urwał. – W każdym razie zadzwoń do mnie, by to wyjaśnić. Dzięki.

Holly siedziała na skraju łóżka jak sparaliżowana.

Rozdział dwunasty

Sharon, Denise i Holly siedziały przy oknie w kawiarni U Bewleya, skąd widać było ulicę Grafton. Często się tam spotykały, by obserwować świat. Sharon zawsze powtarzała, że to najlepszy sposób na oglądanie wystaw sklepowych, bo miały stąd widok z lotu ptaka na jej wszystkie ulubione sklepy.

– Nie wierzę, że Gerry to wszystko zorganizował! – wyrzuciła z siebie Denise, kiedy usłyszała nowiny.

– Będzie niezła zabawa, nie sądzicie? – zapytała z podekscytowaniem Sharon.

– O Boże. – Holly rozbolał brzuch na samą myśl o tym. – Naprawdę, naprawdę, ale to naprawdę nie chcę tego zrobić, tyle że muszę dokończyć to, co zaczął Gerry.

– No i o to chodzi, Holly! – zawołała radośnie Denise. – Wszyscy się tam zjawimy, by cię dopingować!

– Jedną chwileczkę, Denise – rzekła Holly tonem zdecydowanie odbiegającym od radości przyjaciółek. – Chcę, byś była tam tylko ty i Sharon, nikt więcej. Nie zamierzam robić wokół tego szumu. Zatrzymajmy to dla siebie.

– Ale, Holly! – zaprotestowała Sharon. – To przecież jest ważne! Nikt nie sądził, że jeszcze kiedykolwiek weźmiesz udział w karaoke po ostatnim razie...

– Sharon! – rzuciła ostrzegawczo Holly. – Pewna osoba nie może rozmawiać o tych sprawach. Pewna osoba ma trwałe ślady na psychice po tym doświadczeniu.

– Cóż, uważam, że pewna osoba to głupia krowa, skoro nie potrafi wyluzować – mruknęła Sharon.

– Kiedy więc jest ten wielki wieczór? – Denise zmieniła temat, wyczuwając złe wibracje.

– W następny wtorek – jęknęła Holly, żartobliwie raz po raz uderzając głową o blat. Klienci zajmujący kilka najbliższych stolików przyglądali się jej z ciekawością.

– Ona ma po prostu zły dzień – oznajmiła głośno Sharon, wskazując na Holly.

– Nie martw się, Holly; masz wobec tego siedem dni na przeistoczenie się w Mariah Carey. Nie widzę w tym żadnego problemu – rzekła Denise, uśmiechając się do Sharon.

– Daj spokój, bardziej prawdopodobne jest to, że nauczyłybyśmy Lennoxa Lewisa tańczyć w balecie – mruknęła Sharon.

– Jejku, wyobraźcie sobie Lennoxa Lewisa w rajtuzach, tę zwartą pupcię wirującą na scenie... – rozmarzyła się Denise.

Holly i Sharon przestały na siebie warczeć i popatrzyły zgodnie na przyjaciółkę.

– Straciłaś wątek, Denise.

– Co? – zapytała zadziornie, ocknąwszy się z marzeń na jawie. – Wyobraźcie sobie te potężne, umięśnione uda...

– Które przetrąciłyby ci kark, gdybyś tylko znalazła się w pobliżu – dokończyła za nią Sharon.

– Niezła myśl – odparła Denise z rozszerzonymi oczami.

– Już to widzę – przyłączyła się Holly, patrząc w przestrzeń. – Na stronach z nekrologami można by było przeczytać: „Denise Hennessey, zmarła tragicznie, ściśnięta przez najpotężniejsze uda po tym, jak na krótko udało jej się zasmakować nieba...".

– Podoba mi się – zgodziła się Denise. – Och, cóż to byłaby za śmierć! Dajcie mi choć kawałek tego nieba!

– No dobra – przerwała im Sharon, wskazując palcem na Denise. – Zatrzymaj te swoje obrzydliwe fantazje dla siebie, proszę cię. A ty – tym razem wskazała na Holly – przestań zmieniać temat.

– Ha, jesteś po prostu zazdrosna, Sharon, ponieważ twój John nie potrafiłby złamać zapałki między swoimi chudymi udami – przekomarzała się Denise.

– Przepraszam bardzo, ale z udami Johna jest wszystko w jak najlepszym porządku. Chciałabym, aby moje były takie choć trochę – zakończyła Sharon.

– Teraz to ty zatrzymaj te swoje obrzydliwe fantazje dla siebie.

– Dziewczyny, dziewczyny! – Holly pstryknęła w powietrzu palcami. – Skupmy się teraz na mnie. – Z gracją przyłożyła dłonie do piersi.

– No dobra, Pani Egoistko, co planujesz zaśpiewać?

– Nie mam pojęcia, dlatego właśnie zwołałam tę nadzwyczajną naradę.

– Wcale nie, mówiłaś, że chcesz iść na zakupy – oświadczyła Sharon.

– Och, naprawdę? – Denise popatrzyła na Sharon i uniosła brwi. – Myślałam, że przyszłyście mnie odwiedzić podczas przerwy na lunch.

– Obie macie rację – rzekła Holly. – Chcę dokonać zakupu pomysłów i potrzebuję do tego was obu.

– Dobra, dobra! – zawołała z podekscytowaniem Sharon. – Myślę, że mam pomysł. Jaką to piosenkę śpiewałyśmy przez całe dwa tygodnie w Hiszpanii, bo za nic nie mogła nam wyjść z głów? I tak to nas cholernie wkurzało!

Holly wzruszyła ramionami. Jeśli ta piosenka je wkurzała, to chyba jej wybór nie byłby najodpowiedniejszy.

– Nie wiem, ja nie zostałam zaproszona na te wakacje – mruknęła Denise.

– Och, ty ją znasz, Holly!

– Nie pamiętam.

– Musisz pamiętać!

– Sharon, nie sądzę, by ona ją pamiętała – rzekła Denise z niechęcią.

– No, jak to leciało? – Sharon ukryła twarz w dłoniach, wyraźnie poirytowana, Holly ponownie wzruszyła ramionami. – Dobra, już mam! – Sharon zaczęła głośno śpiewać: – „Słońce, morze, seks i piasek, chodź tu, chłopcze, podaj mi swą dłoń!".

Oczy Holly się rozszerzyły, a policzki poczerwieniały z zakłopotania, gdy siedzący przy sąsiednich stolikach zaczęli się odwracać w ich kierunku. Spojrzała na Denise, szukając sprzymierzeńca do uciszenia przyjaciółki.

– „Ooch, ooch, ooch, tak bardzo sexy, tak bardzo sexy!"
Do Sharon przyłączyła się Denise. Kilka osób przyglądało się z rozbawieniem, ale większość z odrazą, gdy Denise i Sharon zawodząco śpiewały tandetną piosenkę dyskotekową, która była hitem kilka wakacji temu. Kiedy zamierzały po raz czwarty zaśpiewać refren (żadna z nich nie pamiętała zwrotek), Holly je uciszyła.

– Dziewczyny, nie mogę zaśpiewać tej piosenki! A poza tym zwrotki są rapowane przez jakiegoś faceta!

– Przynajmniej nie musiałabyś zbyt wiele śpiewać – zachichotała Denise.

– Nie ma mowy! Nie będę rapować podczas konkursu karaoke!

– W porządku, to powiedz, jakiej płyty teraz słuchasz? – Denise spoważniała.

– Westlife? – Holly popatrzyła na nie z nadzieją.

– W takim razie zaśpiewaj jakąś ich piosenkę – odparła zachęcająco Sharon. – Przynajmniej będziesz znała słowa.

Sharon i Denise zaczęły się śmiać bez opamiętania.

– Możliwe, że melodia trochę ci się pomyli – wydusiła z siebie Sharon, nie przestając się śmiać.

– Ale przynajmniej będziesz znała słowa! – Denise zdołała dokończyć za nią zdanie, i obie aż się zgięły ze śmiechu.

Holly poczuła gniew, ale widząc, jak trzymają się za brzuchy i śmieją histerycznie, sama też zaczęła chichotać. Miały rację, Holly była kompletnie pozbawiona słuchu muzycznego. Znalezienie piosenki, którą potrafiłaby zaśpiewać, to zadanie nie do wykonania.

Wreszcie, kiedy dziewczęta już się uspokoiły, Denise zerknęła na zegarek i jęknęła, że musi wracać do pracy. Opuściły kawiarnię ku wyraźnej radości reszty klientów.

– Te żałosne dupki najpewniej urządzą sobie teraz imprezę – mruknęła Sharon, mijając stoliki.

Dziewczęta objęły się i ruszyły w dół ulicy Grafton, zmierzając w kierunku sklepu z odzieżą, w którym Denise była kierowniczką. Dzień był słoneczny, a w powietrzu wyczuwało się jedynie odrobinę chłodu; na ulicy Grafton jak zwykle pełno było ludzi biegnących na lunch, a klienci sklepów powoli krążyli po okolicy, w pełni wykorzystując fakt, że nie pada deszcz. Na chodniku co krok stał artysta uliczny, walczący o uwagę przechodzącego tłumu, a kiedy Denise i Sharon mijały mężczyznę grającego na skrzypcach, wykonały kilka kroków szybkiego irlandzkiego tańca. Puścił do nich oko, a one wrzuciły kilka monet do leżącego na chodniku tweedowego beretu.

– No dobra, moje obijające się panie, wracam już do pracy – rzekła Denise, otwierając drzwi do swego sklepu.

Na jej widok pracownicy przestali wymieniać się plotkami przy ladzie i natychmiast zaczęli porządkować wieszaki z ubraniami. Holly i Sharon zrobiły wysiłek, by się nie roześmiać. Pożegnały się i wspólnie ruszyły w kierunku Stephen's Greek, gdzie zostawiły samochody.

– „Słońce, morze, seks, piasek" – zaśpiewała cicho Holly. – Cholera, Sharon, ta głupia piosenka nie chce mi teraz wyjść z głowy.

– Widzisz, i znowu zaczynasz to „cholera, Sharon". Nieładnie, Holly. – Sharon zaczęła nucić pod nosem.

– Och, zamknij się! – zaśmiała się Holly, uderzając ją w ramię.

Rozdział trzynasty

Była czwarta, kiedy Holly wreszcie wyjechała z centrum i ruszyła do domu, do Swords. Niecna Sharon namówiła ją jednak na zakupy, co skończyło się tak, że szarpnęła się na absurdalny top, na który była zdecydowanie za stara. Od teraz naprawdę będzie musiała ostrożniej wydawać pieniądze. Bez regularnego dochodu fundusze zaczynały topnieć i czuła, że zbliżają się ciężkie czasy. Musiała zacząć myśleć o znalezieniu pracy, ale już i tak wystarczająco trudno jej było codziennie rano zwlekać się z łóżka, na pewno nie pomoże tu kolejna przygnębiająca praca biurowa od dziewiątej do piątej. Ale dzięki niej miałaby pieniądze na opłacenie rachunków. Westchnęła głośno. Jest tyle spraw, z którymi musi radzić sobie sama. Zbyt wiele czasu spędzała w pustym mieszkaniu, rozmyślając o nich. Potrzebowała wokół siebie ludzi, tak jak dzisiaj Denise i Sharon, gdyż dzięki temu choć na chwilę przestawała się tym wszystkim zamartwiać.

Zadzwoniła do mamy i zapytała, czy mogłaby do niej zajrzeć.

– Oczywiście, że tak, słonko, zawsze jesteś u nas mile widziana. – Elizabeth ściszyła głos do szeptu. – Wiedz tylko, że jest tu Richard.

Chryste! Co mają znaczyć te jego wszystkie niezapowiedziane wizyty?

Holly, pomyślała, czy nie lepiej jechać prosto do domu, ale w końcu przekonała samą siebie, że zachowuje się nie-mądrze. To jej brat i aczkolwiek bywa irytujący, nie powinna go bez końca unikać.

Przyjechała do wyjątkowo głośnego i zaludnionego domu i poczuła się jak za dawnych dobrych lat, słysząc krzyki i wołania w każdym pomieszczeniu. Kiedy weszła do środka, Elizabeth właśnie stawiała na stole dodatkowe nakrycie.

– Och, mamo, powinnaś mi była powiedzieć, że jecie obiad – rzekła Holly, całując ją na powitanie.

– A dlaczego, zdążyłaś już coś zjeść?

– Nie, prawdę mówiąc, umieram z głodu, nie chcę tylko sprawiać ci kłopotu.

– Jaki kłopot, skarbie! To oznacza jedynie, że biedny Dec-lan przez jeden dzień nie dostanie niczego do jedzenia – odparła, przekomarzając się z synem, który właśnie siadał przy stole.

Tym razem panowała znacznie luźniejsza atmosfera – a może to tylko była tak bardzo spięta podczas ich ostat-niego spotkania.

– No więc, Panie Pracusiu, dlaczego nie jesteś dzisiaj w college'u? – zapytała sarkastycznie.

– Byłem tam cały ranek – odparł Declan, krzywiąc się. – I wracam o ósmej.

– To bardzo późno – odezwał się ojciec, nalewając sobie na talerz sos pieczeniowy. Z Frankiem już tak było, że na jego talerzu zawsze znajdowało się więcej sosu niż je-dzenia.

– Tak, ale to jedyna pora, kiedy mogę mieć dostęp do montażowni.

– Czy tam jest tylko jedna montażownia, Declanie? – za-pytał Richard.

– Tak. – Rozmowny, nie ma co.

– A ilu jest studentów?

– To mała grupa, więc jest nas tylko dwunastu.

– Nie mają funduszy na więcej?

– Czyli na więcej czego, studentów? – zażartował Declan.

– Nie, na jeszcze jedną montażownię.

– To jest mały college, Richardzie.

– Większe uczelnie pewnie są lepiej wyposażone. W ogóle są lepsze.

No tak, Richard był miły jak zwykle.

– Nie powiedziałbym tego. Sprzęt mamy najwyższej jakości, jest po prostu mniej ludzi, a więc i mniej sprzętu. A wykładowcy niczym nie ustępują wykładowcom uniwersyteckim. Są nawet lepsi, ponieważ poza zajęciami na uczelni pracują także w tym przemyśle. Innymi słowy, w praktyce zajmują się tym, czego nauczają. Nie serwują nam jedynie podręcznikowej teorii.

Punkt dla ciebie, Declan, pomyślała Holly i puściła do niego oko.

– Nie wyobrażam sobie, by zarabiali na tym porządne pieniądze, więc najpewniej nie mają wyboru i zatrudniają się także jako wykładowcy.

– Richardzie, praca w przemyśle filmowym to bardzo dobra praca; mówisz o ludziach, którzy całe lata spędzili w college'u, studiując, by zdobyć dyplomy i stopnie...

– Och, to ty będziesz miał po tym jakiś tytuł? – Richard wyglądał na zdumionego. – Sądziłem, że uczęszczasz po prostu na jakiś kurs.

Declan przestał jeść i spojrzał zaskoczony na Holly. To zabawne, jak ignorancja Richarda wciąż ich wszystkich zadziwiała.

– A jak myślisz, kto produkuje wszystkie te programy o ogrodnictwie, które oglądasz, Richardzie? – wtrąciła się Holly. – To nie jest grupa ludzi, którzy skończyli jedynie jakiś krótki kurs.

Nigdy do tej pory nie przyszło mu do głowy, że coś takiego może wymagać aż takich umiejętności.

– To naprawdę świetne programy – zgodził się.

– Czego dotyczy twój projekt, Declanie? – zapytał Frank. Declan najpierw przełknął to, co miał w ustach, potem odpowiedział:

– Och, to zbyt zagmatwane, by się wdawać w szczegóły, ale, ogólnie biorąc, dotyczy życia klubowego w Dublinie.

– Fajnie, pojawimy się tam? – odezwała się Ciara, przerywając niezwykłe jak na nią milczenie.

– Taa, może pokażę tył twojej głowy lub coś w tym stylu – zażartował.

– Nie mogę się doczekać, by to obejrzeć – rzekła zachęcająco Holly.

– Dzięki. – Declan odłożył nóż i widelec i zaczął się śmiać. – Hej, słyszałem, że w przyszłym tygodniu będziesz śpiewać w konkursie karaoke, to prawda?

– Co takiego? – Ciara, spojrzała w osłupieniu na siostrę. Holly próbowała udawać, że nie wie, o czym brat mówi.

– Daj spokój, Holly! – Declan nie dawał za wygraną. – Danny mi powiedział! – Odwrócił się do pozostałych i wyjaśnił: – Danny to właściciel miejsca, w którym tamtego wieczoru miałem występ, no i powiedział mi, że Holly zgłosiła swój udział w konkursie karaoke w klubie na górze.

Wszyscy zaczęli wydawać okrzyki zachwytu i powtarzać, że to super i wspaniale.

Holly nie poddała się tak łatwo.

– Declan, Daniel cię po prostu nabierał. Przecież wszyscy wiedzą, że nie potrafię śpiewać! Dajcie spokój – zwróciła się do pozostałych. – Naprawdę, gdybym miała śpiewać w konkursie karaoke, tobym wam wszystkim o tym powiedziała. – Roześmiała się, jakby uważała ten pomysł za absurdalny. Bo w gruncie rzeczy tak właśnie sądziła.

– Holly – powiedział Declan – widziałem twoje nazwisko na liście. Nie kłam.

Odłożyła nóż i widelec. Nagle odechciało jej się jeść.

– Córeczko, dlaczego nie powiedziałaś nam, że będziesz śpiewać w konkursie? – zapytała mama.

– Ponieważ nie potrafię śpiewać!

– W takim razie dlaczego to robisz? – Ciara parsknęła śmiechem.

Lepiej będzie, jeśli im powie, bo przecież Declan i tak to z niej wyciągnie, poza tym nie lubiła okłamywać rodziców.

– No dobra, to naprawdę skomplikowana historia, ale chodzi pokrótce o to, że Gerry zapisał mnie na listę kilka miesięcy temu, ponieważ bardzo chciał, bym to zrobiła i choć na samą myśl o śpiewaniu cierpnie mi skóra, czuję, że muszę przez to przejść. To głupie, wiem.

Ciara spoważniała nagle.

Holly czuła się koszmarnie, kiedy cała rodzina wlepiła w nią oczy. Nerwowo wsunęła włosy za uszy.

– Cóż, uważam, że to dobry pomysł – oświadczył nagle tata.

– Tak – dodała mama. – I wszyscy tam będziemy, żeby cię wspierać.

– Nie, mamo, naprawdę nie musicie. To nic wielkiego.

– Nie ma mowy, by moja siostra śpiewała w konkursie, a mnie tam nie było – oznajmiła Ciara.

– Wszyscy tam będziemy – rzekł Richard. – Jeszcze nigdy nie byłem na konkursie karaoke. Powinno być... – szukał w głowie właściwego słowa – ...fajnie.

Holly jęknęła i zamknęła oczy, żałując, że nie pojechała prosto do domu.

Declan śmiał się histerycznie.

– Tak, Holly, będzie... hmm... – podrapał się po brodzie – ...fajnie!

– Kiedy to jest? – zapytał Richard, wyciągając terminarz.

– Eee... w sobotę – skłamała Holly.

Richard zapisał to skwapliwie.

– Nieprawda! – wykrzyknął Declan. – W następny wtorek, ty kłamczucho!

– Cholera! – zaklął Richard ku zdumieniu wszystkich obecnych. – Czy ktoś ma korektor?

*

Holly nie mogła się powstrzymać, by nie biegać co rusz do toalety. Była strzępkiem nerwów, a poprzedniej nocy prawie nie zmrużyła oka. I wyglądała tak samo, jak się czuła. Pod nabiegłymi krwią oczami widniały duże wory, wargi miała poprzygryzane.

Nadszedł wielki dzień, spełnienie jej najgorszego koszmaru: publiczne śpiewanie.

A przecież nie należała nawet do osób, które śpiewają pod prysznicem – bała się, że popękają lustra w łazience. O rety, ile ona dzisiaj czasu spędzała w toalecie. Nie istniał lepszy środek przeczyszczający niż strach i czuła się tak, jakby straciła dobre pięć kilo w jeden tylko dzień. Jej przyjaciele i rodzina byli dla niej jak zwykle ogromnym wsparciem – przysłali kartki z życzeniami powodzenia. Od Sharon i Johna dostała nawet bukiet kwiatów, który postawiła na pozbawionym przeciągów i z dala od przewodów grzewczych stoliku tuż obok na wpół uschniętej orchidei. Denise w przebłysku „poczucia humoru" przesłała kartkę z wyrazami współczucia.

Holly włożyła strój, który Gerry kazał jej kupić w zeszłym miesiącu. Ubierając się, klęła pod nosem. Miała znacznie ważniejsze zmartwienia na głowie niż takie szczegóły jak własny wygląd. Zostawiła włosy rozpuszczone, tak że zakrywały twarz na tyle, na ile to było możliwe. Pomalowała rzęsy tuszem wodoodpornym, jakby to akurat miało ją uchronić od płaczu. Przewidywała, że wieczór skończy we łzach. Obdarzona była darem jasnowidzenia, jeśli chodziło o najbardziej gówniane dni w jej życiu.

John i Sharon podjechali po Holly taksówką, a ona nie odzywała się do nich ani słowem, przeklinając w duchu wszystkich za to, że zmusili ją, by to robiła. Czuła się fizycznie chora i siedziała jak na rozżarzonych węglach. Za każdym razem, kiedy taksówka zatrzymywała się na czerwonym świetle, zastanawiała się, czy nie wyskoczyć i nie ratować swego życia, ale kiedy już zdobywała się na odwagę, żeby to uczynić, światła zmieniały się na zielone. Jej dłonie drżały nerwowo i, żeby czymś się zająć, co rusz otwierała i zamykała torebkę, udając przed Sharon, że czegoś w niej szuka.

– Odpręż się, Holly – odezwała się uspokajająco Sharon.

– Wszystko będzie dobrze.

– Odpierdol się – warknęła.

Reszta drogi upłynęła w milczeniu, nawet kierowca taksówki nie odezwał się ani słowem. Spięci dojechali wreszcie do Hogana, a John i Sharon przeżyli, co swoje, starając się powstrzymać Holly przed wymyślaniem (coś na temat tego, że wolałaby już skoczyć do Liffey) i przekonać ją, by weszła do środka. Ku przerażeniu Holly klub był pełen ludzi i musiała się przeciskać, by dotrzeć do swojej rodziny, która wcześniej zajęła stolik (zgodnie z prośbą, tuż obok toalety).

Richard siedział wyraźnie skrępowany, w garniturze w takim miejscu wyglądał dość dziwacznie.

– Wyjaśnij mi więc zasady, ojcze. Co Holly będzie musiała zrobić?

Ojciec objaśnił Richardowi „zasady" karaoke, a ona zaczęła się jeszcze bardziej denerwować.

– Rety, tu jest świetnie, no nie? – rzekł Richard, rozglądając się po klubie z podziwem.

Holly nie sądziła, by kiedykolwiek wcześniej brat był w nocnym klubie. Przeraził ją widok sceny. Była znacznie większa, niż się spodziewała, a na ścianie wisiał potężny ekran, tak by publiczność mogła widzieć słowa piosenek. Jack obejmował ramieniem Abbey; oboje posłali jej krzepiące uśmiechy. Holly wykrzywiła się do nich i odwróciła wzrok.

– Holly, wcześniej wydarzyło się coś niesamowicie zabawnego – rzekł ze śmiechem Jack. – Pamiętasz tego Daniela, którego poznaliśmy w zeszłym tygodniu?

Holly wpatrywała się w jego poruszające się usta, ale nie usiłowała zrozumieć, co mówi.

– Ja i Abbey przyszliśmy tutaj pierwsi, by zająć stolik i właśnie się się całowaliśmy, kiedy ten facet podszedł i wyszeptał mi do ucha, że ty będziesz tu dziś wieczorem. Sądził, że ja i ty ze sobą chodzimy i że cię zdradzam! – Jack i Abbey wybuchnęli histerycznym śmiechem.

– Ja uważam, że to obrzydliwe – oświadczyła Holly i odwróciła się.

– Nie – próbował wyjaśnić Jack. – On nie wiedział, że jesteśmy rodzeństwem. Musiałem wytłumaczyć... – Jack urwał, gdy Sharon posłała mu ostrzegawcze spojrzenie.

– Cześć, Holly – odezwał się Daniel, podchodząc do niej z podkładką do pisania w dłoni. – Oto kolejność podczas dzisiejszego wieczoru: pierwsza dziewczyna o imieniu Margaret, potem facet o imieniu Keith, a zaraz po nim ty. Może tak być?

– Więc jestem trzecia.

– Tak, zaraz za...

– To wszystko, co muszę wiedzieć – przerwała mu niegrzecznie. Pragnęła jedynie wydostać się z tego głupiego klubu, marzyła, żeby wszyscy dali jej święty spokój. Najlepiej, żeby pochłonęła ją ziemia, albo zdarzył się jakiś kataklizm i żeby wszystkich z tego budynku trzeba było ewakuować. Prawdę mówiąc, to był całkiem niegłupi pomysł. Rozejrzała się gorączkowo, szukając przycisku uruchamiającego alarm przeciwpożarowy, ale Daniel nadal do niej coś mówił.

– Posłuchaj, Holly, przepraszam, że ci przeszkadzam, ale czy możesz mi powiedzieć, która z twoich przyjaciółek to Sharon?

Wyglądał tak, jakby się bał, że ona rzuci mu się do gardła. No i dobrze, pomyślała Holly, patrząc na niego spod półprzymkniętych powiek.

– Tam jest – wskazała na Sharon. – Chwileczkę, po co ci ona?

– Och, chciałem przeprosić ją za naszą ostatnią rozmowę. – Ruszył w kierunku Sharon.

– Dlaczego? – zapytała Holly, a popłoch w jej głosie sprawił, że Daniel się odwrócił.

– W zeszłym tygodniu podczas naszej rozmowy telefonicznej zaszło małe nieporozumienie. – Patrzył na nią z konsternacją.

– Słuchaj, naprawdę nie musisz tego robić. Ona już pewnie zdążyła o tym zapomnieć – wyjąkała. Jeszcze tylko tego jej brakowało.

– Tak, ale mimo to chciałbym przeprosić.

Z tymi słowami podszedł do Sharon. Holly zerwała się ze swego krzesła.

– Sharon, cześć, jestem Daniel. Chciałem jedynie przeprosić za to nieporozumienie podczas naszej rozmowy telefonicznej w zeszłym tygodniu.

Sharon przyglądała mu się, jakby miał dziesięć głów.

– Nieporozumienie?

– No wiesz, przez telefon?

John obronnym gestem otoczył talię Sharon.

– Przez telefon?

– No... tak, przez telefon.

– Mógłbyś powtórzyć, jak masz na imię?

– Daniel.

– I rozmawialiśmy przez telefon? – zapytała Sharon, a na jej twarzy zaczął pojawiać się uśmiech.

Holly machała do niej dziko za plecami Daniela.

Daniel odkaszlnął nerwowo.

– Tak, zadzwoniłaś w zeszłym tygodniu do klubu, a ja odebrałem. Kojarzysz?

– Nie, słonko, mylisz mnie z inną dziewczyną – odparła grzecznie Sharon.

John spojrzał na nią ostro za to, że nazwała natręta słonkiem; gdyby to zależało od niego, już by powiedział temu gościowi, dokąd ma się udać.

Daniel przeczesał palcami włosy, wyglądał na niesłychanie zakłopotanego.

Holly kiwała gorączkowo głową do Sharon.

– Och... – rzekła Sharon, udając, że wreszcie sobie przypomniała. – Och... Daniel! – zawołała z nieco zbyt dużym entuzjazmem. – Boże, tak bardzo cię przepraszam, wygląda na to, że zaczynają mi obumierać komórki w mózgu. – Zaśmiała się niczym wariatka. – Pewnie za dużo tego – zachichotała, unosząc drinka.

Daniel odetchnął z ulgą.

– To dobrze, bo już przez chwilę myślałem, że to ja zaczynam wariować! Okej, więc pamiętasz naszą rozmowę?

– Och, tę rozmowę, którą odbyliśmy przez telefon. Nie przejmuj się tym – odpowiedziała, machając z lekceważeniem ręką.

– Chodzi po prostu o to, że przejąłem to miejsce zaledwie przed kilkoma tygodniami i nie znałem jeszcze szczegółów dotyczących dzisiejszego wieczoru.

– Nie przejmuj się... wszyscy potrzebujemy czasu... aby się wdrożyć... do wszystkiego... – Sharon zerkała na Holly, by się przekonać, czy to, co mówi ma sens.

– W takim razie w porządku. Miło mi było poznać cię wreszcie osobiście – zaśmiał się Daniel. – Czy mogę ci przynieść krzesło lub coś w tym rodzaju? – zażartował.

Sharon i John siedzieli na krzesłach, dlatego spojrzeli na niego ze szczerym zdumieniem.

John patrzył podejrzliwie za odchodzącym Danielem.

– O co w tym wszystkim chodziło? – zawołała Sharon do Holly, gdy już nie mógł ich usłyszeć.

– Och, wyjaśnię ci później – odparła Holly. Odwróciła się do sceny, gdyż pojawił się na niej gospodarz wieczoru.

– Dobry wieczór, panie i panowie!

– Dobry wieczór! – odkrzyknął Richard, najwyraźniej podekscytowany.

Holly wniosła oczy ku niebu.

– Czeka nas dzisiaj wieczór pełen emocji... – ciągnął gospodarz głosem didżeja, podczas gdy Holly przestępowała nerwowo z nogi na nogę. Desperacko potrzebowała znowu skorzystać z toalety. – Na początek wystąpi Margaret z Tallaght, która zaśpiewa utwór przewodni z filmu *Titanic, My Heart Will Go On* Celine Dion. Proszę o oklaski dla wspaniałej Margaret!

Tłum zwariował. Serce Holly waliło jak oszalałe. Najtrudniejsza piosenka na świecie – typowe.

Kiedy Margaret zaczęła śpiewać, w sali zrobiło się tak cicho, że pewnie można by usłyszeć padającą szpilkę. Holly przyglądała się twarzom obecnych. Wszyscy ze zdumieniem wpatrywali się w Margaret, włączając w to rodzinę Holly, tych niecnych zdrajców. Margaret przymknęła oczy i śpiewała z takim żarem, jakby dane jej było osobiście przeżyć każdy wers tej piosenki. Holly nienawidziła jej i rozważała, jak by tu podstawić jej nogę, gdy będzie wracała na miejsce.

– Czyż nie była niesamowita? – zapytał retorycznie didżej.

Tłum ponownie zaczął bić brawo; Holly przygotowywała się na to, że po swojej piosence raczej nie usłyszy oklasków.

– A teraz wystąpi Keith. Pamiętacie go może jako ubiegłorocznego zwycięzcę. Zaśpiewa nam *Americę* Neila Diamonda. Brawa dla Keitha!

Holly nie chciała słyszeć niczego więcej i popędziła do toalety.

Chodziła tam i z powrotem i próbowała się uspokoić, ale kolana jej drżały, a wokół żołądka zaciskała się metalowa obręcz. Czuła, że zaraz zwymiotuje. Popatrzyła na swoje odbicie w lustrze, wzięła kilka głębokich oddechów. Nic to nie dało, wręcz jeszcze bardziej zaczęło jej się kręcić w głowie. Tłum na zewnątrz zaczął klaskać i Holly zamarła. Ona była następna.

– Czyż Keith nie był fantastyczny, panie i panowie?

Ponownie burza oklasków.

– Być może Keith zwycięży w naszym konkursie drugi rok z rzędu. No cóż, czego więcej można sobie życzyć!

Tylko tego, bo zaraz będzie znacznie gorzej.

– A teraz wystąpi nowicjuszka w tym konkursie, która ma na imię Holly i będzie śpiewać...

Holly pobiegła do kabiny i zatrzasnęła się w środku. Nic, ale to nic jej nie zmusi, by stąd wyszła.

– Tak więc, panie i panowie, proszę o wielkie brawa dla Holly!

Brawa były niezwykle głośne.

Rozdział czternasty

To przed trzema laty Holly wyszła na scenę, by zaprezentować swój debiutancki występ w karaoke.

Duża grupa jej przyjaciół udała się do miejscowego pubu w Swords, by świętować trzydzieste urodziny jednego z chłopaków.

Holly czuła się tego wieczoru niesamowicie zmęczona, ponieważ przez ostatnie dwa tygodnie musiała pracować po godzinach i naprawdę nie była w imprezowym nastroju. Pragnęła jedynie pojechać do domu, wziąć długą kąpiel, wciągnąć na siebie najmniej seksowną piżamę z tych, jakie miała, i objadając się czekoladą, skulić się razem z Gerrym na kanapie przed telewizorem.

Przestawszy w zatłoczonym pociągu całą drogę od Blackrock do stacji Sutton, zdecydowanie nie była w nastroju, by sterczeć cały wieczór w dusznym i pełnym ludzi pubie. W pociągu połowę twarzy miała przyciśniętą do szyby, a drugą pod spoconą pachą mężczyzny niespecjalnie przejmującego się kwestiami higieny. Tuż obok na jej szyję inny mężczyzna głośno wydychał alkoholowe opary. Sytuacji nie poprawiało to, że za każdym razem, kiedy pociąg się przechylał, on „przez przypadek" przyciskał do jej pleców swój duży piwny brzuch. Od dwóch tygodni przechodziła przez to każdego dnia w drodze do pracy i z powrotem i nie mogła już tego znieść. Tęskniła za swoją piżamą.

Wreszcie dojechała do stacji Sutton, ale niektóre bardzo mądre osoby uznały, że to wspaniały pomysł, by wsiadać do pociągu wtedy, gdy inni usiłowali wysiąść. W rezultacie, nim wreszcie zdołała wysiąść z pociągu, zobaczyła, że jej autobus odjeżdża, pełen zadowolonych ludzi, uśmiechających się do niej przez szyby. A ponieważ było po szóstej, kafejka była już zamknięta i Holly musiała stać na mrozie, czekając pół godziny na następny autobus. To jeszcze bardziej zwiększyło jej pragnienie, by zwinąć się w kuleczkę w pobliżu kominka.

Jednak nie było jej to dane. Jej ukochany mąż miał inne plany. Holly wróciła zmęczona i niesamowicie wkurzona, a tymczasem dom był pełen gości i wprost pulsował głośną muzyką. Ludzie, których nawet nie znała, snuli się po jej salonie z puszkami piwa w dłoniach i rozwalali się na sofie, którą ona wcześniej planowała objąć w posiadanie na kilka następnych godzin. Gerry stał przy odtwarzaczu CD i bawił się w didżeja, usiłując wyglądać na luzie. W tamtej chwili Holly uznała, że jeszcze nigdy nie wychodziło mu to tak kiepsko.

– Co ci jest? – zapytał ją, kiedy pomknęła jak burza na górę do sypialni.

– Gerry, jestem zmęczona, wkurzona, nie mam nastroju, by gdzieś wychodzić, a ty mnie nawet nie zapytałeś, czy możesz zaprosić tych wszystkich ludzi. A tak przy okazji, to KIM ONI SĄ? – wrzasnęła.

– To przyjaciele Conora, a tak przy okazji, TO JEST TAKŻE MÓJ DOM! – odwrzasnął.

Holly przyłożyła palce do skroni i zaczęła je delikatnie masować. Głowa jej pękała, a muzyka doprowadzała do szaleństwa.

– Gerry – odezwała się cicho, próbując zachować spokój. – Nie mówię, że nie możesz tutaj zapraszać gości. Wszystko byłoby w porządku, gdybyś zaplanował to z wyprzedzeniem i powiadomił mnie. Wtedy nie miałabym nic przeciwko temu, ale akurat dzisiaj, kiedy jestem tak bardzo zmęczona... – jej głos z każdym słowem robił się coraz słabszy – chciałam po prostu odprężyć się w moim własnym domu.

– Och, codziennie jest tak samo – warknął. – I tak nie masz już nigdy na nic ochoty. Każdego wieczoru wracasz do domu w zrzędliwym nastroju i masz do mnie pretensję dosłownie o wszystko!

Holly zdębiała.

– Przepraszam bardzo! Ciężko pracowałam!

– Ja także, ale chyba nie powiesz, że skaczę ci do gardła za każdym razem, kiedy coś pójdzie nie po mojej myśli.

– Gerry, nie chodzi o to, że coś poszło nie po mojej myśli, ale o to, że zapraszasz całą ulicę do naszego do...

– JEST PIĄTEK! – wrzasnął, uciszając ją. – JEST WEEKEND! Kiedy ostatni raz gdzieś wyszłaś? Zostaw za sobą pracę i spróbuj się wyluzować. Przestań zachowywać się jak jakaś BABCIA! – Z tymi słowami opuścił sypialnię, zatrzaskując za sobą drzwi.

Po dłuższym czasie spędzonym w sypialni na nienawidzeniu Gerry'ego i snuciu marzeń o rozwodzie, udało jej się wreszcie uspokoić i zastanowić się racjonalnie nad tym, co powiedział. Miał rację. No dobra, nie powinien tak się wydzierać, ale ona rzeczywiście była przez cały miesiąc zrzędliwa i marudna, i wiedziała o tym.

Holly należała do osób, które kończą pracę o piątej, wyłączają komputer, lampkę, uprzątają biurko i pędzą minutę po piątej do pociągu, bez względu na to, czy jej pracodawcom się to podoba, czy też nie. Nigdy nie zabierała pracy do domu, nigdy nie zadręczała się myślami, jaką przyszłość ma w tej pracy, ponieważ, prawdę powiedziawszy, nie dbała o to, i tak często dzwoniła w poniedziałkowe poranki, usprawiedliwiając się, że jest chora, jak to tylko było możliwe, bez narażania się na ryzyko zwolnienia. Ale przez chwilę nieuwagi, gdy szukała nowego miejsca zatrudnienia, przyjęła pracę biurową, która zmuszała ją do zabierania papierów do domu, czasem na pracę po godzinach, z czego w żadnym wypadku nie była zadowolona. Prawdziwą zagadką było, jak jej się udało pozostać tam przez cały miesiąc, ale tak czy inaczej, Gerry miał rację. Musiała to przyznać. Od tygodni nie wychodziła nigdzie ani z nim, ani z przyjaciółkami i każdego wieczoru zasypiała w chwili, gdy tylko jej głowa spoczęła na poduszce. Jeśli się nad tym zastanowić, z pewnością głównie to przeszkadzało Gerry'emu, a nie jej zrzędliwość.

Ale dzisiaj będzie inaczej. Miała zamiar pokazać swym zaniedbywanym przyjaciołom i mężowi, że nadal jest zabawną i niepoważną Holly, która potrafi wypić więcej niż inni, a mimo to wracać do domu równym krokiem. Wieczór wygłupów rozpoczął się od przygotowania domowych koktajli. Bóg jeden wie, co w nich takiego było, ale zdziałały cuda i o jedenastej wszyscy tanecznym krokiem udali się do pobliskiego pubu, w którym odbywały się wieczory karaoke. Holly zażądała wpuszczenia jej na scenę i tak długo przeszkadzała gospodarzowi karaoke, aż wreszcie się poddał. Pub pełen był ludzi – bardzo hałaśliwych i niesfornych, którzy świętowali wieczór kawalerski. Wyglądało to tak, jakby kilka godzin wcześniej do pubu przybyła ekipa filmowa i przygotowała go na kręcenie sceny katastrofy. Najwyraźniej odwalili kawał świetnej roboty.

Didżej ochoczo zapowiedział Holly, uwierzywszy w jej kłamstwo, że jest zawodową piosenkarką. Gerry nie był w stanie wydusić z siebie ani słowa, tak bardzo się śmiał, ale ona była pełna determinacji, by mu pokazać, że nadal potrafi pójść w tango. Nie musiał na razie planować rozwodu. Postanowiła, że zaśpiewa *Like a Virgin* i zadedykowała tę piosenkę mężczyźnie, który następnego dnia się żenił. Ledwo zaczęła śpiewać, ze wszystkich stron rozległy się głośne gwizdy. Ale Holly była tak pijana, że w ogóle jej to nie ruszało i dalej śpiewała dla swojego męża, który najwyraźniej jako jedyny mógł to ścierpieć.

Wreszcie, kiedy ludzie zaczęli rzucać w kierunku sceny różnymi przedmiotami i kiedy gospodarz karaoke zachęcił ich, by gwizdali jeszcze głośniej, Holly poczuła, że oto wykonała zadanie. Gdy odłożyła mikrofon, rozległy się tak głośne okrzyki radości, że ludzie z sąsiedniego pubu przybiegli zobaczyć, co się dzieje. W ten sposób jeszcze więcej osób widziało, jak Holly potyka się na schodach i pada jak długa na twarz. Wszyscy zobaczyli też, jak jej spódnica podnosi się wysoko i odsłania starą, niegdyś białą bieliznę, której nie chciało jej się zmienić po pracy.

Holly zabrano do szpitala, by opatrzyć złamany nos.

Gerry stracił głos od głośnego śmiechu, a Denise i Sharon jeszcze dolały oliwy do ognia, robiąc zdjęcia z miejsca przestępstwa, które następnie Denise umieściła na zaproszeniach na bożonarodzeniowe przyjęcie z dopiskiem: „Upijmy się w sztok!".

Holly przysięgła, że już nigdy nie zaśpiewa na karaoke.

Rozdział piętnasty

– Holly Kennedy? Jesteś tutaj? – rozległ się głos gospodarza karaoke.

Aplauz publiczności ucichł i zamienił się w głośne rozmowy, gdy wszyscy rozglądali się w poszukiwaniu Holly. No cóż, długo będą szukać, pomyślała, opuszczając klapę ubikacji i siadając na niej. Miała zamiar zaczekać, aż ludzie ochłoną i zaczną dręczyć następną ofiarę. Zamknęła oczy, ukryła twarz w dłoniach i modliła się, by czas szybciej płynął. Pragnęła tylko znaleźć się bezpiecznie w domu, i żeby od tej chwili minął co najmniej tydzień. Policzyła do dziesięciu, modląc się o cud, po czym powoli otworzyła oczy.

Nadal znajdowała się w toalecie.

Dlaczego nie mogła, przynajmniej ten jeden raz, nagle odkryć w sobie magicznych mocy?

Wiedziała, że tak właśnie będzie. Od chwili, w której otworzyła kopertę i przeczytała trzeci list Gerry'ego, przewidywała łzy i upokorzenie. Spełniły się jej najgorsze przeczucia.

W klubie zrobiło się nagle bardzo cicho i Holly poczuła ulgę, bo domyśliła się, że przechodzą do następnego wykonawcy. Wyprostowała ramiona i przestała zaciskać dłonie w pięści, rozluźniła szczęki i odetchnęła głęboko. Panika minęła, ale Holly uznała, że zaczeka, dopóki następna osoba nie zacznie śpiewać, i dopiero wtedy da nogę. Tutaj nie mogła się nawet wydostać przez okno – chyba że chciałaby się zabić.

Usłyszała, jak otwierają się drzwi do toalety. Oho, przyszli, by ją dorwać, kimkolwiek byli.

– Holly?

To była Sharon.

– Holly, wiem, że tam jesteś, więc mnie po prostu wysłuchaj, dobrze?

Holly powstrzymała jakoś łzy, które cisnęły jej się do oczu.

– No dobra, wiem, że to dla ciebie koszmar i wiem, że dostajesz dreszczy na myśl o takim występie, ale musisz się wyluzować, rozumiesz?

Głos Sharon był tak kojący, że Holly ponownie się wyprostowała.

– Holly, nienawidzę myszy, wiesz o tym.

Holly zmarszczyła brwi, zastanawiając się, do czego zmierza ta przemowa.

– A najgorszym koszmarem dla mnie byłoby wyjść stąd do pomieszczenia, gdzie jest pełno myszy. Wyobrażasz to sobie?

Holly uśmiechnęła się na tę myśl i przypomniała sobie, jak kiedyś Sharon na dwa tygodnie wprowadziła się do niej i Gerry'ego, kiedy odkryła w domu mysz. Johnowi, rzecz jasna, przysługiwały małżeńskie odwiedziny.

– Na pewno byłabym dokładnie tu, gdzie ty teraz jesteś, i nic na świecie by mnie stąd nie wyciągnęło.

– Co takiego? – W głośnikach rozległ się głos didżeja, który zaczął się śmiać. – Panie i panowie, okazuje się, że nasza solistka przebywa aktualnie w toalecie. – Cały klub wybuchł śmiechem.

– Sharon!

Głos Holly zadrżał ze strachu. Czuła się tak, jakby wzburzony tłum miał zaraz staranować drzwi, zedrzeć z niej ubranie i zanieść na scenę, na stracenie. Znowu ogarnęła ją panika.

Sharon rzekła pospiesznie:

– W każdym razie, Holly, chcę ci powiedzieć, że nie musisz tego robić, jeśli nie chcesz. Nikt cię nie zmusza...

– Panie i panowie, dajmy Holly znać, że czekamy na nią! – zawołał didżej. – Dalej!

Wszyscy zaczęli tupać i skandować jej imię.

– No dobrze, a przynajmniej nikt, kogo obchodzisz, nie zmusza cię, byś to robiła – wyjąkała Sharon, poddając się presji coraz głośniejszego tłumu. – Ale jeśli teraz stchórzysz, wiem, że nigdy sobie tego nie wybaczysz. Nie bez powodu Gerry chciał, abyś to zrobiła.

– HOLLY! HOLLY! HOLLY!

– Och, Sharon! – powtórzyła przerażona Holly.

Nagle wydało się jej, że ściany kabiny zamykają się wokół niej. Na jej czole pojawiły się kropelki potu. Musiała się stąd wydostać. Pchnęła drzwi i wybiegła z kabiny. Sharon oniemiała na widok zrozpaczonej przyjaciółki, która wyglądała, jakby właśnie zobaczyła ducha. Jej oczy były czerwone i spuchnięte, a na policzkach miała czarne smugi od tuszu (ta cała wodoodporność jakoś nigdy nie sprawdza się w praktyce), a łzy zdążyły zmyć resztę makijażu.

– Nie zwracaj na nich uwagi, Holly – rzekła spokojnie Sharon. – Nie mogą zmusić cię do niczego, na co nie masz ochoty.

Dolna warga Holly zaczęła drżeć.

– Przestań! – Sharon chwyciła ją za ramiona i popatrzyła jej prosto w oczy. – Nawet o tym nie myśl!

Warga przestała drżeć, ale reszta ciała nie. Wreszcie Holly przerwała ciszę.

– Nie umiem śpiewać, Sharon – wyszeptała z przerażeniem w oczach.

– Wiem o tym – odparła ze śmiechem Sharon – i twoja rodzina też to wie! Pieprzyć resztę! Nigdy więcej nie zobaczysz ich paskudnych gęb! Kogo obchodzi, co sobie pomyślą? Mnie nie, a ciebie?

Holly zastanawiała się nad tym przez chwilę.

– Nie – wyszeptała.

– Słabo słyszałam, co powiedziałaś? Obchodzi cię, co oni sobie pomyślą?

– Nie – rzekła Holly nieco silniejszym głosem.

– Głośniej! – Sharon potrząsnęła ją za ramiona.

– Nie! – krzyknęła Holly.

– Głośniej!

– NIEEEEEEEE! NIE OBCHODZI MNIE, CO ONI SO-
BIE POMYŚLĄ! – Holly wrzasnęła tak głośno, że tłum za drzwiami zaczął cichnąć. Uśmiechnęły się do siebie, po czym zaczęły chichotać z własnej głupoty.

– Pozwól po prostu, żeby był to jeszcze jeden wariacki, głupiutki dzień Holly, z którego będziemy mogli się śmiać przez kilka następnych miesięcy – błagała Sharon.

Holly po raz ostatni spojrzała w lustro, wzięła głęboki oddech i ruszyła w kierunku drzwi z determinacją osoby, która ma misję do wykonania. Otworzyła drzwi i znalazła się wśród pełnych uwielbienia fanów, którzy wciąż skandowali jej imię. Kiedy ją zobaczyli, zaczęli głośno klaskać, a ona skłoniła się teatralnie i ruszyła w kierunku sceny przy wtórze oklasków, śmiechu i wrzasku Sharon:

– Pieprzyć ich!

Na Holly skupiła się teraz uwaga wszystkich obecnych w klubie, czy jej się to podobało, czy nie. Gdyby nie uciekła do ubikacji, ci, którzy rozmawiali z tyłu, najprawdopodobniej nie zauważyliby nawet, że śpiewa, ale w takiej sytuacji udało jej się wzbudzić zainteresowanie wszystkich.

Stanęła ze skrzyżowanymi rękoma i w popłochu przy-
glądała się publiczności. Muzyka zaczęła grać, czego nawet nie zauważyła. Przegapiła kilka pierwszych wersów piosenki. Didżej zatrzymał płytę i włączył ją jeszcze raz.

Panowała zupełna cisza. Holly odkaszlnęła i dźwięk ten rozległ się echem w pomieszczeniu. Spojrzała na Denise i Sharon, szukając u nich pomocy, a wtedy cały stolik zademonstrował jej uniesione w górę kciuki. Normalnie Holly śmiałaby się z tego sentymentalnego odruchu, ale tym razem było to dla niej dziwnie pokrzepiające. Wreszcie ponownie rozbrzmiała muzyka i Holly uniosła mikrofon sztywno w obu dłoniach. Niezwykle drżącym i nieśmiałym głosem zaczęła:

– *Co byś zrobił, gdybym fałszywie zaśpiewała? Czy wstałbyś i sobie poszedł?*

Denise i Sharon wybuchnęły śmiechem, słysząc tę perfekcyjnie dobraną piosenkę, i zaczęły głośno klaskać. Holly śpiewała dalej, niemiłosiernie fałszując, a wyglądała tak, jakby zaraz miała się rozpłakać. Gdy już-już sądziła, że rozlegną się gwizdy, do refrenu przyłączyła się jej rodzina i przyjaciele:

– *Ooh, dam sobie radę z małą pomocą przyjaciół; tak, dam sobie radę z małą pomocą przyjaciół.*

Publiczność odwróciła się w kierunku ich stolika i zaczęła się śmiać, a atmosfera zrobiła się nieco cieplejsza. Holly wzięła oddech, by zaśpiewać wysoki dźwięk, i wrzasnęła na cały głos:

– *Czy kogoś ci trzeba?* – Siłą głosu udało jej się przestraszyć nawet samą siebie, a kilkoro ludzi pomogło jej śpiewać: – *Potrzebny mi ktoś do kochania. Czy kogoś ci trzeba?* – powtórzyła i wyciągnęła mikrofon do tłumu, by zachęcić ich do śpiewu, i wszyscy posłusznie zaśpiewali:

– *Potrzebny mi ktoś do kochania.* – Po czym zaczęli sami sobie klaskać.

Holly czuła teraz mniejsze zdenerwowanie i próbowała już tylko dotrwać do końca piosenki. Ludzie z tyłu powrócili do swych rozmów, a personel baru nadal roznosił drinki, stukał szklankami, aż Holly miała wrażenie, że jest jedyną osobą, która siebie słucha.

Kiedy wreszcie skończyła śpiewać, zauważyło to tylko kilka uprzejmych stolików z przodu i jej własny stolik po prawej stronie. Didżej zabrał z jej dłoni mikrofon i oświadczył ze śmiechem:

– Proszę o wielkie brawa dla niesłychanie odważnej Holly Kennedy!

Tym razem klaskała tylko jej rodzina i przyjaciele. Denise i Sharon zbliżyły się do niej z policzkami mokrymi od płynących ze śmiechu łez.

– Jestem z ciebie taka dumna! – rzekła Sharon, otaczając ramionami szyję Holly. – To było koszmarne!

– Dzięki za pomoc, Sharon. – Holly uściskała przyjaciółkę.

Jack i Abbey bili brawo.

– Strasznie! – zawołał Jack. – Naprawdę strasznie!

Matka uśmiechnęła się do niej pokrzepiająco, wiedząc, że przekazała swój wyjątkowy talent do śpiewania córce, a ojciec ledwie mógł spojrzeć jej w oczy, tak bardzo się śmiał. Ciarze udawało się jedynie powtarzać raz po raz:

– Nigdy nie sądziłam, że można być aż tak kiepskim.

Declan pomachał do niej z drugiego końca sali, w jednej ręce trzymając kamerę, i pokazał jej uniesiony kciuk. Holly skryła się w rogu stolika i sączyła wodę, słuchając jednocześnie, jak wszyscy gratulują jej, że była tak okropna. Nie pamiętała, kiedy ostatni raz odczuwała podobnie wielką dumę.

John zbliżył się do niej powoli i, wsparty o ścianę obok niej, w milczeniu przyglądał się kolejnemu występowi. Wreszcie zebrał się na odwagę i mruknął:

– Wiesz, Gerry najprawdopodobniej tutaj jest. – I spojrzał na nią wilgotnymi oczami.

Biedny John, on także tęsknił za swoim najlepszym przyjacielem. Uśmiechnęła się do niego krzepiąco i popatrzyła po sali. Miał rację. Czuła obecność Gerry'ego. Czuła, jak obejmuje ją ramionami i obdarza jednym z tych swoich uścisków, których tak bardzo jej brakowało.

Po godzinie występy wreszcie się skończyły, a Daniel i didżej poszli liczyć głosy. Wcześniej, kupując przy drzwiach bilet wstępu, każdy otrzymał kupon do głosowania. Holly nie mogła się przemóc, by napisać swoje imię, dała więc kupon Sharon. Było dość oczywiste, że Holly nie wygra, ale wcale tego nie oczekiwała. A gdyby tak się dziwacznie okazało, że wygrała, aż się wzdrygnęła na myśl o powrocie za dwa tygodnie, by powtórzyć całe doświadczenie. Niczego jej to nie nauczyło, przekonała się jedynie, że jeszcze bardziej nienawidzi karaoke. Ubiegłoroczny zwycięzca, Keith, przyprowadził ze sobą co najmniej trzydziestu przyjaciół, co oznaczało, że był pewny swego zwycięstwa, bo Holly bardzo mocno wątpiła, by jej „pełni uwielbienia fani" wśród publiczności zagłosowali właśnie na nią.

Tuż przed ogłoszeniem zwycięzców, didżej puścił żałobną płytę z odgłosem werbli. Daniel, w czarnej skórzanej kurtce i czarnych spodniach, ponownie pojawił się na scenie i został przywitany piskami i okrzykami ze strony dziewcząt. Niestety, najgłośniejszą z tych dziewcząt była Ciara. Richard wyglądał na podekscytowanego i skrzyżował palce w kierunku Holly. Bardzo słodki, ale niesamowicie naiwny gest, pomyślała. Najwyraźniej nie do końca pojął „zasady".

Nastąpiło małe zamieszanie, kiedy płyta z werblami zaczęła przeskakiwać i didżej pobiegł, by ją wyłączyć. Wyniki ogłoszono w martwej ciszy w sposób pozbawiony dramatyzmu.

– Na początku chciałbym podziękować wszystkim za udział w dzisiejszym konkursie. Dostarczyliście nam naprawdę doskonałej rozrywki. – Ostatnie zdanie skierowane było do Holly, aż z zakłopotaniem skuliła się na krześle. – Tak więc dwójka, która weźmie udział w finale, to... – Daniel urwał dla osiągnięcia lepszego efektu: – Keith i Samantha!

Holly podskoczyła z podekscytowaniem i odtańczyła taniec radości razem z Denise i Sharon. Jeszcze nigdy w życiu nie poczuła tak wielkiej ulgi. Richard wyglądał na niezwykle skonsternowanego, a reszta rodziny Holly gratulowała jej zwycięskiej przegranej.

– Głosowałem na tę blondynkę – oświadczył z rozczarowaniem Declan.

– Tylko dlatego, że miała duże cycki – zaśmiała się Holly.

– No cóż, każdy z nas posiada swoje indywidualne talenty – przyznał Declan.

Holly usiadła i zaczęła się zastanawiać, czy ona ma jakieś talenty. To musi być wspaniałe uczucie, kiedy się coś wygrywa. Ona nigdy w życiu niczego nie wygrała. Nie uprawiała żadnego sportu, nie umiała grać na żadnym instrumencie – teraz, kiedy o tym myślała, okazywało się, że nie miała żadnego hobby ani szczególnych zainteresowań. Co umieści w swoim CV, kiedy wreszcie zabierze się do szukania pracy? „Lubię pić i robić zakupy" nie wyglądałoby zbyt dobrze. Z namysłem pociągnęła drinka. Żyła, interesując się Gerrym – tak, właściwie wszystko, co robiła, obracało się wokół niego. Jedyne, co potrafiła, to być jego żoną. Tylko w tym była dobra. A teraz co miała? Ani pracy, ani męża, i nawet nie potrafiła porządnie zaśpiewać w konkursie karaoke, nie mówiąc już o jego wygraniu.

Sharon i John byli pochłonięci ożywioną dyskusją, Abbey i Jack, jak zwykle zresztą, patrzyli sobie w oczy niczym porażeni miłością nastolatkowie, Ciara wyraźnie miała ochotę poznać bliżej Daniela, a Denise... Właśnie, a gdzie podziała się Denise?

Holly rozejrzała się po klubie i dostrzegła ją na scenie: machała nogami i wyraźnie prowokowała gospodarza karaoke. Rodzice Holly, trzymając się za ręce, opuścili klub wkrótce po tym, jak jej imię nie zostało wymienione jako zwycięskie, więc pozostał jej tylko Richard.

Siedział obok Ciary i Daniela, rozglądając się po sali niczym zagubiony szczeniak i co kilka sekund nerwowo popijał drinka. Holly uświadomiła sobie, że i ona musi wyglądać podobnie – totalna ofiara losu. Ale on miał przynajmniej żonę i dwójkę dzieci, do których mógł wrócić, w przeciwieństwie do Holly, którą czekała randka z kolacją z mikrofalówki.

Przesunęła się i usiadła na wysokim stołku naprzeciwko Richarda, by nawiązać z nim rozmowę.

– Dobrze się bawisz?

Podniósł głowę znad drinka, zaskoczony tym, że ktoś się do niego odezwał.

– Tak, dziękuję, dobrze się bawię.

Jeśli w taki właśnie sposób bawił się dobrze, bała się myśleć, jak wyglądał, kiedy było inaczej.

– Prawdę mówiąc, jestem zdziwiona, że przyszedłeś. Nie sądziłam, że coś takiego może ci się podobać.

– Och, no wiesz... trzeba wspierać rodzinę. – Zamieszał drinka.

– Gdzie jest teraz Meredith?

– Emily i Timothy – odparł, jakby to wszystko wyjaśniało.

– Pracujesz jutro?

– Tak. – Nagle odstawił drinka. – Dlatego będę się już zbierał. Byłaś dziś naprawdę świetna, Holly. – Popatrzył z zakłopotaniem na rodzinę, zastanawiając się, czy im przerywać, by się pożegnać, ale ostatecznie uznał, że tego nie zrobi. Skinął po prostu głową i odszedł, przeciskając się przez tłum.

W ten sposób znów została sama. Choć miała wielką ochotę chwycić torebkę i uciec do domu, wiedziała, że tym razem powinna zostać. W przyszłości pojawi się wiele okazji, gdy będzie jedynym singlem w towarzystwie składającym się z par, i musiała zacząć się do tego przyzwyczajać. Czuła się jednak koszmarnie, a poza tym była zła na pozostałych, którzy nawet jej nie zauważali. Po chwili zbeształa siebie w duchu za tak dziecinne zachowanie. Nie mogła sobie wymarzyć bardziej oddanych przyjaciół i rodziny. Zastanawiała się, czy o to chodziło Gerry'emu? Czy sądził, że właśnie czegoś takiego potrzebuje? Może miał rację, ponieważ z całą pewnością została poddana próbie. I zmuszona, by stanąć na scenie i zaśpiewać dla setek ludzi. Teraz tkwi tu, otoczona przez pary. Bez względu na to, jaki był plan

Gerry'ego, zmusił ją, żeby bez niego była bardziej odważna. Wytrzymaj, nakazała sobie.

Uśmiechnęła się, patrząc, jak siostra paple bez końca w towarzystwie Daniela. Ciara stanowiła jej przeciwieństwo; była tak bardzo beztroska i pewna siebie, wydawało się, że niczym się nie przejmuje. Odkąd tylko Holly sięgała pamięcią, Ciarze nigdy nie udało się utrzymać pracy ani chłopaka. Myślami zawsze błądziła gdzie indziej, pochłonięta marzeniami o wyjeździe do kolejnego dalekiego kraju. Holly żałowała, że nie jest choć trochę do niej podobna. Ona także była w odległych krajach, ale zawsze z Gerrym przy boku i nigdy dłużej niż przez kilka tygodni. W przeciwieństwie do Ciary, była domatorką i nie wyobrażała sobie tego, by mogła opuścić rodzinę, przyjaciół i życie, jakie tutaj wiodła. A przynajmniej życie, jakie kiedyś było jej udziałem.

Skupiła się następnie na Jacku, niezmiennie skupionego na Abbey. Żałowała nawet, że nie jest taka jak on. Uwielbiał swoją pracę w szkole średniej. Był odlotowym nauczycielem angielskiego, którego szanowali wszyscy uczniowie, i ilekroć Holly i Jack mijali na ulicy jego uczniów, zawsze witali go szerokim uśmiechem i pozdrowieniem: „Siemka, sorze!". Podobał się wszystkim dziewczynom, a chłopcy pragnęli być tacy jak on, gdy dorosną. Holly głośno westchnęła i dopiła drinka. Zaczynało jej się trochę nudzić.

Daniel podniósł głowę.

– Holly, czy mogę ci przynieść coś do picia?

– Nie, dzięki, Danielu. I tak niedługo zmykam do domu.

– Ach, Hol! – zaprotestowała Ciara. – Nie możesz jechać do domu tak wcześnie. To twój wieczór!

Holly wcale nie czuła się tak, jakby to był jej wieczór. Już raczej tak, jakby wkręciła się na przyjęcie i nikogo tutaj nie znała.

– Wszystko w porządku, dzięki – zapewniła ponownie Daniela.

– Nie, ty zostajesz – upierała się Ciara. – Przynieś jej wódkę z colą, a dla mnie jeszcze raz to samo – poleciła Danielowi.

– Ciara! – wykrzyknęła Holly, zakłopotana zachowaniem siostry.

– Nic się nie stało – zapewnił ją Daniel – Przecież pytałem. – I ruszył w kierunku baru.

– Ciaro, to było bardzo niegrzeczne – oświadczyła Holly.

– Co? On przecież nie musi za to płacić; jest właścicielem tego cholernego klubu – odparła obronnym tonem.

– To i tak nie oznacza, że możesz żądać darmowych drinków...

– Gdzie jest Richard? – przerwała jej Ciara.

– Dał nogę do domu.

– Cholera! Dawno?

– Bo ja wiem, jakieś pięć, może dziesięć minut temu. Czemu pytasz?

– Miał mnie odwieźć do domu! – Ciara zrzuciła czyjeś okrycia na podłogę, kiedy gorączkowo szukała swojej torebki.

– Ciaro, już go nie złapiesz.

– Owszem, złapię. Zaparkował daleko i będzie wracał tą ulicą. Zatrzymam go po drodze. – Wreszcie znalazła torebkę i popędziła w kierunku drzwi, wołając: – Pa, Holly! Dobra robota, byłaś do dupy! – Z tymi słowami zniknęła.

Holly ponownie została sama. Super, pomyślała, patrząc, jak Daniel wraca z drinkami. Teraz będzie zmuszona sama prowadzić z nim rozmowę.

– Gdzie się podziała Ciara? – zapytał i stawiając szklanki na stoliku, usiadł naprzeciwko niej.

– Och, prosiła, by cię przeprosić, ale musiała dogonić mojego brata, by odwiózł ją do domu. – Zakłopotana, zagryzła wargę, bo doskonale wiedziała, że Ciara, wychodząc, nawet nie pomyślała o Danielu. – Przeprasza też, że wcześniej była wobec ciebie taka niegrzeczna. – Nagle zaczęła się śmiać. – Boże, myślisz pewnie, że jesteśmy najgorzej wychowaną rodziną na świecie. Ciara jest wielką gadułą; ani w połowie nie myśli tego, co mówi.

– A ty myślałaś? – spytał.

– Wtedy tak. – Ponownie się zaśmiała.

– Nic się nie stało, oznacza to jedynie, że będziesz miała więcej do picia – rzekł, przesuwając w jej kierunku szklankę.

– A co to jest? – Holly zmarszczyła nos, poczuwszy dziwny zapach.

Daniel z zakłopotaniem odwrócił wzrok i odkaszlnął.

– Nie pamiętam.

– Daj spokój! Właśnie to zamówiłeś! Kobieta ma prawo wiedzieć, co pije, wiesz?

Spojrzał na nią z uśmiechem.

– Nazywa się BJ. Powinnaś była zobaczyć minę barmana, kiedy go o to poprosiłem. Nie sądzę, by wiedział, że to szprycer.

– O Boże, co też ta Ciara pije? – wykrzyknęła Holly. – Toż to okropnie śmierdzi!

– Powiedziała, że bez problemu potrafi to przełknąć. – parsknął śmiechem.

– Och, przepraszam, Danielu. Ona czasami naprawdę zachowuje się absurdalnie. – Holly potrząsnęła głową, myśląc o siostrze.

Daniel z rozbawieniem przyglądał się czemuś ponad ramieniem Holly.

– Cóż, wygląda na to, że twoja przyjaciółka dobrze się bawi.

Holly odwróciła się i zobaczyła Denise i didżeja, jak obejmują się obok sceny. Jej prowokacyjne pozy najwyraźniej odniosły zamierzony skutek.

– O nie, tylko nie ten okropny didżej, który zmusił mnie do opuszczenia toalety – jęknęła Holly.

– To jest Tom O'Connor z radia Dublin FM – powiedział Daniel. – Mój przyjaciel.

Holly z zakłopotaniem zasłoniła dłońmi twarz.

– Pracuje tu dzisiaj, ponieważ konkurs karaoke poszedł na żywo w radiu – dodał poważnie.

– ŻE CO? – Holly po raz dwudziesty tego wieczoru prawie zasłabła.

Na twarzy Daniela pojawił się uśmiech.

– Tylko sobie żartowałem; chciałem zobaczyć twoją minę.

– O mój Boże, nie rób mi tego – odparła, przykładając dłoń do serca. – Wystarczającym koszmarem było to, że słyszeli mnie ci wszyscy ludzie, a co dopiero mówić o całym mieście. – Czekała, aż bicie jej serca nieco się uspokoi. Daniel przyglądał jej się z rozbawieniem.

– Nie gniewaj się, że zapytam, ale skoro tak bardzo tego nie cierpisz, dlaczego się zgłosiłaś? – zapytał z wahaniem.

– Och, mój przerozkoszny mąż uznał, że zabawnie będzie zapisać pozbawioną słuchu żonę na konkurs karaoke.

Daniel się zaśmiał.

– Nie byłaś wcale taka zła! Czy twój mąż jest tutaj? Nie chcę, by sobie pomyślał, że próbuję otruć jego żonę tą paskudną miksturą. – Skinął głową w kierunku kieliszka.

Holly rozejrzała się po sali.

– Tak, zdecydowanie gdzieś tutaj jest.

Rozdział szesnasty

Holly przypięła klamerką prześcieradło do linki i pomyślała o tym, jak przez resztę maja snuła się z kąta w kąt, próbując zaprowadzić w swoim życiu jaki taki porządek. Były dni, kiedy czuła się szczęśliwa, przekonana, że wszystko się jakoś ułoży, ale to uczucie równie szybko się pojawiało, jak znikało, pozostawiając jedynie smutek. Próbowała uporządkować sobie jakoś codzienne życie i trzymać się postanowień, które miały pomóc jej zapanować nad ciałem i umysłem. Chciała poczuć znowu, jak to jest po prostu żyć – zamiast snuć się niczym zombi i przyglądać się, jak żyją inni.

Niestety, ani wypracowanie nowych zasad postępowania, ani przestrzeganie ich nie przychodziło jej z łatwością. Godzinami przesiadywała w salonie, na nowo przeżywając każde wydarzenie, które dzieliła z Gerrym. Większość czasu spędzała na rozmyślaniu o ich każdej kłótni, żałując, że nie może cofnąć czasu i odwołać każdego okropnego słowa, jakie kiedykolwiek mu powiedziała. Modliła się o to, by Gerry wiedział, że mówiła te słowa w gniewie i że w żadnym wypadku nie odzwierciedlały jej prawdziwych uczuć. Zadręczała się, myśląc o sytuacjach, w jakich zachowała się egoistycznie, wychodząc wieczorem z przyjaciółmi, gdy była na niego zła, zamiast zostać w domu razem z nim. Ganiła się za odsuwanie się od niego, gdy powinna go była przytulić, za to, że przez wiele dni żywiła urazę, zamiast mu wybaczyć, za to, że czasami szła od razu spać, zamiast się z nim kochać. Pragnęła cofnąć każdą chwilę, w której wiedziała, że Gerry był na nią wściekły i nienawidził jej. Żałowała, że nie wszystkie wspomnienia są dobre i te złe wciąż ją prześladowały. Tak bardzo jej było szkoda.

A nikt im nie powiedział, że mają dla siebie tak mało czasu.

Były i dobre dni, kiedy chodziła zatopiona w snach na jawie, z uśmiechem na ustach, przyłapywała się na chichotaniu, gdy szła ulicą i kiedy nagle przypomniał jej się jakiś ich wspólny żart.

Potem znów nadchodził czas, gdy wpadała w głęboką depresję, aż wreszcie odnajdywała w sobie tyle siły, by ją pokonać na kilka następnych dni. Tyle że najmniejszy drobiazg doprowadzał ją ponownie do łez. To był męczący proces i najczęściej dawała za wygraną. Ale na szczęście umysł Holly był znacznie silniejszy od jej ciała.

Przyjaciele i rodzina pojawiali się i znikali; czasami pomagali jej tym, że mogła się przy nich wypłakać, innym razem udawało im się ją rozbawić. Ale nawet w jej śmiechu czegoś brakowało. Nigdy nie wydawała się prawdziwie szczęśliwa; zdawało się, że żyje, nieustannie czekając na coś innego. Holly zmęczona była takim egzystowaniem; pragnęła żyć prawdziwie i pragnęła poczuć, że jej życie ma sens. Te myśli bez końca kotłowały się w jej głowie, aż wreszcie doszło do tego, że nie chciała się budzić ze snów, które wydawały się tak bardzo rzeczywiste.

W głębi duszy wiedziała, że taki stan jest normalny i wcale nie uważała, że traci rozum. Wiedziała, że pewnego dnia będzie znowu szczęśliwa, a to, co teraz czuje, stanie się jedynie odległym wspomnieniem. Tylko tak trudno było uporać się z tym wszystkim.

Wciąż od nowa czytała list Gerry'ego, analizując każde słowo i każde zdanie. Mogła tak siedzieć w nieskończoność, usiłując czytać między wierszami i odgadywać ukryte znaczenie. Prawda była taka, że już nigdy nie będzie wiedziała dokładnie, co Gerry miał na myśli, ponieważ już nigdy nie dane jej będzie z nim porozmawiać. Właśnie z tym najtrudniej było jej się pogodzić.

Minął maj i nastał czerwiec, przynosząc ze sobą pogodne, długie wieczory i piękne poranki. Koniec z ukrywaniem się w domu, gdy tylko robiło się ciemno, koniec z leżeniem w łóżku aż do południa. Wydawało się, jakby cała Irlandia porzuciła stan hibernacji, porządnie się przeciągnęła i ziewnęła, i nagle na nowo zaczęła żyć. Nadszedł czas, by otworzyć okna i przewietrzyć dom, uwolnić go od duchów zimy i ciemnych dni, wstawać razem z ptakami i chodzić na spacery, patrzeć ludziom w oczy, uśmiechać się i pozdrawiać ich, zamiast chować się pod warstwami ubrań ze wzrokiem wbitym w ziemię. Już czas, by przestać chować się w ciemności, podnieść głowę i zmierzyć się z prawdą.

Czerwiec przyniósł także kolejny list od Gerry'ego.

Holly siedziała w słońcu, upajając się ciepłem i nerwowo, ale też z podekscytowaniem, czytała czwarty list. Uwielbiała dotykać karty i czuć pod palcami pismo Gerry'ego, które zastygło w wyschniętym atramencie. W środku starannie wyszczególnił wszystkie pozostałe w domu rzeczy, które należały do niego, a obok każdej z nich wyjaśnił, co chce, by Holly z nią zrobiła i gdzie należy ją oddać. Na samym dole dodał:

PS Kocham Cię, Holly, i wiem, że ty też mnie kochasz. Nie potrzebujesz moich rzeczy, by o mnie pamiętać, nie potrzebujesz trzymać ich jako dowód, że istniałem czy też wciąż istnieję w twoich myślach. Nie musisz nosić mojego swetra, by czuć moją obecność; ja i tak tu jestem... zawsze cię obejmując.

Z tym akurat Holly niełatwo się było pogodzić. Prawie pożałowała, że ponownie nie poprosił jej, by wzięła udział w konkursie karaoke. Skoczyłaby dla niego z samolotu, przebiegła tysiące kilometrów, wszystko, byle tylko nie opróżniać jego szafy i nie pozbawiać się śladów jego obecności w domu. Ale miał rację i Holly o tym wiedziała. Nie mogła wiecznie trzymać się kurczowo jego rzeczy. I udawać przed sobą, że on wróci, by je odebrać. Fizycznie Gerry odszedł; nie potrzebował już swoich ubrań.

To było doświadczenie niezwykle wyczerpujące emocjonalnie. Kilka dni trwało, nim się z tym wszystkim uporała. Przeżywała na nowo setki wspomnień wraz z każdą sztuką odzieży i kartką papieru, które pakowała do toreb. Tuliła do siebie kolejną rzecz, po czym żegnała się z nią. Za każdym razem było to tak, jakby znowu traciła jakąś cząstkę Gerry'ego. To było trudne, bardzo trudne – chwilami aż ponad jej siły.

Powiadomiła rodzinę i przyjaciół, co zamierza zrobić, i choć wszyscy zaoferowali jej pomoc, wiedziała, że tym akurat musi zająć się sama. Musiała pożegnać każdą z tych rzeczy, bo wiedziała, że już do niej nie wrócą. Tak jak Gerry.

Choć zapowiedziała, że chce to zrobić sama, kilka razy zjawił się u niej Jack z propozycją braterskiego wsparcia i Holly to doceniła. Każda rzecz miała swoją historię, więc wspominali i śmiali się z tych wspomnień. Był przy niej, kiedy płakała, i był przy niej, kiedy wreszcie klasnęła w dłonie, pozbywając się kurzu, który na nich osiadł. To była trudna praca, ale trzeba ją było wykonać. I stała się znacznie prostsza, dzięki pomocy Gerry'ego. To nie ona musiała podejmować ważne decyzje, bo Gerry zdążył już zrobić to za nią. Pomagał jej, choć tym razem Holly miała wrażenie, że i ona pomogła jemu.

Śmiała się, gdy pakowała stare, zakurzone kasety jego ukochanego zespołu rockowego z lat szkolnych. Przynajmniej raz w roku Gerry natrafiał na stare pudełko po butach podczas wysiłków, by zapanować nad bałaganem w swojej szafie. Zamęczał Holly, puszczając na cały regulator heavy metal – gitary skrzeczały, a na dodatek jakość dźwięku była fatalna. Zawsze mu mówiła, że nie może się doczekać, kiedy pozbędzie się tych kaset, ale teraz wcale nie poczuła ulgi.

Jej wzrok spoczął na zwiniętej w kulkę z tyłu szafy koszulce piłkarskiej Gerry'ego, która przynosiła mu szczęście. Wciąż nosiła na sobie ślady trawy i plamy od błota, które pozostały po ostatnim zwycięskim meczu. Zanurzyła w niej twarz i głęboko wciągnęła powietrze – zapach piwa i potu był słaby, ale jednak wyczuwalny. Odłożyła ją na bok do prania. Przekaże ją potem Johnowi.

Tak wiele rzeczy, tak wiele wspomnień. Każda została opatrzona podpisem i zapakowana do torby, dokładnie tak, jak się działo ze wspomnieniami w jej głowie. Ukryte w miejscu, z którego w przyszłości czasami będą przywoływane, aby czegoś nauczyć i pomóc. Przedmioty, które kiedyś były ważne, pełne znaczenia, teraz leżały bezwładnie na podłodze. Bez niego były to po prostu rzeczy.

Ślubny smoking Gerry'ego, jego garnitury, koszule i krawaty. Każdego ranka przed udaniem się do pracy narzekał, że musi je wkładać. Rzeczy modne dawno temu, błyszczące garnitury z lat osiemdziesiątych, gniecione dresy z kreszu. Rurka pamiętająca czasy ich pierwszego nurkowania, muszla, którą dziesięć lat temu wyłowił z oceanu, kolekcja podkładek pod piwo z każdego kraju, w którym zdarzyło im się być. Listy i urodzinowe kartki od przyjaciół i rodziny, uzbierane przez wszystkie te lata. Walentynkowe kartki od Holly. Maskotki i zabawki z dzieciństwa, odłożone na bok z zamiarem odesłania do jego rodziców. Plakaty i kije golfowe dla Johna, książki dla Sharon, wspomnienia, łzy i śmiech dla Holly.

Jego całe życie stłoczone w dwudziestu workach na śmieci. Jego i jej wspomnienia stłoczone w głowie Holly.

Każda rzecz wydobyła na światło dzienne kurz, łzy, śmiech i wspomnienia. Czyściła je z kurzu, ocierała łzy i układała w zakamarkach pamięci.

Rozmyślania przerwał dźwięk telefonu komórkowego. Postawiła kosz z praniem na trawie i pobiegła do kuchni, by odebrać telefon.

– Halo?

– Uczynię z ciebie gwiazdę! – zapiszczał histerycznie na drugim końcu linii Declan i wybuchnął niepohamowanym śmiechem.

Holly czekała, by się uspokoił, usiłując wykombinować, o czym on mówi.

– Declan, jesteś pijany?

– Może troszeczkę, ale to zupełnie nieistotne – czknął.

– Declan, jest dziesiąta rano! – zawołała ze śmiechem Holly. – Spałeś choć trochę?

– Nie. – Ponownie czknął. – Jestem teraz w pociągu w drodze do domu i znajdę się w łóżku za jakieś trzy godziny.

– Za trzy godziny! Gdzie jesteś? – Świetnie się bawiła, bo dobrze pamiętała, jak sama dzwoniła kiedyś do Jacka o różnych godzinach rannych, gdy wracała z imprez, które się trochę przeciągnęły.

– W Galway. Wczoraj wieczorem były wręczane nagrody – odparł takim tonem, jakby to było oczywiste.

– Och, wybacz mi moją ignorancję, ale na wręczaniu jakich nagród tam byłeś?

– Mówiłem ci!

– Bynajmniej.

– Kazałem Jackowi, żeby ci powiedział, co za łobuz... – zaczął się jąkać.

– No cóż, nie zrobił tego – przerwała mu. – Teraz więc sam możesz mi powiedzieć.

– Wczoraj wieczorem wręczano nagrody za studencką twórczość medialną i ja wygrałem! – wrzasnął, a Holly usłyszała, jakby razem z nim świętował cały wagon. Była zachwycona. – A nagroda jest taka, że mój film zostanie wyemitowany w przyszłym tygodniu na Kanale Czwartym! Możesz w to uwierzyć? – Rozległy się jeszcze głośniejsze

137

wiwaty, przez co prawie nie słyszała słów Declana. – Będziesz sławna, siora! – Tyle tylko udało jej się usłyszeć, po czym połączenie zostało przerwane.

Obdzwoniła rodzinę, by podzielić się z nimi dobrą nowiną, ale okazało się, że wszyscy zdążyli już odebrać podobne telefony. Ciara, niczym podekscytowana podfruwajka, non stop nawijała przez telefon, że będzie w telewizji.

Postanowiono, że rodzina zbierze się w pubie U Hogana w przyszłą środę, aby obejrzeć na żywo dokument Declana. Daniel, co było naprawdę miłe z jego strony, zaproponował Declanowi Klub Diva, by mogli obejrzeć to na wielkim ekranie ściennym. Holly była niesamowicie podekscytowana nagrodą brata i zadzwoniła do Sharon i Denise, by im przekazać dobre wieści.

– To bomba, Holly! – wyszeptała zachwycona Sharon.

– Dlaczego szepczesz? – odszepnęła w odpowiedzi Holly.

– Och, ta stara pomarszczona torba uznała, że doskonałym pomysłem będzie zakazanie nam odbierania prywatnych telefonów – jęknęła Sharon, mając na myśli swoją szefową. – Mówi, że więcej czasu spędzamy na rozmowach z przyjaciółmi niż na pracy, więc przez cały ranek patroluje nasze biurka. Przysięgam, że pod okiem tej jędzy czuję się, jakbym znowu znalazła się w szkole. – Nagle podniosła głos i jej ton stał się rzeczowy: – Czy mogę prosić o szczegóły?

Holly się roześmiała.

– Jest tam?

– Tak, oczywiście – ciągnęła Sharon.

– No dobra, w takim razie nie będę zajmować ci czasu. Szczegóły są takie, że wszyscy spotykamy się w środę wieczorem U Hogana, więc możesz się czuć zaproszona.

– To wspaniale... Dobrze. – Sharon udawała, że zapisuje informacje.

– Cudnie, będziemy się dobrze bawić. Sharon, w co ja mam się ubrać?

– Hmm... zupełnie nowe, czy z drugiej ręki?

– Nie, naprawdę nie mogę sobie pozwolić na nic nowego. Zmusiłaś mnie do kupienia tego topu, ale odmawiam włożenia go, bo nie mam już osiemnastu lat. Więc pewnie coś starego.

– Okej... czerwony.

– Czerwony top, który miałam na twoich urodzinach?

– Właśnie.

– No, może.

– Jaki jest pański obecny stan zatrudnienia?

– Szczerze mówiąc, jeszcze się nie zaczęłam za czymkolwiek rozglądać. – Holly zagryzła wargę i zmarszczyła brwi.

– A data urodzenia?

– Cha, cha, zamknij się, ty cipo.

– Przykro mi, oferujemy ubezpieczenie tylko osobom mającym więcej niż dwadzieścia cztery lata. Obawiam się, że jest pani zbyt młoda.

– Chciałabym. No dobra, pogadamy później.

– Dziękuję bardzo za telefon.

Holly siedziała przy kuchennym stole i zastanawiała się, w co powinna się ubrać w przyszłym tygodniu. Marzyło jej się coś nowego. Pragnęła dla odmiany wyglądać seksownie i olśniewająco, dość już miała tych swoich starych ciuchów. Może znajdzie coś odpowiedniego w sklepie u Denise. Właśnie miała do niej dzwonić, kiedy dostała SMS-a od Sharon.

Jedza obk mnie Pogad po szostej xxx

Holly wzięła do ręki słuchawkę i wystukała numer do Denise.

– Halo, Casuals – odezwał się bardzo uprzejmy głos przyjaciółki.

– Witaj, Casuals, z tej strony Holly. Wiem, że nie powinnam dzwonić do pracy, ale chciałam ci tylko powiedzieć, że dokument Declana wygrał jakiś tam konkurs studencki i zostanie w środę wieczorem wyemitowany w telewizji.

– Och, to naprawdę ekstra, Holly! Czy my też się w nim pojawimy? – zapytała z przejęciem.

– Chyba tak. Spotykamy się wszyscy w środę wieczorem U Hogana, by to obejrzeć. Piszesz się?

– No pewnie! Mogę też przyprowadzić mojego nowego chłopaka – zachichotała.

– Jakiego nowego chłopaka?

– Toma!

– Tego gościa z karaoke? – zapytała zaskoczona Holly.

– Tak, oczywiście! Och, Holly, jestem tak bardzo zakochana!

– Zakochana? Przecież poznałaś go zaledwie kilka tygodni temu!

– No i co z tego? Potrzeba tylko chwili... jak mówi przysłowie.

– No wiesz, Denise... Nie wiem, co powiedzieć.

– Powiedz mi, jaki jest wspaniały!

– Pewnie... jasne... to znaczy... oczywiście... To doskonała wiadomość.

– Och, nie musisz się tym aż tak ekscytować, Holly – rzekła sarkastycznie Denise. – W każdym razie nie mogę się już doczekać, kiedy go poznacie. Pokochacie go od razu. Cóż, może nie tak bardzo jak ja, ale na pewno bardzo, bardzo go polubicie... – I dalej nawijała o tym, jaki Tom jest wspaniały.

– Denise, czy ty nie zapominasz, że już go poznałam? – przerwała jej Holly w połowie historii o tym, jak Tom ocalił jakieś dziecko przed utonięciem.

– Tak, wiem, że go poznałaś, ale wolałabym, aby stało się to wtedy, gdy nie zachowujesz się jak obłąkana, ukrywasz się w kiblu i wrzeszczysz do mikrofonu.

– W takim razie już się nie mogę doczekać...

– Jasne, będzie naprawdę super! Jeszcze nigdy nie byłam na mojej własnej premierze! – zapiszczała.

Holly, słysząc to, przewróciła tylko oczami i po krótkim pożegnaniu skończyła rozmowę.

Tego ranka Holly niewiele zrobiła, bo większość czasu spędziła na rozmowach przez telefon. Jej komórka niemal płonęła, a ją rozbolała głowa. Wzdrygnęła się, gdy to sobie uświadomiła. Za każdym razem, kiedy dokuczał jej ból głowy, przypominało jej to o chorobie Gerry'ego. Gdy jej najbliżsi narzekali na bóle głowy i migreny, natychmiast nakazywała im traktować to poważnie i iść do lekarza. Skończyło się na tym, że przestali jej cokolwiek mówić, gdy czuli się gorzej.

Westchnęła głośno. Zamieniała się w taką hipochondryczkę, że nawet jej lekarce robiło się niedobrze na jej widok. Biegała do niej w panice z najdrobniejszymi sprawami: gdy czuła ból w nodze albo miała skurcze żołądka. W zeszłym tygodniu była przekonana, że coś jest nie tak z jej stopami; po prostu palce wyglądały jakoś inaczej. Lekarka przyjrzała im się z uwagą i zaczęła wypisywać receptę. Holly przyglądała jej się z przerażeniem. Wreszcie lekarka podała jej kartkę papieru, na której było nagryzmolone – tak, jak to mają w zwyczaju pisać lekarze – „Kupić większe buty".

To może i było zabawne, ale kosztowało ją czterdzieści euro.

Kilka ostatnich minut spędziła na rozmowie telefonicznej z Jackiem, który wymyślał na Richarda. Ich brat jemu także złożył krótką wizytę. Holly zastanawiała się, czy on przypadkiem nie próbuje nawiązać kontaktów z rodzeństwem po latach ukrywania się przed nimi. Tylko czy nie odrobinę za późno. Z całą pewnością trudno było prowadzić rozmowę z kimś, kto nie wypracował w sobie jeszcze umiejętności bycia uprzejmym.

Och, przestań, przestań, przestań, krzyknęła na siebie w duchu. Musiała przestać się martwić, przestać myśleć, przestać kazać swemu mózgowi chodzić na najwyższych obrotach, i z całą pewnością musiała przestać mówić do siebie. Doprowadzała samą siebie do szaleństwa.

Wreszcie ponad dwie godziny później skończyła wieszać pranie, a do pralki załadowała kolejną porcję. Włączyła radio w kuchni, w salonie grzmiał telewizor. Może to zagłuszy cichy, biadolący głosik, który wciąż siedział w jej głowie.

Rozdział siedemnasty

Holly weszła do pubu i przecisnęła się między starszymi mężczyznami, by dostać się do schodów prowadzących do Klubu Diva. Trwał występ zespołu folklorystycznego, a publiczność przyłączała się do niego, śpiewając ulubione piosenki irlandzkie. Było dopiero wpół do ósmej, więc Klub Diva nie był jeszcze oficjalnie otwarty, a pusta sala wyglądała zupełnie inaczej niż miejsce, w którym kilka tygodni temu Holly przeżyła koszmar. Przybyła jako pierwsza i usiadła przy stoliku ustawionym tuż przed ekranem, by mieć doskonały widok na dokument brata.

Podskoczyła na odgłos tłuczonego gdzieś przy barze szkła. Spojrzała w tamtym kierunku, by zobaczyć, kto do niej dołączył. Zza baru wychyliła się głowa Daniela, który w ręce trzymał szufelkę i zmiotkę.

– Och, cześć, Holly. Nie wiedziałem, że ktoś już przyszedł.

– Dziś dla odmiany przyszłam wcześniej. – Zbliżyła się do baru, by się z nim przywitać. Dzisiaj wygląda jakoś inaczej, pomyślała, lustrując go wzrokiem.

– Boże, jesteś naprawdę wcześnie – rzekł. – Inni pojawią się tu najpewniej dopiero za jakąś godzinę.

Holly z konsternacją zerknęła na zegarek.

– Ale jest wpół do ósmej. A zaczyna się o ósmej, prawda?

Teraz to Daniel wyglądał na skonsternowanego.

– Nie, powiedziano mi, że o dziewiątej, ale może się mylę... – Sięgnął po gazetę i otworzył ją na stronie z programem telewizyjnym. – Zgadza się, dziewiąta, Kanał Czwarty.

Holly przewróciła oczami.

– Och, przepraszam, powłóczę się trochę po mieście i wrócę później. – Zeskoczyła z krzesła.

– Hej, nie bądź niemądra. – Daniel pokazał w uśmiechu białe zęby. – Sklepy są już zamknięte, przecież możesz dotrzymać mi towarzystwa. To znaczy, jeśli nie masz nic przeciwko...

– No cóż, nie mam nic przeciwko temu, jeśli ty też nie masz.

– Ja nie mam – odparł zdecydowanie.

– W takim razie zostanę – rzekła radośnie, z powrotem wskakując na krzesło.

Daniel oparł dłonie na kurkach w typowej pozie barmana.

– Skoro wszystko już sobie wyjaśniliśmy, to powiedz mi, czego miałabyś ochotę się napić? – zapytał z uśmiechem.

– Ale fajnie, żadnych kolejek, żadnego wykrzykiwania zamówień ponad głowami innych – zażartowała. – Poproszę wodę gazowaną.

– Nic mocniejszego? – Uniósł brwi. Jego uśmiech był zaraźliwy; zdawał się rozciągać od ucha do ucha.

– Nie, lepiej nie, boję się, że nim wszyscy przyjdą, będę już wstawiona.

– Dobrze myślisz – zgodził się z nią i sięgnął do stojącej za nim lodówki po butelkę wody.

Holly uświadomiła sobie, co sprawiało, że Daniel inaczej dzisiaj wyglądał: nie był ubrany w firmową czerń. Miał na sobie wypłowiałe niebieskie dżinsy i rozpiętą jasnoniebieską koszulę, pod którą widać było biały T-shirt, tak pasujący do jego niebieskich oczu, że zdawały się błyszczeć jeszcze bardziej niż zwykle. Rękawy koszuli miał podwinięte prawie do łokci i Holly przez cienki materiał wyraźnie widziała jego mięśnie. Kiedy przesuwał w jej kierunku szklankę, pospiesznie odwróciła wzrok.

– Czy mogłabym ci coś postawić? – zapytała.

– Dzięki, sam się tym zajmę.

– Nie, proszę cię – upierała się. – Tyle razy już mnie częstowałeś. Teraz moja kolej.

– No dobrze, w takim razie poproszę budweisera. – Oparł się o bar, nie spuszczając z niej wzroku.

– Co? Chcesz, żebym ci nalała? – Zaśmiała się, zeskakując ze stołka, i przeszła za bar. Daniel stał z boku i przyglądał się jej z rozbawieniem. – Kiedy byłam mała, zawsze marzyłam o pracy w barze. – Wzięła do ręki kufel i pociągnęła za kurek. Dobrze się bawiła.

– Mam wolne miejsce, jeśli szukasz pracy – odezwał się, uważnie przyglądając się, jak nalewa piwo.

– Nie, dzięki, sądzę, że lepiej mi idzie po drugiej stronie baru – roześmiała się, napełniwszy kufel.

– Mmm... cóż, jeśli będziesz kiedyś szukać pracy, wiesz, gdzie przyjść. Wziął łyk piwa. – Świetnie ci poszło.

– Nie można tego nazwać operacją mózgu – rzekła z uśmiechem, przechodząc na drugą stronę baru. Wyjęła portfel i podała mu pieniądze. – Reszty nie trzeba.

– Dzięki – uśmiechnął się do niej w odpowiedzi, odwracając się, by otworzyć kasę, a ona ze wstydem przyłapała się na przyglądaniu się jego tyłkowi. Był niczego sobie – zwarty, aczkolwiek nie tak ładny, jak tyłek Gerry'ego, uznała.

– Czy twój mąż ponownie dał dzisiaj nogę? – zażartował Daniel, obchodząc bar, by się do niej dosiąść.

Holly zagryzła wargę i zastanawiała się chwilę, w jaki sposób mu odpowiedzieć. Naprawdę nie była to właściwa pora, by rozmawiać na tak bolesny temat z kimś, kto jedynie gawędził z nią od niechcenia, ale wolała, by ten biedny człowiek nie pytał ją o to samo przy każdym spotkaniu. Wkrótce domyśli się prawdy, co sprawi, że będzie jeszcze bardziej skrępowany.

– Daniel – odezwała się miękko. – Nie chcę, byś poczuł się zakłopotany, ale mój mąż umarł.

Mężczyzna znieruchomiał, a jego policzki lekko poczerwieniały.

– Och, Holly, przepraszam, nie wiedziałem – rzekł szczerze.

– W porządku, wiem. – Uśmiechnęła się, by mu pokazać, że nie ma mu tego za złe.

– No cóż, nie poznałem go tamtego wieczoru, ale gdyby tylko ktoś mi powiedział, poszedłbym na pogrzeb, by go pożegnać. – Usiadł obok niej przy barze.

– Och nie, Gerry zmarł w lutym, Danielu. Nie było go tutaj ze mną.

Daniel wyglądał na zakłopotanego.

– Ale ty mi powiedziałaś, że on jest... – urwał, sądząc, że może się wtedy przesłyszał.

– No tak. – Holly z zakłopotaniem wbiła wzrok w swoje stopy. – Nie było go tutaj – rzekła, rozglądając się po klubie – ale był. – Położyła dłoń na sercu.

– Ach, rozumiem. – Wreszcie wszystko do niego dotarło. – W takim razie wtedy wykazałaś się jeszcze większą odwagą, niż sądziłem, biorąc pod uwagę okoliczności – dodał łagodnie.

Holly była zdziwiona, z jaką łatwością o tym mówił. Zazwyczaj ludzie jąkali się i albo zaraz się ulatniali, albo zmieniali temat. Przy Danielu poczuła się odprężona, miała wrażenie, że może rozmawiać otwarcie, bez obawy, że się rozpłacze. Uśmiechnęła się i pokrótce wyjaśniła mu historię z listą.

– Dlatego w trakcie występu Declana pobiegłam do domu – zaśmiała się.

– A nie przypadkiem dlatego, że byli tacy straszni? – zażartował, po czym zamyślił się. – Ach tak, zgadza się, to był trzydziesty kwietnia.

– Tak, nie mogłam się doczekać, żeby otworzyć list.

– Hmm... kiedy następny?

– W lipcu – odparła z ożywieniem.

– W takim razie na pewno cię nie zobaczę trzydziestego czerwca – odparł sucho.

– Widzę, że zrozumiałeś sedno sprawy – mruknęła.

– Jestem! – oznajmiła Denise, wchodząc jak gdyby nigdy nic, wystrojona w sukienkę, którą miała na zeszłorocznym balu. Towarzyszył jej Tom, roześmiany i wpatrzony w nią nieprzytomnie.

– Boże, ale się wystroiłaś – zauważyła Holly, lustrując przyjaciółkę spojrzeniem od góry do dołu.

Sama ostatecznie zdecydowała się na dżinsy, czarne pantofle i bardzo prosty czarny top. Nie miała ochoty na strojenie się, zwłaszcza że mieli siedzieć w pustym klubie, ale Denise najwyraźniej pojęła to inaczej.

Tom i Daniel na powitanie zamknęli się w niedźwiedzim uścisku.

– Skarbie, to jest Daniel, mój najlepszy przyjaciel – rzekł Tom, przedstawiając Daniela Denise.

Daniel i Holly unieśli brwi, patrząc na siebie i uśmiechnęli się, słysząc to „skarbie".

– Cześć, Tom. – Holly uścisnęła mu dłoń, a on pocałował ją w policzek. – Przepraszam za tamten wieczór, kiedy się poznaliśmy. Nie byłam chyba wtedy przy zdrowych zmysłach. – Zarumieniła się na wspomnienie karaoke.

– Nie ma sprawy. – Tom uśmiechnął się mile. – Gdybyś nie wzięła udziału w konkursie, ja bym wtedy nie poznał Denise, więc cieszę się, że to zrobiłaś.

Po jakimś czasie Holly odkryła, że dobrze się bawi; wcale nie udawała, była naprawdę wesoła. To ją uradowało, podobnie jak świadomość, że Denise wreszcie znalazła kogoś, kogo pokochała.

Kilka minut później przybyła reszta rodziny Kennedych, razem z Sharon i Johnem. Holly podbiegła, by przywitać się z przyjaciółmi.

– Hej, mała – rzekła Sharon, ściskając ją. – Długo tu jesteś?

Holly zaczęła się śmiać.

– Myślałam, że zaczyna się o ósmej, więc przyszłam pół godziny wcześniej.

– O nie. – Sharon wyglądała na zatroskaną.

– Nie przejmuj się, wszystko w porządku. Daniel dotrzymał mi towarzystwa.

– On? – zapytał gniewnie John. – Uważaj na niego, Holly. To jakiś dziwak. Powinnaś była posłuchać, co tamtego wieczoru mówił do Sharon.

Holly odgadła, że to ona jest powodem tego nieporozumienia, i szybko ich przeprosiła, po czym dołączyła do rodziny.

– Meredith nie przyjechała dziś z tobą? – zapytała Richarda.

– Nie – odwarknął niegrzecznie i ruszył w kierunku baru.

– Dlaczego on w ogóle zawraca sobie głowę przychodzeniem na tego typu imprezy? – jęknęła do Jacka, gdy przytulił jej głowę do swojej piersi i pogłaskał ją po włosach, żartobliwie w ten sposób pocieszając.

– No dobra, słuchajcie! – Declan stanął na krześle, by wszyscy mogli go widzieć. – Ponieważ Ciara nie mogła się zdecydować, co na siebie włożyć, jesteśmy spóźnieni i mój dokument może się zacząć dosłownie w każdej chwili – oświadczył z dumą. – Jeśli więc moglibyście się przymknąć i usiąść, byłoby świetnie.

– Och, Declanie... – Matka upomniała go za jego obcesowość.

Holly rozejrzała się po klubie w poszukiwaniu Ciary i dostrzegła ją przyklejoną do boku Daniela przy barze. Uśmiechnęła się w duchu i zasiadła, by oglądać dokument Declana. Gdy prezenter zapowiedział go, wszyscy zaczęli bić brawo, ale zostali szybko uciszeni przez zagniewanego Declana, który nie chciał uronić ani słowa.

Na tle pięknej panoramy nocnego Dublina pojawił się tytuł: *Dziewczęta w wielkim mieście* i Holly zaczęła się denerwować. Słowo: „Dziewczęta" pojawiło się na czarnym tle, a następnie ukazało się ujęcie Sharon, Denise, Abbey i Ciary, ściśniętych razem na tylnym siedzeniu taksówki.

Mówiła Sharon:

– Cześć! Jestem Sharon, a to Abbey, Denise i Ciara.

Każda z dziewcząt podczas przedstawiania przyjęła odpowiednią pozę.

– I jedziemy do domu naszej najlepszej przyjaciółki Holly, ponieważ dzisiaj są jej urodziny...

Nastąpiła zmiana scenografii. Teraz dziewczęta zaskakiwały Holly, śpiewając głośno na progu jej domu *Happy Birthday*. Następnie kamera powróciła do siedzącej w taksówce Sharon:

– Dzisiejszy wieczór należy do nas, dziewcząt, i nie będzie ŻADNYCH facetów...

Teraz Holly otwierała prezenty, pokazywała do kamery wibrator i mówiła:

– No cóż, z całą pewnością mi się przyda.

Następnie kamera powróciła do Sharon w taksówce:

– Będziemy dużo, ale to dużo pić...

Teraz Holly otwierała szampana, następnie dziewczęta opróżniały kieliszki w Buduarze, no i wreszcie pojawiła się Holly w przekrzywionej tiarze na głowie, pijąc szampana przez słomkę prosto z butelki.

– Będziemy uprawiać clubbing...

Pokazane zostało ujęcie dziewcząt w Buduarze, wyginających się niemiłosiernie na parkiecie.

– Ale nic szczególnie szalonego! Dziś wieczorem będziemy grzecznymi dziewczynkami! – oświadczyła poważnie Sharon.

Następna scena ukazywała dziewczęta, dziko protestujące, gdy wyprowadzali je z klubu trzej ochroniarze.

Holly opadła szczęka. Popatrzyła w osłupieniu na Sharon, która była równie zdumiona. Mężczyźni śmieli się jak szaleni i poklepywali Declana po plecach, gratulując mu tego, że zdemaskował ich partnerki. Holly, Sharon, Denise, Abbey, a nawet Ciara skuliły się na krzesłach, z upokorzeniem wymalowanym na ich twarzach.

Co ten Declan zrobił najlepszego?

Rozdział osiemnasty

W klubie panowała cisza jak makiem zasiał. Wszyscy z wyczekiwaniem wpatrywali się w ekran. Holly wstrzymała oddech; denerwowała się tym, co się miało pojawić. Być może dziewczętom zostanie przypomniane to, co wydarzyło się tamtego wieczoru, a o czym jakże wygodnie udało im się zapomnieć. Prawda ją przerażała. Pomijając już wszystko inne, musiały być bardzo pijane, skoro zupełnie zapomniały o wydarzeniach tamtej nocy. Chyba że któraś kłamała, w takim razie reszta miała jeszcze większe powody do zdenerwowania. Holly popatrzyła na dziewczęta. Obgryzały paznokcie.

Na ekranie pojawił się nowy tytuł: „Podarunki".

– Najpierw otwórz mój! – zapiszczała Ciara z ekranu, wciskając Holly prezent i spychając Sharon z kanapy na podłogę. Widzowie w klubie parsknęli śmiechem, patrząc, jak Abbey pomaga wstać przerażonej Sharon. Ciara porzuciła towarzystwo Daniela i cichutko zbliżyła się do reszty dziewcząt, wyraźnie w poszukiwaniu wsparcia. Wszyscy wydawali okrzyki, kiedy Holly kolejno otwierała urodzinowe prezenty. Poczuła gulę w gardle, kiedy Declan zrobił zbliżenie dwóch fotografii, stojących na gzymsie kominka, podczas gdy Sharon wznosiła toast.

Na ekranie pojawił się nowy tytuł: „Podróż do wielkiego miasta". Pierwsza scena ukazywała dziewczęta, przepychające się podczas wsiadania do taksówki. Było widać, że są już nieźle wstawione. Zaskoczyło to Holly, ponieważ szczerze sądziła, że w tamtym momencie była jeszcze zupełnie trzeźwa.

– Och, Nick – jęknęła pijacko Holly do kierowcy taksówki, siedząc na sąsiednim siedzeniu. – Dziś kończę trzydzieści lat, możesz w to uwierzyć?

Taksówkarz Nick, którego guzik obchodziło to, ile ona ma lat, roześmiał się tylko.

– Wciąż jesteś młoda, Holly.

Jego głos był niski i chropawy. Kamera zrobiła najazd na twarz Holly, a ona wzdrygnęła się na ten widok. Była bardzo pijana, i tak bardzo smutna.

– Ale co ja mam teraz zrobić, Nick? – biadoliła. – Skończyłam trzydzieści lat! Nie mam pracy, męża, dzieci i mam trzydzieści lat! Mówiłam ci już o tym? – zapytała, nachylając się ku niemu.

Siedząca za nią w klubie Sharon zachichotała. Holly dała jej kuksańca.

W tle dziewczęta rozprawiały o czymś z ożywieniem. Brzmiało to tak, jakby jedna próbowała przegadać drugą; trudno było zrozumieć, na jaki temat toczyła się rozmowa.

– Dobrze się dzisiaj baw, Holly. Nie pozwól, żeby w dniu urodzin dopadły cię złe myśli. Będziesz się martwić całym tym ambarasem jutro, skarbie. – Nick zdawał się szczerze zatroskany i Holly zapisała sobie w duchu, by zadzwonić do niego z podziękowaniem.

Kamera pozostała przy niej, a ona oparła głowę o szybę i milczała, przez resztę podróży pogrążona w myślach. Nie mogła się pogodzić z tym, że wtedy wyglądała na tak bardzo samotną. Było jej przykro. Rozejrzała się po klubie z zażenowaniem i napotkała spojrzenie Daniela. Mrugnął do niej pokrzepiająco. Uśmiechnęła się blado i przeniosła wzrok na ekran, w samą porę, by ujrzeć, jak woła do dziewcząt:

– Okej, dziewczyny. Idziemy dziś do Buduaru i nikt nas nie powstrzyma, a już na pewno nie jacyś głupkowaci bramkarze, którzy myślą, że są właścicielami tego klubu. – I ruszyła przed siebie krokiem, który wtedy uważała za najzupełniej prosty. Dziewczęta wydały radosne okrzyki i podążyły za nią.

Kamera przeskoczyła na dwóch bramkarzy przed Buduarem, którzy potrząsali głowami.

– Nie dzisiaj, dziewczyny, przykro nam.

Rodzina Holly wybuchła gromkim śmiechem.

– Ale panowie nie rozumieją – rzekła spokojnie Denise do bramkarzy. – Czy panowie wiedzą, kim jesteśmy?

– Nie – odparli zgodnie i popatrzyli ponad ich głowami, ignorując je.

– Ha! – Denise położyła dłonie na biodrach i ruchem głowy wskazała na Holly. – Ale to jest bardzo, bardzo, ale to bardzo sławna... Księżniczka Holly z królewskiej rodziny... Finlandii.

Na ekranie Holly robiła minę do Denise.

Jej rodzina ponownie zawyła z uciechy.

– Lepszego scenariusza nie dałoby się napisać – zaśmiał się Declan.

– Och, a więc jest członkiem rodziny królewskiej, tak? – parsknął bramkarz z wąsami.

– W rzeczy samej – odparła z powagą Denise.

– Paul, Finlandia ma rodzinę królewską? – Facet z wąsami odwrócił się do kolegi.

– Nie sądzę, szefie.

Holly poprawiła na głowie przekrzywioną tiarę i wykonała w ich kierunku królewski ruch ręką.

– Widzicie? – rzekła zadowolona Denise. – Znajdziecie się, panowie, w niezłych tarapatach, jeśli jej nie wpuścicie.

– Przypuśćmy, że ją wpuścimy, ale ty i tak będziesz musiała zostać na zewnątrz – odparł wąsacz i kiwnął na ludzi, stojących za nimi w kolejce, by ich minęli i weszli do klubu.

Holly też machnęła im po królewsku ręką.

– O nie, nie, nie, nie – zaprotestowała Denise. – Panowie nie rozumieją. Ja jestem jej... damą dworu, więc muszę być przy niej przez calutki czas.

– W takim razie poczekasz sobie spokojnie, dopóki nie wyjdzie – prychnął Paul.

Tom, Jack i John parsknęli śmiechem, a Denise skuliła się jeszcze bardziej na swoim krześle.

Wreszcie przemówiła Holly:

– Och, pewna osoba musi się napić. Pewna osoba jest koszmarnie spragniona.

Paul i mężczyzna z wąsami starali się utrzymać powagę, jednocześnie patrząc ponad głowami dziewcząt.

– Nie, naprawdę, dziewczyny, nie dzisiaj. Trzeba być członkiem.

– Ależ ja jestem członkiem, rodziny królewskiej! – oświadczyła surowo Holly. – Ściąć im głowy! – zarządziła, wskazując palcem na obydwu mężczyzn.

Denise pospiesznie ujęła jej rękę.

– Słuchajcie, księżniczka i ja nie sprawimy żadnego kłopotu. Proszę nas wpuścić tylko na kilka drinków – błagała.

Wąsacz spojrzał na nie z góry, następnie wzniósł oczy ku niebu.

– Niech wam będzie, wchodźcie – rzekł, odsuwając się na bok.

– Niech was Bóg błogosławi – oświadczyła Holly, czyniąc znak krzyża, kiedy ich mijały.

– Kim ona jest, księżniczką czy księdzem? – spytał żartem Paul, kiedy dziewczęta weszły do klubu.

– To jakaś wariatka – odpowiedział wąsacz. – Ale to najlepszy wykręt, jaki słyszałem, odkąd tutaj pracuję. – Po tych słowach obaj zachichotali. Spoważnieli, gdy do drzwi zbliżyła się Ciara i jej świta.

– Czy moja ekipa filmowa może wejść razem ze mną? – zapytała pewnie Ciara z doskonałym australijskim akcentem.

– Proszę zaczekać, zapytam kierownictwo. – Paul odwrócił się do nich plecami i rzucił kilka słów do krótkofalówki.

– Taa, nie ma problemu, proszę wchodzić – rzekł, przytrzymując otwarte drzwi.

– To ta australijska piosenkarka, no nie? – zapytał Paula wąsacz.

– Taa. Niezła ta jej piosenka.

– Powiedz chłopakom w środku, by mieli oko na księżniczkę i tę jej damę – dorzucił wąsacz. – Nie chcemy, by przeszkadzały piosenkarce z różowymi włosami.

Ojciec Holly zakrztusił się drinkiem ze śmiechu, a mama klepała go po plecach, sama przy tym chichocząc.

Kiedy Holly przyglądała się wnętrzu Buduaru na ekranie, przypomniała sobie, jak bardzo rozczarował ją ten klub. Zawsze je ciekawiło, jak wygląda Buduar. Dziewczęta czytały kiedyś w jakimś kolorowym magazynie, że jest tam jakaś instalacja z wodą, do której podobno pewnej nocy wskoczyła Madonna. Holly wyobrażała sobie wcześniej duży wodospad, spływający kaskadami po ścianie klubu, a następnie płynący niewielkimi, bulgoczącymi strumykami, podczas gdy ci wszyscy olśniewający ludzie siedzą wokół nich i co jakiś czas zanurzają w nich kieliszki, by nabrać sobie więcej szampana. Wyobrażała sobie szampański wodospad. W rzeczywistości była to duża szklana kula w samym środku okrągłego baru, a Holly nie miała pojęcia, co to w ogóle miało symbolizować. Pomieszczenie wcale nie było tak duże, jak sobie wcześniej wyobrażała. Dominującymi kolorami była głęboka czerwień i złoto. Na końcu sali wisiała duża złota kurtyna służąca za przepierzenie, przy której straż sprawował kolejny niezbyt sympatycznie wyglądający bramkarz.

Główną atrakcję pomieszczenia stanowiło potężne łóżko, stojące na podwyższeniu. Na złotej jedwabnej pościeli siedziały dwie chude modelki „ubrane" jedynie w złotą farbę do ciała i maleńkie złote figi. Wszystko było aż nazbyt tandetne.

– Spójrz na wielkość tych fig! – rzekła Denise z odrazą. – Plaster na moim najmniejszym palcu jest większy.

Siedzący za nią teraz Tom zachichotał i zaczął łaskotać jej mały palec. Holly odwróciła się i znów skupiła uwagę na ekranie.

– Dobry wieczór państwu, witam gorąco w wiadomościach o północy. Jestem Sharon McCarthy.

Sharon stała przed kamerą z butelką w dłoni służącą za mikrofon. Declan ustawił kamerę w taki sposób, że w kadrze mieścili się jednocześnie najsławniejsi irlandzcy prezenterzy wiadomości.

– Dzisiaj Księżniczka Holly z Finlandii obchodzi swoje trzydzieste urodziny. Jej książęcej mości i jej damie dworu wreszcie udało się dostać do wnętrza Buduaru, ulubionego miejsca spotkań gwiazd. Obecna jest tutaj także australijska gwiazda rocka, Ciara, jej ekipa filmowa i... – Przyłożyła palec do ucha w taki sposób, jakby właśnie otrzymywała jakieś dodatkowe informacje. – Nowe wieści. Okazuje się, że dosłownie przed chwilą widziano tutaj ulubionego irlandzkiego prezentera wiadomości, Tony'ego Walsha, który się uśmiechał. Obok mnie jest świadek tego zdarzenia. Witamy cię, Denise. – Denise zaprezentowała przed kamerą uwodzicielską pozę. – Denise, powiedz mi, gdzie byłaś, kiedy to się wydarzyło?

– No cóż, stałam sobie tam, obok jego stolika, kiedy to zobaczyłam. – Denise zrobiła minę uwydatniającą jej kości policzkowe i uśmiechnęła się czarująco do kamery.

– Czy możesz nam wyjaśnić, co takiego się wydarzyło?

– Stałam tam sobie, zajmując się swoimi sprawami, kiedy pan Walsh łyknął swego drinka, a wkrótce potem się uśmiechnął.

– Rety, Denise, to fascynująca wiadomość. A czy jesteś pewna, że to był uśmiech?

– Cóż, właściwie mógł to być przeciąg, który sprawił, że pan Walsh się skrzywił, ale inne stojące przy mnie osoby również uznały, że był to uśmiech.

– Są więc jeszcze inni świadkowie?

– Tak, wszystko widziała także Księżniczka Holly.

Kamera przesunęła się na Holly, która stała, pijąc przez słomkę szampana z butelki.

– No więc, Holly, powiedz nam, czy był to wiatr czy uśmiech?

Holly przez chwilę wyglądała na skonsternowaną, po czym rzuciła od niechcenia:

– Och, wiatr. Przepraszam, ale myślę, że to wszystko wina tego szampana.

Klub Diva gruchnął śmiechem. Najgłośniej jak zwykle śmiał się Jack. Holly ze wstydem skryła twarz w dłoniach.

– W takim razie w porządku... – rzekła Sharon, usiłując się nie śmiać. – Państwo pierwsi o tym usłyszeli. Noc, podczas której ujrzano uśmiech na obliczu najbardziej ponurego prezentera w Irlandii. Oddaję głos do studia.

– Twarz Sharon gwałtownie zmieniła wyraz, gdy podniosła wzrok i ujrzała stojącego obok niej Tony'ego Walsha, na którego twarzy nie było uśmiechu, czemu jednak trudno się dziwić.

Sharon przełknęła ślinę i rzekła:

– Dobry wieczór.

Potem kamera została wyłączona. Teraz w klubie śmiali się wszyscy, łącznie z dziewczętami. Dla Holly to wszystko było tak bardzo absurdalne, że po prostu nie mogła się nie śmiać.

Kamera została ponownie włączona i tym razem skupiła się na lustrze w damskiej ubikacji. Declan filmował to z zewnątrz przez szparę w drzwiach, ale odbicia Denise i Sharon były bardzo wyraźne.

– Ja sobie tylko żartowałam – żołądkowała się Sharon, poprawiając makijaż.

– Nie przejmuj się tym żałosnym sukinsynem, Sharon. On po prostu nie chce, by przez cały wieczór jego twarz była filmowana, zwłaszcza gdy jest prywatnie. Potrafię to zrozumieć.

– Widzę więc, że jesteś po jego stronie – rzuciła gderliwie Sharon.

– Zamknij się, ty zrzędliwa stara cioto – warknęła Denise.

– Gdzie Holly? – zapytała Sharon, zmieniając temat.

– Nie wiem. Kiedy widziałam ją po raz ostatni, wykonywała jakieś dzikie ruchy na parkiecie.

Popatrzyły na siebie i parsknęły śmiechem.

– Ach... nasza biedna mała disco diva – rzekła ze smutkiem Sharon. – Mam nadzieję, że znajdzie tu sobie dzisiaj kogoś olśniewającego i zacałuje go do nieprzytomności.

– Właśnie – zgodziła się Denise. – W takim razie chodźmy, poszukajmy dla niej faceta – dodała, wrzucając puder z powrotem do torebki.

Zaraz po wyjściu dziewcząt drzwi jednej z kabin się otworzyły i ze środka wyszła Holly.

W Klubie Diva uśmiech na twarzy Holly natychmiast znikł, kiedy ujrzała na ekranie swoją twarz.

Przez szparę w drzwiach widać było jej odbicie w lustrze z oczami czerwonymi od płaczu. Holly wydmuchała nos i przez chwilę przyglądała się sobie ze smutkiem. Wzięła głęboki oddech, otworzyła drzwi i udała się na dół do swoich przyjaciółek.

Wcześniej nie pamiętała, by płakała tamtej nocy – prawdę mówiąc, sądziła, że bardzo dobrze udało jej się to wszystko przetrwać. Martwiło ją teraz, co jeszcze może pojawić się na ekranie, a czego zupełnie nie pamiętała.

Wreszcie zmieniło się ujęcie i pojawiły się słowa: „Operacja Złota Kurtyna”.

– O mój Boże! Declan, ty draniu! – zawołała bardzo głośno Denise i pobiegła schować się w ubikacji.

Było oczywiste, że coś sobie przypomniała.

Declan zachichotał i zapalił kolejnego papierosa.

– No dobra, dziewczyny – oświadczyła na ekranie Denise.

– Nadszedł czas na Operację Złota Kurtyna.

– Że co? – zapytały przymulone Sharon i Holly, które półleżały na kanapie, zamroczone alkoholem.

– Operacja Złota Kurtyna! – zawołała podekscytowana Denise, próbując podnieść je obie z kanapy. – Czas przeniknąć do baru dla VIP-ów.

– A już w nim nie jesteśmy? – zapytała sarkastycznie Sharon, rozglądając się po klubie.

– Nie! Tam, gdzie chodzą prawdziwe gwiazdy! – Denise wskazała na złotą kurtynę, której pilnował prawdopodobnie najpotężniejszy i najwyższy człowiek na tej planecie.

– Prawdę mówiąc, wisi mi to, gdzie sobie chodzą gwiazdy – nabzdyczyła się Holly. – Dobrze mi tu, gdzie jestem. – I skuliła się na przytulnej kanapie.

Denise jęknęła i przewróciła oczami.

– Dziewczyny! Abbey i Ciara już tam są, a my?

Jack popatrzył z ciekawością na swoją dziewczynę. Abbey wzruszyła słabo ramionami i ukryła twarz w dłoniach. Żadnej oprócz Denise nie odświeżyło to pamięci. Uśmiech Jacka nagle zbladł. Rozsiadł się wygodniej na krześle i skrzyżował ramiona na piersi. Nie miał nic przeciwko temu, że jego siostry zachowywały się jak wariatki, ale jego dziewczyna to zupełnie osobna kwestia. Oparł stopy o stojące przed nim krzesło i aż do końca dokumentu zachował milczenie.

Kiedy Sharon i Holly usłyszały, że Abbey i Ciara są w tamtym pomieszczeniu, natychmiast się wyprostowały i nadstawiły uszu.

– No dobra, dziewczyny, oto, co zrobimy...

Holly odwróciła się od ekranu i szturchnęła Sharon. Zupełnie nie przypominała sobie, by robiły bądź mówiły to wszystko; zaczynała sądzić, że Declan wynajął aktorów-sobowtórów w ramach jakiegoś koszmarnego żartu. Sharon spojrzała na nią szeroko otwartymi oczami i wzruszyła ramionami. Nie, jej także tam nie było.

Kamera podążyła za trójką dziewcząt, które w podejrzany sposób zbliżyły się do złotej kurtyny i kręciły się w jej pobliżu niczym jakieś idiotki. Sharon zdobyła się wreszcie na odwagę, by stuknąć olbrzyma w ramię. Odwrócił się, dając Denise wystarczająco dużo czasu, by mogła rozeznać się w sytuacji. Opadła na kolana i wsunęła głowę do baru dla VIP-ów, podczas gdy jej tyłek i nogi wystawały po drugiej stronie kurtyny.

Holly kopnęła ją ponaglająco.

– Widzę je! – Denise zasyczała głośno. – O mój Boże! Rozmawiają z tym hollywoodzkim aktorem! – Cofnęła głowę spod kurtyny podekscytowana popatrzyła na Holly. Na nieszczęście Sharon zaczynała już tracić inwencję przy zagadywaniu potężnego bramkarza, który odwrócił głowę i przyłapał Denise na gorącym uczynku.

– Nie, nie, nie, nie, nie! – odezwała się ponownie spokojna Denise. – Pan nie rozumie! To Księżniczka Holly ze Szwecji!

– Finlandii – poprawiła ją Sharon.

– Przepraszam, Finlandii – powtórzyła Denise, pozostając na czworakach. – Składam jej pokłony! Proszę się do mnie przyłączyć!

Sharon szybko opadła na kolana i obie zaczęły oddawać cześć stopom Holly. Holly rozejrzała się z zakłopotaniem, gdyż wszyscy w klubie zaczęli im się przypatrywać. Ponownie uraczyła ich królewskim gestem dłoni. Na nikim nie wydawało się to czynić wrażenia.

– Och, Holly! – odezwała się jej matka, próbując złapać oddech po ataku wyczerpującego śmiechu.

Potężny, krzepki bramkarz odwrócił się do nich plecami i rzucił do krótkofalówki:

– Chłopaki, mam problem z księżniczką i jej damą.

Denise popatrzyła z paniką na obie dziewczyny i wypowiedziała bezgłośnie:

– Kryć się!

Dziewczęta zerwały się na równe nogi i rzuciły się do ucieczki. Kamera, szukając ich, przeczesywała tłum, ale ich nie znalazła.

Siedząc na krześle w Klubie Diva, Holly głośno jęknęła i ukryła twarz w dłoniach. Wiedziała, co się zaraz wydarzy.

Rozdział dziewiętnasty

Paul i mężczyzna z wąsami wbiegli na górę do klubu, gdzie przy złotej kurtynie spotkali się z olbrzymem.

– Co się dzieje? – zapytał wąsacz.

– Te dziewczyny, na które kazałeś mi mieć oko, próbowały przeczołgać się na drugą stronę – odpowiedział z powagą olbrzym. Patrząc na niego, można było przypuszczać, że w zakres jego obowiązków w poprzedniej pracy wchodziło zabijanie ludzi. Bardzo poważnie traktował naruszenie zasad bezpieczeństwa.

– Gdzie one są? – zapytał wąsacz.

Potężny mężczyzna odkaszlnął i odwrócił wzrok.

– Schowały się gdzieś, szefie.

Wąsacz przewrócił oczami.

– Schowały się?

– Tak, szefie.

– Gdzie? W klubie?

– Chyba tak, szefie.

– Chyba?

– Nie mijały nas, kiedy wchodziliśmy, więc nadal muszą tu być – wtrącił Paul.

– Okej – westchnął mężczyzna z wąsami. – W takim razie zacznijmy ich szukać. Każ komuś popilnować kurtyny.

Kamera podążyła za trzema bramkarzami, którzy przeczesywali klub, zaglądając za kanapy, pod stoliki, za zasłony, a komuś kazali nawet sprawdzić w ubikacjach. Rodzina Holly śmiała się histerycznie, obserwując rozgrywającą się przed ich oczami scenę.

W części klubu zrobiło się małe zamieszanie i bramkarze ruszyli w kierunku hałasu, by sprawdzić, co się dzieje. Wokół zaczynał gromadzić się mały tłumek, a chude tancerki ozdobione złotą farbą przestały tańczyć i z przerażeniem na twarzach wpatrywały się w łóżko. Kamera zrobiła na nie najazd. Wyglądało na to, że pod złotymi prześcieradłami z jedwabiu wierzgają trzy prosiaki. Sharon, Denise i Holly turlały się po łóżku, pokrzykując na siebie, i usiłowały leżeć jak najbardziej płasko, by ich nie zauważono. Tłum zgęstniał i wkrótce potem ucichła muzyka. Trzy wielkie wybrzuszenia na łóżku przestały się rzucać i nagle znieruchomiały, nie wiedząc, co dzieje się na zewnątrz.

Bramkarze policzyli do trzech i ściągnęli z łóżka prześcieradła. Trzy bardzo zdumione dziewczyny wpatrywały się w nich, niczym jelenie oświetlone reflektorami samochodowymi, leżąc płasko z rękami sztywno przyklejonymi do boków.

– Pewna osoba, zanim wyjdzie, musi czterdzieści razy mrugnąć – rzekła Holly swym królewskim głosem, a pozostałe dziewczęta wybuchnęły śmiechem.

– Dalej, księżniczko, zabawa skończona – oświadczył Paul.

Trzech mężczyzn wyprowadziło dziewczęta na zewnątrz, informując je, że już nigdy, ale to nigdy nie będą miały wstępu do tego klubu.

– Czy mogę tylko powiedzieć moim przyjaciółkom, że wychodzimy? – zapytała Sharon.

Mężczyźni zacmokali z niezadowoleniem i popatrzyli w inną stronę.

– Przepraszam? Czy ja mówię do siebie? Zapytałam, czy mogę pójść i powiedzieć moim przyjaciółkom, że musiałyśmy wyjść?

– Posłuchajcie, dziewczyny, przestańcie się wydurniać – odparł gniewnie mężczyzna z wąsami. – Tam nie ma waszych przyjaciółek. A teraz zmykajcie stąd i kładźcie się spać.

– Przepraszam – powtórzyła wściekle Sharon. – W barze dla VIP-ów są moje dwie przyjaciółki; jedna z nich ma różowe włosy, a druga...

– Dziewczyny! – bramkarz podniósł głos. – Ona sobie nie życzy, by ktoś jej przeszkadzał. Ona jest w takim samym stopniu waszą przyjaciółką, jak człowiek na Księżycu. A teraz zjeżdżajcie, zanim narobicie sobie jeszcze większych kłopotów.

Wszyscy w klubie zawyli ze śmiechu.

Na ekranie pojawił się napis: „Długa droga do domu". Dziewczęta siedziały w taksówce. Abbey wystawiła głowę za otwarte okno, jak pies, co nakazał jej kierowca.

– Nie będziesz wymiotować w moim samochodzie. Albo wystawisz głowę przez okno, albo pójdziesz do domu na piechotę.

Twarz Abbey była prawie purpurowa. Szczękała zębami, ale nie miała zamiaru iść do domu pieszo. Ciara siedziała nadąsana i ze skrzyżowanymi ramionami, zła na dziewczęta, że zmusiły ją do opuszczenia klubu tak wcześnie, lecz jeszcze bardziej za to, że zdemaskowały jej przebranie jako sławnej gwiazdy rocka. Sharon i Denise zasnęły, a ich głowy stykały się ze sobą.

Kamera najechała na Holly, która ponownie siedziała obok kierowcy. Ale tym razem nie rozmawiała z taksówkarzem; oparła głowę o siedzenie i wpatrywała się prosto przed siebie w ciemną noc. Przyglądając się sobie, wiedziała, o czym wtedy myślała. Pora wracać samej do tego wielkiego pustego domu.

– Wszystkiego najlepszego z okazji urodzin, Holly – rozległ się cichy i drżący głosik wymarzniętej Abbey.

Holly odwróciła się, by się do niej uśmiechnąć, i spojrzała prosto w kamerę.

– Ty nadal to wszystko nagrywasz? Wyłączaj! – I wytrąciła kamerę z ręki Declana.

Koniec.

Gdy Daniel poszedł, by zapalić w klubie światła, Holly odłączyła się pospiesznie od reszty towarzystwa i uciekła przez najbliższe drzwi. Musiała pozbierać myśli, zanim wszyscy zaczną komentować to, co zobaczyli. Znalazła się w niewielkim magazynie w otoczeniu mopów, wiader i pustych baryłek. Cóż za idiotyczne miejsce na kryjówkę, pomyślała. Usiadła na jednej z beczek i zaczęła rozmyślać nad tym, co przed chwilą zobaczyła. Była zaszokowana. Czuła się skonsternowana i była zła na Declana; powiedział jej, że kręci dokument na temat życia klubowego. I ani jednym słowem nie wspomniał, by nie robiła z siebie i swoich przyjaciółek przedstawienia. A on co, zrobił z nich przedstawienie w sensie dosłownym! Gdyby choć zapytał ją grzecznie, czy może, wtedy to zupełnie co innego. Ale i tak by się nie zgodziła.

Ostatnią rzeczą, jaką chciała uczynić akurat teraz, to nakrzyczeć na Declana przy ludziach. Pomijając fakt, że poczuła się totalnie upokorzona, należało przyznać, że Declan sfilmował i zmontował wszystko naprawdę dobrze. Gdyby w telewizji Holly nie zobaczyła siebie, uznałaby, że jak najbardziej zasłużył na nagrodę. Ale tam była ona, dlatego wcale nie zasłużył, by wygrać... Fragmenty rzeczywiście były zabawne, owszem, i aż tak bardzo nie przeszkadzało jej to, że ona i jej przyjaciółki zachowywały się tak głupio; spokoju nie dawały jej raczej owe podstępne ujęcia, w których przebijał jej bezbrzeżny smutek.

Ciężkie, słone łzy zaczęły spływać po jej twarzy. Objęła się ramionami. W telewizji zobaczyła, jak naprawdę się czuje. Zagubiona i samotna. Płakała za Gerry'ego, płakała za siebie. Jej ciałem wstrząsał szloch, od którego bolały ją żebra, gdy tylko próbowała głębiej odetchnąć. Nie chciała być dłużej sama i nie chciała, by jej rodzina dostrzegała samotność, którą tak desperacko starała się przed nimi ukryć. Chciała jedynie, by wrócił Gerry, nic więcej jej nie obchodziło. Nie miało dla niej znaczenia, czy po jego powrocie kłóciliby się każdego dnia, nie miało znaczenia, czy byliby bankrutami bez domu i pieniędzy. Pragnęła po prostu jego. Usłyszała, że za nią otwierają się drzwi i poczuła, jak jej osłabione ciało otaczają potężne, silne ramiona. Płakała tak, jakby uchodził z niej cały ból nagromadzony w ciągu kilku ostatnich miesięcy.

– Co jej się stało? Nie spodobało się jej? – usłyszała pełne troski pytanie Declana.

– Daj jej spokój, synku – odparła miękko mama i drzwi ponownie się zamknęły, a Daniel głaskał Holly po włosach i delikatnie kołysał w ramionach.

Wreszcie, wypłakawszy, jak jej się zdawało, wszystkie łzy, odsunęła się od Daniela.

– Przepraszam. – Pociągnęła nosem, ocierając twarz rękawami bluzki.

– Nie musisz za nic przepraszać – odparł. Delikatnie odsunął jej dłoń z twarzy i podał chusteczkę.

Siedziała w milczeniu, usiłując wziąć się w garść.

– Jeśli jesteś wytrącona z równowagi tym dokumentem, to zupełnie niesłusznie – rzekł, siadając naprzeciwko niej na skrzynce ze szklankami.

– Taa, akurat – rzuciła sarkastycznie, ocierając łzy.

– Naprawdę. Uważam, że to było naprawdę zabawne. Wszystkie wyglądałyście, jakbyście się dobrze bawiły.

– Szkoda, że wcale się tak nie czułam – powiedziała ze smutkiem.

– Może się tak nie czułaś, ale kamera nie filmuje uczuć, Holly.

– Nie musisz się wysilać, żebym poczuła się lepiej. – Krępowało ją to, że pociesza ją ktoś z obcy.

– Ja się nie staram, byś się poczuła lepiej, mówię po prostu jak jest. Nikt oprócz ciebie nie zauważył tego, co cię teraz smuci. Ja niczego nie widziałem, więc czemuż inni mieliby się okazać bardziej spostrzegawczy?

Holly poczuła się odrobinkę lepiej.

– Jesteś pewny?

– Jestem pewny – odparł z uśmiechem Daniel. – A teraz naprawdę przestań się ukrywać we wszystkich kolejnych pomieszczeniach w moim klubie. Mogę w końcu wziąć to do siebie – roześmiał się.

– Z dziewczynami wszystko w porządku? – zapytała w nadziei, że to rzeczywiście tylko jej wymysły.

Na zewnątrz rozległ się głośny śmiech.

– Nic im nie jest, co zresztą słychać. – Kiwnął głową w kierunku drzwi. – Ciara jest zachwycona tym, że wszyscy będą uważać ją za gwiazdę, Denise wreszcie wyszła z ubikacji, a Sharon wciąż rechocze. Choć trzeba przyznać, że Jack suszy Abbey głowę za to, że w drodze do domu wymiotowała.

Holly zachichotała.

– Więc widzisz, że nikt nawet nie zauważył tego, co widziałaś ty.

– Dzięki, Daniel. – Wzięła głęboki oddech i uśmiechnęła się.

– Jesteś gotowa, by stanąć twarzą w twarz ze swoją publicznością?

– Chyba tak. – Holly wyszła z magazynu, słysząc śmiech.

Światła były zapalone, a wszyscy siedzieli przy stole i przekrzykiwali się dowcipami i historyjkami. Holly usiadła obok mamy. Ta objęła ramieniem córkę i pocałowała ją w policzek.

– No cóż, uważam, że to było świetne – oświadczył entuzjastycznie Jack. – Gdyby tak Declan wychodził z naszymi dziewczynami za każdym razem, wiedzielibyśmy, jakie z nich ziółka, no nie, John? – Puścił oko do męża Sharon.

– Cóż, mogę was zapewnić – odezwała się Abbey – że to, co zobaczyliście, to nie jest typowy babski wypad.

Chłopcy i tak jej nie uwierzyli.

– Jak, wszystko w porządku? – zapytał Declan siostrę, niespokojny, że ją zdenerwował.

Holly obrzuciła go spojrzeniem.

– Myślałem, że ci się spodoba, Hol.

– Może i by się spodobało, gdybym wcześniej wiedziała, co robisz – warknęła w odpowiedzi.

– Ale chciałem, żeby to była niespodzianka – rzekł szczerze.

– Nie cierpię niespodzianek. – Potarła piekące oczy.

– Niech to będzie dla ciebie lekcją, synu – ostrzegł Frank Declana. – Nie powinieneś filmować ludzi bez ich wiedzy. To wbrew prawu.

– Założę się, że nie wiedziano o tym, kiedy postanowiono dać mu nagrodę – powiedziała Elizabeth.

– Chyba im tego nie powiesz, co, Holly? – zapytał z niepokojem Declan.

– Nie, jeśli przez kilka następnych miesięcy będziesz dla mnie miły – odparła chytrze, okręcając włosy wokół palca.

Declan się skrzywił. Nie miał wyjścia i wiedział o tym.

– No dobra, niech ci będzie – rzekł, machając ręką.

– Prawdę mówiąc, Holly, muszę przyznać, że uznałam to za całkiem zabawne – zachichotała Sharon. – Ty i ta twoja Operacja Złota Kurtyna. – Szturchnęła żartobliwie Denise w nogę.

Denise przewróciła oczami.

– Coś wam wszystkim powiem: od dzisiaj nie piję.

Wszyscy się roześmiali, a Tom ją przytulił.

– No co? – burknęła niewinnie. – Naprawdę tak uważam.

– A skoro już mowa o piciu, czy ktoś ma ochotę? – Daniel wstał z krzesła. – Jack?

– Taa, budweiser, dzięki.

– Abbey?

– Em... poproszę białe wino – odparła grzecznie.

– Frank?

– Guinness, dzięki, Daniel.

– Dla mnie to samo – odezwał się John.

– Sharon?

– Poproszę wódkę z colą. Holly, chcesz to samo?

Holly kiwnęła głową.

– Tom?

– JD z colą, Dan.

– Ja też – rzekł Declan.

– Denise? – Daniel starał się ukryć uśmiech.

– Ja... ja poproszę... gin z tonikiem.

– Ha! – wszyscy parsknęli śmiechem.

– No co? – Wzruszyła ramionami, jakby nic ją to nie obchodziło. – Jeden drink przecież mnie nie zabije ...

Holly stała przy zlewie z rękawami podwiniętymi do łokci i szorowała garnki, kiedy usłyszała znajomy głos.

– Cześć, kochanie.

Podniosła głowę i zobaczyła go w otwartych, prowadzących na taras drzwiach.

– Witaj – uśmiechnęła się.

– Tęsknisz?

– Oczywiście.

– Znalazłaś już sobie tego nowego męża?

– No jasne. Śpi właśnie w łóżku na górze. – Zaśmiała się, wycierając ręce.

Gerry potrząsnął głową i zacmokał.

– Czy mam pójść i udusić go za to, że śpi w naszym łóżku?

– Daj mu jeszcze jakąś godzinkę – zażartowała, spoglądając na zegarek. – Potrzebuje odpoczynku.

Pomyślała, że wygląda na szczęśliwego. Miał pogodną twarz i był wciąż tak samo przystojny. Miał na sobie jej ulubioną niebieską bluzę, którą kupiła mu kiedyś na Gwiazdkę. Patrzył na nią spod długich rzęs tymi swoimi brązowymi oczami szczeniaka.

– Wejdziesz? – zapytała łagodnie.

– Nie, wpadłem tylko zobaczyć, jak się miewasz. Wszystko w porządku? – Oparł się o futrynę drzwi z rękami w kieszeniach.

– Powiedzmy – odparła, podnosząc w górę dłonie. – Mogłoby być lepiej.

– Słyszałem, że teraz jesteś gwiazdą telewizyjną – uśmiechnął się szeroko.

– Wbrew własnej woli.

– Mężczyźni będą padali ci do stóp – zapewnił ją.

– Padać do stóp mogą, tyle że nic z tego nie wyniknie. – Wskazała na siebie. – Tęsknię za tobą, Gerry.

– Ja nie odszedłem daleko – odparł miękko.

– Znów mnie opuszczasz?

– Na jakiś czas.

– To do zobaczenia wkrótce – uśmiechnęła się.

Puścił do niej oko i zniknął.

Holly obudziła się w pogodnym nastroju, czując się tak, jakby spała przez kilka dni z rzędu.

– Dzień dobry, Gerry – rzekła radośnie, spoglądając na sufit.

Zadzwonił telefon.

– Halo?

– O mój Boże, Holly, przeczytaj koniecznie weekendowe gazety – odezwała się z paniką w głosie Sharon.

Rozdział dwudziesty

Holly natychmiast wyskoczyła z łóżka, wciągnęła dres i pojechała do najbliższego sklepu. Podeszła do stojaka z gazetami i zaczęła przerzucać strony w poszukiwaniu tego, czym ekscytowała się Sharon. Mężczyzna za ladą zakaszlał głośno i Holly podniosła na niego wzrok.

– To nie biblioteka, młoda damo. Będzie pani musiała to kupić – oświadczył, wskazując głową na gazetę w jej dłoni.

– Wiem – odparła, poirytowana jego arogancją. Skąd, u licha, można wiedzieć, jaką gazetę chce się kupić, jeśli nie wiadomo nawet, w której jest to, czego się szuka? Holly wzięła więc ze stojaka po jednym egzemplarzu każdego tytułu i położyła je głośno na ladzie, uśmiechając się słodko do sprzedawcy.

Wyglądał na zaskoczonego. Zaczął jeden po drugim skanować kody kreskowe. Za nią utworzyła się już kolejka.

Holly popatrzyła tęsknie na czekoladowe batoniki przy ladzie i obejrzała się, by sprawdzić, czy ktoś na nią patrzy. Patrzyli wszyscy. Szybko odwróciła się do lady. Po chwili jej ręka wysunęła się i chwyciła dwa duże batony, leżące najbliżej, na samym spodzie sterty. Pozostałe jeden po drugim zaczęły się ześlizgiwać na podłogę. Stojący za nią nastolatek prychnął i odwrócił wzrok, a Holly zaczerwieniona ze wstydu ukucnęła i zaczęła je zbierać. Spadło ich tak wiele, że musiała się schylać kilka razy. W sklepie panowała cisza, nie licząc kilku kaszlnięć dochodzących od strony zniecierpliwionej kolejki. Do sterty swych zakupów dorzuciła przebiegle jeszcze trochę słodyczy.

– Dla dzieciaków – rzekła głośno do sprzedawcy w nadziei, że usłyszy to cała kolejka.

Ekspedient coś burknął pod nosem i dalej skanował kody kreskowe. Wtedy Holly przypomniała sobie, że potrzebne jej jest także mleko, wybiegła więc z kolejki na sam koniec sklepu, by wyjąć z lodówki jeden karton. Kilka kobiet zacmokało głośno z niezadowoleniem, kiedy wróciła do lady i do stosu zakupów dodała jeszcze mleko. Sprzedawca przestał skanować kody gazet i wlepił w nią spojrzenie. Odpowiedziała mu tym samym.

– Mark! – zawołał.

Z przejścia pomiędzy regałami wyłonił się pryszczaty nastolatek, trzymający w dłoni metkownicę.

– Co? – zapytał gburowato.

– Otwórz drugą kasę, synu. Tutaj może to trochę potrwać. – Spojrzał na Holly.

Skrzywiła się.

Mark przyczłapał do drugiej kasy, przez cały czas przyglądając się Holly. No co, pomyślała zaczepnie. Nie wiń mnie za to, że musisz wykonywać swoją pracę. Uruchomił kasę i cała kolejka przeniosła się na drugą stronę.

Zadowolona, że nikt już się jej nie przygląda, chwyciła jeszcze dwie paczki chipsów i dodała do zakupów.

– Impreza urodzinowa – mruknęła.

W kolejce obok niej nastolatek cicho poprosił o paczkę papierosów.

– Masz dowód osobisty? – zapytał głośno Mark.

Nastolatek rozejrzał się z czerwoną z zakłopotania twarzą. Holly prychnęła i odwróciła wzrok.

– Coś jeszcze? – zapytał sprzedawca sarkastycznym tonem.

– Nie, dziękuję, to wszystko – odparła przez zaciśnięte zęby. Zapłaciła i przez chwilę szamotała się z portmonetką, by wrzucić do środka resztę.

– Następny. – Sprzedawca kiwnął głową do klienta stojącego za nią.

– Hejka, poproszę paczkę bensonów i...

– Przepraszam – przerwała mu Holly. – Czy mogłabym prosić o torbę? – Przyglądała się sporej, spoczywającej przed nią stercie zakupów.

– Chwileczkę – odparł niegrzecznie. – Najpierw obsłużę tego pana. Słucham, proszę pana, papierosy, tak?

– Poproszę – powiedział klient, patrząc przepraszającym wzrokiem na Holly.

– No dobrze – rzucił sprzedawca, wracając do Holly. – Co mogę pani podać?

– Torbę. – Zacisnęła szczękę.

– Dwadzieścia centów.

Holly westchnęła głośno i sięgnęła do torebki, ponownie szukając w niej portfela. Za nią znowu uformowała się kolejka.

– Mark, usiądź jeszcze raz za kasą, dobra? – rzekł arogancko mężczyzna.

Holly wyjęła z portfela monetę, cisnęła ją na ladę i zaczęła pakować do torby zakupy.

– Następny – powtórzył sprzedawca, patrząc ponad jej ramieniem na kolejnego klienta. Holly poczuła się ponaglona i w panice zaczęła napełniać torbę.

– Zaczekam, aż ta pani skończy – odezwał się uprzejmie klient.

Holly uśmiechnęła się do niego z wdzięcznością i ruszyła do wyjścia. Wychodziła już, mrucząc coś pod nosem, kiedy Mark, chłopak za ladą, głośno zawołał:

– Hej, ja ciebie znam! Jesteś dziewczyną z telewizji!

Odwróciła się ze zdumieniem na pięcie, a wtedy plastikowa rączka przy torbie urwała się pod ciężarem zakupów.

Wszystko wypadło na ziemię, batony, słodycze i chipsy poturlały się w różnych kierunkach.

Życzliwy klient ukłąkł, by pomóc jej pozbierać zakupy, gdy tymczasem pozostali przyglądali się całej scenie z rozbawieniem, zastanawiając się, kim jest ta dziewczyna z telewizji.

– To ty, prawda? – zaśmiał się chłopak.

Holly uśmiechnęła się do niego blado znad podłogi.

– Wiedziałem! – Klasnął z podekscytowaniem w dłonie. – Jesteś super!

Taa, rzeczywiście czuła się super, na kolanach w sklepie, szukając rozrzuconych batoników. Poczerwieniała na twarzy i odkaszlnęła nerwowo.

– Eee... przepraszam, czy mogłabym prosić jeszcze jedną torbę?

– Ale to będzie...

– Proszę bardzo – przerwał mu życzliwy klient, kładąc na ladzie monetę dwudziestocentową.

Sprzedawca przez chwilę wyglądał na zakłopotanego, po czym powrócił do obsługiwania klientów.

– Jestem Rob – rzekł mężczyzna, pomagając Holly zapakować wszystkie słodycze z powrotem do torby. Wyciągnął rękę.

– A ja Holly – odparła, i nieco zakłopotana jego życzliwością, ujęła podaną dłoń. – I jestem czekoladoholiczką.

Roześmiał się.

– Dzięki za pomoc – powiedziała z wdzięcznością, wstając z podłogi.

– Nie ma sprawy. – Przytrzymał jej otwarte drzwi.

Przystojny, pomyślała. Był kilka lat od niej starszy i miał przedziwny kolor oczu, taki szarozielony. Zmrużyła oczy i przyjrzała mu się uważniej.

Mężczyzna zakaszlał.

Holly spiekła raka, uświadomiwszy sobie, że przypatrywała mu się niczym jakaś idiotka. Podeszła do swego auta i położyła wypchaną torbę na tylnym siedzeniu. Rob udał się za nią. Jej serce wykonało małego fikołka.

– Cześć jeszcze raz – uśmiechnął się. – Zastanawiałem się, czy masz może ochotę wyskoczyć na drinka? – Zerknął na zegarek. – Właściwie nieco na to za wcześnie. Co powiesz na kawę?

Był mężczyzną bardzo pewnym siebie. Oparł się swobodnie o maskę samochodu naprzeciwko Holly. Ręce trzymał w kieszeniach dżinsów w taki sposób, że wystawały z nich jedynie kciuki, i przyglądał jej się tymi swoimi dziwnymi oczami. Nie czuła się jednak skrępowana. Ten mężczyzna był po prostu wyluzowany, jakby zapraszanie obcej osoby na kawę było czymś najbardziej naturalnym na świecie. Czy tak właśnie się teraz robiło?

– Eee... – Holly zastanowiła się nad jego zaproszeniem. Cóż złego może się stać, jeśli pójdzie na kawę z mężczyzną, który okazał dla niej tak bardzo uprzejmy? Nie bez znaczenia pozostawał fakt, że był znieważający do szpiku kości. Ale pomijając już nawet wygląd, Holly naprawdę pragnęła towarzystwa, a on wydawał się przyzwoitym facetem, z którym można pogadać. Sharon wyjechała, Denise była w pracy, a Holly nie mogła przecież ciągle jeździć do rodziców, bo mama także miała swoją pracę. Naprawdę dobrze by się stało, gdyby zaczęła poznawać nowych ludzi. Wielu ich wspólnych przyjaciół to byli ludzie, z którymi Gerry pracował, ale odkąd umarł, ci wszyscy „przyjaciele" nie postawili nogi w jej domu. Przynajmniej wiedziała teraz, kto jest jej prawdziwym przyjacielem.

Właśnie miała zamiar przystać na propozycję Roba, kiedy on rzucił spojrzenie na jej dłoń. Spoważniał w jednej chwili.

– Och, przepraszam, nie wiedziałem... – Odsunął się od niej z zakłopotaniem, jakby cierpiała na jakiś rodzaj choroby. – I tak muszę już pędzić. – Uśmiechnął się do niej zdawkowo i odszedł pospiesznie.

Holly patrzyła za nim, wyraźnie skonsternowana. Czy powiedziała coś nie tak? Zbyt długo się zastanawiała? Może złamała jakąś niepisaną zasadę tej nowej gry w poznawanie ludzi? Spojrzała na dłoń, która sprawiła, że Rob umknął: na palcu zalśniła jej obrączka. Westchnęła głośno i potarła ze zmęczeniem twarz.

W tej samej chwili przeszedł obok nastolatek ze sklepu razem z grupą kolegów, w ustach miał papierosa. Parsknął na jej widok.

Po prostu nie dane jej było wygrać.

Zatrzasnęła drzwiczki samochodu i rozejrzała się. Nie była w nastroju na powrót do domu, miała serdecznie dosyć patrzenia na te same ściany każdego dnia i mówienia do siebie. Była dopiero dziesiąta rano, a na dworze było słonecznie i ciepło. Po drugiej stronie ulicy w lokalnej kafejce, Tłustej Łyżeczce, właśnie ustawiano na zewnątrz stoliki i krzesła. Holly zaburczało w brzuchu. Porządne irlandzkie śniadanie było dokładnie tym, czego potrzebowała. Ze schowka w samochodzie wyjęła okulary słoneczne, z torby wyciągnęła gazety i przeszła na drugą stronę.

Pulchna pani przecierała właśnie stoliki. Włosy miała związane ciasno w wielki kok, a jej kwiecistą suknię zakrywał fartuch w biało-czerwoną kratkę. Holly poczuła się tak, jakby znalazła się w wiejskiej kuchni.

– Minęło już trochę czasu, odkąd te stoliki oglądały słoneczko – odezwała się radośnie kobieta, gdy Holly zbliżyła się do kafejki.

– Tak, piękny dzień, prawda? – Obie popatrzyły się na bezchmurne niebieskie niebo.

To zabawne, że ładna pogoda w Irlandii zawsze stanowiła temat rozmów wszystkich ludzi danego dnia. Była to taka rzadkość, że kiedy wreszcie zaświeciło słońce, wszyscy czuli się jak obdarowani.

– Chcesz sobie tutaj usiąść, skarbie?

– Tak. Trzeba wykorzystać taką pogodę. Za godzinę pewnie już będzie po słońcu – powiedziała Holly, siadając na jednym z krzeseł.

– Trzeba myśleć pozytywnie, skarbie. – Kelnerka krzątała się przy Holly. – No dobrze, przyniosę ci menu – rzekła, odwracając się, by odejść.

– Nie, nie trzeba – zawołała za nią Holly. – Wiem, czego chcę. Poproszę irlandzkie śniadanie.

– Nie ma sprawy, skarbie – rzekła kobieta, a jej oczy rozszerzyły się, kiedy ujrzała piętrzący się na stoliku stos gazet. – Planujesz otworzyć własny kiosk? – zachichotała.

Holly popatrzyła na gazety i roześmiała się na widok leżącego na samym wierzchu „Arabskiego Przywódcy". Kupiła po jednym egzemplarzu każdej gazety i nawet nie przyszło jej do głowy, by najpierw sprawdzić, co w ogóle zawierają. Mocno wątpliwe, by w „Arabskim Przywódcy" znalazł się artykuł na temat dokumentu Declana.

– Cóż, jeśli chcesz znać prawdę, skarbie – rzekła kobieta, wycierając sąsiedni stolik – to wszystkim nam oddałabyś wielką przysługę, gdybyś wysadziła tego żałosnego starego dziada z interesu. – Popatrzyła na drugą stronę ulicy na sklepik. Holly się roześmiała, a kobieta podreptała do wnętrza kafejki.

Holly siedziała przez jakiś czas bez ruchu, obserwując toczące się obok niej życie. Uwielbiała wyłapywać strzępki rozmów przechodzących ludzi; mogła w ten sposób podstępnie zaglądać do ich życia. Uwielbiała zgadywać, w jaki sposób ci ludzie zarabiają na życie, dokąd się właśnie spieszą, gdzie mieszkają, czy mają żony lub mężów, a może są samotni... Sharon i Holly kiedyś bardzo często przesiadywały U Bewleya, skąd miały widok na ulicę Grafton i wspólnie obserwowały ludzi. By zająć czas, wymyślały różne scenariusze. Holly ostatnimi czasy czyniła to bardzo często – kolejny dowód na to, że interesowała się życiem innych zamiast się skupić na własnym.

Na przykład scenariusz, który tworzyła w głowie teraz, dotyczył mężczyzny idącego chodnikiem, trzymającego za rękę żonę. Holly uznała, że jest on ukrywającym się gejem, a mężczyzna zmierzający w ich kierunku to jego kochanek. Obserwowała ich twarze, gdy zbliżali się do siebie, zastanawiając się, czy nawiążą kontakt wzrokowy. Poszło znacznie dalej i Holly starała się nie chichotać, gdy cała trójka zatrzymała się tuż przed jej stolikiem.

– Przepraszam, czy mają państwo zegarek? – zapytał kochanek ukrywającego się geja i jego żonę.

– Tak, jest kwadrans po dziesiątej – odparł ukrywający się gej, spoglądając na zegarek.

– Wielkie dzięki – rzekł kochanek, dotykając jego ramienia, po czym poszedł dalej.

Dla Holly było jasne jak słońce, że to sekretny kod dla późniejszej schadzki. Jeszcze przez jakiś czas obserwowała w podobny sposób ludzi, aż wreszcie znudziło ją to i postanowiła dla odmiany pożyć własnym życiem.

Przekartkowała brukowce i jej spojrzenie przyciągnął krótki artykuł na stronie z recenzjami.

Dziewczęta w wielkim mieście –
hitowy wskaźnik oglądalności
Tricia Coleman

Wy wszyscy nieszczęśni ludzie, którzy przegapiliście zeszłej środy szokująco zabawny dokument telewizyjny zatytułowany *Dziewczęta w wielkim mieście*, nie rwijcie z rozpaczy włosów z głowy, gdyż wkrótce znowu pojawi się on na ekranach.

Prześmieszny, kręcony na żywo dokument, wyreżyserowany przez Irlandczyka Declana Kennedy'ego, ukazuje pięć dziewcząt z Dublina i ich zabawowy wieczór w mieście. Odsłaniają przed nami tajemniczy świat gwiazd w modnym klubie Buduar i zapewniają półgodzinną dawkę śmiechu, od którego bolą brzuchy.

Program ten odniósł sukces podczas swojej premierowej emisji na Kanale 4 – najnowsze wskaźniki oglądalności sięgają czterech milionów w Zjednoczonym Królestwie. Dokument zostanie ponownie wyemitowany w niedzielę o godz. 23.00 na Kanale 4. To trzeba koniecznie zobaczyć, więc nie przegapcie!

Podczas czytania artykułu Holly starała się zachować spokój. To była oczywiście doskonała wiadomość dla Declana, ale fatalna dla niej. Już samo wyemitowanie dokumentu było klęską, a powtórka równała się katastrofie. Naprawdę musi z braciszkiem poważnie porozmawiać. Tamtego wieczoru puściła wszystko płazem, ponieważ był tak bardzo podekscytowany, a ona nie chciała urządzać sceny, miała bowiem dość problemów, by się jeszcze i tym zamartwiać.

Przejrzała pozostałe gazety i dowiedziała się wreszcie, o co chodziło Sharon. W każdym brukowcu zamieszczono artykuł na temat dokumentu, a w jednym wydrukowano nawet zdjęcie sprzed kilku lat, przedstawiające Denise, Sharon i Holly. Nie miała pojęcia, w jaki sposób zdołali je zdobyć. Dzięki Bogu, gazety dużego formatu zamieściły kilka prawdziwych informacji, w przeciwnym wypadku zaczęłaby się na poważnie martwić o ten świat. Niezbyt podobało jej się użycie słów: „szalone dziewczyny", „pijane dziewczyny", a w jednej z gazet zdanie, że były „nieźle podszykowane". Co to w ogóle znaczyło?

Zjawiło się wreszcie zamówione śniadanie. Patrzyła ze zdumieniem na góry jedzenia, zastanawiając, jak ma sobie, u licha, z tym wszystkim poradzić.

– To cię troszkę podtuczy, skarbie. Przydałoby ci się trochę mięsa na kościach; jesteś za chuda – rzekła pulchna kelnerka, po czym ponownie podreptała do środka.

Holly z zadowoleniem przyjęła ten komplement.

Na wielkim talerzu piętrzyły się parówki, bekon, jajka, placki ziemniaczane z cebulą, czarny i biały pudding, zapiekana fasolka, smażone ziemniaki, grzyby, pomidory i pięć kromek tostów. Holly rozejrzała się z zakłopotaniem, mając nadzieję, że nikt nie uzna jej za żarłocznego prosiaka. Zobaczyła, że w jej kierunku ponownie zbliża się ten irytujący nastolatek z grupą kolegów, więc chwyciła talerz i weszła do środka. Ostatnio nie miała zbyt wielkiego apetytu, ale wreszcie poczuła się gotowa, by jeść, i nie zamierzała pozwolić jakiemuś głupiemu pryszczatemu nastolatkowi, żeby zepsuł jej śniadanie.

Holly musiała spędzić w Tłustej Łyżeczce znacznie więcej czasu, niż sądziła, bo kiedy dotarła do rodziców, była już prawie druga. Wbrew jej wcześniejszym przewidywaniom, słońce nadal świeciło na bezchmurnym niebie. Popatrzyła na zatłoczoną plażę. Niełatwo było rozróżnić, w którym miejscu kończyło się niebo, a zaczynało morze. Po drugiej stronie ulicy z aut nieustannie wysypywały się grupki ludzi, a w powietrzu unosił się rozkoszny zapach emulsji do opalania. Po trawie przechadzały się grupy nastolatków z przenośnymi odtwarzaczami CD, głośno wygrywającymi najnowsze przeboje. Ten dźwięk i zapach przywołały w jej pamięci wszystkie szczęśliwe wspomnienia z dzieciństwa.

Po raz czwarty zadzwoniła do drzwi, których nadal nikt nie otwierał. Wiedziała, że ktoś musi być w domu, ponieważ okna w sypialni na górze były szeroko otwarte. Rodzice nigdy nie zostawiliby otwartych, gdyby musieli wyjść, zwłaszcza teraz, kiedy w okolicy kręciło się tylu obcych. Przeszła przez trawnik i przycisnęła nos do okna w salonie, by sprawdzić, czy jest tam jakaś oznaka życia. Już miała się poddać i iść na plażę, kiedy usłyszała kłócących się Declana i Ciarę.

– CIARA, OTWÓRZ TE PIEPRZONE DRZWI!

– NIE, MÓWIŁAM, ŻE... JESTEM... ZAJĘTA!

– JA TEŻ!

Holly ponownie przycisnęła dzwonek, po to, by dolać oliwy do ognia.

– DECLAN! – O rety, to dopiero był mrożący krew w żyłach krzyk.

– SAMA OTWÓRZ, TY LENIWA KROWO!

– HA! JA JESTEM LENIWA?

Holly wyjęła komórkę i zadzwoniła do domu.

– CIARA, ODBIERZ TELEFON!

– NIE!

– Och, na miłość boską – syknęła głośno Holly i się rozłączyła. Wybrała numer komórki Declana.

– Taa?

– Declan, otwórz natychmiast te cholernie pieprzone drzwi albo je wyważę – warknęła do telefonu.

– Sorki, Holly, myślałem, że Ciara już je otworzyła – skłamał.

Stanął w progu, ubrany tylko w bokserki. Holly wparowała do środka.

– Jezu Chryste! Mam nadzieję, że nie zachowujecie się tak za każdym razem, kiedy ktoś dzwoni do drzwi.

Wzruszył ramionami.

– Mamy i taty nie ma – oświadczył leniwie i skierował się ku schodom.

– Hej, co ty robisz?

– Wracam do łóżka.

– A właśnie że nie – odparła spokojnie Holly. – Usiądziesz tu teraz ze mną – poklepała sofę – i utniemy sobie miłą pogawędkę na temat *Dziewcząt w wielkim mieście*.

– Nie – jęknął Declan. – Musimy to robić teraz? Jestem naprawdę, ale to naprawdę zmęczony. – Potarł oczy.

Ale Holly była bezlitosna.

– Declan, jest druga po południu, jak możesz być tak zmęczony?

– Ponieważ wróciłem do domu ledwo kilka godzin temu – odparł, puszczając do niej oko.

Teraz Holly nie miała dla niego ani odrobiny współczucia; była po prostu zazdrosna.

– Siadaj! – rozkazała.

Ponownie jęknął i przywlókł swoje wymęczone ciało na sofę, na którą opadł i wyciągnął się tak, że dla Holly nie zostało już miejsca. Przewróciła oczami i przysunęła sobie fotel ojca.

– Czuję się tak, jakbym był u psychoanalityka – zaśmiał się, krzyżując ramiona za głową.

– Słusznie, bo mam zamiar porządnie cię przepytać.

Declan westchnął głośno.

– Och, Holly, musimy? Rozmawialiśmy już o tym.

– Czy naprawdę myślałeś, że to wszystko, co mam na ten temat do powiedzenia? „Och, przykro mi, Declan, ale nie podobał mi się sposób, w jaki publicznie upokorzyłeś mnie i moje przyjaciółki. Do zobaczenia za tydzień"?

– Jasne, że nie.

– Daj spokój, Declan – rzekła nieco łagodniejszym tonem. – Chciałabym po prostu zrozumieć, dlaczego uznałeś, że doskonałym pomysłem będzie nie mówić mi, że filmujesz mnie i moje przyjaciółki?

– Wiedziałaś, że to robię – odparł buńczucznie.

– Na potrzeby dokumentu o życiu klubowym! – prychnęła ze złością.

– No i to było o życiu klubowym – roześmiał się.

– Myślisz, że jesteś tak cholernie sprytny – warknęła, aż przestał się śmiać.

Policzyła do dziesięciu i oddychała powoli, by stłumić wściekłość.

– Daj spokój, Declan – odezwała się cicho. – Nie sądzisz, że teraz przechodzę wystarczająco trudny okres, żeby jeszcze i tym się martwić? Nawet mnie nie zapytałeś? Za skarby świata nie jestem w stanie zrozumieć, dlaczego to zrobiłeś!

Declan usiadł i dla odmiany spoważniał.

– Wiem, Holly, wiem, że przechodzisz piekło, ale pomyślałem sobie, że to cię rozweseli. Nie skłamałem, kiedy powiedziałem, że mam zamiar filmować klub, bo takie właśnie miałem wtedy plany. Ale kiedy przyniosłem taśmę do college'u i wziąłem się do montażu, wszyscy uznali to za tak niesamowicie zabawne, że nie mogłem nie pokazać tego innym.

– Ale pokazałeś to w telewizji, Declan.

– Nie wiedziałem, że taka jest główna nagroda, naprawdę – zapewniał ją żarliwie. – Nikt tego nie wiedział, nawet moi wykładowcy! Uwierz mi. Jak mogłem się nie zgodzić, kiedy wygrałem?

Holly poddała się i przeczesała palcami włosy.

– Naprawdę myślałem, że ci się spodoba – uśmiechnął się. – Zapytałem Ciarę i nawet ona tak powiedziała. Przepraszam, że cię zdenerwowałem – mruknął.

Kiwała głową, słuchając jego wyjaśnień. Uświadomiła sobie, że naprawdę miał dobre zamiary, choć wyraźnie chybione. Nagle zesztywniała. Co on takiego właśnie powiedział?

– Declan, czy ty przed chwilą powiedziałeś, że Ciara wiedziała o taśmie?

Brat zamarł i usiłował wykombinować, jak wybrnąć z sytuacji, w którą sam się wpakował. Kiedy nic nie przyszło mu do głowy, położył się z powrotem na sofie i przykrył głowę poduszką, wiedząc, że właśnie rozpętał trzecią wojnę światową.

– Och, Holly, nie mów jej niczego. Ona mnie zamorduje! – dobiegła spod poduszki jego zduszona odpowiedź.

Holly zerwała się z fotela i pobiegła na górę, głośno tupiąc, by pokazać Ciarze, że jest naprawdę zła. Przez cały czas wykrzykiwała groźby pod adresem siostry. Zaczęła walić do drzwi jej sypialni.

– Nie wchodź! – wrzasnęła ze środka Ciara.

– Jesteś w tarapatach, Ciaro! – odkrzyknęła Holly. Wpadła do środka, robiąc najbardziej przerażającą minę, na jaką było ją stać.

– Mówiłam, żebyś nie wchodziła! – burknęła Ciara.

Holly już miała zacząć wykrzykiwać pod adresem siostry najprzeróżniejsze obelgi, ale powstrzymała się, kiedy ujrzała, że Ciara siedzi na podłodze i trzyma na kolanach coś, co wygląda na album ze zdjęciami, a po jej policzkach spływają łzy.

Rozdział dwudziesty pierwszy

– Och, Ciaro, co się stało? – zapytała miękko Holly.

Była zaniepokojona; nie pamiętała, kiedy ostatni raz widziała płaczącą siostrę. W gruncie rzeczy nie wiedziała nawet, że Ciara w ogóle umie płakać. Bez względu na to, co doprowadziło ją do łez, musiało to być coś poważnego.

– Nic się nie stało – odparła Ciara, zatrzaskując album i wsuwając go pod łóżko. Wyglądała na zmieszaną, że ktoś przyłapał ją na płaczu i szorstkim ruchem wytarła twarz, starając się, by wyglądało to niedbale.

Leżący na sofie Declan wystawił głowę spod poduszki. Na górze panowała dziwna cisza; miał nadzieję, że siostry nie zrobią nic głupiego. Wszedł na palcach na górę i przyłożył ucho do drzwi.

– Coś jednak jest nie tak – rzekła Holly, przechodząc przez pokój i siadając na podłodze obok siostry. Nie wiedziała, jak się zachować. To było dokładne odwrócenie ról; odkąd były dziećmi, to zawsze Holly płakała, a Ciara była tą silną.

– Nic mi nie jest – warknęła Ciara.

– Okej. – Holly rozejrzała się po pokoju. – Ale jeśli jest coś, co cię dręczy i nie daje spokoju, wiesz, że możesz ze mną porozmawiać, prawda?

Ciara kiwnęła głową, nie patrząc na nią. Holly zamierzała wyjść i pozostawić siostrę w spokoju, kiedy nagle Ciara ponownie wybuchnęła płaczem. Usiadła więc, objęła siostrę ramionami i zaczęła głaskać ją po jedwabistych, różowych włosach.

– Chcesz mi powiedzieć, co się stało? – zapytała łagodnie.

Ciara wybulgotała niewyraźnie jakąś odpowiedź i wyciągnęła spod łóżka album ze zdjęciami. Otworzyła go trzęsącymi się dłońmi i przerzuciła kilka kartek.

– On – rzekła, wskazując na zdjęcie przedstawiające ją i jakiegoś chłopaka, którego Holly nie znała. Prawdę powiedziawszy, ledwie też rozpoznała siostrę. Wyglądała jakoś inaczej i znacznie młodziej. Zdjęcie zostało zrobione pięknego słonecznego dnia na statku, z którego rozciągał się widok na Operę w Sydney. Rozpromieniona Ciara siedziała na kolanie chłopaka i obejmowała go za szyję, a on wpatrywał się z nią, uśmiechając się przy tym szeroko. Holly nie mogła się nadziwić, jak ładnie wyglądała jej siostra. Włosy miała pomalowane na blond, tego koloru Holly jeszcze u niej nie widziała, i uśmiechała się od ucha do ucha. Jej rysy wydawały się znacznie łagodniejsze – wreszcie nie wyglądała tak, jakby miała zamiar zaraz odgryźć komuś głowę.

– Czy to jest twój chłopak? – zapytała miękko Holly.

– Był – pociągnęła nosem Ciara, a na kartce wylądowała łza.

– Czy dlatego właśnie wróciłaś do domu? – Holly otarła łzy z policzka siostry.

Ciara kiwnęła głową.

– Chcesz mi powiedzieć, co się stało?

Ciara głęboko odetchnęła.

– Pokłóciliśmy się.

– Czy on... – Holly starannie dobierała słowa. – On cię nie skrzywdził ani nic takiego, prawda?

Ciara potrząsnęła głową.

– Nie – wyrzuciła z siebie. – Pokłóciliśmy się o coś naprawdę głupiego i ja powiedziałam, że wyjeżdżam, a on na to, że bardzo dobrze... – urwała i znów zaczęła szlochać.

Holly trzymała ją w ramionach i czekała, aż Ciara będzie gotowa, by dalej mówić.

– Nie zjawił się nawet na lotnisku, żeby się ze mną pożegnać.

Holly głaskała uspokajająco plecy Ciary, jakby siostra była dzieckiem, które właśnie wypiło butelkę mleka. Miała nadzieję, że Ciara na nią nie zwymiotuje.

– Zadzwonił do ciebie od tamtej pory?

– Nie, a jestem w domu już od dwóch miesięcy – jęknęła.

Popatrzyła na starszą siostrę oczami tak pełnymi smutku, że Holly także zachciało się płakać. Znielubiła od razu tego chłopaka za to, że tak bardzo ranił jej siostrę. Uśmiechnęła się do Ciary pokrzepiająco.

– Nie sądzisz wobec tego, że może nie jest to facet dla ciebie?

Ciara znowu zaczęła płakać.

– Ale ja kocham Mathew, Holly, a to była jedynie głupia sprzeczka. Zarezerwowałam lot tylko dlatego, że byłam wściekła. Nie sądziłam, że pozwoli mi odejść... – Przez długą chwilę wpatrywała się w fotografię.

Okna pokoju były szeroko otwarte i Holly przysłuchiwała się dobiegającym z plaży odgłosom fal i śmiechu. Dzieliła ten pokój z Ciarą, kiedy dorastały, i teraz ogarnęło ją dziwne uczucie spokoju, gdy czuła te same zapachy i słyszała znajome dźwięki.

Ciara powoli się uspokajała.

– Przepraszam, Hol.

– Nie musisz mnie za nic przepraszać – odparła, ściskając jej dłoń. – Powinnaś mi była o tym powiedzieć, kiedy wróciłaś do domu, zamiast dusić wszystko w sobie.

– Ale to naprawdę błahostka w porównaniu z tym, co przytrafiło się tobie. Głupio się czułam, że płaczę z takiego powodu. – Otarła łzy, zła na samą siebie.

– Ciaro, przecież to jest coś bardzo ważnego. Strata kogoś, kogo kochasz, zawsze jest trudna, bez względu na to, czy ten ktoś żyje, czy... – Nie była w stanie dokończyć. – Oczywiście, że możesz mi mówić o wszystkim.

– Chodzi o to, że jesteś taka odważna, Holly. Nie mam pojęcia, jak to robisz. A ja płaczę z powodu jakiegoś głupiego chłopaka, z którym chodziłam tylko przez kilka miesięcy.

– Ja? Odważna? – zaśmiała się Holly. – Chciałabym.

– Właśnie, że jesteś – upierała się Ciara. – Każdy tak mówi. Jesteś taka silna. Gdybym ja znalazła się na twoim miejscu, leżałabym teraz gdzieś w rowie.

– Nie poddawaj mi pomysłów, Ciaro – uśmiechnęła się do niej Holly, zastanawiając się, kto, u licha, nazwał ją odważną.

– Ale z tobą wszystko w porządku, prawda? – zapytała Ciara, przyglądając się z niepokojem jej twarzy.

Holly popatrzyła na swoje dłonie i zaczęła przesuwać na palcu obrączkę. Przez chwilę zastanawiała się nad tym pytaniem siostry. Obie dziewczyny zatopiły się we własnych myślach. Ciara, teraz już spokojna, siedziała obok, cierpliwie czekając na odpowiedź siostry.

– Czy wszystko w porządku? – Holly powtórzyła pytanie. Popatrzyła na kolekcję maskotek i lalek, na których wyrzucenie rodzice uparcie nie wyrażali zgody. – Co ci powiedzieć... – Holly nadal przesuwała po palcu obrączkę. – Jestem samotna, zmęczona, smutna, jestem zadowolona, mam szczęście, mam pecha; mogę siebie opisać wszystkimi tymi słowami każdego dnia tygodnia. No i pewnie mogę też powiedzieć, że wszystko w porządku. – Popatrzyła na siostrę i uśmiechnęła się ze smutkiem.

– I jesteś dzielna – zapewniła ją Ciara. – I spokojna, i wszystko masz pod kontrolą. I jesteś zorganizowana.

Holly powoli potrząsnęła głową.

– Nie, Ciaro, nie jestem dzielna. To ty jesteś dzielna. Zawsze byłaś. A jeśli chodzi o kontrolę nad wszystkim, to nie wiem, co będę robić następnego dnia.

Ciara zmarszczyła czoło i potrząsnęła energicznie głową.

– Nie, ja wcale nie jestem dzielna.

– Ależ jesteś – upierała się Holly. – Te wszystkie rzeczy, które robisz, jak na przykład skakanie z samolotów i uprawianie snowboardu na klifach... – urwała, próbując przypomnieć sobie inne szalone rzeczy, jakie wyprawiała jej siostra.

Ciara potrząsnęła głową.

– O nie, moja kochana siostro. To nie jest odwaga, lecz głupota. Każdy może skoczyć na linie z mostu. Ty też byś to potrafiła. – Ciara dała jej kuksańca w bok.

Oczy Holly rozszerzyły się z przerażenia na samą myśl o czymś takim. Potrząsnęła głową.

Głos Ciary złagodniał.

– Och, zrobiłabyś to, gdybyś musiała, Holly. Uwierz mi, nie ma w tym nic nadzwyczajnego.

Holly popatrzyła na siostrę i odpowiedziała podobnym tonem:

– Tak, a gdyby twój mąż umarł, poradziłabyś sobie z tym, gdybyś musiała. Nie ma w tym nic nadzwyczajnego. Nie ma się żadnego wyboru.

Ciara i Holly patrzyły na siebie, świadome, że oto bardzo się do siebie zbliżają.

Pierwsza odezwała się Ciara:

– No cóż, wygląda na to, że ty i ja jesteśmy do siebie bardziej podobne, niż wcześniej sądziłyśmy. – Uśmiechnęła się do siostry, a Holly objęła jej drobne ciało i mocno przytuliła.

– Coś takiego!

Holly pomyślała, że z tymi wielkimi niewinnymi niebieskimi oczami siostra wygląda jak mała dziewczynka. Poczuła się tak, jakby obie znowu były dziećmi, gdy tak siedziały na podłodze, gdzie zawsze w dzieciństwie się bawiły, i gdzie wymieniały się plotkami jako nastolatki.

Przez chwilę siedziały w milczeniu, wsłuchane w dochodzące z zewnątrz dźwięki.

– Czy zamierzałaś mnie za coś zbesztać? – zapytała Ciara dziecięcym głosikiem.

Holly musiała się roześmiać na to jawne wykorzystywanie sytuacji.

– Nie, nie przejmuj się, nic się nie stało – odparła, patrząc na błękitne niebo.

Czatujący za drzwiami Declan otarł pot z czoła i odetchnął z ulgą; był bezpieczny. Przemknął na palcach do swojego pokoju i wskoczył do łóżka. Kimkolwiek był ten cały Mathew, Declan był mu winien przysługę. Odezwał się jego telefon, sygnalizując nadejście wiadomości. Zmarszczył czoło, czytając tekst. Kim u diabła była Suzanne? Po chwili na jego twarzy pojawił się szeroki uśmiech, gdy przypomniał sobie zeszłą noc.

Rozdział dwudziesty drugi

Była ósma, kiedy Holly zaparkowała samochód na podjeździe przed swoim domem. Nadal było widno. Uśmiechnęła się; kiedy było pogodnie, świat nie wydawał się tak przygnębiający. Popołudnie spędziła z Ciarą, rozmawiały o jej przygodach w Australii. W przeciągu kilku godzin Ciara przynajmniej dwadzieścia razy zmieniała zdanie co do tego, czy powinna, czy też nie powinna zadzwonić do Mathew. Kiedy Holly wychodziła, Ciara stanowczo powtarzała, że już nigdy się do niego nie odezwie, co prawdopodobnie znaczyło, że do tej pory zdążyła już do niego zadzwonić.

Holly szła ścieżką prowadzącą do frontowych drzwi i z ciekawością przyglądała się ogrodowi. Czy to tylko jej wyobraźnia, czy też rzeczywiście panował w nim nieco większy porządek? Nadal wyglądał jak siedem nieszczęść, zachwaszczony, z przerośniętymi krzewami, ale coś sprawiało, że wydawał się inny.

Rozległ się dźwięk kosiarki i Holly się odwróciła. Dojrzała pracującego w swoim ogrodzie sąsiada. Pomachała, by mu podziękować, a on w odpowiedzi także uniósł rękę.

Praca w ogrodzie od zawsze należała do obowiązków Gerry'ego. Nie zajmował się tym ze szczególną ochotą, ale ochota Holly była wybitnie mała, a ktoś musiał wykonywać brudną robotę. Uzgodnili między sobą, że nie ma takiej możliwości, by Holly marnowała swój wolny dzień na grzebanie się w ziemi. W efekcie ich ogród stanowił jedynie nieduży trawnik otoczony kwiatami i kilkoma krzewami. Gerry niewiele wiedział na temat ogrodnictwa, dlatego też często sadził kwiaty o złej porze roku albo w niewłaściwym miejscu, tak że kończyło się to ich śmiercią. Teraz ogród wyglądał po prostu jak zarośnięta łąka. Kiedy umarł Gerry, ogród umarł razem z nim.

Coś przypomniało jej o znajdującej się w domu orchidei. Wbiegła do środka, napełniła dzbanek wodą i podlała roślinę, która wyglądała na bardzo spragnioną. Nie prezentowała się zbyt zdrowo i Holly obiecała sobie, że nie pozwoli jej zmarnieć. Wrzuciła do mikrofalówki kurczaka curry i usiadła przy stole. Z ulicy dochodziły odgłosy bawiących się radośnie dzieci. Holly od dzieciństwa lubiła, gdy wieczorami było długo widno; to oznaczało, że mama i tata pozwalali jej dłużej się bawić na dworze, co z kolei oznaczało, że do łóżka kładła się później niż zwykle, a coś takiego zawsze stanowiło przyjemną odmianę. Holly przeanalizowała w myślach dzisiejszy dzień i uznała, że było nieźle, z wyjątkiem jednego incydentu...

Popatrzyła na swoją obrączkę i natychmiast poczuła się winna. Kiedy Rob pożegnał się z nią, Holly poczuła się okropnie. Obrzucił ją takim spojrzeniem, jakby ona zachęcała go do romansu, gdy tymczasem była to ostatnia rzecz pod słońcem, na jaką miała ochotę. Czuła się winna z tego powodu, że w ogóle zastanawiała się nad przyjęciem jego zaproszenia na kawę.

Gdyby Holly opuściła męża, bo nie mogła z nim dłużej wytrzymać, wydałoby się jej normalne, że po jakimś czasie byłaby gotowa, by spodobał się ktoś inny. Ale jej mąż zmarł, kiedy oboje byli jeszcze w sobie bardzo zakochani, i nie potrafiła, ot tak, odkochać się tylko dlatego, że już go nie było. Nadal czuła się mężatką i pójście dzisiaj na kawę wyglądałoby tak, jakby zdradzała Gerry'ego. Na myśl o tym zrobiło jej się niedobrze. Jej serce, dusza i umysł wciąż należały do niego.

Obróciła obrączkę na palcu, zatopiona w myślach. Na jakim etapie powinna przestać nosić obrączkę? Gerry nie żył od prawie sześciu miesięcy. Gdzie można znaleźć regulamin dla wdów, który wyjaśniałby, kiedy powinno się zdjąć obrączkę? A gdyby już ją zdjęła, to gdzie ma ją przechowywać? Wyrzucić do kosza? Położyć obok łóżka, tak by każdego dnia przypominała jej o mężu? Przekręcała obrączkę i zadręczała się kolejnymi pytaniami. Nie, nie była jeszcze gotowa na to, by zrezygnować z Gerry'ego. Jeśli chodzi o nią, to on nadal żył.

Zabrzęczała mikrofalówka. Wyjęła jedzenie i wyrzuciła je prosto do kosza. Nagle zupełnie straciła apetyt.

Później tego wieczoru zadzwoniła rozgorączkowana Denise.

– Włącz Dublin FM, szybko!

Holly podbiegła do radia i włączyła je.

– Nazywam się Tom O'Connor, a wy słuchacie radia Dublin FM. Jeśli właśnie zaczęliście nas słuchać, to wiedzcie, że rozmawiamy o bramkarzach. W świetle tych wszystkich wysiłków, jakie włożyły dziewczyny z *Dziewcząt w wielkim mieście*, by dostać się do Buduaru, chcemy wiedzieć, jakie są wasze opinie na temat bramkarzy. Czy ich lubicie? A może nie? Czy rozumiecie, dlaczego są tacy, jacy są? Czy zgadzacie się z tym? A może są zbyt surowi? Numer, pod który możecie dzwonić, to...

Holly ponownie wzięła do ręki słuchawkę, zapomniawszy na chwilę, że na drugim końcu linii nadal jest Denise.

– No i? – zapytała Denise, chichocząc.

– Co my u diabła rozpętałyśmy, Denise?

– Wiem! – Było oczywiste, że upaja się każdą chwilą. – Widziałaś dzisiejsze gazety?

– Taa, to naprawdę trochę idiotyczne. Przyznaję, że to był dobry dokument, ale to, co wypisują, jest po prostu głupie.

– Och, kochanie, mnie się podoba! A jeszcze bardziej dlatego, że tam występuję!

– Jestem przekonana, że tak właśnie jest – roześmiała się Holly.

Obie przez chwilę milczały, słuchając radia. Jakiś facet wymyślał na bramkarzy, a Tom próbował go uspokoić.

– Och, posłuchaj tylko mojego skarba – rzekła Denise. – Czyż jego głos nie jest seksowny?

– Eee... noo – mruknęła Holly. – Zakładam, że wy dwoje nadal jesteście razem?

– Oczywiście. – Wydawała się oburzona tym pytaniem. – A dlaczego miałoby być inaczej?

– Cóż, to już trochę trwa, Denise, to wszystko – próbowała pospiesznie wytłumaczyć się, tak by nie ranić uczuć przyjaciółki. – A ty zawsze mówiłaś, że nie mogłabyś być z facetem dłużej niż przez miesiąc, ponieważ nie cierpisz być przywiązana do jednej osoby.

– Zgoda, mówiłam, że nie mogłabym być z facetem przez okres dłuższy niż miesiąc, ale nigdy nie powiedziałam, że tego nie zrobię. Tom jest inny, Holly – dodała lekko chropawym głosem.

Holly ze zdumieniem usłyszała te słowa z ust Denise, dziewczyny, która do końca życia pragnęła pozostać singlem.

– Doprawdy, a cóż w Tomie jest takiego innego? – Wcisnęła słuchawkę między ucho a ramię i usiadła na krześle, przyglądając się swym paznokciom.

– Chodzi o to, że łączy nas prawdziwa więź. To tak, jakby był moją bratnią duszą. Jest taki troskliwy, zawsze zaskakuje mnie drobnymi prezentami, zaprasza na kolacje i rozpieszcza. Przez cały czas potrafi mnie rozśmieszyć, po prostu uwielbiam przebywać w jego towarzystwie. Nie znudził mi się, tak jak wszyscy inni faceci. No, a poza tym jest przystojny.

Holly zdusiła ziewnięcie. Denise miała w zwyczaju mówić to po pierwszym tygodniu umawiania się z każdym nowym chłopakiem, a potem szybko zmieniała zdanie. Ale może tym razem naprawdę tak sądziła; bądź co bądź, byli razem już od kilku tygodni.

– Cieszę się razem z tobą – rzekła szczerze.

Obie zaczęły słuchać wypowiadającego się w radiu bramkarza.

– Po pierwsze, chciałbym powiedzieć, że w ciągu ostatnich kilku dni już sam nie wiem, ile księżniczek i dam dworu stało w kolejce do naszych drzwi. Odkąd wyemitowano ten cholerny program, ludzie myślą, że ich wpuścimy, jeśli należą do rodziny królewskiej! A ja chcę powiedzieć: dziewczyny, po raz drugi to się nie uda, więc dajcie sobie spokój!

Tom nie mógł powstrzymać się od śmiechu. Holly wyłączyła radio.

– Denise – oświadczyła poważnie. – Ten świat oszalał.

Następnego ranka Holly zwlokła się z łóżka i udała na przechadzkę do parku. Musi zacząć uprawiać jakiś sport, zanim się zamieni w kompletną kluchę. Musi też zacząć poważnie myśleć o znalezieniu pracy. Wszędzie, gdzie była, próbowała sobie wyobrazić siebie jako pracownicę w danym otoczeniu. Zdecydowanie wykluczyła sklepy z odzieżą (odstraszyła ją możliwość posiadania szefowej takiej jak Denise), restauracje, hotele, puby, z całą pewnością nie chciała też znowu pracować od dziewiątej do piątej w jakimś biurze, co nie pozostawiało... niczego. Holly uznała, że chciałaby być jak ta kobieta w filmie, który oglądała wczoraj wieczorem; chciała pracować w FBI, rozwiązywać zagadki kryminalne i przesłuchiwać ludzi, a wreszcie zakochać się w swoim partnerze, którego nie cierpiała, kiedy rozpoczynali współpracę. Jednak biorąc pod uwagę to, że ani nie mieszkała w Ameryce, ani nie miała za sobą żadnego przeszkolenia policyjnego, niewielkie były szanse na realizację tego akurat scenariusza. A może powinna przyłączyć się do trupy cyrkowej...

Usiadła w parku na ławce naprzeciwko placu zabaw i przysłuchiwała się radosnym okrzykom dzieci. Żałowała, że nie może tam pójść i bawić się na zjeżdżalni i huśtawce, zamiast siedzieć tutaj i tylko się przyglądać. Dlaczego ludzie musieli dorastać? Holly uświadomiła sobie, że przez cały weekend marzyła o powrocie do lat dzieciństwa.

Pragnęła, by ktoś się nią opiekował, mówił, że o nic nie musi się martwić i że on wszystkim się zajmie. Jakie proste byłoby wtedy życie. A potem mogłaby ponownie dorosnąć i znowu poznać Gerry'ego i zmusić go do pójścia do lekarza wiele miesięcy wcześniej, a potem siedziałaby sobie razem z nim tutaj na ławce i przyglądaliby się zabawie ich dzieci. Co by było, gdyby, co by było, gdyby...

Pomyślała o uszczypliwej uwadze Richarda, że ona przynajmniej nie musi przejmować się tym całym ambarasem z dziećmi. Poczuła irytację na samą myśl o tej rozmowie. Tak bardzo żałowała, że nie musi się teraz martwić tym całym ambarasem z dziećmi. Tak bardzo pragnęła, by wokół placu zabaw biegał mały Gerry, na którego by krzyczała, żeby uważał, i wykonywałaby te wszystkie mamusiowate czynności, jak wycieranie chusteczką pulchnej, brudnej buźki.

Holly i Gerry o dzieciach zaczęli rozmawiać zaledwie kilka miesięcy przed diagnozą o chorobie. Byli tym niesłychanie podekscytowani i często całymi godzinami leżeli w łóżku, wymyślając imiona i tworząc różne scenariusze, jak to będzie, gdy zostaną rodzicami. Holly uśmiechnęła się na myśl o Gerrym jako ojcu. Byłby naprawdę świetny. Wyobrażała go sobie, jak siedzi cierpliwie przy stole w kuchni i pomaga dzieciakom w odrabianiu pracy domowej. Wyobrażała sobie, jak bardzo byłby nadopiekuńczy, gdyby jego córka przyprowadziła do domu jakiegoś chłopca. Wyobrażała sobie, co by było, gdyby, co by było, gdyby...

Ale musi wreszcie przestać przeżywać swoje życie w wyobraźni i przywoływać wspomnienia. To droga donikąd.

A to co? Holly dostrzegła, że plac zabaw opuszcza Richard w towarzystwie Emily i Timmy'ego. Wygląda na bardzo wyluzowanego, pomyślała, obserwując ze zdumieniem, jak goni dzieci po parku. Sprawiali wrażenie, że świetnie się bawią, co nie było częstym widokiem. Holly wstała z ławki i przywdziała dodatkową warstwę ochronną, przygotowując się do rozmowy.

– Witaj, Holly! – zawołał radośnie Richard, dostrzegłszy ją, i ruszył na spotkanie po trawniku.

– Cześć! – odpowiedziała Holly, witając się z dzieciakami, które podbiegły, by ją uściskać. Miła odmiana. – Jesteście daleko od domu – rzekła do Richarda. – Co was przywiodło aż tutaj?

– Przywiozłem dzieciaki, by odwiedziły dziadków, prawda? – odparł, mierzwiąc włosy Timmy'ego.

– I byliśmy w McDonaldzie – dodał z podekscytowaniem Timmy, a Emily przytaknęła radośnie.

– Och, pycha! – zawołała Holly, oblizując wargi. – Szczęściarze z was. Macie naprawdę najlepszego tatusia, prawda? Richard wyglądał na zadowolonego.

– Niezdrowe jedzenie? – zapytała Holly brata.

– Ach – machnął z lekceważeniem ręką i usiadł obok niej. – Wszystko z umiarem, nieprawdaż, Emily?

Pięcioletnia Emily skinęła z powagą głową, jakby doskonale rozumiała słowa ojca. Jej wielkie zielone oczy były szeroko otwarte i niewinne, a gdy kiwała głową, rude sprężynki włosów aż podskakiwały. Była równie dziwaczna jak jej matka i Holly musiała odwrócić wzrok. Następnie ogarnęły ją wyrzuty sumienia, więc spojrzała na nią ponownie i uśmiechnęła się... i znowu musiała odwrócić wzrok. W tych oczach i włosach było coś, co ją przerażało.

– Jasne, jeden posiłek w McDonaldzie przecież ich nie zabije – zgodziła się z bratem.

Timmy chwycił się za gardło i udawał, że się dusi. Zrobił się czerwony na twarzy, wydawał odgłosy krztuszenia się i przewrócił się na trawę, po czym znieruchomiał. Richard i Holly parsknęli śmiechem. Emily wyglądała, jakby się zaraz miała rozpłakać.

– O rety – zażartował Richard. – Wygląda na to, że nie mieliśmy racji, Holly. McDonald's rzeczywiście zabił Timmy'ego.

Holly spojrzała ze zdumieniem na brata, który nazwał syna Timmym, ale powstrzymała się od komentarza. Nie miała wątpliwości, że było to zwykłe przejęzyczenie.

Richard wstał i przerzucił sobie Timmy'ego przez ramię.

– No cóż, lepiej pójdziemy go teraz pochować i urządzić pogrzeb.

Timmy nie wytrzymał i parsknął śmiechem, zwisając głową w dół z ramienia taty.

– Och, on żyje! – zaśmiał się Richard.

– Nie, nie żyję! – zachichotał Timmy.

Holly przyglądała się z rozbawieniem tej rozgrywającej się przed jej oczami rodzinnej scenie. Już dawno nie była świadkiem czegoś takiego. Żadna z jej przyjaciółek nie miała dzieci i Holly rzadko przebywała w towarzystwie maluchów. Z całą pewnością coś z nią było nie tak, skoro zaczynała czuć sympatię do dzieci Richarda. A marzenie o dziecku nie jest najrozsądniejszym pomysłem, gdy w jej życiu zabrakło mężczyzny.

– No dobra, będziemy zmykać – powiedział Richard. – Pa, Holly!

– Pa, Holly! – zawołały dzieci, a ona przyglądała się, jak Richard odchodzi z Timmym przerzuconym przez prawe ramię. Mała Emily podskakiwała i tańczyła wokół niego, jednocześnie trzymając go za rękę.

Z rozbawieniem przypatrywała się mężczyźnie, oddalającemu się z dwójką dzieci. Kim był ten człowiek, który twierdził, że jest jej bratem? Holly z całą pewnością nigdy wcześniej go nie spotkała.

Rozdział dwudziesty trzeci

Barbara skończyła obsługiwać klientów i gdy tylko wyszli, pobiegła na zaplecze i zapaliła papierosa. Biuro podróży, w którym pracowała, przeżywało dziś prawdziwy najazd klientów, których musiała obsługiwać także w trakcie przerwy na lunch. Melissa, jej koleżanka, zadzwoniła rano, że jest chora, choć Barbara doskonale wiedziała, że poprzedniej nocy ostro balowała, i że choroba, jeśli rzeczywiście ją dotknęła, jest wyłącznie jej winą. Tak więc dzisiaj tkwiła sama w tej nudnej pracy. No i oczywiście dzień ten okazał się najbardziej pracowity od niepamiętnych czasów. Gdy tylko nastawał listopad z tymi koszmarnie przygnębiającymi ciemnymi wieczorami i ciemnymi porankami, przeszywającym wiatrem i strugami deszczu... wszyscy przybiegali, by zarezerwować wakacje w pięknych, gorących, słonecznych krajach. Barbara wzdrygnęła się, gdy wiatr zabrzęczał szybami w oknach i nakazała sobie w myślach jak najszybciej sprawdzić aktualne promocje.

Jej szef wreszcie wyszedł, by pozałatwiać na mieście jakieś sprawy, a ona najszybciej, jak się dało, pomknęła do pomieszczenia dla personelu, by sobie zapalić. Rozległ się dzwonek nad drzwiami, więc w duchu przeklęła klienta, który przyszedł po to, by zakłócić jej cenną przerwę. Zgasiła ze złością papierosa, przejechała czerwoną szminką po ustach, upewniła się, że ma przypiętą plakietkę z nazwiskiem i spryskała pomieszczenie perfumami, by szef nie poczuł dymu. Wyszła, spodziewając się, że klient będzie już siedział za ladą, ale okazało się, że starszy mężczyzna wciąż powoli przechodzi przez biuro. Barbara starała się na niego nie patrzeć i zaczęła na chybił trafił wciskać klawisze na klawiaturze.

– Przepraszam? – dobiegł do niej słaby głos mężczyzny.

– Witam pana, czym mogę służyć? – zapytała chyba już po raz setny tego dnia. Nie chciała być niegrzeczna, wpatrując się w niego, ale zaskoczyło ją że, ten mężczyzna był w gruncie rzeczy dość młody. Z daleka wyglądał na emeryta. Sprawiał wrażenie, jakby trzymał się na nogach tylko dzięki lasce. Jego skóra była bardzo blada, jakby od wielu lat nie miała kontaktu ze słońcem, ale miał duże brązowe oczy małego psiaka, które uśmiechały się do niej spod długich rzęs. Ona również odpowiedziała uśmiechem.

– Mam nadzieję, że uda mi się zarezerwować wyjazd na wakacje – odezwał się cicho. – Ale pomyślałem, czy nie mogłaby mi pani pomóc w wyborze miejsca.

W normalnych okolicznościach Barbara nakrzyczałaby w duchu na klienta, który zmuszał ją do wykonania tego niewyobrażalnie trudnego zadania. Większość klientów była tak bardzo wybredna, że musiała siedzieć z nimi przez kilka godzin, kartkując katalogi i próbując ich przekonać, dokąd powinni się udać, podczas gdy prawda była taka, że guzik ją to obchodziło. Ale ten mężczyzna wydawał się sympatyczny, więc miała ochotę mu pomóc. Zaskoczyła tym samą siebie.

– Z przyjemnością, proszę pana. Może siądzie pan sobie tutaj i wspólnie przejrzymy katalogi. – Wskazała na stojące przed nią krzesło i ponownie odwróciła wzrok, by nie patrzeć, jak się męczy, żeby usiąść. – No dobrze – rzekła, uśmiechając się. – Czy jest jakiś konkretny kraj, do którego chciałby pan pojechać?

– Eee... Hiszpania... może Lanzarote.

Barbara była zadowolona; to będzie znacznie łatwiejsze, niż się spodziewała.

– Chodzi panu o wyjazd w czasie letnich wakacji?

Powoli kiwnął głową.

Przejrzeli cały katalog i wreszcie mężczyzna znalazł miejsce, które mu się spodobało. Barbara ucieszyła się, że wziął pod uwagę jej radę, nie tak jak inni klienci, którzy po prostu ignorowali posiadaną przez nią wiedzę.

– No dobrze, jakiś konkretny miesiąc? – zapytała, spoglądając na ceny.

– Sierpień? – zapytał, a wielkie brązowe oczy zajrzały tak głęboko w duszę Barbary, że zapragnęła przeskoczyć przez ladę i mocno go uściskać.

– Sierpień jest dobrym miesiącem – zgodziła się. – Chciałby pan widok na morze czy na basen? Widok na morze to dodatkowe trzydzieści euro – dodała szybko.

Wpatrywał się w przestrzeń z uśmiechem na ustach, jakby już tam był.

– Poproszę widok na morze.

– Świetny wybór. Czy mogłabym prosić o pańskie nazwisko i adres?

– Och... to właściwie nie dla mnie... To ma być niespodzianka dla mojej żony i jej przyjaciółek.

W tych brązowych oczach był smutek. Barbara odkaszlnęła nerwowo.

– No cóż, to bardzo miłe z pana strony. Czy mogłabym w takim razie prosić o ich nazwiska?

Skończyła zapisywanie wszystkich szczegółów i przedstawiła mu rachunek. Zaczęła sporządzać wydruk ze wszystkimi ustaleniami.

– Och, czy miałaby pani coś przeciwko, gdybym zostawił to u pani? Chcę zrobić mojej żonie niespodziankę i boję się przechowywać te wszystkie dokumenty w domu, bo a nuż je znajdzie.

Barbara się uśmiechnęła; cóż za szczęściara z tej jego żony.

– Powiem jej o tym dopiero w lipcu, czy możliwe więc byłoby nieujawnianie tego wcześniej?

– Nie ma absolutnie żadnego problemu, proszę pana. Zazwyczaj godziny lotów i tak potwierdzane są dopiero kilka tygodni przed wylotem, nie mielibyśmy więc powodu, by do niej dzwonić. Przekażę reszcie personelu, by pod żadnym pozorem nie dzwoniono do państwa do domu.

– Bardzo dziękuję ci za pomoc, Barbaro – rzekł, uśmiechając się smutno tymi swoimi oczami szczeniaka.

– To dla mnie przyjemność, panie...?

– Jestem Gerry – uśmiechnął się ponownie.

– To dla mnie przyjemność, Gerry. Jestem przekonana, że twoja żona spędzi cudowne wakacje. Moja przyjaciółka była tam w zeszłym roku i niezwykle jej się spodobało. – Barbara odczuła przemożną chęć, by go zapewnić, że jego żonie nic się nie stanie.

– Cóż, lepiej wrócę do domu, bo jeszcze pomyślą, że mnie porwano. Nie powinienem w ogóle opuszczać łóżka. – Znów się uśmiechnął, a Barbara poczuła gulę w gardle.

Zerwała się z krzesła i przebiegła na drugą stronę lady, by przytrzymać otwarte drzwi. Uśmiechnął się z wdzięcznością, gdy ją mijał, a ona przyglądała się, jak powoli wchodzi do taksówki, która przez cały czas na niego czekała. W chwili gdy Barbara już-już zamykała drzwi, pojawił się jej szef i szyba zatrzymała się na jego czole. Spojrzała na Gerry'ego, który czekał, by taksówka ruszyła z miejsca. Roześmiał się i pokazał jej uniesione w górę kciuki.

Szef posłał jej groźne spojrzenie za to, że pozostawiła stanowisko pracy bez nadzoru i pomaszerował do pomieszczenia dla personelu.

– Barbara! – wrzasnął. – Znowu tu paliłaś?

Przewróciła oczami i odwróciła się do niego.

– Boże, co się z tobą dzieje? Wyglądasz, jakbyś miała zaraz wybuchnąć płaczem!

Był pierwszy lipca i Barbara siedziała naburmuszona za ladą w biurze podróży Swords. Każdy dzień, który przepracowała tego lata, był piękny i słoneczny, za to przez ostatnie dwa dni, gdy wzięła sobie wolne, lało jak z cebra. Nie to co dzisiaj. To był najgorętszy dzień tego roku, wszyscy klienci paradowali w krótkich spodenkach i kusych topach, wypełniając pomieszczenie zapachem kokosowej emulsji do opalania. Barbara wierciła się na krześle w swym niewygodnym i niesamowicie drapiącym uniformie. Czuła się tak, jakby ponownie znalazła się w szkole. Walnęła w wiatrak, który po raz kolejny przestał się kręcić.

– Och, daj spokój, Barbara – jęknęła Melissa. – Jeszcze bardziej go zepsujesz.

– Jakby to w ogóle było możliwe – burknęła i obróciła się na krześle. Zaczęła walić ze złością w klawiaturę.

– Co cię dzisiaj ugryzło? – zapytała Melissa.

– Nic takiego – odparła przez zaciśnięte zęby. – Chodzi po prostu o to, że jest najbardziej upalny dzień tego lata, a my tkwimy w tej gównianej pracy, w dusznym pomieszczeniu bez klimatyzacji, w tych koszmarnych, drapiących uniformach. – Wykrzykiwała każde słowo w stronę gabinetu szefa, mając nadzieję, że usłyszy. – I tyle.

Melissa zachichotała.

– Wiesz co, wyjdź sobie na dwór na kilka minut, by zaczerpnąć trochę świeżego powietrza, a ja zajmę się następną klientką. – Kiwnęła głową, wskazując na kobietę, która właśnie wchodziła do środka.

– Dzięki, Mel – rzekła Barbara, czując ulgę, że wreszcie może uciec. Chwyciła papierosy. – No dobra, idę zaczerpnąć świeżego powietrza.

Melissa spojrzała na jej dłoń i przewróciła oczami.

– Dzień dobry, w czym mogę pani pomóc? – uśmiechnęła się do kobiety.

– Proszę mi powiedzieć, czy Barbara nadal tutaj pracuje?

Barbara zamarła. Zdążyła już dotrzeć do drzwi i przez chwilę zastanawiała się czy wybiec na dwór, czy też wrócić do pracy. Jęknęła i powróciła na swoje stanowisko. Przyjrzała się kobiecie za ladą. Uznała, że jest ładna, ale w jej oczach widać było zmęczenie i smutek, gdy gorączkowo przenosiła spojrzenie z jednej dziewczyny na drugą.

– Tak, ja jestem Barbara.

– Och, to dobrze! – Kobieta wyraźnie odczuła ulgę i usiadła na stojącym obok krześle. – Bałam się, że może już tu pani nie pracuje.

– Chciałaby – mruknęła pod nosem Melissa.

– Czy mogę pani pomóc?

– O Boże, naprawdę mam nadzieję, że tak – odparła kobieta nieco histerycznie i zaczęła czegoś szukać w swojej torbie.

Barbara uniosła brwi i obie z Melissą starały się powstrzymać śmiech.

– Okej – rzekła wreszcie kobieta, wyciągając z torby pogniecioną kopertę. – Otrzymałam to dzisiaj od mojego męża i chciałabym wiedzieć, czy potrafi mi to pani wyjaśnić.

Barbara zmarszczyła brwi, przyglądając się leżącej na ladzie kartce z pozaginanymi rogami. Została ona wyrwana z broszury wakacyjnej, a na niej napisano: „Biuro podróży Swords. Barbara".

Barbara ponownie zmarszczyła brwi i uważniej przyjrzała się kartce.

– Moja przyjaciółka była tam dwa lata temu na wakacjach, ale poza tym nic mi to nie mówi. Czy otrzymała może pani jeszcze jakieś informacje?

Kobieta energicznie potrząsnęła głową.

– A nie może pani poprosić męża o więcej szczegółów? – Barbara odczuwała konsternację.

– Nie, jego już tutaj nie ma – odparła przybyła ze smutkiem, a jej oczy wypełniły się łzami.

Barbara wpadła w panikę. Gdyby szef zobaczył, że doprowadziła kogoś do płaczu, z całą pewnością zostałaby natychmiast zwolniona. I tak zdążyła już dostać ostatnie ostrzeżenie.

– W takim razie poproszę o pani nazwisko, może coś nam się pojawi w komputerze.

– Holly Kennedy. – Jej głos drżał.

– Holly Kennedy, Holly Kennedy... – Melissa przysłuchiwała się ich rozmowie. – To nazwisko coś mi mówi. Och, chwileczkę, w tym tygodniu miałam do pani dzwonić! Jakie to dziwne! Barbara poleciła mi surowo, bym z jakiegoś powodu zadzwoniła do pani dopiero w lipcu...

– Och! – przerwała jej Barbara, wreszcie uświadamiając sobie, o co w tym wszystkim chodzi. – Pani jest żoną Gerry'ego? – zapytała z nadzieją w głosie.

– Tak! – Holly uniosła dłonie do twarzy. – On tutaj był?

– Tak, był – uśmiechnęła się ciepło Barbara. – Uroczy człowiek – dodała, ujmując ponad ladą dłoń Holly.

Melissa patrzyła na nie oszołomiona.

Serce Barbary wyrywało się do siedzącej po drugiej stronie kobiety: była taka młoda i teraz musiało jej być bardzo ciężko. Ale też zachwycona była, że może być zwiastunem dobrych wiadomości.

– Melisso, czy mogłabyś dać Holly kilka chusteczek, a ja dokładnie wyjaśnię powód, dla którego pojawił się tutaj jej mąż. – Uśmiechnęła się promiennie do Holly, po czym puściła jej dłoń, by wystukać coś na komputerze. Tymczasem wróciła Melissa z pudełkiem chusteczek. – No dobrze, Holly – rzekła łagodnie Barbara. – Gerry zarezerwował wakacyjny wyjazd dla ciebie, Sharon McCarthy i Denise Hennessey. Spędzicie tydzień w Lanzarote, wylot trzydziestego lipca, a powrót piątego sierpnia.

Holly ukryła twarz w dłoniach, a z jej oczu popłynęły łzy.

– Był przekonany, że znalazł dla was miejsce idealne – ciągnęła Barbara, zachwycona swoją nową rolą. Czuła się niczym gospodarz programów telewizyjnych, który zaskakuje gości niespodziankami. – Oto miejsce, do którego się wybieracie – rzekła, pukając palcem w leżącą na ladzie pogiętą kartkę. – Tam będzie fantastycznie, uwierz mi. Moja przyjaciółka wróciła stamtąd zachwycona. Jest tam mnóstwo restauracji i barów i... – Urwała, uświadomiwszy sobie, że Holly najprawdopodobniej guzik obchodzi to, czy będzie się tam dobrze bawić, czy nie.

– Kiedy on tutaj był? – zapytała Holly.

Barbara wystukała coś na klawiaturze.

– Rezerwacji dokonano dwudziestego ósmego listopada.

– Listopada? – Holly gwałtownie wciągnęła powietrze. – Przecież wtedy nie wstawał już z łóżka! Był sam?

– Tak, ale czekała na niego taksówka.

– O której to było godzinie?

– Przykro mi, lecz naprawdę nie pamiętam. To było dosyć dawno temu...

– Tak, oczywiście, przepraszam.

Barbara doskonale ją rozumiała. Gdyby to był jej mąż – jeśli kiedykolwiek w ogóle pozna kogoś godnego, by został jej mężem – także pragnęłaby poznać każdy najmniejszy nawet szczegół. Powiedziała jej wszystko, co pamiętała.

– Dziękuję ci, Barbaro, bardzo ci dziękuję. – Holly przechyliła się przez ladę i uściskała ją mocno.

– Nie ma sprawy. – Barbara oddała uścisk, uradowana, że mogła pomóc tej dziewczynie. – Przyjdź potem i opowiedz nam, jak było – uśmiechnęła się ciepło. – Oto wszystkie niezbędne informacje. – Podała Holly grubą kopertę i przyglądała się, jak odchodzi. Westchnęła, myśląc, że jej gówniana praca może jednak wcale nie jest taka gówniana.

– O co u licha w tym wszystkim chodziło? – Melissa umierała z ciekawości.

Barbara zaczęła opowiadać jej całą historię.

– No dobra, dziewczyny, wychodzę teraz na przerwę. Barbaro, żadnego palenia na zapleczu. – Szef zamknął za sobą drzwi do gabinetu i odwrócił się. – Chryste przenajświętszy, a wy czemu ryczycie?

Rozdział dwudziesty czwarty

Holly dotarła do domu i pomachała do Sharon i Denise, które siedziały na murku obok ogrodu i się opalały. Gdy ją zobaczyły, podbiegły, żeby się przywitać.

– Boże, ale szybko tu dotarłyście – rzekła Holly, starając się, by zabrzmiało to energicznie. Ale czuła się wykończona i naprawdę nie była w odpowiednim nastroju, aby opowiadać wszystko dziewczętom właśnie teraz. Ale będzie musiała.

– Sharon wyszła z pracy, gdy tylko do niej zadzwoniłaś, i zgarnęła mnie po drodze – wyjaśniła Denise. Przyglądała się uważnie twarzy Holly, próbując ocenić powagę sytuacji.

– Nie musiałyście tego robić – odparła Holly martwym głosem, usiłując trafić kluczem do dziurki.

– Hej, porządkowałaś ostatnio ogród? – zapytała Sharon, aby nieco rozluźnić atmosferę.

– Nie, to chyba robota mojego sąsiada. – Holly wyszarpnęła z dziurki klucz i zaczęła szukać w pęku właściwego.

– Chyba? – Denise starała się podtrzymać rozmowę, gdy Holly walczyła z kolejnym kluczem.

– Albo sąsiad, albo gdzieś w moim ogrodzie mieszka mały krasnal – warknęła.

Denise i Sharon popatrzyły na siebie niepewnie i Holly była wyraźnie wytrącona z równowagi.

– Kurwa mać! – wrzasnęła Holly i rzuciła wszystkie klucze na ziemię.

Denise odskoczyła, ciężki pęk kluczy przeleciał tuż obok jej nogi.

Sharon podniosła je.

– Hej, słonko, nie przejmuj się tak bardzo – rzekła beztrosko. – Mnie coś takiego przytrafia się bez przerwy. Przysięgam, że te cholerne klucze robią to specjalnie, by nas wkurzać.

Holly uśmiechnęła się ze znużeniem, wdzięczna, że choć na chwilę ktoś inny ją wyręcza. Sharon dopasowywała po kolei każdy klucz, przemawiając spokojnym, śpiewnym głosem, jakby Holly była małym dzieckiem. Drzwi wreszcie się otworzyły i Holly wbiegła do środka, by wyłączyć alarm. Na szczęście pamiętała kod: rok, w którym Gerry i ona poznali się, oraz rok, w którym wzięli ślub. Tak jakby kiedykolwiek mogła zapomnieć te cyfry.

– No dobrze, rozgośćcie się w salonie, a ja zaraz do was dołączę, okej?

Sharon i Denise posłuchały, a ona weszła do łazienki, gdzie spryskała twarz zimną wodą. Musiała jakoś wyrwać się z tego otępienia, zacząć działać i poczuć taką radość z powodu wyjazdu, jakiej zapewne oczekiwałby od niej Gerry. Kiedy poczuła w sobie więcej energii, dołączyła do siedzących w salonie dziewcząt.

Przysunęła do sofy pufę i usiadła naprzeciwko przyjaciółek.

– No dobra, nie będę tego wszystkiego przeciągać. Dziś otworzyłam kopertę na lipiec i oto, co w niej było. – Sięgnęła do torby po niewielką kartkę, przyczepioną do broszury, którą wcześniej pokazała dziewczynie w biurze podróży. Było na niej napisane:

Udanych wakacji!
PS Kocham Cię…

– I tylko tyle? – Denise zmarszczyła nos, wyraźnie rozczarowana. Dostała kuksańca w bok od Sharon. – Ałaa!

– Uważam, że to piękne życzenia – skłamała Sharon. – Są tak pełne troski i... i w ogóle.

Holly nie mogła się nie roześmiać. Wiedziała, że przyjaciółka nie mówi prawdy, ponieważ zawsze wtedy rozszerzały jej się dziurki w nosie.

– Nie, ty głuptasie! – zawołała, uderzając ją w głowę poduszką.

Sharon zaczęła się śmiać.

– To dobrze, bo już zaczynałam się martwić.

– Sharon, jesteś zawsze taka delikatna, że aż mi się robi niedobrze! – uśmiechnęła się szeroko Holly. – Proszę, w środku było jeszcze to. – Podała im pogniecioną kartkę, wyrwaną z broszury.

Przyglądała się z rozbawieniem, jak dziewczęta próbują rozszyfrować pismo Gerry'ego. Wreszcie Denise uniosła dłoń do ust.

– O mój Boże! – wciągnęła gwałtownie powietrze, nagle się prostując.

– Co, co, co? – Sharon nachyliła się z podekscytowaniem. – Czy Gerry wykupił ci wyjazd na wakacje?

– Nie. – Holly z powagą potrząsnęła głową.

– Och – jęknęły przyjaciółki z wyraźnym rozczarowaniem.

Holly pozwoliła, by przez chwilę panowała pełna skrępowania cisza, po czym oznajmiła z uśmiechem:

– Dziewczyny – on wykupił wyjazd dla nas!

Przyjaciółki zapiszczały z radości i żeby to uczcić, otworzyły butelkę wina.

– To niesamowite – rzekła Denise, kiedy już wreszcie oswoiły się z tą nowiną. – Gerry jest taki kochany.

Holly skinęła głową, dumna z męża, który po raz kolejny zdołał je zaskoczyć.

– No więc poszłaś spotkać się z tą Barbarą, tak? – zapytała Sharon.

– Tak. To naprawdę prześłodka dziewczyna – uśmiechnęła się Holly. – Poświęciła mi mnóstwo czasu i powtórzyła rozmowę, którą wtedy odbyli. Zjawił się tam pod koniec listopada.

– Listopada? – Sharon się zamyśliła. – Czyli po drugiej operacji.

Holly kiwnęła głową.

– Ta dziewczyna powiedziała, że był bardzo słaby.

– Popatrzcie, i nikt z nas nie miał o tym bladego pojęcia – rzekła Sharon.

Cała trójka w milczeniu pokiwała głową.

– No cóż, wygląda na to, że lecimy razem do Lanzarote! – zawołała radośnie Denise i uniosła kieliszek. – Za Gerry'ego!

– Za Gerry'ego! – przyłączyły się zgodnie Holly i Sharon.

– Jesteście pewne, że Tom i John nie będą mieli nic przeciwko temu? – zapytała Holly, nagle uświadomiwszy sobie, że dziewczęta muszą myśleć także o swoich partnerach.

– Oczywiście, że nie! – powiedziała Sharon. – John będzie pewnie uszczęśliwiony, że pozbędzie się mnie na cały tydzień!

– Racja, a ja i Tom możemy sobie wyjechać na tydzień w innym terminie, co jak najbardziej mi odpowiada – zgodziła się Denise. – I nie będziemy na siebie skazani przez całe dwa tygodnie podczas pierwszych wspólnych wakacji! – dokończyła.

– Jasne, przecież właściwie już teraz mieszkacie razem! – zaśmiała się Sharon, szturchając ją w bok.

Denise tylko się uśmiechnęła. Dziewczyny porzuciły ten temat, co zirytowało Holly, bo ostatnio wciąż tak robiły. A ona miała ochotę usłyszeć, jak tam sprawy sercowe przyjaciółek, tymczasem one nie opowiadały żadnych ciekawych plotek, bojąc się, by jej tym nie zranić. Ludzie wyraźnie bali się mówić przy niej o tym, że są szczęśliwi albo o miłych wydarzeniach z ich życia. Ale unikali także użalania się nad sobą. Zamiast więc zdobywać informacje na temat tego, co się naprawdę dzieje u przyjaciół, Holly skazana była na gadkę o... właściwie o niczym, i zaczynało ją to martwić. Przecież nie mogła być chroniona bez końca przed szczęściem innych, bo cóż z tego dla niej za pożytek?

– Muszę przyznać, że ten krasnal naprawdę świetnie sobie radzi, Holly. – Denise przerwała jej myśli, wyglądając przez okno.

Holly się zarumieniła.

– Wiem. Przepraszam, że wcześniej zachowałam się jak jędza. Chyba muszę się w końcu wybrać do sąsiada i mu podziękować.

Kiedy przyjaciółki odjechały, Holly wyciągnęła ze schowka pod schodami butelkę wina i ruszyła do sąsiadów. Nacisnęła dzwonek i czekała.

– Cześć, Holly – przywitał się Derek, otworzywszy drzwi. – Wchodź, wchodź.

Zerknęła do kuchni i spostrzegła, że cała rodzina siedzi przy stole i je obiad. Cofnęła się.

– Nie, nie będę wam przeszkadzać. Przyszłam tylko, by dać ci to – podała butelkę wina – w ramach podziękowania.

– To naprawdę miłe z twojej strony – rzekł, czytając nalepkę. Następnie podniósł głowę, a na jego twarzy malowała się konsternacja. – Ale za co to podziękowanie, jeśli mógłbym wiedzieć?

– Za uporządkowanie ogrodu – odparła, rumieniąc się. – Jestem pewna, że całe osiedle przeklinało mnie za rujnowanie wyglądu ulicy.

– Holly, twój ogród z całą pewnością nikomu nie przeszkadza, wszyscy jesteśmy wyrozumiali, ale, choć przykro mi to mówić, to nie ja go uporządkowałem.

– Och. – Holly odkaszlnęła z zakłopotaniem. – A ja myślałam, że to ty.

– Nie, nie...

– A nie wiesz przypadkiem, kto mógł to zrobić?

– Nie mam pojęcia. Szczerze mówiąc, sądziłem, że ty – odparł, śmiejąc się. – Jakie to dziwne.

Holly czuła się dosyć głupio i nie wiedziała, co ma zrobić.

– Może więc zabierzesz to z powrotem – dodał z zakłopotaniem, podając jej butelkę wina.

– Skądże znowu. Zatrzymaj to jako podziękowanie za to... za to, że nie jesteście sąsiadami z piekła rodem. Nieważne, wracaj do stołu. – Pobiegła do siebie, a twarz płonęła jej ze wstydu. Jakimż głupcem trzeba być, żeby nie wiedzieć, kto posprzątał w twoim ogrodzie?

Zapukała jeszcze do kilku drzwi na osiedlu, ale i ku jej zażenowaniu nikt nie miał pojęcia, o czym mówi. Wszyscy byli zajęci własną pracą i życiem i, co było niezwykłe, nie spędzali całych dni na monitorowaniu ogrodu sąsiadki. Wracała do domu, nic z tego nie rozumiejąc. Gdy otwierała drzwi, rozdzwonił się telefon, więc pobiegła, by go odebrać.

– Halo? – wydyszała do słuchawki.

– Co robiłaś, biegłaś w maratonie?

– Nie, ścigałam krasnale.

– To świetnie.

Dziwne, że Ciara zadowoliła się taką odpowiedzią.

– Za dwa tygodnie mam urodziny.

Holly zupełnie o tym zapomniała.

– Tak, wiem – skłamała.

– Rodzice chcą, byśmy wyszli gdzieś na rodzinny obiad...

Holly głośno jęknęła.

– Właśnie. – I Ciara zawołała gdzieś w przestrzeń: – Tato, Holly powiedziała dokładnie to samo, co i ja.

Holly zachichotała, gdy usłyszała w tle przekleństwa i pomruki ojca.

Ciara rzekła głośno do słuchawki, tak by ojciec dobrze słyszał:

– Okej, no więc mój pomysł jest taki, by przystać na ten rodzinny obiadek, ale zaprosić także przyjaciół. Co o tym myślisz?

– Pomysł niezły.

– Tato! – zawołała głośno Ciara. – Holly zgadza się ze mną.

– Wszystko pięknie – usłyszała głos ojca. – Ale nie mam zamiaru płacić za tych wszystkich ludzi.

– On ma rację – dodała Holly. – Wiesz co, a może urządzimy grilla? W ten sposób tata będzie w swoim żywiole, no i nie wyjdzie to zbyt drogo.

– Hej, to superpomysł! – Ciara wrzasnęła ponownie w przestrzeń: – Tato, a co powiesz na grilla?

Cisza.

– Podoba mu się ten pomysł – powiedział Ciara do słuchawki. – Pan Mistrz Patelni po raz kolejny zajmie się gotowaniem dla mas.

Holly parsknęła śmiechem. Tata bardzo się ekscytował, kiedy urządzali grilla. Brał to wszystko niesamowicie poważnie i nie ruszał się od grilla, przyglądając się swym wspaniałym daniom. Gerry także to lubił. Co jest z tymi facetami i grillami? Może był to jedyny sposób na wykazanie się kulinarnymi zdolnościami. Albo na zabawę ogniem.

– Dobra, to ty powiedz Sharon i Johnowi, Denise i temu jej didżejowi, no i zaproś też Daniela. On jest mniamniuśny!

– Ciaro, ja go ledwo znam. Powiedz Declanowi, by go zaprosił; on się z nim spotyka na okrągło.

– Nie, bo chcę, byś subtelnie dała mu do zrozumienia, że go kocham i pragnę mieć z nim dzieci. Coś mi mówi, że Declan niezbyt się do tego nadaje.

Holly jęknęła.

– Przestań! – fuknęła Ciara. – To mój prezent urodzinowy!

– No dobra – poddała się Holly. – Ale czemu chcesz zaprosić moich przyjaciół? Co z twoimi?

– Tak długo mnie nie było, że straciłam z nimi kontakt. Reszta przyjaciół została w Australii i ci głupi dranie nawet nie raczyli do mnie zadzwonić.

Holly wiedziała, o kogo w szczególności jej chodzi.

– A nie sądzisz, że to świetna okazja, by ponownie nawiązać kontakt z dawnymi znajomymi? No wiesz, zaprosić ich na grilla? Będzie miła, przyjemna atmosfera.

– Taa, jasne. Co miałabym im odpowiedzieć, kiedy zaczną zadawać pytania? Masz pracę? Eee... nie. Masz chłopaka? Eee... nie. Gdzie mieszkasz? Eee... prawdę mówiąc, nadal z rodzicami. Żałosne, no nie?

Holly się poddała.

– W porządku, nieważne... No to zadzwonię do reszty i...

Ciara zdążyła się już rozłączyć.

Postanowiła, że najpierw wykona najbardziej krępujący telefon i wystukała numer do U Hogana.

– Słucham, U Hogana.

– Witam, czy mogłabym rozmawiać z panem Danielem Connollym?

– Tak, chwileczkę. – Do jej ucha wdzierały się dźwięki *Greensleeves*.

– Halo?

– Cześć. Daniel?

– Tak, kto mówi?

– Holly Kennedy. – Przemierzała nerwowo sypialnię, mając nadzieję, że jej nazwisko coś mu powie.

– Kto? – zawołał, hałas w tle przybierał na sile.

Z zakłopotaniem usiadła na łóżku.

– Holly Kennedy. Siostra Declana.

– Och, Holly, hejka. Poczekaj chwilkę, przejdę w jakieś spokojniejsze miejsce.

Ponownie zmuszona była słuchać *Greensleeves*. Zaczęła tańczyć po pokoju i śpiewać w rytm melodii.

– Sorki, Holly – rzekł Daniel, ponownie podnosząc słuchawkę. Zaczął się śmiać. – Lubisz *Greensleeves*?

Jej twarz spurpurowiała.

– Nieszczególnie. – Nie przychodziło jej do głowy, co jeszcze powiedzieć. Wreszcie przypomniała sobie, po co w ogóle do niego dzwoni. – Zadzwoniłam, by zaprosić cię na grilla.

– O, super, chętnie przyjdę.

– W następny piątek są urodziny mojej siostry Ciary. Pamiętasz ją?

– To ta z różowymi włosami?

Roześmiała się.

– Tak, głupie pytanie, wszyscy znają Ciarę. No i chciała, żebym cię zaprosiła na grilla i dała subtelnie do zrozumienia, że chce wyjść za ciebie i mieć z tobą dzieci.

Daniel zaczął się śmiać.

– No i zrobiłaś to w niezwykle subtelny sposób.

Holly ciekawiło, czy był zainteresowany jej siostrą.

– Kończy dwadzieścia pięć lat – dodała z jakiegoś bliżej nieokreślonego powodu.

– Och... no tak.

– Przyjdą także Denise i twój przyjaciel Tom, będzie też Declan ze swoim zespołem, a więc mnóstwo twoich znajomych.

– A ty się zjawisz?

– Oczywiście!

– To dobrze. W takim razie będę znał jeszcze więcej ludzi, no nie? – zaśmiał się.

– To super, Ciara będzie zachwycona.

– Cóż, niegrzecznie byłoby nie przyjąć zaproszenia od księżniczki.

Holly pomyślała przez chwilę, że Daniel z nią flirtuje, ale zaraz uświadomiła sobie, że jedynie nawiązuje do dokumentu Declana, wybąkała więc jakąś odpowiedź bez ładu i składu.

Już zamierzała się rozłączyć, kiedy nagle w jej głowie pojawiła się pewna myśl.

– Och, jeszcze jedno.

– Śmiało – zachęcił.

– Czy etat za barem jest jeszcze wolny?

Rozdział dwudziesty piąty

Dzięki Bogu, że dzień jest piękny, pomyślała Holly, zamykając samochód i zbliżając się do domu rodziców. W tym tygodniu pogoda uległa drastycznej zmianie: bezustannie padało. Ciara wpadła w histerię i przez cały tydzień była nie do zniesienia. Na szczęście dla wszystkich znów zrobiło się pięknie. Holly była już całkiem ładnie opalona, bo przez cały miesiąc wylegiwała się na słońcu – jedna z korzyści płynących z braku pracy – i miała ochotę podkreślić to dzisiaj, wkładając krótką dżinsową spódnicę, którą kupiła na letniej wyprzedaży, i prosty obcisły biały T-shirt, dzięki któremu jej skóra wydawała się jeszcze bardziej brązowa.

Dumna była z prezentu, który kupiła dla Ciary, i wiedziała, że siostra będzie zachwycona – kolczyk do pępka w kształcie motyla, w każdym skrzydle miał mały różowy kryształ. Wybrała taki, by pasował do nowego tatuażu Ciary, no i oczywiście do różowych włosów. Ruszyła w kierunku, skąd dochodził śmiech, i ucieszyła się, widząc, że ogród jest pełen rodziny i przyjaciół. Denise przyszła razem z Tomem i Danielem i we troje przysiedli na trawie. Sharon pojawiła się bez Johna i siedziała teraz razem z mamą Holly, niewątpliwie omawiając postępy w życiu Holly. Przecież wyszła wreszcie z domu, prawda? Zmarszczyła brwi, bo Jack po raz kolejny był nieobecny. Odkąd pomógł jej opróżnić szafy Gerry'ego, wydawał się zadziwiająco odległy. Nawet gdy byli dziećmi, zawsze świetnie rozumiał pragnienia i uczucia Holly, ale przecież gdy mu powiedziała, że po śmierci Gerry'ego potrzebuje przestrzeni, nie miała na myśli tego, by ją całkowicie ignorowano i izolowano. To do niego niepodobne, by tak długo się z nią nie kontaktował. Żołądek ścisnął się jej ze zdenerwowania. Miała nadzieję, że z Jackiem wszystko w porządku.

Ciara stała na środku ogrodu, pokrzykując do wszystkich; była wyraźnie w swoim żywiole, ubrana w różową górę od bikini, która pasowała do różowych włosów, i króciutkie niebieskie dżinsy.

Holly podeszła do niej, trzymając prezent, który Ciara natychmiast porwała z jej rąk i otworzyła. Niepotrzebnie tak starannie go pakowała.

– Och, Holly, jest super! – wykrzyknęła Ciara i rzuciła się na siostrę, by ją uściskać.

– Pomyślałam, że ci się spodoba – rzekła Holly, zadowolona z własnego wyboru, w przeciwnym wypadku jej ukochana siostrzyczka niewątpliwie okazałaby swoje niezadowolenie.

– Zaraz go założę – oświadczyła, wyjmując z pępka kolczyk i wkładając na jego miejsce motylka.

– Uh – wzdrygnęła się Holly. – Wcale nie musiałam tego oglądać, wielkie dzięki.

W powietrzu unosił się przepyszny zapach grillowanego mięsa, aż Holly pociekła ślinka. Nie była zaskoczona, widząc wszystkich mężczyzn stłoczonych wokół grilla. Honorowe miejsce zajmował tata. Myśliwi muszą zapewniać swoim kobietom jedzenie.

Dostrzegła Richarda i zbliżyła się do niego. Nie tracąc czasu na towarzyską gadkę, przeszła od razu do sedna.

– Richardzie, czy to ty posprzątałeś mi w ogrodzie?

Brat podniósł głowę znad grilla. Na jego twarzy malowała się konsternacja.

– Przepraszam, czy co zrobiłem?

Pozostali mężczyźni przerwali rozmowę i przypatrywali się im.

– Czy to ty posprzątałeś mi w ogrodzie? – powtórzyła, opierając dłonie na biodrach. Nie wiedziała, dlaczego jest wobec niego taka napastliwa, pewnie robiła to z przyzwyczajenia. Ponieważ gdyby to rzeczywiście on posprzątał ogród, powinna mu być tylko wdzięczna. Ale to było strasznie irytujące, gdy wracała do domu i odkrywała, że ktoś uporządkował kolejną część ogrodu, a ona nie wiedziała, kto się za tym kryje.

– Kiedy? – Richard powiódł po wszystkich spłoszonym wzrokiem, jakby właśnie oskarżono go o morderstwo.

– Och, nie wiem kiedy – warknęła. – W ciągu kilku ostatnich tygodni.

– Nie, Holly – odwarknął. – Wiesz, niektórzy z nas muszą pracować.

Zmiażdżyła go wzrokiem.

– O co chodzi, skarbie? Ktoś sprząta ci ogród? – wtrącił się jej ojciec.

– Tak, ale nie wiem kto – mruknęła, pocierając czoło. – Czy to ty, tato?

Frank potrząsnął energicznie głową, w duchu wyrażając nadzieję, że córka nie zwariowała.

– To ty, Declan?

– Eee... zgaduj dalej, Holly – odparł sarkastycznie.

Odwróciła się do nieznajomego, stojącego obok ojca.

– Czy to ty?

– Ja? Nie, ja dopiero przyleciałem do Dublina... na... eee... weekend – odparł nerwowo z brytyjskim akcentem.

Ciara zaczęła się śmiać.

– Pozwól, że ci pomogę, Holly. CZY KTOŚ Z TUTAJ OBECNYCH SPRZĄTA OGRÓD HOLLY? – wrzasnęła.

Wszyscy przerwali to, czym się aktualnie zajmowali i potrząsnęli głowami, a na ich twarzach malował się brak zrozumienia.

217

– No i nie prościej tak było zrobić? – zachichotała.

Holly spojrzała na siostrę z niedowierzaniem i ruszyła w kierunku Denise, Toma i Daniela, którzy siedzieli na drugim końcu ogrodu.

– Cześć, Daniel. – Nachyliła się, by przywitać się z nim całusem w policzek.

– Cześć, Holly. Dawno się nie widzieliśmy. – Podał jej puszkę piwa.

– Nadal nie znalazłaś krasnala? – zaśmiała się Denise.

– Nie – odparła, wyciągając przed siebie nogi i opierając się na łokciach. – To naprawdę dziwne! – Wyjaśniła całą historię Tomowi i Danielowi.

– Nie sądzisz, że może to twój mąż to zorganizował? – zapytał Tom, a Daniel zgromił go spojrzeniem.

– Nie – odparła, odwracając głowę, niezadowolona z tego, że ktoś obcy wie o jej prywatnych sprawach. – Z całą pewnością nie. – Nie była zadowolona, że Denise wypaplała wszystko Tomowi.

Przyjaciółka podniosła bezradnie ręce i wzruszyła ramionami.

Holly odwróciła się do Daniela, ignorując pozostałą dwójkę.

– Dzięki, że przyszedłeś.

– Nie ma sprawy. Cała przyjemność po mojej stronie.

W letnich ciuchach wyglądał świetnie. Miał na sobie granatowy podkoszulek, granatowe bojówki, które kończyły się poniżej kolan, a na stopach granatowe adidasy. Przyjrzała się jego bicepsom, kiedy pociągał łyk piwa z puszki. Nie podejrzewała, że jest aż tak bardzo wysportowany.

– Jesteś bardzo opalony – zauważyła, próbując wymyślić jakiś pretekst, który by usprawiedliwiał to, że się na niego gapiła.

– I ty też – odparł, patrząc na jej nogi.

Holly zaśmiała się i podwinęła je pod siebie.

– Efekt braku zatrudnienia. A jakie jest twoje usprawiedliwienie?

– W zeszłym miesiącu byłem w Miami.

– Ooch, ale z ciebie szczęściarz. Fajnie było?

– Fantastycznie – przytaknął. – Byłaś tam kiedyś? Potrząsnęła głową.

– Ale niedługo razem z dziewczynami wylatuję do Hiszpanii. Nie mogę się doczekać.

Zatarła z podekscytowaniem dłonie.

– Tak, słyszałem. Myślę, że to miła niespodzianka. – Uśmiechnął się, a jego oczy zamigotały.

– Już lepiej nic nie mów. – Potrząsnęła głową. Nadal ledwo mogła w to uwierzyć.

Przez chwilę rozmawiali o jego wakacjach i ogólnie o życiu. Holly odpuściła sobie hamburgera, ponieważ nie dało się go jeść tak, by po brodzie nie spływał keczup i majonez.

– Mam nadzieję, że nie poleciałeś do Miami z inną kobietą. Biedna Ciara byłaby zdruzgotana – zażartowała, po czym zganiła się w duchu za wścibstwo.

– Nie – odparł poważnie Daniel. – Kilka miesięcy temu się rozstaliśmy.

– Och, strasznie mi przykro – rzekła szczerze. – Długo byliście razem?

– Siedem lat.

– Rety, to naprawdę długo.

– Owszem.

Odwrócił głowę. Holly zrozumiała, że wolałby nie roamawiać na ten temat, więc zaczęła z innej beczki.

– Skoro już cię widzę... – zniżyła głos do głośnego szeptu i przysunęła się bliżej. – Bardzo dziękuję ci za to, że mi pomogłeś wtedy po projekcji filmu Declana. Większość facetów ucieka ile sił w nogach na widok płaczącej dziewczyny; ty jesteś inny. – Uśmiechnęła się do Daniela z wdzięcznością.

– Nie ma o czym mówić. Nie lubię, gdy jesteś smutna. – On też się uśmiechnął.

– Dobry z ciebie przyjaciel.

Wyglądał na zadowolonego.

– Co powiesz na to, byśmy przed waszym wyjazdem wyskoczyli gdzieś razem na drinka albo coś w tym stylu?

– Czemu nie, może uda mi się wyciągnąć z ciebie tyle, ile wiesz o mnie. – powiedziała wesoło. – Pewnie znasz już historię całego mojego życia.

– Niech ci będzie – odparł Daniel i uzgodnili czas spotkania.

– A tak w ogóle to dałeś już Ciarze prezent urodzinowy?

– Nie. Jest, jak by tu powiedzieć... zajęta.

Odwróciła się i poszukała wzrokiem siostrę, która flirtowała właśnie z kolegą Declana, zresztą ku wyraźnej niechęci brata. Roześmiała się głośno. To by było tyle, jeśli chodzi o chęć posiadania dzieci z Danielem.

– Zawołam ją tutaj, co?

– Jasne – roześmiał się Daniel.

– Ciara! – wrzasnęła Holly. – Mamy dla ciebie jeszcze jeden prezencik!

– Ooch! – zawołała z radością siostra i natychmiast porzuciła młodego mężczyznę, który wyglądał na zawiedzionego. – Co to za prezent? – Opadła na trawę tuż przy nich.

Holly kiwnęła głową w stronę Daniela.

– Od niego.

Ciara spojrzała na Daniela.

– Pomyślałem sobie, czy miałabyś ochotę na pracę za barem w Klubie Diva?

Zakryła dłońmi usta.

– Byłoby naprawdę ekstra!

– Pracowałaś już kiedyś za barem?

– Jasne. – Machnęła z lekceważeniem ręką.

Daniel uniósł brwi.

– Pracowałam w barze praktycznie w każdym kraju, w którym byłam, poważnie! – wyrzuciła z siebie z podekscytowaniem.

Uśmiechnął się.

– Myślisz więc, że się nadasz?

– A nie? – pisnęła i zarzuciła mu ręce na szyję.

Każdy pretekst jest dobry, pomyślała Holly, przyglądając się, jak siostra nieomal dusi Daniela. Jego twarz poczerwieniała i posyłał ku Holly spojrzenia mówiące: „Ratuj mnie".

– Dobra, wystarczy już, Ciaro – śmiała się Holly, odciągając siostrę. – Chyba nie chcesz zamordować swojego nowego szefa.

– O jejku, przepraszam. – Ciara się odsunęła. – Ale to naprawdę super! Mam pracę, Holly! – ponownie zapiszczała.

– Tak, słyszałam.

Nagle w ogrodzie zrobiło się bardzo cicho i Holly odwróciła głowę, żeby sprawdzić, co się dzieje. Wszyscy spojrzeli w kierunku drzwi do oranżerii, w których pojawili się rodzice, trzymając wspólnie olbrzymi tort i śpiewając *Happy Birthday*. Reszta gości przyłączyła się do nich, a Ciara upajała się tym, że jest w centrum zainteresowania. Kiedy rodzice wyszli do ogrodu, Holly dostrzegła, że za nimi idzie ktoś jeszcze, niosąc ogromny bukiet kwiatów. Rodzice zbliżyli się do Ciary, postawili na stole tort, a nieznajomy powoli odsunął sprzed twarzy bukiet.

– Mathew! – Ciara gwałtownie wciągnęła powietrze.

Holly chwyciła dłoń siostry, która nagle pobladła.

– Przepraszam, że byłem takim głupcem, Ciaro. – W ogrodzie rozbrzmiało echo australijskiego akcentu Mathew. Kilkoro kolegów Declana parsknęło głośno, wyraźnie odczuwając skrępowanie tym jawnym okazywaniem uczuć. Prawdę mówiąc, wyglądało to trochę tak, jakby odgrywał scenę z australijskiej opery mydlanej, ale przecież Ciara zawsze lubiła dramatyczne sceny. – Kocham cię! Błagam, przyjmij mnie z powrotem! – oświadczył, a wszyscy odwrócili się ku Ciarze, by się przekonać, co na to odpowie.

Jej dolna warga zaczęła drżeć. Zerwała się z trawy, podbiegła do Mathew i wskoczyła na niego, oplatając go w pasie i zarzucając ramiona na szyję.

Na widok siostry uszczęśliwionej spotkaniem z tym, kogo kochała, Holly poczuła wzruszenie, a w oczach zapiekły ją łzy. Declan chwycił za kamerę i zaczął filmować.

Daniel objął ramieniem Holly i uścisnął ją pokrzepiająco.

– Przykro mi, Danielu – Holly otarła oczy – ale myślę, że właśnie dostałeś kosza.

– Nie ma się co martwić – rzekł lekko. – I tak nie powinno się łączyć interesów z przyjemnością. – Chyba czuł ulgę.

Holly przyglądała się, jak Mathew wiruje z Ciarą w ramionach.

– Ej, idźcie gdzieś sobie! – zawołał ze wstrętem Declan i wszyscy zaczęli się śmiać.

Holly uśmiechnęła się do muzyków z zespołu jazzowego, obok którego przechodziła, rozglądając się jednocześnie za Denise. Umówiły się w ich ulubionym barze Juicy, znanym z długiej listy koktajli i odprężającej muzyki. Nie zamierzała się dzisiaj upijać, chciała w pełni cieszyć się rozpoczynającymi się następnego dnia wakacjami. Planowała zachować bystrość spojrzenia i jasność umysłu przez ten tydzień urlopu podarowany przez Gerry'ego. Dostrzegła Denise, która przytulała się do Toma na dużej wygodnej skórzanej sofie w części lokalu, z której rozciągał się widok na rzekę Liffey. Wieczorny Dublin był pięknie rozświetlony, a wszystkie te kolory odbijały się w wodzie. Daniel siedział naprzeciwko gruchającej pary, popijając przez słomkę truskawkowe daiquiri, i jednocześnie przeczesywał spojrzeniem lokal. Fajnie, że Tom i Denise znowu ignorowali resztę świata.

– Przepraszam za spóźnienie – rzuciła Holly, zbliżywszy się do przyjaciół. – Chciałam przed wyjściem skończyć pakowanie.

– Nie wybaczam ci – rzekł jej do ucha Daniel, kiedy objął ją na powitanie i pocałował w policzek.

Denise spojrzała na przyjaciółkę i uśmiechnęła się, Tom pomachał do niej, po czym ponownie skupili się wyłącznie na sobie.

– Nie wiem, po co w ogóle umawiali się z nami. Siedzą i patrzą sobie w oczy, ignorując cały świat. I nawet ze sobą nie rozmawiają! Człowiek czuje się tak, jakby im przeszkadzał. Pewnie rozmawiają ze sobą telepatycznie – rzekł Daniel, siadając, i pociągnął przez słomkę koktajl. Skrzywił się, czując jego słodki smak. – Tak naprawdę to mam ochotę na piwo.

Holly się zaśmiała.

– Widzę, że spędzasz fantastyczny wieczór.

– Przepraszam. Po prostu tak dawno nie odzywałem się do innej ludzkiej istoty, że zupełnie zapomniałem o dobrych manierach.

Uśmiechnęła się szeroko.

– No to przybyłam ci na ratunek. – Wzięła do ręki menu i przejrzała listę koktajli. Wybrała drinka z najniższą zawartością alkoholu i umościła się w wygodnym fotelu. – Mogłabym tutaj zasnąć – oświadczyła, osuwając się jeszcze niżej.

Daniel uniósł brwi.

– Wtedy to już naprawdę bym się obraził.

– Nie martw się, nie zrobię tego – zapewniła go. – No więc, panie Connolly, wie pan o mnie absolutnie wszystko. Teraz zamierzam dowiedzieć się wszystkiego o panu, proszę więc się przygotować na przesłuchanie.

– W porządku, jestem gotowy – odrzekł z uśmiechem.

Zastanawiała się przez chwilę nad pierwszym pytaniem.

– Skąd pochodzisz?

– Urodziłem się i wychowałem w Dublinie. – Pociągnął łyk różowego koktajlu i ponownie się skrzywił. – Gdyby któryś z moich kumpli zobaczył mnie teraz, jak piję to paskudztwo i słucham jazzu, dałby mi nieźle popalić.

Holly zachichotała.

– Po skończeniu szkoły poszedłem do wojska.

Była wyraźnie pod wrażeniem. Uniosła brwi.

– Dlaczego to zrobiłeś?

– Nie miałem pojęcia, co zrobić z życiem, a tam całkiem nieźle płacili.

– To by było tyle, jeśli chodzi o ratowanie niewinnych istnień.

– W wojsku byłem tylko kilka lat.

– A czemu je opuściłeś? – Napiła się drinka o smaku limonki.

– Bo odkryłem w sobie pragnienie picia koktajli i słuchania jazzu, a na to akurat w koszarach nie pozwalają – wyjaśnił.

– Bądź poważny, Daniel – Holly parsknęła śmiechem.

Uśmiechnął się.

– Przepraszam, to po prostu było nie dla mnie. Rodzice już wcześniej przeprowadzili się do Galway i prowadzili tam pub i ten pomysł całkiem mi się spodobał. Dołączyłem więc do nich, a kiedy rodzice przeszli na emeryturę, ja przejąłem pub. Kilka lat temu zapragnąłem własnego lokalu, naprawdę ciężko pracowałem, oszczędzałem, wziąłem największy możliwy kredyt, wróciłem do Dublina i kupiłem U Hogana. A teraz jestem tutaj i rozmawiam z tobą.

– To wspaniała historia.

– Nic szczególnego, ale takie jest właśnie moje życie – mruknął z uśmiechem.

– Gdzie więc w tym wszystkim miejsce dla twojej byłej? – zapytała Holly.

– Miejsce Laury jest dokładnie pomiędzy prowadzeniem pubu w Galway a powrotem do Dublina.

– Ach… rozumiem. – Skinęła głową. Dopiła drinka i ponownie wzięła do ręki menu. – Chyba poproszę o Seks na Plaży.

– Kiedy? Podczas wyjazdu? – zażartował.

Walnęła go żartobliwie w ramię. Prędzej piekło zamarznie.

Rozdział dwudziesty szósty

– Jedziemy na wakacje, wakacje, wakacje! – śpiewały dziewczęta przez całą drogę na lotnisko.

John zaoferował się, że je tam podrzuci, ale bardzo szybko zaczął tego żałować. Dziewczyny zachowywały się tak, jakby nigdy wcześniej nie wyjeżdżały za granicę. Holly nie pamiętała już, kiedy ostatni raz była tak bardzo podekscytowana. Miała wrażenie, że oto znowu jest w szkole i wybiera się na wycieczkę. Torebkę wypchała słodyczami i gazetami. I nie przestawały śpiewać tej durnej piosenki. Samolot odlatywał dopiero o dziewiątej wieczorem, do hotelu dotrą więc dopiero nad ranem.

Gdy zajechali na miejsce, dziewczęta wysypały się z samochodu, a John wyładował ich walizki z bagażnika. Denise przebiegła przez ulicę w kierunku hali odlotów, jakby dzięki temu miała się szybciej znaleźć w Lanzarote. Holly stała przy samochodzie i czekała na Sharon, która żegnała się z mężem.

– Będziesz ostrożna, dobrze? – zapytał ją z niepokojem. – Nie rób tam żadnych głupstw.

– John, oczywiście, że będę ostrożna.

Nie słuchał jej.

– Głupie wyskoki tutaj to jedno, ale w obcym kraju to zupełnie co innego?

– John – Sharon objęła męża za szyję. – Wyjeżdżam na miłe, leniwe wakacje; nie musisz się o mnie martwić.

Wyszeptał jej coś do ucha, a ona kiwnęła głową.

– Wiem, wiem.

Ich usta złączyły się w długim pożegnalnym pocałunku. Holly, patrząc na nich, pomacała kieszeń torby, by się upewnić, że jest tam sierpniowy list od Gerry'ego. Za kilka dni będzie go mogła otworzyć, leżąc sobie na plaży. Cóż za zbytek. Słońce, piasek, morze i Gerry – i wszystko to jednego dnia.

– Holly, opiekuj się za mnie moją cudowną żoną, dobrze? – poprosił John, wdzierając się w jej myśli.

– Jasne. Ale przecież jedziemy tylko na tydzień – zaśmiała się i uściskała go.

– Wiem, ale od kiedy zobaczyłem, do czego jesteście zdolne w te wasze babskie wieczory, trochę się boję – odparł z uśmiechem. – Baw się dobrze, Holly. Odpoczynek bardzo ci się przyda.

Przyglądał się, jak ciągną bagaż przez ulicę i wchodzą na teren lotniska.

Holly zatrzymała się przy wejściu i wzięła głęboki oddech. Uwielbiała lotniska. Uwielbiała ten zapach, hałas, tę całą atmosferę, towarzyszącą ludziom radośnie ciągnącym bagaże, niemogącym się doczekać wyjazdu na wakacje lub powrotu do domu. Uwielbiała obserwować radosne powitania i uściski. To wymarzone miejsce do obserwowania ludzi. Kiedy była na lotnisku, zawsze czuła się tak, jakby zaraz miało ją spotkać coś niezwykłego. Podobne uczucie ogarniało ją, gdy czekała na kolejkę górską w parku rozrywki.

Ruszyła za Sharon i wspólnie dołączyły do Denise, która stała w połowie wyjątkowo długiej kolejki, czekającej na odprawę celną.

– Mówiłam wam, że powinnyśmy przyjechać wcześniej – jęknęła Denise.

– Wtedy czekałybyśmy tak samo długo, tyle że po drugiej stronie – burknęła Holly.

– Tak, ale tam jest przynajmniej bar. Jedyne miejsce w tym głupim budynku, gdzie my, niewolnicy dymku, możemy sobie zapalić – mruknęła.

– Święta racja – przyznała Holly.

– Przed wyjazdem chcę wam coś oświadczyć. Nie zamierzam tam pić bez umiaru ani ostro balangować. Chcę jedynie odpoczywać nad brzegiem basenu albo na plaży z książką, zajrzeć do kilku restauracji i wcześnie chodzić spać – rzekła poważnie Sharon.

Denise popatrzyła ze zdumieniem na Holly.

– Czy jest za późno, żeby zaprosić kogoś innego, Hol? Jak myślisz? Torby Sharon jeszcze tu są, a John nie mógł przecież odjechać zbyt daleko.

Holly parsknęła śmiechem.

– Nie, tym razem zgadzam się z Sharon. Ja też chcę odpocząć, bez wygłupów.

Denise nadąsała się niczym małe dziecko.

– Nie martw się, skarbie – rzekła łagodnie Sharon. – Jestem pewna, że będą tam inne dzieci w twoim wieku, z którymi będziesz się mogła pobawić.

Denise wykrzywiła się paskudnie.

– Jeśli mnie zapytają tam na miejscu, czy mam coś do oclenia, powiem wszystkim, że moje dwie koleżanki wiozą marychę.

Sharon i Holly parsknęły śmiechem.

Po pół godzinie stania w kolejce cała trójka przeszła wreszcie przez odprawę i Denise pobiegła jak szalona do sklepu po zapas papierosów, który mógł jej wystarczyć do końca życia.

– Czemu ta dziewczyna się na mnie gapi? – zapytała Denise przez zaciśnięte zęby, mierząc spojrzeniem kobietę na drugim końcu baru.

– Pewnie dlatego, że ty gapisz się na nią – odparła Sharon, zerkając na zegarek. – Jeszcze piętnaście minut.

– Nie, no naprawdę, dziewczyny – Denise odwróciła się do nich. – Nie wpadam w paranoję. Ona poważnie się na nas gapi.

– W takim razie podejdź do niej i spytaj, czy chce to załatwić na zewnątrz – poradziła.

– Ona tu idzie – rzekła Denise i odwróciła się do niej plecami.

Holly podniosła wzrok i ujrzała chudą blondynkę z wielkim silikonowym biustem, która zmierzała w ich kierunku.

– Lepiej wyjmij te kastety, Denise. Ona wygląda na niebezpieczną – zażartowała Holly, Sharon prawie zachłysnęła się drinkiem.

– Cześć wam! – zapiszczała dziewczyna.

– Witam – rzekła Sharon, usiłując się nie śmiać.

– Nie chciałam być niegrzeczna i się na was gapić, ale po prostu musiałam podejść i sprawdzić, czy to naprawdę wy!

– To ja – odparła Sharon – we własnej osobie.

– Och, ja to po prostu wiedziałam! – zapiszczała dziewczyna i zaczęła podskakiwać z wrażenia. Jej piersi, co nie dziwiło, pozostały nieruchome. – Przyjaciółki mówiły, że się mylę, ale ja wiedziałam, że to wy! – Odwróciła się i wskazała na drugi koniec baru, skąd pomachały im pozostałe cztery Spice Girls. – Mam na imię Cindy... – mało brakowało, a Sharon znowu by się zakrztusiła – ...i jestem waszą największą fanką – pisnęła. – Po prostu uwielbiam ten program, w którym wszystkie występujecie. Oglądałam go dziesiątki razy! Ty grasz Księżniczkę Holly, prawda? – zapytała, prawie wtykając wymanikiurowany paznokieć w oko Holly.

Holly otworzyła usta, by odpowiedzieć, ale Cindy nie dała jej dojść do słowa.

– A ty grasz jej damę dworu! – wskazała na Denise. A ty – pisnęła jeszcze głośniej, patrząc na Sharon – ty jesteś przyjaciółką tej australijskiej gwiazdy rocka!

Dziewczęta popatrzyły po sobie z niepokojem, gdy nieznajoma odsunęła krzesło i przysiadła się do ich stolika.

– Widzicie, ja też jestem aktorką...

Denise przewróciła oczami.

– ...i strasznie bym chciała występować w programie takim, jak wasz. Kiedy kręcicie następny?

Holly otworzyła usta, by wyjaśnić, że tak naprawdę nie są aktorkami, ale ubiegła ją Denise.

– Och, prowadzimy teraz rozmowy na temat naszego kolejnego projektu – skłamała.

– Fantastycznie! – Cindy klasnęła w dłonie. – O czym to będzie?

– Na razie nie możemy tego zdradzić, ale na nagranie będziemy musiały jechać do Hollywood.

Cindy wyglądała tak, jak gdyby zaraz miała dostać ataku serca.

– O mój Boże! Kto jest waszym agentem?

– Frankie – wtrąciła Sharon. – Tak więc Frankie i my wszystkie jedziemy do Hollywood[1].

Holly nie była w stanie powstrzymać śmiechu.

– Nie zwracaj na nią uwagi, Cindy, ona jest po prostu podekscytowana – wyjaśniła Denise.

– O kurczę, ja na waszym miejscu też bym była! – Cindy popatrzyła na leżącą na stoliku kartę pokładową Denise i niemal zemdlała. – Kurczę, wy także lecicie do Lanzarote!

Denise chwyciła kartę i wrzuciła ją do torebki, jakby to mogło cokolwiek zmienić.

– Lecę tam razem z przyjaciółkami. Tam są. – Odwróciła się i znowu do nich pomachała, na co skwapliwie odpowiedziały tym samym. – Będziemy mieszkać w Costa Palma Palace. A wy gdzie się zatrzymacie?

Holly zamarło serce.

---

[1] Nawiązanie do nazwy zespołu (Frankie Goes To Hollywood), święcącego swe triumfy w latach osiemdziesiątych (przyp. tłum.).

– Nie pamiętam nazwy, a wy, dziewczyny? – Popatrzyła wymownie na przyjaciółki.

Energicznie potrząsnęły głowami.

– Nic nie szkodzi. – Cindy radośnie wzruszyła ramionami. – I tak się z wami spotkam, kiedy wylądujemy! Lepiej już pójdę do samolotu. Nie chciałabym, żeby odleciał beze mnie! – zapiszczała tak głośno, że ludzie przy sąsiednich stolikach odwrócili w jej stronę głowy. Uściskała każdą z dziewcząt i wróciła chwiejnym krokiem do przyjaciółek.

– Wygląda na to, że kastety byłyby nie od parady – oświadczyła z nieszczęśliwą miną Holly.

– Co za problem – rzekła Sharon, niepoprawna optymistka. – Możemy ją po prostu ignorować.

Wstały i ruszyły w stronę wyjścia do samolotu. Kiedy znalazły się w środku i szły na swoje miejsca, serce Holly zamarło i czym prędzej klapnęła na siedzenie w samym końcu samolotu. Sharon usiadła obok, a Denise miała doprawdy komiczną minę, kiedy zobaczyła, kto jest jej sąsiadką.

– Och, super! Będziesz siedzieć obok mnie! – zapiszczała Cindy.

Denise posłała przyjaciółkom mordercze spojrzenie i klapnęła obok nowej znajomej.

– Widzisz? Mówiłam, że znajdziesz przyjacióleczkę, z którą będziesz się mogła bawić – wyszeptała Sharon do ucha Denise.

Sharon i Holly wybuchnęły śmiechem.

Rozdział dwudziesty siódmy

Cztery godziny później samolot zatoczył koło nad morzem i wylądował na lotnisku w Lanzarote. Pasażerowie zaczęli bić brawo, ale nikt w samolocie nie czuł tak wielkiej ulgi jak Denise.

– Dosłownie pęka mi głowa – narzekała, kiedy szły po odbiór bagażu. – Ta cholerna dziewczyna trajkocze jak katarynka. – Pomasowała skronie i zamknęła oczy, delektując się ciszą.

Sharon i Holly dostrzegły Cindy i jej kumpelkę, kierujące się w ich stronę, i umknęły w tłum, pozostawiając Denise stojącą samotnie z zamkniętymi oczami.

Przecisnęły się przez tłum, by znaleźć się bliżej bagażu. Każdy sądził, że świetnym pomysłem będzie stanąć tuż obok pasa i nachylić się do przodu, tak by nikt z tyłu nie widział, czyj bagaż przesuwa się jako następny. Przez prawie pół godziny dziewczęta czekały, aż taśma w ogóle ruszy, a następne pół nadal stały, czekając na swoje torby, podczas gdy większość turystów wyszła już na zewnątrz do podstawionych autobusów.

– O wy paskudy – rzekła gniewnie Denise, zbliżając się do nich i ciągnąc za sobą walizkę. – Wciąż czekacie na bagaż?

– Nie, po prostu dziwnie mnie uspokaja stanie tutaj i przyglądanie się tym samym torbom, które jeżdżą sobie w kółko. Idź do autobusu, a ja zostanę tutaj i nadal będę się upajać tym widokiem, dobra? – warknęła Sharon.

– Mam nadzieję, że zgubili twoją walizkę. Albo jeszcze lepiej, że twoja torba otworzy się i wszystkie gacie i staniki wylądują na taśmie, tak by każdy mógł je sobie obejrzeć.

Holly z rozbawieniem popatrzyła na Denise.

– Lepiej się czujesz?

– Nie, dopóki nie zapalę – odparła, wyduszając z siebie uśmiech.

– Ooch, jest i moja torba! – zawołała radośnie Sharon i ściągnęła ją z taśmy, waląc nią przy okazji w goleń Holly.

– AŁA!

– Sorki, ale ciuchy są najważniejsze.

– Jeśli zgubili moje, to ich pozwę – oświadczyła gniewnie Holly. Wszyscy już wyszli, w środku zostały tylko one. – Dlaczego zawsze to mój bagaż jest ostatni?

– Prawo Murphy'ego – wyjaśniła Sharon. – O, jest już. – Chwyciła walizkę i ponownie walnęła nią w i tak już obolałe nogi Holly.

– AŁA! AŁA! AŁA! – wrzasnęła Holly, pocierając bolące miejsca. – Nie mogłaś machnąć tą cholerną walizką w drugą stronę?

– Przepraszam. – Sharon zrobiła skruszoną minę. – Potrafię machać tylko w jednym kierunku, kochanie.

Wyszły na zewnątrz na spotkanie z rezydentem.

– Przestań, Gary! Daj mi spokój! – usłyszały, kiedy skręcały za róg.

Podążyły za tym dźwiękiem i dostrzegły młodą kobietę w czerwonym uniformie rezydenta, napastowaną przez młodego mężczyznę w takim samym stroju. Podeszły do niej.

– Kennedy, McCarthy i Hennessey? – zapytała z wyraźnym londyńskim akcentem.

Skinęły głowami.

– Witam, mam na imię Victoria i przez następny tydzień będę waszą rezydentką. – Przywołała na twarz zawodowy uśmiech. – Proszę więc za mną, zaprowadzę was do autobusu. – Mrugnęła bezczelnie do Gary'ego i wyprowadziła dziewczęta na zewnątrz.

Była druga w nocy, a mimo to przy wyjściu na dwór przywitała je ciepła bryza. Holly uśmiechnęła się do przyjaciółek; teraz naprawdę były na wakacjach.

Kiedy weszły do autobusu, wszyscy zaczęli bić brawo, a Holly przeklęła ich w duchu, mając nadzieję, że to nie będą wakacje w stylu „wszyscy jesteśmy przyjaciółmi".

– He-ej! – zawołała Cindy, machając do nich ręką. – Zajęłam wam miejsca!

Denise westchnęła głośno i dziewczęta powlokły się noga za nogą na tył autobusu. Holly usiadła przy oknie, gdzie mogła się choć trochę odseparować. Może przy odrobinie szczęścia Cindy zostawi ją w spokoju, a główną wskazówką powinno być to, że Holly ignorowała ją od chwili, gdy dziewczyna przydreptała do ich stolika.

Czterdzieści pięć minut później dotarli do Costa Palma Palace i Holly znów poczuła miłe podniecenie. Do hotelu prowadził długi podjazd wysadzany wysokimi palmami. Przed głównym wejściem widać było wielką, oświetloną na niebiesko fontannę. Ku jej irytacji wszyscy w autobusie ponownie zaczęli wiwatować. Dziewczęta miały zarezerwowany całkiem spory apartament, składający się z jednej sypialni z dwoma pojedynczymi łóżkami, niewielkiej kuchni, salonu z kanapą, łazienki i balkonu. Holly wyszła na balkon i popatrzyła na morze. Choć było zbyt ciemno, by cokolwiek zobaczyć, słyszała, jak woda delikatnie uderza o piasek. Zamknęła oczy i słuchała.

– Papierosa, papierosa, ja muszę zapalić. – Denise dołączyła do niej, gorączkowo rozrywając zafoliowaną paczkę. Po chwili zaciągnęła się głęboko. – Ach! Już lepiej; już nie mam ochoty wszystkich pozabijać.

Holly się roześmiała; ogromnie ją cieszył ten tydzień w towarzystwie przyjaciółek.

– Hol, masz coś przeciwko, że będę spała na sofie? Mogłabym wtedy mieć otwarte drzwi i palić...

– Tylko naprawdę otwieraj drzwi! – zawołała ze środka Sharon. – Nie chcę się budzić rano i śmierdzieć dymem.

– Dzięki – odparła radośnie Denise.

O dziewiątej rano Holly obudził głos Sharon, która szepnęła, że idzie na dół na basen, by zająć dla nich leżaki.

Piętnaście minut później wróciła.

– Ci Niemcy rąbnęli wszystkie leżaki – oświadczyła gderliwie. – Gdybyście mnie szukały, to będę na plaży.

Holly sennie wymruczała jakąś odpowiedź, po czym ponownie zasnęła.

O dziesiątej razem z Denise uznały, że pójdą na plażę, przyłączyć się do Sharon.

Piasek był gorący i musiały cały czas dreptać, by nie parzyć stóp. W Irlandii Holly była dumna ze swej opalenizny, natomiast tu było oczywiste, że cała trójka dopiero przyleciała na wyspę. Dostrzegły Sharon, która siedziała w cieniu parasola i czytała książkę.

– Ale tu pięknie, no nie? – uśmiechnęła się Denise, rozglądając się.

– Niebiańsko – zgodziła się Sharon.

Holly miała nadzieję, że Gerry znalazł się w takim samym niebie. Nie, tu nie dostrzegła śladu męża. Wszędzie wokół same pary: pary smarujące się nawzajem kremem do opalania, trzymające się za ręce i spacerujące wzdłuż plaży, pary grające w tenisa i, tuż przed jej leżakiem, opalająca się para, przytulona do siebie. Ale nie miała czasu, by się tym zadręczać, gdyż Denise pozbyła się sukienki i podskakiwała teraz na gorącym piasku, mając na sobie jedynie stringi w panterkę i domagając się uwagi.

– Czy któraś z was nasmaruje mnie kremem?

Sharon odłożyła książkę i przyjrzała się jej znad okularów.

– Ja mogę, ale cycki i tyłek posmarujesz sobie sama.

– Cholera – zażartowała Denise. – Nie przejmuj się, po-poproszę o to kogoś innego. – Usiadła na brzegu leżaka Sha-ron, która zaczęła ją smarować. – Wiesz co, Sharon?

– Co?

– Nierówno się opalisz, jeśli będziesz cały czas w tym sarongu.

Sharon popatrzyła na siebie i jeszcze niżej obciągnęła krótką spódniczkę.

– Opalisz? Ja się nigdy nie opalam. Denise, nie wiedzia-łaś, że kolor niebieski to nowy brąz?

Holly i Denise się roześmiały. Kiedy tylko Sharon próbo-wała się opalić, zawsze kończyło się to poparzeniem. W koń-cu dała sobie spokój z próbami zdobycia opalenizny i zaak-ceptowała fakt, że przeznaczeniem jej skóry jest bladość.

– A poza tym ostatnio wyglądam jak klucha i nie chcę nikogo wystraszyć.

Holly przyjrzała się przyjaciółce, poirytowana, że nazwała siebie kluchą. Owszem, może trochę przytyła, ale nie była gruba.

– W takim razie może pójdziesz na basen i wystraszysz stamtąd tych wszystkich Niemców? – zażartowała Denise.

– Właśnie, jutro naprawdę musimy wcześniej wstać, że-by zająć sobie miejsca. Na plaży po jakimś czasie robi się nudno – poparła ją Holly.

– Nie martw się. Dorwiemy tych Niemiaszków – odparła ze śmiechem Sharon.

Dziewczęta przez resztę dnia odpoczywały, co jakiś czas zanurzając się dla ochłody w morzu. Zjadły lunch w barze na plaży i spędziły leniwy dzień, dokładnie tak, jak to sobie wcześniej zaplanowały. Holly czuła, jak stopniowo uwalnia się od stresu i napięcia i przez kilka godzin czuła się wolna.

Tego wieczoru udało im się na szczęście uniknąć kon-taktu z brygadą Barbie i w przyjemnej atmosferze zjadły kolację w jednej z wielu restauracji usytuowanych wzdłuż ruchliwej ulicy, niezbyt daleko od kompleksu hotelowego.

– Nie mogę uwierzyć, że jest godzina dziesiąta, a my już wracamy – rzekła Denise, przyglądając się tęsknie otaczającym ich ze wszystkich stron barom.

Ludzie wylewali się z barów na ulice, muzyka, dochodząca z każdego budynku, mieszała się ze sobą, tworząc niezwykłą kakofonię. Holly niemal czuła, jak pulsuje ziemia pod jej stopami. Szły w milczeniu, chłonąc otaczające je widoki, dźwięki i zapachy. Ze wszystkich stron słychać było głośny śmiech, brzęk szklanek i śpiew. Światła neonowe błyskały i wydawały buczące odgłosy, a każdy bar walczył o klientów. Na ulicy właściciele barów ostro ze sobą rywalizowali, by nakłonić przechodniów do odwiedzenia właśnie ich lokalu, rozdawali ulotki, darmowe drinki, nęcili zniżkami.

Opalone młode ciała tłoczyły się w dużych grupach wokół poustawianych na zewnątrz stolików i przechadzały się pewnie po ulicy, roztaczając wokół zapach kokosowego mleczka do opalania. Patrząc na średnią wieku klientów, Holly poczuła się stara.

– No cóż, jeśli chcesz, to możemy iść do jakiegoś baru na kilka drinków – rzekła niepewnie, przyglądając się tańczącej na ulicy młodzieży.

Denise zatrzymała się i zlustrowała najbliższe bary.

– Witaj, moja piękna. – Młody, bardzo przystojny facet zatrzymał się i błysnął bialutkimi zębami do Denise. Miał brytyjski akcent. – Wejdziesz tutaj ze mną?

Denise przyglądała mu się przez chwilę z namysłem. Sharon i Holly prychnęły, wiedząc, że ich przyjaciółka z całą pewnością nie pójdzie dziś wcześnie spać. A znając ją, przypuszczały, że wcale nie pójdzie spać dzisiaj.

Wreszcie Denise otrząsnęła się z transu i oświadczyła z dumą.

– Nie, dziękuję. Mam chłopaka i go kocham! Chodźcie, dziewczyny! – rzuciła do przyjaciółek i ruszyła w kierunku hotelu.

Holly i Sharon stały jak skamieniałe. Nie mogły uwierzyć w to, co widziały. Musiały pobiec, żeby ją dogonić.

– Na co się tak gapicie? – uśmiechnęła się Denise.

– Na ciebie – odparła Sharon, nadal oszołomiona. – Kim jesteś i co zrobiłaś z pożeraczką męskich serc, czyli moją przyjaciółką?

– No dobra. – Denise uniosła w górę ręce i uśmiechnęła się szeroko. – Może to całe bycie singlem nie jest wcale takie fajne, jak sądziłam.

Holly spuściła wzrok i kopnęła kamyk, który leżał na drodze prowadzącej do hotelu. Z całą pewnością nie było.

– Cieszę się razem z tobą – rzekła radośnie Sharon, obejmując przyjaciółkę i przytulając ją lekko.

Zapadła cisza i Holly słuchała, jak muzyka powoli cichnie, aż wreszcie w oddali słychać było jedynie rytmiczne dudnienie basów.

– Poczułam się tam tak staro – odezwała się Sharon.

– Ja też! – Oczy Denise się rozszerzyły. – Od kiedy zaczyna się imprezować w tak młodym wieku?

Sharon zaczęła się śmiać.

– Denise, ci ludzie nie robią się młodsi; obawiam się, że to my się starzejemy.

Denise przeżuwała to, co usłyszała.

– Ale to nie znaczy, że jesteśmy stare, na litość boską. Chodzi mi o to, że jeszcze nie czas, byśmy odstawiły w kąt nasze buty do tańca i chwyciły za laski. Mogłybyśmy się bawić przez całą noc, gdybyśmy chciały, my po prostu... jesteśmy zmęczone. To był długi dzień... o Boże, ja naprawdę mówię jak jakaś staruszka. – Denise mówiła do samej siebie, gdyż Sharon zbyt zajęta była obserwowaniem Holly, która ze spuszczoną głową nadal kopała ten sam kamyk.

– Holly, wszystko w porządku? Coś długo się nie odzywasz.

– Tak, po prostu sobie myślałam – odparła cicho Holly, nie podnosząc głowy.

– Myślałaś o czym? – zapytała miękko Sharon.

Holly podniosła głowę.

– O Gerrym. – Popatrzyła na dziewczęta. – Myślałam o Gerrym.

– Chodźmy na plażę – zaproponowała Denise.

Zrzuciły buty i pozwoliła stopom zanurzyć się w chłodnym piasku.

Niebo było czarne i migotały na nim miliony małych gwiazdek – wyglądało to tak, jakby ktoś rozrzucił brokat po wielkiej czarnej sieci. Nisko nad horyzontem wisiał księżyc w pełni, dzięki czemu widać było, gdzie morze styka się z niebem. Dziewczęta usiadły niedaleko brzegu. Otaczała je muzyka delikatnie chlupoczących fal, co działało kojąco i odprężająco. Było ciepło, choć Holly poczuła lekką bryzę, a jej skórę połaskotały poruszone nią włosy. Zamknęła oczy i wciągnęła głęboko świeże morskie powietrze.

– Dlatego cię tutaj sprowadził, wiesz? – odezwała się Sharon, patrząc, jak przyjaciółka się odpręża.

Oczy Holly pozostały zamknięte. Uśmiechnęła się.

– Za rzadko o nim mówisz, Holly – rzekła Denise, kreśląc palcem wzorki na piasku.

Holly powoli otworzyła oczy. Gdy się odezwała, głos miała cichy, ale ciepły i łagodny.

– Wiem.

Denise podniosła wzrok znad piasku.

– Dlaczego tak jest?

Holly milczała przez chwilę, patrząc na czarne morze.

– Nie wiem, jak mam o nim mówić. – Znów chwilę milczała. – Nie wiem, czy mówić „Gerry był" czy „Gerry jest". Nie wiem, czy mam być smutna, czy wesoła, kiedy o nim mówię. Jeśli, mówiąc o nim, jestem wesoła, niektórzy mnie potępiają, bo oczekują ode mnie, że będę wypłakiwać sobie oczy. A kiedy jestem smutna, inni czują się tym skrępowani. – Wpatrywała się w połyskujące, ciemne morze, a kiedy ponownie się odezwała, jej głos był jeszcze cichszy. – Nie mogę żartować sobie z niego, tak jak to kiedyś często robiłam, bo nie wydaje się to właściwe. Nie mogę mówić o tym, co powiedział mi w zaufaniu, ponieważ nie chcę zdradzać jego tajemnic. Ja po prostu nie wiem, jak mam o nim rozmawiać. Ale to wcale nie znaczy, że tutaj o nim nie pamiętam – postukała się w skronie.

Siedziały po turecku na miękkim piasku.

– Ja i John przez cały czas rozmawiamy o Gerrym. – Sharon spojrzała na Holly błyszczącymi oczami. – Rozmawiamy o tym, jak nas rozśmieszał. Rozmawiamy nawet o naszych kłótniach. O tym, co w nim kochaliśmy, i o tym, co nas naprawdę w nim wkurzało.

Holly uniosła brwi.

– Ponieważ dla nas taki właśnie był Gerry – ciągnęła Sharon. – On nie był tylko i wyłącznie miły. Pamiętamy i dobre, i złe chwile, i nie ma w tym nic niewłaściwego.

Przez dłuższą chwilę panowała cisza.

Pierwsza odezwała się Denise.

– Chciałabym, żeby mój Tom znał Gerry'ego. – Jej głos lekko drżał.

Holly popatrzyła na nią ze zdziwieniem.

– Gerry był także moim przyjacielem – dodała Denise, a w jej oczach błyszczały łzy. – A Tom już go nie pozna. Opowiadam mu więc o Gerrym, by wiedział, że nie tak dawno jeden z najmilszych ludzi na świecie był moim przyjacielem i uważam, że wszyscy powinni byli go znać. – Jej warga zadrżała i przygryzła ją mocno. – Ale nie mogę uwierzyć w to, że ktoś, kogo teraz tak bardzo kocham, kto wie o mnie wszystko, nie zna człowieka, który przez dziesięć lat był moim przyjacielem.

Łza spłynęła po policzku Holly. Przechyliła się, by przytulić przyjaciółkę.

– W takim razie, Denise, będziemy musiały nadal opowiadać Tomowi o Gerrym, tak?

*

Nazajutrz nie zawracały sobie głowy spotkaniem się z rezydentką, gdyż nie zamierzały brać udziału w żadnych wycieczkach ani głupich zawodach sportowych. Zamiast tego wstały wcześnie i wykonały taniec leżakowy, polegający na próbach rzucania ręczników na leżaki, by zarezerwować je dla siebie. Niestety i tak nie udało im się wstać wystarczająco wcześnie. (Sharon: „Czy ci cholerni Niemcy w ogóle nie chodzą spać?".) Wreszcie Sharon podstępnie zrzuciła ręczniki z kilku nieużywanych leżaków i położyły się obok siebie.

Dokładnie w chwili, kiedy Holly zaczynała przysypiać, usłyszała przenikliwe wrzaski i obok niej przebiegła grupa ludzi. Z jakiegoś powodu Gary, rezydent, którego dziewczęta poznały na lotnisku, uznał, że to naprawdę zabawny pomysł, by przebrać się za kobietę i pozwalać, żeby Victoria goniła go wokół basenu. Wszyscy ich dopingowali. Przyjaciółki z niesmakiem przewróciły oczami. Wreszcie Victoria złapała Gary'ego i oboje wpadli razem do basenu.

Wszyscy bili im brawo.

Kilka minut później, kiedy Holly spokojnie pływała, kobieta z mikrofonem oznajmiła, że za pięć minut w basenie rozpoczną się zajęcia z aqua aerobiku. Victoria i Gary, korzystając z pomocy brygady Barbie, biegali wokół leżaków, ściągając z nich wszystkich i zmuszając, by się przyłączyli.

– A odpieprzcie wy się wszyscy ode mnie! – usłyszała Holly krzyk Sharon, gdy ktoś próbował wciągnąć ją do basenu.

Holly wkrótce potem została przegnana z basenu przez coś, co wyglądało jak nadciągające stado hipopotamów, które zamierzało wziąć udział w tak bardzo potrzebnych zajęciach aqua aerobiku. Dziewczęta przeczekały niesamowicie irytujące półgodzinne zajęcia aerobiku z instruktorką wrzeszczącą do mikrofonu. Kiedy wreszcie się skończyły, ogłoszono, że zaraz odbędą się zawody wodnego polo, więc natychmiast zerwały się i udały na plażę w poszukiwaniu choćby odrobiny spokoju i ciszy.

– Masz jakiś kontakt z rodzicami Gerry'ego? – zapytała Sharon, kiedy wylegiwały się na wodzie na nadmuchiwanych materacach.

– Tak, co kilka tygodni przysyłają mi widokówkę, informując, gdzie teraz są i co u nich słychać.

– Ten rejs jeszcze trwa?

– Aha.

– Brakuje ci ich?

– No cóż, ich syn odszedł, wnuków nie mają, więc nie sądzę, by uważali, że cokolwiek nas jeszcze łączy.

– Gówno prawda, Holly. Byłaś żoną ich syna, a to cię czyni ich synową. To bardzo silna więź.

– Sama nie wiem – westchnęła Holly. – Nie sądzę, by był to dla nich wystarczający powód.

– Są trochę zacofani, no nie?

– Tak, nawet bardzo. Nie mogli ścierpieć tego, że ja i Gerry „żyliśmy w grzechu", jak to nazywali. Niecierpliwie czekali, kiedy weźmiemy ślub. A kiedy to zrobiliśmy, stali się jeszcze gorsi! Nie potrafili zrozumieć, dlaczego nie zmieniłam nazwiska.

– Tak, pamiętam – zaśmiała się Sharon. – Jego mama uraczyła mnie na weselu kazaniem. Powiedziała, że obowiązkiem kobiety jest zmiana nazwiska, co jest wyrazem szacunku wobec męża. Wyobrażasz to sobie? To ci bezczelność!

Holly się roześmiała.

– I tak lepiej ci bez nich – zapewniła ją Sharon.

– Witajcie, dziewczęta. – Obok pojawiła się Denise.

– Gdzie się podziewałaś? – zapytała Holly.

– Rozmawiałam sobie z jednym kolesiem z Miami. Naprawdę miły facet.

– Miami? Tam właśnie był Daniel – odparła Holly, lekko zanurzając palce w przejrzyście niebieskiej wodzie.

– Miły facet ten Daniel, no nie? – rzuciła Sharon.

– Tak, naprawdę miły – zgodziła się Holly. – Łatwo się z nim rozmawia.

– Tom mi mówił, że ostatnio naprawdę wiele przeszedł – rzekła Denise, odwracając się na plecy.

Sharon zastrzygła uszami, wietrząc plotki.

– Jak to?

– Był zaręczony z jakąś laską, a tu okazało się, że ona sypia z kimś innym. Dlatego właśnie przeprowadził się do Dublina i kupił ten pub.

– Wiem. To straszne, prawda? – mruknęła posępnie Holly.

– Gdzie przedtem mieszkał? – zainteresowała się Sharon.

– W Galway. Prowadził tam pub.

– Och – w głosie Sharon słychać było zdziwienie – a wcale nie ma akcentu z tamtych okolic.

– Dorastał w Dublinie, potem był w wojsku, następnie przeprowadził się do Galway, gdzie jego rodzina prowadziła pub, potem poznał Laurę, byli ze sobą siedem lat, zaręczyli się i mieli wziąć ślub, ale ona go zdradziła, więc zerwali i on wrócił do Dublina i kupił U Hogana. – Holly zaczerpnęła tchu.

– Niewiele o nim wiesz, co? – droczyła się Denise.

– No cóż, gdybyście ty i Tom poświęcili nam wtedy w pubie choć odrobinę uwagi, pewnie nie dowiedziałabym się o nim aż tyle. – Holly przewróciła oczami. – Naprawdę, Sharon, zapraszają mnie i Daniela, a potem nas ignorują. – Udawała, że jest obrażona.

Denise westchnęła głośno.

– Boże, naprawdę tęsknię za Tomem.

– Powiedziałaś to temu kolesiowi z Miami? – zaśmiała się Sharon.

– Nie, ja sobie z nim tylko rozmawiałam – odparła obronnym tonem Denise. – Prawdę mówiąc, nikt inny mnie nie interesuje. To naprawdę dziwne: w ogóle nie dostrzegałam innych facetów, a przecież otaczają nas setki półnagich mężczyzn. Myślę, że coś takiego jest znaczące.

– Coś takiego nazywa się miłość, wiesz? – uśmiechnęła się Sharon.

– Cokolwiek to jest, jeszcze nigdy się tak nie czułam.

– To miłe uczucie – odezwała się Holly, bardziej do siebie niż do nich.

Leżały przez chwilę w milczeniu, zatopione każda we własnych myślach, poddając się łagodnemu kołysaniu fal, co działało na nie uspokajająco.

– Cholera! – wrzasnęła nagle Denise, a pozostała dwójka aż podskoczyła. – Popatrzcie tylko, gdzie jesteśmy!

Holly usiadła i rozejrzała się. Odpłynęły tak daleko od brzegu, że ludzie na plaży wyglądali jak małe mrówki.

– O cholera – wpadła w panikę Sharon, a skoro ona panikowała, Holly wiedziała, że to nie przelewki.

– Szybko, płyniemy z powrotem! – krzyknęła Denise.

Położyły się na brzuchach i zaczęły z całej siły wiosłować rękami. Po kilku minutach niezmordowanego machania poddały się, ledwo zipiąc. Ku swemu przerażeniu były teraz nawet dalej od brzegu niż poprzednio.

To nie miało sensu, odpływ nadciągał zbyt szybko, a fale były zbyt silne.

Rozdział dwudziesty ósmy

– Na pomoc! – zawołała na całe gardło Denise i gwałtownie zamachała rękami.

– Nie sądzę, by ktoś nas usłyszał – rzekła Holly, a w jej oczach zaczęły wzbierać łzy.

– Ale z nas idiotki! – Sharon wygłosiła kazanie na temat niebezpieczeństw, czyhających na osoby pływające na morzu na materacach.

– Daj już spokój, Sharon – powiedziała Denise. – Jesteśmy w niebezpieczeństwie, więc razem zacznijmy krzyczeć, a nuż ktoś usłyszy.

Odchrząknęły i usiadły na tyle prosto, na ile się dało, by materace nie zatonęły pod ich ciężarem.

– No dobra, raz, dwa, trzy... RATUNKU! – wrzasnęły razem, szaleńczo machając przy tym rękami.

Po chwili przestały krzyczeć i przyglądały się w milczeniu kropkom na plaży, by się przekonać, czy ich wysiłek został dostrzeżony. Nie zauważyły żadnej reakcji.

– Błagam, powiedzcie mi, że tutaj nie ma rekinów – zakwiliła Denise.

– Przestań, Denise – warknęła Sharon. – To ostatnie, o czym chcemy myśleć.

Holly przełknęła ślinę i przyjrzała się wodzie. Jeszcze niedawno przejrzyste, niebieskie morze teraz było znacznie ciemniejsze. Zeskoczyła z materaca, by sprawdzić, jak jest głęboko. Jej nogi nie znalazły oparcia, a serce zaczęło walić jak młotem. Nie było dobrze.

Sharon i Holly próbowały przez chwilę płynąć, ciągnąc za sobą materace, tymczasem Denise nadal krzyczała ile sił w płucach.

– Jezu, Denise – wydyszała Sharon. – I tak nikt cię nie usłyszy prócz delfinów.

– Słuchajcie, skończcie z tym pływaniem, bo robicie to już od kilku minut, a nadal jesteście obok mnie.

Holly przestała płynąć i podniosła głowę. Denise odpowiedziała jej zalęknionym spojrzeniem.

– Jasne. – Holly próbowała powstrzymać cisnące się do oczu łzy. – Sharon, równie dobrze możemy dać sobie spokój i oszczędzać energię.

Skuliły się na materacach i zaczęły popłakiwać. Naprawdę niewiele więcej można zrobić w tej sytuacji, pomyślała Holly, którą zaczęła ogarniać coraz większa panika. Próbowały wołać o pomoc, ale wiatr znosił ich krzyki w przeciwnym kierunku; próbowały płynąć, co okazało się zupełnie pozbawione sensu, gdyż fale były zbyt silne. Zaczynało się robić chłodno, a woda była ciemna i złowroga. Cóż za idiotyczna sytuacja, w dodatku same się w nią wpakowały. Holly oprócz strachu czuła też jakieś upokorzenie.

Nie wiedziała, czy ma się śmiać, czy płakać i z jej ust zaczął się wydobywać odgłos, stanowiący połączenie jednego i drugiego. Słysząc to, Sharon i Denise przestały płakać i spojrzały w nią tak, jakby nagle wyrosło jej dziesięć głów.

– Ta cała sytuacja ma przynajmniej jedną dobrą stronę – wyrzuciła z siebie Holly, ni to się śmiejąc, ni płacząc.

– Ciekawe jaką? – zapytała Sharon, ocierając oczy.

– Przecież wszystkie od zawsze mówiłyśmy o podróży do Afryki – zachichotała Holly niczym wariatka – a wygląda na to, że jesteśmy już chyba w połowie drogi.

Dziewczęta popatrzyły na morze, ku ich przyszłemu miejscu przeznaczenia.

– To także najtańszy środek transportu – przyłączyła się Sharon.

Denise wpatrywała się w nie, jakby oszalały, a im wystarczyło jedno spojrzenie na nią, jak leży na środku oceanu, w samych tylko majteczkach i z sinymi ustami, by zaczęły się śmiać.

– No co? – Denise wyglądała na kompletnie ogłupiałą.

– Znalazłyśmy się w wielkich, naprawdę wielkich tarapatach – zachichotała Sharon.

– Racja – przyznała Holly. – W pewnym sensie wpadłyśmy po same uszy.

Leżały przez kilka następnych minut, na przemian śmiejąc się i płacząc, aż dźwięk zbliżającej się łodzi motorowej sprawił, że Denise usiadła i ponownie zaczęła szaleńczo machać rękami. Holly i Sharon znów parsknęły śmiechem na widok podskakujących piersi przyjaciółki, która niestrudzenie machała do podpływających do nich ratowników.

– No i mamy normalny babski wieczór – zaśmiała się Sharon, przyglądając się, jak umięśniony ratownik wciąga do łodzi półnagą Denise.

– Myślę, że są w szoku – rzekł jeden ratownik do drugiego, kiedy już wciągnęli pozostałe dwie dziewczyny na łódź.

– Szybko, ratujmy materace! – wydusiła z siebie Holly, krztusząc się ze śmiechu

– Materac za burtą! – zawołała Sharon.

Ratownicy popatrzyli na siebie z niepokojem, po czym przykryli dziewczęta kocami i ruszyli do brzegu.

Kiedy przypłynęli na plażę, okazało się, że zdążył się na niej zgromadzić całkiem spory tłumek. Dziewczęta popatrzyły na siebie i zaczęły się jeszcze głośniej śmiać. Gdy wychodziły z łodzi, rozległa się burza oklasków. Denise odwróciła się i złożyła wszystkim głęboki ukłon.

– Teraz klaszczą, a gdzie byli, kiedy ich potrzebowałyśmy? – mruknęła Sharon.

– Zdrajcy – zgodziła się Holly.

– Są nareszcie! – Usłyszały znajomy pisk i ujrzały przepychającą się przez tłum Cindy i brygadę Barbie. – O mój Boże! – zapiszczała. – Widziałam wszystko przez lornetkę i wezwałam ratowników. Nic wam się nie stało? – Patrzyła na nie z rozgorączkowaniem.

– Nie, nic nam nie jest – odparła z powagą Sharon. – My akurat miałyśmy szczęście. W przeciwieństwie do naszych biednych materacy. – Sharon i Holly wybuchnęły śmiechem.

W chwilę później zaprowadzono je do lekarza.

Tego wieczoru dziewczęta uświadomiły sobie powagę tego, co się stało, i ich nastroje gwałtownie się zmieniły. W czasie kolacji były milczące, myślały o tym, jak wiele miały szczęścia, i wyrzucały sobie własną bezmyślność. Denise wierciła się na krześle i prawie nie tknęła jedzenia.

– Co ci się stało? – zapytała Sharon, wciągając do ust nitkę spaghetti i brudząc sobie twarz sosem.

– Nic – odparła cicho Denise, dolewając wody do szklanki.

Przez kilka następnych minut siedziały w milczeniu.

– Przepraszam, muszę do toalety. – Denise wstała i ruszyła w stronę drzwi niepewnym krokiem.

Przyjaciółki zmarszczyły brwi i popatrzyły na siebie.

– Jak myślisz, co jej się stało? – zapytała Holly.

Sharon wzruszyła ramionami.

– Do kolacji wypiła z dziesięć litrów wody, nic więc dziwnego, że wciąż biega do ubikacji – odparła.

– Zastanawiam się, czy nie jest na nas wściekła za to, że na morzu stroiłyśmy sobie żarty.

Sharon ponownie wzruszyła ramionami. Jadły dalej w milczeniu. Holly rozmyślała o swoim zachowaniu tam, na morzu. Kiedy minęła początkowa panika i opuścił ją strach, że zginie, zaczęło jej się kręcić w głowie. Uświadomiła sobie bowiem, że gdyby tak się stało, byłaby wtedy razem z Gerrym, i właściwie nie obchodzi ją to, czy umrze, czy nie. To były myśli pełne egoizmu. Koniecznie musi zmienić sposób patrzenia na życie.

Wróciła Denise i skrzywiła się, siadając na krześle.

– Denise, no co ci jest? – zapytała Holly.

– Nie powiem wam, bo będziecie się śmiać – odparła dziecinnie.

– Daj spokój, jesteśmy twoimi przyjaciółkami. Nie będziemy się śmiać. – Holly usiłowała powstrzymać uśmiech.

– Nie i koniec. – Denise dolała sobie wody do szklanki.

– Wyluzuj, dziewczyno, przecież wiesz, że możesz nam wszystko powiedzieć. Obiecujemy, że nie będziemy się śmiać – oświadczyła Sharon tak poważnym tonem, że Holly zganiła się w duchu za swój uśmiech.

Denise przyglądała im się uważnie, zastanawiając się, czy może im zaufać.

– No dobrze. – Westchnęła i bardzo cicho coś wymamrotała.

– Co? – zapytała Holly, przysuwając się bliżej.

– Skarbie, nie usłyszałyśmy, powiedziałaś to za cicho – rzekła Sharon, także się przysuwając.

Denise rozejrzała się po restauracji, by sprawdzić, czy nikt jej nie słucha, po czym nachyliła się do przyjaciółek.

– Powiedziałam, że od tak długiego leżenia na materacu poparzyłam sobie tyłek.

– Och. – Sharon gwałtownie wyprostowała się na krześle.

Holly odwróciła głowę, by uniknąć kontaktu wzrokowego z Sharon i zajęła się liczeniem bułek w koszyku, byle tylko nie myśleć o tym, co właśnie powiedziała Denise.

Przez dłuższą chwilę panowała cisza.

– Widzicie, mówiłam, że będziecie się śmiać – nadąsała się Denise.

– My się wcale nie śmiejemy – odparła drżącym głosem Sharon.

Ponownie zapadła cisza.

Holly nie mogła się powstrzymać.

– Pamiętaj smarować go kremem, bo ci skóra zejdzie.
I wtedy nie wytrzymały.

Denise kiwała głową i czekała, aż przestaną się śmiać.
Długo musiała czekać. Prawdę mówiąc, kilka godzin później,
kiedy już leżała na sofie i próbowała zasnąć, nadal czekała.

Ostatnie, co usłyszała tuż przed zaśnięciem, to uwaga
wypowiedziana przez Holly:

– Tylko upewnij się, że leżysz na brzuchu.

– Hej, Holly – wyszeptała Sharon, kiedy już wreszcie zdo-
łały się uspokoić. – Jesteś podekscytowana jutrem?

– Co masz na myśli? – zapytała Holly, ziewając.

– List! – odparła Sharon, zdziwiona tym, że przyjaciółka
natychmiast sobie o tym nie przypomniała. – Nie mów mi
tylko, że zapomniałaś.

Holly wsunęła dłoń pod poduszkę i dotknęła koperty. Za
godzinę będzie mogła otworzyć szósty list od Gerry'ego.
Oczywiście, że nie zapomniała.

Nazajutrz Holly obudził odgłos wymiotującej w łazience
Sharon. Poszła tam i delikatnie pogłaskała ją po plecach
i przytrzymała włosy.

– Dobrze się czujesz? – zapytała z niepokojem, kiedy
przyjaciółka wreszcie przestała.

– Tak, to te cholerne koszmary, które męczyły mnie przez
całą noc. Śniło mi się, że jestem na łodzi i na materacu
i chyba przez to właśnie dostałam choroby morskiej.

– Mnie też to się śniło. Wczoraj naprawdę się przestra-
szyłam, a ty?

Sharon kiwnęła głową.

– Już nigdy nie będę pływać na materacu – uśmiechnęła
się słabo.

Denise zjawiła się w drzwiach łazienki, ubrana w bikini.
Pożyczyła sobie jeden z sarongów Sharon, by zakryć spie-

czony tyłek. Holly powstrzymała się przed jakąkolwiek uwagą, bo widać było wyraźnie, że pupa bardzo ją boli.

Kiedy dotarły nad basen, Denise i Sharon przyłączyły się do brygady Barbie. No cóż, przynajmniej tyle mogły zrobić, wiedząc, że to właśnie one wezwały pomoc. Holly nie mogła uwierzyć, że wczoraj zasnęła przed północą. Planowała wstać po cichutku, nie budząc przy tym dziewcząt, wymknąć się na balkon i przeczytać list. Nie pojmowała, jak udało jej się zasnąć. Nie mogła dłużej wytrzymać szczebiotania brygady Barbie. Zasygnalizowała Sharon, że się zmywa, a ona mrugnęła do niej, wiedząc, dlaczego przyjaciółka znika. Holly zawiązała sarong wokół bioder i zabrała ze sobą małą torbę plażową, w której leżał tak bardzo ważny list.

Usadowiła się z dala od wrzasków dzieciaków, bawiących się dorosłych i hałasu przenośnych radiomagnetofonów, odtwarzających na cały regulator najnowsze przeboje. Znalazła dla siebie zaciszny zakątek i umościła się wygodnie na ręczniku, chroniącym przed piekącym piaskiem. Fale rozbijały się o brzeg. Mewy nawoływały się na bezchmurnym niebieskim niebie, opadały w dół i nurkowały w chłodnej, krystalicznej wodzie w poszukiwaniu śniadania. Był ranek, ale słońce zaczęło już mocno przygrzewać.

Holly ostrożnie wyjęła z torby kopertę, jakby to była najdelikatniejsza rzecz na świecie i przebiegła palcami po starannie wypisanym słowie: „Sierpień". Delektując się otaczającymi ją odgłosami i zapachami świata, delikatnie otworzyła kopertę i przeczytała szóstą wiadomość od Gerry'ego.

Witaj, Holly!
Mam nadzieję, że spędzasz cudowne wakacje. A tak przy okazji, to pięknie wyglądasz w tym bikini! Mam nadzieję, że wybrałem dla was właściwe miejsce. To właśnie tutaj ty i ja mieliśmy pojechać na nasz miesiąc miodowy, pamiętasz? No cóż, cieszę się, że wreszcie tu jesteś...

*Podobno jeśli się stanie na samym końcu plaży w pobli-
żu skał, które widać z okien waszego apartamentu, i spoj-
rzy za róg po lewej stronie, zobaczy się latarnię. Podobno
tam właśnie przypływają delfiny... Niewiele osób o tym wie.
Wiem, że kochasz delfiny... pozdrów je ode mnie...*
   PS Kocham Cię, Holly...

Holly drżącymi rękami schowała kartkę do koperty
i umieściła ją bezpiecznie w kieszeni torby. Będzie jej strzec
jak oka w głowie, dopóki nie wróci do Dublina i nie dołoży
do pozostałych kopert, które zajmują honorowe miejsce
w górnej szufladzie nocnego stolika. Gdy wstała i pospiesznie złożyła ręcznik, czuła na sobie spojrzenie Gerry'ego.
Miała wrażenie, jakby był tutaj razem z nią. Szybko pobiegła na koniec plaży, która kończyła się nagłym urwiskiem.
Włożyła adidasy i zaczęła się wspinać na skałki, by zobaczyć, co się kryje za skałami.

No i zobaczyła.

Dokładnie tak, jak opisał Gerry, wysoko na urwisku stała
biała latarnia morska niczym swoista pochodnia do nieba.
Holly ostrożnie wspięła się na skały i dotarła do niewielkiej
zatoczki. Była teraz zupełnie sama. I wtedy usłyszała jakieś
dźwięki: wesołe piski delfinów, bawiących się niedaleko
brzegu, z dala od wzroku turystów, oblegających położoną
dalej plażę. Holly usiadła na piasku, by przypatrzeć się ich
zabawie i nasłuchiwać, jak ze sobą rozmawiają.

Obok niej przysiadł Gerry.

Możliwe nawet, że wziął ją za rękę.

Holly mogła już teraz wracać do Dublina odprężona, po-
godna i brązowa. Dokładnie tak, jak zalecił lekarz. Niemniej wydała jęk zawodu, gdy samolot wylądował na lotnisku w Dublinie w strugach rzęsistego deszczu. Tym
razem pasażerowie nie wiwatowali i nie klaskali, a lotnisko

wydawało im się zupełnie innym miejscem niż to, z którego odlatywali w zeszłym tygodniu. I znowu Holly była ostatnią osobą, która otrzymała bagaż, i godzinę później powlokły się posępnie do Johna, który czekał na nie w samochodzie.

– Wygląda na to, że podczas naszego wyjazdu krasnal odpuścił sobie robotę w twoim ogrodzie – powiedziała Denise, patrząc na ogród Holly, kiedy podjechali pod dom.

Holly mocno uścisnęła i ucałowała przyjaciółki i weszła do cichego i pustego mieszkania. W środku wisiał zapach stęchlizny, więc otworzyła drzwi prowadzące na taras, aby wpuścić nieco świeżego powietrza.

Zamarła, kiedy przekręciła klucz w drzwiach i wyjrzała na zewnątrz.

Cały ogród na tyłach domu uległ absolutnej metamorfozie.

Trawa była skoszona. Po chwastach ani śladu. Meble ogrodowe wypucowano i polakierowano. Na płocie połyskiwała warstwa świeżej farby. Zasadzono nowe kwiaty, a w rogu, w cieniu wielkiego dębu ustawiono drewnianą ławkę. Holly osłupiała. Kto, u licha, robił to wszystko?

Rozdział dwudziesty dziewiąty

Przez kilka następnych dni po powrocie z Lanzarote Holly trzymała się na uboczu. Ona, Denise i Sharon chciały spędzić trochę czasu z dala od siebie. Nie rozmawiały o tym, ale po tygodniu ze sobą ustawicznego przebywania Holly była pewna, że one także uważają coś takiego za naturalne.

Ciara była nieuchwytna – albo pracowała w klubie Daniela, albo znikała gdzieś razem z Mathew. Jack spędzał ostatnie cenne tygodnie letnich wakacji w Cork, w domu rodziców Abbey, a Declan był... no cóż, kto wie, gdzie był Declan.

Po powrocie z wakacji Holly nie była ani szczególnie znudzona swoim życiem, ani też zadowolona z niego. Wydawało jej się tak... nic nieznaczące i tak bardzo jałowe. Wcześniej mogła przynajmniej czekać z niecierpliwością na wyjazd, teraz czuła się tak, jakby nie było żadnego racjonalnego powodu, by rano wstawać z łóżka. A ponieważ ona i jej przyjaciółki chwilowo od siebie odpoczywały, naprawdę nie miała z kim porozmawiać. Poza rodzicami. W przeciwieństwie do wspaniałej pogody w zeszłym tygodniu w Lanzarote, Dublin był mokry i brzydki, co oznaczało, że nie mogła nawet popracować nad podtrzymaniem pięknej opalenizny ani cieszyć się nowym ogrodem.

W niektóre dni w ogóle nie wychodziła z łóżka – oglądała jedynie telewizję i czekała... czekała na następną kopertę od Gerry'ego, zastanawiając się, w jaką podróż zabierze ją tym razem. Wiedziała, że taka postawa bardzo by się przyjaciółkom nie spodobała, zwłaszcza że po wakacjach była już dość pozytywnie nastawiona do życia, ale cóż – kiedy żył jej mąż, ona żyła dla niego, a teraz, żyje dla jego listów. Wszystko się z nim wiązało. Kiedyś Holly szczerze wierzyła, że celem jej życia było poznanie Gerry'ego i ich wspólnie spędzane dni aż do końca życia. A jaki cel miało jej życie obecnie? Jakiś przecież musiało, inaczej gdzieś tam w administracji u góry zakradł się błąd.

Czuła, że powinna złapać krasnala. Przepytała wszystkich sąsiadów i nadal nie dowiedziała się niczego na temat tajemniczego ogrodnika. W końcu wmówiła sobie, że ktoś się pomylił i pracował w niewłaściwym ogrodzie, więc każdego dnia sprawdzała, czy nie dostała pocztą rachunku, którego w żadnym wypadku nie zamierzała zapłacić. Ale nie przyszedł żaden rachunek, a przynajmniej nie za pracę w ogrodzie. Dostawała za to mnóstwo innych i jej zasoby finansowe kurczyły się w zastraszającym tempie. Rachunki za prąd, rachunki za telefon, rachunki za ubezpieczenie – wszystko, co wpadało do domu przez szparę w drzwiach, było rachunkiem i Holly nie miała pojęcia, jak zdoła nadal to wszystko opłacać. Ale niewiele ją to obchodziło; popadła w otępienie. Marzyła o tym, co niemożliwe do spełnienia.

Pewnego dnia uświadomiła sobie, dlaczego krasnal nie wrócił. Ogród sprzątany był tylko wtedy, gdy jej nie było w domu. Któregoś ranka wstała więc wcześnie i odjechała samochodem za róg ulicy. Następnie wróciła do domu pieszo, usadowiła się na łóżku i czekała na pojawienie się tajemniczego ogrodnika.

Po trzech dniach deszcz wreszcie przestał padać, słońce znów wyjrzało zza chmur. Holly już straciła nadzieję na rozwikłanie tajemnicy, gdy usłyszała zatrzymujący się na zewnątrz van. Ktoś zbliżał się do jej ogrodu. Wyskoczyła w popłochu z łóżka, nieprzygotowana na to, co powinna zrobić, choć przecież planowała to przez kilka dni. Zerknęła ponad parapetem na zewnątrz i dostrzegła chłopca, na oko dwunastoletniego, jak idzie podjazdem i ciągnie za sobą kosiarkę do trawy. Narzuciła na siebie zbyt duży szlafrok Gerry'ego i zbiegła ze schodów, nie zawracając sobie głowy tym, jak wygląda.

Otworzyła gwałtownie drzwi, a chłopiec aż podskoczył. Jego ręka zatrzymała się w górze, a palec zawisł tuż nad dzwonkiem. Otworzył szeroko buzię na widok stojącej przed nim kobiety.

– A-HA! – zawołała radośnie Holly. – Chyba złapałam mojego małego krasnala!

Chłopiec otwierał i zamykał buzię niczym rybka, nie mogąc wykrztusić słowa. Po chwili skrzywił się tak, jakby miał się zaraz rozpłakać, i zawołał:

– Tato!

Holly omiotła wzrokiem ulicę w poszukiwaniu jego ojca i postanowiła wycisnąć z chłopca tyle informacji, ile się uda, zanim pojawi się osoba dorosła.

– A więc to ty pracujesz w moim ogrodzie? – Skrzyżowała ramiona na piersi.

Potrząsnął energicznie głową i przełknął ślinę.

– Nie wypieraj się tego – rzekła łagodnie. – Przecież przyłapałam cię na gorącym uczynku. – Kiwnęła głową w kierunku kosiarki.

Chłopiec zerknął na kosiarkę i znowu wrzasnął:

– Tata!

Od strony vana zbliżył się do nich jakiś mężczyzna.

– Co się stało, synu? – Objął chłopca ramieniem i popatrzył na Holly, czekając na wyjaśnienia.

O nie, ona się nie nabierze na tę farsę.

– Właśnie pytałam pańskiego syna o wasz mały przekręt.

– Jaki przekręt? – Mężczyzna wyglądał na zirytowanego.

– Taki, że pracujecie w moim ogrodzie bez mojej zgody, a potem będziecie chcieli, bym za to zapłaciła. Nie słyszałam o czymś takim. – Oparła dłonie na biodrach i starała się wyglądać jak osoba, z którą nie warto zadzierać.

Ojciec chłopca wyglądał na skonsternowanego.

– Przepraszam, nie wiem, o czym pani mówi. Nigdy wcześniej tutaj nie pracowaliśmy. – Przyglądał się ogrodowi przed domem, podejrzewając, że kobieta jest niespełna rozumu.

– Nie tutaj, tylko z drugiej strony domu. – Holly uśmiechnęła się i uniosła brwi, przekonana, że go przechytrzyła.

Mężczyzna roześmiał się ironicznie.

– Urządziłem pani ogród? Co pani strzeliło do głowy? My kosimy trawę i tyle. Widzi to pani? To jest kosiarka, nic innego. Jedyne, co robi, to ścina cholerną trawę.

Holly zdjęła dłonie z bioder i wsadziła je do kieszeni szlafroka. Może mówili prawdę.

– Jest pan pewny, że nigdy nie był pan w moim ogrodzie? – Zmrużyła oczy.

– Proszę pani, nigdy wcześniej nie pracowałem na tej ulicy, nie mówiąc o pani ogrodzie, i mogę zagwarantować, że nie zrobię tego w przyszłości.

Holly zrzedła mina.

– Ale ja myślałam...

– Nie obchodzi mnie, co pani myślała – przerwał jej. – Na przyszłość proszę się zastanowić, a dopiero potem terroryzować mojego dzieciaka.

Popatrzyła na chłopca i zobaczyła, że ma oczy pełne łez. Z zakłopotaniem zasłoniła usta dłońmi.

– Rety, strasznie przepraszam. Proszę chwileczkę zaczekać.

Pobiegła do domu po portfel i wróciła, by wcisnąć w pulchną rączkę chłopca ostatniego piątaka, jakiego miała. Jego twarz się rozjaśniła.

– No dobra, chodźmy – rzekł jego ojciec, chwytając syna za ramię. Odwrócił go i poprowadził wzdłuż podjazdu.

– Tatuś, ja już nie chcę kosić trawy – narzekał chłopiec, kiedy szli w kierunku następnego domu.

– Nie martw się, synu, inni nie będą tak stuknięci jak ona.

Holly zamknęła drzwi i przyjrzała się swemu odbiciu w lustrze. Ten mężczyzna miał rację; zamienia się w wariatkę; teraz brakowało już tylko, żeby w domu było pełno kotów.

Zadzwonił telefon.

– Halo?

– Hejka, co słychać? – zapytała radośnie Denise.

– Przepełnia mnie radość życia.

– Mnie też! – zachichotała.

– Dlaczego? Co cię tak uszczęśliwia?

– Nic takiego. Po prostu ogólnie życie.

Jasne, po prostu życie. Cudowne, cudowne, wspaniałe życie. Cóż za głupie pytanie.

– No więc, co się dzieje?

– Dzwonię, żeby cię zaprosić jutro na kolację. Wiem, że to tak w ostatniej chwili, więc jeśli jesteś zbyt zajęta... odwołaj to, co sobie zaplanowałaś!

– Chwileczkę, niech no sprawdzę w terminarzu – rzekła sarkastycznie.

– Nie ma sprawy – odparła poważnie Denise i cierpliwie czekała.

– Wiesz co, tak się składa, że jutro wieczorem jestem wolna.

– Superancko! – zawołała wesoło Denise. – Wszyscy spotykamy się o ósmej U Changa.

– Kim są ci wszyscy?

– Sharon i John, no i jeszcze kilkoro przyjaciół Toma. Już dawno razem nie wychodziliśmy, więc będzie zabawnie!

– No dobra, do zobaczenia jutro.

Holly rozłączyła się, czując złość. Czy Denise zupełnie wyleciał z głowy fakt, że ona jest nadal pogrążoną w żałobie wdową i że życie bynajmniej ją nie cieszy?

Pognała na górę i otworzyła szafę. Trzeba sprawdzić, jaki stary i obrzydliwy ciuch włoży jutro i zastanowić się, jakim niby sposobem może sobie pozwolić na drogi posiłek? Ledwie mogła utrzymać samochód. Chwyciła wszystkie ubrania z szafy i rozrzuciła je po pokoju, wrzeszcząc co sił w płucach, dopóki nie poczuła, że wraca jej zdrowy rozsądek. Może jutro kupi sobie jednak te koty.

Rozdział trzydziesty

Holly zjawiła się w restauracji dwadzieścia po ósmej, ponieważ przez kilka godzin przymierzała różne zestawy ciuchów. Wreszcie zdecydowała się na strój, który Gerry polecił jej włożyć na wieczór karaoke. Dzięki temu czuła przy sobie jego obecność. Przez kilka ostatnich tygodni niezbyt dobrze sobie radziła; częściej miewała upadki niż wzloty i coraz trudniej się z nich podnosiła.

Kiedy zbliżała się do stołu w restauracji, jej serce zamarło.

Pary-wszystkich-krajów-łączcie-się.

Zatrzymała się w połowie drogi i szybko czmychnęła na bok, kryjąc się za ścianą. Nie była pewna, czy zdoła przez to przejść. Nie miała siły, by wciąż walczyć z własnymi uczuciami. Rozejrzała się w poszukiwaniu najprostszej drogi ucieczki; z całą pewnością nie mogła po prostu zawrócić, boby ją zauważyli. Obok prowadzących do kuchni drzwi dostrzegła schody przeciwpożarowe. Drzwi były uchylone. W chwili, kiedy znalazła się na świeżym powietrzu, poczuła się znowu wolna. Przeszła przez parking, wymyślając wymówkę, jaką uraczy Denise i Sharon.

– Cześć, Holly.

Zamarła i odwróciła się powoli. Została przyłapana na gorącym uczynku. Zobaczyła Daniela, który opierał się o maskę swego auta i palił papierosa.

– Cześć. – Podeszła do niego. – Nie wiedziałam, że palisz.

– Tylko kiedy jestem zestresowany.

– A teraz jesteś? – Uścisnęli się na powitanie.

– Zastanawiałem się, czy dołączyć do szczęśliwych par, które tam sobie gruchają – kiwnął głową w kierunku restauracji.

Holly się uśmiechnęła.

– Ty też?

Roześmiał się.

– Nie powiem im, że cię widziałem, jeśli o to ci chodzi.

– Czyli idziesz tam?

– Czasem trzeba zrobić to, na co się nie ma ochoty – odparł ponuro, gasząc butem papierosa.

Zastanowiła się nad jego słowami.

– Chyba masz rację.

– Ale ty musisz tam iść. Nie chcę, byś z mojego powodu miała kiepski wieczór.

– Wprost przeciwnie, będzie mi miło, że spotkałam jeszcze jednego samotnika. Tak ich mało w tym świecie par.

Roześmiał się i wyciągnął ramię.

– Pozwolisz?

Przyjęła zaoferowane ramię i powoli ruszyli do restauracji. Znacznie poprawiła jej nastrój świadomość, że nie tylko ona czuje się samotna.

– A tak przy okazji, wybywam stamtąd od razu po daniu głównym.

– Zdrajca. – Dała mu kuksańca w ramię. – Ja i tak muszę wcześnie wyjść, by złapać ostatni autobus. – Już od kilku dni nie miała pieniędzy na benzynę.

– W takim razie oboje mamy doskonałą wymówkę. Ja powiem, że musimy wyjść wcześnie, gdyż obiecałem odwieźć cię do domu, a ty musisz być w domu przed... przed którą?

– Wpół do dwunastej? – O dwunastej planowała otworzyć wrześniową kopertę.

– Doskonale – uśmiechnął się i weszli razem do restauracji, podniesieni na duchu wzajemnym towarzystwem.

– Nareszcie są! – oznajmiła Denise, kiedy zbliżyli się do stołu.

Holly usiadła obok Daniela, powtarzając sobie w duchu, że nie zostanie ani chwili dłużej, niż postanowiła.

– To Catherine i Mick, Peter i Sue, Joanne i Conal, Tina i Bryan, Johna i Sharon znasz, Geoffrey i Samantha, a to Des i Simon.

Holly uśmiechnęła się do wszystkich i skinęła głową.

– Cześć, jesteśmy Daniel i Holly – odezwał się Daniel, a Holly zachichotała.

– Musieliśmy już złożyć zamówienie – wyjaśniła Denise – ale wybraliśmy dużo różnych dań, którymi możemy się podzielić. W porządku?

Kiwnęli głowami.

Kobieta siedząca obok Holly, której imienia nie potrafiła sobie przypomnieć, odwróciła się do niej i zapytała głośno:

– No więc, Holly, czym się zajmujesz?

Daniel uniósł brwi.

– Przepraszam, czym się zajmuję kiedy? – Holly nie znosiła wścibskich ludzi i rozmów, które obracały się wokół sposobu zarabiania na życie. Widziała, że Daniel aż się trzęsie, powstrzymując śmiech.

– W jaki sposób zarabiasz na życie?

Zamierzała udzielić zabawnej, aczkolwiek lekko niegrzecznej odpowiedzi, ale nagle powstrzymała się, gdyż prowadzone przy stole rozmowy ucichły i uwaga wszystkich skupiła się na niej. Rozejrzała się z zakłopotaniem i odkaszlnęła nerwowo.

– Eee... no cóż... obecnie jestem na etapie poszukiwania pracy. – Jej głos drżał.

Wargi kobiety lekko drgnęły. Spomiędzy zębów niegrzecznie wyjęła sobie okruszek chleba.

– A ty co robisz? – spytał głośno Daniel, przerywając ciszę.

– Och, Geoffrey ma własną firmę – odparła dumnie, odwracając się do męża.

– Jasne, ale czym ty się zajmujesz?

Wścibski babiszon wyraźnie się zarumienił.

– Przez cały dzień absorbują mnie różne sprawy. Kochanie, a może opowiesz o naszej firmie? – zwróciła się do męża, by odwrócić od siebie uwagę.

Jej mąż nachylił się nad stołem.

– To tylko mała firma. – Odgryzł kawałek bułki, przeżuł go powoli, gdy tymczasem wszyscy czekali, aż przełknie, by mógł mówić dalej.

– Mała, ale odnosząca sukcesy – dodała z dumą żona.

Geoffrey wreszcie skończył jeść bułkę.

– Robimy przednie szyby do samochodów i sprzedajemy je do hurtowni.

– Ja cię kręcę, to naprawdę bardzo interesujące – rzekł sucho Daniel.

– A ty czym się zajmujesz, Dermot? – zapytała kobieta, odwracając się do niego.

– Przepraszam, ale mam na imię Daniel. Jestem właścicielem pubu.

– No tak – skinęła głową i odwróciła wzrok. – Ostatnio pogoda jest naprawdę koszmarna, prawda? – zwróciła się do pozostałych.

Gdy całe towarzystwo znów wdało się w ożywioną rozmowę, Daniel uśmiechnął się do Holly.

– Wakacje się udały?

– O tak, to był fantastyczny tydzień. Odpoczywałyśmy i nie odstawiałyśmy żadnych wygłupów.

– Dokładnie tego ci było trzeba. Słyszałem, że otarłyście się o śmierć.

Skrzywiła się.

– Założę się, że Denise ci wszystko wypaplała.

Kiwnął głową i roześmiał się.

– Na pewno uraczyła cię historyjką mocno podkolorowaną.

– Raczej nie, powiedziała mi jedynie, że otoczyły was rekiny i zabrał was z morza helikopter.

– Żartujesz!

– Troszeczkę – zaśmiał się. – Ciekawe, o czym rozmawiałyście, że nie zauważyłyście, jak was znoszą fale?

Holly zarumieniła się lekko, przypomniawszy sobie, że rozmawiały wtedy właśnie o nim.

– No dobrze, posłuchajcie mnie wszyscy! – zawołała Denise. – Zastanawiacie się pewnie, dlaczego ja i Tom zaprosiliśmy was tutaj.

– Oględnie powiedziane – mruknął Daniel, a Holly zachichotała.

– No cóż, chcielibyśmy was o czymś powiadomić. – Popatrzyła na wszystkich i uśmiechnęła się. – Ja i Tom bierzemy ślub! – pisnęła.

Holly zasłoniła dłońmi usta. Była oszołomiona. Zupełnie się tego nie spodziewała.

– Och, Denise! – gwałtownie wciągnęła powietrze i obeszła stół, by ich uścisnąć. – To wspaniała wiadomość! Gratulacje!

Zerknęła na twarz Daniela, która wyraźnie pobladła.

Otworzyli butelkę szampana i wszyscy unieśli kieliszki, gdy tymczasem Jemima i Jim lub Samantha i Sam, lub jak tam mieli na imię, wznieśli toast.

– Chwileczkę! Chwileczkę! – przerwała im Denise. – Sharon, nie dostałaś kieliszka?

Wszyscy spojrzeli na Sharon, która trzymała w dłoni szklankę z sokiem pomarańczowym.

– Proszę bardzo – rzekł Tom, podając jej kieliszek.

– Nie, nie, nie! Dla mnie nie, dzięki – odparła.

– Niby dlaczego? – naburmuszyła się Denise, niezadowolona, że przyjaciółka nie chce świętować razem z nią.

John i Sharon popatrzyli na siebie i uśmiechnęli się.

– Nie chciałam nic mówić, bo to szczególny wieczór Denise i Toma... – przerwała.

Wszyscy zaczęli ją poganiać, żeby powiedziała, o co chodzi.

– Bo ja... jestem w ciąży! John i ja będziemy mieli dziecko! Oczy Johna zwilgotniały, a Holly zamarła na krześle. Tego także zupełnie się nie spodziewała. Jej oczy wypełniły się łzami, kiedy podeszła, by pogratulować przyjaciołom. Następnie usiadła i kilka razy odetchnęła głęboko. Stanowczo za dużo, jak dla niej.

– Wznieśmy więc toast za zaręczyny Toma i Denise i dziecko Sharon i Johna! – oznajmili Jemima i Jim lub Sam i Samantha.

Wszyscy stuknęli się kieliszkami. Holly jadła w milczeniu, tak naprawdę nie czując smaku potraw.

– Chcesz się urwać o jedenastej? – zapytał cicho Daniel, a ona kiwnęła bez słowa głową.

Po kolacji zaczęli się żegnać i właściwie nikt nie próbował ich zatrzymywać.

– Ile zostawić na poczet rachunku? – zapytała Holly.

– E tam, nie zawracaj tym sobie głowy. – Denise machnęła z lekceważeniem ręką.

– Nie bądź głupia. Nie możesz sama za to płacić. Ile?

Kobieta obok niej wzięła do ręki menu i zaczęła dodawać ceny wszystkich dań, jakie zamówili. Było ich dużo, ale Holly jadła niewiele, nie zdecydowała się nawet na przystawkę, żeby tylko wystarczyło jej pieniędzy.

– Wychodzi po jakieś pięćdziesiąt, łącznie z winem i szampanem.

Holly przełknęła ślinę i popatrzyła na trzymane w dłoni trzydzieści euro.

Daniel chwycił jej dłoń i pociągnął w górę.

– Chodźmy, Holly.

Otworzyła usta, by się usprawiedliwić, że nie wzięła ze sobą wystarczającej ilości pieniędzy, ale kiedy otworzyła dłoń i spojrzała na pieniądze, okazało się, że znalazło się w niej dodatkowe dwadzieścia euro.

Uśmiechnęła się z wdzięcznością do Daniela i ruszyli w kierunku samochodu.

Podróż upłynęła im w milczeniu. Oboje myśleli o tym, co się dziś wydarzyło. Holly pragnęła cieszyć się szczęściem przyjaciół, naprawdę, ale nie mogła się pozbyć uczucia, że została tym samym wyrzucona poza nawias. Wszyscy inni żyli dalej, oprócz niej.

Daniel zatrzymał się przed jej domem.

– Masz ochotę na herbatę, kawę albo coś innego?

Była pewna, że odmówi i zdumiała się, kiedy odpiął pas i przyjął zaproszenie. Naprawdę lubiła Daniela, był bardzo troskliwy i miły, ale w tej akurat chwili miała ochotę zostać sama.

– To był dopiero wieczór, no nie? – Usiadł na kanapie i przełknął kawy.

Potrząsnęła głową z niedowierzaniem.

– Znam te dziewczyny właściwie całe życie i niczego nie zauważyłam.

– Może poczujesz się lepiej, gdy ci powiem, że ja Toma także znam od lat i nie wspomniał mi o niczym ani słowem.

– Przypominam sobie, że Sharon nie piła, kiedy byłyśmy w Hiszpanii. – Holly nie słyszała ani słowa wypowiedzianego przez Daniela. – I rzeczywiście kilka razy wymiotowała, ale mówiła, że to choroba morska... – urwała, bo wszystko zaczęło do siebie pasować.

– Choroba morska? – zapytał z konsternacją Daniel.

– No, po tej przygodzie na materacach.

– Ach tak.

Tym razem żadne z nich się nie roześmiało.

– To zabawne – rzekł, moszcząc się wygodnie na kanapie.

O nie, pomyślała, teraz już nigdy sobie nie pójdzie.

– Chłopaki zawsze mówili, że to ja i Laura pierwsi weźmiemy ślub. Nie przyszło mi tylko do głowy, że Laura zrobi to przede mną.

– Wychodzi za mąż? – zapytała łagodnie Holly.

Kiwnął głową i uciekł wzrokiem.

– On kiedyś był także i moim przyjacielem. – Zaśmiał się gorzko.

– Oczywiście już nim nie jest.

– Nie – potrząsnął głową. – Oczywiście.

– Przykro mi – odparła szczerze.

– No cóż, wszystkim nam przypada w udziale sprawiedliwa porcja pecha. Ty wiesz to najlepiej.

– Właśnie, sprawiedliwa porcja pecha – powtórzyła.

– Wiem, to wszystko jest dosyć niesprawiedliwe, ale nie martw się, do nas także uśmiechnie się szczęście.

– Tak myślisz?

– Mam taką nadzieję.

Przez jakiś czas siedzieli w milczeniu, a Holly patrzyła na zegar. Było pięć po dwunastej. Musiała się pozbyć Daniela, by otworzyć kopertę.

Czytał w jej myślach.

– A co tam słychać w sprawie listów z góry?

Wyprostowała się i odstawiła kubek na stół.

– Tak się składa, że dzisiaj otwieram kolejny. Więc... – Popatrzyła na niego.

– No tak – rzekł. On też odstawił kubek. – To już chyba sobie pójdę.

Zagryzła wargę, czując się niezręcznie, że go wygania, ale jednocześnie odetchnęła z ulgą.

– Jeszcze raz wielkie dzięki za podwiezienie – powiedziała, odprowadzając go do drzwi.

– Nie ma za co.

Zdjął z poręczy płaszcz i wyszedł na dwór. Pożegnali się krótkim uściskiem.

– Do zobaczenia wkrótce – rzekła, czując się paskudnie, i patrząc, jak w deszczu idzie do samochodu. Pomachała mu i gdy tylko zamknęła drzwi, jej poczucie winy zniknęło. – No dobra, Gerry – mruknęła, wchodząc do kuchni. Wzięła ze stołu kopertę. – Co przygotowałeś dla mnie na ten miesiąc?

Rozdział trzydziesty pierwszy

Holly mocno trzymała niewielką kopertę. Zerknęła na zegar, wiszący na ścianie. Był kwadrans po północy. W normalnych okolicznościach Sharon i Denise już by do niej zadzwoniły, by się dowiedzieć, co było w kopercie. Ale jak na razie nie zadzwoniła żadna z nich. Wyglądało na to, że wiadomości o zaręczynach i ciąży wygrały z wiadomością od Gerry'ego. Holly zganiła się w duchu za to, że czuje rozgoryczenie. Pragnęła znaleźć się znowu w restauracji i świętować razem z nimi dobre nowiny, tak jak czyniłaby to dawna Holly. Ale w tej chwili nie potrafiła się przełamać na tyle, by się choćby uśmiechnąć.

Zazdrościła im szczęścia. Była na nich zła o to, że ruszyli do przodu bez niej. Nawet w towarzystwie przyjaciół czuła się samotna. Ale najbardziej samotna czuła się wtedy, gdy przemierzała pokoje swego cichego domu.

Nie pamiętała, kiedy ostatni raz odczuwała prawdziwą radość i kiedy śmiała się serdecznie. Marzyła, by kłaść się wieczorem do łóżka bez zaprzątania sobie czymkolwiek głowy; pragnęła delektować się jedzeniem, a nie traktować je jako coś, co jest konieczne do utrzymania się przy życiu; nie cierpiała motylków, które pojawiały się w jej brzuchu za każdym razem, kiedy przypominała sobie o Gerrym. Tęskniła za tym, by oglądać z przyjemnością ulubione programy w telewizji, a nie traktować ich jako zapełnienie czasu. Nie cierpiała uczucia, że nie ma powodu, by się rano budzić; nienawidziła uczuć, jakie ogarniały ją, kiedy się budziła. Nie mogła już znieść myśli, że nie ma na co w życiu czekać. Tęskniła za świadomością, że jest kochana, za spojrzeniem Gerry'ego, kiedy wchodziła do pokoju; tęskniła za jego dotykiem, wsparciem i słowami miłości.

Nie znosiła odliczać dni do następnej wiadomości, ponieważ były one wszystkim, co jej po nim pozostało, a nie licząc tej, były ich jeszcze tylko trzy. Nie cierpiała też myśleć o tym, jakie będzie jej życie, kiedy definitywnie zabraknie Gerry'ego. Owszem, miała wspomnienia, ale wspomnień nie można dotknąć, poczuć ani przytulić. Nigdy nie były dokładnie takie jak tamta chwila, a z biegiem czasu nieubłaganie bladły.

Więc do diabła z Sharon i Denise – mogły sobie być szczęśliwe, bo ona jeszcze przez kilka następnych miesięcy będzie miała Gerry'ego. Otarła z policzka łzę i powoli otworzyła siódmą kopertę.

Fruń do księżyca, a jeśli ci się nie uda, i tak znajdziesz się pośród gwiazd. Obiecaj mi, że tym razem znajdziesz pracę, którą pokochasz!
PS Kocham Cię...

Czytała list raz po raz, próbując rozszyfrować, jakie wywołał w niej uczucia. Wcześniej z ogromną niechęcią myślała o powrocie do pracy po tak długiej przerwie, była przekonana, że nie jest na to jeszcze gotowa, że to za wcześnie. Ale teraz wiedziała, że nie ma wyboru. Nadszedł czas. Skoro Gerry tak mówi, to tak właśnie jest.

Na jej twarzy pojawił się uśmiech.

– Obiecuję ci, Gerry – rzekła radośnie.

No cóż, wprawdzie to nie to samo co wakacje w Lanzarote, ale niewątpliwie stanowiło kolejny krok do skierowania jej życia na właściwe tory. Przez dłuższą chwilę uważnie przyglądała się jego pismu, tak jak to zawsze czyniła, a kiedy wreszcie uznała, że dokładnie przeanalizowała każde słowo, pobiegła do szuflady, wyjęła z niej notes i długopis i zaczęła tworzyć listę możliwych zawodów.

LISTA ZAWODÓW

Agentka FBI – nie jestem Amerykanką. Nie chcę mieszkać w Ameryce. Brak mi doświadczenia policyjnego.

Prawnik – nie cierpiałam szkoły. Nie cierpiałam się uczyć. Nie chcę iść do college'u nawet za milion lat.

Lekarz – uhhhh.

Pielęgniarka – nietwarzowe uniformy.

Kelnerka – wyjadałabym całe jedzenie.

Zawodowy obserwator ludzi – fajny pomysł, ale nikt by mi za coś takiego nie zapłacił.

Kosmetyczka – obgryzam paznokcie i depiluję się tak rzadko, jak tylko możliwe. Nie chcę oglądać pewnych obszarów ciała innych ludzi.

Fryzjerka – nie chciałabym mieć szefa takiego jak Leo.

Sprzedawca – nie chciałabym mieć szefowej takiej jak Denise.

Sekretarka – NIGDY WIĘCEJ.

Dziennikarz – mam problemy z ortografją. Cha, cha, powinnam zostać aktorką komediową.

Aktorka komediowa – przeczytaj jeszcze raz powyższy żart. Nie był zabawny.

Aktorka – pewnie i tak nie przebiłabym mojego wspaniałego występu w chwalonym przez krytykę dokumencie *Dziewczęta w wielkim mieście*.

Modelka – za niska, za gruba, za stara.

Piosenkarka – Przemyśl raz jeszcze punkt o aktorce.

Nadęta bizneswoman pracująca w reklamie, mająca życie pod kontrolą – hmm... jutro muszę poczynić rozeznanie...

O trzeciej nad ranem padła wreszcie na łóżko i śniła o tym, że jest nadętą kobietą pracującą w reklamie i dokonującą prezentacji przed ogromnym stołem konferencyjnym na najwyższym piętrze wieżowca, górującego nad ulicą Grafton. No cóż, Gerry kazać jej frunąć aż do księżyca...

Obudziła się wcześnie rano, nakręcona snami o sukcesie, wzięła szybki prysznic, ubrała się i ruszyła do znajdującej się w pobliżu biblioteki, by poszukać ofert pracy w Internecie.

Kiedy szła w stronę biurka bibliotekarki, jej obcasy głośno stukały na drewnianej podłodze i wielu czytających podniosło głowy znad książek, by się jej przyjrzeć. Szła przez dużą salę i gdy zdała sobie sprawę, że na nią patrzą, aż poczerwieniała. Natychmiast zwolniła i zaczęła iść na palcach, by nie zwracać już na siebie uwagi. Zmieszała się jeszcze bardziej, kiedy uświadomiła sobie, że musi wyglądać jak idiotka. Dwoje uczniów ubranych w szkolne mundurki, którzy niewątpliwie przebywali tutaj na wagarach, parsknęło, kiedy mijała ich stolik.

– Ćśśś! – Bibliotekarka zrobiła groźną minę.

Holly przestała się więc wygłupiać i przyspieszyła. Obcasy stukały głośno na podłodze, co odbijało się echem w całym pomieszczeniu. Podbiegła do biurka, byle tylko skończyło się to upokorzenie.

Bibliotekarka podniosła głowę, uśmiechnęła się i usiłowała wyglądać na zaskoczoną, że ktoś stanął przy biurku. Tak jakby nie słyszała łomotu jej obcasów.

– Dzień dobry – wyszeptała Holly. – Chciałabym się dowiedzieć, czy mogę skorzystać z Internetu.

– Słucham? – zapytała bibliotekarka normalnym głosem i nachyliła się ku Holly, by ją lepiej słyszeć.

– Och. – Holly odkaszlnęła, zastanawiając się, gdzie się podział zwyczaj mówienia w bibliotece szeptem. – Chciałabym wiedzieć, czy mogłabym skorzystać z Internetu.

– Oczywiście, bardzo proszę, tam. – Uśmiechnęła się, wskazując na rzędy komputerów, stojących na drugim końcu pomieszczenia. – Pięć euro za każde dwadzieścia minut w sieci.

Holly podała jej swoje ostatnie dziesięć euro. Tyle tylko wyjęła rano z bankomatu. Spora kolejka uformowała się za nią, kiedy przechodziła od stu euro do dziesięciu, bo ta wredna maszyna wciąż piszczała, dając tym do zrozumienia, że Holly posiada „niewystarczające środki". Nie mogła uwierzyć, że tylko tyle jej zostało, ale tym większą miała motywację, by bezzwłocznie zacząć szukać pracy.

– Nie, nie – rzekła bibliotekarka, oddając jej pieniądze. – Zapłaci pani po zakończeniu.

Przyjrzała się odległości, dzielącej ją od komputerów. Żeby się tam dostać, będzie musiała znowu nahałasować. Wzięła głęboki oddech i ruszyła biegiem, mijając po drodze rzędy stolików. Niemal parsknęła śmiechem, bo mijani przez nią ludzie niczym trącone kostki domino podnosili kolejno głowy znad książki, żeby na nią spojrzeć. Wreszcie dotarła do komputerów, ale wtedy zobaczyła, że wszystkie są zajęte. Poczuła się tak, jakby właśnie przegrała w zabawie w krzesełka do wynajęcia. To się zaczynało robić absurdalne. Uniosła gniewnie ręce do widzów, jakby mówiła: „I na co się wszyscy gapicie?", co sprawiło, że szybko schowali nosy w książkach.

Holly stała na środku pomiędzy rzędami stolików i komputerów, stukała palcami w torebkę i rozglądała się. I nagle osłupiała, bo spostrzegła Richarda, wystukującego coś na jednym z komputerów. Zbliżyła się do niego po cichu i popukała go w ramię. Podskoczył, wystraszony, i odwrócił się na krześle.

– Cześć – wyszeptała.

– Witaj, Holly. Co ty tutaj robisz? – zapytał nerwowo, jakby przyłapała go na robieniu czegoś nieprzyzwoitego.

– Czekam na komputer – wyjaśniła. – Wreszcie zaczęłam rozglądać się za pracą – dodała z dumą. Już samo wypowiadanie na głos tych słów sprawiało, że nie czuła się jak warzywo.

– No tak. – Odwrócił się do monitora i zamknął przeglądaną przez siebie stronę. – Możesz w takim razie skorzystać z tego.

– Nie musisz się spieszyć z mojego powodu! – rzekła pospiesznie.

– Nie ma sprawy. Ja tylko szukałem czegoś do pracy. – Richard wstał i zrobił jej miejsce, by mogła usiąść.

– Aż tutaj? – zapytała ze zdziwieniem. – W Blackrock nie ma komputerów?

Nie bardzo wiedziała, w jaki sposób jej brat zarabia na życie, a byłoby chyba nietaktem pytać go o to po dziesięciu latach. Wiedziała, że wiąże się to z noszeniem przez niego białego fartucha, przebywaniem w laboratorium i wlewaniem kolorowych substancji do probówek. Holly i Jack powtarzali, że ich brat tworzy tajemniczą miksturę, która służy do pozbawiania świata szczęścia. Fatalnie się teraz czuła, wiedząc, że kiedyś mówiła coś takiego.

– Moja praca prowadzi mnie wszędzie – zażartował z wyraźnym skrępowaniem.

– Ćśś! – rzuciła głośno bibliotekarka w ich kierunku.

Obecni po raz kolejny podnieśli głowy znad książek. Och, a więc teraz dla odmiany powinnam mówić szeptem, pomyślała gniewnie Holly.

Richard pożegnał się z nią, podszedł do biurka, by zapłacić, po czym pospiesznie opuścił bibliotekę.

Mężczyzna przy sąsiednim komputerze obdarzył ją dziwnym uśmiechem. Odpowiedziała uśmiechem i zerknęła z ciekawością na ekran jego komputera. Niemal się zakrztusiła na widok strony pornograficznej i szybko odwróciła wzrok. Tamten nadal na nią patrzył, ale go ignorowała, pochłonięta szukaniem pracy.

Czterdzieści minut później radośnie wyłączyła komputer, podeszła do bibliotekarki i położyła na biurku dziesięć euro. Kobieta wstukała coś do komputera.

– Piętnaście euro.

Holly przełknęła ślinę i popatrzyła na banknot.

– Ale pani mówiła, że dwadzieścia minut kosztuje pięć euro.

– Tak, zgadza się – uśmiechnęła się bibliotekarka.

– Byłam w sieci tylko czterdzieści minut.

– Czterdzieści cztery, co rozpoczyna kolejne dwadzieścia minut – rzekła kobieta, sprawdzając w komputerze.

Holly zachichotała nerwowo.

– Ale to tylko kilka dodatkowych minut. Na pewno nie jest warte pięciu euro.

Bibliotekarka nadal się uśmiechała.

– Oczekuje więc pani ode mnie, że tyle zapłacę? – zapytała ze zdumieniem Holly.

– Tak, taka jest stawka.

Holly zniżyła głos i przysunęła się do niej.

– Przepraszam, naprawdę mi głupio, ale mam przy sobie tylko dziesięć euro. Czy mogę później donieść resztę? Jeszcze dzisiaj?

Bibliotekarka potrząsnęła głową.

– Przykro mi, lecz nie mogę na to pozwolić. Trzeba uiścić pełną kwotę.

– Ale ja nie mam pełnej kwoty.

Kobieta wpatrywała się w nią wzrokiem pozbawionym wyrazu.

– Świetnie – syknęła Holly i wyjęła telefon.

– Przykro mi, ale nie może pani go tutaj używać. – Bibliotekarka wskazała na znak, zakazujący korzystania z telefonów komórkowych.

Holly powoli uniosła głowę i policzyła w myślach do pięciu.

– Jeśli nie pozwoli mi pani skorzystać z telefonu, nie będę mogła zadzwonić. Jeśli nie będę mogła zadzwonić, nikt się tu nie zjawi, by dać mi pieniądze. Jeśli nie zjawi się tu nikt z pieniędzmi, nie będę mogła zapłacić. Mamy więc mały problem, prawda? – podniosła głos.

Bibliotekarka przestępowała nerwowo z nogi na nogę.

– Mogę wyjść na zewnątrz, by zadzwonić?

Kobieta zastanawiała się przez chwilę.

– No cóż, zazwyczaj nie pozwalamy na opuszczenie budynku bez uiszczenia opłaty, ale w tym przypadku mogę chyba uczynić wyjątek. – Uśmiechnęła się, po czym dodała szybko: – Oczywiście, o ile będzie pani stała tuż przy wejściu.

– By mogła mnie pani widzieć? – zapytała z sarkazmem Holly.

Bibliotekarka nerwowo przełożyła jakieś papiery leżące na biurku i udawała, że wróciła do pracy.

Holly stanęła przed drzwiami i zaczęła się zastanawiać, do kogo zadzwonić. Nie do Denise ani Sharon. Bo choć pewnie przyjechałyby tutaj z pracy, to nie chciała, by wiedziały o jej kłopotach, nie teraz, kiedy obie były tak bezgranicznie szczęśliwe. Nie mogła zadzwonić do Ciary, bo miała akurat dzienną zmianę U Hogana, Jack był w szkole, Abbey także, Declan w college'u, a Richarda nawet nie brała pod uwagę.

Łzy spływały jej po twarzy, gdy jechała w dół swojej książki telefonicznej. Większość ludzi z tej listy od śmierci Gerry'ego nie odezwało się do niej ani razu, co oznaczało, że nie ma już do kogo zadzwonić. Odwróciła się tyłem do bibliotekarki, by nie widziała jej zdenerwowania. Co powinna teraz uczynić? Jakie to krępujące, dzwonić do kogoś, by prosić o pięć euro. A to, że nie miała do kogo zadzwonić, było wręcz przygnębiające. Ale musiała, w przeciwnym wypadku ta zadzierająca nosa bibliotekarka najpewniej naśle na nią policję. Wystukała pierwszy numer, jaki jej przyszedł do głowy.

– Cześć, tu Gerry, zostaw wiadomość po sygnale, a ja postaram się jak najszybciej oddzwonić.

– Gerry – chlipnęła – potrzebuję cię...

Holly stała przed drzwiami biblioteki i czekała. Bibliotekarka przez cały czas miała ją na oku. Skrzywiła się do niej i odwróciła plecami.

– Głupia małpa – warknęła.

Wreszcie pod budynek podjechał samochód mamy i Holly spróbowała nadrabiać miną. Widok radosnej twarzy mamy, która wjechała na parking, przywołał wspomnienia. Kiedy była mała, mama odbierała ją każdego dnia ze szkoły, a ona odczuwała zawsze wielką ulgę, widząc znajomy samochód, który podjeżdżał, by uratować ją po potwornym dniu. Czuła się teraz jak dziecko. Zawsze nienawidziła szkoły, przynajmniej dopóki nie poznała Gerry'ego. Wtedy każdego dnia nie mogła się doczekać pójścia do szkoły i spotkania z nim.

Jej oczy ponownie wypełniły się łzami. Mama podbiegła do niej i przytuliła do siebie.

– Och, moja biedna, biedna córeczka... Co się stało, skarbie? – zapytała, gładząc ją po włosach i rzucając groźne spojrzenia bibliotekarce, gdy Holly wyjaśniała sytuację.

– No dobrze, skarbie, zaczekaj w samochodzie, pójdę się z nią rozliczyć.

Holly usiadła w samochodzie, przełączając po kolei stacje radiowe, gdy tymczasem mama stawiała czoło szkolnemu tyranowi.

– Głupia krowa – mruknęła Elizabeth, wsiadając do samochodu. Zerknęła na córkę, która wyglądała na zagubioną. – Może pojedziemy do domu i odpoczniemy sobie trochę?

Holly uśmiechnęła się z wdzięcznością, a po jej twarzy spłynęła łza. Do domu. Podobało jej się to słowo.

Holly skuliła się na sofie razem z mamą. Czuła się tak, jakby znowu była nastolatką. Ona i mama kiedyś często siadały na sofie i dzieliły się nowinami. Żałowała, że teraz nie mogą już sobie tak beztrosko poplotkować.

W jej myśli wdarła się mama.

– Dzwoniłam wczoraj wieczorem do ciebie. Wyszłaś gdzieś?

Holly przełknęła herbatę. Och, to cudowne działanie magicznej herbaty, panaceum na wszystkie życiowe problemy. Chcesz poplotkować i robisz kubek herbaty, zostajesz zwolniona z pracy i pijesz herbatę, twój mąż mówi ci, że ma guza mózgu i pijesz herbatę...

– Tak, byłam na kolacji z dziewczynami i jakąś setką innych osób, których nie znałam. – Potarła ze znużeniem oczy.

– Co u nich słychać? – zapytała ciepło Elizabeth. Zawsze się świetnie dogadywała z przyjaciółkami Holly, w przeciwieństwie do znajomych Ciary, którzy ją przerażali.

– Sharon jest w ciąży, a Denise właśnie się zaręczyła – odpowiednia Holly, patrząc prosto przed siebie.

– Och! – zapiszczała Elizabeth, nie wiedząc, jak zareagować wobec wyraźnego przygnębienia córki. – A jak ty się z tym czujesz? – zapytała miękko, odgarniając pasmo włosów z jej twarzy.

Holly wpatrywała się w dłonie i usiłowała wziąć się w garść. Nie udało się i zaczęły jej drżeć ramiona. Próbowała zakryć twarz włosami.

– Kochanie – rzekła ze smutkiem Elizabeth, odstawiając kubek i przysuwając się bliżej. – To najzupełniej normalne, że tak się czujesz.

Holly mogła wydusić z siebie ani słowa.

Trzasnęły drzwi i w domu rozbrzmiał głos Ciary:

– Jesteśmy w doooomu!

– Kurczę – Holly pociągnęła nosem, opierając głowę na piersi mamy.

– GDZIE SĄ WSZYSCY? – zawołała Ciara, trzaskając drzwiami.

– Za chwilkę, skarbie! – odkrzyknęła Elizabeth, lekko zniecierpliwiona, że przerwano jej rozmowę ze starszą córką. Dużo czasu minęło, odkąd Holly po raz ostatni jej się zwierzała; od czasu pogrzebu wszystko dusiła w sobie i wygląda na to, że w końcu ją to przerosło. Nie chciała, by rozentuzjazmowana Ciara sprawiła, że Holly ponownie zamknie się w swojej skorupie.

– MAM WIADOMOŚĆ! – Głos Ciary stał się głośniejszy, kiedy znalazła się bliżej salonu. Mathew otworzył drzwi, niosąc ją na rękach. – Ja i Mathew wracamy do Australii! – wrzasnęła radośnie.

Zamarła, gdy zobaczyła w ramionach mamy roztrzęsioną siostrę. Bez słowa wysunęła się z objęć Mathew, wyprowadziła go z pokoju i cicho zamknęła za nimi drzwi.

– A teraz Ciara też wyjeżdża, mamo. – Holly rozpłakała się na dobre.

Siedziała w salonie aż do późnego wieczoru, rozmawiając z mamą o wszystkim, co w niej wzbierało przez kilka ostatnich miesięcy. I mimo że mama ze wszystkich sił próbowała dodać jej otuchy, nadal miała wrażenie, że znajduje się w pułapce. Mama pościeliła jej na noc w pokoju gościnnym. Następnego ranka Holly obudziła się w prawdziwym domu wariatów. Uśmiechnęła się, słysząc znajome odgłosy: brat i siostra biegali po domu i krzyczeli, że są spóźnieni na próbę zespołu i do pracy, ojciec warczał na nich, by się szybciej ruszali, a mama łagodnie prosiła wszystkich, żeby byli cicho i nie przeszkadzali Holly. Po prostu świat nie zatrzymał się w miejscu i nie istniała bańka mydlana wystarczająco duża, by mogła ją ochronić.

W porze lunchu tata podrzucił Holly do domu i wcisnął jej w dłoń czek na pięć tysięcy euro.

– Ale, tato, ja nie mogę tego przyjąć – rzekła ze wzruszeniem.

– Weź – odparł łagodnie, odsuwając jej dłoń. – Pozwól sobie pomóc, skarbie.

– Zwrócę wam co do centa – obiecała, mocno się do niego przytulając.

Stała w drzwiach i machała ojcu. Popatrzyła na trzymany w dłoni czek i natychmiast poczuła, jak z jej ramion spada ogromny ciężar. Przyszło jej do głowy ze dwadzieścia rzeczy, jakie mogła zrobić z tym czekiem, a żadna z nich nie była kupowaniem ciuchów. Wchodząc do kuchni, zauważyła czerwone światełko, mrugające na automatycznej sekretarce na stoliku w korytarzu. Usiadła na podeście schodów i wcisnęła guzik.

Miała pięć nowych wiadomości.

Jedna była od Sharon, która dzwoniła, by się dowiedzieć, czy wszystko w porządku, bo Holly nie odezwała się do niej przez cały dzień. Druga była od Denise, która dzwoniła, by się dowiedzieć, czy wszystko w porządku, bo Holly nie dzwoniła do niej przez cały dzień. Obie najwyraźniej ze sobą rozmawiały. Trzecia wiadomość była od Sharon, czwarta od Denise, a piąta od kogoś, kto odłożył słuchawkę. Skasowała wszystkie i pobiegła na górę, by się przebrać. Nie była jeszcze gotowa, by porozmawiać z przyjaciółkami; najpierw musiała zaprowadzić ład we własnym życiu.

Usiadła przed komputerem i zaczęła pisać CV. Częsta zmiana pracy sprawiła, że umiała to robić z zamkniętymi oczami. Jednak minęło już sporo czasu, odkąd musiała się martwić rozmowami kwalifikacyjnymi. No dobrze, jeśli nawet zostanie na jakąś zaproszona, to kto będzie chciał zatrudnić kogoś, kto od roku nie pracował?

Minęły dwie godziny, nim wreszcie wydrukowała coś, co uznała za choć trochę przyzwoite. Prawdę powiedziawszy, dumna była z tego, co zrobiła: w jakiś sposób udało jej się sprawić, że prezentowała się jako osoba inteligentna i doświadczona. Zaśmiała się głośno, mając nadzieję, że uda jej się doprowadzić do tego, jej przyszli pracodawcy uznali ją za kompetentnego pracownika. Czytając jeszcze raz swoje CV, uznała, że nawet ona by siebie zatrudniła.

W poniedziałek ubrała się elegancko i pojechała do miasta samochodem, bo nareszcie mogła kupić benzynę. Zaparkowała przed biurem rekrutacji i patrząc w lusterko wsteczne, nałożyła na usta błyszczyk. Koniec z marnowaniem czasu. Jeśli Gerry kazał jej znaleźć pracę, to tak właśnie zrobi.

Rozdział trzydziesty drugi

Kilka dni później Holly siedziała na niedawno odnowionej ławce w ogrodzie za domem, popijała czerwone wino i słuchała dźwięków, jakie wydawały dzwoneczki. Rozejrzała się po starannie zaprojektowanym ogrodzie i uznała, że ktokolwiek to zrobił, musiał być profesjonalistką. Powoli wciągnęła powietrze, przepełnione słodkim zapachem kwiatów. Była ósma wieczorem i zaczynało się ściemniać. Skończyły się długie wieczory, trzeba nastawić się duchowo na paskudną pogodę.

Pomyślała o wiadomości, którą dzisiaj pozostawiono na jej automatycznej sekretarce. Pochodziła z biura rekrutacji. Była zdumiona, że tak szybko otrzymała od nich odpowiedź. Usłyszała, że jest ogromny odzew na jej list motywacyjny i miała już dwie umówione rozmowy kwalifikacyjne.

Na myśl o nich w żołądku Holly zatańczyły motylki. Nigdy nie była szczególnie dobra, jeśli chodzi o rozmowy kwalifikacyjne, ale też nigdy wcześniej nie przejawiała zbytniego zainteresowania pracą, o którą się ubiegała. Tym razem było inaczej; cieszyła się na myśl o podjęciu do pracy i rozpoczęciu czegoś nowego.

Pierwsza rozmowa kwalifikacyjna związana była z pracą polegającą na sprzedaży przestrzeni reklamowej w dublińskim miesięczniku. Nie miała w tej dziedzinie żadnego doświadczenia, ale bardzo chciała się tam dostać, ponieważ wydawało się to znacznie bardziej interesujące niż wszystko, co robiła do tej pory, bo to najczęściej wiązało się z odbieraniem telefonów, zapisywaniem wiadomości i segregowaniem dokumentów. Wszystko, co nie wymagało wykonywania którejkolwiek z powyższych czynności, stanowiło dla niej krok do przodu.

Druga rozmowa odbywała się w największej irlandzkiej agencji reklamowej i Holly wiedziała, że nie ma absolutnie żadnej szansy, by dostać tam pracę. No, ale Gerry kazał jej frunąć do księżyca...

Myślała także o rozmowie telefonicznej, którą właśnie odbyła z Denise. Przyjaciółka była tak bardzo podekscytowana, że najwyraźniej w ogóle nie pamiętała że Holly z nią nie rozmawiała, od zeszłotygodniowej kolacji. Prawdę mówiąc, Denise nadawała o planach związanych ze ślubem i prawie przez godzinę zastanawiała się, jaką suknię powinna włożyć, na jakie kwiaty się zdecydować, gdzie ma się odbyć przyjęcie weselne. Zaczynała zdania, a potem zapominała je kończyć, przeskakiwała z tematu na temat. Holly musiała jedynie co jakiś czas wydawać z siebie dźwięk, by dać znać, że wciąż jej słucha... choć wcale tak nie było. Zarejestrowała jedynie, że Denise planuje ślub w sylwestra i sądząc po jej gadce, należało wnioskować, że w kwestiach organizacyjnych Tom nie będzie miał nic do powiedzenia. Zdziwiła się, że zdecydowali się na tak szybki termin – sądziła, że będzie to długie, kilkuletnie narzeczeństwo, zwłaszcza że Denise i Tom stanowili parę od zaledwie pięciu miesięcy. Ale nie przejmowała się tym tak bardzo, jak by to czyniła kiedyś. Prenumerowała teraz czasopismo typu znaleźć-miłość-i-utrzymać-ją-na-zawsze. Denise i Tom mieli rację, że nie marnowali czasu, ignorując to, co pomyślą inni, jeśli w głębi duszy wiedzieli, że to właściwa decyzja.

Sharon nie zadzwoniła do niej od dnia, odkąd zostawiła wiadomość na sekretarce i Holly miała świadomość, że teraz to ona musi się do niej odezwać, zanim będzie za późno.

To był ważny okres w życiu przyjaciółki i czuła, że powinna ją wspierać, ale nie mogła się przemóc. Była zazdrosna, rozgoryczona i niesamowicie egoistyczna, wiedziała o tym, ale ostatnio musiała się zachowywać egoistycznie, aby przetrwać. Nadal próbowała pogodzić się z tym, że Sharon i Johnowi udawało się osiągnąć to, co jak wszyscy przypuszczali, najpierw miało się stać udziałem Holly i Gerry'ego. Sharon zawsze mówiła, że nie znosi dzieci, pomyślała gniewnie Holly.

Ochłodziło się, więc zabrała kieliszek wina do domu, gdzie ponownie go napełniła. Jedyne, co mogła robić przez kilka kolejnych dni, to brać udział w rozmowach kwalifikacyjnych i modlić się o sukces. Przeszła do salonu, włączyła ich ulubioną płytę z piosenkami o miłości i skuliła się na sofie z kieliszkiem wina. Zamknęła oczy i wyobrażała sobie, jak razem okrążają w tańcu pokój.

Następnego ranka obudził ją dźwięk zatrzymującego się na podjeździe samochodu. Wstała z łóżka, narzuciła szlafrok Gerry'ego, bo przypuszczała, że właśnie przyprowadzono z warsztatu jej auto, które zostawiła na doroczny przegląd. Zerknęła przez szparę w zasłonach i natychmiast odskoczyła od okna, gdy zobaczyła Richarda, wysiadającego samochodu. Miała nadzieję, że jej nie widział, bo naprawdę nie była w nastroju na jego wizytę. Z poczuciem winy przemierzała sypialnię, ignorując rozbrzmiewający po raz drugi dzwonek. Wiedziała, że jest okropna, ale nie mogła znieść myśli, że będzie musiała siedzieć z nim i rozmawiać nie wiadomo o czym. Bo przecież w jej życiu nic się ostatnio nie zmieniło, nie miała żadnych elektryzujących, a nawet zwykłych wiadomości, którymi mogłaby się podzielić z kimkolwiek, a już zwłaszcza z Richardem.

Westchnęła z ulgą, gdy usłyszała, jak odchodzi, a potem trzaska drzwiczkami samochodu. Weszła pod prysznic, stała pod strumieniem gorącej wody i po raz kolejny zanurzyła się we własnym świecie. Dwadzieścia minut później zeszła na dół w pantoflach disco divy. Dochodzące z zewnątrz skrobanie sprawiło, że zastygła w pół kroku. Nadstawiła uszu, próbując zidentyfikować ten dźwięk. Po chwili znowu rozległ się skrobanie i szelest, jakby ktoś był w ogrodzie... I nagle pojęła, że na zewnątrz z pewnością znajduje się jej krasnal.

Weszła cichutko do salonu, niemądrze myśląc, że ten ktoś na dworze mógłby usłyszeć jej kroki, po czym przyklękła. Zerkając ponad parapetem, gwałtownie wciągnęła powietrze, gdy zobaczyła, że samochód brata nadal stoi na podjeździe. Ale znacznie bardziej zaskakujący był widok pochylonego Richarda, który trzymał w dłoni jakieś małe narzędzie ogrodnicze, grzebał w ziemi i sadził nowe kwiaty. Holly odsunęła się od okna i oszołomiona usiadła na dywanie, nie wiedząc, co teraz zrobić. I wtedy znowu usłyszała, jak jakiś samochód zatrzymuje się przed domem. Jej mózg zaczął pracować na najwyższych obrotach, gdy się zastanawiała, czy otworzyć drzwi mechanikowi. Z jakiegoś powodu Richard nie chciał, by Holly wiedziała, że to on pracuje w jej ogrodzie, postanowiła więc uszanować to życzenie... na razie.

Schowała się za kanapą, gdy zobaczyła, że mechanik zbliża się do drzwi. Roześmiała się. To wszystko było absurdalne. Rozległ się dzwonek. Skuliła się za kanapą, gdy mechanik podszedł do okna i zajrzał do środka. Serce waliło jej dziko i czuła się tak, jakby robiła coś zakazanego. Zakryła dłonią usta i usiłowała stłumić śmiech. Miała wrażenie, że oto znowu jest dzieckiem. Była beznadziejna, jeśli chodzi o grę w chowanego; kiedy tylko czuła, że zbliża się osoba szukająca, zawsze dostawała napadu śmiechu i w ten sposób przegrywała. Dlatego to ona musiała wciąż szukać. Odetchnęła z ulgą, gdy usłyszała, że mechanik wrzuca kluczyki do skrzynki na listy i odchodzi.

Kilka minut później wystawiła głowę zza kanapy, by sprawdzić, czy może bezpiecznie wyjść. Wstała i otrzepała kurz z ubrania, mówiąc sobie, że jest już za stara na takie głupie zabawy. Ponownie zerknęła na dwór i zobaczyła, że Richard pakuje sprzęt ogrodniczy. Zrzuciła pantofle i szybko włożyła adidasy.

Jeśli się jednak nad tym zastanowić, to te głupie zabawy były całkiem wesołe, poza tym nie miała nic innego do roboty. Gdy zobaczyła, że Richard odjeżdża, wybiegła na dwór i dała nura do samochodu. Miała zamiar śledzić swego krasnala.

Przez całą drogę trzymała się trzy samochody za nim, dokładnie tak, jak to się widzi w filmach. Przyhamowała, gdy ujrzała, że auto brata się zatrzymuje. Zaparkował i wszedł do sklepu, skąd po chwili wyłonił się z gazetą w dłoni. Holly włożyła na nos okulary przeciwsłoneczne, poprawiła czapkę z daszkiem i zerknęła ponad „Arabskim Przywódcą", który zasłaniał jej twarz. Roześmiała się, gdy w lusterku zobaczyła swoje odbicie. Wyglądała na najbardziej podejrzaną osobę na świecie. Obserwowała, jak Richard przechodzi przez ulicę i znika we wnętrzu Tłustej Łyżeczki. Była lekko rozczarowana; miała nadzieję na ciekawszą przygodę.

Siedziała przez kilka minut w samochodzie, próbując obmyślić nowy plan, i podskoczyła z przerażeniem, kiedy w szybę zapukał strażnik miejski.

– Tutaj nie można parkować – rzekł, pokazując gestem, by zjechała na parking. Uśmiechnęła się do niego słodko i przewróciła oczami, wjeżdżając na wolne miejsce. Z całą pewnością Cagney i Lacey nigdy nie miały podobnych problemów.

Wreszcie tkwiące w jej wnętrzu dziecko postanowiło się zdrzemnąć, a dojrzała Holly zdjęła czapkę i okulary i rzuciła je na siedzenie obok, czując się idiotycznie. Głupia zabawa skończona. Zaczyna się prawdziwe życie.

Przeszła przez ulicę i zajrzała do wnętrza kafejki w poszukiwaniu brata. Siedział tyłem do niej, pochylony nad gazetą, i pił herbatę. Zbliżyła się do niego raźnym krokiem i z uśmiechem na ustach.

– Boże, Richardzie, czy ty w ogóle chodzisz do pracy? – zażartowała głośno, na co on aż podskoczył. Już-już miała dodać coś jeszcze, ale ugryzła się w język, bo Richard spojrzał na nią oczami pełnymi łez.

Rozdział trzydziesty trzeci

Holly rozejrzała się, by sprawdzić, czy zauważył to ktoś jeszcze, po czym powoli odsunęła krzesło i usiadła obok brata. Czy powiedziała coś nie tak? Przyglądała się ze zdumieniem jego twarzy, nie wiedząc, jak ma się zachować. Z ręką na sercu mogła rzec, że jeszcze nigdy nie było jej dane znaleźć się w takiej sytuacji.

Po jego twarzy spływały łzy, choć z całych sił starał się je powstrzymać.

– Richardzie, co się stało? – zapytała z lękiem. Położyła z zakłopotaniem dłoń na jego ramieniu.

Ramiona brata drżały.

Pulchna kelnerka, tym razem ubrana w fartuch w kolorze kanarkowej żółci, obeszła ladę i postawiła na stoliku pudełko chusteczek.

– Proszę – Holly podała jedną Richardowi.

Wytarł oczy i głośno wydmuchnął nos. Było to naprawdę potężne dmuchnięcie dorosłego mężczyzny i Holly usiłowała ukryć uśmiech.

– Przepraszam, że płakałem – odezwał się z zażenowaniem, nie patrząc na nią.

– Hej – rzekła miękko, ponownie kładąc dłoń na jego ramieniu, ale tym razem już bez skrępowania. – Płacz to naprawdę nic złego. Ostatnio to moje nowe hobby, więc uważaj, co mówisz.

Uśmiechnął się do niej blado.

– Wszystko mi się wali, Holly – rzekł ze smutkiem, łapiąc chusteczką łzę, nim zdążyła skapnąć na brodę.

– Na przykład co? – zapytała, zaniepokojona tą przemianą brata. W ciągu ostatnich kilku miesięcy widziała tak wiele jego twarzy, że poczuła się dosyć niepewnie.

Richard wziął głęboki oddech i przełknął łyk herbaty. Holly spojrzała na kobietę za ladą i zamówiła jeszcze jeden dzbanek.

– Ostatnio się przekonałam, że rozmawianie o problemach pomaga – odezwała się łagodnie. – A z moich ust to naprawdę nie byle jaka rada, ponieważ do tej pory trzymałam buzię na kłódkę, w przekonaniu, że jestem superwoman. – Uśmiechnęła się pokrzepiająco. – Może więc opowiesz mi o wszystkim?

Popatrzył na nią z obawą.

– Nie będę się śmiała, nie odezwę się ani słowem, jeśli nie będziesz tego chciał. Nikomu nie zdradzę ani słowa z tego, co mi powiesz, będę jedynie słuchała – zapewniła go.

Odwrócił wzrok i skupił się na stojących na środku stolika pojemniczkach z solą i pieprzem. Wreszcie odezwał się cicho:

– Straciłem pracę.

Holly milczała i czekała, czy doda coś jeszcze. Po chwili Richard podniósł na nią spojrzenie.

– To jeszcze nie katastrofa – odezwała się miękko, obdarzając go uśmiechem. – Wiem, że uwielbiałeś swoją pracę, ale znajdziesz inną. Hej, jeśli to sprawi, że poczujesz się lepiej, to wiedz, że ja kiedyś też często traciłam pracę...

– To się stało w kwietniu – przerwał jej gniewnie. – Teraz mamy wrzesień. Nie ma niczego dla mnie... nie w moim zawodzie... – Odwrócił wzrok.

– Och... – Nie bardzo wiedziała, co powiedzieć. Po dłuższej chwili odezwała się ponownie: – Ale przynajmniej Meredith nadal pracuje, więc macie regularne dochody. Nie spiesz się ze znalezieniem pracy, poszukaj takiej, jaka ci odpowiada... Wiem, że teraz to może tak nie wyglądać, ale...

– Meredith odeszła ode mnie w zeszłym miesiącu – znów jej przerwał, ale tym razem jego głos był słabszy.

Dłonie Holly pofrunęły do ust. Och, biedny Richard. Nigdy nie lubiła tej jędzy, ale on ją uwielbiał.

– Dzieciaki? – zapytała ostrożnie.

– Mieszkają z nią – odparł i jego głos zadrżał.

– Tak bardzo mi przykro. – Poruszała nerwowo dłońmi, nie wiedząc, co zrobić. Czy powinna go teraz przytulić?

– Mnie też jest przykro – rzekł żałośnie, nie spuszczając wzroku z pojemniczków na sól i pieprz.

– To nie twoja wina, Richardzie, więc nie wmawiaj sobie, że jest inaczej.

– Czyżby? – zapytał drżącym głosem. – Powiedziała, że jestem żałosny i nie potrafię nawet zadbać o własną rodzinę... – Ponownie się rozkleił.

– Nie słuchaj tej głupiej krowy – rzekła z gniewem Holly. – Jesteś wspaniałym ojcem i lojalnym mężem – oświadczyła z mocą i uświadomiła sobie, że naprawdę tak myśli. – Timmy i Emily kochają cię, ponieważ jesteś dla nich fantastyczny, więc nie przejmuj się tym, co mówi ta wariatka.

Objęła i przytuliła brata, który znów zaczął płakać. Czuła taki gniew, że pragnęła dorwać Meredith i trzasnąć ją w twarz – właściwie od zawsze miała na to ochotę, ale teraz istniał ku temu konkretny powód.

Łzy Richarda wreszcie przestały płynąć. Odsunął się od siostry i wziął jeszcze jedną chusteczkę. Serce Holly wyrywało się ku niemu; zawsze tak bardzo się starał, by robić to, co należy, stworzyć idealne życie i rodzinę, a tu wszystko mu się zawaliło. Był wyraźnie zdruzgotany.

– Gdzie mieszkasz? – zapytała, uświadamiając sobie nagle, że przez kilka ostatnich tygodni nie miał przecież domu, do którego mógłby wracać.

– W pensjonacie niedaleko stąd. Miłe miejsce. Mili ludzie – odparł, dolewając sobie herbaty. Zostawia cię żona, a ty pijesz herbatę...

– Richardzie, nie możesz tam zostać – oświadczyła. – Dlaczego nikomu o tym nie powiedziałeś?

– Bo myślałem, że jakoś się dogadamy, ale tak się nie stało... Ona podjęła już decyzję.

Chociaż Holly bardzo chciała zaproponować mu dach nad głową, to jednak w tej chwili nie mogła tego zrobić. Zbyt wiele było spraw, z którymi sama musiała się uporać, liczyła na to, że brat to rozumie.

– No a rodzice? – zapytała. – Na pewno chętnie ci pomogą.

Richard potrząsnął głową.

– Nie, Ciara jest teraz w domu, Declan też. Nie chcę jeszcze i ja zwalać im się na głowę. Jestem przecież dorosły.

– Nie bądź głupi. Twój dawny pokój jest pusty. Jestem pewna, że powitają cię z otwartymi ramionami – przekonywała go. – Nawet ja parę dni temu zostałam u rodziców na noc.

Podniósł głowę znad stolika.

– To żaden wstyd wracać co jakiś czas do domu, w którym się dorastało. To dobrze działa na duszę – uśmiechnęła się.

Na jego twarzy malowała się niepewność.

– Eee... to chyba nie najlepszy pomysł, Holly.

– Jeśli chodzi ci o Ciarę, to niepotrzebnie się martwisz. Za kilka tygodni wraca z Mathew do Australii, więc w domu będzie... mniej gorączkowo.

Wyraźnie się odprężył.

Holly się uśmiechnęła.

– No więc jak? To naprawdę świetny pomysł i nie będziesz marnować pieniędzy na jakąś cuchnącą norę. Wcale nie wierzę, że właściciele są mili.

Po twarzy Richarda przebiegł uśmiech.

– Nie mógłbym o to prosić rodziców, Holly. Ja... ja nie wiedziałbym, co powiedzieć.

– Pojadę z tobą i porozmawiam z nimi w twoim imieniu. Zobaczysz, będą uszczęśliwieni, że mogą ci pomóc. Jesteś ich synem, kochają cię. Wszyscy cię kochamy – dodała, przykrywając jego dłoń swoją.

– No dobrze – zgodził się wreszcie.

Gdy ruszyli do samochodów, objęła go ramieniem.

– A tak przy okazji to dziękuję za ogród – uśmiechnęła się i pocałowała go w policzek.

– Wiesz?

Skinęła głową.

– Masz naprawdę wielki talent i gdy tylko znajdę pracę, zapłacę ci za wszystko, co w nim zrobiłeś, bo zasługujesz na to.

Na twarzy brata pojawił się nieśmiały uśmiech.

Wsiedli do samochodów i ruszyli w kierunku domu, w którym oboje dorastali.

Holly przejrzała się w lustrze w toalecie biurowca, gdzie miała odbyć się pierwsza rozmowa kwalifikacyjna. Tak bardzo schudła, że zmuszona była kupić sobie nowy garnitur. Bardzo ładnie podkreślał jej szczupłą figurę. Długa marynarka kończyła się tuż nad kolanami, a zapinało się ją na jeden guzik w talii. Spodnie były doskonale dopasowane i ładnie układały się na pantoflach. Garnitur był czarny, przecinały go jasnoniebieskie linie. Pod spód Holly włożyła jasnoniebieski top. Czuła się jak nadęta bizneswoman pracująca w reklamie, kontrolująca własne życie. Teraz trzeba tylko było tylko, by inni również odnieśli takie wrażenie. Nałożyła na usta jeszcze jedną warstwę różowego błyszczyku i przeczesała palcami loki, które zostawiła rozpuszczone, by miękko opadały na ramiona. Wzięła głęboki oddech i wróciła do poczekalni.

Ponownie zajęła miejsce i popatrzyła uważnie na pozostałych kandydatów. Wyglądali na dużo od niej młodszych i wszyscy mieli na kolanach coś w rodzaju grubego folderu. Rozejrzała się, mocno zaniepokojona. No jasne, wszyscy je mieli. Wstała z krzesła i podeszła do sekretarki.

– Przepraszam – odezwała się.

Kobieta podniosła głowę.

– W czym mogę pomóc?

– Właśnie wróciłam z toalety i chyba ominęło mnie rozdawanie folderów. – Holly uśmiechnęła się do niej grzecznie.

Kobieta zmarszczyła brwi.

– Przepraszam, ale o jakie foldery pani chodzi?

Holly odwróciła się i wskazała na to, co leżało na kolanach wszystkich kandydatów.

Sekretarka uśmiechnęła się i wykonała palcem gest przywołujący ją bliżej.

Holly wsunęła włosy za uszy i przysunęła się.

– Tak?

– Przykro mi, skarbie, ale to są ich portfolia, sami je przynieśli – wyszeptała, by nie zawstydzić Holly.

Holly zamarła.

– Och. Czy powinnam była przynieść portfolio?

– A ma je pani? – zapytała kobieta z przyjaznym uśmiechem.

Potrząsnęła głową.

– W takim razie proszę się tym nie przejmować. To nie jest konieczne. Ludzie przynoszą tego typu rzeczy, by się popisać – dodała, a Holly zachichotała.

Wróciła na miejsce, ale jednak martwiła ją ta cała sprawa z portfoliami. Nikt jej nie wspomniał ani słowem o jakimś głupim portfolio. Dlaczego dowiadywała się o wszystkim ostatnia? Czekając, wybijała rytm stopą i rozglądała się po biurze. Pomieszczenie robiło bardzo przyjemne wrażenie; kolory były ciepłe, a przez wielkie okna wlewało się do środka mnóstwo światła. Wysokie pomieszczenia sprawiały, że miało się tutaj wspaniałe poczucie przestrzeni. Mogłaby tu przesiedzieć cały dzień. Nagle poczuła się tak odprężona, że nawet się nie zdenerwowała, gdy wywołano jej nazwisko. Ruszyła pewnym krokiem w stronę gabinetu, w którym odbywały się rozmowy kwalifikacyjne. Sekretarka puściła do niej oko, życząc w ten sposób powodzenia. Odpowiedziała jej uśmiechem; z jakiegoś powodu już się czuła częścią tej ekipy. Zatrzymała się na chwilę tuż przed drzwiami i wzięła głęboki oddech.

Fruń do księżyca, wyszeptała do siebie, fruń do księżyca.

Rozdział trzydziesty czwarty

Holly zapukała lekko do drzwi i szorstki głos polecił jej wejść. Przez to poczuła się tak, jakby została wezwana w szkole do gabinetu dyrektora. Wytarła w spodnie lekko wilgotne dłonie i weszła do środka.

– Dzień dobry – odezwała się pewnie, choć wcale tak się nie czuła.

Przeszła przez niewielki gabinet i wyciągnęła dłoń do mężczyzny, który na jej widok wstał z fotela. Przywitał ją szerokim uśmiechem i ciepłym uściskiem dłoni. Twarz na szczęście w ogóle nie pasowała do tego szorstkiego głosu. Na jego widok Holly nieco się odprężyła: przypominał jej ojca. Na oko zbliżał się do sześćdziesiątki, miał masywną, misiowatą budowę ciała. Musiała się powstrzymać, by nie przebiec na drugą stronę biurka i go nie uściskać. Siwe, aż lśniące włosy miał starannie przystrzyżone i Holly pomyślała, że w młodości musiał być niesłychanie przystojny.

– Holly Kennedy, tak? – zapytał, i zaglądając do leżącego przed nim CV.

Usiadła na krześle naprzeciwko niego i usiłowała zachować spokój. Po napisaniu CV przeczytała kilka podręczników, opisujących techniki, jakich należy używać podczas rozmowy kwalifikacyjnej, i starała się teraz wykorzystać te informacje w praktyce, począwszy od wejścia do gabinetu, poprzez właściwy uścisk dłoni aż do sposobu, w jaki siedziała na krześle. Pragnęła wyglądać na osobę niezwykle doświadczoną, inteligentną i pewną siebie. Jednak by tego dowieść, potrzebne będzie coś więcej niż silny uścisk dłoni.

– Zgadza się – odparła, stawiając torebkę na ziemi obok krzesła i kładąc drżące dłonie na kolanach.

Mężczyzna nałożył na czubek nosa okulary i w milczeniu przeglądał jej CV. Holly wpatrywała się w niego z napięciem i próbowała wyczytać coś z wyrazu twarzy. Nie było to łatwe zadanie, gdyż należał do ludzi, którzy podczas czytania bez przerwy marszczą brwi. No cóż, a może to, co czytał, nie robiło na nim absolutnie żadnego wrażenia. Zerknęła na biurko, czekając, by ponownie się odezwał. Jej spojrzenie spoczęło na oprawionej w srebrną ramkę fotografii, przedstawiającej trzy ładne dziewczyny mniej więcej w jej wieku, uśmiechające się radośnie do aparatu. Przyglądała się fotografii, a kiedy podniosła głowę, uświadomiła sobie, że mężczyzna zdążył już odłożyć dokumenty i teraz ją obserwował. Uśmiechnęła się powściągliwie.

– Zanim zaczniemy rozmawiać o pani, wyjaśnię kim jestem i z czym konkretnie wiąże się ta praca – rzekł.

Skinęła głową. To mogło być interesujące.

– Nazywam się Chris Feeney i jestem założycielem i jednocześnie redaktorem naczelnym tego magazynu, czy też „szefem", jak mnie tu wszyscy nazywają. – Uśmiechnął się, a Holly uznała, że ma czarujące niebieskie oczy. – Krótko mówiąc, szukamy kogoś, kto zajmowałby się kwestiami związanymi z reklamą. Jak pani wiadomo, prowadzenie magazynu bądź też funkcjonowanie jakiejkolwiek organizacji związanej z mediami jest silnie uzależnione od zamawianych reklam. Potrzebne są pieniądze na wydawanie naszego magazynu, więc ta praca jest bardzo ważna. Niestety, tak się akurat złożyło, że nasz poprzedni pracownik musiał nas opuścić w pośpiechu, więc szukam kogoś, kto mógłby zacząć pracę z marszu. Jak się pani zapatruje na coś takiego?

– Nie mam nic przeciwko temu. Wręcz przeciwnie, chętnie rozpoczęłabym pracę jak najszybciej.

Chris skinął głową i ponownie zajrzał do jej dokumentów.

– Widzę, że już od ponad roku nie jest pani nigdzie zatrudniona. Zgadza się? – Opuścił nieco głowę i przyglądał jej się uważnie znad okularów.

– Tak – przytaknęła. – I mogę pana zapewnić, że był to wyłącznie mój wybór. Niestety, zachorował mój mąż i musiałam zwolnić się z pracy, aby się nim opiekować.

Przełknęła z trudem ślinę; wiedziała, że przyczepi się o to każdy potencjalny pracodawca. Kto by chciał zatrudnić kogoś, kto próżnował przez rok.

– Rozumiem – rzekł, patrząc na nią. – No cóż, mam nadzieję, że teraz jest już zupełnie zdrowy. – Uśmiechnął się ciepło.

Holly nie była pewna, czy to było pytanie i nie bardzo wiedziała, co powiedzieć. Czy interesowały go informacje dotyczące jej życia osobistego? Nie spuszczał z niej wzroku i zrozumiała, że czeka na odpowiedź.

Odkaszlnęła.

– Prawdę mówiąc, to nie, panie Feeney, niestety w lutym zmarł... miał raka mózgu. Dlatego właśnie musiałam zrezygnować z pracy.

– O rety. – Chris odłożył jej CV i zdjął okulary. – Oczywiście, rozumiem. Naprawdę mi przykro – rzekł szczerze. – Musi być pani bardzo ciężko, w tak młodym wieku i w ogóle... – Wpatrywał się przez chwilę w biurko, po czym ponownie spojrzał jej w oczy. – Moja żona przed rokiem zmarła na raka piersi, więc doskonale rozumiem, co pani czuje.

– Współczuję panu – powiedziała ze smutkiem, patrząc w oczy temu miłemu mężczyźnie, siedzącemu po drugiej stronie biurka.

– Podobno czas leczy rany – uśmiechnął się.

– Podobno – przyznała ponuro. – I jeszcze litry herbaty.

Mężczyzna zaczął się głośno śmiać.

– Tak! Też to słyszałem, a moje córki wmawiają mi, że świetnym uzdrowicielem jest także świeże powietrze.

– O tak, to magiczne świeże powietrze; czyni cuda dla duszy. Czy to pańskie córki? – Uśmiechnęła się, wskazując na fotografię.

– W rzeczy samej – odparł z dumą. – Moje trzy małe lekarki, które starają się utrzymać mnie przy życiu – zaśmiał się. – Niestety, ten ogród nie wygląda już tak pięknie.

– Więc to pana ogród? Jest piękny; sądziłam, że to ogród botaniczny lub jakiś park.

– To była pasja Maureen. Ja spędzam w pracy zbyt dużo czasu, by poradzić sobie z tym bałaganem.

– Proszę mi nic nie mówić o ogrodach, bo ja, niestety, nie mam ręki i serca do roślin i mój zaczyna wyglądać jak dżungla. – W każdym razie do niedawna tak właśnie wyglądał, pomyślała.

Patrzyli na siebie i uśmiechali się, Holly poczuła pewną ulgę po wysłuchaniu historii tak podobnej do jej własnej. Bez względu na to, czy dostanie tę pracę, czy nie, zrozumiała, że nie jest sama, inni mają podobne przeżycia i też muszą sobie radzić.

– Ale wróćmy może do rozmowy kwalifikacyjnej. Ma pani jakieś doświadczenie w pracy z mediami?

Holly nie spodobał się sposób, w jaki wypowiedział słowo „jakieś". To oznaczało, że przeczytał jej CV i nie znalazł żadnej wzmianki na ten temat.

– Owszem. – Wróciła do rzeczowego tonu, bo bardzo chciała wywrzeć na nim odpowiednie wrażenie. – Kiedyś pracowałam w agencji nieruchomości, byłam tam odpowiedzialna za kontakty z mediami w przypadku nowych nieruchomości, wystawianych na sprzedaż. Czyli była to jakby odwrotność tego, na czym ma polegać praca u pana.

Chris skinął głową.

– Ale tak naprawdę nigdy nie pracowała pani w piśmie, gazecie, czy w czymś podobnym?

Powoli pokręciła głową, myśląc intensywnie, co odpowiedzieć.

– Ale byłam odpowiedzialna za drukowanie cotygodniowego biuletynu w firmie, w której pracowałam... – powiedziała szybko i uświadomiła sobie, jak żałośnie to zabrzmiało.

Chris był zbyt uprzejmy, by jej przerywać, gdy omawiała po kolei każdą pracę, wyolbrzymiając wszystko, co miało choćby najmniejszy związek z reklamą bądź mediami. Wreszcie przestała mówić, znudziwszy się brzmieniem własnego głosu, i nerwowo zacisnęła palce. Nie miała wystarczających kwalifikacji do otrzymania tej pracy i wiedziała o tym, ale wiedziała także, że poradziłaby sobie, gdyby tylko dostała szansę.

Mężczyzna zdjął okulary.

– Rozumiem. No cóż, Holly, widzę, że ma pani ogromne doświadczenie w pracy w wielu różniących się od siebie dziedzinach, ale dostrzegam także, że nie pracowała pani na żadnym stanowisku dłużej niż przez dziewięć miesięcy...

– Szukałam pracy, która by mi najbardziej odpowiadała. – Z jej pewności siebie nie pozostało już nic.

– Skąd mam więc wiedzieć, że nie porzuci mnie pani po kilku miesiącach? – Uśmiechnął się, ale wiedziała, że mówi to poważnie.

– Ponieważ to jest zajęcie dla mnie – odparła równie poważnie. Wzięła głęboki oddech, czując, że wymyka jej się szansa na zdobycie tej pracy, ale była przygotowana, by tak łatwo się nie poddać. – Panie Feeney – rzekła, przesuwając się na skraj krzesła – Potrafię bardzo ciężko pracować. Kiedy coś kocham, oddaję się temu w stu procentach. Jestem bardzo kompetentną osobą, a tego, czego nie wiem teraz, z ogromną chęcią się nauczę i dam z siebie wszystko, dla samej siebie, dla pana i dla firmy. Jeśli zaufa mi pan, obiecuję, że pana nie zawiodę. – Urwała i powstrzymała się przed padnięciem na kolana i błaganiem o tę cholerną pracę.

Zarumieniła się, gdy uświadomiła sobie, co właśnie zrobiła.

– Wobec tego tym oto optymistycznym akcentem zakończymy naszą rozmowę – rzekł Chris, uśmiechając się. Wstał z fotela i wyciągnął dłoń. – Dziękuję bardzo, że znalazła pani czas, by się tutaj zjawić. Jestem przekonany, że pozostaniemy w kontakcie.

Holly uścisnęła mu dłoń i podziękowała cicho i podniosła z podłogi torbę. Idąc do drzwi, czuła na plecach jego spojrzenie. Zanim wyszła na korytarz, odwróciła się.

– Panie Feeney, jestem pewna, że pańska sekretarka robi świetną herbatę. Ten napój naprawdę panu pomoże.

Uśmiechnęła się i zamknęła drzwi, słysząc głośny wybuch śmiechu. Życzliwa sekretarka uniosła brwi, kiedy Holly mijała jej biurko, a pozostali kandydaci zacisnęli dłonie na portfoliach, zastanawiając się, co też ta kobieta powiedziała, że aż tak rozśmieszyło przeprowadzającego rozmowę kwalifikacyjną. Holly uśmiechnęła się do siebie, pan Feeney nie przestawał się śmiać, po czym wyszła na świeże powietrze.

Postanowiła odwiedzić Ciarę i przy okazji coś przekąsić. Skręciła za róg, weszła do U Hogana i zaczęła się rozglądać za wolnym stolikiem. Pub pełen był elegancko ubranych ludzi, którzy wpadli tutaj podczas przerwy na lunch, niektórzy przed powrotem do biura popijali ukradkiem kufel piwa. Holly znalazła w kącie mały stolik i usiadła.

– Przepraszam! – zawołała głośno i pstryknęła w powietrzu palcami. – Czy mogę prosić kogoś z obsługi?

Ludzie siedzący przy sąsiednich stolikach obrzucili ją potępiającymi spojrzeniami za to nachalne pokrzykiwanie, ale ani trochę się tym nie przejęła.

– Ej! – zawołała.

Ciara obróciła się na pięcie z niezadowoloną miną, która przemieniła się w uśmiech, kiedy rozpoznała uśmiechającą się do niej szeroko siostrę.

– Jezu, już zamierzałam ci przyłożyć – zaśmiała się, podchodząc do stolika.

– Mam nadzieję, że nie do wszystkich klientów tak się odzywasz.

– Jasne, że nie do wszystkich – odparła Ciara. – Jesz tu dzisiaj lunch?

Holly kiwnęła głową.

– Mama mówiła, że pracujesz o tej porze. Czy przypadkiem nie miałaś kelnerować w klubie na górze?

Ciara przewróciła oczami.

– Ten facet każe mi harować przez tyle godzin w palącym słońcu. Traktuje mnie jak niewolnicę – jęknęła.

– Czyżby ktoś wymienił moje imię? – zaśmiał się Daniel, podchodząc do niej z tyłu.

Ciara znieruchomiała, gdy uświadomiła sobie, że usłyszał jej słowa.

– Nie, nie... ja tylko mówiłam o Mathew – wyjąkała. – Nie daje mi spać przez całą noc, jestem jego seks-niewolnicą... – urwała i oddaliła się do baru po notes i długopis.

– Żałuję, że zapytałem – rzekł Daniel, najwyraźniej oszołomiony. – Mogę się dosiąść? – zapytał Holly.

– Nie – odparła żartobliwie, ale wysunęła dla niego krzesło. – No więc, co tu dają dobrego?

Przeglądała menu, gdy Ciara wróciła z długopisem w dłoni i za plecami Daniela powiedziała bezgłośnie:

– Nic.

Holly parsknęła śmiechem.

– Polecam ci specjalność dnia – powiedział Daniel, ale Ciara potrząsnęła dziko głową. Dostrzegł to i zapytał: – Dlaczego kręcisz głową?

– Och, chodzi o to, że... Holly ma alergię na cebulę – wyjąkała.

A to nowina, pomyślała Holly. Kiwnęła głową.

– Tak... cebula... eee... powoduje, że moja głowa... eee... tak jakoś się rozdyma. – Wydęła policzki. – Straszna jest

ta cebula. W gruncie rzeczy śmiertelna. Pewnego dnia może mnie zabić.

Ciara przewróciła oczami, na znak, że siostra jednak
przesadza.

– No dobrze, w takim razie wyrzućmy cebulę – zaproponował Daniel, a Holly przyznała mu rację.

Ciara wsadziła palce w usta i odchodząc, udawała, że ma
torsje.

– Wyglądasz dzisiaj bardzo elegancko – powiedział Daniel, lustrując strój Holly.

– Dokładnie o to mi chodziło. Wracam właśnie z rozmowy kwalifikacyjnej – odparła i skrzywiła się lekko.

– Ach tak. Nie poszła zbyt dobrze?

Potrząsnęła głową.

– Ujmijmy to tak: muszę sobie sprawić elegantszy garnitur... Krótko mówiąc, nie spodziewam się, że do mnie
zadzwonią.

– Nie przejmuj się – rzekł z uśmiechem Daniel. – Będzie
jeszcze mnóstwo innych okazji. A jeśli jesteś zainteresowana, to praca na górze nadal czeka.

– Myślałam, że dostała ją Ciara. Dlaczego pracuje teraz
na dole?

Daniel się skrzywił.

– Znasz swoją siostrę; pojawił się pewien problemik.

– O nie! – zaśmiała się. – Co zrobiła tym razem?

– Jakiś facet w barze powiedział jej coś, co jej się niezbyt
spodobało, więc najpierw napełniła jego kufel, a potem wyla-
ła mu piwo na głowę.

– Coś ty! – Holly gwałtownie wciągnęła powietrze. – Dzi-
wię się, że jej nie zwolniłeś!

– Nie mogłem tego uczynić członkini rodziny Kennedych,
prawda? – uśmiechnął się. – A poza tym, jak mógłbym ci
wtedy spojrzeć w oczy?

– No właśnie. – Bo choć jesteś moim przyjacielem, ale
„rodzinę szanować trzeba".

Ciara, która właśnie przyniosła jedzenie dla siostry, zmarszczyła brwi.

– To najgorsze naśladowanie ojca chrzestnego, jakie słyszałam. Bon appetite – rzekła z przekąsem, stawiając głośno talerz na stole i odwracając się na pięcie.

– Hej! – Daniel skrzywił się, zabrał talerz i uważnie przyjrzał się opiekanej kanapce.

– Co ty robisz? – zapytała Holly.

– Jest w niej cebula – odparł gniewnie. – Ciara pewnie znowu przyniosła nie to zamówienie, co trzeba.

– Nie, nie, wszystko w porządku. – Holly pospieszyła siostrze na ratunek i odebrała mu talerz. – Mam alergię tylko na czerwoną cebulę.

Zmarszczył brwi.

– Dziwne. Nie sądziłem, że to ma znaczenie.

– A jakże. – Holly kiwnęła głową i starała się, by brzmiało to uczenie. – Może i należą do jednej rodziny, ale czerwona cebula... zawiera trujące toksyny... – urwała.

– Toksyny? – zapytał z niedowierzaniem.

– Dla mnie jest toksyczna, wiesz? – mruknęła i wgryzła się w kanapkę, dzięki czemu nie musiała już nic mówić. Niezwykle trudno było jeść pod czujnym spojrzeniem Daniela i nie czuć się przy tym jak prosię, więc wreszcie dała sobie spokój i zostawiła resztę na talerzu.

– Nie smakuje ci? – zapytał z niepokojem.

– Och, jest pyszna, po prostu zjadłam ogromne śniadanie – skłamała, klepiąc się po pustym brzuchu.

– Powiedz, co z tym twoim krasnalem? – zapytał.

– A wiesz, że go znalazłam! – Roześmiała się, wycierając w serwetkę ręce.

– Naprawdę? Kto to?

– Uwierzysz, że mój brat Richard?

– No coś ty! Czemu więc nic ci nie powiedział? Chciał, żeby to była niespodzianka?

– Pewnie coś w tym rodzaju.

– Ten Richard to miły facet – rzekł Daniel z zadumą.

– Tak myślisz?

– Naprawdę, to taki nieszkodliwy gość. Ma przyjemny charakter.

Holly skinęła głową.

– Rozmawiałaś ostatnio z Denise albo Sharon?

– Tylko z Denise – odparła, nie patrząc na niego. – A ty?

– Tom nawija mi w kółko o tym weselu. Chce, bym został jego drużbą. Prawdę mówiąc, nie sądziłem, że to odbędzie się tak szybko.

– Ja też nie. I co ty na to?

– Cieszę się, ale w taki egoistyczny i zgorzkniały sposób.

– Wiem, co czujesz. Nie rozmawiałeś przypadkiem ostatnio ze swoją eks?

– Z kim, z Laurą? – zapytał ze zdziwieniem. – Nigdy więcej nie chcę mieć z nią do czynienia.

– Czy jest przyjaciółką Toma?

– Dzięki Bogu nie przyjaźnią się już tak, jak kiedyś.

– W takim razie nie zostanie zaproszona na ślub?

Oczy Daniela się rozszerzyły.

– Nawet o tym nie pomyślałem. Boże, mam nadzieję, że nie. Tom wie, co bym mu zrobił, gdyby ją zaprosił. – Zamilkł, przetrawiając tę myśl. – Jutro wieczorem spotkam się chyba z Tomem i Denise, by omówić plany weselne. Masz może ochotę dołączyć do nas? – zapytał.

– Wielkie dzięki, nie zanosi się na szampańską zabawę.

Daniel zaczął się śmiać.

– Wiem, dlatego nie chcę iść sam. Zadzwoń, gdybyś zmieniła zdanie.

Skinęła głową.

– Proszę bardzo, oto rachunek – oświadczyła Ciara, upuszczając na stolik kawałek papieru, po czym się oddaliła.

Daniel patrzył za nią, potrząsając jednocześnie głową.

– Nie martw się – zaśmiała się Holly. – Już niedługo będziesz się musiał z nią użerać.

– Dlaczego? – Wyglądał na zaskoczonego.

Kurczę, pomyślała Holly. Ciara nie powiedziała mu, że wyjeżdża.

– E tam, nic takiego – mruknęła, grzebiąc w torebce w poszukiwaniu portfela.

– Zaraz, zaraz, co masz na myśli? – nie ustępował.

– Chodzi mi o to, że jej zmiana pewnie się niedługo kończy – odparła, wyciągając portfel i spoglądając na zegarek.

– Nie przejmuj się rachunkiem, ja się nim zajmę.

– Daj spokój – rzekła, grzebiąc w portfelu wśród paragonów i śmieci w poszukiwaniu pieniędzy. – A właśnie, przypomniałam sobie, że wiszę ci dwadzieścia euro. – Położyła pieniądze na stoliku.

– Nie ma o czym mówić. – Machnął z lekceważeniem ręką.

– Hej, czy pozwolisz mi zapłacić za cokolwiek? – zażartowała. – Tak czy owak, zostawiam pieniądze na stoliku, więc będziesz musiał je wziąć.

Wróciła Ciara.

– W porządku, Ciaro, dopisz to do mojego rachunku – polecił jej Daniel.

Uniosła brwi i mrugnęła do Holly. Następnie spojrzała na stolik i dostrzegła leżące na stoliku dwadzieścia euro.

– Dzięki, siostrzyczko. Nie wiedziałam, że dajesz takie duże napiwki. – Schowała pieniądze do kieszeni i oddaliła się, by obsłużyć inny stolik.

– Nie przejmuj się – zaśmiał się Daniel. – Odejmę to od jej wypłaty.

Holly z ulgą wracała do domu. Ostatniej nocy kiepsko spała, denerwując się rozmową kwalifikacyjną, i teraz była wykończona. Nie mogła się doczekać, kiedy otworzy butelkę wina, umości się wygodnie w łóżku i zacznie rozmyślać nad kolejnym krokiem związanym z karierą.

Zaczęło walić jej serce, kiedy przed domem dostrzegła samochód Sharon. Tyle czasu minęło od ich ostatniej rozmowy, że zrobiło jej się głupio. Przez moment zastanawiała się, czy nie zawrócić i nie pojechać w przeciwnym kierunku, ale się powstrzymała. Musi wypić piwo, którego nawarzyła, zanim straci przyjaciółkę. Jeśli już nie jest za późno.

Rozdział trzydziesty piąty

Holly zatrzymała się na podjeździe i przed wyjściem z samochodu wzięła głęboki oddech. Powinna była pierwsza odwiedzić Sharon i wiedziała o tym. Wszystko byłoby wtedy prostsze. Ruszyła w kierunku samochodu przyjaciółki i ze zdziwieniem ujrzała, że wysiada z niego John. Nigdzie nie dostrzegła Sharon. Zaschło jej w gardle; miała nadzieję, że Sharon nic się nie stało.

– Cześć, Holly – odezwał się ponuro John, zatrzaskując drzwiczki.

– John! Gdzie jest Sharon?

– Przyjechałem ze szpitala.

Uniosła dłonie do ust, a jej oczy wypełniły się łzami.

– O mój Boże! Czy coś się stało?

– Nie, jest po prostu na badaniach kontrolnych. Niedługo jadę ją odebrać.

Holly westchnęła z ulgą i opuściła ręce.

– Coś ci powiem, skoro tak bardzo się o nią martwisz, może powinnaś do niej zadzwonić.

John trzymał wysoko głowę i wpatrywał się w nią lodowatoniebieskimi oczami. Holly widziała, jak zaciska i rozluźnia szczękę. Tylko przez chwilę wytrzymywała jego spojrzenie.

– Tak, wiem – mruknęła. – Wejdziesz na herbatę?

Włączyła czajnik i zaczęła krzątać się po kuchni, gdy tymczasem John usiadł przy stole.

– Sharon nie wie, że tutaj jestem, więc byłbym wdzięczny, gdybyś jej o tym nie mówiła.

– Och... jasne.

Poczuła jeszcze większe rozczarowanie. Nie przysłała go Sharon. A więc przyjaciółka nie chce jej widzieć.

– Tęskni za tobą, wiesz? – John nadal nie spuszczał z niej oka.

Przyniosła kubki z herbatą i usiadła przy stole.

– Ja też za nią tęsknię.

– To już dwa tygodnie, Holly.

– Wcale nie! – zaprotestowała słabo, czując się niepewnie pod jego kamiennym spojrzeniem.

– No to prawie dwa... Zresztą nieważne, kiedyś rozmawiałyście każdego dnia. – Wziął z jej ręki kubek i postawił przed sobą.

– Kiedyś było zupełnie inaczej, John – odparła gniewnie.

Czy nikt nie rozumiał, przez co ona przechodzi? Czy była jedyną osobą na tym świecie przy zdrowych zmysłach?

– Posłuchaj, wszyscy wiemy przez co przeszłaś... – zaczął John.

– Wiem, że wszyscy wiecie, przez co przeszłam, John, nie mam co do tego wątpliwości, ale nikt z was nie rozumie, że ja nadal przez to przechodzę!

Przez chwilę panowała cisza.

– To nieprawda.

Głos Johna był cichszy. Tym razem utkwił spojrzenie w kubku, który obracał przed sobą na stole.

– Ależ prawda. Nie potrafię ruszyć do przodu, tak jak robicie to wy wszyscy, i udawać, że nic się nie stało.

– Sądzisz, że my tak właśnie robimy?

– To przyjrzyjmy się faktom, dobrze? – rzuciła sarkastycznie. – Sharon spodziewa się dziecka, a Denise wychodzi za mąż...

– Holly, to się nazywa życie – przerwał jej John, podnosząc głowę. – Zapomniałaś, że jest coś takiego. I nie mówię, że to dla ciebie łatwe, bo sam wiem, że tak nie jest. Mnie także brakuje Gerry'ego. Był moim najlepszym przyjacielem. Przez całe życie mieszkaliśmy po sąsiedzku. Chodziłem z nim do przedszkola, a potem do podstawówki, do liceum, i graliśmy w jednej drużynie piłkarskiej. Byłem drużbą na jego ślubie, a on na moim! Gdy miałem jakiś problem, szedłem do Gerry'ego, gdy chciałem się zabawić, szedłem do Gerry'ego. Wiedział o sprawach, o których nigdy bym nie powiedział Sharon, a ja o tym, czego nie powiedziałby tobie. To, że nie wziąłem z nim ślubu, nie znaczy, że nie czuję tego, co ty. Ale to, że on nie żyje, nie oznacza, że ja też muszę przestać żyć.

Holly siedziała sztywna jak patyk. John przesunął krzesło, by znaleźć się z nią twarzą w twarz. W panującej w kuchni ciszy głośno zatrzeszczały nogi od krzesła. Wziął głęboki oddech, po czym znów się odezwał:

– Tak, to trudne. Tak, to okropne. Tak, to najgorsze, co mi się przydarzyło w życiu. Ale nie mogę się tak po prostu poddać. Nie mogę przestać chodzić do pubu tylko dlatego, że jacyś dwaj kolesie śmieją się i żartują na krzesłach, na których kiedyś siadywaliśmy ja i Gerry, i nie mogę przestać chodzić na mecze tylko dlatego, że kiedyś zawsze chodziliśmy tam razem. Pamiętam o tym, zgoda, ale nie mogę przestać tam chodzić.

W oczach Holly wezbrały łzy.

– Sharon wie, że cierpisz i rozumie to, ale ty też musisz zrozumieć, że to niezwykle ważny okres w jej życiu i potrzebuje pomocy najlepszej przyjaciółki. Potrzebuje twojej pomocy w takim samym stopniu, w jakim ty potrzebujesz jej.

– Staram się, John – zaszlochała Holly, a po jej policzkach spłynęły gorące łzy.

– Wiem. – Przechylił się i ujął jej dłonie. – Ale Sharon także cię potrzebuje. Chowanie głowy w piasek to nie jest żadne wyjście.

– A ja byłam dzisiaj na rozmowie w sprawie pracy – zaszlochała po dziecinnemu.

John usiłował skryć uśmiech.

– To świetnie. Jak poszło?

– Gówniano – pociągnęła nosem, czym go rozśmieszyła. Przez chwilę milczeli, po czym John znów się odezwał:

– Jest już w piątym miesiącu, wiesz?

– No coś ty? Nic mi nie powiedziała!

– Bała się – odparł łagodnie. – Myślała, że będziesz na nią wściekła.

– Głupio myślała – rzuciła gniewnie Holly i szorstkim ruchem wytarła oczy.

– Czyżby? – John uniósł brwi. – W takim razie jak to wszystko nazwiesz?

Odwróciła wzrok.

– Miałam do niej zadzwonić, naprawdę. Codziennie podnosiłam słuchawkę, ale nie potrafiłam tego zrobić. Potem mówiłam sobie, że zadzwonię następnego dnia, a następnego dnia byłam zajęta... Przepraszam, John. Naprawdę się cieszę razem z wami.

– Dziękuję, ale nie mnie powinnaś to powiedzieć.

– Wiem, zachowałam się tak okropnie! Ona już mi nigdy nie wybaczy!

– Nie bądź głupia, Holly. Przecież rozmawiamy o Sharon. Do jutra o wszystkim zapomni.

Holly uniosła z nadzieją brwi.

– No, może nie do jutra. Może do następnego roku... i będziesz się musiała solidnie napracować, by jej to jakoś wynagrodzić, ale wreszcie ci wybaczy... – Jego lodowate spojrzenie stało się cieplejsze.

– Przestań! – zachichotała i walnęła go w ramię. – Mogę jechać po nią razem z tobą?

Motylki zatrzepotały skrzydłami w żołądku Holly, kiedy zatrzymali się przed szpitalem. Dostrzegła czekającą przed wejściem Sharon. Przyjaciółka wyglądała tak ładnie, że Holly musiała się uśmiechnąć. Sharon będzie mamusią. Nie mogła uwierzyć, że to już prawie piąty miesiąc ciąży. Czyli Sharnon była w trzecim, kiedy pojechały na wakacje, i nie wspomniała o tym ani słowem! Ale, co ważniejsze, Holly nie mogła uwierzyć, że sama nie dostrzegła zmian, jakie zaszły w przyjaciółce. Oczywiście, że w trzecim miesiącu nie było jeszcze nic widać. Za to teraz, gdy przyjrzała się Sharon ubranej w dżinsy i golf, dostrzegła już lekko wypukły brzuszek. Ale wyglądała bardzo ładnie. Holly wysiadła z samochodu. Na jej widok Sharon znieruchomiała.

O nie, będzie na nią krzyczeć. Powie, że jej nienawidzi, że nie chce jej znać, że jest gównianą przyjaciółką i że...

Na twarzy Sharon wykwitł uśmiech. Wyciągnęła ramiona.

– Chodź tu do mnie, głuptasie – rzekła miękko.

Holly pobiegła prosto w jej objęcia. Przyjaciółka tuliła ją do siebie, a jej znów zaszkliły się oczy.

– Sharon, tak bardzo cię przepraszam. Jestem okropna. Bardzo, bardzo, bardzo cię przepraszam i błagam o wybaczenie. Ja nie chciałam...

– Zamknij się wreszcie, ty marudo, i przytul mnie. – Sharon także płakała, a jej głos drżał. Obie przez dłuższą chwilę stały, objęte.

John zakaszlał głośno.

– Ty też chodź – uśmiechnęła się Holly i wciągnęła go do ich uścisku.

– To twój pomysł, zgadłam? – Sharon popatrzyła na męża.

– Nie, coś ty – odparł, puszczając oko do Holly. – Spotkałem ją na ulicy i zaproponowałem podwiezienie...

– Taa, akurat. – Sharon objęła Holly, kiedy szli do samochodu. – Tak czy inaczej, dobrze się stało. – Uśmiechnęła się do przyjaciółki.

– No i co powiedzieli? – zapytała Holly, która, siedząc z tyłu, wciskała się pomiędzy przednie siedzenia niczym podekscytowane małe dziecko. – Co powiedzieli?

- Cóż, nigdy w to nie uwierzysz, Holly. – Sharon obróciła się na fotelu, równie rozemocjonowana jak przyjaciółka. – Lekarz powiedział mi, że... a ja mu wierzę, bo to podobno jeden z najlepszych... w każdym razie powiedział, że...

- No mów wreszcie! – popędziła ją Holly.

- Powiedział, że to dziecko!

Holly przewróciła oczami.

- Bardzo śmieszne. Chłopiec czy dziewczynka?

- Na razie po prostu ono. Nie mają jeszcze pewności.

- A chciałabyś wiedzieć?

Sharon zmarszczyła nos.

- Prawdę mówiąc, nie wiem. Jeszcze się nad tym nie zastanawiałam. – Popatrzyła na Johna i uśmiechnęli się do siebie z radością.

Holly poczuła znajome ukłucie zazdrości. Siedziała w milczeniu, pozwalając, by minęło i by powróciła radość.

Udali się razem do domu Holly. Ona i Sharon nie były jeszcze gotowe, by się teraz rozstawać. Miały sobie tak wiele do opowiedzenia. Siedząc przy stole w kuchni, nadrabiały stracony czas.

- Wiesz, Holly była dzisiaj na rozmowie kwalifikacyjnej – rzekł John, kiedy wreszcie zdołał dojść do głosu.

- Serio? Nie wiedziałam, że już zaczęłaś szukać pracy!

- Nowe zadanie Gerry'ego – uśmiechnęła się Holly.

- Czy to właśnie było w ostatnim liście? Umierałam z ciekawości, co napisał! No i jak poszło?

Holly skrzywiła się i schowała głowę w dłoniach.

- Było okropnie, Sharon. Zrobiłam z siebie totalną idiotkę.

- Poważnie? Co to za praca?

- Sprzedaż przestrzeni reklamowej dla magazynu „X".

- Ooch, super. Czytam go zawsze w pracy.

- Chyba go nie znam, co to za pismo? – zapytał John.

- Jest w nim wszystkiego po trochu: moda, sport, kultura, jedzenie, recenzje...

- I reklamy – zażartowała Holly.

– Na pewno nie tak dobre, jakie by były, gdyby Holly Kennedy dostała tam pracę – rzekła Sharon.

– Dzięki, ale szczerze wątpię, by tak się stało.

– A dlaczego, co poszło nie tak? – Sharon wyglądała na zaintrygowaną. Sięgnęła po dzbanek z herbatą.

– Raczej nie jest najlepiej, kiedy w czasie rozmowy kwalifikacyjnej pytają cię o doświadczenie w pracy w magazynie bądź gazecie, a ty odpowiadasz, że kiedyś pisałaś biuletyn dla jakiejś gównianej firmy.

Sharon parsknęła śmiechem.

– Biuletyn? Mam nadzieję, że nie miałaś na myśli tej zakichanej ulotki, reklamującej tę diabła wartą firmę?

John i Sharon zawyli ze śmiechu.

– No cóż, bądź co bądź, była to jednak reklama...

– Pamiętasz, jak kazałaś nam roznosić te ulotki po domach, a lało wtedy jak z cebra i było koszmarnie zimno? Straciliśmy na to kilka dni!

– Ja też pamiętam – John krztusił się ze śmiechu. – Pewnego wieczoru wysłałaś z ulotkami mnie i Gerry'ego?

– No? – Holly niemal bała się usłyszeć następne zdanie.

– Wrzuciliśmy je do kontenera na tyłach pubu Boba i weszliśmy sobie na kilka kufelków.

– O wy przebiegli dranie! – zaśmiała się Holly. – To przez was firma splajtowała, a ja straciłam pracę!

– Ja bym powiedziała, że splajtowała w chwili, gdy ludzie spojrzeli na te ulotki, Holly – przekomarzała się Sharon. – Tak czy inaczej, ta firma była do dupy. Codziennie na nią psioczyłaś.

– Po prostu jedna z wielu prac, na które narzekała Holly – zażartował John. Ale miał rację.

– Na tę z pewnością bym nie narzekała – rzekła Holly ze smutkiem.

– Jest całe mnóstwo ofert – oświadczyła pokrzepiająco Sharon. – Musisz jedynie bardziej się postarać podczas rozmowy kwalifikacyjnej.

– Już lepiej nic nie mów. – Holly bawiła się łyżeczką z cukiernicy.

Przez chwilę siedzieli w milczeniu.

– Wydawałaś biuletyn – powtórzył John kilka minut później, nadal śmiejąc się na to wspomnienie.

– Przymknij się wreszcie – wzdrygnęła się Holly. – Hej, a co jeszcze wyprawialiście z Gerrym, o czym nie wiem? – zapytała nagle.

– Och, prawdziwy przyjaciel nigdy tego nie zdradzi – zażartował John, a w jego oczach zatańczyły wspomnienia.

Furtka została jednak uchylona. A kiedy Holly i Sharon zagroziły, że wydobędą to z niego biciem, John opowiedział kilka historyjek, o jakich Holly wcześniej nie miała pojęcia. Po raz pierwszy od śmierci Gerry'ego śmiali się i rozmawiali o nim przez cały wieczór. Holly wreszcie poczuła, że może mówić o mężu i nie czuć przy tym smutku. Kiedyś było ich czworo: Holly, Gerry, Sharon i John. Tym razem tylko ich troje spotkało się, by wspominać tego, którego stracili. Kiedy o nim rozmawiali, było tak, jakby był wśród nich. A wkrótce ponownie będzie ich czworo – kiedy przyjdzie na świat dziecko Sharon i Johna.

Życie toczyło się dalej.

Rozdział trzydziesty szósty

Tej niedzieli Richard wpadł do Holly w odwiedziny razem z dzieciakami. Wcześniej powiedziała mu, że może z nimi przychodzić, kiedy tylko, aby rodzice mieli choć trochę spokoju w swoim własnym domu. Dzieci bawiły się w ogrodzie, podczas gdy oni kończyli obiad i przyglądali się im przez prowadzące na taras drzwi.

– Wydają się naprawdę szczęśliwe – rzekła Holly, obserwując, jak się bawią.

– Bo tak chyba jest – uśmiechnął się. – Chcę, żeby wszystko było tak normalne, jak tylko się da. Jeszcze nie całkiem rozumieją, co się dzieje, a nie jest łatwo to wszystko wytłumaczyć.

– Co im powiedziałeś?

– Że mamusia i tatuś już się nie kochają i że ja się wyprowadziłem, byśmy wszyscy mogli być bardziej szczęśliwi. Coś w tym rodzaju.

– Wystarczyło?

Powoli skinął głową.

– Timothy'emu tak, ale Emily martwi się, że przestaniemy ją kochać i że będzie się musiała wyprowadzić. – Popatrzył na siostrę oczami pełnymi smutku.

Biedna Emily, pomyślała Holly, przyglądając się, jak mała bratanica tańczy po ogrodzie razem z dość paskudną lalką. Nie mogła uwierzyć, że rozmawiała o czymś takim z Richardem. Miała wrażenie, że stał się zupełnie inną osobą. A może to Holly się zmieniła; była teraz bardziej wyrozumiała i łatwiej puszczała mimo uszu jego irytujące uwagi, których wciąż było niemało. Ale mieli teraz ze sobą coś wspólnego. Oboje poznali smak samotności i zagubienia.

– A jak ci się mieszka w domu rodziców?

Richard przełknął purée ziemniaczane i kiwnął głową.

– Dobrze. Są naprawdę wspaniali.

– A Ciara? – Holly czuła się tak, jakby wypytywała własne dziecko po pierwszym dniu w szkole, czy inne dzieci mu nie dokuczały. Od pewnego czasu zachowywała się względem niego opiekuńczo. Pomagało jej to, że może być dla kogoś oparciem.

– Ciara to... Ciara – uśmiechnął się. – Na wiele spraw mamy zupełnie odmienne poglądy.

– Na twoim miejscu nie przejmowałabym się tym zbytnio – rzekła Holly, usiłując nadziać na widelec kawałek mięsa. – Większość ludzi nie zgadza się z jej poglądami. – Jej widelec nawiązał wreszcie kontakt z kawałkiem wieprzowiny, który w efekcie pofrunął z talerza i wylądował gdzieś na blacie kuchennym, na drugim końcu kuchni.

– A mówią, że świnie nie potrafią fruwać – zauważył Richard.

Holly zachichotała.

– Hej, Richard, ty zażartowałeś!

Wyglądał na zadowolonego z siebie.

– Nawet ja miewam lepsze chwile – odparł, wzruszając ramionami. – Choć pewnie uważacie, że jest ich niewiele.

Holly wsadziła do ust marchewkę, odłożyła sztućce i gryzła powoli, zastanawiając się, jak ubrać w słowa to, co zamierzała powiedzieć.

– Każdy z nas jest inny, Richardzie. Ciara jest nieco ekscentryczna, Declan to marzyciel, Jack żartowniś, a ja... cóż, ja właściwie nie wiem, kim jestem. Ale ty byłeś zawsze bardzo opanowany. Uporządkowany i poważny. To niekoniecznie coś złego, po prostu bardzo się różnimy.

– Ty myślisz o innych – odezwał się po dłuższej chwili milczenia.

– Słucham? – Aby ukryć zakłopotanie, włożyła do ust kolejną porcję jedzenia.

– Zawsze uważałem, że myślisz o innych – powtórzył.

– Kiedy? – zapytała z niedowierzaniem.

– Nie siedziałbym teraz tutaj i nie jadł obiadu, a dzieciaki nie biegałyby sobie po ogrodzie, gdybyś nie myślała o innych, ale mnie w tej chwili chodzi o czasy, kiedy byliśmy dziećmi.

– Nie sądzę. Ja i Jack zawsze byliśmy dla ciebie okropni – odparła miękko.

– Nie zawsze, Holly. – Posłał jej rozbawiony uśmiech. – A zresztą, po to właśnie są bracia i siostry: aby w dzieciństwie utrudniać sobie życie. To daje solidne fundamenty pod dalsze życie, hartuje. Ja w każdym razie byłem apodyktycznym starszym bratem.

– I gdzie w tym wszystkim miejsce na moją rzekomą troskę o innych? – zapytała, mając wrażenie, że zgubiła wątek.

– Ubóstwiałaś Jacka. Chodziłaś za nim przez cały czas i robiłaś wszystko, co ci kazał. – Zaczął się śmiać. – Często słyszałem, jak kazał ci, żebyś mi powtarzała różne rzeczy, a ty przybiegałaś przerażona do mojego pokoju, wyrzucałaś je z siebie i zmykałaś.

Holly przyglądała się z zakłopotaniem swemu talerzowi. Ona i Jack naprawdę byli wtedy okropni.

– Ale zawsze wracałaś – ciągnął Richard. – Wślizgiwałaś się po cichutku do mojego pokoju i patrzyłaś, jak pracuję przy biurku, a ja wiedziałem, że to twój sposób przeprosin. – Uśmiechnął się do niej. – Tak więc myślisz o innych. W naszym domu żadne z dzieci nie miało sumienia, nawet ja. Ty byłaś jedyna, zawsze ta wrażliwa.

Powrócił do obiadu, a Holly w milczeniu, usiłowała przyswoić to, co przed chwilą usłyszała. Nie przypominała sobie, by tak bardzo ubóstwiała Jacka, ale po zastanowieniu przyznała Richardowi rację. Jack był zabawnym, wyluzowanym, przystojnym starszym bratem, który miał mnóstwo znajomych i Holly często go błagała, by zabierał ją ze sobą. Podejrzewała, że nadal żywi do niego podobne uczucia. Gdyby w tej chwili zadzwonił i poprosił, żeby przyjechała, rzuciłaby wszystko i popędziła do niego. Nigdy wcześniej nie zdawała sobie z tego sprawy. Ostatnio jednak tak się złożyło, że więcej czasu spędzała w towarzystwie Richarda niż Jacka. Jack zawsze był jej ulubionym bratem; Gerry też najlepiej dogadywał się właśnie z nim. To z Jackiem wolał wychodzić w tygodniu na drinka, nie z Richardem; to obok Jacka chciał siedzieć podczas rodzinnych obiadów. Ale Gerry odszedł, Jack, choć dzwonił do niej co jakiś czas, nie odwiedzał jej już tak często, jak kiedyś. Czy ustawiła Jacka na zbyt wysokim piedestale? Uświadomiła sobie, że wymyślała dla niego usprawiedliwienia za każdym razem, kiedy w czymś nawalił. Prawdę mówiąc, zachowywała się tak od śmierci męża. Czy teraz jedyne, co ich łączyło, to jego przyjaźń z Gerrym?

Dzięki Richardowi miała ostatnio o czym myśleć. Przyglądała się teraz, jak zdejmuje wsuniętą za kołnierzyk serwetkę i składa ją w mały kwadrat o idealnie prostych kątach. Z obsesyjną starannością poustawiał wszystko na stole, by naczynia i sztućce zwrócone były w tym samym kierunku. Pomimo wszystkich dobrych cech Richarda, jakie teraz umiała dostrzec, nie mogłaby żyć z takim człowiekiem.

Oboje podskoczyli, usłyszawszy na zewnątrz głuchy odgłos uderzenia i zobaczyli, że mała Emily leży na ziemi zapłakana, a nad nią stoi przerażony Timmy. Richard zerwał się z krzesła i wybiegł do ogrodu.

– Ale ona się sama przewróciła, tatusiu, ja niczego nie zrobiłem! – usłyszała Holly błagalne słowa chłopca.

Biedny Timmy. Skrzywiła się, patrząc, jak Richard ciągnie go za ramię i każe stanąć w kącie, by przemyślał, co właśnie uczynił. Niektórzy ludzie nigdy się tak naprawdę nie zmienią, pomyślała cierpko.

Następnego dnia Holly skakała po domu, nieprzytomna z radości, po raz trzeci odsłuchując nagraną na automatycznej sekretarce wiadomość.

– Witam panią, Holly – odezwał się szorstki głos. – Z tej strony Chris Feeney z „X". Dzwonię, by powiedzieć, że rozmowa z panią zrobiła na mnie ogromne wrażenie. Eee... – Wyraźnie grał na zwłokę. – Cóż, w normalnych okolicznościach nie mówiłbym czegoś takiego automatycznej sekretarce, ale chyba ucieszy panią wiadomość, że postanowiłem zaprosić panią do naszej ekipy. Bardzo chciałbym, aby zaczęła pani pracę jak najszybciej, więc proszę o telefon, omówimy dalsze szczegóły. Eee... do widzenia.

Holly, przerażona i zachwycona, ponownie wcisnęła guzik. Obrała kurs na księżyc... no i wylądowała!

Rozdział trzydziesty siódmy

Holly podniosła głowę i popatrzyła na wysoki budynek w stylu georgiańskim. Była bardzo przejęta, ręce jej się trzęsły. To był pierwszy dzień w nowej pracy i czuła, że wszystko będzie dobrze. Siedziba magazynu „X" mieściła się w samym centrum miasta, na drugim piętrze, tuż nad niewielką kafejką. Zeszłej nocy kiepsko spała. Nie odczuwała jednak przerażenia, jakie zazwyczaj oganiało ją przed rozpoczęciem nowej pracy. Natychmiast oddzwoniła do Chrisa (po kilkakrotnym wysłuchaniu jego wiadomości), a potem obdzwoniła rodzinę i przyjaciół, by podzielić się z nimi radosną nowiną. Wszyscy byli zachwyceni, a dziś, tuż przed wyjściem z domu, otrzymała od rodziców piękny bukiet kwiatów z gratulacjami i życzeniami powodzenia.

Czuła się tak, jakby to miał być jej pierwszy dzień w szkole. Sprawiła sobie nawet teczkę, dzięki której wyglądała bardziej profesjonalnie. Ale choć, zasiadając do śniadania, czuła wielką radość, było jej także smutno. Smutno, bo Gerry nie mógł towarzyszyć jej w ten pierwszy dzień. Mieli swój ustalony rytuał, którego trzymali się za każdym razem, kiedy Holly zaczynała nową pracę, co miało miejsce wcale nie tak rzadko. Gerry budził ją i serwował do łóżka śniadanie, następnie pakował jej do torby kanapki z szynką i serem, jabłko, paczkę chipsów i batonika. Tego pierwszego dnia odwoził ją do pracy, dzwonił podczas przerwy na lunch, by sprawdzić, czy inne dzieci w biurze były dla niej miłe, a potem przyjeżdżał po nią i razem wracali do domu. Następnie jedli wspólnie kolację, a on słuchał i śmiał się, gdy opisywała mu współpracowników i po raz kolejny mruczała, że nie znosi chodzić do pracy. Ale to dotyczyło jedynie pierwszego dnia pracy. Każdy inny oznaczał wyskakiwanie zbyt późno z łóżka, ściganie się w drodze pod prysznic, a potem niemrawe snucie się po kuchni, utyskiwanie i ratowanie się filiżanką mocnej kawy. Całowali się na pożegnanie i każde ruszało w swoją stronę. A następnego dnia zaczynali wszystko od początku. Gdyby Holly wiedziała, że mają tak mało czasu, nie zawracałaby sobie głowy tą całą uciążliwą rutyną...

Tego ranka scenariusz był zupełnie inny. Obudziła się w pustym domu, w pustym łóżku i nie czekało na nią śniadanie. Nie musiała się kłócić o to, kto pierwszy weźmie prysznic, a w kuchni panowała cisza. Na nic się zdały marzenia, że kiedy się obudzi, obok niej cudownym sposobem będzie Gerry, przecież taki wyjątkowy dzień bez niego nie będzie nawet w połowie tak wyjątkowy. Ale w przypadku śmierci nie było cudownych sposobów. I nie było powrotów.

Szykując się do wejścia, sprawdziła, czy wszystkie części garderoby leżą na niej tak jak powinny, czy guziki przy bluzce są prosto zapięte. Zadowolona ze swojego wyglądu, weszła po drewnianych schodach do nowego miejsca pracy. Gdy znalazła się w poczekalni, zza biurka wstała sekretarka, którą pamiętała z rozmowy kwalifikacyjnej.

– Cześć, Holly – rzekła, ściskając jej dłoń. – Witamy w naszych skromnych progach.

Polubiła tę kobietę już wtedy, kiedy poznały się w dniu rozmowy. Na oko była w tym samym wieku, co Holly, miała długie jasne włosy i twarz, na której zdawał się zawsze gościć uśmiech.

– Jestem Alice i jak już wiesz, pracuję w recepcji. No to zaprowadzę cię teraz do szefa. Czeka na ciebie.

– Boże, chyba się nie spóźniłam? – Holly z niepokojem zerknęła na zegarek. Wyszła z domu wcześniej, by nie utknąć przypadkiem w korkach.

– Nie, skąd – odparła Alice, prowadząc ją do gabinetu pana Feeneya. – Nie zwracaj uwagi na Chrisa ani na całą resztę, oni wszyscy są pracoholikami. Przydałoby im się trochę życia poza pracą. Za to jest pewne, że mnie po szóstej tutaj nie zobaczysz.

Holly się zaśmiała. Ta dziewczyna tak bardzo przypominała dawną Holly.

– A tak przy okazji, to nie myśl sobie, że musisz przychodzić wcześnie i zostawać do późna tylko dlatego, że oni tak robią. Chris w zasadzie mieszka w swoim gabinecie, więc i tak nigdy go nie pobijesz. Ten człowiek nie jest normalny – rzekła głośno, pukając do drzwi i wskazując gestem, by weszła.

– Kto nie jest normalny? – zapytał szorstko Chris, wstając z fotela i przeciągając się.

– Ty – uśmiechnęła się Alice, po czym zamknęła za sobą drzwi.

– Widzisz, jak traktuje mnie mój personel? – rzekł Chris, wyciągając rękę na powitanie. Uścisk jego dłoni był ciepły i Holly natychmiast się odprężyła.

– Dziękuję, że mnie pan zatrudnił, panie Feeney – rzekła szczerze.

– Mów mi po imieniu, i nie ma potrzeby, byś mi dziękowała. No dobra, może oprowadzę cię teraz po naszej siedzibie. – Poprowadził ją wzdłuż korytarza. Na ścianach wisiały oprawione w ramki okładki wszystkich wydań „X", które ukazały się w ciągu ostatnich dwudziestu lat. – W sumie nie zajmujemy zbyt dużo miejsca. Tutaj znajduje się biuro naszych mróweczek. – Pchnął drzwi, a Holly zajrzała do całkiem sporego pomieszczenia. Było w nim jakieś dziesięć biurek i mnóstwo ludzi, którzy siedzieli przed ekranami komputerów i rozmawiali przez telefon. Podnieśli głowy i uprzejmie jej pomachali. Holly uśmiechnęła się do wszystkich, pamiętając, jak ważne jest pierwsze wrażenie. – Oto wspaniali dziennikarze, dzięki którym opłacam rachunki – wyjaśnił Chris. – To jest John-Paul, redaktor mody, Mary, nasza specjalistka od jedzenia, to Brian, Sean, Gordon, Aishling i Tracey. Nie musisz wiedzieć, czym się zajmują, to zwykli marnotrawcy czasu. – Roześmiał się, a jeden z mężczyzn pokazał szefowi środkowy palec, nie przerywając rozmowy przez telefon. – Pozostali dziennikarze to wolni strzelcy, więc nie będziesz ich tu zbyt często widywać – dodał, prowadząc ją do sąsiedniego pomieszczenia. – Tutaj skrywają się nasi maniacy komputerowi. To Dermot i Wayne. Są odpowiedzialni za szatę graficzną, więc będziesz ściśle z nimi współpracować i informować ich na bieżąco, gdzie jaka reklama się pojawi. Chłopaki, oto Holly.

– Cześć, Holly. – Wstali i uścisnęli jej dłoń, po czym powrócili do pracy przy komputerach.

– Dobrze ich wyszkoliłem – oświadczył Chris i wyszedł na korytarz. – W głębi znajduje się sala konferencyjna. Codziennie spotykamy się tam za kwadrans dziewiąta.

Kiwała głową, usiłując zapamiętać wszystkie imiona.

– Na dole są toalety, a teraz pokażę ci twój gabinet.

Ruszył w kierunku, z którego przyszli. Holly z podekscytowaniem zerkała po drodze na ściany. To było dla niej zupełnie nowe doświadczenie.

– To jest twój gabinet – rzekł, otwierając drzwi i pozwalając, by pierwsza weszła do środka.

Nie mogła powstrzymać uśmiechu, gdy rozglądała się po niewielkim pomieszczeniu. Nigdy wcześniej nie miała własnego gabinetu. Mieściły się w nim jedynie biurko i szafa na dokumenty, ale był tylko jej. Na biurku stał komputer, z boku piętrzył się stos teczek. Naprzeciwko biurka znajdowała się szafka, na półkach leżały książki, kolejne teczki oraz sterty starych magazynów. Niemal całą ścianę za biurkiem zajmowało wielkie okno, i choć na dworze było zimno i wietrznie, tutaj było jasno i przyjemnie. Z pewnością dobrze jej się będzie tutaj pracować.

– Jest idealny – oświadczyła, stawiając teczkę na biurku i rozglądając się z ciekawością.

– To dobrze. Ostatni facet, który tutaj pracował, był świetnie zorganizowany i wszystkie te teczki wyjaśnią ci szczegółowo, co dokładnie wchodzi w zakres twoich obowiązków. Jeśli będziesz miała jakiś problem albo pytanie, śmiało pytaj. Jestem tuż obok. – Zapukał w ścianę, która oddzielała ich gabinety. – Nie oczekuję od ciebie cudów, bo wiem, że jesteś w tym nowa, dlatego właśnie spodziewam się, że będziesz zadawała mnóstwo pytań. Nasz następny numer ma się ukazać pierwszego dnia następnego miesiąca.

Holly jęknęła w duchu: ma dwa tygodnie, by wypełnić reklamami cały magazyn.

– Nie martw się. – Chris się uśmiechnął. – Chcę, byś skoncentrowała się na numerze listopadowym. Zapoznaj się z szatą graficzną naszego magazynu. Zawsze trzymamy się tego samego modelu, więc od razu się zorientujesz, jaki rodzaj reklam należy ulokować na konkretnej stronie. To niemało pracy dla jednej osoby, ale jeśli dobrze to sobie wszystko zorganizujesz, nie powinnaś mieć większych problemów. Porozmawiaj z Dermotem i Waynem, pokażą ci standardową szatę graficzną, a jeśli będzie ci czegoś potrzeba, to śmiało proś Alice. Jest tutaj po to, by pomagać pozostałym. – Zamilkł i rozejrzał się. – To chyba tyle. Jakieś pytania?

Potrząsnęła głową.

– Nie, sądzę, że poruszyłeś każdą kwestię.

– W porządku, wobec tego zostawiam cię teraz samą. – Ruszył do drzwi, ale na progu chwilę się zawahał. Patrzył uważnie, jak ona lustruje wzrokiem pomieszczenie. – Holly, zatrudniłem cię, ponieważ wyglądasz na osobę zdeterminowaną.

Energicznie skinęła głową, by rozwiać wszelkie jego wątpliwości.

– Potrafię rozpoznać tych, którzy umieją ciężko pracować, do tej pory jeszcze nigdy się nie pomyliłem. – Posłał jej ciepły uśmiech i cicho zamknął za sobą drzwi.

Holly natychmiast usiadła za swoim nowym biurkiem w swoim nowym gabinecie, pragnąc jak najszybciej się tu zadomowić, bo jednak była trochę przerażona. To najbardziej prestiżowa praca, jaką kiedykolwiek miała, i sądząc po tym, co właśnie usłyszała, będzie w niej naprawdę zajęta, ale cieszyła się z tego. Nareszcie uwolni się od dręczących ją myśli. Ponieważ nie zdołała zapamiętać imion wszystkich pracowników, wyjęła notes i długopis, by zapisać te, które znała. Otworzyła teczki i zabrała się do pracy.

Tak ją pochłonęło czytanie, że dopiero po jakimś czasie uświadomiła sobie, że pracowała przez całą przerwę na lunch. I nie tylko ona, bo zdaje się, że z biura nie ruszył się także nikt inny. W poprzednich miejscach pracy dałaby sobie spokój z pracą co najmniej pół godziny przed przerwą, jedynie po to, by się zastanowić, co zje na lunch. Następnie wyszłaby piętnaście minut wcześniej i wróciła piętnaście minut później z powodu „korków", choć tak naprawdę wpadłaby do sklepu. Przez większość czasu śniłaby na jawie, wydzwaniała w sprawach prywatnych, zwłaszcza za granicę, bo przecież to nie ona za nie płaciła, i stałaby pierwsza w kolejce po odbiór comiesięcznego czeku z wypłatą, którą najczęściej wydałaby w ciągu dwóch tygodni.

Tak, tym razem było zupełnie inaczej, ale z każdą mijającą minutą coraz bardziej się cieszyła.

– Ciaro, jesteś pewna, że zabrałaś paszport? – Odkąd opuścili dom, Elizabeth zadała to pytanie po raz trzeci.

– Tak, mamo – warknęła Ciara. – Mówiłam ci już milion miliardów razy, jest tutaj.

– Pokaż – zażądała Elizabeth, odwracając się do córki.

– Nie, nie pokażę! Powinnaś uwierzyć mi na słowo. Nie jestem przecież małym dzieckiem.

Declan parsknął, a Ciara dała mu kuksańca.

– Zamknij się.

– Ciaro, pokaż mamie ten paszport i będzie spokój – burknęła Holly.

– Świetnie – naburmuszyła się Ciara i postawiła torbę na kolanach. – Jest tutaj, spójrz, mamo... nie, chwileczkę, chyba jednak tutaj... nie, może jednak włożyłam go tutaj... o kurwa!

– Jezu Chryste, Ciaro – warknął ojciec, gwałtownie hamując i zawracając.

– No co? – zapytała obronnie. – Włożyłam go tutaj, tato. Ktoś go musiał wyjąć. – Wyrzuciła na kolana całą zawartość torby.

– Do jasnej cholery, co ty wyrabiasz – jęknęła Holly, gdy obok nosa przefrunęła jej para majtek.

– Zamknij się – prychnęła Ciara. – Jeszcze chwilę i nareszcie nie będziesz musiała mnie znosić.

Wszyscy w samochodzie zamilkli, bo uświadomili sobie, że to prawda. Bóg wie, na jak długo utknie w tej Australii, a oni będą za nią tęsknić, bez względu na to, jak bardzo jest hałaśliwa i irytująca.

Holly siedziała na tylnym siedzeniu razem z Declanem i Ciarą. Wszyscy odprowadzali Ciarę na lotnisko. Po raz kolejny. Richard zabrał swoim samochodem Mathew i Jacka (ignorując jego protesty), i pewnie już dawno byli na lotnisku. Tymczasem oni już po raz drugi wracali do domu. Wcześniej Ciara zapomniała też o swoim przynoszącym szczęście kolczyku do nosa i zażądała, by wrócili po niego.

Droga na lotnisko zajęła im godzinę, choć normalnie trwała najwyżej dwadzieścia minut.

– Jezu, czemu to trwało tak długo? – jęknął Jack do Holly, kiedy wreszcie ze smutnymi minami wchodzili na teren lotniska. – Musiałem sam rozmawiać z Dickiem.

– Odpuść sobie wreszcie, Jack – skarciła go. – On nie jest taki zły.

– Oooch, widzę, że zaczęłaś inaczej śpiewać – zadrwił.

– Bynajmniej, to ty śpiewasz niewłaściwą piosenkę – warknęła i podeszła do Richarda, który stał sam, obserwując mijający go świat. Uśmiechnęła się do starszego brata.

– Skarbie, tym razem częściej się z nami kontaktuj, dobrze? – błagała Elizabeth, mocno przytulając córkę.

– Oczywiście, mamo. Och, proszę, nie płacz, bo i ja zaraz zacznę.

Holly poczuła dławienie w gardle i z całych sił walczyła ze łzami. Przez kilka ostatnich miesięcy Ciara bardzo jej pomogła swoją obecnością. Będzie tęskniła za siostrą, ale rozumiała, że jej miejsce jest przy Mathew. To miły facet, na pewno będzie im razem dobrze.

– Opiekuj się moją siostrą – powiedziała, wspinając się na palce, by go uścisnąć.

– Nie martw się, jest w dobrych rękach – uśmiechnął się.

– Dbaj o nią, dobrze? – Frank poklepał go po plecach i też się uśmiechnął.

Mathew był wystarczająco inteligentny, by wiedzieć, że to bardziej ostrzeżenie niż pytanie, więc zapewnił ojca Ciary, że wszystko będzie dobrze.

– Pa, Richardzie – rzekła Ciara, mocno ściskając brata. – Trzymaj się z daleka od tej suki Meredith. Jesteś dla niej stanowczo za dobry. – Odwróciła się do Declana. – Możesz przyjechać do nas, kiedy tylko zechcesz, Dec, a nawet nakręcić o mnie jakiś film – oświadczyła poważnie, ściskając go mocno. – Jack, opiekuj się moją starszą siostrą – rzekła, uśmiechając się do Holly. – Oooch, będę za tobą tęsknić – dodała ze smutkiem, przytulając ją mocno.

– Ja za tobą też. – Głos Holly drżał. Wiedziała, jak ważny jest dla Ciary ten wyjazd, ale w ciągu ostatnich kilku miesięcy tak się do siebie zbliżyły, że ze smutkiem myślała o rozstaniu.

– Okej, idę, zanim się zupełnie rozkleję. – Ciara starała się, by zabrzmiało to pogodnie.

– Tylko już nie skacz z tych lin. One są stanowczo zbyt niebezpieczne – rzekł Frank z niepokojem.

– To skoki na bungee, tato! – zaśmiała się Ciara, całując jego, a potem mamę w policzek. – Nie martw się, jestem pewna, że znajdę sobie coś nowego – zażartowała.

Holly stała w milczeniu razem z rodziną i przyglądała się, jak Ciara i Mathew, trzymając się za ręce, przechodzą przez halę odpraw. Nawet Declanowi zakręciła się w oku łza, ale udawał, że zbiera mu się na kichanie.

– Popatrz na światła, Declanie. – Jack objął ramieniem młodszego brata. – To podobno pomaga na kichanie.

Declan wbił wzrok w światła, by nie patrzeć w ślad za siostrą. Frank tulił mocno żonę. Elizabeth machała do córki, po jej policzkach spływały łzy.

Atmosfera się rozluźniła, bo gdy Ciara przechodziła przez bramkę włączył się alarm. Polecono jej opróżnić kieszenie i dokładnie ją przeszukano.

– Za każdym cholernym razem jest tak samo – zaśmiał się Jack. – To cud, że w ogóle wpuszczono ją do kraju.

Machali im na pożegnanie, dopóki różowe włosy Ciary nie znikły gdzieś pośród tłumu.

– No dobrze – rzekła Elizabeth, ocierając łzy. – A teraz reszta moich dzieci wróci do domu i zjemy razem obiad, dobrze?

Wszyscy się zgodzili, widząc, jak wytrącona z równowagi jest matka.

– Tym razem pozwalam ci jechać z Richardem – rzekł Jack do Holly i odszedł z resztą rodziny.

– No i jak tam pierwszy tydzień w pracy, kochanie? – zapytała Elizabeth, kiedy już wszyscy siedzieli przy stole i jedli obiad.

– Jest wspaniale, mamo – odparła Holly, a jej oczy rozbłysły. – Ta praca jest znacznie bardziej interesująca i am-
bitna niż wszystkie dotychczasowe razem wzięte, a ludzie
są po prostu przemili. Atmosfera jest naprawdę świetna.

– To dobrze, bo to chyba najważniejsze, prawda? – Frank
był wyraźnie zadowolony. – Jaki jest twój szef?

– To naprawdę równy gość. Tak bardzo przypomina mi
ciebie, tato, że ilekroć go widzę, mam ochotę mocno go
uściskać i ucałować.

– Mnie to wygląda na molestowanie seksualne w miejscu
pracy – zażartował Declan, a Jack zachichotał.

Holly wykrzywiła się do niego.

– Kręcisz w tym roku jakiś nowy dokument, Declan? – zapytał Jack.

– Tak, o bezdomnych – odparł z ustami pełnymi jedzenia.

– Declanie! – Elizabeth zmarszczyła nos. – Nie mów
z pełnymi ustami.

– Przepraszam – wybełkotał i plunął okruchami jedzenia
na stół.

Jack wybuchnął śmiechem, a reszta rodziny z dezaprobatą odwróciła wzrok.

– Co kręcisz, synu? – zapytał Frank, usiłując nie dopuścić
do rodzinnej sprzeczki.

– Dokument o bezdomnych.

– To doskonale – pochwalił go Frank.

– Którego członka rodziny tym razem zamierzasz wykorzystać? – zapytał chytrze Jack.

Holly z trzaskiem odłożyła sztućce.

– To nie jest śmieszne, chłopie – rzekł poważnie Declan,
czym zaskoczył Holly.

– Boże, czemu wszyscy zrobili się ostatnio tacy drażli-
wi? – zapytał Jack. – Ja tylko żartowałem.

– To nie było zabawne, Jack – powtórzyła surowo Elizabeth.

– Co on powiedział? – dopytywał się Frank.

Elizabeth potrząsnęła lekceważąco głową, zrozumiał więc, że nie powinien pytać ponownie.

Holly spojrzała na Richarda, który siedział na końcu stołu i jadł w milczeniu. Jej serce wyrywało się do niego. Nie zasługiwał na takie traktowanie, i albo Jack zachowywał się okrutniej niż zwykle, albo coś takiego stanowiło normę i to ona musiała w przeszłości być idiotką, by uznawać zachowanie Jacka za zabawne.

– Przepraszam, Richardzie, ja tylko żartowałem – bąknął Jack.

– W porządku.

– Znalazłeś już pracę?

– Nie, jeszcze nie.

– To szkoda – odparł sucho.

Holly przyjrzała mu się ze zdziwieniem. Co go, u diabła, ugryzło?

– Wiesz, Jack – westchnęła, krojąc pierś kurczaka. – Byłoby dobrze, gdybyś w końcu dorósł.

Jack dopił piwo i popatrzył na nią w milczeniu.

Elizabeth spokojnie wzięła sztućce i talerz i bez słowa przeszła do salonu, gdzie włączyła telewizor i w spokoju kończyła obiad.

„Zabawne małe elfy" już jej nie bawiły.

Rozdział trzydziesty ósmy

Holly stukała palcami w biurko i wyglądała przez okno. W tym tygodniu wszystko szło jej jak po maśle. Nie sądziła, że można aż tak bardzo lubić swoją pracę. Bez żadnych oporów spędzała w biurze przerwy na lunch, zostawała nawet po godzinach, i jak na razie nie miała ochoty, by stłuc na kwaśne jabłko któregoś ze współpracowników. No, ale był to, bądź co bądź, dopiero trzeci tydzień. W biurze lubiono sobie pożartować i często słyszała, jak ludzie wołają coś do siebie przez otwarte drzwi. Ogólnie panowała doskonała atmosfera, co bardzo jej się podobało.

Sprawiała jej przyjemność świadomość, że stanowi część ekipy; jakby rzeczywiście robiła coś, co ma znaczący wpływ na ostateczny produkt. Myślała o Gerrym każdego dnia, który spędzała w pracy. Ilekroć coś jej się udawało, dziękowała mu za to, że tak ją popychał w drodze na szczyt. Nadal miewała gorsze dni, najchętniej nie wstawałyby wtedy z łóżka. Ale zapał do pracy niesłychanie ją mobilizował.

Usłyszała przez ścianę radio i uśmiechnęła się. O każdej równej godzinie Chris włączał wiadomości. I wszystkie wnikały do mózgu Holly, która jeszcze nigdy w życiu nie czuła się tak inteligentna.

– Hej! – zawołała, waląc w ścianę. – Ścisz to! Niektórzy usiłują tu pracować!

Usłyszała śmiech i także się uśmiechnęła. Ponownie spojrzała na czekające na biurku zlecenie. Jeden z wolnych strzelców napisał artykuł, w którym opowiada o swojej podróży po Irlandii i próbie znalezienia najtańszego kufla piwa. Było to naprawdę zabawne. Na dole strony znajdowała się pusta przestrzeń i to właśnie Holly powinna wypełnić. Przekartkowała notatnik z kontaktami i nagle wpadła na pewien pomysł. Podniosła słuchawkę i wystukała numer.

– U Hogana.

– Witam, poproszę z Danielem Connollym.

– Chwileczkę.

I znowu te cholerne *Greensleeves*. Włączyła głośne mówienie i czekając, tańczyła po gabinecie. Wszedł Chris, obrzucił ją zaciekawionym spojrzeniem i ponownie zamknął drzwi. Holly się uśmiechnęła.

– Halo?

– Daniel?

– Tak.

– Hejka, tu Holly.

– Co słychać?

– Wszystko w porządku, a u ciebie?

– Lepiej być nie może.

– Ależ przyjemna skarga.

Roześmiał się.

– Jak tam twoja odlotowa praca?

– Prawdę mówiąc, właśnie dlatego do ciebie dzwonię – odpowiedziała z lekkim wahaniem.

– O nie! – zaśmiał się. – Polityka mojej firmy nakazuje, by nie zatrudniać już tutaj żadnego członka rodziny Kennedych.

Zachichotała.

– Psiakrew, a ja już tak się napaliłam na rzucanie drinkami w klientów.

Daniel parsknął śmiechem.

– No więc, o co chodzi?

– Jeśli sobie dobrze przypominam, wspominałeś kiedyś, że powinieneś bardziej reklamować Klub Diva? – Wtedy, kiedy to mówił, był przekonany, że rozmawia z Sharon, ale była pewna, że nie pamiętał takiego szczegółu.

– Zgadza się.

– No właśnie, a nie chciałbyś zamieścić reklamy w „X"?

– To magazyn, w którym pracujesz?

– Nie, ot tak, przyszło mi do głowy, żeby cię o to zapytać – zażartowała. – Jasne, że tak!

– No dobrze, zupełnie zapomniałem. To magazyn, który ma siedzibę niedaleko mnie, tuż za rogiem. Codziennie tędy przechodzisz i jeszcze ani razu nie wstąpiłaś. Dlaczego nie przychodzisz do mnie na lunch? A może to za niskie progi na twoje nogi? – droczył się z nią.

– Wszyscy jedzą lunch w swoich gabinetach – wyjaśniła. – No więc, co o tym myślisz?

– Myślę, że zachowujecie się jak starzy nudziarze.

– Nie chodzi mi o lunch, tylko o reklamę.

– To akurat jest niezły pomysł.

– Okej, dam ją w wydaniu listopadowym. Chciałbyś zamieszczać ją co miesiąc?

– A zechciałabyś mi powiedzieć, ile bym za to beknął? – zaśmiał się.

Holly zsumowała liczby i powiedziała mu wynik.

– Hmm... Będę się musiał nad tym zastanowić, ale jak najbardziej piszę się na numer listopadowy.

– Świetnie! Kiedy to się ukaże w druku, zostaniesz milionerem.

– Mam nadzieję – roześmiał się. – A tak przy okazji, za tydzień odbędzie się u mnie impreza promująca jakiś nowy drink. Mam cię wpisać na listę gości?

– Pewnie, może być fajnie. Co to za drink?

– Blue Rock. To napój gazowany z niewielką zawartością alkoholu, który ma z impetem wkroczyć na rynek. Smakuje gówniano, ale przez cały wieczór jest za darmo, więc postawię ci kolejkę.

– Kurczę, wspaniale go reklamujesz – zaśmiała się. – Kiedy to będzie? – Wyjęła terminarz i zapisała. – Świetnie. Przyjdę prosto po pracy.

– W takim razie zabierz do pracy bikini.

– Co mam zabrać?

– Bikini. Motyw przewodni tej imprezy to plaża.

– Ale mamy już prawie zimę, ty wariacie.

– Chwileczkę, to nie mój pomysł. Slogan brzmi: „Blue Rock, nowy gorący drink na zimę".

– Uuuch, jakie to tandetne.

– I brudzące. Na całej podłodze ma być piasek, wyobrażasz sobie to sprzątanie? Nieważne, słuchaj, muszę wracać do pracy. Mamy dziś straszne urwanie głowy.

– Jasne, dzięki, Danielu. Zastanów się, jak by miała wyglądać ta reklama i skontaktuj się ze mną.

– W porządku.

Holly wstała i poszła do gabinetu Chrisa, gdyż w jej głowie zakiełkowała pewna myśl.

– Skończyłaś już tańczyć?

– Tak, właśnie opracowałam kroki. Przyszłam ci je zademonstrować – zażartowała.

– Masz jakiś problem?

– Nie problem, ale pomysł.

– Usiądź, proszę.

Zaledwie trzy tygodnie temu siedziała tutaj podczas rozmowy kwalifikacyjnej, a teraz przekazywała nowemu szefowi swoje pomysły. Zabawne, jak życie potrafi się szybko zmieniać – no, ale o tym to już się wcześniej zdążyła przekonać...

– Co to za pomysł?

– Znasz pub U Hogana, zaraz za rogiem?

Kiwnął głową.

– Rozmawiałam właśnie z właścicielem, zamierza zamieścić w naszym magazynie reklamę.

– To świetnie, ale mam nadzieję, że nie będziesz mnie informowała o każdej reklamie, bo wtedy moglibyśmy tu siedzieć przez cały rok.

Holly zmarszczyła brwi.

– Nie o to chodzi, Chris. Powiedział mi, że w następny czwartek organizują imprezę promocyjną nowego drinka zwanego Blue Rock. Motywem przewodnim jest plaża, cały personel będzie w strojach kąpielowych i tym podobne.

– Jesienią? – Uniósł brwi.

– To podobno gorący nowy drink na zimę.

Skrzywił się.

– Tandetne.

Uśmiechnęła się.

– To samo mu powiedziałam. Ale pomyślałam, że może warto by przygotować relację z tej imprezy. Wiem, że tego typu pomysły powinnam zgłaszać na naszych odprawach, ale ta akurat impreza odbywa się niedługo.

– Rozumiem. To świetny pomysł, Holly. Zlecę to jednemu z chłopaków.

Uśmiechnęła się i wstała.

– A tak przy okazji, załatwiłeś już sprawę ogrodu?

Machnął ręką.

– Już z dziesięć osób przychodziło go oglądać. Mówią, że to będzie kosztować sześć patyków.

– Sporo.

– To duży ogród. Wymaga naprawdę ogromnego nakładu pracy.

– Jaka była najkorzystniejsza oferta?

– Pięć i pół patyka, a czemu pytasz?

– Ponieważ mój brat zrobi to za pięć.

– Pięć? A dobry jest?

– Pamiętasz, jak ci mówiłam, że mój ogród przypomina dżunglę?

Kiwnął głową.

– Już nie. Mój brat odwalił kawał świetnej roboty. Jedynym problemem jest to, że pracuje w pojedynkę, więc zabiera mu to więcej czasu.

– Za taką cenę może sobie pracować, jak długo chce. Masz przy sobie jego wizytówkę?

– Tak, poczekaj chwilę, zaraz przyniosę.

Z biurka Alice zwinęła kilka arkuszy ozdobnego papieru na wizytówki, napisała na komputerze fantazyjną czcionką nazwisko Richarda i numer jego komórki, wydrukowała i pocięła arkusz na małe kwadraciki.

– Świetnie – rzekł Chris, czytając wizytówkę. – Zaraz do niego zadzwonię.

– Nie, nie – zaprotestowała pospiesznie. – Łatwiej go będzie złapać po weekendzie. Dzisiaj jest zawalony pracą.

– W porządku. Dzięki, Holly. – Ruszyła w stronę drzwi, ale zatrzymała się, gdy zawołał do niej: – I jeszcze jedno, dobra jesteś w pisaniu?

– Miałam taki przedmiot w szkole.

Roześmiał się.

– Nadal jesteś na tym poziomie?

– Zawsze mogę kupić sobie słownik synonimów.

– To dobrze, bo chciałbym, żebyś zajęła się tą imprezą promocyjną.

– Co takiego?

– Nie mogę tego zlecić nikomu innemu. Wszyscy mają już inne zadania na ten wieczór, a ja nie mogę tam pójść, więc liczę na ciebie. – Przesunął leżące na biurku papiery. – Wyślę tam razem z tobą któregoś z naszych fotografów; zrobi kilka zdjęć piasku i strojów kąpielowych.

– W porządku. – Holly mocno waliło serce.

– Osiemset słów może być?

W żadnym wypadku, pomyślała. Według jej świadomości zasób jej słownictwa ograniczał się do pięćdziesięciu.

– Nie ma problemu – rzekła pewnym głosem i opuściła gabinet Chrisa.

Cholera, cholera, cholera, cholera, myślała. Jak, u diabła, sobie z tym poradzi? Przecież ma problemy nawet z ortografią. Podniosła słuchawkę i wcisnęła „redial".

– U Hogana.

– Proszę z Danielem Connollym.

– Chwileczkę.

– Proszę nie włączać...!

Rozbrzmiała melodia *Greensleeves*.

– ...melodii – dokończyła.

– Halo?

– Daniel, to ja – rzekła szybko.

– Czy dasz mi w końcu święty spokój? – burknął żartobliwie.

– Nie, potrzebuję pomocy.

– Wiem, ale ja nie mam odpowiednich kwalifikacji – zaśmiał się.

– Nie, mówię poważnie, wspomniałam naczelnemu o tej imprezie promocyjnej i on chce, by o niej napisać.

– To fantastycznie. W takim razie możesz zapomnieć o tej reklamie! – zaśmiał się.

– Nie, nie fantastycznie. On chce, żebym to ja o tym napisała.

– Tym lepiej, Holly.

– Wcale nie. Ja nie potrafię pisać – odparła z paniką w głosie.

– Naprawdę? W mojej szkole był to jeden z głównych przedmiotów.

– Daniel, proszę cię, bądź choć przez chwilę poważny...

– Okej, czego wobec tego ode mnie oczekujesz?

– Musisz mi powiedzieć absolutnie wszystko, co wiesz na temat tego drinka i w ogóle całej imprezy, chcę już zacząć pisać, żeby mieć na to kilka dni.

– Tak, jedną chwileczkę, proszę pana! – zawołał gdzieś w przestrzeń. – Posłuchaj, Holly, naprawdę muszę wracać do pracy.

– Błagam – jęknęła.

– No dobra, o której godzinie kończysz?

– O szóstej. – Skrzyżowała palce i modliła się, by jej pomógł.

– Zajrzyj tu do mnie i wyskoczymy gdzieś coś zjeść, co ty na to?

– Bardzo ci dziękuję. – Aż podskoczyła z radości. – Jesteś aniołem!

Odłożyła telefon i odetchnęła z ulgą. Może jest jednak szansa na to, że napisze jakoś ten nieszczęsny artykuł i jednocześnie nie straci pracy. Następnie zamarła, gdy jeszcze raz odtworzyła w głowie ich rozmowę.

Czy ona przypadkiem nie zgodziła się właśnie na randkę z Danielem?

Rozdział trzydziesty dziewiąty

Przez ostatnią godzinę w pracy Holly miała ogromne problemy z koncentracją; wciąż zerkała na zegarek, żałując, że czas nie płynie wolniej. Dlaczego nie płynie tak szybko wtedy, kiedy czeka, by otworzyć kolejną kopertę od Gerry'ego? Bała się kolacji w towarzystwie Daniela.

Punkt szósta usłyszała, jak Alice wyłącza komputer i biegnie ze stukotem obcasów po schodach ku wolności. Uśmiechnęła się na myśl, że kiedyś zachowywała się dokładnie tak samo. Ale to przecież nic dziwnego, gdy w domu czekał przystojny mąż. Gdyby nadal miała Gerry'ego, wybiegałaby z pracy zaraz za Alice.

Przysłuchiwała się, jak kilkoro innych osób także zaczyna się zbierać i modliła się, by Chris podrzucił jej na biurko jakieś nowe zadanie, tak by musiała zostać po godzinach i odwołać kolację z Danielem. Wychodzili razem setki razy, więc dlaczego dziś tak bardzo się tym przejmowała? Byli „dwojgiem samotnych przyjaciół" i za każdym razem, gdy ktoś wyprawiał imprezę albo organizował wieczór w klubie, zapraszano ich oboje, by dotrzymywali sobie towarzystwa, jakby nie byli w stanie rozmawiać z innymi parami przy stole. Najwyraźniej się utarło, że skoro zaprasza się Daniela, należy też zaprosić Holly. I choć większość takich wieczorów spędzali we własnym towarzystwie, nigdy nie byli sami. Czuła jakiś wewnętrzny niepokój. W jego głosie było coś, co ją martwiło, a podczas rozmowy jej żołądek zachował się w taki sposób, że miała teraz mętlik w głowie. Dręczyło ją poczucie winy i wstyd, że się z nim umówiła i próbowała przekonać samą siebie, że to jedynie kolacja służbowa. Prawdę mówiąc, im dłużej się nad tym zastanawiała, tym bardziej się upewniała, że tak właśnie jest. Uśmiechnęła się, że oto stała się jedną z tych osób, które przy kolacji załatwiają sprawy służbowe. Zazwyczaj jedyne kwestie, jakie omawiała przy kolacji z Sharon i Denise, to byli mężczyźni, a szerzej – ogólnie życie.

Wyłączyła komputer i spakowała teczkę. Wszystko robiła w zwolnionym tempie, jakby mogło ją to uchronić przed kolacją z Danielem. Palnęła się dłonią w czoło... to była służbowa kolacja.

– Hej, czemu się nad sobą znęcasz? – W drzwiach pojawiła się Alice.

Holly podskoczyła wystraszona.

– Jezu, Alice, nie słyszałem, jak weszłaś.

– Wszystko w porządku?

– Tak – odparła bez przekonania. – Muszę po prostu zrobić coś, na co nie mam ochoty. Ale z drugiej strony jednak chcę to zrobić, przez co jeszcze bardziej tego nie chcę, bo wydaje mi się niewłaściwe, choć takie nie jest, rozumiesz?

Alice wpatrywała się w nią szeroko otwartymi oczami.

– A myślałam, że to ja wszystko nadmiernie analizuję.

– Nie zwracaj na mnie uwagi. – Holly wstała zza biurka. – Czasem mi odbija.

– Coś takiego zdarza się nawet w najlepszych rodzinach.

– Po co właściwie wróciłaś? – zapytała Holly, bo przecież słyszała, jak Alice zbiegała na dół. – Nie nęci cię wolność?

– Nęci – Alice się skrzywiła – ale zapomniałam, że o szóstej mamy zebranie.

– Och. – Holly poczuła się zawiedziona. Nikt jej nie powiedział o żadnym zebraniu, co nie było niczym zaskakującym, ponieważ nie wymagano od niej, żeby była obecna na każdym. Ale dziwne, że miała w nim uczestniczyć Alice, podczas gdy jej o tym nie wspomniano. – A co to za zebranie? – zapytała od niechcenia, bo bardzo się starała sprawiać wrażenie osoby niezbyt zainteresowanej.

– To zebranie astrologiczne.

– Astrologiczne?

– Tak, odbywa się raz w miesiącu.

– A czy ja też mam na nim być, czy też nie jestem zaproszona? – Starała się, by w jej głosie nie słychać było goryczy, ale zupełnie jej to nie wyszło, co wprawiło ją w zakłopotanie.

Alice się roześmiała.

– Oczywiście, że jesteś zaproszona. Właśnie po to tu przyszłam.

Holly odstawiła teczkę i ruszyła za Alice do sali konferencyjnej, gdzie wszyscy już czekali.

– Słuchajcie, to pierwsze astrologiczne zebranie Holly, więc sprawmy, by się poczuła jak u siebie w domu – oznajmiła Alice.

Holly zajęła miejsce, a wszyscy brawami powitali przy stole nowego członka.

Chris się skrzywił.

– Holly, chcę cię jedynie poinformować, że nie mam absolutnie nic wspólnego z tymi bzdurami i jednocześnie przeprosić za to, że zostałaś w to wciągnięta.

– Zamknij się, Chris. – Tracey machnęła ręką na szefa, zajmując miejsce u szczytu stołu i biorąc do ręki notes i długopis. – No dobra, kto chce być w tym miesiącu pierwszy?

– Pozwólmy Holly – rzekła wielkodusznie Alice.

Holly rozejrzała się skonsternowana.

– Ale ja nie mam pojęcia, o co chodzi.

– Spod jakiego jesteś znaku? – zapytała Tracey.

– Byk.

Wszyscy wydali okrzyki zachwytu, a Chris skrył głowę w dłoniach i usiłował wyglądać tak, jakby wcale mu się to nie podobało.

– Ooch, super – oświadczyła radośnie Tracey. – Dotąd nie było u nas Byka. Okej, jesteś mężatką, spotykasz się z kimś, czy jesteś wolna?

Holly zaczerwieniła się, gdy Brian puścił do niej oko, a Chris uśmiechnął się pokrzepiająco. Jak na razie był jedyną osobą, która wiedziała o Gerrym. Uświadomiła sobie, że po raz pierwszy od śmierci męża musi odpowiadać na takie pytanie i nie bardzo wiedziała, co ma mówić.

– No... nie, właściwie z nikim się nie spotykam, ale...

– W porządku. – Tracey zaczęła coś pisać. – W tym miesiącu Byk powinien zwracać baczną uwagę na kogoś wysokiego, ciemnowłosego i przystojnego i... – wzruszyła ramionami i uniosła głowę – no i co jeszcze?

– Bo będzie on miał ogromny wpływ na jej przyszłość – podpowiedziała Alice.

Brian ponownie mrugnął do Holly, najwyraźniej rozbawiony tym, że to on jest wysoki i ciemnowłosy, ale był chyba ślepy, jeśli sądził, że także przystojny. Wzdrygnęła się i odwróciła wzrok.

– No dobra, praca to łatwizna – kontynuowała Tracey. – Tak więc Byk będzie zajęty i zadowolony ze swych nowych obowiązków. Szczęśliwy dzień to... – przez chwilę się zastanawiała – wtorek, a szczęśliwy kolor... niebieski – zdecydowała, patrząc na kolor bluzki Holly. – No dobra, kto teraz?

– Chwileczkę, czy to mój horoskop na następny miesiąc? – przerwała jej Holly.

Wszyscy przy stole wybuchnęli śmiechem.

– Czyżbyśmy rozwiali twoje złudzenia? – zapytał żartobliwie Gordon.

– Właśnie – odparła. – Uwielbiam czytać horoskopy. Błagam, powiedzcie mi, że to się nie odbywa tak we wszystkich gazetach? – rzekła proszącym głosem.

Chris potrząsnął głową.

– Nie, nie we wszystkich, Holly. Niektóre pisma po prostu zatrudniają ludzi, którzy sami je wymyślają, bez potrzeby angażowania w to reszty pracowników. – Popatrzył znacząco na Tracey.

– Bardzo śmieszne, Chris – odparła sucho.

– Więc nie jesteś jasnowidzem, Tracey? – zapytała ze smutkiem Holly.

Tracey potrząsnęła głową.

– Nie, jasnowidzem nie, ale jestem za to świetna jako redaktorka rubryki porad osobistych i w układaniu krzyżówek. – Wbiła spojrzenie w Chrisa, a on powiedział bezgłośnie:

– Ratunku!

– Zniszczyłaś moje dotychczasowe wyobrażenia – zaśmiała się Holly i oparła się na krześle, trochę rozczarowana.

– Okej, Chris, teraz twoja kolej. W tym miesiącu Bliźnięta będą się przepracowywać, w ogóle nie wychodzić z pracy i kiepsko się odżywiać. Wskazane jest, by odnalazły w życiu choć trochę równowagi.

Chris przewrócił oczami.

– Piszesz to co miesiąc, Tracey.

– Dopóki ty nie zmienisz swojego stylu życia, ja nie mogę zmienić tego, co będą robić Bliźnięta, prawda?

Przerobili tak po kolei wszystkie znaki, a Tracey uległa żądaniom Briana, by Lew był pożądany przez cały miesiąc przez płeć przeciwną i by wygrał na loterii. Hmm... kto zgadnie, spod jakiego znaku jest Brian? Holly spojrzała na zegarek i spostrzegła, że jest już bardzo spóźniona na służbową kolację z Danielem.

– Przepraszam wszystkich, ale muszę pędzić – rzekła, wstając zza stołu.

– Wysoki, ciemnowłosy i przystojny mężczyzna czeka na ciebie – zachichotała Alice. – Podeślij go do mnie, gdybyś go nie chciała.

Holly wyszła na dwór i jej serce zabiło dziko, kiedy dostrzegła czekającego na ulicy Daniela. Nadeszły chłodne, jesienne miesiące, więc przeprosił się z czarną skórzaną kurtką. Miał na sobie także niebieskie dżinsy. Ciemne włosy były zmierzwione, a twarz pokrywał trzydniowy zarost. Wyglądał, jakby dopiero wstał z łóżka. Żołądek Holly ponownie się skurczył i odwróciła wzrok.

– A nie mówiłam! – rzuciła z podekscytowaniem Tracey, która wyszła zaraz za Holly, a teraz radośnie oddalała się od nich.

– Strasznie cię przepraszam, Danielu – odezwała się Holly. – Utknęłam na zebraniu i nie mogłam zadzwonić.

– Nie przejmuj się, jestem pewny, że to było coś ważnego.

Uśmiechnął się, a ją natychmiast ogarnęły wyrzuty sumienia. To był Daniel, jej przyjaciel, a nie ktoś, kogo powinna unikać. Co, u licha, się z nią dzieje?

– Dokąd miałabyś ochotę iść? – zapytał.

– Może tam? – odparła, spoglądając na niewielką kafejkę, mieszczącą się na parterze budynku, w którym pracowała. Chciała znaleźć się z nim w miejscu jak najmniej intymnym i jak najbardziej zwyczajnym.

Daniel zmarszczył nos.

– Jestem zbyt głodny, jak na taki lokal. Przez cały dzień nie miałem nic w ustach.

Ruszyli przed siebie. Holly wskazywała na każdą mijaną przez nich kafejkę, a Daniel za każdym razem kręcił głową. Wreszcie wybrał włoską restaurację, a Holly nie mogła zaprotestować. Nie dlatego, że chciała do niej wstąpić, ale dlatego, że on nie zgodził się na żadną inną.

W środku było miło, tylko przy kilku stolikach siedziały pary, które przy blasku świec patrzyły sobie w oczy. Daniel wstał, by zdjąć kurtkę, a Holly, korzystając z tego, że nie patrzył, pospiesznie zdmuchnęła palącą się na ich stoliku świecę. Daniel miał na sobie niebieską koszulę, która podkreślała kolor oczu, a w przyciemnionym wnętrzu restauracji zdawała się jaśnieć.

– Niedobrze się robi na ich widok, no nie? – roześmiał się, podążając za jej spojrzeniem ku parze, siedzącej na przeciwległym końcu sali i trzymającej się za ręce.

– Właściwie to nie. Mnie robi się smutno.

Nie usłyszał jej słów, bo zajął się czytaniem menu.

– Na co masz ochotę?

– Na sałatkę cesarską.

Wykrzywił się.

– Wy, kobiety, i te wasze sałatki. Nie jesteś głodna?

– Nie bardzo. – Potrząsnęła głową, po czym zarumieniła się, gdyż głośno zaburczało jej w brzuchu.

– Myślę, że ktoś tu się z tobą nie zgadza. Ty chyba w ogóle nie jesz, Holly Kennedy.

Po prostu nie wtedy, gdy jestem z tobą, pomyślała.

– Nie mam zbytniego apetytu i tyle.

– Miałem króliki, które jadły więcej od ciebie – rzekł śmiejąc się.

Holly usiłowała zachowywać kontrolę nad rozmową i kierować ją na bezpieczne tory, dlatego wieczór spędzili na rozmowie o imprezie promocyjnej. Nie była dziś w nastroju, by podejmować temat ich osobistych uczuć i myśli, a zresztą miała w głowie zbyt duży mętlik. Daniel przyniósł ze sobą ulotkę prasową, by Holly ją przejrzała i jak najszybciej zabrała się do pracy nad artykułem. Dał jej także listę telefonów do ludzi, którzy pracowali w Blue Rock, żeby mogła uzyskać kilka wypowiedzi bezpośrednio od nich. Okazał się niezwykle pomocny, udzielił jej wiele wskazówek ogólnych i poradził, z kim powinna porozmawiać, by uzyskać więcej informacji. Już się tak nie bała pisania tego artykułu. Nadal jednak nie wiedziała, dlaczego czuje tak duże skrępowanie w towarzystwie mężczyzny, który chce być jedynie jej przyjacielem. Poza tym, po zjedzeniu zaledwie kilku listków sałaty umierała z głodu, ale nie mogła się do tego przyznać.

Wyszła z restauracji, by zaczerpnąć nieco świeżego powietrza, Daniel tymczasem płacił rachunek. Był miły i wielkoduszny i cieszyła się, że łączy ich przyjaźń. Nie czuła się po prostu swobodnie, spotykając się w restauracji z kimś, kto nie był Gerrym.

Zamarła i próbowała zakryć twarz, kiedy dostrzegła zbliżającą się parę, z którą naprawdę nie miała ochoty się spotkać. Przykucnęła, udając, że wiąże sznurowadło i wtedy spostrzegła, że akurat dzisiaj włożyła buty zapinane na zamek, więc skończyło się na pełnym zakłopotania poprawianiu nogawek od spodni.

– Holly, czy to ty? – usłyszała znajomy głos.

Przyjrzała się dwóm parom butów stojącym przed nią, po czym powoli podniosła wzrok.

– Witajcie! – Starała się, by w jej głosie słychać było zdumienie. Podniosła się niepewnie.

– Jak się masz? – zapytała kobieta, ściskając ją. – Co robisz tutaj w tym zimnie?

Holly modliła się, by Daniel pozostał jeszcze przez jakiś czas w środku.

– Och, no wiecie... byłam coś przekąsić – uśmiechnęła się mdło, wskazując na restaurację.

– My też tam idziemy – odezwał się z uśmiechem mężczyzna. – Szkoda, że się minęliśmy, moglibyśmy zjeść wspólnie.

– Tak, tak, szkoda...

– Tak czy inaczej, dobrze robisz – powiedziała kobieta, klepiąc ją po plecach. – Dobrze, że wyszłaś z domu i robisz coś sama.

– Tak właściwie to... – Holly ponownie zerknęła na drzwi, modląc się, by się teraz nie otworzyły. – Tak, to miłe... – urwała.

– Tu jesteś! – zawołał Daniel, wychodząc na dwór. – Już myślałem, że ode mnie uciekłaś. – Objął ją ramieniem.

Holly uśmiechnęła się do niego słabo.

– Przepraszam, nie zauważyłem państwa – rzekł z uśmiechem Daniel, spostrzegłszy stojącą obok Holly parę.

Przeszyli go lodowatym spojrzeniem.

– Eee... Danielu, to Judith i Harold. Rodzice Gerry'ego.

Rozdział czterdziesty

Holly wcisnęła mocno klakson i rzuciła przekleństwo pod adresem jadącego przed nią kierowcy. Cała się gotowała ze złości. Była na siebie wściekła za to, że wczoraj wieczorem dała się przyłapać w takiej sytuacji. I była na siebie wściekła za to, że czuła się tak, jakby została przyłapana w kłopotliwej sytuacji, podczas gdy tak naprawdę nie było w niej nic niewłaściwego. Ale jeszcze bardziej była zła na siebie za to, że tak naprawdę przyjemnie jej było w towarzystwie Daniela. A przecież nie powinno tak być, bo to niewłaściwe, mimo że wtedy wydawało się przyjemne...

Uniosła dłoń i zaczęła masować skronie. Pękała jej głowa, bo nieustannie o tym wszystkim, a te głupie korki w drodze do domu doprowadzały ją do szaleństwa. Biedny Daniel, pomyślała ze smutkiem. Rodzice Gerry'ego zachowali się wobec niego naprawdę niegrzecznie – raptownie przerwali rozmowę i natarli na drzwi restauracji, unikając kontaktu wzrokowego z Holly. Och, dlaczego musieli się spotkać akurat wtedy, kiedy była wesoła? Mogli ją przecież odwiedzić każdego dnia tygodnia, by zobaczyć, że czuje się nieszczęśliwa i prowadzi przykładne życie pozostającej w żałobie wdowy. Ale nie zrobili tego, a teraz pewnie uważają, że bez ich syna jej życie jest wspaniałe. Cóż, pieprzyć ich, pomyślała gniewnie, ponownie wciskając klakson. Dlaczego ludzie potrzebują zawsze aż pięciu minut, by ruszyć spod świateł?

Musiała czekać na każdym skrzyżowaniu, tymczasem wprost marzyła o powrocie do domu. Gdy czekała na kolejnych światłach, wyjęła telefon i zadzwoniła do Sharon, wiedząc, że ona ją zrozumie.

– Halo?

– Cześć, John, tu Holly. Dasz mi Sharon?

– Sorki, Holly, ona śpi. Obudziłbym ją, ale była naprawdę wykończona...

– W porządku – przerwała mu. – Zadzwonię jutro.

– To coś ważnego? – zapytał z niepokojem.

– Nie – odparła cicho. – Nic ważnego. – Rozłączyła się i natychmiast wybrała numer Denise.

– Halo? – zachichotała przyjaciółka.

– Hejka.

– Wszystko w porządku? – Denise ponownie zachichotała. – Tom, przestań! – wyszeptała i Holly zorientowała się, że zadzwoniła w niewłaściwym momencie.

– Tak, jasne. Zadzwoniłam, by sobie pogadać, ale słyszę, że jesteś zajęta. – Zmusiła się, by się roześmiać.

– No dobra, w takim razie zadzwonię jutro, Hol – odparła Denise.

– Okej, do... – nie zdążyła nawet dokończyć zdania, gdyż przyjaciółka się rozłączyła.

Stała na światłach, pogrążona w myślach, aż głośne sygnały klaksonów sprawiły, że podskoczyła.

Postanowiła jechać do rodziców i porozmawiać z Ciarą. Ona poprawi jej nastrój. Kiedy zatrzymała się przed domem, przypomniała sobie, że Ciara wyjechała i jej oczy wypełniły się łzami. To już trzecie pudło.

Przycisnęła jednak dzwonek. Drzwi otworzył Declan.

– Co ci się stało?

– Nic – odparła i zrobiło jej się żal siebie samej. – Gdzie mama?

– W kuchni z tatą. Rozmawiają z Richardem. Lepiej im na razie nie przeszkadzać.

– Ach... Dobrze... – Poczuła się zagubiona. – A ty co porabiasz?

– Oglądam to, co dzisiaj nakręciłem.

– To ten dokument o bezdomnych?

– Tak, chcesz obejrzeć?

– Jasne.

Uśmiechnęła się z wdzięcznością i usiadła na kanapie. Po kilku minutach do oczu napłynęły jej łzy, ale choć raz nie było to użalanie się nad sobą. Declan przeprowadził naprawdę niesamowity wywiad z niezwykłym facetem, który mieszkał na ulicach Dublina. Uświadomiła sobie, że są ludzie, którym wiedzie się znacznie gorzej niż jej, a fakt, że rodzice Gerry'ego wpadli na nią i Daniela wychodzących z restauracji, nagle wydał się naprawdę niemądrym powodem do zmartwień.

– Pięknie to zrobiłeś – rzekła, ocierając oczy, kiedy skończyli oglądać.

– Dzięki – odparł cicho, wyjmując kasetę z odtwarzacza i chowając do torby.

– Nie jesteś zadowolony?

Wzruszył ramionami.

– Kiedy spędza się cały dzień z ludźmi takimi jak on, trudno cieszyć się na myśl, że to, co ten człowiek ma do powiedzenia, stanowi świetny materiał na dokument i że im gorzej wiedzie się jemu, tym ja mam lepszy materiał.

Holly słuchała tego z zainteresowaniem.

– Nie zgadzam się z tym, Declanie. Uważam, że ten dokument może coś zmienić w jego życiu. Inni to zobaczą i zechcą mu pomóc.

Brat wzruszył jedynie ramionami.

– Może. W każdym razie ja idę teraz spać, jestem zupełnie wykończony.

Podniósł z podłogi torbę, a mijając Holly, pocałował ją w czubek głowy, co ją wzruszyło. Mały braciszek wreszcie dorastał.

Zerknęła na stojący na gzymsie kominka zegar i dostrzegła, że jest już prawie północ. Sięgnęła po torebkę i wyjęła z niej październikową kopertę od Gerry'ego. Z wielkim lękiem czekała na dni, kiedy listy się skończą. Nie licząc tego, zostały tylko dwa. Jeszcze raz przebiegła palcami po piśmie, po czym otworzyła kopertę. Wyjęła z niej delikatnie dwie kartki, spomiędzy których wypadł zasuszony kwiat. Jej ulubiony, delikatny, mały kwiatek słonecznika. Razem z nim wypadł mały pakiecik. Przyjrzała mu się z ciekawością. To były nasiona słonecznika. Jej dłonie drżały, gdy dotknęła delikatnych płatków kwiatu, tak się bała, by się nie pokruszyły pomiędzy palcach. Wiadomość od Gerry'ego brzmiała następująco:

Słonecznik dla mojego słoneczka, aby rozjaśnił ciemne, październikowe dni, których tak bardzo nie znosisz. Zasiej ich więcej, bo przecież niebawem czeka cię ciepłe i pogodne lato.
PS Kocham Cię...
PPS Czy mogłabyś przekazać tę kartkę Johnowi?

Holly podniosła drugą kartkę, która spadła na jej kolana i przeczytała ją, jednocześnie śmiejąc się i płacząc.

Dla Johna,
Wszystkiego najlepszego z okazji 32. urodzin!
Starzejesz się, mój przyjacielu, ale mam nadzieję, że przed Tobą jeszcze wiele, wiele urodzin. Trzymaj się, ciesz się życiem, opiekuj się moją żoną i Sharon. Teraz to ty jesteś mężczyzną!
Pozdrawiam cieplutko,
Twój przyjaciel,
Gerry
Mówiłem ci, że dotrzymam słowa...

Holly kilkakrotnie czytała każde słowo napisane ręką Gerry'ego. Siedziała na kanapie przez, jak jej się wydawało, całe godziny i myślała, jak bardzo szczęśliwy będzie John, gdy otrzyma wiadomość od przyjaciela i jak bardzo zmieniło się jej życie w ciągu ostatnich kilku miesięcy. Znalazła świetną pracę i dumna była z tego, że się nie poddała. Uwielbiała uczucie satysfakcji, jakie ogarniało ją każdego dnia, kiedy wyłączała komputer i opuszczała gabinet. Gerry zmusił ją do tego, by była odważna; zachęcił, by zapragnęła pracy, która stała się dla niej czymś więcej niż tylko źródłem dochodów. Gdyby nadal przy niej był, nawet nie pomyślałaby o tym wszystkim. Życie bez niego było bardzo puste, ale pozostawiało więcej przestrzeni dla niej samej. Niemniej, bez wahania oddałaby wszystko, by mieć Gerry'ego z powrotem.

Ale to było niemożliwe. Musiała sama myśleć o sobie i o swojej przyszłości, ponieważ nie było już nikogo, kto dzieliłby z nią odpowiedzialność.

Otarła oczy i wstała z kanapy. Poczuła nowy przypływ energii. Zapukała delikatnie do kuchennych drzwi.

– Proszę! – zawołała Elizabeth.

Holly weszła do środka i zobaczyła, że przy stole siedzą rodzice i Richard, i wszyscy trzymają kubki z herbatą.

– Witaj, kochanie – rzekła radośnie mama, wstając, by ją przytulić i ucałować. – Nie słyszałam, jak przyszłaś.

– Jestem tu już od godziny. Oglądałam dokument Declana. – Uśmiechnęła się promiennie i zapragnęła uściskać ich wszystkich.

– Jest świetny, prawda? – rzekł Frank, wstając, by się z nią przywitać.

Kiwnęła głową i przysiadła się do nich.

– Znalazłeś już pracę? – zapytała Richarda.

Potrząsnął ze smutkiem głową i wyglądał tak, jakby miał się zaraz rozpłakać.

– A ja tak.

Spojrzał na nią, zdegustowany jej brakiem delikatności.

– Wiem, że ty tak.

– Nie o to chodzi, Richardzie – uśmiechnęła się. – Chodzi mi o to, że znalazłam pracę dla ciebie.

– Co takiego?!

– Słyszałeś – uśmiechnęła się szerzej. – W poniedziałek zadzwoni do ciebie mój szef.

Zrzedła mu mina.

– Holly, to naprawdę bardzo miłe z twojej strony, ale mnie w ogóle nie interesuje reklama. Mnie interesuje nauka.

– I ogrodnictwo.

– Tak, lubię ogrodnictwo – mruknął niepewnie.

– Właśnie dlatego zadzwoni do ciebie mój szef. Chce, byś doprowadził do porządku jego ogród. Powiedziałam mu, że zrobisz to za pięć tysięcy. Mam nadzieję, że to dobra cena. – Uśmiechnęła się na widok miny brata. – A oto twoje wizytówki – dodała, podając mu stosik kartoników, które wcześniej wydrukowała.

Nagle Richard poderwał się i ciągnąc za sobą Holly, zaczął z nią tańczyć po całej kuchni. Rodzice patrzyli na nich z wyraźną radością.

– A tak przy okazji – rzekł, przystając i ponownie zerkając na wizytówkę. – Źle napisałaś słowo „ogrodnik". Nie pisze się „ogrdnik", ale „ogrodnik". Widzisz różnicę?

Holly rzuciła mu wściekłe spojrzenie.

Rozdział czterdziesty pierwszy

– No dobra, ta jest ostatnia, obiecuję, dziewczyny! – zawołała Denise, gdy tymczasem ponad drzwiami przymierzalni przeleciał jej stanik.

Sharon i Holly jęknęły i opadły na krzesła.

– Mówiłaś tak już godzinę temu – marudziła Sharon, zrzucając buty i masując spuchnięte kostki.

– Tak, ale tym razem to już na pewno. Mam dobre przeczucia.

– To też już mówiłaś godzinę temu – mruknęła zrzędliwie Holly, opierając głowę o oparcie krzesła i zamykając oczy.

– Tylko mi się nie waż teraz zasnąć – ostrzegła ją Sharon, więc Holly czym prędzej otworzyła oczy.

Denise zaciągnęła je do każdego, mieszczącego się w centrum salonu z sukniami ślubnymi, dlatego były już wykończone, poirytowane i miały tego serdecznie dosyć. Podekscytowanie, jakie odczuwały w związku z weselem Denise, wyparowało z nich doszczętnie, kiedy przyjaciółka przymierzała suknię za suknią. A jeśli Holly jeszcze raz usłyszy denerwujące piski Denise, to...

– Oooch, jest cudowna! – zapiszczała Denise.

– Posłuchaj, jaki jest plan – wyszeptała Sharon do ucha Holly – nawet jeśli wyjdzie stamtąd, i będzie wyglądała jak beza, która nieopatrznie usiadła na pompce rowerowej, powiemy jej, że wygląda przepięknie.

Holly zachichotała.

– Sharon, nie możemy tego zrobić!

– Ooch, zaczekajcie tylko, aż zobaczycie! – ponownie zapiszczała Denise.

– No cóż, jak się dłużej nad tym zastanowić... – Holly popatrzyła żałośnie na przyjaciółkę.

– Okej, jesteście gotowe?

– Tak – mruknęła bez entuzjazmu Sharon.

– Ta da! – Denise wyszła z przymierzalni.

Holly zamarła.

– Jak pięknie wygląda na pani ta suknia – rozpłynęła się w zachwytach sprzedawczyni, która kręciła się wyczekująco w pobliżu.

– Proszę przestać! – zawołała Denise. – Pani mi ani trochę nie pomaga! To samo słyszałam przy każdej sukni.

Holly zerknęła niepewnie na Sharon i na widok jej twarzy usiłowała powstrzymać śmiech; przyjaciółka miała taką minę, jakby w powietrzu rozszedł się brzydki zapach.

Sharon przewróciła oczami i wyszeptała:

– Czy Denise nie słyszała nigdy o czymś takim jak prowizja?

– Co wy tam tak szepczecie? – zapytała Denise.

– Mówimy, jak pięknie wyglądasz – odrzekła Sharon.

Holly zerknęła na nią i zmarszczyła brwi.

– Podoba ci się? – zapiszczała ponownie Denise, aż Holly się skrzywiła. .

– Tak – odparła bez entuzjazmu Sharon.

– Jesteś pewna?

– Tak.

– Myślisz, że Tom będzie uszczęśliwiony, kiedy zobaczy w kościele, jak idę ku niemu? – Denise nawet zaprezentowała odpowiedni krok, by dziewczęta mogły to sobie lepiej wyobrazić.

– Tak – powtórzyła Sharon.

– Jesteś pewna?

– Tak.

– Sądzisz, że warta jest tej ceny?

– Tak.

– Naprawdę?

– Tak.

– Ładniej będzie wyglądać z opalenizną, no nie?

– Tak.

– Czy mój tyłek nie wydaje się w niej wielki?

– Tak.

Holly spojrzała ze zdumieniem na Sharon, ale natychmiast się zorientowała, że ona w ogóle nie słucha.

– Ale czy jesteś pewna? – Najwyraźniej Denise też nie słuchała.

– Tak.

– Mam ją wziąć?

Holly spodziewała się, że sprzedawczyni zacznie podskakiwać z ożywieniem i zawoła: „Tak!", ale jakoś zdołała się powstrzymać.

– Nie! – wtrąciła Holly, zanim Sharon ponownie zdążyła przytaknąć.

– Nie? – zapytała Denise.

– Nie.

– Podoba ci się, czy nie?

– Nie.

– Dlatego że wyglądam w niej grubo?

– Nie.

– Myślisz, że Tomowi się spodoba?

– Nie.

– Uważasz, że jest warta swojej ceny?

– Nie.

– Och. – Odwróciła się do Sharon. – Zgadzasz się z Holly?

– Tak – odrzekła Sharon.

Sprzedawczyni przewróciła oczami i ruszyła w stronę następnej klientki, licząc na więcej szczęścia.

- Niech wam będzie – rzekła ze smutkiem Denise, po raz ostatni przeglądając się w lustrze. – Prawdę powiedziawszy, mnie też tak bardzo się nie podoba.

Sharon westchnęła i włożyła buty.

- Denise, powiedziałaś, że to ostatnia. Chodźmy coś zjeść, bo zaraz padnę.

- Och, miałam na myśli, że to ostatnia suknia, jaką przymierzę w tym salonie. Jest jeszcze masa innych sklepów.

- Nie ma mowy! – zaprotestowała Holly. – Denise, umieram z głodu, a poza tym wszystkie suknie wydają mi się identyczne. Potrzebna mi przerwa.

- Ale to przecież mój ślub, Holly!

- Twój ślub, ale... – Holly usiłowała gorączkowo coś wymyślić – ale Sharon jest w ciąży.

- No dobrze, chodźmy coś zjeść – odparła zawiedziona Denise i zniknęła w przymierzalni.

Sharon dała przyjaciółce kuksańca w żebra.

- Hej, ja nie jestem chora, tylko w ciąży, wiesz?

- Jedynie to przyszło mi do głowy – odparła Holly ze znużeniem.

Przyjaciółki powlokły się noga za nogą do kafejki U Bewleya i, o dziwo, udało im się zająć ulubiony stolik przy oknie, z którego widać ulicę Grafton.

- Nie cierpię robić zakupów w sobotę – jęknęła Holly, obserwując, jak rój przechodniów potrącał się i wpadał na siebie.

- To już nie te czasy, kiedy chodziło się na zakupy w środku tygodnia, co? Skończyłaś z próżniaczym życiem – zażartowała Sharon, po czym zatopiła zęby w kanapce z wędliną i sałatą.

- No właśnie, i teraz jestem bardzo zmęczona, chociaż sama sobie na to zasłużyłam. Ale to jest zupełnie inne zmęczenie niż wtedy, kiedy do późna gapiłam się w telewizor – odpowiedziała radośnie Holly.

- Opowiedz nam o tym epizodzie z rodzicami Gerry'ego – odezwała się Sharon z ustami pełnymi jedzenia.

Holly się wzdrygnęła.

– Byli tacy niegrzeczni dla biednego Daniela.

– Przepraszam, że wtedy spałam. Jestem przekonana, że gdyby John wiedział, o co chodzi, na pewno by mnie obudził.

– Daj spokój, nie ma o czym mówić. Po prostu wtedy tak mnie to ruszyło.

– I miałaś rację. Nie mogą ci mówić, z kim masz się umawiać, a z kim nie – oświadczyła stanowczo Sharon.

– Ale ja się z nim nie umawiam. – Holly chciała, by przyjaciółki dobrze ją zrozumiały. – Nie mam zamiaru spotykać się z kimkolwiek przynajmniej przez najbliższe dwadzieścia lat. Byliśmy jedynie na służbowej kolacji.

– Ooch, służbowej kolacji! – zachichotały Sharon i Denise.

– Bo to prawda, ale przyjemnie jest do kogoś usta otworzyć. I wcale nie mam do was pretensji – rzekła Holly szybko, zanim przyjaciółki zaczęły się bronić. – Chodzi mi jedynie o to, że gdy wszyscy inni są zajęci, miło jest mieć kogoś, z kim można porozmawiać. Zwłaszcza mężczyznę. Miło się nam gawędzi i czuję się przy nim naprawdę swobodnie. To wszystko.

– Rozumiem – skinęła głową Sharon. – To dobrze, że wychodzisz i poznajesz nowych ludzi.

– Dowiedziałaś się o nim czegoś jeszcze? – Denise nachyliła się, a jej oczy błyszczały z ciekawości. – Ten Daniel to tajemniczy facet.

– Nie wydaje mi się – odparła Holly. – Opowiedział mi o tej dziewczynie, z którą był zaręczony. Miała na imię Laura. Kiedyś był w wojsku, ale zrezygnował po czterech latach…

– Ooch, uwielbiam mniamniuśnych żołnierzy – rozmarzyła się Denise.

– I didżejów – dodała Sharon.

– Oczywiście, że didżejów też – zgodziła się ze śmiechem Denise.

– W każdym razie przedstawiłam mu moją teorię na temat wojska – uśmiechnęła się Holly.

- Chyba żartujesz! – zaśmiała się Sharon.
- A co to za teoria? – zapytała Denise.
- No i co powiedział? – Sharon zignorowała pytanie przyjaciółki.
- Śmiał się.
- Ale z czego? – nie rezygnowała Denise.
- Z teorii Holly na temat wojska – wyjaśniła Sharon.
- Ale co to za teoria? – Denise była wyraźnie zirytowana.
- Że walka o pokój jest jak pieprzenie w imię dziewictwa.

Dziewczęta wybuchnęły śmiechem.

- Tak, ale za to ile przyjemności daje nieustanne próbowanie – zażartowała Denise.
- Więc jeszcze nie osiągnęłaś mistrzostwa? – zapytała Sharon.
- Nie, ale próbujemy przy każdej nadarzającej się okazji – odparła Denise i wszystkie parsknęły śmiechem. – Cieszę się, że tak dobrze się z nim dogadujesz, Holly, ponieważ będziesz musiała z nim tańczyć na naszym weselu.
- Dlaczego?
- Tradycja nakazuje, by pierwszy drużba tańczył z pierwszą druhną. – Jej oczy zamigotały.

Holly gwałtownie wciągnęła powietrze.

- Chcesz, żebym była twoją pierwszą druhną?

Denise przytaknęła.

- Nie martw się, zdążyłam już zapytać Sharon i nie ma nic przeciwko.
- Z największą przyjemnością! – zawołała radośnie Holly. – Ale, Sharon, jesteś pewna, że nie będzie ci przykro?
- Nie przejmuj się mną, z przyjemnością będę nadmuchaną drugą druhną.
- Nie będziesz nadmuchana! – zaśmiała się Holly.
- Ależ tak. Będę w ósmym miesiącu ciąży. Skończy się na tym, że będę musiała pożyczyć od Denise namiot, by przerobić go na sukienkę!

– Cholera, mam nadzieję, że nie zaczniesz rodzić podczas wesela – rzekła z przerażeniem Denise.

– Nie martw się, Denise, nie zrobię ci tego, z całą pewnością to ty będziesz gwiazdą wieczoru – uśmiechnęła się Sharon. – Mam termin dopiero na koniec stycznia.

Denise wyraźnie się uspokoiła.

– A tak przy okazji, zapomniałam wam pokazać zdjęcia dziecka! – Sharon gorączkowo grzebała w torebce. Wreszcie wyjęła z niej niewielkie zdjęcie USG.

– Gdzie ono jest? – zapytała Denise, marszcząc brwi.

– Tu. – Sharon wskazała na środek zdjęcia.

– O la la! Ależ duży chłopiec! – wykrzyknęła Denise, przysuwając zdjęcie bliżej oczu.

– Denise, to noga, ty wariatko – prychnęła Sharon. – Na razie wciąż nie znamy płci.

– Och – zarumieniła się Denise. – Gratulacje, Sharon. Wygląda na to, że nosisz w brzuchu małego kosmitę.

– Przestań, Denise – rzekła, śmiejąc się, Holly. – Uważam, że to śliczne zdjęcie.

– To dobrze – uśmiechnęła się Sharon i spojrzała na Denise, która kiwnęła głową. – Chciałam cię bowiem o coś prosić.

– O co? – Holly wyglądała na zaniepokojoną.

– John i ja bardzo byśmy chcieli, abyś została matką chrzestną naszego dziecka.

Holly gwałtownie wciągnęła powietrze. Jej oczy wypełniły się łzami.

– Nie płakałaś, kiedy cię poprosiłam, żebyś została moją pierwszą druhną – naburmuszyła się Denise.

– Sharon, to będzie dla mnie prawdziwy zaszczyt! – powiedziała Holly, ściskając przyjaciółkę. – Dziękuję, że mnie o to poprosiliście!

– Dziękujemy, że się zgodziłaś! John będzie uszczęśliwiony!

– Tylko nie zacznijcie mi tu obie ryczeć – jęknęła Denise i nagle zawołała: – Coś takiego!

– Co?

Wskazała na okno.

– Nie mogę uwierzyć, że przeoczyłam tamten salon ślubny! Pijcie szybko, zaraz tam idziemy – oświadczyła kategorycznie, a jej spojrzenie biegało od sukni do sukni.

Sharon westchnęła i udała, że mdleje.

– Nie mogę, Denise, jestem w ciąży...

Rozdział czterdziesty drugi

– Wiesz co, Holly, coś sobie pomyślałam – odezwała się Alice, gdy przed wyjściem z pracy poprawiały w toalecie makijaże.

– I co, bolało? – przekomarzała się Holly.

– Bardzo śmieszne. Mówię poważnie, myślałam o tym horoskopie i sądzę, że Tracey może w jakiś sposób miała rację.

Holly przewróciła oczami.

– Jak to?

Alice schowała szminkę i odwróciła się od lustra, by spojrzeć na Holly.

– No cóż, po pierwsze było tam o wysokim, ciemnowłosym i przystojnym mężczyźnie, z którym się teraz spotykasz...

– Ja się z nim nie spotykam, jesteśmy tylko przyjaciółmi! – oświadczyła Holly chyba po raz milionowy, jak jej się wydawało.

– Skoro tak twierdzisz. W każdym razie następna sprawa to...

– Ale ja się nie spotykam.

– Jasne, jasne – odparła pobłażliwie Alice. – Następna...

Holly odstawiła z trzaskiem kosmetyczkę.

– Alice, ja się nie spotykam z Danielem.

– Dobrze, już dobrze. – Alice uniosła ręce w obronnym geście. – Kumam! Nie spotykasz się z nim, ale przestań mi wreszcie przerywać i posłuchaj! – Czekała, aż Holly się uspokoi. – Powiedziała też, że twoim szczęśliwym dniem jest wtorek, a właśnie dzisiaj jest wtorek...

– Niech mnie, Alice, w tym naprawdę coś jest – odezwała się Holly sarkastycznie, obrysowując usta konturówką.

– Posłuchaj! – rzekła ze zniecierpliwieniem Alice. – Powiedziała też, że niebieski to twój szczęśliwy kolor. Otóż dzisiaj, we wtorek, zostałaś zaproszona przez wysokiego, ciemnowłosego i przystojnego mężczyznę na imprezę promocyjną Blue Rock. – Alice wyglądała na bardzo z siebie zadowoloną, kiedy zsumowała to wszystko.

– No i co z tego? – Na Holly nie zrobiło to oczekiwanego wrażenia.

– To znak.

– Taki znak, że Tracey wskazała kolor niebieski, ponieważ akurat tamtego dnia miałam na sobie coś niebieskiego, a to z tej prostej przyczyny, że wszystko inne było brudne. Natomiast dzień wybrała ot tak, z głowy. To absolutnie nic nie oznacza.

Alice westchnęła.

– O, wy ludzie małej wiary!

– Jeśli mam uwierzyć w tę twoją nieźle zakręconą teorię, to musiałabym też uwierzyć, że Brian wygra w totka i stanie się przedmiotem pożądania każdej kobiety.

Alice zerknęła na nią spode łba.

– No co?

– Brian wygrał dziś w zdrapce cztery euro.

– O la la! – zachichotała Holly. – Teraz trzeba jeszcze, żeby przynajmniej jedna kobieta uznała go za atrakcyjnego.

Alice nawet się nie uśmiechnęła.

– Coś jeszcze? – zapytała władczo Holly.

– Nie, nic. – Alice wzruszyła ramionami i uśmiechnęła się.

– To niemożliwe!

– Co niemożliwe? – Twarz Alice się rozjaśniła.

– Nie mów, że on ci się podoba!

Alice ponownie wzruszyła ramionami.

– Jest miły i tyle.

– O nie! – Holly chwyciła się za głowę. – Za daleko się posuwasz, byle mi tylko udowodnić, że masz rację.

– Nie próbuję ci niczego udowadniać – zaśmiała się Alice.

– W takim razie nie wierzę, że on ci się podoba!

– Komu kto się podoba? – zapytała Tracey, wchodząc do toalety.

Alice potrząsnęła głową, błagając tym Holly, by nic nie mówiła.

– Nikomu nikt – mruknęła Holly, wpatrując się z oszołomieniem w Alice. Jak tej dziewczynie może się podobać ta gnida nad gnidy?

– Hej, słyszałyście, że Brian wygrał dzisiaj w zdrapce? – zapytała z kabiny Tracey.

– Właśnie o tym rozmawiałyśmy – roześmiała się Alice.

– Może jednak mam zdolności jasnowidzenia, Holly – parsknęła Tracey i spuściła wodę.

Alice mrugnęła w lustrze do Holly, która skierowała się do wyjścia ze słowami:

– Chodź, Alice, lepiej się pospieszmy, bo inaczej fotograf nam się wścieknie.

– Fotograf już przyszedł – wyjaśniła Alice, przeciągając szczoteczką po rzęsach.

– Gdzie on jest?

– Ona.

– W takim razie gdzie ona jest?

– Ta da! – Alice wyciągnęła z torebki aparat fotograficzny.

– To ty? – zaśmiała się Holly. – Fajnie, najwyżej obie stracimy pracę, kiedy ten artykuł się ukaże.

U Hogana było mnóstwo ludzi.

Dziewczyny przecisnęły się przez tłum i ruszyły na górę do Klubu Diva. Kiedy zbliżyły się do drzwi, Holly aż zatkało.

Grupa młodych, umięśnionych mężczyzn ubranych tylko w spodenki kąpielowe wystukiwała na bębnach hawajskie rytmy. Bardzo chude modelki odziane jedynie w skąpe bikini przywitały dziewczęta przy drzwiach, wkładając im na szyję piękne, wielobarwne wieńce.

– Czuję się jak na Hawajach – zachichotała Alice, pstrykając jednocześnie zdjęcia. – O mój Boże! – zawołała, kiedy weszły do klubu.

Holly ledwie była w stanie rozpoznać to miejsce. Przeszło całkowitą metamorfozę. Na środku stała teraz fontanna, z której po skałach spływała kaskadami niebieska woda.

– Spójrz, Blue Rock! – zaśmiała się Alice. – Bardzo sprytne.

Holly uśmiechnęła się smętnie. To by było tyle, jeśli chodzi o jej umiejętności dziennikarskie i spostrzegawcze oko. Nawet nie przyszło jej do głowy, że woda w fontannie to tak naprawdę nowy drink. Daniel nic jej na ten temat nie wspomniał, co oznaczało, że będzie musiała poprawić artykuł, który jutro zamierzała wręczyć Chrisowi. Rozejrzała się po klubie w poszukiwaniu Denise i Toma. Jej przyjaciółka właśnie pozowała do zdjęcia, pokazując dłoń do aparatu, aby się popisać rzucającym iskry pierścionkiem zaręczynowym. Holly rozbawił ten widok.

Pracownicy baru także byli ubrani w stroje kąpielowe. Stali w szeregu przy drzwiach, trzymając tace z niebieskimi drinkami. Holly wzięła kieliszek i pociągnęła łyk. Usiłowała nie skrzywić się z obrzydzenia z powodu mdłego smaku, bo akurat znalazła się w kadrze fotografa. Tak jak zapowiedział Daniel, podłoga pokryta była piaskiem, przez co odnosiło się wrażenie, że jest się na imprezie plażowej. Każdy stolik osłaniał duży bambusowy parasol. Potężne bębny zastąpiły stoliki barowe, a w powietrzu unosił się apetyczny zapach pieczonego mięsa. Holly nabiegła ślinka do ust, gdy dostrzegła, że kelnerzy roznoszą tace z potrawami z grilla. Podeszła do najbliższego stolika, wzięła kebab i odgryzła spory kęs.

– Aha, więc jednak coś jadasz.

Naprzeciwko stał Daniel.

– Cześć. Przez cały dzień nic nie jadłam, więc umieram z głodu. To miejsce wygląda super – rzekła, rozglądając się, aby odwrócić jego uwagę od swoich ubrudzonych kebabem ust.

– Tak, wszystko się udało. – Wyglądał na zadowolonego. Strój Daniela nie był tak skąpy, jak jego pracowników: miał na sobie wyblakłe niebieskie dżinsy i niebieską hawajską koszulę w wielkie różowe i żółte kwiaty. Był nieogolony i Holly pomyślała, że całowanie się z nim musiało być kłujące. Oczywiście, nie ona miałaby się z nim całować. Ktoś inny... To czemu w ogóle zastanawiała się nad tym?

– Holly! Pozwól, że zrobię zdjęcie tobie i wysokiemu, ciemnowłosemu i przystojnemu mężczyźnie! – zawołała Alice, podbiegając do nich z aparatem.

Holly zaczerwieniła się, za to Daniel parsknął śmiechem.

– Powinnaś tu częściej przyprowadzać swoje przyjaciółki.

– To nie jest moja przyjaciółka – odparła przez zaciśnięte zęby, jednocześnie pozując razem z Danielem do zdjęcia.

– Zaczekaj chwileczkę. – Daniel zakrył dłonią obiektyw aparatu.

Wziął ze stolika serwetkę i wytarł z brody Holly tłuszcz i sos. Poczuła łaskotanie i falę gorąca. Szybko zdołała przekonać samą siebie, że po prostu w sali jest bardzo ciepło.

– Już w porządku – oświadczył, uśmiechając się do niej, po czym objął ją ramieniem i ustawił do zdjęcia.

Alice odeszła, pstrykając fotki na prawo i lewo. Holly odwróciła się do Daniela.

– Naprawdę cię przepraszam za tamten wieczór. Rodzice Gerry'ego zachowali się okropnie. Przepraszam, jeśli poczułeś się skrępowany.

– Nie musisz mnie przepraszać, Holly. Za nic nie musisz mnie przepraszać. Czułem się skrępowany wyłącznie z twojego powodu. Nie powinni ci mówić, z kim się masz spotykać, a z kim nie. Tak czy inaczej, jeśli martwisz się o mnie, to niepotrzebnie. – Uśmiechnął się i położył ręce na jej ramionach, jakby miał zamiar powiedzieć coś jeszcze. Ale w tym momencie zawołał go ktoś z baru, więc ruszył, żeby sprawdzić, co się dzieje.

– Ale ja się z tobą nie spotykam – mruknęła do siebie Holly.

Jeżeli musi przekonywać o tym nawet Daniela, to z całą pewnością istniał problem. Miała nadzieję, że nie traktował tej kolacji zbyt poważnie. Od tamtego epizodu dzwonił do niej prawie każdego dnia. Uświadomiła sobie, że czekała z niecierpliwością na te telefony. Znowu nie dawała jej spokoju jakaś myśl ukryta na samym dnie świadomości. Ruszyła w stronę Denise i przysiadła na leżaku, na którym przyjaciółka sączyła niebieską miksturę.

– Holly, uratowałam go dla ciebie. – Wskazała na leżący w rogu pomieszczenia dmuchany materac, i obie zachichotały, przypominając sobie wakacyjną przygodę.

– No i co myślisz o nowym gorącym drinku na zimę? Denise się skrzywiła.

– Nic szczególnego. Wypiłam tylko trochę, a już mi się kręci w głowie.

Alice podbiegła do Holly, ciągnąc za sobą potężnego, umięśnionego mężczyznę odzianego jedynie w bardzo skąpe szorty. Obwód jego bicepsa równał się obwodowi talii Alice. Podała Holly aparat.

– Zrób nam zdjęcie, dobrze?

Holly nie sądziła, że akurat na takie fotografie liczył Chris, ale spełniła prośbę koleżanki.

– Zrobię z tego tapetę w swoim komputerze – szepnęła Alice do Denise.

Holly dobrze się bawiła: śmiała się i gawędziła z Denise i Tomem, gdy tymczasem Alice biegała wokół i robiła zdjęcia półnagim modelom. Holly było trochę głupio, że kilka miesięcy temu w czasie pamiętnego konkursu karaoke Tom tak bardzo ją irytował. Był naprawdę uroczym facetem, a on i Denise tworzyli fantastyczną parę. Prawie w ogóle nie rozmawiała z Danielem, gdyż zbyt pochłaniały go obowiązki służbowe. Przyglądała się, jak wydawał pracownikom polecenia, które oni bezzwłocznie wykonywali. Było oczywiste, że darzą go wielkim szacunkiem. Ilekroć kierował się w stronę Holly i jej przyjaciół, ktoś go zatrzymywał na krótką pogawędkę. W większości przypadków były to chude, młode dziewczyny w strojach kąpielowych. Irytowało to Holly, więc odwracała wzrok.

– Nie mam pojęcia, jak ja napiszę ten artykuł – użalała się Holly, kiedy razem z Alice wyszły z klubu na chłodne, wieczorne powietrze.

– Nie przejmuj się, poradzisz sobie. To tylko osiemset słów, prawda?

– Taa, tylko – odparła z sarkazmem. – Kilka dni temu napisałam szkic na podstawie informacji, jakie dostałam od Daniela. Tyle że po dzisiejszej imprezie muszę go gruntownie przerobić. A już przy pisaniu pierwszej wersji o mało nie umarłam.

– To cię naprawdę męczy, prawda?

Holly westchnęła.

– Ja po prostu nie potrafię pisać, Alice. Nigdy nie byłam w tym dobra.

Alice przyjrzała jej się z namysłem.

– Masz ten artykuł w biurze?

Holly skinęła głową.

– Co ty na to, żebyśmy tam teraz pojechały? Przyjrzę się temu i może coś podredaguję.

– Jejku, Alice, bardzo ci dziękuję! – zawołała Holly, ściskając ją z ulgą.

Następnego dnia Holly siedziała w napięciu naprzeciwko Chrisa i przyglądała się, jak czyta artykuł. Kiedy przewracał kartkę, jego twarz nie zmieniła wyrazu. Alice nie wprowadziła do tekstu poprawek, ona po prostu na nowo go napisała i zdaniem Holly zrobiła to doskonale. Artykuł był zabawny, aczkolwiek zawierał wiele konkretnych informacji, a wszystko opisane zostało dokładnie tak, jak rzeczywiście się zdarzyło. Alice była niezwykle utalentowana i Holly nie mogła zrozumieć, dlaczego pracuje w recepcji zamiast pisać artykuły do magazynu.

Wreszcie Chris skończył czytać i powoli zdjął okulary. Jego spojrzenie spoczęło na Holly. Jej leżące na kolanach dłonie zadrżały nerwowo; czuła się tak, jakby przyłapano ją na ściąganiu podczas egzaminu.

– Holly, nie wiem, co ty w ogóle robisz w reklamie – odezwał się w końcu Chris. – Piszesz doprawdy fantastycznie. Podoba mi się ten artykuł! Jest błyskotliwy, zabawny i dociera do sedna sprawy. Jest świetny.

Holly uśmiechnęła się blado.

– Eee... dzięki.

– Masz naprawdę wielki talent; nie mogę uwierzyć, że próbowałaś go przede mną ukryć.

Holly siedziała sztywno z przyklejonym do twarzy uśmiechem.

– Co powiesz na to, by za jakiś czas znowu coś dla nas napisać?

Holly zamarła.

– No wiesz, Chris, naprawdę znacznie bardziej interesuje mnie praca w reklamie.

– Rozumiem, ale jeśli znowu znajdziemy się kiedyś w podbramkowej sytuacji, będę przynajmniej wiedział, że mam w drużynie jeszcze jednego utalentowanego dziennikarza. Ma się rozumieć, że dodatkowo ci za to zapłacę. Naprawdę dobra robota, Holly. – Uśmiechnął się do niej szeroko i wyciągnął dłoń.

– Eee... dzięki – powtórzyła Holly, ściskając ją słabo. – Lepiej już wrócę do pracy. – Wstała i niepewnym krokiem skierowała się do swego gabinetu.

– No i co, spodobało mu się? – zapytała głośno Alice, która akurat szła korytarzem.

– Tak, nawet bardzo. Chce, żebym częściej pisała – wybąkała Holly z zakłopotaniem.

– Och. – Alice odwróciła wzrok. – Można w takim razie powiedzieć, że masz szczęście – powiedziała i odeszła do swego biurka.

Rozdział czterdziesty trzeci

Denise zatrzasnęła biodrem kasę i podała klientowi paragon.

– Dziękuję – uśmiechnęła się, ale gdy tylko klient odszedł od lady, znowu spochmurniała.

Westchnęła głośno, patrząc na długą kolejkę do kasy. Będzie musiała stać tutaj przez cały dzień, a wprost umierała z tęsknoty za papierosem. Nie było jednak możliwości, by się wymknąć, więc niechętnie wzięła kolejną sztukę odzieży, usunęła zabezpieczenie, zeskanowała kod kreskowy i włożyła zakup do torby.

– Przepraszam, czy to pani Denise Hennessey? – zapytał głęboki, seksowny głos.

Uniosła głowę, by zobaczyć, do kogo należy. Zmarszczyła brwi, gdy ujrzała przed sobą policjanta. Zawahała się przez chwilę, próbując sobie przypomnieć, czy w ciągu ostatnich kilku dni zrobiła coś niezgodnego z prawem. Kiedy już była pewna, że jest wolna od wszelkich podejrzeń, uśmiechnęła się i odparła:

– Tak, to ja.

– Policjant Ryan, chciałbym zapytać, czy zechce pani udać się ze mną na komisariat?

To było bardziej stwierdzenie niż pytanie i usta Denise otworzyły się ze zdumienia. To już nie był seksowny policjant, to był policjant w rodzaju zamknie-ją-na-zawsze-w-

-maleńkiej-celi-w-jaskrawopomarańczowym-kombinezonie-
-i-stukających-klapkach-i-bez-gorącej-wody-ani-makijażu.
Przełknęła ślinę i wyobraziła sobie, jak na spacerniaku bije
się gang wściekłych kobiet, które nie zawracają sobie głowy
tuszem do rzęs, gdy tymczasem strażnicy przyglądają się
i robią zakłady, kto wygra.

Jeszcze raz przełknęła ślinę.

– A w jakim celu?

– Jeśli tylko zastosuje się pani do moich poleceń, wszystkie wyjaśnienia uzyska pani na komisariacie. – Obszedł
ladę, a Denise cofnęła się powoli, patrząc bezradnie na długą kolejkę klientów, dość zaskoczonych rozgrywającą się
na ich oczach sceną.

– Sprawdź jego legitymację, skarbie! – zawołała jedna
z klientek gdzieś z końca kolejki.

Głos Denise drżał, gdy poprosiła o pokazanie legitymacji,
co i tak nie miało większego sensu, gdyż nigdy dotąd nie
widziała policyjnej legitymacji, ani też nie miała pojęcia,
jak taki dokument powinien wyglądać. Jej ręka drżała, gdy
trzymała legitymację i uważnie ją czytała, ale i tak nie rozumiała ani słowa. Zbyt krępowała ją świadomość, że obser-
wuje ją tłum klientów i personel sklepu. Pewnie wszyscy
myśleli to samo: ta kobieta to kryminalistka.

Postanowiła, że nie podda się bez walki.

– Nie pójdę z panem, dopóki nie powie mi pan, o co chodzi.

Zbliżył się do niej.

– Pani Hennessey, jeśli będzie pani ze mną współpracować, wtedy nie będę musiał użyć tego. – Wyjął z kieszeni
kajdanki.

– Ale ja niczego nie zrobiłam! – zaprotestowała, już wystraszona.

– O tym porozmawiamy już na komisariacie, dobrze? –
Wyraźnie zaczynał być wkurzony.

Denise skrzyżowała ramiona na piersiach, by pokazać,
jak bardzo jest twarda.

– Powiedziałam, że nie pójdę, dopóki nie powie mi pan, o co w tym wszystkim chodzi.

– W porządku – wzruszył ramionami – skoro się pani upiera.

Wrzasnęła, gdy poczuła, jak wokół jej nadgarstków zamykają się zimne kajdanki. Wprawdzie nie był to jej pierwszy kontakt z kajdankami, więc nie zaskoczył jej ich dotyk, ale była tak przerażona, że głos ugrzązł jej w gardle.

– Powodzenia, skarbie! – ponownie zawołała klientka, kiedy Denise wyprowadzano ze sklepu. – Jeśli cię poślą do Mount Joy, to pozdrów ode mnie moją Orlę i powiedz, że ją odwiedzę na Boże Narodzenie.

Denise natychmiast wyobraziła sobie, jak chodzi po celi, którą dzieli z obłąkaną morderczynią. Może znajdzie sobie małego ptaszka ze złamanym skrzydłem i zaopiekuje się nim; nauczy go fruwać, by przetrwać jakoś te lata w więzieniu, tak jak w filmie...

Poczerwieniała na twarzy, kiedy wyszli na ulicę Grafton, a ludzie natychmiast ustępowali z drogi, widząc policjanta i zatwardziałą kryminalistkę. Szła ze wzrokiem wbitym w ziemię, mając nadzieję, że nie spotka nikogo znajomego. Serce waliło jej jak szalone. Przez głowę przemknęła jej myśl, żeby uciec. Szybko się rozejrzała, próbując opracować trasę ucieczki, ale zbliżali się już do minibusa w dobrze znanym kolorze niebieskim, który miał zaciemnione szyby. Denise posadzono z przodu i choć wyczuwała za sobą obecność innych, siedziała sztywno na fotelu, zbyt przerażona, by się odwrócić i poznać przyszłych kumpli z paki. Oparła głowę o szybę i pożegnała się z wolnością.

– Dokąd jedziemy? – zapytała.

Kierująca busem policjantka i policjant Ryan zignorowali ją.

– Hej! – zawołała. – Jedziemy w złym kierunku! Przecież mieliście mnie zabrać na komisariat?

Nadal patrzyli przed siebie.

– HEJ! DOKĄD MY JEDZIEMY?

Żadnej odpowiedzi.

– NIE ZROBIŁAM NICZEGO ZŁEGO!

Nadal żadnej odpowiedzi.

– JESTEM NIEWINNA, DO DIABŁA! SŁYSZYCIE, JESTEM NIEWINNA!

Denise zaczęła kopać w siedzenie przed sobą, usiłując w ten sposób zwrócić na siebie ich uwagę. Krew się w niej gotowała, kiedy policjantka włożyła do odtwarzacza kasetę i włączyła głośną muzykę. Denise zdębiała, gdy usłyszała, co to za piosenka.

Policjant Ryan odwrócił się z szerokim uśmiechem na twarzy.

– Denise, byłaś bardzo niegrzeczną dziewczynką.

Przysunął się do niej bliżej. Przełknęła ślinę, kiedy zaczął kręcić biodrami w rytm piosenki *Hot Stuff*.

Właśnie miała z całej siły kopnąć go między nogi, kiedy z tyłu busa rozlały się okrzyki i śmiech. Odwróciła się i dostrzegła swoje siostry, Holly, Sharon i jakieś pięć innych przyjaciółek, podnoszących się z podłogi. Dotarło do niej, co się dzieje, kiedy siostry umieściły jej na głowie welon, wołając:

– Udanego wieczoru panieńskiego!

– Och, wy suki! – wypluła z siebie Denise, obrzucając je przekleństwami tak długo, aż użyła wszystkich, jakie znała, i kilku wymyślonych na gorąco.

Dziewczęta trzymały się za brzuchy i śmiały jak szalone.

– Masz wielkie szczęście, że nie kopnęłam cię w jaja! – zawołała Denise do kołyszącego się policjanta.

– Denise, to jest Ken – zachichotała jej siostra Fiona – i dzisiaj jest twoim striptizerem.

Denise zmrużyła oczy, nadal przeżuwając przekleństwa.

– O mało nie dostałam ataku serca, mam nadzieję, że zdajecie sobie z tego sprawę! Myślałam, że pójdę do więzienia! O mój Boże, co pomyślą klienci? I pracownicy! – Zamknęła oczy, jakby coś ją bardzo zabolało.

– Pracownikom powiedziałyśmy o tym już w zeszłym tygodniu – zachichotała Sharon. – Znakomicie odegrali dzisiaj swoje role.

– Wy paskudne wiedźmy. Kiedy wrócę, to wszystkich zwolnię. No ale co z klientami? – zapytała Denise z paniką w głosie.

– Nie przejmuj się – powiedziała wesoło jej siostra. – Personel poinformował klientów o tym, że to twój wieczór panieński, kiedy tylko opuściłaś sklep.

Denise prychnęła.

– Jak ich znam, to specjalnie tego nie zrobią, po czym pojawią się skargi, a ja zostanę natychmiast zwolniona.

– Denise! Przestań! Naprawdę sądzisz, że zorganizowałybyśmy taką imprezę, nie uprzedzając twojej szefowej? Wszystko jest w najlepszym porządku – zapewniła ją Fiona. – Uznała, że to zabawne. Teraz się odpręż i ciesz weekendem.

– Weekendem? Co wy, u diabła, jeszcze knujecie? Dokąd jedziemy? – Ze zdumieniem przyglądała się twarzom przyjaciółek.

– Jedziemy do Galway i to ci na razie musi wystarczyć – oświadczyła tajemniczo Sharon.

– Gdybym nie była skuta kajdankami, stłukłabym was wszystkie na kwaśne jabłko.

Dziewczęta zaczęły piszczeć, kiedy Ken ściągnął mundur i polał ciało oliwką dla dzieci, którą Denise miała wmasować w jego skórę.

– Mężczyźni w mundurach są znacznie ładniejsi, kiedy się ich pozbędą... – mruknęła, przyglądając się, jak Ken napina przed nią mięśnie.

– Masz szczęście, że ona jest w kajdankach, Ken, w przeciwnym wypadku znalazłbyś się w dużych kłopotach! – pokpiwały dziewczęta.

– Niewątpliwie – mruknęła Denise, wpatrując się w niego ze zdumieniem. – Och, dziewczyny! Tak bardzo wam dziękuję! – zachichotała, a jej głos brzmiał już zupełnie inaczej.

– Wszystko w porządku, Holly? – zapytała Sharon, podając Holly kieliszek z szampanem. Sama raczyła się sokiem pomarańczowym. – Odkąd wsiadłyśmy do busa, nie odezwałaś się ani słowem.

Holly odwróciła się do okna i patrzyła na migające za nim zielone pola. Wzgórza upstrzone były małymi białymi plamkami – to owce odważnie wspinały się na zboczach, zupełnie nieświadome cudownych widoków. Niskie kamienne murki oddzielały pola i wyraźnie widać było szare linie, nierówne niczym w puzzlach, ciągnące się przez wiele kilometrów. A Holly próbowała odnaleźć kilka brakujących części do swoich przypominających puzzle myśli.

– Tak – westchnęła. – W porządku.

– Ja naprawdę muszę zadzwonić do Toma! – jęknęła Denise, padając na dwuosobowe łóżko, które w hotelowym pokoju dzieliła razem z Holly.

Sharon zdążyła już twardo zasnąć na stojącym w pobliżu tapczanie. Położyła się znacznie wcześniej niż reszta dziewcząt, znudziwszy się wreszcie ich pijackimi wygłupami.

– Otrzymałam surowe polecenie, by nie pozwolić ci dzwonić do Toma – ziewnęła Holly. – To babski weekend i basta.

– Proszę – błagała Denise.

– Nie. Konfiskuję twój telefon. – Wyszarpnęła komórkę z dłoni przyjaciółki i schowała w szafce obok łóżka.

Denise wyglądała tak, jakby się zaraz miała rozpłakać. Patrzyła, jak Holly kładzie się na łóżku, zamykając oczy, i zaczęła sobie układać plan. Zaczeka, aż Holly zaśnie, a potem zadzwoni do Toma. Holly przez cały dzień była tak cicha, że zaczynało to ją irytować. Na każde zadawane pytanie odpowiadała bardzo lakonicznie, nie powiodła się żadna próba nawiązania z nią rozmowy. Było oczywiste, że nie bawi się zbyt dobrze, ale tak naprawdę Denise irytowało to, że nawet nie starała się udawać, że tak nie jest. Potrafiła zrozumieć, że przyjaciółka jest smutna i że rzeczywiście ma obecnie masę problemów, z którymi musi sobie radzić, ale to był przecież jej weekend panieński i nie mogła się otrząsnąć z wrażenia, że Holly swoim zachowaniem psuje wszystkim nastrój.

Pokój nadal kręcił się wokół Holly. Leżała z zamkniętymi oczami i nie mogła zasnąć. Była piąta nad ranem, co oznaczało, że piła przez prawie dwanaście godzin i teraz pękała jej głowa. Poczuła mdłości, gdy ściany wokół niej wirowały, wirowały, i wirowały... Usiadła na łóżku i usiłowała nie zamykać oczu, by w ten sposób uniknąć objawów podobnych do choroby morskiej.

Odwróciła się twarzą do Denise, aby móc z nią porozmawiać, ale Denise spała jak zabita. Holly westchnęła i rozejrzała się po pokoju. Niczego nie pragnęła bardziej niż wrócić do domu i zasnąć we własnym łóżku. Poszukała w ciemności pilota i włączyła telewizor. Na ekranie pojawiły się telezakupy. Przyglądała się prezentacji nowego noża do krojenia pomarańczy bez pryskania sokiem po twarzy, a potem niezwykłych skarpetek, które nigdy nie gubią się w praniu.

Denise zachrapała głośno i przekręcając się na drugi bok, kopnęła Holly w goleń. Holly skrzywiła się, potarła nogę i przyjrzała się ze współczuciem, jak Sharon daremnie usiłuje położyć się na brzuchu, i w końcu kładzie się na boku.

Holly pobiegła do toalety i nachyliła głowę nad muszlę klozetową, przygotowując się na to, co nieuchronne. Żałowała, że tak dużo wypiła, ale podczas tych rozmów o weselach, mężach i szczęściu potrzebne jej było wino, musiała pić, inaczej nawrzeszczałaby na wszystkich. Nawet nie chciała myśleć o tym, jak będą wyglądać następne dwa dni.

Przyjaciółki Denise były jeszcze gorsze od niej. Zachowywały się głośno i żywiołowo – dokładnie tak, jak powinny się zachowywać dziewczęta podczas weekendu panieńskiego – ale Holly brakowało ochoty i energii, by dotrzymać im kroku. Sharon miała przynajmniej usprawiedliwienie z powodu ciąży; mogła udawać, że nie czuje się zbyt dobrze albo że jest zmęczona. Holly nie miała żadnej wymówki, no, może taką, że zrobiła się z niej prawdziwa nudziara, ale oszczędzała ją lepsze okazje.

Miała wrażenie, jakby jej własny wieczór panieński odbył się zaledwie wczoraj, a przecież od tamtego czasu minęło już ponad siedem lat. Poleciała wtedy razem z grupą dziewcząt na weekend do Londynu, by ostro poimprezować, ale tak bardzo tęskniła za Gerrym, że dzwoniła do niego niemal co godzinę. Taka była przejęta tym, co miało dopiero nadejść. Przyszłość rysowała się tak różowo.

Miała poślubić mężczyznę swoich marzeń i spędzić z nim resztę życia. Przez cały weekend liczyła godziny dzielące ją od powrotu do domu. Nie mogła się doczekać, kiedy wreszcie wyląduje w Dublinie. Choć spędzili bez siebie zaledwie dwa dni, wydawało im się, że minęła cała wieczność. Czekał na nią w hali przylotów z wielkim napisem: „Moja przyszła żona". Kiedy go zobaczyła, upuściła na ziemię torby, pobiegła prosto w jego ramiona i mocno do niego przylgnęła. Jakimi szczęściarzami są ci, którzy mogą się przytulać do swoich ukochanych, kiedy tylko przyjdzie im na to ochota, pomyślała teraz z goryczą. Powitanie na lotnisku może i przypominało scenę z filmu, ale było prawdziwe: prawdziwe uczucia, prawdziwe emocje, prawdziwa miłość, czyli prawdziwe życie. Prawdziwe życie, które teraz stało się dla niej koszmarem.

Owszem, każdego ranka udawało jej się zwlec jakoś z łóżka; owszem, najczęściej udawało jej się nawet ubrać. Tak, znalazła nową pracę, w której poznała nowych ludzi i owszem, wreszcie znowu zaczęła kupować coś do jedzenia. Ale wszystko to robiła z konieczności. To były jedynie formalności, coś do odhaczenia na liście „rzeczy, które robią normalni ludzie". Żadna z nich nie zapełniło luki w jej sercu; zupełnie jakby jej ciało stało się jedną wielką układanką, tak jak te zielone pola razem z kamiennymi murami łączącymi całą Irlandię. Pracę nad układanką rozpoczęła od rogów i krawędzi, ponieważ to było najprostsze, ale wszystkie te elementy były już na swoich miejscach i teraz musiała je uzupełnić pozostałymi, tymi najtrudniejszymi. Niestety nic, czego dokonała do tej pory, nie zdołało zapełnić wyrwy w jej sercu; tę część układanki należało dopiero odnaleźć.

Holly zaczęła głośno kaszleć, bo chciała, żeby dziewczyny się obudziły. Pragnęła się wygadać, wypłakać, dać upust swojemu przygnębieniu. Tylko co mogła powiedzieć Sharon i Denise, czego nie powiedziała im do tej pory? Jakich rad mogły jej udzielić poza tym, jakie już od nich usłyszała? Od czasu wakacyjnego wyjazdu znacznie częściej otwierała się przed przyjaciółkami, ale teraz znów miała wrażenie, jakby tkwiła w ciasnej skorupie. Bardzo wyczerpująca była ta ciągła huśtawka uczuć.

Po jakimś czasie, zmęczona wpatrywaniem się w cztery ściany, włożyła dres i zeszła na dół do hotelowego baru.

Charlie się skrzywił, gdy wokół stolika w tylnej części lokalu ponownie rozbrzmiał śmiech. Wytarł bar i zerknął na zegarek: piąta trzydzieści. Nie mógł się już doczekać pójścia do domu. Myślał, że dopisało mu szczęście, kiedy dziewczęta z imprezy panieńskiej poszły spać wcześniej, niż się tego spodziewał. Właśnie zamierzał posprzątać i urwać się do domu, kiedy pojawiła się inna ekipa. I nadal tu była. Prawdę mówiąc, wolałby już dziewczęta zamiast tej bandy arogantów. Nie mieszkali w hotelu, ale musiał ich obsługiwać, ponieważ grupę tę tworzyła córka właściciela hotelu i jej przyjaciele.

– Nie mów mi tylko, że wróciłaś po jeszcze! – zawołał barman na widok jednej z dziewcząt, uczestniczących w wieczorze panieńskim. Podeszła do baru i uderzyła się o ścianę, gdy próbowała usiąść na wysokim stołku. Charlie zagryzł usta, żeby się nie roześmiać.

– Zeszłam po szklankę wody – czknęła. – O mój Boże – jęknęła, dostrzegając swoje odbicie w wiszącym nad barem lustrze.

Charlie musiał przyznać, że istotnie wyglądała niepięknie: przypominała nieco stracha na wróble z farmy jego taty. Włosy sterczały na wszystkie strony, oczy otaczały czarne obwódki rozmazanego tuszu do rzęs, a na zębach widać było plamy po czerwonym winie.

– Proszę bardzo – rzekł, stawiając przed nią szklankę z wodą.

– Dzięki. – Zanurzyła palec w wodzie i wytarła tusz spod oczu, a następnie plamy od wina z zębów i warg.

Charlie roześmiał się. Spojrzała na jego plakietkę z imieniem.

– Z czego się śmiejesz, Charlie?

– Myślałem, że chce ci się pić. Dałbym ci chusteczkę, gdybyś mnie o nią poprosiła – zachichotał.

Dziewczyna uśmiechnęła się, a rysy jej twarzy złagodniały.

– Lód i cytryna dobrze wpływają na moją cerę.

– To coś nowego. – Charlie powrócił do wycierania baru. – Dobrze się bawiłyście?

Holly westchnęła.

– Chyba tak.

Bawić się to nie były słowa, których często używała. Śmiała się przez cały wieczór z dowcipów, cieszyła razem z Denise, ale jednocześnie miała wrażenie, jakby była daleko stąd. Czuła się trochę jak nieśmiała dziewczynka w szkole, która zawsze była na miejscu, ale ani ona się nigdy nie odzywała, ani do niej nic nie mówiono. Nie rozpoznawała osoby, jaką się stała. Chciałaby wreszcie nie zerkać na zegarek za każdym razem, kiedy gdzieś wychodziła, w nadziei, że wieczór wkrótce się skończy i będzie mogła wrócić do domu i wczołgać się do łóżka. Marzyła, żeby nie czekać, aż szybciej minie, i zamiast tego cieszyć się chwilą.

– Wszystko w porządku?

Charlie przerwał wycieranie baru i przyjrzał jej się uważnie. Miał paskudne przeczucie, że ona zaraz zacznie płakać, ale był przyzwyczajony do takich scen. Wielu ludzi łatwo się wzruszało, kiedy sobie popili.

– Tęsknię za mężem – wyszeptała i zadrżały jej ramiona.

Kąciki ust Charliego uniosły się w uśmiechu.

– Co cię tak bawi? – Popatrzyła na niego gniewnie.

– Na jak długo tu przyjechałyście? – zapytał.

– Na weekend – odpowiedziała, okręcając wokół palca zużytą chusteczkę.

Zaśmiał się.

– Nigdy nie spędziłaś bez niego weekendu?

Holly zmarszczyła brwi.

– Tylko jeden raz – odparła wreszcie. – Kiedy wyjechałam na moją własną imprezę panieńską.

– Kiedy to było?

– Siedem lat temu. – Po jej policzku spłynęła łza.

Charlie potrząsnął głową.

– Dawno. Ale skoro przeżyłaś to rozstanie wtedy, przeżyjesz i teraz. – Uśmiechnął się. – Mówią, że siódmy rok jest szczęśliwy, no nie?

Holly prychnęła do szklanki. Szczęśliwy jak cholera.

– Nie przejmuj się – rzekł łagodnie Charlie. – Twojemu mężowi też jest pewnie źle bez ciebie.

– O Boże, mam nadzieję, że nie.

– No widzisz? Na pewno i on ma nadzieję, że ty też nie jesteś smutna bez niego. Musisz przecież cieszyć się życiem.

– Masz rację – rzekła Holly, prostując się. – Nie chciałby, żebym była nieszczęśliwa.

– To mi się podoba. – Charlie uśmiechnął się i podskoczył, gdy ujrzał zbliżającą się do baru córkę szefa.

– Hej, Charlie! – wrzasnęła. – Wołam cię i wołam. Może gdybyś przestał gadać z klientkami przy barze, a wziął się do roboty, mnie i moim przyjaciołom nie zabrakłoby drinków.

Holly spojrzała na nią ze zdumieniem. Co za tupet, żeby tak się zachowywać. Jej perfumy były tak silne, że Holly zaczęła kaszleć.

– Przepraszam, czy masz jakiś problem? – zapytała tupeciara, lustrując Holly wzrokiem od góry do dołu.

– Prawdę mówiąc, mam – mruknęła Holly, biorąc łyk wody. – Twoje perfumy są obrzydliwe i chce mi się od nich rzygać.

Charlie parsknął śmiechem i natychmiast dał nura za bar, udając, że szuka cytryny. Usiłował nie słuchać warczących na siebie kobiet.

– A cóż to za opóźnienie? – zapytał niski głos.

Charlie podniósł się z podłogi, słysząc narzeczonego tej kobiety. Ten facet był jeszcze gorszy od niej.

– Może usiądziesz sobie, kochanie, a ja przyniosę drinki – rzekł mężczyzna.

– Świetnie. Nareszcie ktoś uprzejmy – warknęła, obrzucając Holly gniewnym spojrzeniem, po czym oddaliła się gniewnie w kierunku stolika.

Holly przyglądała się, jak jej biodra kołyszą się z tłumionej furii – bum, bum, bum – na boki. Musi być modelką lub kimś w tym rodzaju, uznała. To by tłumaczyło te napady złości.

– Jak się masz? – zapytał mężczyzna, wpatrując się w piersi Holly.

Charlie musiał się ugryźć w język, by nie powiedzieć czegoś, kiedy nalewał kufel guinnessa. Postawił go na barze. Miał przeczucie, że ta kobieta nie ulegnie czarowi tego mądrali, zwłaszcza że najwyraźniej po uszy zakochana jest w mężu. Charlie nie mógł się wprost doczekać, by ujrzeć, jak Stevie dostaje kosza.

– W porządku – odparła krótko, patrząc prosto przed siebie i celowo unikając z nim kontaktu wzrokowego.

– Jestem Steve – rzekł i wyciągnął do niej dłoń.

– A ja Holly – mruknęła i ujęła lekko jego palce, by nie wydać się zbyt niegrzeczną.

– Holly, cóż za urocze imię. – Przytrzymał jej dłoń nieco zbyt długo i Holly zmuszona była na niego spojrzeć. Miał wielkie, niebieskie, błyszczące oczy.

– Dzięki – rzekła, zakłopotana tym komplementem, a jej policzki pokryły się rumieńcem.

Charlie westchnął. Nawet ona na coś takiego poleciała. Rozwiała się jego nadzieja na choć odrobinę satysfakcji tej nocy.

– Czy mogę postawić ci drinka, Holly? – zapytał bez zająknięcia Steve.

– Nie, dzięki, mam już co pić. – Ponownie napiła się wody.

– Okej, no to zaniosę tylko te drinki i zaraz wrócę, by kupić uroczej Holly coś do picia. – Uśmiechnął się obleśnie i odszedł.

Gdy tylko mężczyzna odwrócił się do nich plecami, Charlie przewrócił oczami.

– Kim u licha był ten cymbał? – zapytała Holly w oszołomieniu.

Charlie zaśmiał się, zachwycony, że nie dała się omamić. To była dama ze zdrowym rozsądkiem, nawet jeśli płakała z tęsknoty za mężem po zaledwie dniu rozłąki.

Zniżył głos.

– To Stevie, narzeczony Laury, tej jasnowłosej suki, która była tutaj przed chwilą. Jej tata jest właścicielem tego hotelu, co oznacza, że nie bardzo mogę jej powiedzieć, gdzie może sobie pójść, choć miałbym na to wielką ochotę. Nie warto tracić przez nią pracy.

– A ja uważam, że jak najbardziej warto – oświadczyła, przyglądając się pięknej Laurze i myśląc o niej niecenzuralne rzeczy. – Dobrej nocy, Charlie.

– Idziesz spać?

Kiwnęła głową.

– Czas najwyższy; już po szóstej. – Postukała w zegarek. – Mam nadzieję, że i ty niedługo pójdziesz do domu – uśmiechnęła się.

– Nie byłbym tego taki pewny – mruknął.

Patrzył, jak Holly wychodzi z baru. Za nią podążył Steve i Charlie podszedł do drzwi, by się upewnić, że nic jej nie grozi. Laura, która dostrzegła nagłe zniknięcie narzeczonego, odeszła od stolika i dotarła do drzwi w tym samym czasie, co Charlie. Oboje spojrzeli w głąb korytarza.

Laura gwałtownie wciągnęła powietrze, a jej dłoń pofrunęła do ust.

– Hej! – zawołał gniewnie Charlie, kiedy ujrzał, jak zdenerwowana Holly odpycha od siebie pijanego Steve'a.

Holly gniewnie otarła usta, pełna odrazy po tym, jak Steve próbował ją pocałować. Odsunęła się od niego.

– Myślę, że źle coś pojąłeś, Steve. Wracaj do narzeczonej.

Steve zachwiał się lekko, odwrócił powoli i ujrzał, jak ku niemu zbliżają się Laura i Charlie.

– Stevie! – zaskrzeczała Laura. – Jak mogłeś! – Pobiegła przed siebie, zalewając się łzami, a za nią pognał bełkoczący coś Steve.

– Uuuuh! – powiedziała ze wstrętem Holly. – Wcale go nie zachęcałam!

– Pewnie, że nie – rzekł Charlie, kładąc uspokajająco dłoń na jej ramieniu. – Widziałem, jak to było.

– Ach tak, wielkie dzięki, że ruszyłeś mi na ratunek!

– Za późno się tam znalazłem, przepraszam. Ale dobrze, że ona też to widziała – zaśmiał się, mając na myśli Laurę.

Holly uśmiechnęła się i popatrzyła na koniec korytarza, gdzie Steve i Laura krzyczeli teraz na siebie.

– Kurczę – rzekła.

W pokoju, potykając się, usiłowała w ciemnościach odnaleźć drogę do łóżka.

– Ała! – krzyknęła, uderzając palcem u nogi w kolumienkę.

– Ćśśś! – odezwała się sennie Sharon.

Holly zaczęła potrząsać Denise za ramię tak długo, aż ta się obudziła.

– Co? No co? – jęknęła zaspanym głosem.

– Masz. – Zbliżyła do jej twarzy telefon komórkowy. – Zadzwoń do przyszłego męża, powiedz mu, że go kochasz i nie wygadaj się przed resztą dziewczyn.

Następnego dnia Holly i Sharon wybrały się na długi spacer po plaży, która rozciągała się zaraz za centrum Galway. Mimo października, powietrze było ciepłe i Holly nie wzięła nawet płaszcza. Stała i słuchała delikatnego plusku fal. Reszta dziewcząt postanowiła udać się na zakrapiany lunch, ale żołądek Holly nie był jeszcze gotowy na takie ekscesy.

– Wszystko w porządku, Holly? – Sharon objęła przyjaciółkę ramieniem.

Holly westchnęła.

– Za każdym razem, kiedy ktoś zadaje mi to pytanie, Sharon, odpowiadam: „Wszystko w porządku, dziękuję", ale prawdę mówiąc, wcale tak nie jest. Czy ludzie naprawdę chcą wiedzieć, jak się czujesz, kiedy mówią: „Jak się masz"? A może tylko próbują być uprzejmi? – Uśmiechnęła się. – Następnym razem, kiedy sąsiadka zapyta mnie: „Jak się masz?", odpowiem jej tak: no cóż, prawdę mówiąc tak sobie, dziękuję. Jestem nieco przygnębiona i samotna. Wkurzona na świat. Zazdroszczę ci twojej idealnej rodziny, ale nieszczególnie zazdroszczę twemu mężowi, że musi z tobą żyć. A potem opowiem jej o tym, jak zaczęłam nową pracę i poznałam mnóstwo nowych ludzi i jak próbuję się pozbierać, ale że jestem teraz w kropce, jeśli chodzi o inne aspekty mego życia. Następnie powiem jej, jak strasznie mnie wkurza, kiedy wszyscy mówią, że czas leczy rany, a jednocześnie powtarzają, że im dłużej kogoś nie ma, tym bardziej się za tym kimś tęskni, przez co mam mętlik w głowie, ponieważ to oznacza, że im dłużej go nie ma, tym bardziej mi go brakuje. Powiem jej, że nic nie jest w stanie mnie uleczyć i że każdego ranka, kiedy budzę się w pustym łóżku, czuję się tak, jakby w te niegojące się rany wcierano sól. – Holly wzięła głęboki oddech. – A potem powiem jej, jak bardzo tęsknię za mężem i jak bezwartościowe wydaje się bez niego moje życie. Wyjaśnię, jak się czuję, gdy czekam po prostu na to, by moje życie się skończyło, bo wtedy wreszcie dołączę do niego. Ona pewnie odpowie: „Och, to świetnie", bo zawsze tak odpowiada, pocałuje na pożegnanie męża, wskoczy do samochodu, zawiezie dzieciaki do szkoły, pojedzie do pracy, ugotuje obiad i pójdzie do łóżka z mężem, a wszystko to zdąży zrobić w czasie, kiedy ja nadal się zastanawiam, jakiego koloru bluzkę włożyć do pracy. Co o tym sądzisz? – zakończyła wreszcie i odwróciła się do przyjaciółki.

– Ooooch! – podskoczyła Sharon i puściła Holly.

– Oooch? – Holly zmarszczyła brwi. – Mówię ci to wszystko, a twoja jedyna odpowiedź to „Oooch"?

Sharon położyła dłoń na brzuchu.

– Nie, głuptasie, dzidziuś mnie kopnął!

Holly aż przystanęła.

– Daj rękę! – powiedziała radośnie Sharon.

Położyła dłoń na dużym brzuchu przyjaciółki i poczuła, jak w środku coś się delikatnie rusza. Ich oczy wypełniły się łzami.

– Och, Sharon, gdyby każda chwila mojego życia była tak piękna, jak ta, już nigdy więcej nie ośmieliłabym się narzekać.

– Kochanie, niczyje życie nie składa się tylko z pięknych chwil. A gdyby tak było, przestałyby być takie piękne, boby spowszedniały. Skąd byś wiedziała, że doświadczasz szczęścia, gdybyś nigdy nie znajdowała się w dołku?

– Jejku! – pisnęły znowu, kiedy dziecko kopnęło po raz trzeci.

– Ten chłopczyk na pewno będzie piłkarzem, jak jego tatuś! – zaśmiała się Sharon.

– Chłopczyk? – Holly gwałtownie wciągnęła powietrze. – Urodzisz chłopca?

Sharon pokiwała radośnie głową, a jej oczy zalśniły.

– Holly, poznaj małego Gerry'ego. Gerry, poznaj swoją matkę chrzestną.

Rozdział czterdziesty czwarty

– Cześć, Alice – rzekła Holly, stojąc przed jej biurkiem. Trwało to już kilka minut, a Alice jak na razie nie odezwała się do niej ani słowem.

– Cześć – odpowiedziała wreszcie, nie podnosząc oczu. Holly wzięła głęboki oddech.

– Alice, jesteś na mnie zła?

– Nie – odparła sucho. – Chris prosił, abyś zajrzała do jego gabinetu. Chce, żebyś napisała następny artykuł.

– Następny artykuł? – Holly gwałtownie wciągnęła powietrze.

– Tak właśnie powiedziałam.

– Alice, dlaczego ty tego nie zrobisz? Naprawdę świetnie piszesz. Jestem pewna, że gdyby Chris wiedział, że umiesz pisać, z całą pewno...

– On wie – przerwała jej Alice.

– Co takiego? Wie, że umiesz pisać?

– Pięć lat temu ubiegałam się o stanowisko dziennikarza, ale wolna była jedynie posada recepcjonistki. Chris powiedział, że jeśli zaczekam, może coś się wreszcie zwolni. – W głosie Alice słychać było gniew. Ta zazwyczaj radosna dziewczyna była teraz wyraźnie zdenerwowana. Chociaż nie, to za mało powiedziane. Alice była po prostu wściekła.

Holly westchnęła i ruszyła w kierunku gabinetu Chrisa. Coś jej się zdawało, że ten artykuł będzie musiała napisać zupełnie sama.

Holly uśmiechnęła się, przeglądając listopadowy numer ich magazynu, nad którym i ona pracowała. W kioskach pojawi się jutro, pierwszego listopada. Była tym naprawdę podekscytowana. Tego dnia w sprzedaży znajdzie się jej pierwszy magazyn, i tego dnia otworzy następny list Gerry'ego.

Choć odpowiedzialna była jedynie za reklamy, odczuwała wielką dumę, że jest członkiem ekipy, której udało się wyprodukować coś wyglądającego tak profesjonalnie. Jak bardzo różniło się to od żałosnego biuletynu, którego drukowaniem zajmowała się kilka lat temu. Zachichotała, przypominając sobie, że wspomniała o nim podczas rozmowy kwalifikacyjnej. Jakby coś takiego mogło zrobić na Chrisie wrażenie. Ale teraz naprawdę się sprawdziła. Złapała pracę za rogi i poprowadziła tak, by osiągnąć sukces.

– To fajnie, że jesteś taka zadowolona – warknęła Alice, wchodząc do gabinetu Holly i rzucając na biurko dwie małe karteczki. – Kiedy wyszłaś, były do ciebie dwa telefony. Jeden od Sharon i jeden od Denise. Powiedz, proszę, swoim przyjaciółkom, by na przyszłość dzwoniły w czasie przerwy na lunch.

– Okej, dzięki – odparła Holly, rzucając okiem na wiadomości. Alice nagryzmoliła coś zupełnie nieczytelnego, z całą pewnością celowo. – Hej, Alice! – zawołała za nią.

– Słucham? – zapytała chłodno.

– Przeczytałaś artykuł o imprezie promocyjnej? Zdjęcia i w ogóle wszystko jest super! Jestem naprawdę dumna – uśmiechnęła się szeroko.

– Nie przeczytałam! – burknęła Alice, i wyszła, trzaskając drzwiami.

Holly wybiegła za nią z magazynem w dłoni.

– Ale spójrz tylko na to! Jest świetne! Daniel będzie uszczęśliwiony!

– Hip hip hura dla ciebie i Daniela. – Alice udawała, że porządkuje swoje biurko.

– Posłuchaj, przestań zachowywać się jak dziecko i przeczytaj ten pieprzony artykuł!

– Nie! – naburmuszyła się Alice.

– W takim razie nie zobaczysz swojego zdjęcia z tym fantastycznym półnagim facetem... – Holly odwróciła się i ruszyła do swojego pokoju.

– Daj mi to! – Alice wyszarpnęła magazyn z ręki Holly i przekartkowała go. Otworzyła ze zdumieniem buzię, kiedy dotarła do strony, na której przedstawiono relację z imprezy Blue Rock.

Na górze strony widniał tytuł: „Alicja w Krainie Czarów", a obok umieszczono zdjęcie, które Holly zrobiła jej i umięśnionemu modelowi.

– Czytaj na głos – poleciła Holly.

Głos Alice drżał, kiedy zaczęła czytać:

– Nowy napój alkoholowy trafił właśnie na sklepowe półki, a nasza korespondentka Alice Goodyear postanowiła się przekonać, czy ten nowy gorący drink na zimę jest rzeczywiście taki gorący... – Urwała, jej dłonie pofrunęły do ust. – Korespondentka? – pisnęła.

Holly wywołała z gabinetu Chrisa. Dołączył do nich, na jego twarzy widniał uśmiech od ucha do ucha.

– Dobra robota, Alice; napisałaś naprawdę świetny artykuł. Był bardzo zabawny – oświadczył i poklepał ją po ramieniu. – Utworzyłem więc nową rubrykę zatytułowaną „Alicja w Krainie Czarów". Będziesz chodzić na te wszystkie dziwaczne i odlotowe imprezy, które tak lubisz, i co miesiąc o nich pisać.

Alice wpatrywała się w nich szeroko otwartymi oczami, po czym wyjąkała:

– Ale Holly...

– Holly ma problemy z ortografią – zaśmiał się Chris. – Ty natomiast naprawdę świetnie piszesz. Powinienem był już wcześniej to wykorzystać. Bardzo cię przepraszam, Alice.

– O mój Boże! – Westchnęła głęboko. – Tak bardzo ci dziękuję, Holly! – Zarzuciła jej ramiona na szyję i przytuliła tak mocno, że Holly nie mogła złapać tchu.

Próbowała wyplątać się z objęć koleżanki, walcząc przy tym o oddech.

– Masz pojęcie, Alice, jak ciężko było to utrzymać w tajemnicy przed resztą zespołu?

– Domyślam się! Jak, u diabła, udało ci się tego dokonać? – Alice popatrzyła ze zdumieniem na Holly, po czym odwróciła się do Chrisa. – Pięć lat, Chris – oświadczyła oskarżycielsko.

Chris skrzywił się i skinął głową.

– Czekałam na to pięć lat.

– Wiem, wiem. – Chris wyglądał jak skarcony uczeń i z zakłopotaniem podrapał się w brew. – Chodź ze mną do gabinetu, porozmawiamy o tym, dobrze?

– Niech będzie – odparła surowo Alice, ale nie mogła ukryć błysku szczęścia w oczach.

Gdy Chris ruszył w stronę gabinetu, Alice odwróciła się do Holly i mrugnęła porozumiewawczo, po czym udała się w podskokach za nim.

Holly uznała, że pora wracać do siebie. Czas zacząć pracę nad numerem grudniowym.

– Rany! – rzekła, potykając się o stos torebek, leżący przed drzwiami. – Co to takiego?

– To torebki John-Paula – wyjaśnił Chris, który właśnie wyszedł od siebie, by zrobić Alice herbatę.

– Torebki John-Paula? – zachichotała Holly.

– Do artykułu, który przygotowuje na temat torebek noszonych w tym sezonie, lub czegoś równie głupiego. – Chris udawał, że nie jest tym w ogóle zainteresowany.

– Jejku, są niesamowite. – Holly schyliła się, by wziąć do ręki jedną z nich.

– Fajna, no nie? – zapytał John-Paul, opierając się o framugę drzwi swego gabinetu.

– Superancka – odparła Holly, zakładając ją na ramię. – Pasuje mi?

Chris wzniósł oczy do góry.

– Jak torebka może komuś nie pasować? To tylko torebka, na miłość boską!

– Będziesz musiał przeczytać artykuł, który przygotowuję na przyszły miesiąc, wiesz? – John-Paul pogroził szefowi. – Nie każda torebka pasuje każdemu. – Odwrócił się do Holly. – Możesz ją sobie wziąć, jeśli chcesz.

– Na zawsze? – zapytała ze zdumieniem. – Musi kosztować kilka setek.

– Taa, ale mam ich całą masę. Powinnaś zobaczyć, ile tego wszystkiego dał mi ten projektant. Próbował mnie zmiękczyć podarunkami, co za tupet! – John-Paul udawał oburzenie.

– Założę się, że to działa – orzekła Holly.

– Jeszcze jak. Jasne, wiesz jakie będzie pierwsze zdanie mojego artykułu? „Niech każdy czym prędzej kupi tę torebkę, jest fantastyczna!" – zaśmiał się.

– Co jeszcze masz? – Holly próbowała zapuścić żurawia do jego gabinetu.

– Przygotowuję artykuł o tym, co nosić podczas zbliżających się imprez bożonarodzeniowych. Dzisiaj dostarczono mi kilka sukienek. Wiesz co – zlustrował ją uważnym spojrzeniem, a Holly wciągnęła brzuch – jest jedna, która na tobie wyglądałaby odjazdowo. Chodź, przymierzysz.

– O rany – zachichotała Holly. – Tylko ją obejrzę, John--Paul. W tym roku niepotrzebna mi żadna suknia. Zamierzam siedzieć w domu i odpoczywać w ciszy i spokoju.

Chris potrząsnął głową i zawołał ze swego gabinetu:

– Czy ktoś w tym cholernym biurze w ogóle pracuje?

– Tak! – odwrzasnęła Tracey. – A teraz się przymknij, bo nas rozpraszasz.

Wszyscy się roześmieli, a Holly mogła przysiąc, że na twarzy Chrisa dojrzała uśmiech, zanim trzasnął drzwiami, by uzyskać odpowiedni efekt.

Po przekopaniu się przez kolekcję John-Paula, Holly wróciła do pracy i wreszcie oddzwoniła do Denise.

– Halo? Obrzydliwy, duszny i absurdalnie drogi sklep z odzieżą. Z tej strony wkurwiona kierowniczka, w czym mogę pomóc?

– Denise! – Holly gwałtownie wciągnęła powietrze. – Nie możesz tak odbierać telefonu!

Przyjaciółka zachichotała.

– Nie przejmuj się, mam identyfikację numeru, więc wiedziałam, że to ty.

– Hmm. – Holly nie do końca jej wierzyła. – Podobno do mnie dzwoniłaś.

– Tak, chodziło mi o bal. Tom zamierza w tym roku wykupić stolik.

– Jaki bal?

– Bożonarodzeniowy, na który chodzimy co roku, ty głupolu.

– No tak, bal bożonarodzeniowy, który zawsze odbywa się w połowie listopada? – zaśmiała się Holly. – Sorki, ale w tym roku mi się nie uda.

– Przecież nawet nie wiesz, kiedy będzie! – zaprotestowała Denise.

– Pewnie tak jak co roku, a to oznacza, że nie dam rady.

– Otóż nie, bo w tym roku jest trzydziestego listopada!

– Och, trzydziestego... – Holly urwała i udawała, że głośno kartkuje terminarz na biurku. – Nie, Denise, nie mogę. Przepraszam. Trzydziestego jestem zajęta. Mam bardzo terminową pracę do wykonania – skłamała.

– Przecież nie musimy zjawiać się tam wcześniej niż o ósmej. Mogłabyś nawet przyjść o dziewiątej, gdyby tak ci pasowało. Ominęłyby cię tylko drinki na powitanie.

– Posłuchaj, Denise, przepraszam – rzekła stanowczo Holly. – Jestem naprawdę zbyt zajęta.

– W końcu jakaś odmiana – mruknęła Denise pod nosem.

– Co powiedziałaś? – Holly poczuła wzbierającą w niej złość.

– Nic.

– Słyszałam; powiedziałaś, że to w końcu jakaś odmiana, no nie? A więc, tak się akurat składa, że poważnie podchodzę do mojej pracy, Denise, i nie mam zamiaru tracić jej z powodu jakiegoś głupiego balu.

– No i dobrze – naburmuszyła się przyjaciółka. – To nie idź.

– Nie pójdę!

– Świetnie!

– Cieszę się, że ci to odpowiada. – Holly nie mogła powstrzymać śmiechu, uświadamiając sobie absurdalność tej rozmowy.

– Cieszę się, że ty się cieszysz – odparowała Denise.

– Nie zachowuj się tak dziecinnie, Denise. Muszę pracować i tyle.

– Też mi nowina, ostatnio cały czas tylko pracujesz – wyrzuciła z siebie Denise. – Już nigdzie nie wychodzisz. Za każdym razem, kiedy cię zapraszam, jesteś zajęta czymś znacznie ważniejszym, czyli pracą. A na moim weekendzie panieńskim sprawiałaś wrażenie, jakbyś jeszcze nigdy tak źle się nie bawiła. Nie pofatygowałaś się nawet, by wyjść z nami następnego wieczoru. Prawdę mówiąc, nie wiem, dlaczego w ogóle zdecydowałaś się jechać. Jeśli masz coś do mnie, Holly, to lepiej powiedz mi to prosto w oczy, i nie zachowuj się jak żałosna nudziara!

Holly wpatrywała się z niedowierzaniem w telefon. Denise naprawdę powiedziała jej coś takiego? Nie mogła uwierzyć, że Denise jest tak głupia i egoistyczna, by sądzić, że to o nią chodzi. Nic dziwnego, że Holly miała wrażenie, iż wariuje, skoro jedna z jej najlepszych przyjaciółek nawet nie próbowała jej zrozumieć.

– To, co mówisz, to szczyt egoizmu. – Holly usiłowała kontrolować głos, ale z trudem powstrzymywała gniew.

– Ja jestem egoistyczna? – zapiszczała Denise. – To ty ukrywałaś się w pokoju podczas mojego weekendu panieńskiego! Mojego! Masz być przecież moją pierwszą druhną!

– Siedziałam w pokoju razem z Sharon, wiesz o tym! – broniła się Holly.

– Gówno prawda! Sharon świetnie dałaby sobie radę sama. Ona nie jest śmiertelnie chora, jest po prostu w ciąży. Nie musisz być przy niej dwadzieścia cztery godziny na dobę! – Denise umilkła, gdy dotarło do niej, co właśnie powiedziała.

Krew Holly zawrzała. Kiedy się odezwała, jej głos drżał z wściekłości:

– I ty, wygłaszając takie głupie i gruboskórne uwagi, zastanawiasz się jeszcze, dlaczego nigdzie z tobą nie wychodzę? Czy choć przez jedną chwilę pomyślałaś, że może mi być z tym wszystkim ciężko? Że bez przerwy nawijasz o tym cholernym ślubie i o tym, jak bardzo jesteś szczęśliwa i jak się nie możesz doczekać, by resztę życia spędzić z Tomem, pławiąc się w małżeńskim szczęściu. Na wypadek, gdybyś tego nie zauważyła, Denise, ja nie otrzymałam tej szansy, ponieważ mój mąż umarł. Ale cieszę się w waszym imieniu, naprawdę. Cieszę się, że jesteś szczęśliwa i w żadnym wypadku nie proszę o jakieś szczególne traktowanie, jedynie o odrobinę cierpliwości i o to, byś zrozumiała, że nie dojdę do siebie w kilka miesięcy! A jeśli chodzi o ten bal, nie mam potrzeby iść tam, gdzie Gerry i ja chodziliśmy razem przez ostatnie dziesięć lat. Może tego nie zrozumiesz, Denise, ale, choć to może wydać ci się zabawne, byłoby to dla mnie NIECO TRUDNE. Więc nie rezerwuj

mi biletu, z największą przyjemnością zostanę w domu! –
wrzasnęła i trzasnęła słuchawką.

Położyła głowę na biurku i zaczęła płakać. Czuła się zagubiona. Może zaczynała wariować? Nawet najlepsza przyjaciółka nie potrafiła jej zrozumieć. A może powinna do tej
pory już jakoś przeboleć śmierć Gerry'ego? Czy tak właśnie
czynili ludzie, kiedy umierali ich najbliżsi? Powinna była
kupić sobie poradnik dla wdów, by się dowiedzieć, jaki jest
zalecany okres żałoby, by nie przysparzać kłopotu rodzinie
i przyjaciołom.

Jej szloch zamienił się w pociąganie nosem. Wsłuchiwała
się w otaczającą ją ciszę. Uświadomiła sobie, że wszyscy
z pewnością słyszeli, co wykrzyczała do słuchawki, i poczuła się tym tak zakłopotana, że nie miała odwagi pójść
do toalety po chusteczkę. Twarz miała rozpaloną, a oczy
spuchnięte od łez. Wytarła je rękawem koszuli.

– Cholera! – zaklęła, zrzucając z biurka jakieś papiery,
kiedy na rękawie drogiej białej bluzki zobaczyła teraz smugi podkładu, tuszu do rzęs i szminki. Szybko się wyprostowała, gdy usłyszała delikatne pukanie do drzwi.

– Proszę. – Jej głos drżał.

Do gabinetu wszedł Chris z dwoma kubkami.

– Herbaty? – zaproponował, unosząc brwi, a ona uśmiechnęła się blado, przypominając sobie żart z jej rozmowy
kwalifikacyjnej. Postawił przed nią kubek i usiadł wygodnie na stojącym naprzeciwko krześle. – Kiepski dzień? –
zapytał na tyle łagodnie, na ile pozwalał mu szorstki
głos.

Kiwnęła głową, a po policzkach znowu spłynęły łzy.

– Przepraszam, Chris. – Usiłowała wziąć się w garść. –
To nie będzie miało wpływu na moją pracę – dodała drżącym głosem.

Machnął lekceważąco ręką.

– Holly, o to akurat się nie martwię. Jesteś świetnym pra-
cownikiem.

Uśmiechnęła się, wdzięczna za komplement. Przynajmniej coś robiła dobrze.

– Chciałabyś wyjść dziś wcześniej do domu?

– Nie, dzięki. Praca pozwala nie myśleć o wielu sprawach.

Potrząsnął ze smutkiem głową.

– To nie jest dobry sposób, Holly. Już ja coś na ten temat wiem. Przez ostatni rok skrywam się w tych ścianach i to wcale nie pomaga. A przynajmniej nie na dłuższą metę.

– Ale wydajesz się szczęśliwy. – Jej głos drżał.

– Wydawać się a być to dwie różne sprawy. Ty też coś o tym wiesz.

Skinęła ze smutkiem głową.

– Nie musisz robić dobrej miny do złej gry przez cały czas, wiesz? – Podał jej chusteczkę.

– Mnie to w ogóle nie wychodzi. – Holly wydmuchała nos.

– Słyszałaś kiedyś powiedzenie, że trzeba być naprawdę przerażonym, żeby być odważnym?

Zastanawiała się nad tym przez chwilę.

– Ale ja się nie czuję odważna, tylko przerażona.

– E tam, wszyscy czasami jesteśmy przerażeni, to całkiem ludzkie, ale nadejdzie dzień, kiedy przestaniesz odczuwać przerażenie. Spójrz na wszystko, czego dokonałaś! – Wyciągnął ręce, wskazując gabinet. – I spójrz na to. – Przekartkował magazyn. – To jest praca bardzo odważnej osoby.

Holly się uśmiechnęła.

– Kocham tę pracę.

– I to naprawdę wspaniała wiadomość! Ale musisz nauczyć się kochać coś jeszcze poza pracą.

Zmarszczyła brwi. Miała nadzieję, że to nie jedna z tych pogaduszek typu wyrzuć-z-myśli-faceta-idąc-do-łóżka-z--innym.

– To znaczy, naucz się kochać siebie – ciągnął Chris. – Naucz się kochać swoje nowe życie. Nie pozwól, by obracało się wyłącznie wokół pracy. Czy muszą ci mówić, że życie to nie tylko praca?

Holly uniosła brwi. Przyganiał kocioł garnkowi.

– Wiem, nie jestem może najlepszym przykładem, ale ja także się uczę... – Chris położył dłoń na biurku i zaczął zgarniać wyimaginowane okruszki, myśląc o tym, jak ująć w słowa to, co chciał jeszcze powiedzieć. – Słyszałem, że nie chcesz pójść na ten bal.

Zawstydziła się. Z całą pewnością słyszał całą rozmowę telefoniczną.

– Były całe miliony miejsc, do których nie chciałem chodzić, kiedy umarła Maureen – rzekł Chris ze smutkiem. – Co niedzielę chodziliśmy kiedyś na spacer do ogrodu botanicznego i nie mogłem się przemóc, by tam pójść po tym, jak ją straciłem. Każdy rosnący tam kwiat i drzewo zawierały w sobie miliony małych wspomnień. Ławka, na której zawsze siadaliśmy, jej ulubione drzewo, ulubione rozarium... Wszystko przypominało mi o niej.

– Wróciłeś tam? – zapytała, przełykając gorącą herbatę i czując, jak rozgrzewa ją od środka.

– Kilka miesięcy temu. To było bardzo trudne, ale się udało i teraz znowu chodzę tam w każdą niedzielę. Musisz spojrzeć prawdzie w oczy, Holly, i starać się myśleć pozytywnie. Ja sobie powtarzam, że są miejsca, gdzie kiedyś często się śmialiśmy, płakaliśmy, kłóciliśmy, i kiedy się tam pójdzie i pomyśli o tych wszystkich pięknych chwilach, stają się bliższe. Można się cieszyć miłością, którą się miało, zamiast się przed nią ukrywać. – Chris pochylił się i spojrzał jej prosto w oczy. – Niektórzy ludzie spędzają życie na szukaniu i nigdy nie odnajdują swych bratnich dusz. Nigdy. Ty i ja znaleźliśmy, tak się jedynie złożyło, że przebywaliśmy z nimi krócej, niżbyśmy pragnęli. To smutne, ale takie jest życie! Pójdziesz więc na ten bal, Holly, z myślą o tym, że miałaś kogoś, kogo kochałaś i kto także cię kochał.

Nie mogła powstrzymać łez, bo uświadomiła sobie, że Chris ma rację. Powinna pamiętać o Gerrym i być szczęśliwa, że łączyła ich miłość, która jest w niej nadal, zamiast wciąż płakać i tęsknić za tym, co minęło. Pomyślała o słowach, które do niej napisał: „Zachowaj w pamięci nasze cudowne wspomnienia, ale nie bój się nowych". Musiała pożegnać się z duchem Gerry'ego, ale zachować żywe wspomnienie o swoim mężu.

Przecież nadal istniało życie po jego śmierci.

Rozdział czterdziesty piąty

– Przepraszam cię, Denise – rzekła Holly.

Siedziały na zapleczu sklepu w otoczeniu poustawianych niedbale pudeł z wieszakami, drążków z ubraniami, toreb i dodatków. W powietrzu unosił się zatęchły zapach kurzu, który osiadał na ubraniach, wiszących tutaj zbyt długo. Przytwierdzona do ściany kamera śledziła je dyskretnie i nagrywała ich rozmowę.

Holly wpatrywała się w twarz Denise, usiłując coś z niej odczytać. Widziała, że przyjaciółka zaciska usta, by powstrzymać je przed drżeniem, i kiwa głową, jakby chciała dać Holly znać, że wszystko w porządku.

– Nie, nie jest w porządku. – Holly nachyliła się ku niej. – Nie powinnam wtedy stracić nad sobą panowania. To, że ostatnio jestem przewrażliwiona, nie daje mi prawa, by wyżywać się na tobie.

Denise odważyła się wreszcie odezwać.

– Nie, miałaś rację, Holly...

Holly potrząsnęła głową, ale Denise kontynuowała:

– Byłam tak podekscytowana ślubem, że nie przyszło mi do głowy, co ty czujesz. – Spojrzała na przyjaciółkę, której twarz na tle ciemnej marynarki wydawała się bardzo blada. Holly tak dobrze dawała sobie radę, że nietrudno było im wszystkim zapomnieć, że wciąż jeszcze cierpi.

– Masz prawo być podekscytowana.

– A ty masz prawo być smutna. Nie pomyślałam, po prostu nie pomyślałam. – Denise przyłożyła dłonie do policzków i potrząsnęła głową. – Nie idź na ten bal, jeśli nie chcesz. Wszyscy to zrozumiemy. – Wyciągnęła rękę, by ująć dłoń przyjaciółki.

Holly poczuła zamęt w głowie. Chris zdołał ją przekonać, że powinna pójść na bal, tymczasem teraz najlepsza przyjaciółka mówi, że nic się nie stanie, jeśli tego nie zrobi. Poza tym bolała ją głowa, a to zawsze napawało ją przerażeniem. Uścisnęła Denise na pożegnanie, obiecując, że zadzwoni do niej później i powie, jaką podjęła decyzję.

Ruszyła w kierunku biura, niepewna, co ma robić. Może Denise miała rację: to był tylko głupi bal i nie musiała tam iść, jeśli nie miała ochoty. Jednak był to głupi bal, na którym ona i Gerry bywali każdego roku, świetnie się bawili, spędzali go w towarzystwie przyjaciół, dużo tańczyli. Gdyby poszła bez niego, zniszczyłaby w ten sposób ich tradycję. Nie chciała tego. Pragnęła kurczowo trzymać się każdego wspomnienia, które dzieliła z Gerrym. Przerażało ją to, że zaczynała zapominać jego twarz. Kiedy o nim śniła, zawsze był kimś innym; osobą, którą stworzyła w swojej głowie z inną twarzą i innym głosem.

Co jakiś czas dzwoniła na jego komórkę, po to jedynie, by usłyszeć na poczcie głosowej jego głos. Opłacała nawet co miesiąc abonament, byle tylko nie stracić numeru. Jego zapach ulotnił się z domu; ubrania dawno zostały rozdysponowane zgodnie z jego wolą. Umykał z jej głowy i desperacko próbowała temu zapobiec. Celowo myślała o nim każdego wieczoru przed pójściem spać, w nadziei, że jej się przyśni. Kupiła nawet jego ulubioną wodę po goleniu i rozpylała ją po domu. Czasami zdarzało się, że jakiś znajomy zapach albo piosenka przenosiły ją do innego czasu i innego miejsca. Szczęśliwszego czasu.

Dostrzegała go, jak idzie ulicą albo jedzie samochodem i podążała za tą osobą przez wiele kilometrów po to tylko, by odkryć, że to nie on, lecz jedynie ktoś do niego podobny. Nie potrafiła wyrzucić go z myśli.

W drodze do biura zajrzała na chwilę do Hogana. Czuła się znacznie swobodniej w towarzystwie Daniela. Od tamtej kolacji, podczas której była tak bardzo skrępowana, uświadomiła sobie, że zachowywała się absurdalnie. Teraz rozumiała, dlaczego właśnie tak się wtedy czuła. Dotąd jedynym mężczyzną, z którym łączyła ją przyjaźń, był Gerry, a tej przyjaźni towarzyszyła miłość. Dlatego tak nieswojo czuła się na myśl o bliskiej znajomości z Danielem. Ale od tamtej pory zdołała przekonać samą siebie, że w jej przyjaźni z mężczyzną wcale nie musi być więzi uczuciowej. Nawet jeśli ten mężczyzna był przystojny.

W jego towarzystwie czuła się swobodnie właściwie od chwili, kiedy go poznała. Umieli rozmawiać ze sobą przez wiele godzin, omawiać jej uczucia, jej życie, jego uczucia, jego życie, no i mieli wspólnego wroga: samotność. Wiedziała, że jego cierpienie jest zupełnie innego rodzaju, ale pomagali sobie nawzajem w dniach, kiedy potrzebne im było jedynie cierpliwe ucho lub ktoś, kto by ich rozśmieszył. A niemało było takich dni.

– No i? – zapytał, wychodząc do niej zza baru. – Czy Kopciuszek pójdzie na bal?

Uśmiechnęła się i zmarszczyła nos, już chcąc powiedzieć, że nie, ale się powstrzymała.

– A ty idziesz?

On też się uśmiechnął i zmarszczył nos. Holly parsknęła śmiechem.

– Z całą pewnością będzie to bal w stylu pary-wszystkich-krajów-łączcie-się. Raczej nie przeżyłbym kolejnego wieczoru z Samem i Samanthą lub Robertem i Robertą. – Przysunął dla niej stołek barowy.

Holly zachichotała.

– Możemy być przecież okropnie niegrzeczni i kompletnie ich ignorować.

– W takim razie jaki jest sens, by tam w ogóle iść? – Daniel usiadł obok niej i oparł skórzany but o podnóżek jej stołka. – Nie myślisz chyba, że przez cały wieczór będę rozmawiał tylko z tobą, co? Zdążyliśmy się nagadać za wszystkie czasy; może jestem już tym znudzony.

– Ach tak, no to świetnie! – Holly udawała ciężko obrażoną. – I tak zamierzałam w ogóle cię nie dostrzegać.

– Uff! – Daniel otarł czoło i udawał, że sprawiło mu to ulgę. – Wobec tego idę.

Holly spoważniała.

– Myślę, że naprawdę muszę tam być.

– No to już, idziemy.

Uśmiechnęła się do niego.

– Sądzę, że i tobie to dobrze zrobi – rzekła łagodnie.

Jego stopa osunęła się z krzesła. Odwrócił głowę, udając, że przygląda się sali.

– Holly, nic mi nie jest – odezwał się bez przekonania.

Zeskoczyła ze stołka, ujęła jego twarz i pocałowała go w czoło.

– Danielu Connolly, przestań zgrywać silnego macho. Ze mną to nie przejdzie.

Uściskali się na pożegnanie. Holly ruszyła raźnym krokiem do biura, pełna determinacji, by nie zmienić zdania. Weszła z głośnym tupotem po schodach i przeszła obok Alice, która wciąż wpatrywała się z rozmarzeniem w swój artykuł.

– John-Paul! – wrzasnęła Holly. – Potrzebna mi kiecka, szybko!

Siedzący w gabinecie Chris uśmiechnął się do siebie, kiedy usłyszał, jak wszyscy biegają po korytarzu i robią zamieszanie wokół Holly. Uchylił szufladę biurka i zerknął na fotografię, która przedstawiała jego i Maureen. Może pewnego dnia on również zacznie cieszyć się życiem. Skoro Holly potrafiła to zrobić, to on także spróbuje.

Rozdział czterdziesty szósty

Holly biegała po sypialni, szykując się na bal. Czasu było coraz mniej. Ostatnie dwie godziny spędziła na robieniu makijażu, płakaniu, rozmazywaniu go i ponownym poprawianiu. Po raz czwarty przeciągnęła szczoteczką po rzęsach, modląc się, by skończyły się już jej zasoby łez. Nie zanosiło się na to, ale zawsze przecież można było mieć nadzieję.

– Kopciuszku, przybył twój książę! – zawołała z dołu Sharon.

Holly zaczęło walić serce; potrzebowała więcej czasu. Musiała usiąść i przemyśleć jeszcze raz pomysł pójścia na bal, a zdążyła już zapomnieć, jakie argumenty przemawiały za tym, by się tam znaleźć. W tej chwili w jej głowie kłębiły się jedynie argumenty przeciw.

Argumenty przeciw: wcale nie chciała tam iść; przez cały wieczór będzie płakać; musi usiąść przy stole razem z tak zwanymi przyjaciółmi, którzy od śmierci Gerry'ego ani razu się do niej nie odezwali; czuła się gówniano; wyglądała gówniano i nie będzie tam Gerry'ego.

Argumenty za: miała wszechogarniające uczucie, że musi tam pójść i, co ważniejsze, istniał nadrzędny powód, który powstrzymywał ją przed wycofaniem się... Oddychała powoli, usiłując nie dopuścić do tego, by z jej oczu popłynęła kolejna fontanna łez.

– Holly, bądź silna. Dasz sobie radę – szepnęła do swego odbicia w lustrze. – Musisz to zrobić, to ci pomoże, dzięki temu będziesz silniejsza – powtarzała sobie, dopóki skrzypnięcie otwieranych drzwi nie sprawiło, że podskoczyła.

– Sorki – powiedziała Sharon, pojawiając się w drzwiach. – O rany, Holly, wyglądasz olśniewająco!

– Wyglądam gówniano – mruknęła Holly.

– Przestań chrzanić – odparła gniewnie Sharon. – Ja wyglądam jak balon, a czy słyszysz, bym narzekała? Pogódź się wreszcie z tym, że niezła z ciebie laska! – Uśmiechnęła się do jej odbicia w lustrze. – Wszystko będzie dobrze.

– Chcę zostać w domu, Sharon. Muszę przeczytać ostatnią wiadomość od Gerry'ego.

Nie mogła uwierzyć, że nadszedł czas, kiedy otworzy ostatnią kopertę. Od tej pory nie będzie już miłych słów od Gerry'ego, a czuła, że nadal bardzo ich potrzebuje. W kwietniu, kiedy była tym tak bardzo przejęta, nie mogła się wprost doczekać kolejnych miesięcy, by znowu otworzyć koperty i przeczytać jego słowa, ale teraz żałowała, że te miesiące minęły tak szybko. Pragnęła zostać tego wieczoru w domu i cieszyć się ich ostatnią wyjątkową chwilą.

– Wiem – odparła ze zrozumieniem Sharon. – Ale to przecież może poczekać kilka godzin, prawda?

Holly zamierzała odpowiedzieć, że absolutnie nie może, kiedy z dołu zawołał do nich John:

– Chodźcie już, dziewczyny! Taksówka czeka! Musimy jeszcze zajechać po Toma i Denise!

Zanim Holly zeszła za Sharon na dół, otworzyła szufladę w toaletce i wyjęła z niej listopadowy list od Gerry'ego, który otworzyła przed kilkoma tygodniami. Potrzebne jej były teraz jego słowa zachęty i otuchy. Przebiegła palcami po atramencie i wyobraziła sobie, jak to pisał. Oczami wyobraźni zobaczyła jego minę podczas pisania, z której zawsze sobie żartowała. Na jego twarzy malował się wtedy wyraz absolutnej koncentracji, a czubek język wysuwał się na zewnątrz i poruszał razem z piórem. Uwielbiała tę minę. Tęskniła za nią. Wyjęła kartkę z koperty. Potrzebna jej była siła, płynąca z tego listu. Przeczytała jego słowa, tak jak czyniła to każdego dnia:

Kopciuszek musi iść w tym miesiącu na bal. I będzie wyglądał olśniewająco i pięknie i będzie się świetnie bawił, tak jak zawsze... Ale w tym roku nie włoży białej sukni...
PS Kocham Cię...

Listopadowy list Holly otworzyła dzień po tym, jak pokłóciła się z Denise o to, czy iść na bal. Pomimo usilnych namów ze strony Chrisa i Daniela, przez cały dzień zadręczała się tym, jaką podjąć decyzję. Niepotrzebnie się martwiła, gdyż Gerry podjął decyzję za nią, a jego słowa sprawiły, że umocniła się w przekonaniu, iż powinna pójść na ten bal. To było następne zadanie. Wzięła głęboki oddech i zeszła na dół.

– O la la – rzekł Daniel, otwierając ze zdumieniem usta. – Wyglądasz fantastycznie, Holly.

– Wyglądam gów... – zaczęła, ale Sharon posłała jej gniewne spojrzenie więc dodała szybko: – Och, dzięki.

John-Paul pomógł jej wybrać prostą czarną suknię bez pleców, z rozcięciem do pół uda. W tym roku nie będzie białej sukni.

Wsiedli do taksówki i przy każdych kolejnych światłach, Holly modliła się, żeby były czerwone, by jak najbardziej opóźnić chwilę ich przyjazdu. Niestety. Choć raz na ulicach Dublina korków prawie nie było i do hotelu dotarli w rekordowo krótkim czasie. Pomimo jej modlitw, miasta nie zalała lawina błotna, nie nastąpił też wybuch wulkanu. Piekło także nie chciało jakoś zamarznąć.

Podeszli do stolika ustawionego w pobliżu wejścia na salę balową i Holly wbiła wzrok w ziemię, czując na sobie spojrzenia wszystkich kobiet, które sprowadzały, jak jest ubrana nowo przybyła. Kiedy już upewniły się z satysfakcją, że nadal są najpiękniejszymi kobietami na sali, powróciły do przerwanych rozmów. Kobieta siedząca przy stoliku uśmiechnęła się, gdy się do niej zbliżyli.

– Witaj, Sharon; witaj, John; cześć, Denise... o rety! – Możliwe, że zbladła pod tą swoją sztuczną opalenizną, ale Holly nie miała co do tego pewności. – Witaj, Holly. Cudownie, że przyszłaś, mając na względzie... – urwała i szybko przerzuciła listę gości, by odhaczyć ich nazwiska.

– Chodźmy do baru – rzekła Denise, biorąc Holly pod ramię i odciągając ją na bok.

Kiedy przechodzili przez salę, do Holly podeszła znajoma, z którą nie rozmawiała od wielu miesięcy.

– Holly, tak strasznie mi przykro z powodu Gerry'ego. Był naprawdę uroczym człowiekiem.

– Dziękuję – uśmiechnęła się i ponownie została odciągnięta przez Denise. Wreszcie udało im się dotrzeć do baru.

– Cześć, Holly – odezwał się za nią znajomy głos.

– Witaj, Patricku – odparła, odwracając się do potężnego biznesmena i jednocześnie sponsora tego balu dobroczynnego.

Był wysoki, otyły, miał czerwoną twarz, co było najprawdopodobniej skutkiem zarządzania jedną z najbardziej dochodowych irlandzkich spółek. Oraz tego, że zbyt dużo pił. Wyglądał, jakby dusiła go ciasno zawiązana mucha, bo pociągnął za nią, usiłując ją rozluźnić. Odnosiło się też wrażenie, że guziki przy smokingu z pewnością lada chwila odpadną. Holly nie znała go zbyt dobrze; był jedynie osobnikiem, z którym się spotykała rokrocznie na tym balu.

– Wyglądasz równie uroczo jak zawsze. – Pocałował ją w policzek. – Mogę postawić ci coś do picia? – zapytał, unosząc rękę, by przyciągnąć uwagę barmana.

– Nie, dzięki – uśmiechnęła się.

– Hej, pozwól mi to zrobić – rzekł, wyjmując z kieszeni pękający w szwach portfel. – Na co masz ochotę?

Holly się poddała.

– Białe wino, skoro już tak nalegasz – uśmiechnęła się.

– Równie dobrze mogę też postawić drinka twojemu żałosnemu mężowi – zaśmiał się. – Co on lubi? – Przeczesał spojrzeniem salę w poszukiwaniu Gerry'ego.

– Nie ma go tutaj, Patricku – odrzekła Holly z zakłopotaniem.

– A dlaczego? To ci kanalia. Już drugi rok z rzędu się tu nie pojawił. Gdzie się podziewa? – zapytał głośno, jednocześnie przekazując barmanowi gestem zamówienie.

– On... zmarł na początku roku – odparła Holly powściągliwie, mając nadzieję, że nie wprawi go tym w zakłopotanie.

– Och... – Twarz Patricka zrobiła się jeszcze bardziej czerwona. Odkaszlnął nerwowo. Opuścił wzrok na bar. – Bardzo mi przykro – wyjąkał i odwrócił spojrzenie. Ponownie pociągnął za muchę.

– Dziękuję – powiedziała Holly, licząc w głowie sekundy do chwili, kiedy Patrick wymówi się i zakończy rozmowę. Uciekł po trzech sekundach, mamrocząc, że musi zanieść żonie coś do picia. Holly została przy barze sama, bowiem Denise zdążyła już wcześniej wrócić razem z drinkami do ich grupy. Wzięła z baru kieliszek z winem i ruszyła w ich kierunku.

– Cześć, Holly!

Odwróciła się, by zobaczyć, kto ją woła.

– Witaj, Jennifer.

Stała twarzą w twarz z kolejną osobą, którą znała jedynie z balu. Kobieta miała na sobie absurdalnie strojną suknię balową, kosztowna biżuteria wprost z niej kapała, a odzianą w rękawiczkę dłonią trzymała kieliszek z szampanem. Jej jasne włosy był prawie białe, a skóra ciemna i szorstka, co było efektem zbyt częstego wystawiania jej na słońce.

– Co u ciebie? Wyglądasz olśniewająco, a ta sukienka jest po prostu boska! – Napiła się szampana i zlustrowała Holly wzrokiem.

– U mnie w porządku, a u ciebie?

– Wszystko super, dzięki. Gerry'ego nie ma tu dzisiaj z tobą? – Rozejrzała się po sali.

– Nie, umarł w lutym.

– O rety, tak strasznie mi przykro. – Jennifer postawiła kieliszek z szampanem na najbliższym stoliku, a dłońmi zakryła usta. Zmarszczyła czoło. – Nie miałam o niczym pojęcia. Jak sobie dajesz radę, biedulko? – Wyciągnęła rękę i położyła ją na ramieniu Holly.

– Jakoś sobie radzę, dziękuję.

– Och, ty moje biedactwo. – Głos Jennifer był przyciszony. Spojrzała na nią ze współczuciem. – Musisz być zdruzgotana.

– No cóż, owszem, jest ciężko, ale jakoś sobie radzę. Staram się myśleć pozytywnie, wiesz?

– Rety, nie mam pojęcia, jak ci się to udaje. To naprawdę straszna wiadomość. – Jej spojrzenie wwiercało się w Holly. Zdawało się, że inaczej teraz na nią patrzy. Holly przez cały czas kiwała głową i pragnęła, żeby ta baba przestała wreszcie mówić to, o czym ona bardzo dobrze wiedziała.

– Był chory?

– Tak, miał guza mózgu.

– Ojej, to straszne. A był przecież taki młody. – Jennifer podkreślała swoje słowa wysokim tonem głosu.

– Owszem, to prawda... ale nasze wspólne życie było bardzo szczęśliwe, Jennifer – rzekła Holly, starając się, by brzmiało to pogodnie.

– Tak, jednak jaka szkoda, że to życie nie było dłuższe. Musisz czuć się zdruzgotana. To straszne i tak bardzo niesprawiedliwe. Musisz być teraz bardzo nieszczęśliwa. I jak ci się udało tu dzisiaj przyjść? Wiedząc o obecności tych wszystkich par? – Rozejrzała się po otaczających ich parach z taką miną, jakby nagle w powietrzu rozniósł się brzydki zapach.

– Cóż, trzeba się po prostu nauczyć żyć dalej – uśmiechnęła się Holly.

– Oczywiście. Ale to musi być strasznie trudne. Och, jakie to okropne. – Jennifer zasłoniła usta odzianą w rękawiczkę dłonią.

Holly uśmiechnęła się i rzekła przez zaciśnięte zęby:

– Owszem, to trudne, ale, jak już mówiłam, trzeba myśleć pozytywnie i żyć dalej. A jeśli już o tym mowa, to pójdę już i dołączę do przyjaciół – dodała grzecznie i odeszła.

– Wszystko w porządku? – zapytał Daniel, gdy pojawiła się obok niego.

– Tak, nic mi nie jest, dziękuję – powtórzyła po raz dziesiąty tego wieczoru. Obejrzała się na Jennifer, która stała teraz w otoczeniu przyjaciółek. Rozmawiały i rzucały spojrzenia na nią i Daniela.

– Przybyłem! – oznajmił w progu donośny głos. Holly odwróciła się, by zobaczyć legendarne zwierzę imprezowe, Jamiego, jak stoi w drzwiach z ramionami wyrzuconymi w górę. – Po raz kolejny wciągnąłem na grzbiet mój strój pingwina i oto jestem, gotowy na imprezęęę! – Wykonał krótki taniec, po czym przyłączył się do ich grupy, przyciągając spojrzenia ze wszystkich stron sali. Dokładnie tak, jak tego pragnął. Obszedł wszystkich wkoło, witając się z mężczyznami uściskiem dłoni, a z kobietami całusem w policzek, czasami „przezabawnie" myląc powitania. Zawahał się, kiedy dotarł do Holly i kilka razy spojrzał to na nią, to na Daniela. Uścisnął sztywno dłoń Daniela, cmoknął Holly w policzek tak pospiesznie, jakby mógł się od niej czymś zarazić, po czym szybko odszedł. Holly próbowała przełknąć gulę, która uformowała się w jej gardle. To było z jego strony naprawdę niegrzeczne.

Jego żona, Helen, uśmiechnęła się nieśmiało do Holly z drugiego końca grupy, ale nie podeszła. Nie zdziwiło jej to. Wyraźnie zbyt trudne okazało się dla nich odbycie dziesięciominutowej podróży, by odwiedzić ją po śmierci Gerry'ego, nie spodziewała się więc, żeby Helen zdobyła się teraz na te kilka kroków i podeszła się przywitać. Zignorowała ich i odwróciła się, by porozmawiać ze swymi prawdziwymi przyjaciółmi, ludźmi, którzy przez ostatni rok stanowili dla niej prawdziwe wsparcie.

Śmiała się, słuchając opowieści Sharon, kiedy poczuła delikatne stuknięcie w ramię. Odwróciła się ze śmiechem i stanęła twarzą w twarz z zasmuconą Helen.

– Cześć, Helen – rzekła radośnie.

– Jak się masz? – zapytała Helen cicho, dotykając lekko ramienia Holly.

– Och, świetnie – kiwnęła głową. – Powinnaś posłuchać tej historii, jest bardzo zabawna. – Uśmiechnęła się i znów zasłuchała się w tym, co mówiła Sharon.

Helen nie zdjęła dłoni z ramienia Holly i po kilku sekundach znów się odezwała:

– To znaczy, jak się masz, odkąd Gerry...

Holly odwróciła się do niej.

– Odkąd Gerry nie żyje, tak?

Rozumiała, że ludzie w tego typu sytuacjach czują się niezręcznie. Ona także często tak się czuła, ale uważała, że skoro ktoś sam z własnej woli porusza ten temat, jest chyba wystarczająco dorosły, by w sposób właściwy poradzić sobie z rozmową.

Helen się skrzywiła.

– No cóż, tak, ale nie chciałam mówić...

– W porządku, Helen; pogodziłam się z tym, co się stało.

– Naprawdę?

– Owszem. – Holly zmarszczyła brwi.

– Chodzi po prostu o to, że tak dawno cię nie widziałam, zaczynałam się już martwić...

Holly się roześmiała.

– Helen, nadal mieszkam niedaleko was, wciąż w tym samym domu, mój domowy numer telefonu pozostał bez zmian, komórkowy zresztą także. Skoro tak bardzo się o mnie martwiłaś, to naprawdę bardzo łatwo mogłaś się ze mną skontaktować.

– No tak, ale nie chciałam przeszkadzać... – urwała.

– Przyjaciele nie przeszkadzają – odparła Holly. Miała nadzieję, że jej rozmówczyni pojęła aluzję.

Helen zarumieniła się lekko, a Holly odwróciła się do Sharon.

– Zajmij mi miejsce obok siebie, dobrze? Muszę lecieć do kibelka – poprosiła Sharon, podskakując raz na jednej, raz na drugiej nodze.

– Znowu? – zapytała Denise. – Byłaś tam zaledwie pięć minut temu!

– Tak, no cóż, tak się dzieje, kiedy siedmiomiesięczne dziecko naciska ci na pęcherz – wyjaśniła, po czym wytoczyła się do ubikacji.

– Właściwie to ono nie ma siedmiu miesięcy, prawda? – Denise zmarszczyła czoło. – Patrząc na to z technicznego punktu widzenia, to ma minus dwa miesiące, w przeciwnym wypadku to by oznaczało, że w chwili narodzin dziecko ma dziewięć miesięcy, więc po zaledwie trzech miesiącach powinno się świętować jego pierwsze urodziny. A dzieci, zanim skończą rok, zazwyczaj już chodzą.

Holly spojrzała na nią dziwnie.

– Denise, co to za kombinacje myślowe?

Przyjaciółka zmarszczyła brwi i odwróciła się do Toma.

– Mam rację, prawda, Tom?

– Tak, kochanie – uśmiechnął się do niej słodko.

– Cykor – mruknęła żartobliwie Holly.

Rozległ się dzwonek, który był sygnałem, by zasiąść przy stole. Holly usiadła i postawiła torebkę na sąsiednim krześle, zajmując je dla Sharon, gdy podeszła Helen i odsunęła krzesło, by na nim usiąść.

– Przepraszam, Helen, ale Sharon prosiła mnie, bym zajęła dla niej to miejsce.

Helen machnęła lekceważąco ręką.

– E tam, Sharon się nie pogniewa – rzekła i usadowiła się na krześle, przygniatając torebkę Holly.

Sharon zbliżyła się do stolika i z wyraźnym rozczarowaniem wysunęła dolną wargę. Holly przeprosiła ją i gestem wskazała na Helen. Przyjaciółka przewróciła oczami i włożyła palce w usta, udając, że wymiotuje. Holly zachichotała.

– Widzę, że humor ci dopisuje – odezwał się Jamie bez przekonania.

– A jest jakiś powód, dla którego miałoby być inaczej? – odparła cierpko.

Jamie udzielił jej jakiejś wymijającej odpowiedzi, z której kilka osób się roześmiało, ale Holly go zignorowała. Ten człowiek już jej nie śmieszył, choć ona i Gerry należeli do grona osób, którzy kiedyś spijali z jego ust każde słowo. Teraz wydawał jej się po prostu głupi.

– Wszystko dobrze? – zapytał cicho Daniel, który siedział z jej drugiej strony.

– Tak, nic mi nie jest, dzięki – odpowiedziała, pociągając łyk wina.

– Nie musisz mi wciskać kitu, Holly. To ja – zaśmiał się. Uśmiechnęła się i jęknęła.

– Ludzie są bardzo mili, zasypują mnie wyrazami współczucia, ale czuję się tak, jak gdybym znowu znalazła się na pogrzebie. Czuję się zmuszona udawać silną superwoman, choć niektórzy woleliby, żebym była zdruzgotana, „ponieważ to takie straszne". – Przewróciła oczami, przedrzeźniając Jennifer. – Są też tacy, którzy nie wiedzą o Gerrym, a przecież bal to nie jest odpowiednie miejsce, żeby im o tym mówić.

Daniel słuchał jej cierpliwie. Pokiwał głową, kiedy przestała mówić.

– Wiem coś o tym. Kiedy Laura i ja zerwaliśmy ze sobą, przez kilka miesięcy wszędzie, gdziekolwiek się pojawiłem, musiałem mówić, że się rozstaliśmy. Dobre jest to, że wieści szybko się rozchodzą i wreszcie w którymś momencie można sobie odpuścić te męczące wyjaśnienia.

– A masz jakieś wieści o Laurze? – zapytała Holly. Lubiła obrabiać jej tyłek, choć nigdy jej nie poznała. Uwielbiała wysłuchiwać opowieści Daniela i często kończyło się to tak, że przez cały wieczór rozmawiali o tym, jak bardzo oboje nie cierpią Laury. A teraz Holly naprawdę chciała porozmawiać z Danielem, byle tylko uniknąć Helen.

Oczy Daniela rozbłysły.

– O tak, mam na jej temat kilka świeżych plotek.

– Ooch, to super, uwielbiam plotki.

– No więc tak, mój znajomy, który ma na imię Charlie i pracuje jako barman w hotelu ojca Laury, powiedział mi, że jej narzeczony próbował poderwać pannę, która była tam gościem, a Laura przyłapała go na gorącym uczynku, więc zerwali ze sobą. – Zaśmiał się złośliwie, a w jego oczach pojawił się błysk. Niepowodzenia Laury w sprawach sercowych wyraźnie go cieszyły.

Holly zamarła, gdyż ta historia wydała jej się dziwnie znajoma.

– Eee... Danielu, jaką nazwę nosi hotel jej ojca?

– Galway Inn. To prawdziwa nora, ale jest położony w bardzo ładnym miejscu, tuż obok plaży.

– Och. – Holly nie wiedziała, co ma mówić, wpatrywała się tylko w niego szeroko otwartymi oczami.

– Wiem – zaśmiał się Daniel. – Fantastycznie, no nie? Mogę powiedzieć ci jedno, jeśli kiedykolwiek spotkam kobietę, przez którą zerwali, kupię jej butelkę najdroższego szampana.

Uśmiechnęła się blado.

– No, no...

Przyglądała się Danielowi z ciekawością, zastanawiając się, dlaczego, u licha, kiedyś zainteresował się właśnie Laurą. Gotowa była założyć się o wszystkie pieniądze, że zupełnie do siebie nie pasowali. Laura nie wydawała się kobietą w jego typie, bez względu na to, jaki „typ" lubił. Daniel był bardzo spokojny i życzliwy, a Laura... no cóż, z Laury była niezła suka. Holly nie przychodziło do głowy lepsze słowo, którym mogłaby ją opisać.

– Posłuchaj Danielu. – Holly nerwowo założyła włosy za uszy, przygotowując się do zadania mu dręczącego ją pytania.

Uśmiechnął się, a w jego oczach wciąż widać było radość z powodu rozpadu związku jego byłej dziewczyny i byłego najlepszego przyjaciela.

– Tak, Holly?

– Tak się nad czymś zastanawiałam. Laura wydaje się... eee... suką, prawdę mówiąc. – Zagryzła wargę i uważnie przyglądała się jego twarzy, by się przekonać, czy go tym przypadkiem nie uraziła. Trudno z niej było cokolwiek wyczytać, gdyż wpatrywał się właśnie w wysokie świecie, stojące na środku stołu. – No tak – ciągnęła Holly. Czuła, że musi ostrożnie obchodzić się z tym tematem, wiedząc, jak mocno przeżył rozstanie z Laurą. – Moje pytanie jest takie: co ty w niej widziałeś? Jak to możliwe, że byliście w sobie zakochani? Tak bardzo różnicie się od siebie... w każdym razie można to wywnioskować z twoich opowiadań – pospiesznie się wycofała, by się nie zdradzić, że widziała Laurę.

Daniel przez chwilę nie odpowiadał i Holly się przestraszyła, że wkroczyła na zakazane terytorium. Oderwał spojrzenie od tańczących płomyków świec i skierował je na Holly. Na jego ustach pojawił się uśmiech.

– Laura tak naprawdę nie jest suką. To znaczy, jest, jeśli wziąć pod uwagę to, że porzuciła mnie dla mego najlepszego przyjaciela... ale kiedy byliśmy razem, nie była suką. Osobą kochającą dramatyzm – owszem. Suką nie. – Uśmiechnął się i nachylił ku Holly. – Widzisz, ja uwielbiałem ten dramatyzm towarzyszący naszemu związkowi. Ekscytowało mnie to i niesamowicie pociągało. – Jego twarz się ożywiła, gdy wyjaśniał zawiłości swego związku, mówił coraz szybciej. – Uwielbiałem budzić się rano i zastanawiać się, w jakim ona będzie tego dnia nastroju, uwielbiałem nasze kłótnie, ich ogień, i uwielbiałem po tym wszystkim kochać się z nią. – Jego oczy zamigotały. – Zawsze robiła wokół wszystkiego dużo zamieszania, ale podejrzewam, że to właśnie tak bardzo mnie w niej fascynowało i przyciągało. Powtarzałem sobie, że dopóki tak się dzieje, oznacza to, iż zależy jej na mnie. Gdyby przestała, pewnie nie warto by już było tego ciągnąć. Uwielbiałem ten cały dramatyzm – powtórzył, tym razem jeszcze bardziej akcentując słowa. – Nasze temperamenty były zupełnie odmienne, ale tworzyliśmy udaną parę. Wiesz przecież, co się mówi na temat przyciągania przeciwieństw... – Popatrzył w oczy swej nowej przyjaciółce i dojrzał w nich troskę. – Ona nie traktowała mnie źle, Holly. W tym sensie nie była suką. – Uśmiechnął się do siebie. – Ona była po prostu...

– Pełna dramatyzmu – dokończyła za niego Holly, która wreszcie pojęła, o co mu chodzi.

Daniel kiwnął głową. „Mimo że go zdradziła", pomyślała gniewnie Holly, ale milczała.

Przyglądała się jego twarzy, kiedy popadł w zadumę. Zawsze była zdania, że miłość nie wybiera. To właśnie było cudowne: uczucie to potrafiło jednoczyć zupełnie odmienne charaktery i temperamenty.

– Tęsknisz za nią? – zapytała łagodnie, kładąc dłoń na jego ramieniu.

Daniel otrząsnął się z zamyślenia i popatrzył jej tak głęboko w oczy, aż przeszedł ją dreszcz i poczuła gęsią skórkę.

Parsknął głośno i odwrócił się na krześle.

– I znowu skucha, Holly Kennedy – rzekł i zmarszczył brwi, jakby powiedziała coś doprawdy przedziwnego. – Absolutnie nie masz racji. – Wziął do rąk sztućce i zaczął zajadać przystawkę z łososia.

Holly napiła się wody i skierowała uwagę na stojący przed nią talerz.

Po kolacji i kilku butelkach wina Helen podeszła niepewnym krokiem do Holly, która wcześniej uciekła do Sharon i Denise. Uściskała ją mocno i łzawym tonem przeprosiła za to, że nie utrzymywała z nią kontaktu.

– Nic się nie stało, Helen. Sharon, Denise i John okazali się bardzo troskliwymi przyjaciółmi, więc nie byłam sama.

– Czuję się tak okropnie – wymamrotała Helen.

– To się nie czuj – odparła Holly, z niecierpliwością pragnąc wrócić do rozmowy, którą prowadziła z dziewczętami.

Ale Helen uparła się, by rozmawiać o starych dobrych czasach, kiedy żył Gerry i wszystko wydawało się takie piękne. Mówiła o chwilach, jakie spędziła z Gerrym, czym Holly była umiarkowanie zainteresowana. Wreszcie miała już dość łzawego jęczenia Helen, zwłaszcza gdy spostrzegła, że wszyscy jej przyjaciele się bawią właśnie świetnie na parkiecie.

– Helen, przestań, proszę – przerwała jej. – Nie wiem, dlaczego uważasz, że musisz omawiać to ze mną dzisiejszego wieczoru, kiedy usiłuję się dobrze bawić, ale wyraźnie dręczą cię wyrzuty sumienia, że się do mnie wcześniej nie odezwałaś. Prawdę mówiąc, uważam, że gdybym nie pojawiła się dzisiaj na tym balu, nie miałabym od ciebie żadnej wiadomości przez następne dziesięć miesięcy albo i dłużej. To nie jest dla mnie ideał przyjaźni. Więc przestań, z łaski swojej, wypłakiwać się na moim ramieniu i pozwól mi się dobrze bawić.

Holly sądziła, że ujęła to w sposób rozsądny i zrozumiały, ale Helen wyglądała tak, jakby otrzymała od niej policzek. Holly czuła się podobnie przez ostatni rok. Nagle znikąd pojawił się Daniel, wziął ją za rękę i poprowadził na parkiet, gdzie dołączyli do reszty. W tej samej chwili skończyła się piosenka i rozległy się pierwsze dźwięki *Wonderful Tonight* Erica Claptona. Parkiet zaczął pustoszeć, pozostały tylko pary, które chciały tańczyć. Holly stała naprzeciwko Daniela. Przełknęła ślinę. Zupełnie nie miała tego w planach. Do tej pory przy tej piosence tańczyła jedynie z Gerrym.

Daniel objął ją lekko w talii, ujął delikatnie dłoń i zaczęli tańczyć. Holly poruszała się sztywno. Taniec z innym mężczyzną nie wydawał się czymś właściwym. Znów przebiegł ją dreszcz. Daniel musiał pomyśleć, że zmarzła, gdyż przyciągnął ją bliżej, by zrobiło się jej cieplej. Płynęła po parkiecie niczym w transie, aż wreszcie piosenka się skończyła, a ona przeprosiła Daniela i pobiegła do toalety. Zamknęła się w kabinie i oparła o drzwi, oddychając głęboko. Do tej pory dobrze sobie radziła. Zachowała spokój nawet wtedy, gdy wszyscy pytali ją o Gerry'ego. Ale ten taniec nią wstrząsnął. Może powinna już udać się do domu, kiedy jeszcze w miarę dobrze się bawiła? Zamierzała właśnie otworzyć drzwi, kiedy usłyszała, że jakiś głos na zewnątrz wypowiada jej imię. Zamarła i zaczęła uważnie słuchać.

– Widziałaś, jak Holly Kennedy tańczyła z tym facetem? – zapytał niemożliwy do pomylenia nosowy głos Jennifer.

– Widziałam! – odezwał się inny głos, w którym słychać było oburzenie. – A jej mąż jeszcze nawet nie zdążył ostygnąć w grobie!

– Dajcie jej spokój – powiedziała beztrosko jakaś inna kobieta. – Może są po prostu przyjaciółmi.

Dziękuję ci, pomyślała Holly.

– Ale wątpię w to – dodała, a pozostałe zachichotały.

– A widziałyście, jak się do siebie kleili? Ja nie tańczę w ten sposób z przyjaciółmi – oświadczyła Jennifer.

– To doprawdy skandaliczne – dorzuciła jeszcze inna. – Wyobraźcie sobie tylko, afiszuje się z nowym facetem w miejscu, gdzie przychodziła z mężem, i to na oczach wszystkich jego przyjaciół. To odrażające.

Kobiety zacmokały z oburzeniem, a w kabinie sąsiadującej z Holly ktoś spuścił wodę. Stała wrośnięta w podłogę, porażona tym, co właśnie usłyszała, i zażenowana, że usłyszał to ktoś jeszcze.

Drzwi sąsiedniej toalety otworzyły się i rozległ się donośny głos Sharon.

– Czy wy, kłótliwe stare jędze, zajmiecie się wreszcie własnym życiem? To nie wasz zakichany interes, co moja przyjaciółka robi, a czego nie! Jennifer, skoro twoje życie jest tak cholernie doskonałe, to jak ci się wiedzie na schadzkach z mężem Pauline?

Holly usłyszała, jak jedna z nich gwałtownie wciąga powietrze; najpewniej była to Pauline. Zasłoniła dłonią usta, by się głośno nie roześmiać.

– Pilnujcie więc własnych spraw i odczepcie się od Holly! – wrzasnęła Sharon.

Kiedy Holly usłyszała, że wszystkie uciekły, otworzyła drzwi i wyszła z kabiny. Znad umywalki spojrzała na nią zdumiona Sharon.

– Dzięki, Sharon.

– Cholera, Holly, tak mi przykro, że musiałaś to słyszeć. – Sharon mocno przytuliła przyjaciółkę.

– Nic się nie stało. Gówno mnie obchodzi, co one sobie o mnie myślą – oświadczyła mężnie Holly. – Ale nie mogę uwierzyć, że Jennifer ma romans z mężem Pauline!

Sharon wzruszyła ramionami.

– Nie ma, ale to da im temat do plotek na kilka następnych miesięcy.

Zachichotały.

– Chyba pojadę już do domu – rzekła Holly, zerkając na zegarek i ze ściśniętym sercem pomyślała o ostatniej wiadomości od Gerry'ego.

– Dobry pomysł – zgodziła się Sharon. – Nie uświadamiałam sobie, jak bardzo do bani jest ten bal, kiedy jest się trzeźwym.

Holly się uśmiechnęła.

– W każdym razie byłaś dzisiaj świetna, Holly. Przybyłaś, zdobyłaś, a teraz idź do domu i otwórz list od Gerry'ego. Zadzwoń do mnie i powiedz, co w nim napisał. – Ponownie uściskała przyjaciółkę.

– To już ostatni – rzekła ze smutkiem Holly.

– Wiem, więc się nim ciesz. Wspomnienia trwają całe życie, pamiętaj o tym.

Holly wróciła do stolika, by się pożegnać. Daniel wstał, żeby wyjść razem z nią.

– Nie zostawisz mnie tutaj samego – zaśmiał się. – Możemy wziąć jedną taksówkę.

Holly poczuła lekką irytację, kiedy wyskoczył z samochodu i ruszył za nią do jej domu. Była za kwadrans dwunasta, zostało jej więc piętnaście minut. Przy odrobinie szczęścia do tego czasu on wypije herbatę i pójdzie sobie do domu. Zadzwoniła nawet po inną taksówkę, która miała się zjawić przed jej domem za pół godziny, w ten sposób dała mu do zrozumienia, że nie może zbyt długo u niej zostać.

– Ach, więc to jest ta słynna koperta – rzekł, podnosząc ją ze stołu.

Holly znieruchomiała; nie cierpiała, by ktoś inny brał tę kopertę do ręki, usuwając tym samym dotyk Gerry'ego.

– Grudzień – przeczytał Daniel i przesunął palcem po literkach.

Miała ochotę zawołać, by jej nie dotykał, ale nie chciała robić z siebie histeryczki. Wreszcie Daniel odłożył kopertę na stół. Holly wydała westchnienie ulgi i wróciła do nalewania wody do czajnika.

– Ile jeszcze kopert zostało? – zapytał Daniel, zdejmując płaszcz i wchodząc za nią do kuchni.

– Ta jest ostatnia – jej głos był chropawy. Odkaszlnęła.

– A co zamierzasz robić potem?

– Co przez to rozumiesz? – zapytała zaskoczona.

– Odnoszę wrażenie, że ta lista jest dla ciebie niczym Biblia, swoiste dziesięcioro przykazań. Robisz wszystko, co ci nakazuje. Co więc zrobisz, kiedy nie będzie już więcej kopert?

Holly spojrzała mu w oczy, by zobaczyć, czy z niej nie kpi. Ale dojrzała w nich tylko życzliwość.

– Będę po prostu dalej żyć – odparła, odwracając się do niego plecami i włączając czajnik.

– A potrafisz?

Podszedł do niej bliżej i poczuła zapach jego wody po goleniu. To był zapach prawdziwego Daniela.

– Chyba tak – odpowiedziała, skrępowana tymi pytaniami.

– Ale wiesz, że będziesz zmuszona podejmować własne decyzje – rzekł miękko.

– Wiem – odparła obronnym tonem, unikając jego spojrzenia.

– I sądzisz, że będziesz umiała?

Holly potarła ze znużeniem twarz.

– Danielu, o co ci chodzi?

Przełknął głośno ślinę i przestąpił z nogi na nogę.

– Pytam cię o to, bo chcę ci teraz coś powiedzieć, a ty będziesz musiała sama podjąć decyzję. – Popatrzył jej prosto w oczy, a Holly zabiło dziko serce. – Nie będzie żadnej listy, żadnych wskazówek; musisz się zdać na głos serca.

Cofnęła się kilka kroków. Poczuła przerażenie i miała nadzieję, że Daniel nie powie tego, co podejrzewała.

– Eee... Danielu... ja n-nie sądzę, by to była... właściwa pora na... eee... nie powinniśmy rozmawiać o...

– To jest idealna pora – oświadczył poważnie. – Wiesz już, co chcę ci powiedzieć, Holly, a ja wiem, że wiesz już także, co do ciebie czuję.

Holly zamarła i kątem oka zerknęła na zegar.

Była północ.

Rozdział czterdziesty siódmy

Gerry dotknął nosa Holly i uśmiechnął sam do siebie, gdy skrzywiła się przez sen. Uwielbiał obserwować ją, gdy śpi; wyglądała jak księżniczka z bajki, taka piękna i pełna spokoju. Ponownie połaskotał ją w nos i uśmiechnął się, gdy powoli otworzyła powieki.

– Dzień dobry, śpioszku.

Uśmiechnęła się.

– Dzień dobry, przystojniaku. – Przytuliła się i oparła głowę na jego piersi. – Jak się dzisiaj czujesz?

– Mógłbym zaraz wystartować w londyńskim maratonie – zażartował.

– To właśnie nazywam błyskawicznym ozdrowieniem – uśmiechnęła się Holly, unosząc głowę i całując go w usta. – Co byś zjadł na śniadanie?

– Ciebie – odparł Gerry, gryząc ją w nos.

Zachichotała.

– Niestety, nie ma mnie w dzisiejszym menu. Co powiesz na coś smażonego?

– Nie – zmarszczył brwi. – To dla mnie za ciężkie. – Jego serce roztopiło się, gdy zobaczył, jak Holly rzednie mina. Próbował się podnieść i usiąść. – Ale z wielką przyjemnością zjadłbym wielką, ale to naprawdę wielką miskę lodów waniliowych!

– Lody! – zaśmiała się. – Na śniadanie?

– Tak – uśmiechnął się szeroko. – Zawsze chciałem dostać je na śniadanie, kiedy byłem małym chłopcem, tylko moja kochana mama nigdy mi na to nie pozwoliła. Ale teraz nic mnie to już nie obchodzi – uśmiechnął się mężnie.

– W takim razie dostaniesz lody. – Holly wyskoczyła radośnie z łóżka. – Masz coś przeciwko, jeśli go włożę? – zapytała, narzucając na siebie jego szlafrok.

– Kochanie, możesz nosić to, na co masz ochotę – rzekł z uśmiechem, przyglądając się, jak paraduje po sypialni w za dużym szlafroku.

– Mmm, pachnie tobą – rzekła. – Już nigdy go nie zdejmę. No dobra, zaraz będę z powrotem.

Usłyszał, jak zbiega na dół i pędzi do kuchni. Ostatnio zauważył, że ilekroć go opuszcza, wszystko robi biegiem. Jakby się bała zostawić go samego zbyt długo, a on wiedział, co to oznacza. Złe wieści. Zakończył już radioterapię – modlili się, by trafiła w tkwiący głęboko guz. Nie udało się, a teraz jedyne, co mógł robić, to leżeć przez cały dzień, bo najczęściej nie miał siły, by wstać. Uważał, że bezsensownie marnuje w ten sposób czas, ponieważ nie zanosiło się na to, by miał wyzdrowieć. Jego serce zabiło dziko na tę myśl. Bał się; bał się tego, dokąd się udaje, bał się tego, co się z nim dzieje i bał się o Holly. Była jedyną osobą, która wiedziała dokładnie, co powiedzieć, by go uspokoić i ulżyć w cierpieniu. Była taka silna, była jego opoką i nie potrafił wyobrazić sobie życia bez niej. Ale nie musiał przejmować się takim scenariuszem, ponieważ to ona pozostanie sama. Czuł gniew, smutek, zazdrość i bał się o nią. Pragnął pozostać z Holly i spełnić wszystkie życzenia i obietnice, jakie kiedykolwiek sobie złożyli. Ale wiedział, że ta bitwa jest przegrana. Po dwóch operacjach nastąpił nawrót i teraz guz gwałtownie się rozrastał. Gerry pragnął włożyć rękę do wnętrza głowy i wydrzeć stamtąd chorobę, która niszczyła jego życie, ale była to jeszcze jedna rzecz, nad którą nie miał kontroli. Bał się, że jeszcze miesiąc i Holly zostanie sama...

W ostatnim czasie stali się sobie jeszcze bliżsi. Wiedział, że nie jest to dobre dla Holly, ale nie potrafił narzucić sobie dystansu wobec niej. Żył dla ich pogawędek, które ciągnęły się aż do wczesnych godzin porannych, kiedy to chichotali jak rozbrykane nastolatki. Ale tak działo się tylko wtedy, gdy miał dobre dni.

Mieli także i złe dni.

Nie będzie teraz o tym myślał. Lekarz wciąż mu powtarzał, by „zapewnił swemu ciału pozytywne środowisko – na gruncie towarzyskim, emocjonalnym, żywieniowym i duchowym".

I to zapewniał mu właśnie jego nowy projekt. Zajmowało go to i dawało poczucie, że robi coś jeszcze, poza leżeniem cały dzień w łóżku. Bardzo angażował się w plan pozostania razem z Holly nawet wtedy, kiedy już odejdzie. Tym samym zdoła spełnić obietnicę, jaką jej złożył przed kilku laty. Przynajmniej jedną. Szkoda, że to musiała być właśnie ta.

Usłyszał, jak Holly wbiega głośno po schodach, i uśmiechnął się; wszystko szło zgodnie z planem.

– Skarbie, nie ma już lodów – rzekła ze smutkiem. – Na co w takim razie miałbyś ochotę?

– Na nic – potrząsnął głową. – Poproszę lody.

– Ale musiałabym iść teraz do sklepu – jęknęła.

– Nie martw się, kochanie, dam sobie radę przez kilka minut – powiedział stanowczo.

Popatrzyła na niego niepewnie.

– Naprawdę wolałabym zostać.

– Nie bądź niemądra. – Gerry uśmiechnął się i podniósł ze stolika przy łóżku telefon komórkowy, po czym położył go sobie na klatce piersiowej. – Jeśli pojawi się jakiś problem, co, jak sądzę, wcale się nie przydarzy, zadzwonię do ciebie.

– No dobra. – Holly zagryzła wargę. – Wrócę za pięć minut. Jesteś pewny, że dasz sobie radę?

– Oczywiście, że tak – uśmiechnął się.

Powoli zdjęła jego szlafrok i włożyła dres. Gerry widział, że nie bardzo podoba jej się takie rozwiązanie.

– Holly, nic mi nie będzie – oświadczył uroczyście.

– Okej. – Obdarzyła go długim pocałunkiem, a potem zbiegła szybko ze schodów, popędziła do samochodu i odjechała z piskiem opon.

Kiedy tylko zyskał pewność, że jest bezpieczny, zrzucił kołdrę i powoli opuścił nogi na podłogę. Siedział przez chwilę na skraju materaca, czekając, aż miną zawroty głowy, po czym powoli podszedł do szafy. Z górnej półki zdjął stare pudełko po butach, gdzie kryły się śmieci, które zbierał przez kilka ostatnich lat, a teraz także dziewięć zaklejonych kopert. Wyjął dziesiątą, jeszcze pustą, i starannie napisał na niej: „Grudzień". Dzisiaj był pierwszy grudnia i Gerry przeniósł się w czasie o rok naprzód, kiedy wiedział, że już go nie będzie. Wyobraził sobie Holly jako mistrzynię karaoke, wypoczętą po wakacjach w Hiszpanii, bez siniaków dzięki nocnej lampce i, miał nadzieję, szczęśliwą w nowej pracy.

Wyobraził ją sobie tego dnia za rok: może będzie siedziała na łóżku, gdzie teraz siedzi on, i czytała ostatni list. Długo się zastanawiał, co napisać w ostatniej wiadomości. Łzy wypełniły mu oczy, kiedy zakończył zdanie kropką; pocałował kartkę, włożył ją do koperty i schował do pudełka po butach. Wyśle koperty do rodziców Holly w Portmarnock, gdzie wiedział, że będą bezpieczne do czasu, aż Holly będzie gotowa, by je otrzymać. Otarł z oczu łzy i powoli wrócił do łóżka. Dzwonił leżący na materacu telefon.

– Halo? – zapytał Gerry, starając się, by jego głos brzmiał normalnie, i uśmiechnął się, kiedy usłyszał w słuchawce najsłodszy głos. – Ja ciebie też kocham, Holly...

Rozdział czterdziesty ósmy

– Nie, Danielu, to nie jest właściwe – rzekła zdenerwowana Holly i wysunęła dłoń z jego uścisku.

– Ale dlaczego? – zapytał błagalnie.

– Jest jeszcze za wcześnie – odparła, pocierając ze zmęczenia twarz. Wyglądało na to, że wszystko w jej życiu coraz bardziej się komplikuje.

– Za wcześnie, ponieważ tak właśnie mówią ci ludzie, czy za wcześnie, ponieważ tak mówi ci serce?

– Och, sama już nie wiem – jęknęła, przemierzając tam i z powrotem kuchnię. – Mam w głowie taki mętlik. Błagam, przestań zadawać mi tyle pytań!

Serce waliło jej jak młotem, w głowie się kręciło – nawet organizm dawał do zrozumienia, że jest w głębokim stresie. Były to objawy paniki, wskazujące, że zbliża się niebezpieczeństwo.

– Nie mogę, Danielu... Jestem mężatką! Kocham Gerry'ego! – zawołała.

– Gerry'ego? – zapytał. Jego oczy rozszerzyły się, gdy podszedł do stołu i chwycił kopertę. – To jest Gerry! Z tym właśnie rywalizuję! To kawałek papieru, Holly. To jest lista. Lista, której przez ostatni rok pozwalałaś kierować swoim życiem, bo to zwalniało cię od myślenia. Teraz musisz zacząć myśleć sama. Gerry odszedł – dodał łagodnie, podchodząc do niej. – Gerry odszedł, a ja jestem tutaj. Wcale nie zamierzam zająć jego miejsca, ale przynajmniej daj nam szansę, żebyśmy spróbowali być razem.

Zabrała z jego ręki kopertę i przycisnęła ją mocno do serca, a z jej oczu popłynęły łzy.

– Gerry nie odszedł – zaszlochała. – On tutaj jest, za każdym razem, kiedy otwieram kopertę, on tutaj jest.

Przez chwilę panowała cisza. Daniel patrzył, jak Holly płacze. Wyglądała na tak bardzo zagubioną i bezradną, że zapragnął ją do siebie mocno przytulić.

– To tylko kawałek papieru – rzekł miękko.

– Gerry nie jest kawałkiem papieru – odparła gniewnie, przełykając łzy. – Był pełnym życia człowiekiem, którego kochałam. Gerry jest mężczyzną, z którym dzieliłam życie przez piętnaście lat. Jest milionem szczęśliwych wspomnień. On nie jest tylko kartką papieru – powtórzyła.

– W takim razie kim jestem ja? – zapytał cicho Daniel.

Holly modliła się o to, by nie zaczął płakać. Bała się, że nie potrafi znieść jego łez.

– Ty – wzięła głęboki oddech – jesteś uprzejmym, troskliwym i niezwykle życzliwym przyjacielem, którego szanuję i cenię...

– Ale nie jestem Gerrym – przerwał jej.

– Nie chcę, żebyś był Gerrym. Chcę, byś był Danielem.

– Co do mnie czujesz? – Jego głos zadrżał lekko.

– Właśnie ci powiedziałam – pociągnęła nosem.

– Nie, co naprawdę czujesz?

Wpatrywała się w podłogę.

– Moje uczucia do ciebie są silne, Danielu, ale potrzebuję czasu... – urwała – dużo czasu.

– W takim razie zaczekam. – Uśmiechnął się ze smutkiem i otoczył ją silnymi ramionami.

Rozległ się dzwonek i Holly bezgłośnie odetchnęła z ulgą.

– To twoja taksówka. – Jej głos drżał.

– Zadzwonię do ciebie jutro – rzekł łagodnie, po czym pocałował ją w czubek głowy i wyszedł.

Po jego wyjściu Holly pozostała na środku kuchni, raz po raz przewijając w myślach scenę, która dopiero co się rozegrała. Stała tak przez jakiś czas, mocno przyciskając do serca pomiętą kopertę.

Wciąż oszołomiona, poszła wreszcie na górę. Zdjęła sukienkę i otuliła się ciepłym, za dużym szlafrokiem Gerry'ego. Jego zapach zdążył już wywietrzeć. Zwinęła się na łóżku, przykryła kołdrą i włączyła nocną lampkę. Przez długi czas patrzyła na kopertę, myśląc o tym, co powiedział jej Daniel.

Ta lista rzeczywiście stała się dla niej swego rodzaju Biblią. Wypełniała zawarte w niej polecenia, żyła zgodnie z jej zasadami i nigdy nie złamała żadnej z nich. Kiedy Gerry kazał skakać, skakała. Ale ta lista naprawdę jej pomogła. Pomogła jej wstawać rano z łóżka i zaczynać kolejny dzień, gdy tymczasem jedynym czego chciała było zwinąć się w kulkę i czekać na śmierć. Gerry jej pomógł i Holly nie żałowała niczego, co zrobiła w ciągu ostatniego roku. Nie żałowała nowej pracy ani nowych znajomych, ani jakiejkolwiek nowej myśli bądź uczucia, które pojawiły się same, bez inspiracji Gerry'ego. Ale to był już ostatni list. Jej dziesiąte przykazanie, jak ujął to Daniel. Więcej nie będzie. Daniel miał rację: od teraz musi sama podejmować decyzje, prowadzić życie, w którym będzie szczęśliwa bez oglądania się wstecz i zastanawiania, co by na to powiedział Gerry. Nie może pozwolić, by to ją powstrzymywało.

Kiedy Gerry żył, ona żyła poprzez niego. I robiła tak nadal. Nareszcie to dostrzegła. Wtedy czuła się bezpieczna, ale teraz została sama i musi wykazać się odwagą.

Zdjęła słuchawkę z widełek i wyłączyła komórkę. Nie chciała, by cokolwiek jej przeszkodziło. Pragnęła się delektować tą szczególną i ostatnią chwilą. Musiała pożegnać się z Gerrym. Była teraz sama, czas, by zacząć myśleć za siebie.

Powoli otworzyła kopertę, ostrożnie, by jej nie rozedrzeć,
i wyjęła kartkę.

*Nie bój się ponownie zakochać. Otwórz swe serce i po-
dążaj tam, dokąd cię ono wiedzie... i pamiętaj, fruń do
księżyca...*
PS Zawsze będę Cię kochał...

– Och, Gerry – zaszlochała, a jej ramiona zadrżały.

Tej nocy niewiele spała, a kiedy udawało jej się zdrzemnąć,
w jej snach pojawiały się niewyraźne twarze i sylwetki Daniela i Gerry'ego, splątane ze sobą. Obudziła się o szóstej rano,
zlana potem. Postanowiła wstać i pójść na spacer, w nadziei,
że to pomoże jej rozsupłać splątane myśli. Było jej ciężko na
duszy, kiedy opatulona szła ścieżką w pobliskim parku,
przejmujący mróz kłuł w uszy i szczypał w twarz. Tylko jej
głowa była gorąca. Gorąca od łez, gorąca od bólu głowy,
gorąca przez te wszystkie myśli, kotłujące się w środku.

Drzewa były gołe i wyglądały niczym stojące w szeregach
szkielety. Wokół jej stóp tańczyły liście, które przypominały
rozbrykane małe elfy, pragnące podstawić jej nogę. Park
był wyludniony; ludzie po raz kolejny zapadli w stan hibernacji, zbyt tchórzliwi, by stawić czoło żywiołom zimy. Holly
nie była odważna, a spacer wcale nie sprawiał jej przyjemności, wręcz przeciwnie, odbierała go jako karę.

Jak to możliwe, że znalazła się w takiej sytuacji? Kiedy
wreszcie zaczęła jakoś zbierać fragmenty swego zrujnowa-
nego życia, znów je upuściła, a ono ponownie się rozsypało.
Sądziła, że znalazła przyjaciela, kogoś, komu naprawdę
mogła zaufać. Nie miała najmniejszej ochoty wikłać się
w jakiś absurdalny trójkąt miłosny. A był on rzeczywiście
absurdalny, bo tej trzeciej osoby nawet nie było w pobliżu.
Oczywiście, że dużo myśli poświęcała Danielowi, ale rozmyślała także o Sharon i Denise, a przecież z całą pewnością nie była w nich zakochana, prawda? To, co czuła do

Daniela, to nie była miłość, jaką darzyła Gerry'ego; to było zupełnie inne uczucie. Czyli nie była w nim zakochana. Bo gdyby była, czy nie uświadomiłaby sobie tego, bez potrzeby czekania kilku dni i „zastanawiania się nad tym"? Ale w takim razie dlaczego w ogóle o tym myślała? Jeśli go nie kochała, powinna była mu to od razu powiedzieć... tymczasem miała wątpliwości. To było proste pytanie, wymagające prostej odpowiedzi, tak albo nie, prawda? Życie naprawdę jest dziwne.

I dlaczego Gerry zachęcał ją, by się znów zakochała? O czym myślał, kiedy to pisał? Czy zrezygnował z niej jeszcze przed swoją śmiercią? Czy tak łatwo pogodził się z faktem, że jego żona pozna kogoś innego? Pytania, pytania, pytania. I nigdy nie pozna odpowiedzi.

Po kilku godzinach zadręczania się, kiedy mroźne powietrze porządnie jej dokuczyło, ruszyła w kierunku domu. Kiedy szła swoją ulicą, odgłos śmiechu sprawił, że podniosła oczy. Jej sąsiedzi dekorowali małymi lampkami choinkę w ogrodzie.

– Cześć, Holly – przywitała się sąsiadka, wychodząc zza drzewka z żaróweczkami oplatającymi jej nadgarstki.

– Dekoruję Jessicę – zaśmiał się jej partner, owijając przewodami jej nogi. – Myślę, że będzie z niej piękny krasnal ogrodowy.

Holly uśmiechnęła się ze smutkiem, przyglądając się ich zabawie.

– Już święta.

– Wiem. – Jessica przestała się śmiać na tyle długo, by udało jej się udzielić odpowiedzi. – Jak ten rok szybko minął, prawda?

– Za szybko – odparła cicho Holly. – Za szybko.

Przeszła przez ulicę, ale odwróciła się, słysząc krzyk. Jessica straciła równowagę i przewróciła się na trawę, opleciona lampkami. Kiedy Holly wchodziła do domu, na ulicy wciąż jeszcze rozbrzmiewał głośny śmiech.

– No dobra, Gerry – oświadczyła, kiedy zamknęła za sobą drzwi. – Byłam na spacerze, dokładnie przemyślałam to, co powiedziałeś, i doszłam do wniosku, że postradałeś rozum, kiedy pisałeś tę wiadomość. Jeśli naprawdę, ale to naprawdę miałeś na myśli to, co napisałeś właśnie, to daj mi jakiś znak, w przeciwnym razie uznam, że to był błąd i że zmieniłeś zdanie – rzuciła rzeczowo w przestrzeń.

Rozejrzała się po salonie, czekając, by coś się stało. Cisza.

– Popełniłeś błąd i rozumiem to. Po prostu zignoruję tę ostatnią wiadomość. – Ponownie rozejrzała się po pokoju i powoli podeszła do okna. – Okej, Gerry, to twoja ostatnia szansa...

Lampki na choince po drugiej stronie ulicy zapaliły się, Jessica i Tony tańczyli po ogrodzie i chichotali. Nagle lampki zamrugały i zgasły. Rozbawionej parze zrzedły miny.

Holly przewróciła oczami.

– Uznaję to za „nie wiem".

Usiadła przy stole w kuchni i napiła się gorącej herbaty, żeby rozgrzać skostniałe ciało. Przyjaciel oświadcza, że cię kocha, twój nieżyjący mąż mówi ci, byś ponownie się zakochała, więc robisz sobie herbatę.

Do świąt miała trzy tygodnie pracy, co oznaczało, że jeśli zajdzie taka potrzeba, będzie musiała unikać Daniela jedynie przez piętnaście dni roboczych, a to wydawało się wykonalne. Pozostaje mieć tylko nadzieję, że zdąży podjąć decyzję do czasu ślubu Denise. Ale najpierw czekało ją pierwsze samotne Boże Narodzenie i myślała o nim z prawdziwym przerażeniem.

Rozdział czterdziesty dziewiąty

– Okej, gdzie mam ją postawić? – wydyszał Richard, wnosząc do salonu choinkę.

Drogę pokonywaną przez drzewko znaczył szlak małych igiełek: przez salon, korytarz i aż do samochodu. Holly westchnęła. Będzie musiała znowu włączyć odkurzacz. Przyglądała się choince z niechęcią. Pachniała pięknie, ale robiła tak cholernie dużo bałaganu.

– Holly! – powtórzył Richard.

Otrząsnęła się i parsknęła śmiechem.

– Wyglądasz jak gadające drzewo, Richardzie. – Widać było tylko jego brązowe buty, wystające spod choinki.

– Holly – warknął, lekko się chwiejąc pod ciężarem drzewka.

– Ojej, przepraszam. Koło okna.

Zagryzła wargi i skrzywiła się, kiedy brat po drodze zrzucił z gzymsu kominka lampki, ramki ze zdjęciami i świece.

– Proszę bardzo – oświadczył, ocierając czoło i czyniąc krok w tył, by przyjrzeć się swemu dziełu.

Zmarszczyła brwi.

– Wygląda tak trochę łyso, nie sądzisz?

– Pewnie, dlatego musisz ją ubrać.

– Wiem, Richardzie, ale chodziło mi o to, że ta choinka ma pięć gałęzi na krzyż – jęknęła.

– Mówiłem ci, żebyś kupiła wcześniej, a nie czekała do Wigilii. To i tak najlepsza z tych, jakie pozostały; najładniejsze sprzedałem już kilka tygodni temu.

– Pewnie masz rację – skrzywiła się.

W tym roku w ogóle nie chciała zawracać sobie głowy choinką. Nie była w świątecznym nastroju, a nie miała przecież dzieci, którym trzeba było sprawić przyjemność, pozwalając im obwieszać choinkę świecidełkami. Jednak Richard się uparł, a ona uznała, że musi mu pomóc w sprzedaży choinek, co stanowiło dodatek do rozkwitającego interesu, czyli projektowania ogrodów. Tyle że ta choinka była okropna i nie ukryją tego żadne ozdoby. Patrząc na nią, żałowała, że nie kupiła drzewka wcześniej. Wtedy przynajmniej wyglądałaby jak prawdziwa choinka, a nie jak badyl, z którego zwisa kilka kłujących gałęzi.

Nie mogła uwierzyć, że to już Wigilia. Przez ostatnie kilka tygodni zostawała w pracy po godzinach, bo numer styczniowy musiał być gotowy przed przerwą świąteczną. Skończyli wczoraj i kiedy Alice zaproponowała, by wspólnie udali się na świątecznego drinka do pubu U Hogana, Holly grzecznie odmówiła. Do tej pory nie rozmawiała z Danielem; ignorowała jego telefony, unikała pubu niczym zarazy, i poleciła Alice, by za każdym razem, gdy dzwonił do biura, mówiła mu, że jest na spotkaniu. Dzwonił do pracy prawie codziennie.

Nie chciała zachowywać się niegrzecznie, ale potrzebowała jeszcze czasu, by wszystko sobie przemyśleć. W porządku, może i nie oświadczył się jej, ale bez mała tak właśnie się czuła.

Głos Richarda przywołał ją do rzeczywistości.

– Przepraszam, co mówiłeś?

– Spytałem, czy chciałabyś, żebym ci pomógł ją ubrać?

Serce Holly zamarło. To było ich zadanie, jej i Gerry'ego, nikogo więcej. Każdego roku włączali świąteczną płytę, otwierali butelkę wina i dekorowali choinkę...

– Nie, w porządku, Richardzie, poradzę sobie. Jestem pewna, że masz coś innego do roboty.

– Właściwie to nawet chętnie bym ci pomógł – odparł z zapałem. – Zazwyczaj ja, Meredith i dzieci robiliśmy to wspólnie, ale w tym roku mnie to ominęło... – urwał.

– Och. – Wcześniej nawet nie przyszło jej do głowy, że dla brata te święta będą także trudne; zbyt egoistycznie pochłonięta była własnymi zmartwieniami. – Dobrze, w takim razie czemu nie? – Uśmiechnęła się.

Richard aż się rozpromienił i wyglądał jak duży chłopiec.

– Ale problem w tym, że nie bardzo wiem, gdzie są ozdoby. Gerry zawsze chował je gdzieś na strychu... – mruknęła.

– Drobiazg – uśmiechnął się Richard pokrzepiająco. – To też należało do moich zadań. Poszukam ich. – Ruszył na górę.

Holly otworzyła butelkę czerwonego wina i wcisnęła „play" na odtwarzaczu CD. W tle rozbrzmiały ciche dźwięki *White Christmas* Binga Crosby'ego. Richard wrócił z przewieszonym przez ramię czarnym workiem i w zakurzonej czapce Świętego Mikołaja na głowie.

– Ho, ho, ho!

Zachichotała i podała mu kieliszek z winem.

– Nie, nie – zamachał ręką. – Prowadzę.

– Jeden kieliszek możesz wypić.

– Nie, nie. Nie piję, kiedy prowadzę.

Wzniosła oczy do nieba i wypiła najpierw jego wino, a potem swoje. Kiedy Richard wyszedł, zdążyła już opróżnić całą butelkę i otworzyła następną. Zauważyła, że na automatycznej sekretarce miga czerwone światełko. Włączyła ją, bo chciała mieć trochę spokoju i teraz liczyła tylko na to, że nie jest to wiadomość, której usłyszenia wolałaby uniknąć. Wcisnęła odtwarzanie.

– Cześć, Sharon, z tej strony Daniel Connolly. Przepraszam, że zawracam ci głowę, ale ten numer wyświetlił mi się, kiedy kilka miesięcy temu dzwoniłaś, by zapisać Holly na karaoke. Eee... cóż, mam po prostu nadzieję, że może przekażesz w moim imieniu tę wiadomość. Denise jest tak zajęta przygotowaniami do ślubu, że nie mogę polegać na jej pamięci... – Zaśmiał się lekko i odkaszlnął. – Nieważne. Czy mogłabyś powiedzieć Holly, że wyjeżdżam na święta do rodziny do Galway? Wybieram się tam jutro. Nie mogłem się do niej dodzwonić na komórkę, wiem, że w pracy ma już teraz wolne, a nie mam jej numeru domowego... więc gdybyś...

Wiadomość została przerwana i Holly czekała na odtworzenie następnej.

– Sorki, Sharon, to jeszcze raz ja. To znaczy Daniel. W każdym razie byłbym ci wdzięczny, gdybyś mogła przekazać Holly, że przez kilka następnych dni będę w Galway, i że będę miał ze sobą komórkę, gdyby chciała się ze mną skontaktować. Wiem, że musi sobie przemyśleć kilka spraw, więc... – zawahał się. – Nieważne, lepiej już skończę, zanim ta maszyna ponownie mi przerwie. Do zobaczenia w przyszłym tygodniu na weselu. Dzięki... cześć.

Następna wiadomość była od Denise, która poinformował ją, że Daniel jej szuka, potem od Declana, który także przekazał, że Daniel jej szuka, następna od dawnej szkolnej koleżanki, której nie widziała już od kilku ładnych lat, a która oświadczyła, że zeszłego wieczoru wpadła w pubie na dawnego znajomego o imieniu Daniel, który szukał Holly i chciał, by do niego oddzwoniła. Szóstą wiadomość ponownie nagrał Daniel.

– Cześć, Holly, tu Daniel. Declan dał mi twój numer. Nie do wiary, że choć od tak dawna się przyjaźnimy, nie dałaś mi jeszcze numeru domowego, choć teraz widzę, że miałem go przez cały czas, zupełnie nie zdając sobie z tego sprawy... – Urwał na chwilę, by zaczerpnąć tchu. – Tak czy inaczej, naprawdę muszę z tobą porozmawiać. Sądzę, że powinna to być rozmowa w cztery oczy i to zanim spotkamy się na weselu. Proszę, Holly, proszę, zadzwoń do mnie. Nie wiem, jak inaczej mogę do ciebie dotrzeć. – Cisza, kolejny głęboki wdech i wydech. – Okej, to wszystko. Cześć.

Holly ponownie wcisnęła odtwarzanie, pogrążona w myślach.

Siedziała w salonie, przyglądając się choince i słuchała świątecznych piosenek. Płakała. Płakała nad Gerrym i nad łysawą choinką.

Rozdział pięćdziesiąty

– Wesołych świąt, kochanie! – Frank otworzył drzwi, by wpuścić do domu zziębniętą Holly.

– Wesołych świąt, tato – uśmiechnęła się i mocno się do niego przytuliła.

Oddychała głęboko, idąc przez dom. Piękny zapach choinki, wina i świątecznego obiadu, wzbudził w niej nagłe uczucie samotności. Boże Narodzenie przypominało jej o Gerrym. To był dla nich zawsze wyjątkowy czas, kiedy zapominali o kłopotach związanych z pracą, odpoczywali między kolejnymi spotkaniami z przyjaciółmi i rodziną i cieszyli się sobą. Tak bardzo za nim tęskniła, że aż czuła ściskanie w żołądku.

Dziś rano poszła na cmentarz, by złożyć mu świąteczne życzenia. Była tam po raz pierwszy od dnia pogrzebu. Do tej pory nie mogła się przemóc, by odwiedzić jego grób, to było zbyt bolesne. Dzisiejszy poranek był przygnębiający. Pod choinką nie czekało na nią żadne zawiniątko, nie dostała do łóżka śniadania. Gerry pragnął zostać skremowany, co oznaczało, że musiała stać przed ścianą, na której wyryte było jego nazwisko. I naprawdę czuła się tak, jakby mówiła do ściany. Mimo to opowiedziała mu o tym, jak minął rok i jakie ma plany na ten dzień. Powiedziała mu, że Sharon i John spodziewają się chłopca, któremu chcą dać na imię Gerry, a ona ma zostać jego matką chrzestną.

Że będzie pierwszą druhną na ślubie Denise. Opowiedziała mu, jaki jest Tom, ponieważ Gerry go nie poznał, a także o swojej nowej pracy. Nie wspomniała ani słowem o Danielu. Naprawdę dziwnie się czuła, stojąc tam i mówiąc do siebie. Pragnęła, by przeniknęło ją głębokie, duchowe uczucie, że on jest przy niej i słucha jej głosu, ale tak naprawdę nie mogła nie oprzeć się wrażeniu, że mówi do ponurej, szarej ściany.

Jej obecność tutaj tego dnia nie była niczym wyjątkowym. Na cmentarzu było mnóstwo starszych ludzi, którzy odwiedzali zmarłych małżonków, młodych kobiet, takich jak Holly, przechadzających się w samotności, młodych mężczyzn... Przyglądała się, jak matka wybucha płaczem nad grobem, a jej dwoje zdumionych dzieci patrzy na nią z lękiem. Młodsze dziecko mogło mieć najwyżej trzy latka. Kobieta szybko otarła oczy. Holly wdzięczna była losowi za to, że mogła pozwolić sobie na egoistyczne martwienie się tylko o siebie. Zastanawiało ją, skąd u licha ta kobieta brała siłę, by przetrwać, mając pod opieką dwoje małych dzieci.

To był zdecydowanie ponury ranek.

– Wesołych świąt, skarbie! – zawołała Elizabeth, wychodząc z kuchni z szeroko otwartymi ramionami, by ją przytulić.

Holly zaczęła płakać. Czuła się jak to małe dziecko na cmentarzu. Ona też potrzebowała swojej mamusi. Policzki Elizabeth zarumienione były od pracy w kuchni, a ciepło jej ciała ogrzało duszę Holly.

– Przepraszam – otarła twarz. – Przepraszam.

– Ćśś – odparła uspokajająco Elizabeth, przytulając ją jeszcze mocniej.

Nie musiała niczego więcej mówić; Holly wystarczyło, że była.

Tydzień wcześniej odwiedziła mamę, bo niewyjaśniona sprawa z Danielem rozstrajała ją. Elizabeth, która nieczęsto coś piekła, tym razem była w trakcie robienia świątecznych ciast. Twarz miała pobrudzoną mąką, rękawy podciągnięte do łokci, i nawet we włosach widać było mąkę. Na blacie

434

kuchennym leżało zagniecione ciasto, a obok blaszki do pieczenia i folia aluminiowa. Kuchnia udekorowana była kolorowymi, błyszczącymi ozdobami, a powietrze wypełniał cudowny świąteczny zapach.

Elizabeth obrzuciła spojrzeniem córkę i od razu wyczuła, że dzieje się coś niedobrego. Usiadły przy stole w kuchni, na którym porozkładane były czerwono-zielone świąteczne serwetki z Mikołajem, reniferami i choinkami. W kuchni leżały także całe stosy prezentów z niespodzianką, o które rywalizować będzie cała rodzina, czekoladowe herbatniki, piwo, wino i mnóstwo innych rzeczy... Rodzice zawsze się dobrze przygotowywali do świąt.

– Co się stało, kochanie? – zapytała Elizabeth, przesuwając w jej kierunku tacę z czekoladowymi herbatnikami.

Holly zaburczało w brzuchu, ale nie była w stanie niczego przełknąć. Wzięła głęboki oddech i opowiedziała mamie o tym, co się wydarzyło między nią i Danielem, i o decyzji, jaką zmuszona była podjąć. Matka słuchała cierpliwie.

– No a co do niego czujesz? – zapytała, uważnie wpatrując się w twarz córki.

Holly bezradnie wzruszyła ramionami.

– Lubię go, mamo, naprawdę, ale... – Ponownie wzruszyła ramionami i umilkła.

– Nie czujesz się jeszcze gotowa na następny związek?

Holly potarła czoło.

– Sama nie wiem, mamo. Mam wrażenie, że już niczego nie wiem. – Zastanawiała się przez chwilę. – Daniel jest wspaniałym przyjacielem. Zawsze mogę na niego liczyć, potrafi mnie rozśmieszyć; sprawia, że dobrze się czuję sama ze sobą... – Wzięła herbatnik i zaczęła go kruszyć. – Ale nie wiem, czy kiedykolwiek będę gotowa na następny związek, mamo. Może tak, może nie; a może nie bardziej niż w tej chwili. On nie jest Gerrym, ale wcale tego od niego nie oczekuję. W tym przypadku moje uczucie jest zupełnie inne, choć również przyjemne. – Urwała, by zastanowić się chwilę nad tym, co powiedziała. – Nie wiem, czy kiedykolwiek pokocham w ten sam sposób, trudno mi uwierzyć, że coś takiego może się zdarzyć, ale miło jest pomyśleć, że pewnego dnia może tak właśnie będzie – dodała, uśmiechając się ze smutkiem.

– Nie przekonasz się, czy pokochasz, jeśli nie spróbujesz – odparła pokrzepiająco Elizabeth. – Ważne, by niczego nie przyspieszać, Holly. Wiem, że sama do tego doszłaś, ale ja chcę jedynie, byś była szczęśliwa. Zasługujesz na to. A czy będziesz z Danielem, z człowiekiem z księżyca, czy też zostaniesz sama, to bez znaczenia, jeśli tylko przyniesie ci to szczęście.

– Dzięki, mamo. – Holly oparła głowę na ramieniu Elizabeth. – Ja po prostu jeszcze nie wiem, czego tak naprawdę chcę.

Pomimo tej krzepiącej rozmowy, nie była ani odrobinę bliżej podjęcia decyzji. Najpierw musiała przetrwać Boże Narodzenie bez Gerry'ego.

Reszta rodziny – nie licząc Ciary, która nadal przebywała w Australii – dołączyła do nich i wszyscy po kolei witali ją ciepłymi uściskami i pocałunkami. Gdy zebrali się wokół choinki, by wymienić się podarunkami, Holly nie potrafiła powstrzymać łez. Nie miała sił, by je ukrywać; nie miała sił, by się tym przejmować. To były łzy zarówno smutku, jak i szczęścia. Była sama, a mimo to czuła się kochana.

Oddaliła się od reszty rodziny, by mieć chwilę dla siebie i w spokoju pomyśleć – w jej głowie kłębiły się myśli, które trzeba było uporządkować. Znalazła się w swoim dawnym pokoju. Patrzyła przez okno na ciemną i wietrzną ulicę. Morze było wzburzone i przerażające, aż zadrżała na myśl o jego potędze.

– A więc tutaj się schowałaś.

Odwróciła się i ujrzała Jacka, który patrzył na nią, stojąc w drzwiach. Uśmiechnęła się blado i znów odwróciła się do okna, wciąż jeszcze mając żal do brata. Słuchała fal i przyglądała się, jak czarna woda połyka deszcz ze śniegiem,

436

który właśnie zaczął padać. Usłyszała, że Jack wzdycha głośno, a po chwili poczuła, jak obejmują ją jego ramiona.

– Przepraszam – odezwał się łagodnie.

Holly uniosła brwi, ale nadal niewzruszenie wpatrywała się przed siebie.

Powoli pokiwał głową.

– Masz prawo tak mnie traktować, Holly. Ostatnio zachowywałem się jak kompletny dupek. I bardzo cię za to przepraszam.

Odwróciła się do niego, a jej oczy zalśniły.

– Rozczarowałeś mnie, Jack.

Zamknął powoli oczy, jakby na tę myśl poczuł fizyczny ból.

– Wiem, przepraszam – powiedział to jeszcze łagodniej niż poprzednio. – Nie radziłem sobie z tym wszystkim, Holly. Tak ciężko mi było z tym, że Gerry... no wiesz...

– Umarł – zakończyła za niego.

– Tak. – Zaciskał i rozluźniał szczękę, ale odniosła wrażenie, jakby wreszcie zaakceptował ten fakt.

– Dla mnie też nie było to łatwe, Jack. – Przez chwilę panowała cisza. – Ale pomogłeś mi spakować wszystkie jego rzeczy. Przejrzałeś je razem ze mną, dzięki tobie to zadanie stało się znacznie prostsze – rzekła Holly z konsternacją. – Wtedy mogłam na ciebie liczyć, więc dlaczego nagle tak po prostu zniknąłeś?

– Boże, tak mi było wtedy ciężko. – Potrząsnął ze smutkiem głową. – Ty byłaś taka silna, Holly... ty jesteś silna – poprawił się. – Porządkowanie jego rzeczy mnie dobiło, przebywanie w tym domu i świadomość, że jego tam nie ma... nie mogłem tego znieść. A potem coraz bliższy stawał ci się Richard, uznałem więc, że nic się nie stanie, jeśli ja się odsunę... – Zarumienił się, rad, że wreszcie wyjaśnił jej swoje uczucia i świadomy, jak bardzo były absurdalne.

– Ty głupku – odparła Holly, dając mu żartobliwego kuksańca w brzuch. – Tak jakby Richard mógł kiedykolwiek zająć twoje miejsce.

437

Uśmiechnął się.

– No, nie wiem, ostatnio żyjecie w doskonałej komitywie. Ponownie spoważniała.

– Richard w ciągu ostatniego roku okazał mi dużo serca, a uwierz mi, że w tym czasie wiele osób zdołało mnie zaskoczyć – dodała znacząco. – Daj mu szansę, Jack.

Brat wpatrywał się w morze i powoli skinął głową, przetrawiając to, co właśnie usłyszał.

– Przykro mi, Holly.

Otoczyła go ramionami i poczuła znajomy, uspokajający uścisk.

– Wiem. Mnie też jest przykro. Przykro mi, że wszystko to musiało się wydarzyć. Ale potrzebuję cię, wiesz?

– Wiem – odparł, przytulając ją jeszcze mocniej. – I możesz na mnie liczyć. Przestanę się już zachowywać jak egoista i zaopiekuję się moją małą siostrzyczką.

– Hej, twoja mała siostrzyczka świetnie radzi sobie sama, dziękuję ci bardzo – rzekła ze smutkiem, przyglądając się, jak wzburzone fale rozbijają się na skałach.

Zasiedli do stołu i Holly poczuła, że cieknie jej ślinka na widok wszystkich pyszności.

– Dostałem dziś e-mail od Ciary – oznajmił Declan.

Wszyscy bardzo się ucieszyli.

– Przysłała zdjęcie. – Puścił wokół stołu fotografię, którą wcześniej wydrukował.

Holly uśmiechnęła się na widok siostry, leżącej na plaży i jedzącej grillowany obiad świąteczny razem z Mathew. Była teraz blondynką, ciało miała opalone, obydwoje wyglądali na bardzo szczęśliwych. Przyglądała się przez chwilę fotografii, dumna, że siostra po wędrówce po świecie odnalazła swoje miejsce na ziemi. Miała szczerą nadzieję, że coś takiego stanie się także jej udziałem. Podała zdjęcie Jackowi, a on popatrzył na nie z przyjemnością.

– Podobno ma dzisiaj padać śnieg – oznajmiła Holly, kładąc sobie na talerz kolejną porcję. Musiała odpiąć guzik od spodni, no ale to przecież święta, czas dawania prezentów i jedzenia.

– Nie, nie będzie padać – rzekł Richard, obgryzając kostkę. – Jest zbyt mroźno.

Holly zmarszczyła brwi.

– Jak może być zbyt mroźno na śnieg?

Richard oblizał palce i wytarł je w serwetkę zatkniętą za koszulę. Holly starała się nie śmiać, patrząc na jego czarny wełniany sweter, ozdobiony z przodu wielką choinką.

– Musi się nieco ocieplić, dopiero wtedy spadnie śnieg – wyjaśnił.

– Na Antarktydzie jest minus milion stopni, a przecież pada śnieg. Trudno to nazwać cieplejszą pogodą.

. – Tak to już jest – odparł rzeczowym tonem.

– Skoro tak mówisz. – Holly wzruszyła ramionami.

– Właściwie to on ma rację – odezwał się po chwili Jack, i wszyscy przestali jeść i patrzyli na niego. To nie było zdanie, które często pojawiało się w jego ustach. Zaczął opowiadać, jak powstaje śnieg, a Richard pomagał mu w bardziej naukowych szczegółach. Uśmiechnęli się do siebie zadowoleni, że są Panami Mądralami. Abbey uniosła brwi i obie z Holly popatrzyły na siebie w osłupieniu.

– Chcesz może trochę warzyw do sosu, tato? – zapytał poważnie Declan, podając mu miskę z brokułami.

Wszyscy spojrzeli na talerz Franka i zaśmiali się. Jak zwykle znajdowało się na nim morze sosu.

– Bardzo śmieszne – powiedział Frank, biorąc miskę z rąk syna. – A poza tym, mieszkamy zbyt blisko morza, by padał – dodał.

– Padał co? Sos? – mruknęła Holly, a wszyscy się roześmiali.

– Śnieg, głuptasie – odparł, chwytając ją za nos w taki sposób, w jaki zawsze to czynił, kiedy była mała.

– A ja gotów jestem założyć się z wami wszystkimi o milion funciaków, że dziś spadnie śnieg – oświadczył z entuzjazmem Declan, patrząc na rodzeństwo.

– W takim razie lepiej już zacznij oszczędzać, bo skoro nasi bracia, którzy pozjadali wszystkie rozumy, twierdzą, że nie będzie padać, to nie będzie! – zażartowała Holly.

– To wy się zrzucajcie, chłopaki. – Declan zatarł ręce, kiwając głową w kierunku okna.

– O mój Boże! – Holly wybiegła zza stołu. – Pada śnieg!

– W takim razie, to tyle, jeśli chodzi o teorię – rzekł Jack do Richarda i obaj parsknęli śmiechem, patrząc na lecące z nieba migotliwe białe płatki.

Wszyscy wstali od świątecznego stołu, włożyli płaszcze i wybiegli na zewnątrz jak gromadka podnieconych dzieciaków. Holly rzuciła okiem na sąsiednie podwórka. Z każdego domu wyszły rodziny i stały, wpatrując się w niebo.

Elizabeth objęła córkę i mocno ją przytuliła.

– Wygląda na to, że Denise będzie miała prawdziwie biały ślub – uśmiechnęła się.

Serce Holly zabiło dziko na myśl o weselu przyjaciółki. Już tylko kilka dni dzieliło ją od spotkania z Danielem.

Elizabeth musiała czytać w jej myślach, gdyż zapytała cicho, tak by nie usłyszał tego nikt inny:

– Myślałaś już o tym, co powiesz Danielowi?

Holly patrzyła na płatki śniegu, które mieniły się w blasku księżyca na czarnym niebie. Ta chwila wydawała się magiczna; wtedy właśnie podjęła decyzję.

– Tak – uśmiechnęła się i wzięła głęboki oddech.

– To dobrze. – Elizabeth pocałowała ją w policzek. – I pamiętaj, Bóg cię poprowadzi i zawsze ci pomoże.

– Mam nadzieję, gdyż w najbliższym czasie Jego pomoc będzie mi bardzo potrzebna.

- Sharon, zostaw tę torbę, jest za ciężka! – wrzasnął John.
- Nie jestem inwalidką. Jestem jedynie w ciąży! – krzyknęła gniewnie w odpowiedzi.
- Wiem, ale lekarz powiedział, że nie wolno ci dźwigać nic ciężkiego! – John obszedł samochód i odebrał jej torbę.
- Mam w dupie lekarza, który nigdy nie był w pieprzonej ciąży!

Holly głośno zatrzasnęła bagażnik. Miała już dość kłótni Johna i Sharon; musiała wysłuchiwać ich sprzeczek przez całą drogę do Wicklow. Teraz pragnęła jedynie udać się do hotelu i odpocząć. Zaczynała się także powoli obawiać o Sharon. W ciągu ostatnich dwóch godzin głos jej przyjaciółki podniósł się o trzy oktawy, a wyglądała tak, jakby zaraz miała eksplodować. I patrząc na jej brzuch, Holly naprawdę się obawiała, że przyjaciółka eksploduje. W żadnym wypadku nie chciała znajdować się w pobliżu, kiedy to się stanie.

Chwyciła torbę i spojrzała na hotel. Z wyglądu bardziej przypominał zamek. Tom i Denise nie mogli wybrać piękniejszego miejsca na swe sylwestrowe wesele. Budynek pokryty był ciemnozielonym bluszczem, a przed głównym wejściem znajdowała się ogromna fontanna. Hotel otaczały pięknie utrzymane, zielone ogrody. Denise nie będzie jednak miała białego wesela: śnieg stopniał kilka minut po tym, jak spadł. Ale i tak były to dla Holly piękne chwile, spędziła je z rodziną, co na krótko poprawiło jej nastrój. Teraz jednak pragnęła znaleźć swój pokój i zaszyć się w nim. Nie miała nawet pewności, czy jej suknia nadal na nią pasuje po świątecznym obżarstwie. Nie zamierzała podzielić się swymi wątpliwościami z Denise, bo przyjaciółka najpewniej dostałaby ataku serca. Może obejdzie sie bez przeróbek... Niepotrzebnie też wspomniała Sharon o swoich obawach, bo w odpowiedzi usłyszała, że ona nie może się zmieścić w ubrania, które nosiła dzień wcześniej, nie mówiąc o sukni sprzed kilku tygodni.

Holly ciągnęła za sobą torbę podskakującą na bruku, i nagle poleciała do przodu, bo ktoś potknął się o jej bagaż.

– Przepraszam – usłyszała śpiewny głos i obejrzała się gniewnie, by zobaczyć, przez kogo prawie skręciła kark. Ujrzała wysoką blondynkę, która zmierzała do hotelu, kołysząc biodrami. Holly zmarszczyła brwi: ten chód był jej znany. Wiedziała, że skądś go zna, ale... och!

Laura.

O nie, pomyślała, z wściekłością. Tom i Denise jednak ją zaprosili! Musi szybko znaleźć Daniela, by go ostrzec. Będzie oburzony, kiedy się dowie, że jego była dostała zaproszenie. A potem, jeśli czas pozwoli, Holly dokończy z nim ich wcześniejszą rozmowę – jeśli nadal będzie chciał jej wysłuchać. Bądź co bądź, minął już prawie miesiąc, odkąd po raz ostatni ze sobą rozmawiali. Skrzyżowała za plecami palce i szybkim krokiem ruszyła do recepcji.

Powitał ją totalny chaos.

Pełno tam było rozgniewanych ludzi i bagażu. Ponad panującym hałasem dało się rozróżnić głos Denise.

– Proszę posłuchać, nie obchodzi mnie, że nastąpiła pomyłka! Proszę ją naprawić! Wiele miesięcy temu zarezerwowałam pięćdziesiąt pokoi dla moich weselnych gości! Słyszał mnie pan? Na moje własne wesele! I nie odeślę teraz dziesięciorga z nich gdzieś do gównianego pensjonatu. Proszę to jakoś załatwić!

Osłupiały recepcjonista przełknął ślinę i skinął głową, próbując wyjaśnić całą sytuację.

Denise uniosła dłoń do twarzy.

– Nie chcę wysłuchiwać więcej żadnych usprawiedliwień! Proszę po prostu załatwić dodatkowych dziesięć pokoi dla moich gości!

Holly dostrzegła strapionego Toma i zaczęła przepychać się przez tłum w jego kierunku.

– Tom!

– Cześć, Holly. – Wyglądał na mocno zdenerwowanego.

– W którym pokoju znajdę Daniela?

– Daniela? – Na jego twarzy malowała się konsternacja.

– Tak, Daniela! Drużbę… to znaczy twojego drużbę – poprawiła się.

– Nie wiem, Holly – odparł i odwrócił się, by złapać kogoś z obsługi.

Przyskoczyła do niego z drugiej strony, zasłaniając mu widok.

– Tom, ja naprawdę muszę to wiedzieć! – oświadczyła stanowczo.

– Ale ja naprawdę nie wiem. Zapytaj Denise – mruknął i pobiegł korytarzem, goniąc pracownika hotelu.

Zerknęła na Denise i przełknęła ślinę. Jej przyjaciółka wyglądała, jakby miotała nią furia, więc wolała o nic ją nie pytać. Ustawiła się w kolejce za innymi gośćmi i dwadzieścia minut oraz kilka podstępnych przemieszczeń się do przodu później, wreszcie znalazła się przed recepcjonistą.

– Witam, czy mógł mi pan powiedzieć, w którym pokoju zameldowany jest pan Daniel Connolly? – zapytała szybko.

Recepcjonista potrząsnął głową.

– Przykro mi, ale nie możemy udzielać informacji na temat numerów pokoi innych gości.

Holly zatrzepotała rzęsami.

– Jestem jego przyjaciółką – i uśmiechnęła się słodko.

Mężczyzna uśmiechnął się uprzejmie i ponownie potrząsnął głową.

– Przykro mi, ale to wbrew polityce hotelu, by…

– Proszę mnie posłuchać! – wrzasnęła i nawet stojąca w pobliżu Denise umilkła na chwilę. – To naprawdę ważne!

Mężczyzna potrząsnął powoli głową, najwyraźniej zbyt przerażony, by otworzyć buzię. Wreszcie się odezwał:

– Przykro mi, ale…

– Aaaaaaach! – warknęła.

– Holly – odezwała się łagodnie Denise, kładąc dłoń na jej ramieniu. – Co się stało?

– Muszę wiedzieć, w którym pokoju mieszka Daniel! – wrzasnęła, aż Denise popatrzyła na nią ze zdumieniem.

– Pokój trzysta czterdzieści dwa – wyjąkała.

– Dziękuję bardzo! – zawołała gniewnie Holly, nie wiedząc, dlaczego nadal krzyczy, i pobiegła w kierunku wind.

Na górze ruszyła szybko wzdłuż korytarza, ciągnąc za sobą torbę i patrząc na numery mijanych drzwi. Gdy dotarła do jego pokoju, zapukała głośno i dopiero na dźwięk zbliżających się kroków uświadomiła sobie, że nawet nie pomyślała, co mu powie. Wzięła głęboki wdech.

I nagle przestała oddychać.

Drzwi się otworzyły. Stała w nich Laura.

– Kochanie, kto to? – usłyszała wołanie Daniela i ujrzała go, jak wychodzi z łazienki.

– To ty! – zaskrzeczała Laura.

Rozdział pięćdziesiąty pierwszy

Holly stała przed drzwiami pokoju i patrzyła to na Laurę, to na Daniela. Po ich zdekompletowanych strojach domyśliła się, że Daniel wiedział wcześniej, iż Laura zjawi się na weselu. Uznała także, że nie poinformował o tym fakcie Denise i Toma, w przeciwnym wypadku coś by jej powiedzieli. Ale z drugiej strony, dlaczego niby mieliby jej powiedzieć. Żadnej z przyjaciółek nie zwierzyła się z tego, co Daniel powiedział jej przed świętami. Kiedy wpatrywała się w hotelowe drzwi, uświadomiła sobie, że to oznacza, iż nie ma absolutnie żadnego prawa, by stać tam, gdzie teraz stoi.

Daniel owinął się ciaśniej niewielkim ręcznikiem i stał niczym wrośnięty w ziemię, natomiast Laura była wyraźnie wzburzona. Przez chwilę nikt nie odezwał się ani słowem. Holly niemal słyszała, jak mózgi całej trójki pracują na najwyższych obrotach.

– Co ty tutaj robisz? – wysyczała Laura.

Holly otwierała i zamykała usta, niczym wyjęta z wody ryba. Daniel zmarszczył czoło i patrzył w osłupieniu to na jedną dziewczynę, to na drugą.

– Czy wy... – zamilkł, jakby ten pomysł był całkowicie pozbawiony sensu, ale po chwili postanowił mimo wszystko zapytać: – Czy wy się znacie?

Holly przełknęła ślinę.

– Ha! – Twarz Laury wykrzywiła się z pogardą. – Wcale sie nie znamy! Przyłapałam jedynie tę małą zdzirę, jak całowała się z moim narzeczonym! – wrzasnęła, po czym zamilkła, kiedy uświadomiła sobie, co właśnie powiedziała.

– Twoim narzeczonym?

– Przepraszam... byłym narzeczonym – mruknęła, wbijając spojrzenie w podłogę.

Na twarzy Holly pojawił się uśmiech. Cieszyła się, że ta dziewucha sama się pogrąża.

– Stevie, prawda? Dobry przyjaciel Daniela, jeśli mnie pamięć nie myli.

Policzki Daniela poczerwieniały, kiedy przyglądał się im obu. Laura wbiła w Daniela gniewne spojrzenie, zastanawiając się, skąd ta kobieta zna jej chłopaka... to znaczy jej obecnego chłopaka.

– Daniel to mój dobry przyjaciel – wyjaśniła Holly, krzyżując ramiona na piersi.

– Aha, i przyszłaś tu, żeby i jego mi ukraść? – zapytała z goryczą.

– Och, błagam, akurat ty nie powinnaś się na ten temat wypowiadać – wypaliła Holly.

– Całowałaś się ze Steviem? – zapytał Daniel, powoli zaczynając wszystko rozumieć. Wyglądał na zagniewanego.

– Nie, nie całowałam się ze Steviem. – Holly wzruszyła ramionami.

– A właśnie, że tak! – zawołała dziecinnie Laura.

– Czy ty się w końcu przymkniesz? – Holly ofuknęła Laurę. – Zresztą, jakie to ma dla ciebie znaczenie? Zakładam, że ty i Daniel znowu jesteście razem, więc wygląda na to, że spadłaś na cztery łapy! – Następnie zwróciła się do Daniela: – Nie, Danielu, nie całowałam się ze Steviem. Byłyśmy w Galway na panieńskim weekendzie Denise, a Stevie się upił i próbował mnie pocałować – wyjaśniła spokojnie.

– Łżesz jak pies – warknęła Laura. – Dobrze widziałam, jak było.

– Charlie także. – Holly nadal mówiła do Daniela. – Zapytaj go, jeśli mi nie wierzysz, ale już mnie to nie obchodzi – dodała. – Nieważne, przyszłam tutaj, by z tobą porozmawiać, ale widzę, że jesteś zajęty. – Zerknęła na kusy ręcznik, otaczający jego biodra. – W takim razie do zobaczenia na ślubie. – Odwróciła się na pięcie i odmaszerowała korytarzem. Zerknęła jeszcze tylko przez ramię na Daniela, który nadal patrzył na nią, stojąc w drzwiach. Skręciła za róg. Zamarła, kiedy uświadomiła sobie, że stąd nie ma wyjścia. Windy znajdowały się po drugiej stronie. Poszła na sam koniec korytarza i odczekała, aż usłyszała odgłos zamykanych drzwi. Wróciła na palcach, skręciła za róg, przebiegła obok pokoju Daniela, a następnie popędziła w stronę windy.

Wcisnęła guzik, przymknęła oczy i wydała westchnienie ulgi. Nie była zła na Daniela; tak naprawdę, to nawet się cieszyła, że zrobił coś, by nie dopuścić do ich rozmowy. No i proszę, to ona została porzucona, a nie na odwrót. Wygląda na to, że nie był aż tak bardzo w niej zakochany, skoro tak szybko wrócił do Laury. No cóż, przynajmniej nie zraniła jego uczuć, ale uważała go za skończonego głupca, gdyż znowu wiązał się z Laurą...

– Wsiadasz?

Otworzyła oczy; nie słyszała, jak otworzyły się drzwi windy.

– Leo! – uśmiechnęła się, wchodząc do środka i ściskając go na powitanie. – Nie wiedziałam, że też tutaj będziesz!

– Czeszę dziś królową – zaśmiał się, mając na myśli Denise.

– Pewnie jest nieznośna? – skrzywiła się Holly.

– Och nie, wścieka się tylko, że Tom zobaczył ją w sukni ślubnej. Jest przekonana, że to przynosi pecha.

– No cóż, przyniesie jej pecha jedynie wtedy, kiedy tak będzie uważać. – Holly się uśmiechnęła.

– Strasznie dawno cię nie widziałem – rzekł Leo, obrzucając znaczącym spojrzeniem jej włosy.

– Och, wiem – jęknęła, zakrywając odrosty ręką. – Byłam tak zajęta w pracy, że naprawdę nie miałam czasu.

Leo uniósł brwi, wyglądał na rozbawionego.

– Nigdy bym nie pomyślał, że usłyszę z twych ust takie słowa. Zmieniłaś się.

Holly zadumała się przez chwilę.

– Tak. Rzeczywiście się zmieniłam.

– No to chodź – oświadczył Leo, wysiadając na swoim piętrze. – Ślub jest dopiero za parę godzin. Upnę ci włosy, żeby nie było widać tych koszmarnych odrostów.

– Naprawdę to zrobisz?

– Naprawdę. – Leo machnął lekceważąco ręką. – Nie możemy pozwolić, abyś swoją fryzurą zrujnowała ślubne fotografie Denise, prawda?

Holly uśmiechnęła się i wyciągnęła z windy torbę. No, teraz już lepiej. Przez chwilę Leo zachowywał się zbyt miło jak na niego.

Gdy ktoś popukał łyżeczką w kieliszek, Denise spojrzała na Holly, która siedziała u szczytu stołu w sali balowej. Zaczęły się przemowy. Holly zacisnęła nerwowo leżące na kolanach dłonie, powtarzając w głowie słowa swojej przemowy i nie słuchając tego, co mówią inni.

Powinna ją była wcześniej zapisać, bo teraz tak się denerwowała, że nie mogła sobie przypomnieć początku. Jej serce waliło jak młotem, gdy Daniel usiadł po skończonej przemowie, a wszyscy zaczęli bić brawo. Ona była następna i tym razem nie było mowy, żeby skryć się w ubikacji. Sharon ujęła jej drżącą dłoń i powiedziała, że wszystko będzie dobrze. Holly uśmiechnęła się do niej niepewnie, mając dokładnie przeciwne odczucie. Ojciec Denise oznajmił, że teraz będzie mówić Holly i wszyscy obecni na sali goście odwrócili się w jej stronę. Jedyne, co miała przed oczami, to morze twarzy. Wstała powoli z krzesła i zerknęła na Daniela, szukając u niego wsparcia. Mrugnął do niej. Uśmiechnęła się, a bicie jej serca nieco się uspokoiło. Byli tutaj jej wszyscy przyjaciele. Dostrzegła Johna, siedzącego przy stole razem z przyjaciółmi swoimi i Gerry'ego. John uniósł w jej stronę obydwa kciuki. I w tym momencie przygotowana przemowa wyfrunęła przez okno, gdyż w jej głowie powstała zupełnie nowa. Odkaszlnęła.

– Proszę o wybaczenie, jeśli się nieco wzruszę, ale jestem dziś taka szczęśliwa z powodu Denise. To moja najlepsza przyjaciółka... – urwała i zerknęła na siedzącą obok Sharon – ...to znaczy, jedna z najlepszych.

Sala wybuchła śmiechem.

– Jestem z niej dzisiaj bardzo dumna i cieszę się, że odnalazła szczęście z tak cudownym człowiekiem, jakim jest Tom.

Uśmiechnęła się, gdy w oczach Denise dojrzała łzy. Oto kobieta, która nigdy nie płacze.

– Spotkanie kogoś, kogo pokocha się z wzajemnością, jest wspaniałym uczuciem. Ale spotkanie bratniej duszy jest uczuciem chyba jeszcze wspanialszym. Bratnia dusza to ktoś, kto rozumie cię lepiej niż ktokolwiek inny, kocha cię bardziej niż ktokolwiek inny, będzie przy tobie zawsze, bez względu na wszystko. Podobno nic nie trwa wiecznie, ale ja mocno wierzę w to, że czasami miłość trwa nawet wtedy, kiedy ukochana osoba odejdzie. Wiem coś na ten temat i wiem też, że Denise odnalazła w Tomie bratnią duszę. Denise, cieszę się, bo mogę ci powiedzieć, że taka więź będzie trwała zawsze. – W gardle poczuła rosnącą gulę. Przełknęła ślinę i ciągnęła: – Jestem tak samo zaszczycona, jak i przerażona tym, że Denise poprosiła mnie o wygłoszenie mowy.

Wszyscy się roześmieli.

– Ale jestem szczęśliwa, że zostałam zaproszona, żeby dzielić z nimi ten cudowny dzień, toteż wznieśmy toast za nich, aby czekało ich w życiu jeszcze wiele równie cudownych dni.

Wszyscy zaczęli bić brawo, po czym stuknęli się kieliszkami.

– Chwileczkę! – Uniosła dłoń, by uciszyć zgiełk. Po raz kolejny spojrzenia obecnych na sali spoczęły na niej.

– Niektórzy dzisiejsi goście świadomi są istnienia pewnej listy, którą wymyślił wspaniały człowiek. – Uśmiechnęła się, gdy wszyscy przy stoliku Johna, a także Sharon i Denise zaczęli bić brawo. – Jednym z punktów na tej liście było, aby nigdy, ale to przenigdy nie wkładać drogiej, białej sukni.

Holly parsknęła śmiechem, a stolik Johna ogarnęło szaleństwo. Denise zaczęła się histerycznie śmiać, przypominając sobie tamtą pamiętną noc.

– Tak więc w imieniu Gerry'ego wybaczę ci złamanie tej zasady, ale tylko dlatego, że wyglądasz naprawdę olśniewająco. Proszę was wszystkich, abyście wznieśli toast za Toma i Denise i za jej bardzo, bardzo drogą białą suknię, bo kto jak kto, ale ja dobrze o tym wiem, ile kosztowała, ponieważ zostałam przegoniona po wszystkich salonach z sukniami ślubnymi w Irlandii!

Wszyscy goście na sali wznieśli kieliszki i powtórzyli:

– Za Toma i Denise i za jej bardzo, bardzo drogą białą suknię!

Holly usiadła, a Sharon uścisnęła ją ze łzami w oczach.

– To było naprawdę cudowne, Holly.

Uśmiechnęła się szeroko, gdy wszyscy przy stoliku Johna unieśli w jej stronę kieliszki. A potem zaczęła się zabawa.

W oczach Holly pojawiły się łzy, kiedy się przyglądała, jak Tom i Denise po raz pierwszy tańczą ze sobą jako mąż i żona, i przypomniała sobie to uczucie podekscytowania, nadziei, szczęścia i dumy. Tę niepewność, co przyniesie przyszłość, ale też gotowość stawienia jej czoła. I ta myśl sprawiła, że poczuła się szczęśliwa; nie będzie płakać, rozmyśląjąc o tym, ale zachowa w sobie wspomnienia. Cieszyła się każdą sekundą spędzoną z Gerrym, lecz teraz nadszedł czas, by ruszyć do przodu i rozpocząć następny rozdział życia, zabierając ze sobą cudowne wspomnienia i przeżycia, które będą dla niej nauką i pomogą jej w przyszłości. Jasne, to będzie trudne; zdążyła się już przekonać, że nic na tym świecie nie jest proste. Ale nie wydawało jej się to tak skomplikowane, jak jeszcze kilka miesięcy temu, a z każdym dniem będzie jeszcze łatwiejsze.

Wszak otrzymała cudowny dar: życie. Czasami jest ono w okrutny sposób odbierane zbyt szybko, ale liczyło się to, co się z nim uczyniło, a nie jak długo trwało.

– Zatańczysz ze mną? – Podniosła wzrok i ujrzała uśmiechającego się do niej Daniela.

– Naturalnie – odparła radośnie i ujęła jego dłoń.

– Czy wolno mi powiedzieć, że wyglądasz dziś naprawdę pięknie?

– Wolno – odwzajemniła uśmiech.

Była zadowolona ze swego wyglądu. Denise wybrała dla niej piękną liliową suknię z gorsetem, który ukrywał jej bożonarodzeniowy brzuszek, a z boku spódnicy było długie rozcięcie. Leo świetnie poradził sobie z włosami, upinając je do góry i pozwalając kilku lokom opadać luźno na ramiona. Czuła się piękna. Czuła się jak Księżniczka Holly i zachichotała na tę myśl.

– Wygłosiłaś wspaniałą mowę – rzekł Daniel. – Wiem teraz, że zachowałem się zbyt egoistycznie. Powiedziałaś, że nie jesteś gotowa, a ja cię nie posłuchałem.

– Wszystko w porządku, Danielu; sądzę, że jeszcze długo długo nie będę gotowa. Ale dziękuję, że tak szybko mnie przebolałeś. – Uniosła brwi i kiwnęła głową w kierunku Laury, która siedziała markotnie przy stole.

Daniel zagryzł wargę.

– Wiem, że może ci się to wydać za szybkie, ale kiedy nie odpowiadałaś na moje telefony, w końcu nawet do mnie dotarło, że nie jesteś gotowa na nowy związek. A kiedy pojechałem do domu na święta i spotkałem się z Laurą, ta dawna iskra ponownie zapłonęła. Miałaś rację, nigdy nie pogodziłem się z jej odejściem. Ale gdybym nie był stuprocentowo pewny, że nie jesteś we mnie zakochana, nigdy nie zabrałbym jej ze sobą na to wesele.

Uśmiechnęła się.

– Przepraszam, że się z tobą nie kontaktowałam. Potrzebowałam trochę czasu tylko dla siebie. Ale i tak uważam cię za głupca. – Potrząsnęła głową i popatrzyła na Laurę, która skrzywiła się w odpowiedzi.

Daniel westchnął.

– Wiem, że w najbliższym czasie czeka nas sporo spraw do omówienia, ale, jak sama mówiłaś, dla niektórych miłość po prostu trwa nadal.

Wzniosła oczy ku niebu.

– Tylko nie zaczynaj teraz mnie cytować – zaśmiała się.

– No cóż, skoro jesteś szczęśliwy... Choć naprawdę nie rozumiem, jak to możliwe. – Westchnęła dramatycznie, aż Daniel się roześmiał.

– Jestem szczęśliwy, Holly. Pewnie po prostu nie umiem żyć bez napięcia. – Zerknął na Laurę i jego spojrzenie złagodniało. – Potrzebny mi ktoś, kto żywi wobec mnie wielką namiętność, a w przypadku Laury tak właśnie jest. No a ty? Jesteś szczęśliwa? – Uważnie przyglądał się jej twarzy.

Zastanawiała się nad tym przez chwilę.

– Dzisiaj jestem szczęśliwa. A o jutro będę się martwiła jutro. Ale jakoś sobie radzę...

Holly stała w uścisku razem z Sharon, Johnem, Denise i Tomem i czekała na odliczanie.

– Pięć... cztery... trzy... dwa... jeden! SZCZĘŚLIWEGO NOWEGO ROKU!

Wszyscy zaczęli wiwatować, spod sufitu posypały się balony we wszystkich kolorach tęczy, odbijając się od głów gości.

Holly ze łzami w oczach uściskała przyjaciół.

– Szczęśliwego nowego roku. – Sharon przytuliła ją mocno i pocałowała w policzek.

Holly położyła dłoń na brzuchu Sharon i mocno ujęła dłoń Denise.

– Szczęśliwego nowego roku dla nas wszystkich!

Epilog

Holly przeglądała gazety, by sprawdzić, w której znajduje się zdjęcie ze ślubu Toma i Denise. Nie każdego dnia jeden z najważniejszych didżejów radiowych w Irlandii i dziewczyna z *Dziewcząt w wielkim mieście* biorą ślub. Tak w każdym razie twierdziła Denise.

– Hej! – zawołał do niej nieuprzejmy sprzedawca. – To nie czytelnia. Albo ją pani kupuje, albo odkłada.

Holly westchnęła i tak jak kiedyś zaczęła zbierać ze stojaka po jednym egzemplarzu każdej gazety. Były tak ciężkie, że dwa razy musiała iść z nimi do lady, a sprzedawcy nawet nie przyszło do głowy, by jej pomóc. Co nie znaczy, by miała ochotę na jego pomoc. I znowu do kasy utworzyła się kolejka. Uśmiechnęła się do siebie, ale tym razem postanowiła się nie spieszyć. To jego wina: gdyby pozwolił przejrzeć jej gazety, nie wstrzymywałaby teraz kolejki. Podeszła do lady z ostatnią partią gazet i zaczęła dokładać do stosu czekoladowe batoniki i inne słodycze.

– Czy mogę prosić o torbę? – Zatrzepotała rzęsami i uśmiechnęła się słodko.

Mężczyzna popatrzył na nią znad okularów, jakby była niegrzeczną uczennicą.

– Mark! – wrzasnął gniewnie.

Spomiędzy regałów wyłonił się pryszczaty nastolatek. W dłoni trzymał metkownicę.

– Otwórz drugą kasę, synu.

Mark powlókł się, by spełnić polecenie. Połowa kolejki przeniosła się na drugą stronę.

– Dziękuję – uśmiechnęła się znowu Holly i ruszyła w kierunku drzwi. Właśnie zamierzała je otworzyć, gdy zostały pchnięte z drugiej strony, a wszystkie jej zakupy wysypały się na podłogę.

– Bardzo panią przepraszam – odezwał się mężczyzna, który dopiero co wszedł, i ukucnął, by jej pomóc.

– Nic się nie stało – odparła grzecznie, nie podnosząc oczu, by nie widzieć zadowolenia na twarzy sprzedawcy. Wystarczy, że jego spojrzenie wwiercało się w jej plecy.

– A, to ty! Czekoladoholiczka!

Holly ze zdumieniem podniosła głowę.

To był tamten uprzejmy klient z niezwykle zielonymi oczami, który pomógł jej poprzednim razem.

– Ponownie się spotykamy.

– Holly, prawda? – Uśmiechnął się, podając jej czekoladowe batoniki w rozmiarze king size.

– Zgadza się. Rob, tak?

– Masz dobrą pamięć.

– Tak jak i ty. – Zapakowała wszystko z powrotem do torby i wstała.

– No cóż, pewnie wkrótce znowu na ciebie wpadnę – powiedział Rob i ruszył w stronę kasy.

Holly patrzyła za nim w oszołomieniu. Po chwili podeszła do niego.

– Rob, może chcesz dzisiaj iść na tę kawę? Jeśli nie możesz, to nic nie szkodzi... – Zagryzła wargę.

Uśmiechnął się i zerknął nerwowo na obrączkę na jej palcu.

– Nie przejmuj się nią – wyciągnęła dłoń. – Dzisiaj symbolizuje już tylko mnóstwo szczęśliwych wspomnień.

Skinął ze zrozumieniem głową.

– W takim razie z największą przyjemnością.

Przecięli ulicę i weszli do Tłustej Łyżeczki.

– A tak przy okazji, chciałbym cię przeprosić, że tak wtedy umknąłem – rzekł, patrząc jej w oczy.

– Nie przejmuj się; ja po pierwszym drinku zazwyczaj uciekam przez okno w toalecie – zażartowała.

Roześmiał się.

Holly uśmiechnęła się do siebie, siedząc przy stoliku i czekając na niego i kawę. Wydawał się miły. Usadowiła się wygodniej i popatrzyła przez okno na zimny styczniowy dzień. Gałęzie drzew tańczyły dziko na wietrze. Myślała o tym, czego się nauczyła, kim była kiedyś i kim stała się teraz. Była kobietą, która otrzymała rady od ukochanego mężczyzny, posłuchała ich i z całych sił starała się uleczyć samą siebie. Miała teraz pracę, którą kochała, i czuła się na tyle pewna siebie, by sięgać po to, na co miała ochotę.

Była kobietą, która popełnia błędy, która czasami płacze w poniedziałkowy ranek albo w nocy, gdy leży sama w łóżku. Była kobietą, którą często nudzi własne życie i której niełatwo wstawać rano do pracy. Była kobietą, która czasami z niechęcią przegląda się w lustrze, zastanawiając się, czemu nie potrafi zmusić się, by częściej chodzić na siłownię; była kobietą, która czasami zastanawia się nad powodem, dla którego musi żyć na tej planecie. Była kobietą, której czasami nic się nie udaje.

Z drugiej jednak strony była kobietą z milionem szczęśliwych wspomnień, która wie, czym jest prawdziwa miłość, i która jest gotowa, by zacząć nowe życie, nowy związek, i zbierać nowe wspomnienia. Bez względu na to, czy stanie się to za dziesięć miesięcy czy dziesięć lat, Holly spełni ostatnie polecenie Gerry'ego. Cokolwiek ją czekało, wiedziała, że otworzy serce i podąży tam, dokąd ją ono zaprowadzi.

A tymczasem będzie po prostu żyć.